广东省哲学社会科学"十三五"规划项目

中国当代文学史编写史
1949—2019

THE COURSE OF COMPLING THE CHINESE COMTERPORARY LITERATURE HISTORY

曾令存 著

北京出版集团
北京出版社

图书在版编目（CIP）数据

中国当代文学史编写史：1949—2019 / 曾令存著
. — 北京：北京出版社，2023.11
ISBN 978-7-200-18278-1

Ⅰ.①中… Ⅱ.①曾… Ⅲ.①中国文学—当代文学—文学评论—1949-2019　Ⅳ.①I206.7

中国国家版本馆 CIP 数据核字（2023）第 189858 号

责任编辑　董拯民
责任营销　猫　娘
责任印制　燕雨萌
装帧设计　品欣工作室

中国当代文学史编写史 1949—2019
ZHONGGUO DANGDAI WENXUESHI BIANXIESHI 1949—2019
曾令存　著

*

北 京 出 版 集 团
北 京 出 版 社　出版

（北京北三环中路 6 号）
邮政编码：100120

网　　　址：www.bph.com.cn
北 京 出 版 集 团 总 发 行
新 华 书 店 经 销
北京汇瑞嘉合文化发展有限公司印刷

*

787 毫米×1092 毫米　16 开本　24.5 印张　360 千字
2023 年 11 月第 1 版　2023 年 11 月第 1 次印刷
ISBN 978-7-200-18278-1
定价：98.00 元
如有印装质量问题，由本社负责调换
质量监督电话：010-58572393

曾令存,1964年出生,广东梅县人。嘉应学院三级教授,广东省南粤优秀教师。教育部学位与研究生教育发展中心学位论文评阅专家。广东省文艺评论家协会理事。暨南大学、华南师范大学兼职硕导。梅州市第三届"十大杰出青年"。1982年至1989年就读于华南师范大学,获文学硕士学位。2001年至2003年北京大学高级访问学者。2003年晋升教授。主要从事中国现当代文学史、客家文化研究,主持教育部、广东省哲学社科规划办等省部级研究课题多项。出版《学科视野中的40—70年代文学研究》(上海文艺出版社,2014)、《客家文化概论》(北京大学出版社,2017)等著作多部,发表学术论文百余篇。研究成果曾获梅州市哲学社会科学成果一等奖。曾赴中国港澳台地区、新加坡、美国学术交流。

没有什么文学史,只有人们的写作史。

——［美］R. S.克兰

目 录
CONTENTS

001　关于书稿的通信（代序）　　洪子诚　曾令存

001　绪论　当代文学史编写理论与实践

第一章　"当代文学"的观念及其历史叙述的建构（1949—1978）

028　第一节　《中国新文学史稿》与"当代文学"的诞生
028　一、《中国新文学史稿》与《新民主主义论》和《在延安文艺座谈会上的讲话》
031　二、《史稿》的内容设计与作家选择
034　三、作为文学史写作实践的意义与影响
036　四、"当代文学"的编写预设与学科阐释

041　第二节　当代文学史叙述范式的构建与演化
041　一、重估五四新文学价值
046　二、新中国文学史观的人民性
049　三、人民性文学史观的发展
050　四、文艺人民性立场的马克思主义追溯

054　第三节　集体编写与《十年来的新中国文学》等史著
054　一、个以"史"命名的第一本"当代文学史"

056	二、文学史的集体编写
060	三、中国科学院文学研究所
062	四、主流文化立场的表达
065	五、《十年来的新中国文学》与《文学十年》

069	第四节　激进文学史观下的文学史撰述
069	一、文学批评与当代文学史
073	二、"无产阶级文艺新纪元"神话
079	三、激进文艺思潮的历史寻踪

第二章　"回归五四"语境中的当代文学史编写（1979—1989）

084	第一节　80年代① 当代文学史编写的知识语境
084	一、"新启蒙"视域中的文学版图描绘
086	二、几部海外出版的现当代文学史
088	三、"文学主体性"理论及"纯文学"观念构想
093	四、当代文学史叙述的内部矛盾

097	第二节　新时期早期的两部文学史与一部思潮史
097	一、当代文学史编写工作的重启
099	二、《中国当代文学史初稿》的延续与超越
102	三、《当代文学概观》的"'文学'史意识"
106	四、《中国当代文学思潮史》的正本清源

110	第三节　从《中国当代文学史稿》到《中国当代文学史》
110	一、一部不断修订的当代文学史

---

① 本书主要考察中华人民共和国成立70年来（1949—2019）不同时期的中国当代文学史编写情况。书中的"××年代"，如无特别说明，均指"20世纪××年代"。

113	二、"新编本"的"新时期文学"概念
119	三、"新编本"的"社会主义新时期文学"叙述
122	四、"新编本"的《史稿》痕迹
128	五、当代文学史持续修订的多重因素

132	**第四节 "重写文学史"思潮中的当代文学史叙述实验**
132	一、"重写文学史"势能的积聚
135	二、被剥离出历史的"当代"
139	三、未完成的当代文学史编写实验

第三章　当代文学史编写的学科意识与多元格局（1990—2010）

143	**第一节 启蒙的质疑与文学批评的分化**
143	一、后启蒙时代的思想文化症候
149	二、批评的功能分化与理论纠结
153	三、当代文学史编写的繁荣及原因

158	**第二节 《抗争宿命之路》等"再解读"思潮**
158	一、"再解读"思潮及《再解读》
162	二、"后现代"文化理论的挪用
166	三、从《抗争宿命之路》到《经典再解读》
172	四、存在争议的文学史叙述方式

176	**第三节 《中国当代文学史》(北大版)的学科意识**
176	一、史著与若干著述的钩沉
182	二、文学史观念的制度层面演绎
190	三、"新的历史叙述"空间的拓展
200	四、个人写史的"期许与限度"

第四节 《中国当代文学史教程》的"民间"视角

- 204　一、观念体系的构建与编写设想
- 207　二、寻找被"遗忘"的文学世界
- 211　三、重审文学的"民间"形态
- 215　四、打开的与遮蔽的"当代"

第五节 《中国当代文学史新稿》的启蒙立场

- 219　一、编写的缘起与背景
- 224　二、问题预设与分期法则
- 226　三、"之"字形的当代文学发展史观
- 229　四、作家作品评析的突破与局限

第六节 当代文学史编写多元格局的形成

- 234　一、三部《20世纪中国文学》中的"当代"
- 239　二、《中国当代文学发展史》的"新元素"
- 243　三、《中国当代文学主潮》的观念与视角

第四章 当代文学史编写与史料整理研究（2010—2019）

第一节 当代文学史编写的新状态

- 249　一、近十年来的当代文学史编写
- 251　二、面对史料的整理与甄释
- 255　三、告别"当代"的学科诉求

第二节 《中国当代文学史写真》的"折返"

- 257　一、"从史料再出发"的编写理念
- 259　二、文学史叙述中的"文学史"
- 264　三、史料选编中的问题意识

267	第三节　《材料与注释》的"延伸"与"终结"
267	一、"后当代"的文学史编写研究
269	二、重返当代史的困难与尝试
272	三、"材料"的权重与诠释的向度
276	四、"微弱叙事"的文体与风格

第五章　海外中国当代文学史编写一瞥（1949—2019）

279	第一节　几个与编写相关的问题
279	一、文学史编写的"问题导向"
282	二、"华裔学者"的双重身份
285	三、文学史叙述模式的"修复"

288	第二节　从夏志清到司马长风
288	一、"冷战时期"的《中国现代小说史》
290	二、司马长风的"回归民族传统"
295	三、对文学思潮与文艺论争的淡化
297	四、"世界向度"与"文学性"

303	第三节　林曼叔等《中国当代文学史稿》
303	一、写作、出版与相关评论
306	二、现实主义文学史观的构建与实践
310	三、当代作家的机制梳理与类别意识
312	四、矛盾与裂缝及其他

317	第四节　顾彬《二十世纪中国文学史》
317	一、海外汉学家的文化身份与文学史立场
321	二、当代文学"经典"的序列及其认证
325	三、现代政治学与"习惯性标准"的作品诠释

| 330 | 四、充满质疑与不确定性的文学史叙述

| 332 | 第五节　王德威《哈佛新编中国现代文学史》
| 332 | 一、"重写"的海外回响
| 335 | 二、"何为文学史"的追问
| 339 | 三、"世界中"的现代中国文学
| 342 | 四、现代文学史再出发的可能性

| 347 | 余论　渐行渐远的"当代"与"文学史"

| 351 | 附录　中国当代文学史出版情况（1949—2019）

| 363 | 参考文献

| 368 | 后　记

关于书稿的通信（代序）

洪子诚　曾令存

洪老师：

　　附上我的书稿初稿，敬请批评指正。因为还有陈晓明老师《中国当代文学主潮》部分的内容没写完，"余论"也需要重写，故还来不及统稿。我还没想好有没有必要插入一些文学史版本的图片，有必要的话这些图片都得好好挑选。

　　我最初的想法，是挑选一些能够体现每个时期文学史编写观念等问题的史著进行评述，以呈现70年来（1949—2019）中国当代文学史编写的历史脉络。

　　书稿还得慢慢修改。有关您的《中国当代文学史》部分，感觉篇幅长了（主要是第二、三个问题处理得不理想）。最近十年部分的内容也还需要进一步完善。

　　看电脑很费神，您有空随便翻翻。

令存
2020.7.3

令存：

　　因为身体状况等原因，你的书稿不可能细读。这两天主要是针对目录方面、章节安排提了一点修改意见。目前有些设计可能不是很好，具体情况我用红色字标出。不一定对，你参考。读了一些章节，总体感觉处理了不少资料，也做了许多很好的评述和概括。主要问题是，觉得你太偏于（急于)理论、评价,理论评价有些已经体现在你选择的章节安排之中。在写成编纂史,还是写成史论上,我倾向还是向编写史倾斜,也就是如黄修己先生《中国新文学史编纂史》那样的处理方式。最主要还是"事实",在这个基础上再归纳一些重要问题。因为是第一本当代文学史的"编写史"方面的书,我想大家的期望是对庞杂的资料的筛选和整理,提供更多的相关情况。如各种文学史的写作背景与时代思潮的关系,编纂的组织方式、过程,书的结构、叙述方式等。这些资料整理本身就很有价值。有时候我倒觉得,理论已经谈得很多,其实也就是那些;或者说,理论要从"事实"中提出、生发。

洪子诚

2020.7.6

洪老师:

您指出的问题都是要害问题,我自己也隐隐约约意识到了,特别是(急于)"理论"与"评价"。的确,有关当代文学史编写的理论问题,已经很难谈出新东西来了,而且也就那么一些。

书稿前三章都设置有关于文学史编写与文学批评的话题,原是基于这样一种思考,即想通过一些个案(现象)考察当代文学史的编写与文学批评的关系,比如华中师大版的《中国当代文学》对作为一个文学史时期概念的"新时期文学(1976—1986)"的处理与使用。这个问题在我接触到的类似研究著述中比较少涉及。我知道这是一个比较大的命题,处理不好可能会适得其反。

1990—2010年这一时期的当代文学史编写,既有学科意识方面的内容可以挖掘,同时也有其他原因,呈现出一种多元格局的气象。如何拟一个标题更好地予以概括,我再好好琢磨。

书稿一直都拟用《中国当代文学史编写史》的书名,但觉得有些不自量力了。已有黄修己先生的《中国新文学史编纂史》,再这么"明目张胆"

地用"编写史",贻笑大方了。我想或者就用"论稿"吧。①

您对书稿"目录"的修改及相关建议让我很受启发,接下来的时间里我会认真吸收消化,尽努力调整好。的确,好的目录,提纲挈领,能呈现内容的骨骼架构,让人心领神会。

令存

2020.7.6

令存:

当初不大知道你的写法,如果一开始,我会建议你以提供"事实"为主。当然不是罗列事实,仍有内在理路和评价,当代文学史编写与时代思潮,文学风尚,与政治情势,与权力,与对文学的理解等之间的关系,是贯穿全书的理论问题,也是对"事实"的把握方式。但不是要专门去论列,不是以"论"作为中心。

但现在不能做很大修改。如修改的话,建议在这方面加强。譬如谈到50年代建国十周年文学所编写的《十年来的新中国文学》,可以具体讲他们编写的动机、方法、结构、体例等,并可以和中国作协组织编写的《文学十年》②对比。这两本书虽没有使用"史"的名字,但都是为"当代文学"立史的性质(文学所的一本虽延至60年代才出版),可以看作是最初的当代文学史。提出的问题,不一定都从政治、意识形态方面去归纳,也有学科、文学规律方面的考虑。有些问题,可以在比较中提取单独讨论,如具体讲述80年代初最初出版的几本重要当代文学史(郭志刚、张钟、22院校、华中师大③),

---

① 书名颇费踌躇。近两年还考虑过《中国当代文学史编写研究(1949—2019)》《中国当代文学史编写史论纲(1949—2019)》等。

② 《文学十年》是《文艺报》编辑部将邵荃麟的《文学十年历程》为代表的系列文学评论结集,1960年由作家出版社出版的一部文集。具体可参阅本书第一章第三节第五部分内容。

③ 这里提到的几种重要的当代文学史分别是:张钟等撰著的《当代文学概观》,北京大学出版社1980年7月出版;北京师范大学等十院校编写、郭志刚等定稿的《中国当代文学史初稿》(上下册),人民文学出版社1980、1981年出版;复旦大学等22院校合编的《中国当代文学史》(1—3册),福建人民出版社1980、1982、1985年出版;华中师范大学中文系编写、王庆生主编的《中国当代文学》(1—3册),上海文艺出版社1983、1984、1989年出版。

可以讲到它们的共同点，也谈到不同的地方。比如"分期"，所谓两分法（《当代文学概观》有这个倾向），三分法（郭志刚本），四分法（华中本）——这个问题在现在可能不是问题，但当时的这种划分，体现了对当代政治、文学历史的看法。各种文学史，在对"中国""当代""文学"这些概念的理解上也有差异，这从它们评述涉及的范围也可以看出。

另外，在五六十年代开始建构"当代文学"及其历史的时候，对"史料"还是重视的。我记得1958—1959年，山东师院就系统编纂了一套史料丛书（内部出版），包括当代作家评论目录，和若干被认为重要的作家的资料专集。从五六十年代开始，文学所资料室也对作家作品的研究资料有很专门的收集编纂。当然，80年代以后这方面的工作有更大发展，当代文学、作家研究史料丛书很早就开始做了，不是21世纪才进行的。这方面也应该纳入"当代文学史编纂"的史料部分的议题之中。你好像没有处理。

我是看到你的书稿，而且只读了很少部分，才陆续有这些看法的，也可能说的不对。

洪子诚

2020.7.7

洪老师：

的确是这样，有些问题在今天已不是什么问题，如分期。但在特定时期却是问题。我当时评述《概观》的时候，也曾感觉你们的这种处理方式（两分法）可能不能简单"放过"，但最后还是不了了之。这个问题我会在修改时充实进去。"史料"一章写得比较匆忙，整体上仅追溯到90年代，看来还是要"从头说起"。争取在修改过程中多补充些"事实"。

我在书稿写作的过程中除了反复阅读您的《问题与方法》①，也断断续续翻阅了十多年来有关当代文学史编写研究方面的相关著述，有五六种吧，也因此想改变一下写法。这些著述纠缠的问题，如分期、体例等，似乎也

---

① 即《问题与方法——中国当代文学史研究讲稿》，2002年由三联书店初版。

没什么创新的观点。同时给我印象最深的,是介绍了很多文学史,但又讨论得不深入,而且这些文学史也很难说有很大的价值(可能是我的鉴赏水平有限);提出的问题看似很多,但不少可以是无关要紧的;一本书看下来,有眼花缭乱不得要领的感觉。基于此,在设计书稿结构的时候,我在"绪论"和每一章的第一节先把全书和每一时期的总体情况进行"概说",然后直接以不同时期的代表性文学史作为章节标题,分别讨论一些问题,相对独立又互相补充,形成一种对话关系,呈现70年的当代文学史编写史脉络。两百多种的当代文学史,真正可以讨论的并不多,重复的多。讨论多了,反而容易造成把握的混乱。这可能是我跟类似著述的不同。书稿中选择的这些文学史,能否体现这一设想,是我的水平与视野的问题。这个只好"认命"了。

再有一点,是如何处理"事实"与"理论"(评价)的关系。我原意是希望多提供一些"事实"(材料),尽量避免类似著述的"理论"倾向,但由于掌握的史料有限,再加上有些急于求成,结果是事与愿违,甚至理论上还不一定比别的研究者系统、深入。当然这里面可能还与我的另一些想法有关,如不太想重复、过于纠缠类似著述关注的一些共通性的问题,而尝试把这些代表性文学史比较有个性的问题进一步展开,同时也试图不让书稿内容包罗万象,但又浅尝辄止。书稿这种可能"两头不讨好"的结果,说到底还是自己的学力和水平问题。

我这几天先把期末的教学工作处理完,再根据您的意见和建议充实完善。

令存

2020.7.9

洪老师:

这个学期好像过得比较快,同时也感觉比较忙。其实课倒不是很多,都忙书稿去了。到今天为止,书稿也基本告一段落了。这段时间主要是对书稿的格式进行了一些处理。至于内容,除补撰写了"海外中国当代文学史编写70年"第一节总论部分（主要谈了三个问题：文学史编写的"问题导向"、"华裔学者"的双重身份、文学史叙述模式的"修复"），就是根据您的意见和建议尽能力对书稿进行充实、完善。我的水平有限，"先天不足"，大概也只能这样了。过两天考虑把书稿给出版社，同时考虑申请省哲学社科规划后期资助的结题①，两项工作同步进行，否则不知耽搁到什么时候。谢谢您一直以来对书稿的指导、鼓励，特别是那些宝贵的意见和建议。我才疏学浅，书稿与您的期待相去甚远，心怀遗憾。

我想接下来争取整理一本有关作家作品研究方面的书稿，以对应编写史。也想重写一本有关历史上粤东北的书院与客家文化关系方面的书。

这几天真的变天了，气温降至零度上下。南方的冬天，室内没暖气，室外更冷。好在课上完了。

令存
2020.12.31

令存：

祝贺你的研究通过广东省哲学社会科学结项，并获得"优秀"的评定。也期待书能够早日出版。这部书稿经过你多年的努力，达到这样的规模和水准，确实很不容易，也知道你为此付出的艰辛。书稿在时代思潮、当代文学建构和文学史观念、学科意识的视野中，对20世纪50年代以来60年的当代文学史写作，作了全面梳理，选择有代表性的论著进行分析，从中提炼了若干重要的文学史问题加以讨论，为当代文学史的编纂史研究打下扎实的基础。相信这本书对于继续推进这一领域的研习者，会具有很好的参考价值。

当然，可能也留下一些遗憾。譬如对当代文学史编写情况的评述，未能与这个时期的现代文学史，或20世纪中国文学的编写构成有机的连带性

---

① 该书稿2020年立项为广东省哲学社会科学"十三五"规划后期资助项目。

的关联。又如地域（台湾、香港、澳门、海外）、文类（诗歌、小说、散文）、时期（十七年、80年代）的文学史编纂情况，在资料和评述上未得到适当反映。另外，台湾一些学者的论著，也还没有得到关注。我提出的这些，可能属于吹毛求疵。

你的书增加了海外学者编写的当代文学史著作，这一点很好。由于社会环境、文化传统学术背景的不同，与国内的论著相比，它们会有视野、观点、路数方式上的差异，这种差异成了有益的参照。这让我想起我的《中国当代文学史》（英文版）出版后，杜博妮（Bonnie S. McDougall）教授在《中国研究》上的书评。她对这部文学史有所肯定，但也有许多批评。她说，"由于完全是在内地文学史的成规之内写作，本书的前面几章中关于五六十年代意识形态的争论，读来颇为沉闷。这些争论对于那些经历过那个时代的人，或者专门研究那个时代的党派关系，并且对此相当有兴致的专家来说，是非常重要的。但是毕竟，那个时代已经成为渐行渐远的过去，并且它脱离历史常轨，远不能预示未来的走向。除了少数几个学者以外，还有人对这个历史时段的文学现象感兴趣吗？答案很是可疑。"我想，这就是处境、理念不同所形成的不同的感觉。90年代我编写这个文学史时，这段历史在中国内地思想界和文学界并未成为翻过的一页，对我来说也仍是个尚待面对的重要的思想、情感问题。而且，与杜博妮教授的估计不同，依现在的情况，那个时代并未渐行渐远，而21世纪以来，"对这个历史时段的文学现象感兴趣"的，也远远超出"少数几个学者"。

回顾20世纪80年代到90年代，可以说是中国内地文学史生产的高产时期，特别是当代文学史。当时，研究者处于历史转折期的重写文学史热潮中，文学史的编写负载了超乎文学自身的思想、情感能量。而编写的热潮，又跟学科体制、大学文学教育的课程设计紧密相关。这种状况相信不会再重现。毕竟人们面对的时代、社会问题比起当年来要复杂、繁重得多，文学、文学史已经无力承载这一切。这也可以说是一个时期的终结吧？

洪子诚

2021.6.6

绪论

当代文学史编写理论与实践

一、当代文学史的编写与研究状况

与只有30余年历史的"中国现代文学"相比，从1949年算起的"中国当代文学"至今已经有了70多年的历史。尽管在20世纪80年代即已有学者提出"当代文学不宜写史"①，也尽管从20世纪八九十年代开始，有关整合"中国当代文学"的呼声越来越高，不少学者提出以"20世纪中国文学""中国新文学"或"中国现代文学"来整合这一学科，或者调整目前名不符实的学科分期，并引起了广泛的争论。但事实上，从目前为数不多的"20世纪中国文学史"著作②看，正如有些研究者所说的，由于各种原因，如各自潜在的思想立场与文学史观念，这些著作关于近代、现代、当代文学史"内部的分期结构并没有变化"③。而这其中隐含的另一个更深层复杂的原因，则是学科层面上的。换句话说，"中国现代文学"与"中国当代文学"实质上都已经形成了自己的学科特点，因此所谓的融合不能仅仅建立在两者的简单叠加之上，在进行有效整合前，有必要对相关领域的重要问题予以清理和分析。基于此，对"当代文学"作为一门独立学科的"挽留"与建设，近十多年来一直未曾中断。表现之一，是关于"现代文学"与"当代文学"

---

① 相关观点见唐弢的《当代文学不宜写史》、施蛰存的《当代事，不成"史"》等，分别发表于《文汇报》1985年10月29日、12月2日。

② 目前国内已经出版的《20世纪中国文学史》，除了孔范今（山东人民出版社，1997年）、黄修己（中山大学出版社，1998年）和严家炎主编（高等教育出版社，2010年）的三种之外，还有唐金海、周斌主编的《20世纪中国文学通史》（东方出版中心，2003年）及黄悦、宋长宏编著的《20世纪中国文学史纲》（北京语言大学出版社，2003年）等。另外，华东师范大学出版社2008年出版了德国汉学家顾彬著、范劲等译的《二十世纪中国文学史》。

③ 旷新年：《中国现代文学史分期的政治学与文学》，《涪陵师范学院学报》2002年第6期。本章后面所征引本文内容，不再注明出处。

的相对指称依然是今天大学教学与研究的约定俗成:"中国当代文学"一直是大学中文系基础课程"中国现当代文学"的主干之一;"中国当代文学学会"亦一直独立于"中国现代文学研究会",中国社会科学院文学研究所亦坚持分设中国现代文学研究室与中国当代文学研究室,北京大学中文系也是分设独立的教研室。表现之二,是"中国当代文学史"的编写已经成为中国文学研究中的一项重要工作。据统计,仅20世纪80年代后出版的中国当代文学史就有199部。①这种情形固然与国家高等教育的持续扩招、继续教育的兴盛需要大量不同层次的文学史教材,以及从国家到地方各级政府主管教育部门和各高校对文学史教科书撰写的经费资助有关,但更不能忽视的还是"当代文学"学科自身的特点,大量的"当代文学"研究者因对这一学科的敬业精神而做的"挽留"与建设工作。

但与上面情况显得有些不够相称的是,对"中国当代文学"学科史的研究的姗姗来迟,远远赶不上硕果累累的中国现代文学学科史研究,尽管近十多年来也有一部分当代文学的研究者参照黄修己的《中国新文学史编纂史》②,开始写作"中国当代文学学科史"或"中国当代文学史编纂史"等相类似著作。更不容忽视的一个问题是,由于"中国当代文学"本身的复杂性和丰富性,在进入系统的学科史整理和研究前,有必要对学科史涉及的一些基本问题如中国当代文学史的编写等进行深入清理,因为这一清理不仅关系到"中国当代文学"学科的成熟,还会增进我们对当代文学与当代中国社会关系的深入理解。

20世纪90年代末,尤其是近十多年来,学界出现了一些以中国当代文学史编写为对象的研究成果。这其中最具代表性的是洪子诚的《问题与方法——中国当代文学史研究讲稿》③等有关"当代文学发生"的系列著述。十多年前由温儒敏领衔撰述出版的《中国现当代文学学科概要》④也对"当

---

① 这个数字不包括当代文学的各种文类史和专题史。具体可参阅本书附录。
② 北京大学出版社1995年出版。
③ 该书的初版、"增订版"分别由三联书店于2002、2015年出版。
④ 温儒敏、李宪瑜、贺桂梅、姜涛等著:《中国现当代文学学科概要》,北京:北京大学出版社,2005年。本章后面所征引该书内容,如无特别说明,均引自此版本。

代文学的历史叙述和学科发展"作了简洁精练的梳理。另外，一些对50—70年代文学史观的重新清理以及近十年来"重返八十年代"的历史性清理工作，也都成为当代文学史研究的焦点话题。特别值得一提的是近十年来国内高校涌现的一些以此为选题的硕（士）博（士）学位论文，以及在此基础上完善出版的若干相关研究著述。

本书尝试在这些成果的基础上，通过对70年来（1949—2019）不同时期中国当代文学史编写理论与实践主要话语类型的分析，探讨文学史观念的演进与时代的关联等问题，对完整意义上的中国当代文学学科史研究进行探索与尝试。

为了更有效地展开讨论，本书将中国当代文学史的写作大致划分为四个时期：50—60年代、80年代、90年代及最近十年（2010—   ），并选用"人民性""文学性""历史化"及"史料转型"作为考察四个时期文学史写作的核心关键词。

二、"新人民文艺"文学史观的建构

目前学界大都认为，"当代文学"的命名始于20世纪50年代，特别是1959年新中国成立十周年，是一个具有"仪式性"的重要契机。但比较有代表性的"当代文学史"编写成果的出现则在60年代初，如山东大学中文系编写组的《中国当代文学史》①、华中师院中文系编著的《中国当代文学史稿》②、中国科学院文学研究所编写的《十年来的新中国文学》③、北京大学中文系1955级编写的《中国现代文学史当代部分纲要》（内部铅印本）等，都是比较有代表性的。其实若从当代文学学科史角度，那么我们没理由把王瑶1950年开始撰写、1953年由新文艺出版社出版的《中国新文学史稿》（下册）的"附录"《新中国成立以来的文艺运动（一九四九年十月——一九五二年五月）》排挤在考察视线外。这些著作一般用"社会主义性质的文学"来描述当代文学，把当代文学描述成为从五四开始的无产阶级革命文学在社会主义阶段的全面展开，把当代文学的发展历史描述成为无产阶级与资产

---

① 山东人民出版社1960年出版。
② 科学出版社1962年出版。
③ 作家出版社1963年出版。

阶级、社会主义文艺与资本主义文艺斗争的历史。毛泽东的《新民主主义论》（1940）和《在延安文艺座谈会上的讲话》（以下简称《讲话》，1942）这两篇文章对中国现代革命的历史分析，对文艺在中国现代革命中的位置与作用等的指导性意见，是这一时期文学工作者评价五四以来中国文学、想象当下中国文学的重要思想理论资源，当然也是描述当代文学发展历程的重要依据。

这种社会主义性质的文学也就是"新的人民的文艺"，亦即"人民文学"，它强调的是文学的人民性。这种"人民性"的确立，最早可以追溯到30年代末。在当年的一篇文章中，毛泽东即提出要废止"洋八股"，创造一种"新鲜活泼的、为中国老百姓所喜闻乐见的中国作风和中国气派"的新文艺①。在40年代初的延安文学时期，毛泽东更是把这种"人民性"提到前所未有的高度："无产阶级对于过去时代的文学艺术作品，也必须首先检查它们对待人民的态度如何，在历史上有无进步意义，而分别采取不同态度。有些政治上根本反动的东西，也可能有某种艺术性。内容愈反动的作品而又愈带艺术性，就愈能毒害人民，就愈应该排斥。"②1949年7月，周扬在第一次文代会上所作的《新的人民的文艺》报告，依据的正是以上这样一种历史背景。报告指出：

> "五四"以来，以鲁迅为首的一切进步的革命的文艺工作者，为文艺与现实结合，与广大群众结合，曾作了不少苦心的探索和努力。在解放区，由于得到毛泽东同志正确的直接的领导，由于人民军队与人民政权的扶植，以及新民主主义政治、经济、文化各方面改革的配合，革命文艺已经开始真正与广大工农兵群众相结合。先驱者们的理想开始实现了。自然现在还仅仅是开始，但却是一个伟大的开始。③

---

① 毛泽东：《中国共产党在民族战争中的地位》，《毛泽东选集》第2卷，北京：人民出版社，1991年，第534页。
② 毛泽东：《在延安文艺座谈会上的讲话》。
③ 周扬：《新的人民的文艺》，转引洪子诚主编：《中国当代文学史·史料选》（上），武汉：长江文艺出版社，2002年，第150页。

周扬在报告中以坚决的口气认为《讲话》"规定了新中国的文艺的方向","深信除此之外再没有第二个方向了,如果有,那就是错误的方向了"。报告还以近年来的解放区文艺为例,阐释了"新的人民的文艺"的新主题、人物、语言和形式,"新的人民的文艺""和自己民族的,特别是民间的文艺传统"密切的"血肉关系"。《新的人民的文艺》实际上是把文学"人民性"提法合法化和历史化。今天回过头来看,可以发现,在50年代,强调"人民性"而不是"人性",作为一种话语特征,甚至并不局限于当代文学。作家的创作有没有人民性,关于文学的研究特别是对文学遗产的继承是否坚持了人民性,在当时虽有争辩,但总体上还是一个必须遵循的基本准则。从这种意义上说,用"人民性""新的人民的文艺"来概括五六十年代的"当代文学"文学史叙述模式,完全可看作是五四以来中国文学在四五十年代之交的转折在五六十年代文学研究中的反映。为了加深人们对"新的人民的文艺"的认识和了解,在第一次文代会期间,还推出了周扬主编的、被认为是"实践了毛泽东文艺方向"的"中国人民文艺丛书"。"丛书"从1948年12月开始由新华书店陆续出版,至1949年共出版了58种,编选的主要是1942年《讲话》发表以来解放区"特别重视被广大群众欢迎并对他们起了重大教育作用的作品"。这其中,最能够代表《讲话》精神的解放区作家作品,几乎被囊括在其中。

这里有必要提醒的一点是:对当代文学史的编写而言,"人民性"作为一种事后概括,同时又是80年代以来的中国现当代文学研究成果在90年代以后呈现为日益多元化的当代文学史写作实践的结果,即为了把后来的当代文学史编纂模式与此前的区别开来采取的学科意义上的命名。多年前,即有论者与李泽厚在80年代把20世纪中国历史描述为"启蒙"——"救亡压倒启蒙"——"新启蒙"①的情形相对应,把20世纪中国文学的发展概括为"人的文学"——"人民文学"——"人的文学",并以此对应五四新文学("现代文学")——"当代文学"——"新时期文学";认为1928年的"革

---

① 具体内容可参看李泽厚发表于《走向未来》1986年创刊号的《启蒙与救亡的双重变奏》。此文后来收入其《中国现代思想史论》,北京:东方出版社,1987年。本章后面所征引该书内容,如无特别说明,均引自此版本。

命文学"论争,诞生了"人民文学"和"左翼文学"的新传统,1942年毛泽东《在延安文艺座谈会上的讲话》则确立了"人民文学"的方向。由此,进入"当代"以后,始于五四的"人的文学"成了"人民文学""必须克服的历史传统"。直到"新时期",中国文学才重返"人的文学"①。在这样一种思维逻辑中,"人民文学"成了1949—1979年"当代文学"的指称。这种观点实际上一定程度地代表了80年代以后在20世纪中国文学研究视野中回溯"当代文学"历史的立场。所不同的,是80年代以后这种"人民文学"提法在四五十年代的一些文学研究者那里,常常被解释或替换为"社会主义文学"或"社会主义现实主义文学"。实际上,对当代文学而言,"新的人民的文艺"与"社会主义文学"或"社会主义现实主义文学"三者之间并不存在本质性的歧异,互相间常常盘根错节,交替使用,而强调人民性则是它们的共通之处。

应该说,在当代文学史的编写实践中,强调人民性的叙述模式是最早被尝试和使用的。在80年代"当代文学"(1949—1979)视为异质("异端")文学,"从根本上失去了文学史的合法性"之前,当代文学史著作对这一时段文学的叙述都没有超越"人民文学"范畴。如60年代初出版、由中国科学院文学研究所编写的《十年来的新中国文学》,在谈到"当代"第一个10年(1949—1959)的文学变革与发展时便这样写道:"这一变革和发展,围绕着并为着一个中心:文学和劳动人民结合,成为真正属于劳动人民的文学。"并从这10年文学的"精神和内容"(站在社会主义思想的高度描写劳动人民的革命精神和英雄气概)、"风格和形式"(民族化和群众化)、"作家队伍"(以工人阶级为主干)等方面进行论述②。此外,当时比较有代表性的其他几种中国当代文学史著作,基本上也都采用"人民文学"的叙述模式,强调"当代文学"的人民性特征。这种"人民性"的叙述模式在"文革"期间,虽然被"文艺激进派"用"文艺黑线专政论"和对待文化遗产的历史虚无主

---

① 参考旷新年《写在当代文学边上》(上海教育出版社2005年出版)之"寻找'当代文学'"与"赵树理的文学史意义"两章内容。

② 中国科学院文学研究所《十年来的新中国文学》编写组:《十年来的新中国文学·绪言》(试印本),北京:作家出版社,1963年。

义态度从主流文学表述中剔除出去,成为只剩下"工农子弟兵"的"无产阶级文艺",但仍在"文革"结束后的当代文学史写作实践中沿用。这种延续的写作实践中最有代表性的是1980年出版的受教育部委托、由北京师范大学等十院校编写的《中国当代文学史初稿》(以下简称《初稿》)。在谈到"当代文学"区别于"现代文学"时,《初稿》指出:在毛泽东《讲话》的"鼓舞和指导下,广大文艺工作者深入工农兵,致力于表现新的人物、新的世界,并和解放区人民政权的历史条件相结合,创造了历史上从未有过的崭新的人民文艺,从而把我国的无产阶级革命文学运动推向了一个全新的时期。在这个时期,实际上已经提供了我国当代文学的雏形"[①]。不言而喻,当代文学是"历史上从未有过的崭新的人民文艺"这一雏形的发展实践并取得成就的一种文学。《初稿》对当代文学的性质、成就和特点的描述,实际上是对当代文学的人民性内涵的具体阐述:"作家和工农兵群众的进一步结合,文学创作和劳动人民的进一步结合,从而形成了文学史上最深刻的革命"(当代文学的作家身份特点);"无产阶级和劳动人民的新人形象在作品中占有突出的位置"(当代文学的文学形象塑造);"劳动人民不仅是文学作品的接受者,而且参与了文学创作事业"(当代文学中人民的地位);"充满社会主义和共产主义理想的革命现实主义和革命浪漫主义的方法日益被广大作家接受,并占了主导地位"(当代文学的创作方法);"在艺术风格方面,在民族化、群众化的总的方针下,越来越多的作家逐步形成了各自独特的风格"(当代文学的审美风格)……(北京师范大学等十院校主编:《中国当代文学史初稿·绪论》)《初稿》的这种叙述模式,显然是对当年《十年来的新中国文学》的直接继承。对于具体作家作品的介绍,《初稿》也表现出鲜明姿态,如为赵树理、柳青、周立波、郭小川、贺敬之、毛泽东(诗词)、田汉、老舍、郭沫若、杨朔、茅盾(文学评论)等这些富于人民性的作家都分别设立专章。这其中,除了郭小川、田汉等,都是"中国人民文艺丛书"选辑中的作家。即便是一种巧合,这种处理方式也是有意味的。毛泽东诗

---

① 北京师范大学等十院校主编:《中国当代文学史初稿·绪论》,北京:人民文学出版社,1980年。本章后面所征引该书内容,如无特别说明,均引自此版本。

词的人民性自然无须多说。而撇开作为文学评论家的茅盾不论，郭小川被称誉为"当代"两大政治抒情诗人之一（另一个是贺敬之），其50年代以《致青年公民》组诗为代表的青春诗作，也并无愧于文学的人民性。至于田汉，仅其描写历史上的"人民艺术家"的剧作《关汉卿》，其创作的人民性亦毫不逊色于其他剧作家，更遑论其《十三陵水库畅想曲》。

1999年，时隔30多年后，编写《十年来的新中国文学》的中国社科院（即当时的中国科学院）文学研究所的一批当代文学研究者主编出版了《共和国文学50年》①，"献给人民共和国五十年华诞"。在用"社会主义文学"来概括"当代文学"的性质这一点上，《共和国文学50年》并无本质性的区别。不过与一些当代文学史著作有些不同，该史著将"人民文学"作为"社会主义文学"最初形态加以考察，并对"人民文学"的历史背景、"人民"内涵的历史性作了必要的清理。其实如前所说，若不那么严格计较的话，"人民文学"与"社会主义文学"在这里同样是可以互相解释的两个概念，它们都注重文学的人民性。更值得注意的是，解释这两个概念的一些关键词，甚至表述方式，与30年前用以解释"十年来的新中国文学"比较，变化并不是很明显："以革命斗争和社会主义革命和建设为主要题材"的"内容"，以工农劳动群众为主体的"人物"，肯定生活、歌颂革命与斗争的豪迈乐观的"风格"，民族化与大众化的"形式"，"社会主义现实主义"的"创作方法"，以工农兵出身的作家为主干的"创作队伍"，通过"计划经济"的途径的"生产与传播方式"……

相隔30多年后，作为中国文学最高级别的研究机构，依然坚持"人民文学"的当代文学史观，强调当代文学的"人民性"，这种历史情形值得我们思考。对此，一方面或许可以把它看作是对一种历史记忆的激活，另一方面，其实更应该说是对80年代以来的20世纪中国文学研究的一种呼应，特别是这一研究领域某些成果在当代文学历史写作中的实践。《共和国文学50年》编者明显地吸收了90年代以来关于1949年后将当代文学纳入组织与体制管理并导致当代文学面貌的根本性改变的研究成果。另外，该史著对于

---

① 杨匡汉、孟繁华主编：《共和国文学50年》，北京：中国社会科学出版社，1999年。

"人民文学"阐释的高度与视野,也远远地超越了《初稿》与《十年来的新中国文学》,从中我们能够明显地感受到编者在努力跟历史与世界构成一种对话关系。当代文学的"人民性"在这里获得了一种新阐释,赋予了新的内涵。

强调文学的人民性,作为当代文学的一种历史叙述方式,将近半个世纪,在"共和国文学50年"的文学史写作实践中一直延续下来,有力地回击了80年代文学研究中将这一时期的当代文学(1949—1979)驱逐出文学史合法地位的另一种激进文学史观。因此,在清理这一文学史叙述模式中,值得反思的可能不仅仅是我们的立场与姿态,同时还有对我们所叙述的这一段文学历史的重新审视,特别是对构成这一"人民文学"的认识和理解。

三、"文学性"文学史叙述范式的重构

与"新时期文学"的发展同步,80年代是中国当代文学史写作的第二个高峰。这一时期的主流文学史叙述主要在"启蒙"与"救亡"的历史断裂论等思想文化背景中,通过张扬"文学回到自身"和"把文学史还给文学"理念,重新确立"文学性"的文学史观,通过将"新时期文学"理解为对五四启蒙主义文学的回归,建构出这一时期中国当代文学史写作的基本框架。

这种归纳与概括当然不是绝对的,这其中的复杂多元性我们在前面关于"人民性"的文学史叙述模式在80年代的一些当代文学史写作延续的分析中亦可看到。实际上,整个80年代对中国社会与思想文化而言,都是一个大转型时期,当代文学史的写作也不例外。这种转型根源于七八十年代之交中国社会生活的转折,特别是思想政治上的拨乱反正。这一大转型在文学领域的复杂性诚如有些研究者所言,那时,"在声势汹涌的政治浪潮中",细致地研究诸如文化观念、艺术模式的继承性滞后于政治变更等当代文学的历史或相关理论问题,还难以提到日程上,来不及清理;在这样一个"亦新亦旧"的时代,"没有开天辟地的'划时代'写作,只酝酿着新的挑战与新的艺术合成"[①]。而也正是在这样的情境中,80年代初期的当代文学史的写作呈现出"延续"与酝酿更新的"亦新亦旧"并存格局。

---

① 董之林:《亦新亦旧的时代——关于1980年前后的小说》,《南京大学学报》2005年第1期。

综合地看,影响这一时期中国现当代文学史研究重建"文学性"叙述模式的因素主要有几个方面:一是海外中国现代文学研究成果的冲击。这其中最有代表性的是1961年在美国出英文版、1979年在香港出中文版的夏志清的《中国现代小说史》。夏志清曾在书中谈过该书的写作设想,他认为"不应该用意图,而应该用实际表现来评价文学作品:例如作品的理解力和学识,以及敏感度和风格"①。换一种说法,夏志清要推倒的是内地50年代第一代文学史家建立起来的文学史写作模式,标榜一种审美主义的文学史话语秩序。有研究者曾这样描述《中国现代小说史》于80年代当代文学史写作的意义:"在某种意义上,它意味着当代文学史典范的变革。它以对张爱玲、沈从文和钱锺书等人的发现和推崇,确定了'重写文学史'的坐标和界碑。"②二是肇始于70年代末的思想解放运动。思想文化价值取向的"回归五四",逐渐影响到文学研究中以"改造民族的灵魂"(即思想启蒙)和追求"悲凉"(即现代美感特征)等为核心的五四文学价值观念的重构。而与这一时期的思想解放运动遥相呼应,"文学研究应以人为思维中心""论文学的主体性"的理论主张亦从另一个侧面为文学研究"启蒙"与"审美"价值理念的张扬提供有力支撑。三是源于对"新时期文学"历史叙述的断裂的修补。与"新启蒙"运动的遥相呼应,"人的文学"的回归成为"新时期文学"的表征。"一切都令人想起五四时代。人的启蒙,人的觉醒,人道主义,人性复归……都围绕着感性血肉的个体从作为理性异化的神的践踏蹂躏下要求解放出来的主题旋转。'人啊,人'的呐喊遍及了各个领域各个方面。"(李泽厚:《中国现代思想史论》,第255页)面对这"回归五四"的"新时期文学",五六十年代确立的"社会主义文学"的"人民性"叙述规范已显得力不从心。作为历史叙述的"当代文学","新时期文学"与五六十年代文学的历史连续性已出现了裂缝,正如有些研究者所言,当时的当代文学史著作"并没有提供'符合'80年代主流意识形态的有效的文学史整合方式":

---

① 转引张英进:《历史整体性的消失与重构——中西方文学史的编纂与现当代中国文学》,《文艺争鸣》2010年第1期。本章后面所征引本文内容,不再注明出处。

② 旷新年:《"重写文学史"的终结与中国现代文学研究转型》,《南方文坛》2003年第1期。本章后面所征引本文内容,不再注明出处。

"一方面，当代文学史教材都把当代文学规定为'社会主义文学'，仍旧沿用了50年代后期提出的当代文学概念既定内涵和历史叙述脉络；但另一方面，对于'新时期'文学的肯定，则使得这些文学史必须在强调'新时期'相对于'十七年'和'文革'的……同时，努力地弥合其间的意识形态断裂，十分勉强地把裂隙纵横的文学现象整合于'社会主义时期的文学'这样一个含糊其辞的描述当中。"①由此，构建让一种"文学回到自身"的文学史叙述模式，将"新时期文学"纳入当代文学的历史叙述视域，在"一切都令人想起五四"的80年代，便显得极有必要。

这种文学史写作，在理论形态上表现为两个概念（"20世纪中国文学"和"中国新文学整体观"）的提出和一个讨论（"重写文学史"）的开展，在实践中则主要体现在对具体作家作品的重评，或者说是对"经典"秩序的解构与重构。"20世纪中国文学"论者将五四以来的中国文学发展历史描述为向"世界文学"汇入的进程，强调文学的"现代美感特征"和艺术思维的"现代化"特征，并以此为考察平台，将40—70年代文学排挤在"进程"之外，否定这一时期的"当代文学"（1949—1979）的文学史合法地位②。而与"20世纪中国文学"这种现代启蒙与审美立场相呼应，有论者认为"中国新文学整体观"的坚持者则"着重阐释了五四启蒙话语及其演变"，把通俗文学和国统区文学边缘化（张英进：《历史整体性的消失与重构——中西方文学史的编纂与现当代中国文学》）。更值得注意的是，有论者认为"20世纪中国文学"和"中国新文学整体观"实质上都是在80年代"现代化"思想的视角下产生的。作为含纳以上两种文学史观的"重写文学史"运动，倡导者提出"首先要解决的，不是要在现有的现代文学史著作行列里多出几种新的文学史，也不是在现有的文学史基础上再加上几个作家的专论，而是要……使之……成为一门独立的、审美的文学史学科"③。至此，以"文学性"为核心的文学史叙述模式，已成为80年代颇具代表性的文学史观，并在对

---

① 贺桂梅：《当代文学的历史叙述和学科发展》，转引温儒敏、李宪瑜、贺桂梅、姜涛等著：《中国现当代文学学科概要》，北京：北京大学出版社，2005年，第153页。
② 黄子平、陈平原、钱理群：《论"二十世纪中国文学"》，《文学评论》1985年第5期。
③ 陈思和：《关于"重写文学史"》，《文学评论家》1989年第2期。

具体作家作品的重评中得到了初步实践。"重写文学史"讨论期间发表的文章，重评作家作品的占了三分之二。

当然，80年代建构起来的文学史话语模式，其更多更成熟实践成果的出现，还是在90年代，这其中陈思和主编的《中国当代文学史教程》①（以下简称《教程》）最有代表性。这种以作家作品为中心的文学史写作，一方面可以看作是夏氏《中国现代小说史》文学史模式的延续②，另一方面，更主要的，是《教程》对"重写文学史"思想的实践。90年代以降，继"中国新文学整体观"后，陈思和进一步提出以"三分天下"（即由原来单一的知识分子启蒙文化分裂的分别代表国家权力意识形态、知识分子的现实战斗精神传统以及大众民间文化形态）的文化格局来重新审视"当代"，甚至是抗战以来的中国文学，以改变长期以来我们关于这一段文学研究只注意体现国家权力意识形态的主流文学的单一文学观念③。为把这种文学观念转化为可操作的具体研究，陈思和还先后提出了一系列的概念、术语，其中影响最大的是通过精英知识分子价值立场包装的"民间"理论形态（包括"民间文化形态""民间隐形结构""民间理想主义"等），以及进入"当代"文学史多层面的"潜在写作"概念，并借此打捞了一批长期以来被国家权力意识形态排挤、搁置在抽屉里或手抄流传于民间的作家作品。从自己的文学史研究话语体系出发，陈思和对"当代"，特别是"十七年"期间许多作品如《李双双》等所作的"民间"层面的解读，确实让人耳目一新。但同样给人留下深刻印象的是作者对"十七年"时期不少作家作品命运在文化层面所作的探析，如沈从文及其《五月卅下十点北平宿舍》等④。这一层面

---

① 复旦大学出版社1999年出版。
② 夏志清《中国现代小说史》19章中10章都是谈具体的作家作品，其他章节则重点放在不同时期的作家群的介绍分析上。张英进《历史整体性的消失与重构》对《中国现代小说史》这种文学史模式的影响有具体分析。《中国当代文学史教程》在"前言"中亦已声明该教材是一部"以文学作品为主型的文学史教材"。
③ 具体阐述可参见陈思和：《中国新文学整体观》，上海：上海文艺出版社，2001年。
④ 陈思和对以上有关作家作品的研究，除包含在《中国当代文学史教程》中的外，主要论文还有：《试论当代文学史（1949—1976）的"潜在写作"》（《文学评论》1999年第6期）、《重新审视五十年代初中国文学的几种倾向》（《山东社会科学》2000年第2期）、《关于六十年代文学创作的重新思考》（《文艺理论研究》1999年第5期），以及《编写当代文学史的几个问题》（《郑州大学学报》2001年第2期）等。

上的研究，鲜明地凸现着陈思和文学史观念中的思想启蒙立场，那种隐藏于文化批判之中的社会批判与政治批判，对艺术理想主义的追求。这种对已有文学史"观念"与"框架"的有意识突破使陈思和的"重构"引起了不小的争议。那些年针对"潜在写作""民间"（系列概念）等观念进行"商榷"甚至针锋相对的文章一直未曾间断。这些概念的科学性如何？对其含义的界定是否准确？把它们引入"当代文学"的研究是否可行？这样做是否会反过来导致某些问题的含混不清？"文学作品"究竟是一个什么样的概念？（比如认定"十七年"时期一些"日记""书信"为"潜在写作"，以及作为文学研究对象的依据是否可行？）对寓含在这种"当代文学"研究观念与方法中的价值判断，不少论者亦有质疑。如李杨从文学史写作研究的角度出发，诘问陈思和"潜在写作"与"民间意识"理论的科学性与可行性，进而质疑其认知方式，认为："不管是否形成了自觉意识，作者在这里预置了一个潜在的模式，即'非文学'——主流文学与真文学——潜在·民间写作的对立模式。这种对文学史的认知方式无疑仍是一种典型的'二元对立'的方式。"①而这种"认知方式"，李杨认为，恰恰是陈思和在研究中"不断批判与解构的范畴"②。另一论者昌切在《学术立场还是启蒙立场》一文中对陈思和包括"十七年文学"研究在内的当代文学研究中体现出来的启蒙立场及由此衍生的价值判断，也提出自己的看法，认为《中国当代文学史教程》在"国家与民间，或显在与潜在，共名与无名"中，"著者的价值天平始终是偏向后者的，并以一种矛盾对立的法则对这两种不同价值取向的文学进行描述"③。

此外，丁帆、王世诚出版在90年代末的《十七年文学："人"与"自我"的失落》④也有一定代表性。该书体现着论者追求"主体论批评"的一贯风

---

① 李杨：《当代文学史写作：原则、方法与可能性》，《文学评论》2000年第3期。
② 陈思和在《编写当代文学史的几个问题》一文中曾提到"我们过去研究文学史的基本思路深受'二元对立模式'的影响；我们这部文学史（《教程》）尝试的目标之一，就是要沟通和消除二元对立的简单化思路"。
③ 昌切：《学术立场还是启蒙立场》，《文学评论》2001年第2期。
④ 河南大学出版社1999年出版。

格①。"从'人的文学'预设出发",著者对"十七年文学"从创作主体(作家)→对象主体(艺术形象)→接受主体(读者,包括特殊"读者"批评家)进行"价值重估"与"历史重构"。著者设想对这种压抑机制(体制)的批判"尽量排斥个人意气和政治功利性的庸俗批判方式的侵入",多一些"哲学内涵的批判",但行文中那种政治批判和文化批判的启蒙姿态还是鲜明的,并潜隐着一种双重的"二元对立"认知方式,即全书宏观理念上的"主体性"/"非主体性"构架与"向建构召唤的解构"的具体叙述方式。②在引进"潜在写作"与"民间"等概念后,陈思和对"十七年文学"有无"主体性"问题的态度还是比较慎重的。相比之下,《十七年文学:"人"与"自我"的失落》的"姿态"则要显得激进。这是一种典型的80年代建立起来的文学史话语方式。

可见,这两部文学史著作尽管出现在90年代,但其"启蒙"——"文学性"的叙述方式均是80年代确立的文学史叙述方式的一种延续。文学研究者当然不能没有自己的"主体性"也应关注文学的"主体性"。但在强调这一切之前,我们是否有必要对这"主体性"进行反思,考虑该把它提到怎样适度的位置?是否应该考虑"存在脱离一切压抑和权力的全面解放的理想状态"?另外,用与"主体性""现代化"等80年代特殊语境关联在一起的"文学性"来描述与评价"当代文学",是否显得有些超前?对诸如这些问题的诘疑,使得进入90年代以后的"当代文学"的研究与编写的"历史化"问题凸显出来。

---

① 丁帆在《我与批评》(《文论报》1986年3月1日)、《关于中国现当代文学治史方法的对话》(《福建论坛》2001年第4期)、《二十世纪后半叶中国文学研究的价值立场》(《粤海风》2001年第4期)等文中均表达过自己对"主体论批评"风格的追求,如在《二十世纪后半叶中国文学研究的价值立场》一文中,面对"充满'价值判断'"的二十世纪后半叶的中国,丁帆认为"纯粹乾嘉学派的治史方法,自然科学式的研究方式在梳理这段文学史的时候显得力不从心"。他为此主张研究者"主体的介入意识",认为只有这样"才能体现出现代知识分子和古代知识分子学术和学理的治学方法的根本区别"。

② 所谓"向建构召唤的解构","即在对'十七年文学'进行辩证否定的同时,注意发掘其内在的反对因素",通过对"'人'与'自我'的失落"的批判来"发现人建构人",在"解构'文学'"的同时"重建'文学'"。见蒋小波:《解构"文学",重建"文学"——评〈十七年文学:"人"与"自我"的失落〉》,《文艺争鸣》1998年第6期。

四、学科意识与多元化的编写格局

受90年代思想文化演变与文学批评分化的潜在影响,进入90年代以后,当代文学研究的"历史化"问题成为关注焦点,当代文学史的编写也因此逐渐呈现出新的状貌,一些新的文学史研究与编写开始反思80年代建构在启蒙与救亡、文学与政治、五四文学与左翼文学等二元对立基础上的文学史框架,尝试将文学历史化与知识化,把中国当代文学放置到特定历史文化与政治语境中加以理解。同时,对50(40)年代至70年代中国文学的重新理解,以及与此相关的对"新时期文学"意识形态性质的探讨,也对中国当代文学史的观念和编写带来了巨大冲击。正是在对这些文学史观的思考、批评和回应中,文学史家写出了更多更优秀的当代文学史。不夸张地说,中国当代文学史编写70年,迄今为止最好的文学史著作即诞生于这一时期,不少文学史家在编写指导思想、内容体例设置与语言叙述风格等方面都进行了富有成效的探索尝试。更重要的是,在中国当代文学史的编写和研究过程中,写作者和研究者已开始逐渐累积起自觉的学科意识,文学史编写呈现出多元探索的格局。

当代文学研究的"历史化"包含两个方面的内涵:一是指研究对象,要求把对象置放回具体的历史情境中,二是指研究者自身必要的历史意识。在一次"当代文学研究的'历史化'研讨会"上,有论者指出,对当代文学而言,"'历史化'涉及如何将当代文学史研究从'批评化'状态逐步转移到'历史研究'的平台的问题,这种历史化实际也反映出一种知识化的愿望和过程"①。从另一个角度说,"历史化"是作为学科的"当代文学"建构的需要,对于缺乏时间距离的当代文学来说,"历史化"是获得历史品质的必需过程。"历史化"之必要,是因为作为历史叙述的"当代文学"不仅与当代社会生活同步,同时对于许多研究者而言,又是研究这一历史叙述的"当事人"。

90年代以后当代文学的"历史化",原因是多方面的,而文学自身的要

---

① 杨晓帆、虞金星:《当代文学研究的"历史化"研讨会纪要》,《文艺争鸣》2010年第1期。本章后面所征引本文内容,不再注明出处。

求是根本。80年代末的那场社会运动是八九十年代中国社会转型的一个"拐点",并在邓小平1992年的南方谈话中被再一次强力推进。其实它们同样也是中国思想文化进程由80年代过渡到90年代的界碑。有论者用从同一走向分化,由启蒙走向启蒙的自我瓦解来描述80年代与90年代的关系。"如果说80年代的主题是启蒙的话,那么90年代的主题就是转为反思启蒙。"(杨晓帆、虞金星:《当代文学研究的"历史化"研讨会纪要》)八九十年代这种思想文化的"拐弯",直接动摇着80年代建筑起来的文学理想,"历史的终结""文学的终结"之声音在90年代的"此起彼落",便是最好的表征。有些研究者曾这样批判性地反思80年代以"文学现代化"和"纯文学"为核心的"重写文学史"运动:"20世纪90年代以来,'现代化'话语逐步扩展和转变为一个'现代性'的知识视野,对于'现代化'的单一的本质化的理解逐步转变为一种多元的、复杂的具有批判性和反思性的'现代性'知识。"通过对"文学现代化"和"纯文学"的批判性反思,"摧毁有关'纯文学'和'文学性'的神话",更新文学研究的视野与方法;将文学置放回发生发展的历史情境中去,"最大限度到历史化文学"。在"具有批判性和反思性的'现代性'知识"视野中,当代文学的"历史化"已成为不可避免的一个问题。(旷新年:《"重写文学史"的终结与中国现代文学研究转型》)事实上,无论我们承认与否,进入90年代以后,80年代激进的文学运动都正在或者已经影响着我们对作为历史的"当代文学"的评价与叙述,从而成为当代文学学科建构必须面对的一个问题。一个多年从事"十七年文学"研究的学者指出:受西方当代"大理论的复归"的影响,80年代以来当代文学史叙述的各种理论框架,尽管都提出"让文学回到文学自身""让文学史回到文学叙述本身这样的'纯文学'意向"的口号,但与此同时,它们又都有一个"共同出发点",即把"十七年文学"作为80年代以后文学的"反衬",通过另一种"政治决定论",或者说是"简单化、庸俗化了的哲学认知",把这一时期的文学逐出文学史[①]。在一篇谈到自己之所以"重新打量'十七

---

① 董之林:《重读与重写——当代文学史研究中的"大理论的复归"札记》,《上海文论》2005年第2期。

年'小说"的文章中,这个研究者提出主要还是出于对80年代这种"以服膺政治、否定个性为由""以西方启蒙话语为标志"的"历史元叙述"的不信任①。可以说,历史地"重返八十年代",已成为90年代重建文学秩序的基础和前提。一论者在谈到当代文学学科的"历史化"时指出:80年代以来文学史写作与研究的"批评化"认同,实质上是"被历史所控制的'认同'"的"认同式"研究,如80年代关于"主体性"理论"盖棺论定"的解释对在已有成果起点上开始的"有距离的研究"的妨碍等,都在90年代不同程度地"控制"着我们对文学史的客观认知。基于此,如何"在对文学经典抱着必要的'历史的同情'的同时,找到一个既在'历史'之中、又不被它所完全'控制'的'认同',并把后者设定为所'质疑'的研究对象;既要吸收'已有成果',从中得到'启示',但又要'有距离'地认识和反思这种'启示'"②,已成为一个无法回避的现实问题。要言之,如何将研究对象历史化与知识化,便成了90年代科学合理地建立当代文学研究秩序的必须突破的一个关键。这其实也正是另一研究者所说的:"90年代以后出现在'知识考古/谱系学'视阈中的'文学史问题'不再是'重写文学史',而是将'文学史'作为一种现代性知识加以反思。它关注的不是对文学史的'重写',而是我们以何种工具'重写'"。③

作为一种学科意识,当代文学研究与历史叙述中的这种"历史化",在90年代,首先体现在对建筑80年代文学研究"文学性"框架的"救亡压倒启蒙"的思想基础的解构。"事实上,当'救亡压倒启蒙论'将这一现代民族国家的建构过程表述为'救亡'时,'中国'这一概念的现代性被完全忽略了。这种误读的产生,当然与民族国家这一概念本身的复杂性有关。这种复杂性表现在传统的'文化认同'与现代'政治认同'之间的界限并非只是一目了然,尤其是当民族国家为了建构自身合法性而常常自觉和不自觉地借用传统文化资源的时候,现代民族国家与前现代民族国家,其实是一

---

① 董之林:《关于"十七年"文学研究的历史反思》,《中国社会科学》2006年第4期。
② 程光炜:《当代文学学科的"历史化"》,《文艺研究》2008年第4期。
③ 李杨:《文学史写作中的现代性问题》,太原:山西教育出版社,2005年,第4页。

对需要仔细辨析的概念。"①李杨认为,以这种被误读(启蒙/救亡=现代/传统)的"双重变奏"框架来谈论20世纪中国文学,把复杂的文学历史纳入简单的二元对立框架进行讨论,其结论是值得质疑的。这种对历史轮廓的解释,其实是另一种遮蔽。其次,也体现在对80年代以来以夏志清的《中国现代小说史》为代表的海外汉学影响的知识性清理。有论者在回顾《中国现代小说史》与80年代的"现代文学"时指出夏志清考察"左翼中国"的"西方视角","非历史化"的"整体历史观"对"左翼中国"文学关注的"社会底层"(即"无产阶级劳苦大众")生存感受是另一种"历史感"的"屏蔽",质疑作者对"社会""历史"和"事件"等的"强烈的排他性"的"纯文学取舍"的学术立场。文章还分析了《中国现代小说史》在内地80年代的文学研究中之所以大行其是,是因为其以"新批评"为知识原点"适时"地替代了以"社会学"为知识原点的中国现当代文学批评。文章最后还考察了60年代"普、夏之争"中"东欧"(社会主义阵营)与"美国"(西方阵营)在认识中国文学时的明显差异,并在此基础上历史地考察了《中国现代小说史》与80年代"重写文学史"运动的复杂关系②。以"回到历史情境去"的方式"重返八十年代",在让我们看到了80年代的历史局限性的同时,也为90年代当代文学的"历史化"提供了历史的依据。

在90年代以后当代文学写作"历史化"实践中,首先应该提到也是最有成效的,是洪子诚。洪子诚进入90年代以来的系列著述,让我们看到了一个当代文学研究者建立在对历史自觉深刻省思基础上的历史情结。在对80年代到90年代知识界所坚信的启蒙、理性立场从"稳定"到"惶惑与恐慌"的裂变的震撼回顾中,洪子诚清醒地看到了"历史"并非过去所理解的那样,有单一的主题。90年代初,当代文学研究仍纷纷致力于构建宏大的"历史叙事",洪子诚选择追求的却是"反省"中的"创造","回过头来看看自己原来的叙述究竟存在什么问题":"我所接受的那种文学史观念,那种评述方式,有关'当代文学'的那些概念从何而来?它们有什么

---

① 李杨:《"救亡压倒启蒙"?——对八十年代一种历史"元叙事"的解构分析》,《书屋》2002年第5期。
② 程光炜:《〈中国现代小说史〉与80年代的"现代文学"》,《南方文坛》2009年第3期。

样的'意识形态含义'？如此等等。"洪子诚认为"这一研究思路的确立，不但基于一般'学术史'方法上的考虑，同时，最主要的还是由于'当代文学'学科建设的复杂性"①。在关于重建"批评'立场'"的一篇文章中，洪子诚把"通过对历史的回溯，对'经典文本'的'重读'以及对'自我'的反思来实现"，把对"历史"进行清醒冷静的梳理作为重建批评立场的第一步②。基于这些思考，洪子诚90年代以后的系列著述，有意识地将当代文学从"现象批评"提升到"学术研究"的高度，③并在其文学史著作中努力"探索新的历史叙述"。这种"新的历史叙述"在1999年出版的《中国当代文学史》中，表现为不会"将创作和文学问题从特定的历史情境中抽出来，按照编写者所信奉的价值尺度做出臧否"④。与此同时，尽管用"一体化"来概括描述当代文学，但作者也没有将它"凝固化，纯粹化"，把它看作是静态的。在稍后的《问题与方法——中国当代文学史研究讲稿》一书中，洪子诚这种"历史化"与"知识学"研究方法以及叙述方式，极大地拓展了中国当代文学的研究空间，解决了长期以来困扰中国当代文学研究与学科建设中系列疑难问题，修正了我们有"论"无"史"的当代文学史观。

有论者曾经这样评价过洪子诚对当代文学研究"历史化"的贡献：

> 对80年代的当代文学研究，洪子诚明确表示了不满："为什么胡适、朱自清写在距新文学诞生仅有五年或十余年的书，就可以列入现代文学史的评述范围，而且给予颇高的评价，没有人说他们当时不应该做'史'的研究，而在80年代，'当代文学'已经过了30多年，却还提出'不宜'写史呢？这个问题我就想不通了。"洪子诚意识到的这一问题在90年代以后变得更为突出。一方面，

---

① 洪子诚：《当代文学概说·前言》，南宁：广西教育出版社，2000年。
② 洪子诚：《批评的"立场"断想》，《学术思想评论》，沈阳：辽宁大学出版社，1997年。
③ 这些著述主要有《关于50—70年代的中国文学》（《文学评论》1996年第2期）、《"当代文学"的概念》（《文学评论》1998年第6期）、《当代文学的"一体化"》（《中国现代文学研究丛刊》2000年第3期）、《近年的当代文学史研究》（《郑州大学学报》2001年第2期）、《当代文学史写作及相关问题的通信》（与李杨合作，《文学评论》2002年第3期）等。
④ 洪子诚：《中国当代文学史·前言》，北京：北京大学出版社，1999年。

"当代文学"的时间越来越长,到90年代已经远远超过了只有30多年历史的"现代文学",不仅50—70年代文学早已成为历史,更重要的是,随着90年代以来政治、经济乃至文学环境的巨大变化,我们曾经深陷其中的80年代也在迅速离我们远去。在90年代的文学环境中讨论"新时期文学",竟常常使人产生恍如隔世之感,在这一背景下,"当代文学"的文学史问题开始进一步凸现。而另一方面,也是更重要的一方面,90年代以来人文知识的变化,尤其体现在对现代性的反思成为知识界普遍关注的命题之后,人们得以以一种不同于80年代的方式思考我们置身的这个越来越陌生的世界,尤其是当人们开始自觉或不自觉地以一些不同于80年代的知识方式进入到人文学术研究的时候,80年代包括文学研究在内的人文学科的一些不证自明的理论前提如"个人性""文学自主性"等概念开始瓦解。譬如说,在读完洪子诚那篇题为《"当代文学"的概念》之后,我们就很难继续相信"当代文学"只是一个中性的学科概念,洪子诚以丰富的文学史资料向我们证实,"当代文学"其实是具有特定意识形态含义的文学史范畴。如果接受洪子诚这一推论,"当代文学"与"当代"或"当下"的关联显然就已经不再是顺理成章的事。[①]

在90年代当代文学历史叙述"历史化"实践中,值得关注的另一种情形是由海外中国现当代文学研究学者发起的"再解读"研究思潮。作为对八九十年代中国社会转型期的一种直接反应,这一研究思潮从20世纪90年代开始陆续以其集中的成果进入中国现当代文学研究视野[②]。在国内现

[①] 李杨:《为什么关注文学史——从〈问题与方法〉谈当代"文学史转向"》,《南方文坛》2003年第6期。

[②] 这些成果主要有:唐小兵主编《再解读:大众文艺与意识形态》(香港:香港牛津大学出版社,1993年。北京大学出版社2007年出版了该书的修订本)、黄子平《革命·历史·小说》(香港:香港牛津大学出版社,1996年)、张旭东《幻想的秩序——批评理论与当代中国文学话语》(香港:香港牛津大学出版社,1997年),唐小兵《英雄与凡人的时代——解读20世纪》(上海:上海文艺出版社,2001年)、刘禾《跨语际实践——文学、民族文化与被译介的现代性(中国·1900—1937)》(北京:生活·读书·新知三联书店,2002年)、陈建华《"革命"的现代性——中国革命话语考论》(上海:上海古籍出版社,2000年)等。

当代文学研究领域，比较早从事"再解读"研究的是李杨[①]。由于"内外呼应"，"再解读"已成为近二十年来中国现当代文学研究界一种现象，在推进当代文学史研究与写作"历史化"过程中，都产生了重大影响。[②]就大方向而言，"再解读"研究的目的在于通过将对象的知识化与"历史化"，开辟与历史的另一条对话途径。这其实也是进入90年代以后许多研究者在思考与探索的。前些年有论者在谈到"靠近历史本身"写作的"意义和必要性"时曾这样表述过，所谓"返回现场""靠近历史本身"，我们能做的，主要还是"回到"相关的"文本""'靠近历史本身'事实上是'靠近'有关历史的'话语活动'。通过对各种各样的'文本'的细心挖掘、发现、重读、重新编织，去观察'历史'是如何建构的，在建构过程中，哪些因素、哪些讲述得到突出，并被如何编织在一起，又掩盖、隐匿了些什么，由此'揭发'在确立历史的因果关系，建造其'整体性'时的逻辑依据，和运用的工具"[③]。这其中类似的思想，正是当年"再解读"研究发起的知识基础。作为"再解读"研究"当事人"之一的唐小兵便曾这样谈到"再解读"与"想象历史"的关系："解读"与一般的阅读不一样，它不再"单纯地解释现象"，或者"满足于发生学似的叙述""归纳意义""总结特征"等，而是要揭示出"历史文本后面的运作机制和意义结构"。"解读"的过程是"暴露"和释放曾经因种种原因"被遗忘、被压抑或被粉饰"的"异质"成分。因此"解读"是"拯救历史复杂多元性"的有效行为。[④]

但总的看来，"再解读"研究对当代文学史编写"历史化"的贡献与存在问题同样突出。如贺桂梅认为"再解读"研究并没有很好地处理"理论

[①] 李杨的"再解读"研究主要著作有《抗争宿命之路——"社会主义现实主义"（1942—1976）研究》（长春：时代文艺出版社，1993年）和《50—70年代中国文学经典再解读》（济南：山东教育出版社，2003年）。

[②] 关于这一问题的考察可参考笔者与李杨的访谈《"再解读"与"反现代的现代性"》一文，《中国现代文学研究丛刊》2011年第12期。

[③] 洪子诚：《回答六个问题》，《南方文坛》2004年第6期。

[④] 唐小兵：《再解读：大众文艺与意识形态（代前言）》，北京：北京大学出版社，2007年。

的历史性"和40—70年代这一段历史的特殊性这两者间的"张力关系",以一种"非历史的态度对待理论","超历史的态度对待40—70年代这段独特的历史"①;认为"'再解读'主要是要打碎40—70年代的体制化叙述,揭示了其中的矛盾和裂隙。而研究者对问题的探讨也仅止于这一层面。至于这一时期的文学(文化)如何建构起这样的历史叙述,在建构过程中经历了怎样的冲突和调整,最终是什么因素导致了这种叙述的'无效',这些问题则并未成为'再解读'关注的问题。这大概正是'再解读'仅仅提供了新的研究的可能性的'启示'或研究个案,而不能完整更为完整的历史叙述的更主要原因"②。作为一种文学史方法,有论者认为"再解读"文学史研究试图"在研究者自身的历史转变中如何与革命文学实际也包括20世纪中国文学建立一种有效的'对话关系',并有意识地参与中国现当代文学研究自身话语和知识更新的过程";"再解读"研究者的"知识化"方法,避免了对中国现当代文学的历史分析始终停顿在感性化、情绪化的状态,使之"有了被凝固的范围、概念和表述限度"。同时,借助"知识化""历史化"完成了自身建设,增加了更多研究的可能性,"重排了现当代作家的位置,调整了文学经典谱系,并对'文学经典'和'文学史经典'做了更严格的区分",在一定程度上做到了"归还给历史"了,但在"如何归还给历史"这一更大难点上止步了③。

五、"从史料再出发"的构想与尝试

对于作为学科对象的"当代文学","历史化"是一个漫长的过程。而与90年代集中反思"80年代",文学史编写的学科意识自觉与多元探索格局的形成不同,近十年来,当代文学的"历史化"则逐渐转向文学史料的整理与研究,以及对半个多世纪来的当代文学史编写状况的深度调整。

当代文学史"历史感"的相对欠缺、对许多问题的处理仍只能停留

---

① 唐小兵、黄子平、李杨、贺桂梅:《文化理论与经典重读》,《文学争鸣》2007年第8期。
② 贺桂梅:《"再解读":文本分析和历史解构》,《海南师范学院学报》2004年第1期。
③ 程光炜:《再解读:思潮与历史转型——以唐小兵编〈再解读:大众文艺与意识形态〉等一批著作为话题》,《上海文学》2009年第5期。

在"批评层面"的状况,增加了其作为文学史叙述的历史品质获得的难度,也使得其叙述的可靠性与权威性受到挑战。进入90年代以后,当代文学学科建构的推进与当代文学"历史化"问题的提出,显然与这种担忧与焦虑有关。当然这并不是问题的全部。在当代文学史编写过程中,不少文学史家也在尝试通过价值体系的重建、知识结构的调整,还有文学史话语方式的改造等途径,试图缓解这种担忧与焦虑,并诞生了一些具有新质素的文学史著作。但尽管如此,这些文学史仍难以"一劳永逸"。可以不夸张地说,在过去近二十年的时间里,对这些文学史质疑与挑战(或者干脆说是挑剔)的声音一直都没有停息过,包括来自编写者本人。这种努力还原当代文学和历史真实的自我质疑和修复,当然可看作是一种难得的文学史自觉意识。这种现象,对于有着太多不确定性的当代史来说,有其合理与必然的一面。近十年来,随着"重返八十年代"及当代文学"历史化"问题的深入,这种质疑与挑战的必要性和迫切性日益凸显出来。

更深层次的问题还在于:从对这些包括来自编写者自身的质疑与修复问题的辨析中,不难发现这其中不少都已不再是诸如文学史观念与编写立场等老生常谈的问题,而在逐渐反转到如何处理当代文学学科建设中最基础的文学史料方面,且也不再简单满足于对作品版本与发表时间等问题的拨乱反正,而深入到对一些影响当代文学史叙述的可靠性与权威性,但长期以来被我们"约定俗成"的文学史叙述成规作平面化处理的"事件"的知识学考据。如不那么苛求的话,近十多年来有关当代文学史资料整理与研究,包括"重返八十年代"的推进与"重写文学史"现象的持续等,均可作如是观。而反映到近十多年来的文学史编写层面,由吴秀明主编的三卷本的《中国当代文学史写真》①,无疑是值得关注的一部。史著"从史料再出发"的编写理念,显然是对始于20世纪末的当代文学"历史化"进程的回应。在洪子诚《中国当代文学史》尝试、探索的基础上,该史著旗帜鲜明立场坚定地实践一种新的文学史编写范式,推进了当代文学史编写的"史

---

① 浙江大学出版社2002年出版。

料转型"。而2016年洪子诚《材料与注释》的出版,其中对史料深邃细密的成功处理,实际上是为研究界积压多年的有关当代文学史料问题思考与困惑的释放提供了一个正当其时的有效通道,同时也为系列问题对话的进一步展开搭建了一个平台。当然这其中也不排除该著于当代文学史料研究的"方法论"意义。以此观察京、沪学人关于《材料与注释》的研讨及相关的书评与研究,我们或许能更好地了解这些年纠缠当代文学研究与历史叙述的"史料情结"。

史料的甄别与解释在一定程度上动摇甚至瓦解了90年代以后"重写"的当代文学史的可靠性与权威性。近十年来少有新的当代文学史著作问世(至少在内地是这样),但这"沉寂"只是表象而已;"地火在地下运行",当代文学史的书写实际上正在以一种另类的方式——对史料的甄别与解释推进。"史料工作在视野、理论、素养、方法上的要求,一点也不比做理论和文学史研究的低","好的史料工作一点也不逊色于文学史写作,甚至更重要"①。这种区别于80年代末的"重写文学史"的另类书写动力,当然不是"新启蒙"的思想文化与海外中国现代文学研究的资源,而是近十多年来有关当代文学学科建设积蓄的又一种势能。史料的整理与甄释,是一个学科走向成熟的重要标志之一。毫无疑问,近二十年来许多当代文学研究者对许多"材料"所做的甄别与"注释",同时恰恰也是我们的当代文学史叙述无法绕开的大事件,如以《文艺报》与《人民文学》为代表的报刊传媒与当代文学的发展,毛泽东1957年颐年堂的讲话与"双百"方针及文艺界反右,1962年的大连会议与"当代"("十七年")的文学权力机制运作,以"红色经典"为代表的当代文学生产与传播的"历史真相",对曾经被"遗忘"的70年代文学的重新梳理,"文革"期间的"写作班子"的历史档案,对于第一、四次文代会的大叙述,等等。关于这些史料的整理与研究于文学史写作的意义,洪子诚有过精辟的表述:"从认识当代文学史与当代史来说,作为当年主流论述的扩展、补充,可以从《大事记》(即《材料与注释》中的

---

① 洪子诚、王贺:《当代文学史料的整理、研究及问题——北京大学洪子诚教授访谈》,《新文学史料》2019年第2期。本章后面所征引本文内容,不再注明出处。

《1967年〈文艺战线两条路线斗争大事记〉》)中窥见当代激进政治、文艺理念的内部逻辑,具体形态,从中见识文学—政治的'一体化'目标在推动、实现过程中,存在着怎样的复杂、紧张的文化冲突,也多少了解这一激进的文化理念的历史依据,以及它在今天延伸、变异的状况。"①可以说,在"档案"无处不在的中国"当代",对当代文学史来说,史料的甄释本身即是历史的写作活动。"严格说史料的搜集、整理很难说有'纯粹'的,它与文学典律,与对文学历史的理解,以及与现实的问题意识有密切关系。"(洪子诚、王贺:《当代文学史料的整理、研究及问题》)

在这种意义上,常态中期待的新一波当代文学史"重写",需要面对与解决的棘手问题,是如何消化吸收近二十年来的史料甄释成果。它虽然仍不免关涉文学史家的观念、立场,文学史叙述方式甚至文学史体例等"老套"问题,但其中所隐含的文学史家的史识,包括他们对待史料的历史视野、批评精神和问题意识等,却更重要。可以想象,由此最终呈现在我们面前的文学史文本,将未必"老套",诚如《材料与注释》所设想:"尝试以材料编排为主要方式的文学史叙述的可能性,尽可能让材料本身说话,围绕某一时间、问题,提取不同人,和同一个人在不同时间、情境下的叙述,让它们形成参照、对话的关系,以展现'历史'的多面性和复杂性。"(洪子诚:《材料与注释·自序》)

转用洪子诚的表述,或许可以这么说:与当代文学学科在寻找规范中走向成熟的情形相反,由于当代史的不确定性,"成熟"的当代文学史编写,恰恰是在试图突破规范,质疑可能被"固化"的文学史叙述模式。这种突破与质疑,其中一方面,即源于对当代文学史料的甄释。"'史实'与'史识'是相关的。文学史料工作不是'纯'技术性的。史料工作与文学史研究一样,也带有阐释性。"(洪子诚、王贺:《当代文学史料的整理、研究及问题》)也正是在这阐释中,体现出文学史家的历史观。

---

① 洪子诚:《材料与注释》,北京:北京大学出版社,2016年,第209页。本章后面所征引该书内容,如无特别说明均引自此版本。

六、当代文学史编写的关联性问题

中国当代文学史的编写实质上是不同文学史观念的对话。我们前面对70年来中国当代文学编写轮廓的粗线条清理，无意对不同时期的文学史观进行非此即彼的价值判断，而是力图将不同的文学史观放回特定历史语境中，考察其产生的知识语境，揭示文学史观念的演进与时代的关联和互动。本书的设想，是在探讨中国当代文学学科历史的前提下，把近70年来中国当代文学史编写的历史作为一个不可分割的，有着内在关联的整体来考察，将文学、历史文化学、社会政治学等理论融合在一起，不再在"文学史"意识的框架内讨论"文学"问题，而是将"文学史"本身当成了一个问题。

相对而言，中国当代文学是一个年轻的学科。清理中国当代文学史编写历史的过程其实也是认识和了解当代文学发展环境的过程。由于中国当代文学史的编写与中国当代文学学科的建构具有同步的一面，因此在讨论当代文学史的编写史与当代文学的学科史关系过程中，需要思考和阐释清楚：编写者在编写过程中是怎样处理好中国当代文学史的这种"历史性"与"当代性"关系的？"当代人"甚至可能是"当事人"写当代史，怎样处理好个人经验、个人记忆等与历史叙述的关系？本书的意图之一，便是通过对70年来中国当代文学史编写历史的清理，认识和了解中国当代文学学科的发展历史，以促进其学科自身建设的进一步深入完善。近年许多有关文学史写作的讨论都由当代文学领域引发，影响却远远超出了中国当代文学史的写作。完整的中国当代文学学科史的研究，对中国现当代文学学科的整合具有重要意义。本书把对中国当代文学学科历史的认识与对中国当代文学史编写实践的清理结合起来，一方面历史地勾勒清楚70年来中国当代文学史编写历史的演绎过程与中国当代文学学科的建构过程，即70年来的中国当代文学史编写如何从五六十年代单一的政治化编写模式，过渡到80年代编写者既有文学史观念在启蒙思想文化潮流与艺术审美取向语境的合力作用下的矛盾与裂变，再在进入90年代以后编写者逐渐形成比较成熟而又不失个性的文学史写作理念，并开展多元化写作实践的过程，直至近十年来试图通过对文学史料的整理、甄释达到推进文学史编写的目的，为认识中国当代文学学科的历史作参考；另一方面，更主要的，是在此前提下，围绕如下一些与中国当代文学学科相关的实质性问题，系统深入地讨论各阶段的中国当代文学史编写情况，具体如：这一阶段出现了哪些比较有代表性的文学史著作？这些文学史著作体现着编纂者怎样的文学史理念？他们编写的指导思想是什么？这些编写指导思想与当时的社会政治文化思潮有什么内在关联？这些文学史著作具体的编排体例怎样？编纂者在书写过程中是如何处理文学/审美的标准与社会/政治之间关系的？编写者通过文学史的书写想解决什么问题，达到怎样的目标？从效果上看在多大程度上实现了这些目标？编写者在试图解决问题的同时又给我们提出了什么新的问题？等等。

中国当代文学史的编写过程，也是中国当代文学作为一个独立学科的确立和建构过程；这一编写工作始终在20世纪中国文学视野中，与整个20世纪中国文学特别是1949年后的文学环境息息相关。同时也与整个中国当代的意识形态密切关联，在一定程度上可说是对它的一种"隐形书写"。当代文学史的不断"建构"和"重构"，"不止表明当代文学学科的'发展'或'进步'，同时也从一个方面表达了当代文学史家试图重构的意识形态的性质和功能"[①]。正是在这一意义上，本书内容的展开，不仅仅在于对文学史编写进行总结和梳理，还在于通过对20世纪中国文学基本经验的总结，回应文学现实意义的问题，如文学与政治、现实的关系，左翼文学在20世纪文学中的价值，文学体制的问题，等等。

[①] 孟繁华、程光炜著：《中国当代文学发展史》，北京：人民文学出版社，2004年，第3页。

第一章

"当代文学"的观念及其历史叙述的建构（1949—1978）

第一节 《中国新文学史稿》与"当代文学"的诞生

一、《中国新文学史稿》与《新民主主义论》和《在延安文艺座谈会上的讲话》

无论是作为学科的"当代文学"的诞生，还是作为事件的当代文学史编写的缘起，对它们的考察都离不开20世纪50年代初的中国新文学（现代文学）状况。可以说，在50年代，正是中国新文学史的编写，催生了"当代文学"。1950年教育部高等教育会议的召开及其《高等学校文法两学院各系课程草案》的通过，直接引擎了中国新文学史的编写。这其中最早也最具代表性的，是王瑶的《中国新文学史稿》（以下简称《史稿》）。从王瑶相关的自述材料中可知，《史稿》是其"前后在清华大学及北京大学讲授《中国新文学史》一课程的讲稿"[①]，上册1951年9月由开明书店出版，下册1953年8月由新文艺出版社出版。完整的上下两册《史稿》1954年3月由新文艺出版社出版。这是1949年以后最早的一部新文学史著作，其文学史观念、写作立场、内容结构、文学史叙述方式等，不仅对以后中国新文学史著作的写作与出版产生了巨大影响，同时也对随之起步的中国当代文学史的写作与出版具有"以此为镜"的重要意义。90年代以来，随着中国当代文学学科建设的推进，不少文学史家在梳理该学科历史的过程中，还注意到了《史

[①] 王瑶：《中国新文学史稿·初版自序》（第一册），太原：北岳文艺出版社，2015年。本章后面所征引该书内容，如无特别说明，均引自此版本。

稿》对"当代文学"诞生与命名的意义。

本节拟在对20世纪五六十年代的中国当代文学史写作实践进行考察之前,以王瑶的《史稿》为对象,选取若干观测点作为进入当代文学史写作的前知识并予以解析,初步把握当代文学概念诞生的大致历史语境。同时,通过引介20世纪90年代以来洪子诚关于"当代文学"学科命题内涵的理论梳理,为《史稿》与"当代文学"诞生的内在关联提供事后的理论支持,并看看它们之间是如何形成对读关系的。

作为新中国第一部现代文学史著作,学界对《史稿》关注、讨论最多的,主要还是王瑶如何运用毛泽东《新民主主义论》关于现代中国革命与文化的思想、《在延安文艺座谈会上的讲话》(以下简称《讲话》)关于现代中国文艺的精神,来叙述、评介五四以来的中国文学史上作家作品、文艺运动、文艺思潮等文学现象,[①]以及作者在此过程中遭遇到的矛盾与困惑在文学史著作中的表现。概而言之,作为一部文学史著作,《史稿》引人瞩目的是一个文学史家的文学史观念与写史立场,以及最后的写作效果。这也是《史稿》后来在很长一段时间内对中国现代、当代文学史写作最具影响力的。

王瑶在《史稿》绪论中开宗明义强调开始于五四的中国新文学,"是中国新民主主义革命三十年来在文学领域中的斗争和表现"。作者提出这个观点的依据是毛泽东在《新民主主义论》中对中国新民主主义革命历史特点的分析。从毛泽东《新民主主义论》关于中国共产党人在五四以后中国文化领域的地位和作用的论述出发,王瑶认为,"从理论上讲,新文学既是新民主主义革命的一部分,它的领导思想当然是无产阶级的马列主义思想"。在谈到中国新文学的性质时,王瑶不容置疑地表明:

中国新文学史既是中国新民主主义革命史的一部分,新文学

[①] 1979年重版时,王瑶仍坚持和强调《史稿》对毛泽东《新民主主义论》和《在延安文艺座谈会上的讲话》思想立场:"'五四'新文学从开始起就担负着为人民革命服务的历史使命,它是团结人民,教育人民,打击敌人,消灭敌人的有力武器。"王瑶指出,现代文学虽然还不是单一的无产阶级文学,"但就世界范围来说,它已经属于全世界无产阶级文学的范畴,同时这也保证了它向着社会主义文学发展的历史方向"。王瑶:《"五四"新文学前进的道路》,《中国新文学史稿·重版代序》(第一册),上海:上海文艺出版社,1982年。

的基本性质就不能不由它担负的社会任务来规定；一切企图用资本主义社会文艺思潮的移植，或严格的无产阶级的社会主义文学内容来作概括说明的，都必然会犯错误。什么是新民主主义的革命呢？像毛泽东同志屡次所告诉我们的，是由无产阶级领导的、以工农联盟为基础的、人民大众的、反对帝国主义和封建主义（以及一九二七年以后形成的以四大家族为首的官僚资本主义）的革命。这种新民主主义革命的性质和路线也就规定了中国新文学的基本性质和发展方向。（王瑶：《中国新文学史稿》第一册，第5页）

在用毛泽东《新民主主义论》和郭沫若《为建设新中国的人民文艺而奋斗》对上述观点进行阐释后，王瑶进一步简明扼要地概括中国新文学的基本性质：

它是为新民主主义的政治经济服务的，又是新民主主义革命的一部分，因此它必然是由无产阶级领导的、人民大众的、反帝反封建的民主主义的文学。（王瑶：《中国新文学史稿》第一册，第8页）

根据《新民主主义论》和《在延安文艺座谈会上的讲话》的思想精神，《史稿》将新文学30年（1919—1949）分为四个时期，"伟大的开始及发展"的第一个时期（1919—1927），相当于《新民主主义论》中所指的第一和第二两个时期，"左联十年"的第二个时期（1928—1937），相当于《新民主主义论》中所指的第三个时期，"在民族解放的旗帜下"的第三个时期（1937—1942）和"沿着《讲话》指引的方向"的第四个时期（1942—1949）。王瑶解释之所以不以全面抗战时期作为一个时段，而以《讲话》为后面两个时期的分界线，是因为《讲话》太重要了，它"解决了新文学运动以来的许多问题，使文学运动和作家的实践都有了一个明确的方向"（王瑶：《中国新文学史稿》第一册，第19页）。《史稿》的这种文学史分期意识，隐含了作者对新文学30年发展历史复杂的思想认识。"分期"在历史研究中并不是一个简单的时间概念,也不再属于物理时间层面上讨论的范畴,它在历史研究中本身便是一个问题,此诚如日本学者柄谷行人所言,"分期对于历史不可或缺。标出一个时期,意味着提供一个开始和结尾,并以此来认识事件的意义。从宏观角度,可以说历史的规则就是通过对分期的论争而得出的结果,因为分期本身改变了事件的性质"①。《史稿》这种具有政治意识形态取向的文学史分期方法,也对后来的中国当代文学史写作分期产生了很大的影响。如不少当代文学史著作都以"文革"的发生(1966)和粉碎"四人帮"即"文革"的结束(1976)、80年代末(1989)为依据,把当代文学发展的历史划分为"十七年文学""文革文学""新时期文学"和"后新时期文学"等不同时期。

二、《史稿》的内容设计与作家选择

在"初版自序"中,王瑶还提到了《史稿》内容对象设计的依据。1950年,教育部召集的全国高等教育会议通过了《高等学校文法两学院各系课程草案》,其中规定"中国新文学史"是各大学中文系主要的必修课程,其任务是"运用新观点,新方法,讲述自五四时代到现在的中国新文学的发展史,着重在各阶段的文艺思想斗争和其发展状况,以及散文,诗歌,戏剧,小说等著名作家和作品的评述"(转引王瑶:《中国新文学史稿·初版自序》)。这其中提到的"新观点,新方法",在《史稿》,或许可理解为作者对毛泽东文化文艺思想的学习领会与消化。从全书结构看,第四个时期(1942—1949)"沿着《讲话》指引的方向"的内容篇幅与比重最大,其次是第三个时期。在具体内容设计上,关于无产阶级进步作家作品——左翼文学的评述是重点,特别是鲁迅。由于毛泽东在《新民主主义论》中的结论性评价,《史稿》对鲁迅给予了充分肯定和评价。在第二个时期"左联十年"的内容中,《史稿》用了5个页面来评述"献给诗歌大众化的实践者"(蒲风语)的"中国诗歌会"诗人诗作。而对当时诗歌会"正面反抗"的新月派和现代

---

① [日]柄谷行人:《现代日本的话语空间》,转引李杨:《文学史写作中的现代性问题》,太原:山西教育出版社,2005年,第149页。

派的个别代表性诗人,作者则表现出有所取舍的态度,比如徐志摩。他肯定诗人在新诗"形式的追求"方面的贡献,如"努力于体制的输入与实验",讲究用譬喻,"想要用中文来体现外国诗的格律,装进外国式的诗意",认为诗人的诗在写作技巧上是有成就的,如章法整饬、音节、形式富于变化等等,但对其诗作的内容格调评价并不高,"到他的遗作诗《云游》里,他要求死,说死'是光明与自由的诞生',诗人的理想是彻底破灭了"(王瑶:《中国新文学史稿》第一册,第70页)。王瑶赞成茅盾对徐志摩的评价:"志摩是中国布尔乔亚开山的同时又是末代的诗人。"(转引《中国新文学史稿》第一册,第70页)对同样不属于左翼文学同路人、在40年代后期被左翼文人作为"清场"对象、"要无情地加以打击和揭露"[①]的自由主义作家沈从文,《史稿》也并没有花太多的篇幅进行评介,认为沈从文写军队生活,但未能够写出士兵生活的本质;写以湘西地方色彩为背景的民间生活和苗民生活,以"鼓吹一种原始性的野的力量";他"着重在故事的传奇性来完成一种文章风格,于是那故事便加入了许多悬想的成分,而且也脱离了它的社会性质"(王瑶:《中国新文学史稿》第一册,第221页)。作者认同丁玲的看法:"沈从文是一个常处于动摇的人,又反对统治者,又希望自己也能在上流社会有些地位。"(转引《中国新文学史稿》第一册,第222页)《史稿》对沈从文重要作品如《边城》等几乎不提。如此处理,放在今天的文学史编写中是不能想象的。对于活跃于第二个时期的"新感觉派",除了施蛰存的历史题材创作,其他作家如刘呐鸥、穆时英等也几乎不怎么提。至于活跃于第四个时期、后来被夏志清认为"该是今日中国最重要最优秀的作家"的张爱玲[②],《史稿》干脆只字不提。这一时期另一个被《史稿》"遗漏"的作家是

---

① 邵荃麟:《对于当前文艺运动的意见》,《大众文艺丛刊》(香港,1948)第一辑。
② 随着夏志清的离世(2013),近年一些重评夏志清及其《中国现代小说史》的文章,对夏氏关于张爱玲文学史地位与意义的演化过程进行了梳理,如袁良骏的《夏志清的历史评价》和张重岗的《夏志清的张爱玲论及其文化逻辑》(《中国文学评论》2016年第2期),都注意到了夏氏在1995年张爱玲去世后,对自己当年在"冷战"意识作祟下对张爱玲的极端评价的反思性修正,并都引用了夏志清在悼念张爱玲文章(《超人才华,绝世凄凉》)中的一段话:"我们对四五十年代的张爱玲愈加敬佩,但同时也不得不承认近三十年来她的创作力之衰退。为此,到了今天,我们公认她为名列前三四名的现代中国小说家就够了,不必坚持她为'最优秀最重要的作家'。"

钱锺书。①

在80年代初"重版后记"中，作者曾谦称："人的思想和认识总是深深地刻着时代烙印的，此书撰于民主革命获得完全胜利之际，作者沉浸于当时的欢乐气氛中，写作中自然也表现了一个普通的文艺学徒在那时的观点。"②这种情形，除了作者自己提到的对解放区文学的"尽情歌颂"之外，对应在《史稿》的叙述风格、话语方式方面，要找到类似的对证也并不困难。如在介绍第一个时期的创作态度时，作者认为"当作文学态度和创作方法的主流，从新文学的开始起，就是革命的现实主义以及革命的浪漫主义"（王瑶：《中国新文学史稿》第一册，第49页）。以倡行于50年代的"革命现实主义"和"革命浪漫主义"观念去套接五四新文学第一个时期的状况，难免有"后话前置"之虞，从中也可看出作者"总是深深地刻着时代烙印"的思想认识。不过今天我们重新面对《史稿》，更应该怀抱的，是一种"回到历史情境中去"的态度，而不是那种简单的是非、对错判断。

尽管如此，在一个文化与文学活动开始纳入国家体制管理的高度体制化时代，《史稿》以上所做的努力仍引起比较大的争议。这种争议其实是一种意识形态性质的批判。1952年8月，由新闻出版部总署与《人民日报》共同组织召开了《中国新文学史稿》（上册）的座谈会。与会者在肯定王瑶新文学史写作的同时，针对上面情况，也提出了《史稿》存在的一些问题，如认为从效果上看，《史稿》并没能够很好地把握好政治性、思想性与史料之间的关系，"对许多作家和作品都不能真正地指出他们的社会性质"，如对徐志摩、沈从文等"反动""颓废"作家的"津津乐道"③。1952年10月，新文

---

① 近二十多年来，一些研究者对王瑶《史稿》诸如此类的存在问题提出了不同看法。如温儒敏认为其实王瑶《史稿》在面对具体创作时的评判标准已有所"放宽"，"不纯粹以政治态度划线"，并用"人民本位主义"来淡化"新民主主义"和"无产阶级革命"的政治性标准。（温儒敏：《王瑶的〈中国新文学史稿〉与现代文学学科的建立》，《文学评论》2003年第1期）袁良骏在《夏志清的历史评价》（《中国文学批评》2016年第2期）中针对夏志清对沈从文、钱锺书等所谓"独立作家"的"发现"，指出包括王瑶等文学史家对《围城》等的"漏评"，并非"政治宿怨"，而是"战火中的遗憾"，认为《文艺复兴》发表《围城》时，正赶上如火如荼的第三次国内革命战争，蒋家王朝迅速崩溃，因此"不为人知"也是可以理解的。

② 王瑶：《中国新文学史稿·重版后记》（第二册），太原：北岳文艺出版社，2015年。本章后面所征引该书内容，如无特别说明，均引自此版本。

③ 具体可参看：《〈中国新文学史稿〉（上册）座谈会记录》，《文艺报》1952年第20号。

艺出版社出版了蔡仪的《中国新文学史讲话》。作者在"序"中声明:"它不是叙述一般新文学运动的史实,只是考察新文学史的问题;却想通过这几个问题,去认识新文学运动的大致情形,并且进一步去理解毛主席《在延安文艺座谈会上的讲话》是如何英明地把握了新文学运动史的主导方向,解决了当时新文学工作中的基本问题,指示了以后新文学发展的必然道路。"[①]严格地说,《中国新文学史讲话》算不上是完整的史著,只相当于史著中的"绪论"(黄修己),但它却是一种不同于《史稿》的另一种更能够对接新中国政权的新文学史编写思路,即强调阶级分析的观点、文艺对革命的从属作用、中共对文艺的领导等。在这种写作思路的影响下,几年后,丁易的《中国现代文学史略》(以下简称《史略》)[②]、张毕来的《新文学史纲》(以下简称《史纲》)(第一卷)[③]相继问世,并表现出"向政治的大角度倾斜"[④]。这或许可算作是对1952年蔡仪等在王瑶《史稿》座谈会上认为《史稿》对作家作品的阶级分析不够、对新文学从属于革命的表现不够、对中共对文学的领导表现不够等存在问题的大幅度修正。但是这两部新文学史,连同后来给人"印象要好些、深些"(黄修己)的、由刘绶松完成的《中国新文学史初稿》(以下简称《初稿》)[⑤],黄修己认为在如下两方面仍无法超越王瑶的《史稿》:一是《史稿》"已经描画了'五四'后新文学发展的基本轮廓,所论及的作家作品也是比较广的",而后来的《史略》《史纲》和《初稿》在这些方面"均无甚增益",在获得历史知识方面远不如《史稿》;二是对历史的认识,与《史稿》比较,后来的几部"并无实质性的发展",甚至愈发"左倾",以至"歪曲了"新文学史的面貌(黄修己:《中国新文学史编纂史》,第174、175页)。

三、作为文学史写作实践的意义与影响

在80年代初"重版后记"中,王瑶谦称《史稿》"如尚有某种参考价值,

[①] 蔡仪:《中国新文学史讲话·序》,北京:新文艺出版社,1955年。
[②] 丁易:《中国现代文学史略》,北京:作家出版社,1955年。
[③] 张毕来:《新文学史纲》(第一卷),北京:作家出版社,1955年。
[④] 黄修己:《中国新文学史编纂史》,北京:北京大学出版社,1995年,第154页。本章后面所征引该书内容,如无特别说明,均引自此版本。
[⑤] 刘绶松:《中国新文学史初稿》,北京:作家出版社,1956年。

其意义也不过如后人看'唐人选唐诗'而已"。"唐人选唐诗",只缘身在此山中,没有距离,缺乏"大历史"视域,对所选对象的权威性把握不大。但半个多世纪的历史证明,王瑶及其《史稿》筚路蓝缕的开创性意义是深远的。黄修己在《中国新文学史编纂史》曾从如下几方面概括《史稿》的成就:作为史著的完整的系统性;所涉及作家的广泛性[①];对作品评价的高度概括力;鲜明的倾向性(参考黄修己:《中国新文学史编纂史》,第133—141页)。黄修己认为在王瑶所处的那个政治化年代,这些成就的取得极为难得。陈平原曾经把20世纪的文学史家划分为四代,并在谈及20世纪以王瑶等为代表的第二代文学史家的特点时认为,这一代文学史家"关注仍在进行的文学进程,发展出意义深远的'现代文学'学科,使得文学理论、文学批评与文学史,有可能三位一体或良性互动",同时"引进唯物史观,突出文学研究中的社会学取向,曾经大大改变了以往的'文学史'图像"[②]。陈平原的评介,于王瑶及其《史稿》可谓当之无愧。

可以说,《史稿》体现出来的王瑶那种"文学史既是文艺科学,也是一门历史科学,它是以文学领域的历史发展为对象的科学,因此一部文学史既要体现作为反映人民生活的文学的特点,也要体现作为历史科学、即作为发展过程来考察的学科的特点"[③]的文学史观念,对中国现代文学史学科的建设与发展的贡献是不可替代的。同时也直接影响了20世纪五六十年代的中国当代文学史写作。

而王瑶《史稿》遭遇到的问题,写作过程中的矛盾与困惑,对后来的中国当代文学史编写未尝不是一种警示。温儒敏认为在"学术生产体制化"的年代,面对本来就很政治化的文学史现象,王瑶和当时的学者们要"躲开政治或有意淡化政治都是不可能的,也是那个时代所不可能接受的"。他

---

① 温儒敏曾统计《史稿》"所列的作家、批评家、文艺运动组织者等达378人,在迄今出版的所有现代文学史中仍是涉及作家量最多的一部"。参考温儒敏:《王瑶的〈中国新文学史稿〉与现代文学学科的建立》,《文学评论》2003年第1期。本章后面所征引本文内容,不再注明出处。

② 陈平原:《文学史的形成与建构》,南宁:广西教育出版社,1999年,第11、12页。

③ 王瑶:《中国现代文学史论集》,北京:北京大学出版社,1998年,第276页。本章后面所征引该书内容,如无特别说明,均引自此版本。

认为这是时代给文学史家出的难题,也是现代文学学科"与生俱来的'先天性'"问题(温儒敏:《王瑶的〈中国新文学史稿〉与现代文学学科的建立》)。把温儒敏这些总结置换在当代文学史编写中,同样切合。黄修己在《中国新文学史编纂史》中通过《史稿》等总结了五六十年代中国新文学史编纂的八大特点,其中如突出阶级分析的立场,强调先进阶级(无产阶级)对文学发展的领导,强化文艺思想斗争,淡化文艺思潮与理论,偏重阐释,弱化描述,"比较忽视史料的作用,忽视细致的描述"(黄修己:《中国新文学史编纂史》,第123页)的编写方法,等等,对我们认识和了解后来的当代文学史写作,都有启示意义。

在这一意义上,本书上面对以王瑶和他的《史稿》为代表的"前中国当代文学史写作"情况的梳理,对我们后面考察"当代文学"的诞生,半个多世纪来特别是20世纪50—70年代的当代文学史写作状况,无疑是有必要的。

四、"当代文学"的编写预设与学科阐释

这里的"预设",并不排除洪子诚在一篇梳理"当代文学"学科概念的文章中所作的解释,即"不仅仅是一种'新'的文学形态的构造,而且是这种文学形态在整个文学格局中支配地位的确立"①。但在本书的具体语境中,同时也还指王瑶的《史稿》于当代文学史的编写实践;阐释则主要是指90年代以后一些研究者对作为学科命题的"当代文学"内涵的历史梳理和解读。

(一)《史稿》的"附录"

1982年《史稿》重版时,王瑶删去了初版时下册"附录"的《新中国成立以来的文艺运动(一九四九年十月——一九五二年五月)》的内容,"以保持它属于中国新民主主义革命时期文学史的比较完整的体系"(王瑶:《中国新文学史稿·重版后记》)。其实无论是"附录"还是"删除",均体现出了王瑶对1949年以后一种不同于新民主主义革命时期文学的"中国新文艺"的关注。这种"新文艺"后来被命名为"当代文学"。从命名角度看,必

---

① 洪子诚:《"当代文学"的概念》,《文学评论》1998年第6期。本章后面所征引本文内容,不再注明出处。

须承认1949年以后中国新文学史的编写及其引发的一系列问题,都与作为文学史概念的"当代文学"的诞生有着某种内在的关联。始于王瑶《史稿》关于五四以来中国文学发展历史的叙述,实际上为后来关于1949年以后中国文学即当代文学的历史叙述留下了相对独立的时间和空间。"中国现代文学是新民主主义文学……对前面要有回顾,要有一段旧民主主义文学的帽子,对后面要有社会主义文学的瞻望。"[①]在20世纪60年代初,周扬的概括,作为一种文学史写作模式,指向的不仅是1949年后的中国现代文学史写作,同时也适用于晚些时候起步的当代文学史写作。而在50年代最早、最能够呼应周扬的,当然是王瑶《史稿》的写作。至于贺桂梅在近半个世纪后关于当代文学学科建构历史的清理,则完全可看作是对周扬当年思想的理论回应:"以'现代文学'取代'新文学'是为了突出1919—1949年这段文学作为'新民主主义文学'的特征,同时也是为了把文学的历史进程更好地与中国革命的历史进程结合起来。"(贺桂梅:《当代文学的历史叙述与学科发展》,转引温儒敏等:《中国现当代文学学科概要》,第145页)至于近半个世纪来的当代文学史写作,基本的格局均是《史稿》的套路,对前面有"回顾",对后面有"瞻望"。

不少当代文学研究的学者认为,"当代文学"这一概念尽管在50年代后期才开始出现,但对它的设计,却可以追溯到40年代毛泽东《新民主主义论》和《在延安文艺座谈会上的讲话》时期。前者在对五四以来的中国文学的新民主主义革命与文化性质进行定位的同时,实际上已经为新民主主义革命更高级的社会主义革命阶段的中国文学的性质进行了预设。这种预设在后来的《讲话》中得到了充分的阐释,如文艺应该为什么人服务,如何理解文艺与政治的关系,我们的文艺应该写什么、怎么写,还有文艺批评的标准问题,等等。对《讲话》于新中国文艺的意义,周扬在1949年第一次文代会的《新的人民文艺》报告中进行不容置辩的解释,指出《讲话》"规定了新中国的文艺的方向","深信除此之外再没有第二个方向了,如果

[①] 周扬:《在〈中国现代文学史纲要〉讨论会上的讲话》(1962年),转引温儒敏、李宪瑜、贺桂梅、姜涛等著:《中国现当代文学学科概要》,北京:北京大学出版社,2005年,第145页。本章后面所征引该书内容,如无特别说明,均引自此版本。

有，那就是错误的方向"①。

(二) 对"当代文学"概念的理解/阐释

尽管如此，在20世纪50年代，对"当代文学"概念理解与阐释，仍不足以上升到学科的高度，主要还是偏向于概念的提出与写作实践。这其中的根本原因是缺乏时间距离，刚刚过去的中国新文学/中国现代文学的学科建设也才起步。洪子诚在一篇考察"当代文学"概念的文章中认为，作为文学史的"当代文学"概念，"不仅是文学史家对文学现象的'事后'归纳，而且是文学路线的策划、推动者'当时'的'设计'"（洪子诚：《"当代文学"的概念》）。洪子诚在文章中考察了"当代文学"概念"在特定时间和地域的生成和演变，以及这种生成、演变所反映的文学规范性质"。他指出在50年代中期，"新文学"的概念"迅速"地被"现代文学"取代，并出现了一批以"现代文学史"命名的著作，如孙中田等主编的《中国现代文学史》②、复旦大学现代文学组学生集体编著的《中国现代文学史》③，等等。与此同时，一批以"当代文学史"或者"新中国文学"命名评述1949年以后文学的著作也"应运而生"，这其中包括我们在后面要考察讨论的如山东大学中文系编写组编写的《中国当代文学史》、华中师院中文系编著的《中国当代文学史稿》，以及中国科学院文学研究所编写的《十年来的新中国文学》，等等。洪子诚认为这种概念的更迭，是"文学运动发展的结果"，当时文学界已依据毛泽东的《新民主主义论》等相关著述赋予了这两个概念不同的含义，即"新民主主义性质"的"现代文学"和"社会主义性质"的"当代文学"。这种设计，无论从意识形态还是社会革命角度看，后者都要高级于前者，而表现在文学形态上，"当代文学"也自然地要先进、优越于"现代文学"。这种诞生于五六十年代的"当代文学史"观念，虽然是"文学路线的策划、推动者'当时'的'设计'"，但大体上还是符合当时政治、文化

---

① 周扬：《新的人民文艺》，转引洪子诚主编：《中国当代文学史·史料选》（上卷），武汉：长江文艺出版社，2002年，第150页。本章后面所征引该书内容，如无特别说明，均引自此版本。

② 孙中田等主编：《中国现代文学史》（上卷），长春：吉林人民出版社，1957年。

③ 复旦大学现代文学组学生集体编著：《中国现代文学史》（上卷），上海：上海文艺出版社，1959年。

实际的，并且成为后来很长一个时期阐释"当代文学"学科内涵的重要依据。在这篇考察"当代文学"概念的文章中，洪子诚还从40年代左翼文学运动的角度阐释了"当代文学"诞生的历史必然性，并指出，我们之所以把50年代以后的中国文学称为"当代文学"，其内涵和依据在于，这是一个"'左翼文学'的'工农兵文学'形态，在50年代'建立起绝对支配地位'，到80年代'这一地位受到挑战而削弱的文学时期'"。就时间跨度而言，洪子诚的这种表述显然要大些，但也更符合50年代以后文学发展的实际情况。总体而言，洪子诚对"当代文学"特质的理解和把握，还是体现了对历史的尊重，认为周扬等始于40年代后期、在五六十年代不断完善的关于"当代文学"的叙事模式——话语方式，在很长一个时期内依然有效：

> 对当代的"新的人民文艺"（社会主义文艺）的性质的叙述，通常这样开始：新中国文学（当代文学）继承了"五四"文学革命，尤其是延安文学的传统，而在中国进入新的历史阶段后，文学也进入了新的历史时期，写下了"崭新的一页"，文学变化为社会主义的性质。（洪子诚：《"当代文学"的概念》）

洪子诚接着还对当代文学的"崭新"特质作了如下归纳：

> 从"内容"上说，社会主义革命和社会主义建设成为主要表现对象，工农兵群众成为创作中的主人公；在艺术形式和风格上，则是民族化和大众化的追求，肯定生活、歌颂生活的豪迈、乐观的风格成为主导的风格；"作家队伍"构成的变化，工人阶级作家成为骨干；文学与人民群众建立了从未有过的密切联系，并在现实中发挥重要作用，等等。（洪子诚：《"当代文学"的概念》）

以上对于作为文学史的"当代文学"的内涵的描述，尽管是一种"'事后'归纳"，但具有举足轻重的意义，它不仅在50年代的当代文学史写作中具有指导意义，这在我们后面讨论的《十年来的新中国文学》可以看到，甚至"习习相因，在三十多年后仍为最新成果的当代文学史所继续"①。如果说，王瑶的《史稿》初版时下册"附录"的《新中国成立以来的文艺运动》（一九四九年十月——九五二年五月），仅仅是直观感觉1949年后"新中国成立以来的文艺运动"是一种具有"新质"的文学，关于它的叙写已属于"下一阶段"的任务，从而为当代文学的编写预留出空间，那么，洪子诚的"'事后'归纳"，则可谓同时也是对王瑶当年朦胧意识中的"新质"内涵的阐释。这或者可看作是为《史稿》与"当代文学"诞生的内在关联提供事后的理论支持。

多年后，有学者曾对我们在这里所纠缠的问题作过如下的梳理与概括：

> 1950—1970年代的文学被称为"当代文学"。当代文学的概念是在50年代末和60年代初建立起来的。按照毛泽东的《新民主主义论》把中国革命分为新民主主义革命和社会主义革命两个不同的历史阶段，与此相应，中国新文学也被划分为中国现代文学和中国当代文学，现代文学是新民主主义的文学，当代文学是社会主义性质的文学。当代文学的发生曾经被看作是现代文学的发展和对现代文学的超越。当代文学取代现代文学的过程，也就是"人民文学"代替"人的文学"的过程。1942年毛泽东《在延安文艺座谈会上的讲话》是新的文学革命，是当代文学或者说"人民文学"的重要起点。周扬说："假如说'五四'是中国近代文学史上的第一次文学革命，那么《在延安文艺座谈会上的讲话》的发表及其所引起的在文学事业上的变革，可以说是继'五四'之后的第二次更伟大、更深刻的文学革命。"（周扬：《坚决贯彻毛泽东文艺路线》，《文艺报》4卷5期，1951年6月）茅盾主编的"新文学选集"丛书和周扬主编的"中国人民文艺丛书"对于五四以来的中国新文学进行了区分，它隐蔽地构造了"现代文学"和"当代

---

① 洪子诚这里说的"最新成果的当代文学史"，是指中国社会科学院文学研究所、少数民族文学研究所编的《中华文学通史·当代文学编》（北京：华艺出版社，1997年）。

文学"的不同等级和传统。"中国人民文艺丛书"代表了"新中国文艺前途",体现了对于新中国文学的想象和规划,构成了"当代文学"的雏形。毛泽东《在延安文艺座谈会上的讲话》发表以后,无论从内容,还是从形式上来说,解放区文艺都发生了深刻的变化。它产生了新的主题、新的人物,同时,也创造了新的形式和语言。①

这种梳理与概括,也许是对从王瑶开始的中国新文学史的写作到后来"当代文学"的诞生及早期写作的另一种表述。王瑶《史稿》的意义当然在于处于建设起步阶段的中国现代文学的知识化与历史化,而于新中国文学/当代文学,其贡献主要还在于导向如何编写,包括前面讨论的系列问题,如观念、立场、选择标准等。但不能否认这些观念、立场、选择标准等对后来当代文学学科的理论建设带来的启示,尽管90年代以后关于当代文学学科建构的理论探讨范畴远远超出了王瑶及其《史稿》。事实上,在近20多年来的当代文学学科建设过程中,那些相关的理论探讨,均无法从不同角度提及王瑶及其《史稿》。

第二节　当代文学史叙述范式的构建与演化

一、重估五四新文学价值

当代文学史叙述范式的构建,主要通过对五四新文学传统的重估来完成。这种重估,实际上从40年代延安文艺整风运动甚至更早的时候即已开始。这也是90年代以后的当代文学史叙述大都将文学的"当代"的起点往前推溯的原因。"重估",实质上是一次倾向性与选择性的再评价。四五十年代之交,这一"重估"涉及的内容很多,比较值得关注的,主要包括对五四新文化与文学性质的重新认识、理解与改造,作家队伍的重新组合,五四

---

① 旷新年:《作为学科的当代文学与研究》,转引曾令存:《学科视野中的40—70年代文学研究·序》,上海:上海文艺出版社,2014年。

以来文学作品价值的重新评价，等等。

（一）作为"当代"资源的五四新文学

五四新文学传统是当代文学叙述范式建立的主要资源。40年代末左翼文学界对五四文化的集中再评价，起始于30年代中后期，亦即抗战爆发以后。1939年，在纪念"五四运动"20周年的时候，毛泽东先后发表了《五四运动》和《青年运动的方向》两篇文章。在肯定小资产阶级知识分子对五四的贡献的同时，毛泽东也批判了他们的不彻底性和软弱性，并指出"知识分子如果不和工农民众相结合，则将一事无成"。与此同时，毛泽东给予了工人阶级颇高的评价，认为中国现代革命的领导力量只能是工人阶级。在著名的《新民主主义论》(1940)中，毛泽东通过对中国历史特别是近代史的回顾，明确指出：五四以后的中国新文化，是"以无产阶级社会主义文化思想为领导的人民大众反帝反封建的"新民主主义文化。1942年，在延安文艺座谈会上的讲话中，毛泽东还专门通过文艺来阐明这种新民主主义文化的具体表现，即文艺应该为政治服务，应该用中国老百姓喜闻乐见的民族形式去表现工农兵思想感情。以上这些，均可看作是抗战以来，以毛泽东为代表的中国共产党人结合中国社会形势发展的需要对五四文化所作的倾向性再评价。再评价的实质，主要体现在两个方面：一是文化领导权的问题。毛泽东指出无产阶级代替资产阶级及小资产阶级的必然性，这不仅仅是因为形势的需要，以及后者的不彻底性和软弱性，同时也是因为五四时期的个性主义，已经愈来愈不适应抗日救亡的形势需要。这实质上是为后来发生的文化领导权的更迭作背景铺垫。二是文学创作的问题。毛泽东指出对五四新文学加以改造的必要性和必然性。这"改造"，主要集中在文学的表现对象和表现形式两方面，这都是围绕民族救亡而不是思想启蒙的需要来考虑的。延安时期"杂文运动"与"漫画展"的不合时宜，根源即在于此。钱理群《1948：天地玄黄》[①]40年代末对萧军、胡风等批判的梳理，实际上是30年代中后期以来省思的继续。从1949年6月开始，由《生活报》

[①] 该书1998年由山东教育出版社出版。本章后面所征引该书内容，如无特别说明，均引自此版本。

发起的长达三个月的"对于萧军反动思想和其他类似的反动思想的批判",实质上是对萧军所坚持的五四启蒙主义立场的批判。批判者与被批判者争夺的,是在这样一个新旧交替的历史时期,谁更有资格拥有话语权力。批判者把萧军所坚持的五四个性主义话语看作是"与一切依靠'集体(阶级,人民,共产党)'、'个人利益无条件地服从人民利益'的'集体主义'相对抗"的"极端个人主义"(或谓"个人英雄主义");把他对五四人道主义精神的坚持,则看作是"(宣扬)小资产阶级的超阶级观点,反对阶级与阶级斗争学说"。"至于萧军对'五四'爱国救亡主题的继承与发挥,更是被批判者视为鼓吹'狭隘的民族主义'也即'资产阶级的民族主义'……"(钱理群:《1948:天地玄黄》,第137页)这两种不同话语姿态对峙的情形,在对胡风及其同人的批判中,特别是对胡风文艺思想的批判中我们可以更加激烈地感受到。《1948:天地玄黄》中的"南方大出击——1948年3月"和"胡风的回答——1948年9月(一)"两章,集中回顾了40年代末左翼文艺界对胡风文艺思想的批判和胡风与他的"年轻的朋友们"的反击始末[①]。

(二)重组五四以来的作家队伍

为保证即将建立的新文学蓝图顺利实施,40年代后期,即将执政新中国的共产党还通过左翼文艺界对五四以来的作家队伍进行重新组合。郭沫若在1948年1月3日的《一年来中国文艺运动及其趋向》报告中,对四种"反人民文艺",即"茶色文艺""黄色文艺""无所谓文艺""通红的文艺"(即托派的文艺)加以指控,并按照"非红即白,非革命即反革命,非(为)人民即反人民"的逻辑,把40年代末的作家分为势不两立的两大阵营,并要求"借助政治的力量'消灭'对方"[②]。洪子诚指出,40年代后期的左翼文艺界,依托在政治上即将取得胜利的优势,根据"作家的'世界观'"(主要指他们的阶级立场和阶级意识)和"对中共领导的革命运动和左翼文艺运动的态度,以及他们的作品可能发挥的政治效用",将40年代作家与文学派别划

[①] 关于40年代末对胡风文艺思想的批判情况,笔者在《1948—1949:〈大众文艺丛刊〉》(《中国现代文学研究丛刊》,2002年第2期)一文中作过大致的梳理。

[②] 郭沫若:《一年来中国文艺运动及其趋向》,转引钱理群:《1948:天地玄黄》,济南:山东教育出版社,1998年,第8页。

分为革命作家（左翼作家）、进步作家（广泛的中间作家）和反动作家，"分别确定团结、争取、打击的对象，为'文艺新方向'实施清除障碍"①。从40年代到50年代，"中心作家与边缘作家的整体性位置的互换"，即"三四十年代的中心作家迅速成为'配角'，或退出历史舞台"②。成为"配角"、被"边缘化"，或者"受到有意冷落"而从文坛上"退出历史舞台"，乃至"自动消失"或"隐失"的原因是多方面的③，但不论是由于主观还是客观原因，这些作家在这历史的转折时期不能适应左翼文学对新中国文学——当代文学方向的预设与规范，应该是不能忽视的一个重要原因。与此同时，另外一些作家，主要是来自解放区和40年代末50年代初走上创作道路的青年作家，逐渐成长为50—70年代中国文学的"主流作家"④。有研究者认为，延安文艺整风运动以后，如何贯彻执行"工农兵文艺方向"，已成为"划分作家

---

① 洪子诚：《中国当代文学史》，北京：北京大学出版社，1999年，第8页。
② 洪子诚：《中国当代文学概说》，北京：北京大学出版社，2010年，第29页。
③ 洪子诚指出大致有两种情形，一是部分作家（主要是"反动作家"和"自由主义作家"）的写作权利受到不同程度的限制，二是部分作家"意识到自己的文学观念、生活体验、艺术方法与新的文学规范的距离和冲突，或放弃继续写作的努力，或呼应'时代'的感召，以适应、追赶时势，企望跨上新的台阶"。《中国当代文学史》（北京大学出版社1999年版），第28页。
④ 在洪子诚论著中，谈到四五十年代之交作家队伍的更迭、重组情况，"中心作家""主流作家""重要作家"等术语的运用有时存在互相转换情况，如在《中国当代文学概说》中，洪子诚用"中心作家"（在《中国当代文学史》中称为"重要作家"）来描述40年代的一些作家，这其中一部分是二三十年代开始写作的，其中一些人思想艺术都有明显发展（如曹禺、巴金、萧红等），另一部分是真正意义上的"40年代作家"（如穆旦、钱锺书、张爱玲等）。关于划分这一时期"中心作家"和"边缘作家"的依据，洪子诚提出主要是"按作家在文学界的实际地位、影响（他们的创作是否代表一个阶段文学的成就，以及对当时文学发展的影响、作用）"，而同时他又用"主流作家"（或者"中心作家"）来描述进入50年代以后的部分作家，并指出判断的主要依据有三个，即"他们的创作对当时文学主潮的符合、贯彻的程度"以及"在当时文学界受到的肯定的程度""他们的文学思想、作品产生的影响"。在《中国当代文学史》（北京大学出版社2007年版）中，洪子诚用"中心作家"（在《中国当代文学概说》中称为"主流作家"）来描述50年代中后期的部分作家（主要来自解放区和40年代末50年代初走上创作道路的青年作家，如柳青、赵树理、周立波、欧阳山、郭小川、贺敬之、闻捷、魏巍、杨朔、老舍、郭沫若、陈其通等），并指出确定的依据，主要是"根据这一期间权威文学批评，中国文联、中国作协各种会议对创作的评述，和中国作协主持的阶段性文学状况总结"。洪子诚还通过与五四一代作家的比较，对重组后的当代（50—70年代）"主流作家"/"中心作家"的文化性格进行分析，包括他们的"出身区域""文化素养""走向文学"（文学写作与参加左翼革命活动的关系）以及"存在方式"（社会政治地位与经济收入）等。有关这方面的情况可参阅《中国当代文学概说》第三章"作家的状况"，《中国当代文学史》（北京大学出版社1999年版），第29—33页。

'等级'的一个重要标准"[①]，这是有历史依据的。1949年召开的第一次文代会代表中，中共党员444人，占58.96%，这是一个很能够说明问题的数字[②]。

（三）重版五四以来的重要作品

在对五四新文学价值进行重估过程中，基于对未来文学图景的想象与预设，与作家队伍的重新组合相关联的另一值得关注现象，是重新出版五四以来"有价值"的文学作品。这其中最具代表性的是"中国人民文艺丛书"和"新文学选集"两种。前者由周扬主编，主要编选1942年《讲话》发表以来解放区"特别重视被广大群众欢迎并对他们起了重大教育作用的作品"，"作者包括文艺工作者及一部分工农兵群众与一般干部"。"丛书"从1948年12月开始由新华书店陆续出版，至1949年共出版了58种，被认为是"实践了毛泽东文艺方向的结果"，其中最能够代表《讲话》精神的解放区作家作品，几乎被囊括[③]。另一种被称为是"新文学的纪程碑"的"新文学选集"，由茅盾主编，文化部"新文学选集编委会"编选，1951—1952年由开明书店出版，主要收录"1942年以前就已有重要作品问世"的作家的作品。"选集"原计划出版24种，包括"已故作家"和"健在作家"各12种，后来《瞿秋白选集》和《田汉选集》因故没有出版。有研究者统计，入选作家中，除了叶圣陶、朱自清、许地山、闻一多、巴金、老舍、曹禺等，其

---

① 孟繁华、程光炜：《中国当代文学发展史》，北京：人民文学出版社，2004年，第24页。本章后面所征引该书内容，如无特别说明，均引自此版本。

② 徐盈：《采访第一届全国文代会手记（一）》，《档案与史学》2000年第1期。转引《中国当代文学史新稿》，北京：人民文学出版社，2005年，第22页。需要说明的是，"58.96%"这个比例是根据文代会筹委会最初预计的代表人数753人算出来的，最后的实际参会代表人数是824人。

③ 1948—1949年新华书店编辑、出版的"中国人民文艺丛书"（共58种）比较有代表性的作品有：《白毛女》（贺敬之等）、《王秀鸾》（傅铎）、《刘胡兰》（魏风等）、《穷人恨》（马健翎）、《血泪仇》（马健翎）、《逼上梁山》（平剧研究院）、《赤叶河》（阮章竞）、《兄妹开荒》（工大化等）、《木兰从军》（京剧，马少波）、《红旗歌》（刘沧浪等）、《李有才板话》《李家庄的变迁》（赵树理）、《太阳照在桑干河上》（丁玲）、《高干大》（欧阳山）、《暴风骤雨》（上）（周立波）、《原动力》（草明）、《种谷记》（柳青）、《吕梁英雄传》（上、下）（马烽、西戎）、《洋铁桶的故事》（柯蓝）、《红石山》（杨朔）、《战火纷飞》（刘白羽）、《王贵与李香香》（李季）、《赶车传》（田间）、《东方红》（诗选）、《地雷阵》（邵子南等）、《刘巧团圆》（韩起祥）、《我们的力量是无敌的》（碧野）、《战斗里成长》（胡可）、《漳河水》（阮章竞）、《英雄的十月》（华山）等。

余的接近四分之三都是左翼作家，①而众多的自由主义作家则被排挤在外。

40年代末50年代初有关五四新文学作家作品的编选出版，从重估五四新文学价值角度考虑，并不排除以此塑造五四新文学传统与经典的可能。但从建立新中国文学规范角度看，又有一种示范意义，是在为新中国文学"写什么"（题材）和"怎么写"（表现技巧、语言运用、艺术风格等）提供范式。赵树理同时入选"丛书"和"选集"的跨界现象②，透露出来的正是这个信息。赵树理的创作，无论在题材选择还是在艺术表现风格追求上，都具有"为中国老百姓所喜闻乐见的中国作风和中国气派"的品质。

二、新中国文学史观的人民性

在"绪论"中我们曾作过类似如下的表述：用"人民文学"来描述当代文学的发展历史，作为一种事后概括，是80年代以来的中国现当代文学研究成果在90年代以后呈现为日益多元化的当代文学史编写实践的结果，更是90年代以后40—70年代研究成果被吸收和消化在当代文学史的编写与研究中的表现。这种概括，目的是为了把这一当代文学史观与其他的区别开来采取的学科性质的命名。其实，在当代文学历史上，"人民文学"提法并不始于90年代，而在四五十年代以后的一些文学叙述中即已存在，且常常被解释或替换为"社会主义文学"或"社会主义现实主义文学"。对于这个问题，我们在上一节以王瑶的《中国新文学史稿》为个案来讨论"当代文学"的编写预设时已有所触及。实际上，对当代文学而言，"新的人民的文艺"/"人民文学"与"社会主义文学"，或"社会主义现实主义文学"三者之间并不存在本质性的歧异，互相间常常交替使用，而强调"人民"与"人民性"则是它们的共通之处。在1949年7月的第一次文代会上，郭沫若的总报告即指出1942年以来的解放区文艺"在理论和实践上都解决了五四

---

① 如鲁迅、茅盾、丁玲、胡也频、洪灵菲、艾青、张天翼、柔石、殷夫、鲁彦、蒋光慈、洪深等。陈改玲：《重建新文学史秩序：1950—1957年现代作家选集的出版研究》，北京：人民文学出版社，2006年，第32页。赵树理虽然不是左翼作家，但他的作品却"被广大群众欢迎并对他们起了重大教育作用"，在"工农兵文学"的新文学方向的层面上，他的意义并不低于左翼作家。

② 不少研究者对赵树理入选《新文学选集》持质疑的态度，因为他的"重要作品问世"，都在1943年后。《赵树理选集》所选的作品《李有才板话》《小二黑结婚》《传家宝》《登记》《地板》《打倒汉奸》，都发表在1943年后，最早刊行的《小二黑结婚》，也在1943年9月。

以来所未能解决的"文艺大众化问题①。而周扬所作报告的主题就是《新的人民的文艺》,并对其内涵进行了阐释。周扬在报告中认为《在延安文艺座谈会上的讲话》"规定了新中国的文艺的方向"。周扬的报告还以近年来的解放区文艺为例,阐释了"新的人民的文艺"的新主题、新人物、新语言和新形式。有论者认为这"四新""实际上是解放区新型的政治、社会、文化关系在文学上的反映","'新的人民的文艺'深刻地反映了新的社会关系、经济基础和上层建筑",这个"新"具有"区别于以往一切非无产阶级文艺的本质属性"②。此外,周扬还强调了"新的人民的文艺""和自己民族的、特别是民间的文艺传统"密切的"血肉关系"。

这里有必要说明的是,作为一个历史性概念的"人民"与"人民性"的内涵。在周扬的报告中,"新的人民的文艺"的"人民"是一个以工农兵群众为主体、包括"城市小资产阶级劳动群众和知识分子"的、不言自明的当然概念③。这也是毛泽东在《讲话》中提到的"人民大众"的"四种人"。但在20世纪,特别是在当代,"人民"的界定并非一成不变。诚如有些研究者所说,毛泽东"总是试图用'人民'这个概念来涵括对社会革命起作用的人群"④。

---

① 郭沫若:《为建设新中国的人民文艺而奋斗》。中华全国文学艺术工作者代表大会宣传处编:《中华全国文学艺术工作者大会纪念文集》,北京:新华书店,1950年。

② 转引温儒敏、陈晓明等:《现代文学新传统及其当代阐释》,北京:北京大学出版社,2010年,第75页。

③ 有论者甚至认为在周扬的报告中,"工农兵"才是"人民"的"合法化理解",指出报告"这种广义的阶级论思路,构成了中国现当代思想史、政治史也是文学史构架中的一种典型的分类方式。它的最大功能之一,是在整个中国当代社会文化生活中,成功地参与了新兴的民族国家努力整合旧秩序,从而顽强建构起一种新的文化秩序的历史叙事"(洪子诚主编:《当代文学研究》,北京:北京出版社,2001年,第6页)。对当代文学而言,这种分类方式则为"人民文学"的文学史叙述模式的建立起到了铺垫作用。

④ 比如在延安时期,毛泽东指出,"最广大的人民,占全人口百分之九十以上的人民,是工人、农民、士兵和城市小资产阶级"(《在延安文艺座谈会上的讲话》),"人民"在这里具有明显的民族主义意味;而在三年解放战争时期,则是指"工人阶级、农民阶级、城市小资产阶级和民族资产阶级"(《关于正确处理人民内部矛盾的问题》),"人民"在这里是以阶级为基础的;在50年代社会主义建设时期,"一切赞成、拥护和参加社会主义建设事业的阶级、阶层和社会集团,都属于人民的范畴;一切反抗社会主义革命和敌视、破坏社会主义建设的社会势力和社会集团,都是人民的敌人"(《关于正确处理人民内部矛盾的问题》),"人民"在这里是明显意识形态化的。1963年,周恩来在中宣部召开的一次文艺工作会议上谈到文艺的"人民性"与"阶级性"关系时说,"人民"是指"绝大多数人……在今天,我们讲的是无产阶级的阶级性,但无产阶级又必须与农民结成联盟……所以今天无产阶级的阶级性也可以说是今天的人民性"。(周恩来:《要做一个革命的文艺工作者》)"人民"在这里虽然还是以阶级为基础,但与毛泽东在50年代的表述已不一样了。

比如进入50年代以后,"小资产阶级劳动群众和知识分子"便由于种种政治原因逐渐被从"人民"的内涵中剥离出去。到了"文革"时期江青他们创造的"样板文艺",工人阶级更是成了"人民"的主体与核心。可以说,在20世纪的中国,毛泽东关于"人民"的理解与"大多数场合都把人民看作是农民、社会的劳动阶级"的俄国民粹主义者还是有些不一样,它"充满了政治色彩",不同的场合有不同的内涵,并不是一个"自明性的概念"①。因此,当我们谈论"新的人民的文艺"时,有必要了解这种文艺所指"人民"在不同时期的内涵,才能更好地把握"新的人民的文艺"的历史特征。而"新的人民的文艺"/"人民文学"中"人民性"的确立,则最早可以追溯到30年代末。在1938年的《中国共产党在民族战争中的地位》一文中,毛泽东即提出要废止"洋八股",创造一种"新鲜活泼的,为中国老百姓所喜闻乐见的中国作风和中国气派"的新文艺。到了40年代的《讲话》,毛泽东进一步把这种"人民性"提到前所未有的高度:"无产阶级对于过去时代的文学艺术作品,也必须首先检查它们对待人民的态度如何,在历史上有无进步意义,而分别采取不同态度。有些政治上根本反动的东西,也可能有某种艺术性。内容愈反动的作品而又愈带艺术性,就愈能毒害人民,就愈应该排斥。"

周扬的《新的人民的文艺》实际上是把文学"人民性"提法合法化和历史化。今天回过头来看,可以发现,在50年代,强调"人民性"而不是"人性",作为一种话语特征,甚至并不局限于新中国文学秩序的建立。作家的创作有没有"人民性",关于文学的研究特别是对传统文学遗产的继承是否坚持了"人民性",在当时虽有争辩,但总体上还是一个必须遵循的基本准则。从这种意义上说,用"人民性""新的人民的文艺"来概括五六十年代的"当代文学"史建构,完全可看作是五四以来中国文学在四五十年代之交的转折以及在五六十年代文学研究与写作中的反映。

---

① 杨匡汉、孟繁华主编:《共和国文学50年》,北京:中国社会科学出版社,1999年,第46、47页。本章后面所征引该书内容,如无特别说明,均引自此版本。

三、人民性文学史观的发展

确立于50年代的社会主义性质文学/"新的人民文艺"的当代文学史叙述模式，在"文革"时期一度被以江青等为代表的文艺激进派进行二次的自我提纯与净化，建构出一种以工人阶级为"人民"主体与核心的无产阶级文艺叙述模式而逐渐失去原有活力和创新机制后，至80年代，经过文艺界的修复，一直被新时期（1979—1989）的当代文学史编撰者沿用。进入90年代以后，随着中国当代文学学科建设的开展与文学史写作再一次高潮的到来等原因，这一叙述模式再次被引起关注，并对其内涵进行重释。

90年代以后这种肯定当代文学的"人民文学"或"新的人民的文艺"性质，肯定毛泽东这一文学建构思想的合理性与合法性的当代文学史观，比较有代表性的研究者是旷新年和韩毓海。旷新年的观点主要体现在《人民文学：未完成的历史建构》[①]、《写在当代文学边上》[②]之"寻找'当代文学'"与"赵树理的文学史意义"两章、《从文学史出发，重新理解〈讲话〉》[③]等著述中。韩毓海的一些思考主要散落在其主编的《20世纪中国：学术与社会·文学卷》[④]，以及后来发表的《漫长的中国革命——毛泽东与文化领导权问题》《崇高，令我们荡气回肠——纪念"讲话"76周年》《我们在什么时候失去了梁生宝》《"春风到处说柳青"——再读〈创业史〉》[⑤]等一些重要论文中。在从阶级视域充分肯定毛泽东文化理念和在当代的建构，认为它开创了一种崭新的文化（文学）的可能性，肯定当代文学的"人民性"这一点上，韩毓海与旷新年并不存在歧异，只不过前者更多地从现代政治/现代文化领导权角度，后者则更主要地从精英文化/大众文化立场两者的比照中展开。

1999年，时隔三十多年，编写《十年来的新中国文学》的中国社科院（即当时的中国科学院）文学研究所的一批研究者主编了《共和国文学50年》。该史著的不凡之处，是在受80年代"重写文学史"影响，不少文学史

[①] 刊于《文艺理论与批评》2005年第6期。
[②] 上海教育出版社2005年出版。
[③] 刊于《文艺理论与批评》2007年第4期。
[④] 山东人民出版社2001年出版。
[⑤] 这些文章分别刊发在：《文艺理论与批评》2008年第1、2期，《中国社会科学报》2009年5月23日，《二十一世纪经济报道》2007年1月8日，《天涯》2007年第3期。

家对左翼/革命文学持异议的90年代末，提出"共和国文学"的概念，并旗帜鲜明地坚持"人民文学"的叙述立场。史著"用提出问题的方式来研究和书写"（杨匡汉、孟繁华：《共和国文学50年·后记》），表现出一种历史的反思性质。这种反思，除了表现为对"人民"内涵在当代演绎的重新辨析，最值得关注的，是在叙述过程中对50年来学界关于"人民文学"是如何运作的研究成果的转化，如对毛泽东文艺思想的新阐释，关于共和国的文艺体制（包括文学组织与作家的体制化、文学创作的运作与管理），作家的创作姿态和心态与新人物形象的塑造和演化过程，乡土题材与城市故事的讲述，女性文学、现代主义文学的兴起，等等。另外，对当代文学批评在特定历史时期的定位与功能、批评家双重身份与使命，新时期批评观念的更新与方法的变革，90年代以后文学批评的"新气象""新格局"等，史著也提出了一些新的观点。正是这种历史的反思，赋予了史著"人民文学"叙述的深度。

梳理90年代当代文学史叙述中"人民文学"的状况，对我们历史地解读"新人民文艺"的文学史书写意义，很有必要。在当代文学史叙述中，人民、人民性是无法规避的元素。但事实上，不同时期的文学史家对它们内涵的理解并非一成不变，这是由当代文学史写作的意识形态属性决定的。在这里，我们看到作为一种文学史模式，当代文学史的"新的人民的文艺"/"社会主义文学"叙述表现出其顽强生命力。这或许正是当代文学史写作的张力与活力之所在。唯其如此，不同时期的文学史写作之间才可能形成有意义的对话关系，包括写作者的文学史观念与立场、对文学现象的评述，以及话语方式等等。这些内容，构成了本书梳理70年当代文学史写作历史的一道风景。

四、文艺人民性立场的马克思主义追溯

文艺创作与文学史叙述是两个虽有交集但并不能完全等同的概念。后者虽可纳入宽泛意义上的文艺创作范畴并与之互为衬托，但因其自身的历史学科属性而相对偏重于科学性与实证性。对共和国70年来以毛泽东同志为主要代表的中国共产党人对马克思列宁主义文艺人民性立场的追溯，是对人民性文学史编写实践审度视域的拓展，有助于我们进一步认识新中国文学的"新的人民的文学"属性的内涵,了解20世纪五六十年代构建起来的人民性文学史叙述模式的深厚历史根基。

人民是历史的创造者。人民性的思想立场是马列主义文艺的基本思想立场。对此,马克思早在1841年的《第六届莱茵省议会的辩论》中即有明确的表述:"自由报刊的人民性(大家知道,就连艺术家也是不用水彩来画巨大的历史画卷的),以及它所具有的那种使它成为体现它那独特的人民精神的独特报刊的历史个性——这一切对诸侯等级的辩论人说来都是不合心意的。"①马克思指出:"人民历来就是什么样的作者'够资格'和什么样的作者'不够资格'的唯一判断者。"[《马克思恩格斯全集》(第一卷),第195—196页]1917年十月革命胜利后,列宁结合俄国社会现实,进一步发展、深化了马克思关于文艺人民性的思想理论,并在与德国革命家蔡特金的谈话中指出:"艺术属于人民。它必须深深扎根于广大的劳苦群众中间。它必须为群众所了解和爱好。它必须使群众的感情、思想和意志一致起来,并使他们得到提高。"②

"从文化形态上讲,毛泽东及其思想对20世纪中国最根本的贡献,无疑是马克思主义中国化",在这一意义上,毛泽东的思想可谓是"近代资本主义社会孕育出来的最彻底的叛逆性文化(马克思主义)与中国民族相结合的产物"③。20世纪30年代以后,作为"马克思主义中国化"的倡导者和实践者④,毛泽东结合中国革命的实际,不断丰富和发展马克思列宁主义的文艺人民性思想,并在后来的系列著述中建立起中国特色的毛泽东文化/文艺思想体系。在1940年的《新民主主义论》中,毛泽东首次系统科学地阐述了五四运动以来的中国文化性质,提出"所谓新民主主义的文化,一句

---

① 《马克思恩格斯全集》(第一卷),北京:人民出版社,1995年,第153页。本章后面所征引该书内容,如无特别说明,均引自此版本。
② 《回忆列宁》(第五卷),北京:人民出版社,1982年,第8页。
③ 陈晋:《毛泽东与文艺传统》,北京:中央文献出版社,1992年,第1—2页。本章后面所征引该书内容,如无特别说明,均引自此版本。
④ 在1938年的中共六届六中全会上,毛泽东结合中国国情,第一次提出"马克思主义中国化"的理论问题。见陈晋《毛泽东与文艺传统》第9页。

话，就是无产阶级领导的人民大众的反帝反封建的文化"[①]著名论断。1942年,《在延安文艺座谈会上的讲话》中，毛泽东第一次全面系统地阐明了与这种文化形态相适应、以人民性为根本立场的中国文艺内涵，并从文艺与人民的关系对中国文艺的性质、"写什么"、"怎么写"/"普及与提高"、"文艺与政治的关系"等问题作了深刻阐释。在文艺"为什么人"这一根本的、原则的问题上，毛泽东旗帜鲜明地站在"无产阶级和人民大众的立场"上，明确指出"我们的文学艺术都是为人民大众的"。《讲话》强调人民大众的生活是"一切文学艺术取之不尽、用之不竭的唯一的源泉"，"此外不可能有第二个源泉"(中共中央文献研究室编:《毛泽东文艺论集》，第32页)。在文艺工作者与人民的关系问题上，《讲话》提倡文艺工作者应该走与工作相结合的道路，认为"中国的革命的文学家艺术家，有出息的文学家艺术家，必须到群众中去，必须长期地无条件地全心全意地到工农兵群众中去……"(中共中央文献研究室编:《毛泽东文艺论集》，第63—64页)。《新民主主义论》与《在延安文艺座谈会上的讲话》关于文化/文艺的人民性思想立场，在共和国70多年的历史进程中产生了深远影响。

1979年，邓小平《在中国文学艺术工作者第四次代表大会上的祝词》(以下简称《祝词》)继承和发扬毛泽东《在延安文艺座谈会上的讲话》的文艺人民性思想，强调"我们的文艺属于人民"，"我们要继续坚持毛泽东同志提出的文艺为最广大的人民群众，首先为工农兵服务的方向"[②]。在毛泽东《讲话》的基础上,《祝词》进一步强调:"一切进步文艺工作者的艺术生命，就在于他们同人民之间的关系。忘记忽略或是割断关系，艺术生活就会枯竭。人民需要艺术，艺术需要人民。自觉地在人民的生活中汲取题材、主题、情节、语言、诗情和画意，用人民创造历史的奋发精神来哺育自己，这就是社会主义文艺事业兴旺发达的根本道路。"[③]

[①] 中共中央文献研究室编:《毛泽东文艺论集》，北京：中央文献出版社，2002年，第32页。本章后面所征引该书内容，如无特别说明，均引自此版本。

[②] 《邓小平文选》(第二卷)，北京：人民出版社，1994年，第211页。本章后面所征引该书内容，如无特别说明，均引自此版本。

[③] 《邓小平文选》(第三卷)，北京：人民出版社，1993年，第183页。

2001年，江泽民《在中国文联第七次全国代表大会、中国作协第六次全国代表大会上的讲话》指出："人民是文艺工作者的母亲，生活是文艺创作的源泉。"江泽民强调："我们的文艺工作者要在人民的历史创造中进行艺术创作，在人民的进步中造就艺术的进步。"①

2011年，胡锦涛《在中国文联第九次全国代表大会、中国作协第八次全国代表大会上的讲话》强调："一切有理想有抱负的文艺工作者，都要密切同人民群众的血肉联系，积极反映人民心声。一切进步文艺，都源于人民、为了人民、属于人民。一切进步文艺工作者的艺术生命，都存在于同人民群众的血肉联系之中。"②

2014年，距毛泽东《在延安文艺座谈会上的讲话》72周年之际，习近平主持召开文艺座谈会，开宗明义"社会主义文艺，从本质上讲，就是人民的文艺"③。在这次文艺座谈会上，习近平首次提出了"坚持以人民为中心的创作导向"，指出"人民是文艺创作的源头活水，一旦离开人民，文艺就会变成无根的浮萍、无病的呻吟、无魂的躯壳"（习近平：《在文艺工作座谈会上的讲话》，第15页）。习近平指出，"人民不是抽象的符号，而是一个一个具体的人，有血有肉，有情感，有爱恨，有梦想，也有内心的冲突和挣扎。不能以自己的个人感受代替人民的感受，而是要虚心向人民学习、向生活学习，从人民的伟大实践和丰富多彩的生活中汲取营养，不断进行生活和艺术的积累，不断进行美的发现和美的创造"（习近平：《在文艺工作座谈会上的讲话》，第18页）。在毛泽东等关于人民、文艺与人民的关系等系列论述的基础上，习近平结合新时代中国国情指出："人民既是历史的创造者、也是历史的见证者，既是历史的'剧中人'、也是历史的'剧作者'。文艺要反映好人民心声，就要坚持为人民服务、为社会主义服务这个根本方向。"（习近平：《在文艺工作座谈会上的讲话》，第13页）有论者认为习近平

---

① 《江泽民文选》（第三卷），北京：人民出版社，2006年，第105页。
② 胡锦涛：《在中国文联第九次全国代表大会、中国作协第八次全国代表大会上的讲话》，《人民日报》2011年11月23日。
③ 习近平：《在文艺工作座谈会上的讲话》，北京：人民出版社，2015年，第13页。本章后面所征引该书内容，如无特别说明，均引自此版本。

"立足中国特色社会主义道路和当代文艺实践,创新性地丰富了'人民'的内涵,把'人民'高高举起,这是对'人民群众对于美好生活的向往和追求就是我们党的奋斗目标'的积极践行,是对我们党长期坚持文艺'二为'方针的提炼升华,是对以人民为本位的马克思主义文艺观的新发展"①。

文艺人民性立场,在马克思列宁主义的历史长河中是一种当然选择,但若从文学社会学角度而言,这种选择,同时又是一个国家社会制度选择的必然结果。当代中国在选择社会主义社会制度的同时,也选择了社会主义性质的文艺,人民的文艺。新中国文艺的人民性立场,是以毛泽东同志为主要代表的中国共产党人创造性地将马克思主义中国化的历史必然,以及这一必然在新中国文艺思想观念中的一种投射。对于70年来的中国当代文学史叙述,应作如是观。

第三节　集体编写与《十年来的新中国文学》等史著

一、不以"史"命名的第一本"当代文学史"

如前所述,以"新人民文艺"/"社会主义文学"的文学史观作为指导思想、比较有代表性的"当代文学史"编写成果的出现主要在60年代初。这些著作一般用"社会主义文学"来描述当代文学,把当代文学描述成为从五四开始的"无产阶级革命文学"在社会主义阶段的全面展开,把当代文学的发展历史描述成为无产阶级与资产阶级、社会主义文艺与资本主义文艺斗争的历史。毛泽东的《新民主主义论》(1940)和《在延安文艺座谈会上的讲话》(1942)这两篇文章对中国现代革命的历史分析,对文艺在中国现代革命中的位置与作用等的指导性意见,是描述这一时期文学发展历程的重要依据。这也是《十年来的新中国文学》(以下简称《新中国文学》)诞生的历史文化思想语境。不过与20世纪50年代第一部新文学史著作——王瑶写作《中国新文学史稿》的时期比较,经过1952年对王瑶史著的批判

---

①　范玉刚:《"以人民为中心的创作导向"——习近平文艺思想的人民性研究》,《文学评论》2017年第4期。

性座谈会，以及1956年对1951年草拟修订的《中国文学史教学大纲》的补充，教科书编写的群众性运动的兴起等事件，《新中国文学》的写作语境已有了一些微妙的变化，具体情形将会在后面进一步展开。

从历史书写角度看，这一时期的当代文学史写作实际上与90年代以后讨论的当代文学"历史化"与"知识化"话题基本上没什么关联。在50年代末，只有近十年时间的"当代文学史"写作基本上属于"文学批评"的范畴。从学科体制角度看，本书之所以把篇幅比较单薄（全书13.2万字，152页），且不以"史"命名的《新中国文学》作为这一时期代表性的文本进行解析，并视之为1949年后的第一本当代文学史著作①，除了基于对前面洪子诚对作为学科的"当代文学"概念诞生的复杂性考虑，同时还有如下两方面的原因：一是基于对史著编写机构——中国科学院文学所的权威性的考量。新中国成立十周年（1959）前后，除了文学所，还有一些高校着手编写中国当代文学史。但相比之下，文学所的"国"字号"附加值"及其拥有的编写资源，具有不可替代性。二是基于对其集体编写模式的典型性的考虑。在此之前，中国文学史的编写，多属于个人行为。《新中国文学》的问世，预示着文学史编写不再是一种简单的个人行为。这一情形当然并不孤立发生，甚至并不始于当代文学史编写领域，而是五六十年代包括古代文学史、新文学/现代文学史编写等在内的一种时代潮流。尽管如此，这种编

---

① 关于"当代文学"的命名、第一部"当代文学史"的归属，研究界一直有不同看法，很多时候需要加以辨析。王庆生的一篇访谈引用了若干研究成果阐明1958年由华中师院中文系编写的《中国当代文学史稿》在这方面的地位。这些成果包括：陈晓明《中国当代文学主潮》："直到1962年，华中师范学院中文系编著的《中国当代文学史稿》一书由科学出版社出版，'当代文学'最早的正式命名才由此产生。"（北京大学出版社，2009年，第3页）；陈占彪《反思与重构——中国现代文学研究的学术转型》："到华中师范学院中文系编著的我国第一部中国当代文学史即《中国当代文学史稿》正式于1962年出版，'中国当代文学'学科概念终于为大家所接受。"（南京大学出版社，2009年，第134页）；尚元《评〈中国当代文学〉》："华中师院对当代文学研究颇为重视，早在1962年就出版了《中国当代文学史稿》，这是建国后由高校编写出版的第一部'当代文学史'。"（香港《大公报》1984年4月9日）王庆生认为，"《中国当代文学史稿》，从编撰时间、'当代文学'这一命名以及历史叙述的完整性诸方面来看，都比较符合文学史研究者对'当代文学'学科发生期的想象，而且《史稿》在当时的影响也是较大的，这大概就是大家将《史稿》推为'第一部中国当代文学史'的原因吧？"参见王庆生、杨文军：《中国当代文学史编撰的回顾与展望——王庆生先生访谈录》，《新文学评论》2013年第1期。

写主体的转换，仍然是文学史编纂史上的一个标志性事件。对于年轻的"当代文学史"编写，其意味更是非同寻常。与此同时，由于"时间"的关系，当代文学史的编写也容易不可避免地停留在"文学批评"的层面上，特别是在共和国早期。因此考察《新中国文学》，也在一定程度上有助于我们了解当代文学史编写与文学批评的复杂关系。如要作进一步延展的话，那么，讨论以《新中国文学》，特别是王瑶的《中国新文学史稿》为代表的当代文学史和新文学/现代文学史编写，还能够为我们在后面考察同时期海外以夏志清《中国现代小说史》为代表的中国现当代文学史写作提供一个内地背景，以建立起一种潜在的对话关系。

基于文学史编写在当代中国的状况，本节将重点讨论《新中国文学》与当代文学史集体编写的问题。

二、文学史的集体编写

始于晚清的中国文学史编纂现象，就其性质而言，虽然根据清廷颁布的《奏定大学堂章程》（1903），多少与"文学教育"之需有关，但基本上是一种个人行为，用马克斯·韦伯（Max Weber）的话说就是属于个人的"精神志业"，能够体现出编纂者尊重历史、坚持自己独立思考的精神，"获得自我的清明及认识事态之间的相互关联"①。如林传甲的《中国文学史》（1904）、刘师培的《中国中古文学史》（1917）、胡适的《五十年来中国之文学》（1922）、鲁迅的《中国小说史略》（1923）、周作人的《中国新文学的源流》（1932）等。

集体编写文学史现象的出现，是在文学被纳入国家体制管理的1949年以后。陈平原认为全国统编文学史教材，有利于"'文学史'权威"的建立，对于组织者与编撰者都是个"诱惑"②。50年代以后，文学史编写已不允许写作者的任情任性，而必须遵循一定的规范，特别是要与当时的主流意识形态保持一致，这也是王瑶的《中国新文学史稿》上册出版不久便受到质疑、批判式讨论的原因。"文学教育"不再是纯粹的知识传授，同时还被

---

① ［德］马克斯·韦伯：《学术作为一种志业》，钱永祥等译：《韦伯作品集》（Ⅰ），桂林：广西师范大学出版社，2004年，第122页。
② 陈平原：《文学史的形成与建构》，南宁：广西教育出版社，1999年，第5页。

纳入塑造现代国家民族文化形象的系统工程，承担着培养新中国接班人的历史使命。在这样的语境中，教科书的编写上升到国家意识形态的管理层面是必然的。集体编写过程中的讨论目的不是为了推进研究，而是为了"最大程度地达成共识以规范教学"①。在五六十年代，以新文学/现代文学史的教科书编写为例，由国家层面组织指导的比较大规模的集体编写活动至少有如下几次。第一次，以1950年5月由中央教育部颁布的《高等学校文法两学院各系课程草案》为标志。《草案》规定"中国新文学史"是各大学中文系主要的必修课程，其任务是："运用新观点，新方法，讲述自五四时代到现在的中国新文学的发展史，着重在各阶段的文艺思想斗争和其发展状况，以及散文、诗歌、戏剧、小说等著名作家和作品的评述。"②根据教育部的安排，李何林后来在王瑶、蔡仪、张毕来各自草拟一份大纲的基础上，拟撰了《〈中国新文学史〉教学大纲》，并最后以"老舍、蔡仪、王瑶、李何林"的署名方式公开发行。这次集体编写虽然最后止于大纲，并没有实质性展开具体内容的编写，而以黄修己所说的"三部半"个人史著③收官，但集体编写文学史的趋势已不可阻挡，且已明确编纂过程中的一些具体要求，如以"突出文学与政治的关系"为编写的基本倾向，以"新文学史上的文学斗争"为编写的基本内容（黄修己：《中国新文学史编纂史》，第128页）。第二次，以1956年国家高教部发起组织当时国内知名专家、教授参与的全国统一教材编写为标志。这次根据1951年草拟修订的《中国文学史教学大纲》之"中国新文学史"部分，补充了一些新内容，如既要求写进对胡适、胡风理论的批判，又强调"对于庸俗社会学倾向的纠正"（中华人民共和国教育部：《中国文学史教学大纲》，转引自黄修己：《中国新文学史编纂史》，第178页），突出毛泽东对新文化运动的观点；以新创立的"作家论型"替代王瑶等的"文体分类型"内容编排体式，以突出革命文学、无产阶级作

---

① 孟繁华：《中国当代文艺学学术史》（1949—1976），《孟繁华文集》，北京：人民文学出版社，2018年，第164页。本章后面所征引该书内容，如无特别说明，均引自此版本。
② 转引黄修己：《中国新文学史编纂史》，第126页。
③ 这"三部半"分别是王瑶的《中国新文学史稿》、丁易的《中国现代文学史略》、刘绶松的《中国新文学史初稿》和张毕来的《新文学史纲》（第一卷）。

家的地位，等等。但这次集体编写还来不及铺开，便因1957年的"反右"而搁置，并在1958年科学"大跃进"，"破除迷信、解放思想"，批判资产阶级知识分子"伪科学"的"插红旗、拔白旗"浪潮中被高校学生集体编写教材运动替代、淹没。本书前面提到的北京大学中文系1955级学生集体编撰"内部铅印本"《中国现代文学史·当代部分纲要（初稿）》，正是"插红旗、拔白旗"的产物。即便是60年代初出版的《中国当代文学史稿》（华中师院本）和《中国当代文学史》（山东大学本），其雏形也可以说是形成于这一时期。① 这次以青年学生为主体的集体编写运动，对中国文学史的编写产生了很大的损害，对此本书将在后面再作展开。第三次，以1961年春高等教育部组织的1949年以来最大规模的文科教材集体编写为标志。简单地说，此次集体编写原来是为了纠偏，由时任中宣部副部长的周扬亲自主持召开会议，试图纠正"大跃进"时期群众运动式的集体编写过程中出现的"左倾"错误。周扬认为"大跃进"时期高校青年学生集体编写，知识准备不足，作风比较"浮夸"，特别是对"旧遗产和老专家否定过多"，编写的教材大都不能继续采用。另外，针对"大跃进"时期集体编写"左倾"激进情形，周扬不赞成把教材写成"政治课本"，"言必称马列"。他指出："在教材中，正确的观点、立场、方法，不仅表现在正确的论断上，而且要表现在知识的正确选择和介绍上。论断必须有材料做依据。摘引马克思主义经典著作中的某些词句，把马克思主义的现成结论作为套话，空发议论，乱贴标签，不但不能起到教科书应有的传授知识的作用，而且首先是违反马克思主义的。"② 遗憾的是，这次的集体编写后来因"文革"而被中断③。

---

① 华中师院中文系编撰的《中国当代文学史稿·前言》写道："《中国当代文学史稿》最初完成于1958年12月。在学院党委的领导下，结合教学和科研研究，以教师为主，采用师生结合的方法，进行编写。"山东大学中文系写的《中国当代文学史》"前言"也写道：该书"参加编写的除现代文学教研室的教师和56、57级部分同学外，已经毕业的走上工作岗位的55级同学所编《当代文学史》讲义，为本书的编写工作打下了基础"。

② 周扬：《关于高等学校文科教材编选情况和今后工作意见的报告》，转引自孟繁华《中国当代文艺学学术史》，第112、113、114页。

③ 这里的"中断"在表述上可能有些含混，会让人联想到没有完成的《中国现代文学史》等，需作适当辨析。实际情况是，像朱光潜主编的《西方美学史》（上下卷），游国恩等五人主编的《中国文学史》（4卷），以群主编的《文学的基本原理》，蔡仪主编的《文学概论》，杨周翰、吴达元和赵萝蕤主编的《欧洲文学史》等都完成了。

陈平原认为，在20世纪，"文学史"作为一种"想象"，其确立与变形，始终与大学教育密切关联，因此，要了解这一百年中国的"文学史"的建设，便不能简单地将其作为"文学观念"与"知识体系"来描述，而应该作为一种"教育体制"予以把握[①]。从上面的简单梳理可以看出，这种集体行动背后代表的是一种"我们"与"时代"的声音，承担着与其他国家机器共同建构新中国现代历史文化形象，塑造受教育者集体记忆的重任[②]。可以不夸张地说，甚至到80年代中期之前，文学史写作仍在很大程度上受50年代苏联模式的影响，强调文学的阶级性与党性，具有鲜明的意识形态属性，是国家文化建设工程的重要组成部分。编写者关注的是"文学'史'"（历史的文学）而不是"'文学'史"（文学的历史），文学运动与文艺论争的内容在文学史中具有不可动摇的地位。综上所述，文学史写作中的集体编写对个人撰述的全面替代，大概肇始于50年代后期的"插红旗、拔白旗"时期。

关于集体编写文学史存在的问题，何其芳应该是比较早提出思考和担忧的一个。在1959年6月17日由中国作协和中国科学院文学所召开的如何评价北京大学中文系55级同学编写的《中国文学史》等文学史问题讨论会上，何其芳认为对文学史著作内容的要求主要表现在三个方面："叙述历史事实要准确"，"能够总结出文学发展的经验和规律"，"对作家作品的评价恰当"。在谈到文学史写作中出现的分组分章然后进行拼合的集体写作方法的"限制和缺点"时，何其芳认为，这个编写集体很难进行"通盘的贯穿的研究"，"钻研一些困难的重大的问题"，这样的话"就不可能期望找到中国文学史的一些具体的特殊的规律"。何其芳说："文学所也试用了北大同学

---

① 陈平原：《文学史作为一门学科的建立》，收录于《文学史的形成与建构》，南宁：广西教育出版社，1999年，第4页。

② 《文艺研究》2020年第11期刊发洪子诚的《红、黄、蓝：色彩的"政治学"——1958年北京大学1955级〈中国文学史〉的编写》一文。这是迄今为止比较系统、深入地对1958年文学史编写"大跃进"运动从学术层面进行反思的代表性研究成果。文章将这部被称之为"红色文学史"的文学史作为"当代一个文化事件进行梳理，考察它发生的社会政治背景，表达的政治、学术诉求，文学史编写依据的理念，作为群众性集体学术研究的组织、运行方式，以及它如何引发当代文学史编纂某些争论（以论带史、民间文学主流论、现实主义与反现实主义斗争、'中间性作品'……）的问题来源。通过对这一具有延伸性和覆盖面个案背后思想、政治、人事脉络的了解，探讨当代知识生产与权力，与主流意识形态建构，与社会政治潮流之间的关系"。该文对我们重新认识近70年前的当代文学史集体编写现象很有启发意义。

们的方法去编写《十年来的中国文学》(注：亦即后来的《十年来的新中国文学》)。在工作中我们越来越感到这种方法的限制和缺点。"① 对多年后才编成出版的《新中国文学》存在的问题，看来何其芳早已有先见之明②。近十多年来，有研究中国当代文学的海外学者指出在当代前30年（1949—1979）表现主流意识形态的文学创作中，"公众意见""对个人的声音越来越形成压迫"，这种现象在文学史编写领域似乎也难以规避③。

当然，集体编写也并非都一无可取。洪子诚认为集体编写也可以构成一种个人写作所不具备的方式，如"提供不同见解、不同声音的互相参照、互相质询"，但前提是参编者的确有"自己的声音和见解"④。

三、中国科学院文学研究所

在文化领导权由中国共产党直接掌握的1949年后，"包括文学在内的社会科学研究，都不可能不体现国家权力的意志"，"学术体制同国家利益是密切联系在一起的"（孟繁华、程光炜：《中国当代文学发展史》，第48页）。而作为培养国家建设人才的教科书的编写，在这一点上更是不容置疑。在以上几部当代文学史著作中，本书之所以选择中国科学院文学研究所"十年来的新中国文学编写组"集体完成的《十年来的新中国文学》作为重点考察文学史集体编写的对象，另外一个原因，是考虑到该书编写机构的特殊性与权威性。有研究者指出，在50年代，"科研机构的设置，集中表达了国家对文学研究的规范与控制"（孟繁华、程光炜：《中国当代文学发展史》，第48页）。而承担编写当代文学史的中国科学院文学研究所，无疑是国家文学研究的最高组织机构的代表，其权威性，容易让人想起中国古代的"国

---

① 何其芳：《文学史讨论中的几个问题》，原载《光明日报》1959年7月26日、8月2日、8月9日。

② 《新中国文学》"编写说明"即已明确表示该书启动于中华人民共和国成立10周年（1959）的前夕，也即是"集体编写"文学史全面铺开的时候。

③ 这是德国汉学家顾彬在其《二十世纪中国文学史》(范劲等译，华东师范大学出版社，2008年) 中对50年代至70年代文学进行考察时提出的一个观点。顾彬在这里并没有对"公众意见"内涵进行阐释。但从其文学史语境看，"公众"背后的主体应该是国家、政府，"公众意见"则是代表国家（政府）意志的主流意识形态的声音。相关的分析可参考本书第五章第四节。

④ 洪子诚：《问题与方法——中国当代文学史研究讲稿》，北京：北京大学出版社，2010年，第4页。本章后面所征引该书（简称《问题与方法》）内容，如无特别说明，均引自此版本。

史馆""翰林院"（洪子诚：《问题与方法》，第4页）。

中国科学院文学研究所的前身是创建于1953年的北京大学文学研究所。1954年正式归属中国科学院下属的哲学社会科学部。1958年哲学社会科学部独立，由中宣部直接领导。在中国当代文学史的写作历史上，《新中国文学》与后面提及的90年代以后出版、同样由中国社科院文学所（其前身为中国科学院文学研究所）学者编写的《共和国文学50年》形成了一种有意思的对照，让我们看到了象征国家文学研究最高组织机构的文学所在半个世纪后对当代文学史叙述姿态的微妙关联。

（一）值得注意的"编写说明"

回到《新中国文学》，我们发现首先值得注意的是附在前面简短的"编写说明"：一是说明此书开始编写于新中国成立十周年的前夕，但几度中断，实际编写的时间比较短促；二是说明此书的编写者都不是从事当代文学研究的专业人员，积累和研究都不够，因此"虽经几次修改，仍然写得不能令人满意"；三是说明此书是集体编写的，在写法、风格以及对作家作品等问题的看法、评价上也不够统一。全书六章的执笔人员如下：第一章（绪言）是毛星，第二章（小说）是王燎荧，第三章（诗歌）是卓如、陈尚哲、陶阳，第四章（话剧和新歌剧）是路坎，第五章（散文）是井岩盾，第六章（儿童文学）是夏蕾。书后附录的"大事记"由樊骏、李恵贞、肖玫、陈尚哲等集体编写。"编写说明"中提到参加写作的人员还有：朱寨、贾文昭（绪言），王淑明（小说），贾芝、孙剑冰、陶建基（民间诗歌），邓绍基、董衡巽、王文（戏剧），张国民（散文），陈伯吹、肖玫（儿童文学）。以上的"编写说明"，至少包含、印证了如下几方面的信息：第一，1959年新中国成立十周年，是"当代文学"命名和编写的一个"重要契机"，也是五六十年代由国家层面组织集体编写中国文学史、最后在"文化'大跃进'"期间原意以"国内知名专家、学者"为编写主体，后来被高校青年学生替代的第二次集体编写时期；第二，文学史的编写是一种集体性行为，具有"完成任务的性质"，"不可能不体现国家权力的意志"，这也是五六十年代文学史集体编写的"规定性动作"；第三，参加编写的人员是否"专业"并不重要（其中不少是50年代大学毕业后分配到所里工作的），重要的是其社会身份（中国科学院文学研究所）必须有保障，以保证编写的"政治正确性"。以上几点，其实也作为解读五六十年代文学与政治关系的深层注脚。

（二）"新人民文艺"叙述规制的实践

而作为社会主义文学的编写实践，在《新中国文学》中，我们感受更明显的可能还是集体编写对1949年文代会以后建立起来的"新人民文艺"/"人民文学"的叙述规范的落实。从这一意义上说，在当代文学史的写作实践中，强调人民性的叙述模式是最早被尝试和使用的。在80年代"当代文学"（1949—1979）被视为异质/异端文学，"从根本上失去了文学史的合法性"之前，当代文学史著作对这一时段文学的叙述一直都没有超越"人民文学"范畴。这种人民性的叙述模式在"文革"期间，虽然曾经被文艺激进派用"文艺黑线专政论"和对待文化遗产的"历史虚无主义态度"从主流文学表述中剔除出去，只剩下"工农子弟兵"的"无产阶级文艺"，但仍在"文革"结束后的当代文学史写作实践中沿用。

《新中国文学》"绪言"在谈到被80年代以后的当代文学史描述中称为第一个十年（1949—1959）的文学变革与发展时指出："这一变革和发展，围绕着并为着一个中心：文学和劳动人民结合，成为真正属于劳动人民文学。"①编写组还从这十年文学的精神和内容（站在社会主义思想的高度描写劳动人民的革命精神和英雄气概）、风格和形式（民族化和群众化）、作家队伍（以工人阶级为主干）等方面阐述"人民文学"的内涵。

四、主流文化立场的表达

与50年代王瑶的《中国新文学史稿》等比较，《新中国文学》更加明确毛泽东文艺思想在新中国文学中的绝对引领地位。这也是五六十年代国家层面组织集体编写文学史不断强化的指导思想。编写组在指出发生、发展和成长于五四以后的无产阶级文学，只有在1942年毛泽东的《讲话》提出文艺的工农兵方向、作家必须深入劳动人民进行思想改造等指导、思想之后，其方向和道路才真正明确的同时，告诉读者：从1949年7月开始的新

---

① 中国科学院文学研究所《十年来的新中国文学》编写组：《十年来的新中国文学》，北京：作家出版社1963年，第21页。本章后面所征引该书内容，如无特别说明，均引自此版本。

中国文学，进入了"实践毛泽东文艺思想的新的阶段"，成了"社会主义革命事业的一个组成部分"。"十年来我国文学艺术的发展过程，也就是文艺工作者日益深入认识和实践毛泽东文艺思想的过程，是沿着毛泽东同志所指引的文艺道路胜利前进的过程"（《十年来的新中国文学》，第25页）。《新中国文学》指出，毛泽东文艺思想是马克思主义文艺思想的"重大发展"，认为1949年后，毛泽东根据形势的发展，"提出了发展社会主义文学艺术的党的根本政策（百花齐放和百家争鸣）和社会主义文学艺术的最好的艺术方法（革命现实主义和革命浪漫主义相结合），这就使我们从文艺方向、文艺政策到批评标准、艺术风格、艺术方法有了一整套建立和发展社会主义文学艺术的正确理论和正确作法"（《十年来的新中国文学》，第26页）。

（一）注重文艺思想斗争线索

注重文艺思想斗争和其发展状况的介绍，是五六十年代集体编写文学史在内容组织方面的一个特点。《新中国文学》指出10年来的中国文学正是"通过一条激烈的战斗的道路向前发展的"（《十年来的新中国文学》，第15页）。在重视文艺思想斗争的叙述方面，编写组显然吸取了50年代评论界对王瑶《史稿》的批判成果，更加坚定地从"无产阶级和资产阶级两条道路的斗争"角度来描述10年来发生在文艺界的种种思潮和论争，表现出鲜明的政治立场。如认为对电影《武训传》的批判，是1949年后文艺界无产阶级思想和资产阶级思想的"第一次大交锋"（《十年来的新中国文学》，第5页）；对由俞平伯《红楼梦研究》中的错误观点而引起的对胡适的批判，"是和阶级立场十分明显的资产阶级思想斗争"；对胡风文艺思想的批判，"则是与披着马克思主义外衣因而为害更大的资产阶级反动思想作战"（《十年来的新中国文学》，第8页）；文艺界"反右"和"反修"的胜利，"是文艺战线上无产阶级和资产阶级两条路线的斗争有决定意义的伟大的胜利"（《十年来的新中国文学》，第13页），等等。编写组在描述10年来的新中国文艺思潮和运动过程中，频繁地用"反动思想""反革命集团""反党集团""反马克思主义"等政治术语。这对后来的当代文学历史叙述产生了深远的影响，或者说已成为后来很长一段时间里当代文学史编写征用的基本概念、术语。值得注意的是，在这里，我们还可以看出编写组对1956年修订的《中国文学史教学大纲》之"中国新文学史"部分补充的新内容:要求写进对胡适、胡风理论的批判。至于有没有做到"对于庸俗社会学倾向的纠正",似乎已不很重要。

(二)关注文学题材、主题及形象的"人民性"

第一,通过对文学创作题材的选择、主题的表现及人物形象的塑造等,充分展示当代文学的"新人民文艺"/"社会主义文学"性质与内涵。"站在社会主义思想的高度来描写劳动人民,描写劳动人民今天和昨天的斗争,描写他们的革命精神和英雄气概,已成为新中国文学的最根本的内容。"(《十年来的新中国文学》,第21页)关于10年来新中国文学的题材,编写组指出主要有两个方面:一是反映革命历史斗争内容,二是反映中华人民共和国成立后的生活和斗争。以小说创作为例,该书三大部分内容,除了第三部分介绍少数民族解放斗争和新生活的作品,前两部分主要介绍刚才提到的两方面题材,其中反映革命历史斗争的作品有:《红日》(吴强)、《火光在前》(刘白羽)、《林海雪原》(曲波)、《苦菜花》(冯德英)、《风云初记》(孙犁)、《红旗谱》(梁斌)、《青春之歌》(杨沫)、《小城春秋》(高云览)、《野火春风斗古城》(李英儒)、《三家巷》(欧阳山)等长篇小说,以及峻青、王愿坚、茹志鹃等的短篇小说。这些作品基本上包括了新中国文学10年来在反映抗日战争特别是解放战争方面最有代表性的小说;反映中华人民共和国成立后的新生活和斗争的作品有:《三里湾》(赵树理)、《山乡巨变》(周立波)、《创业史》(柳青)、《百炼成钢》(艾芜)、《三千里江山》(杨朔)、《上海的早晨》(周而复)等长篇巨著,以及李准、康濯等的中短篇小说。

第二,坚持作家作品选择的政治正确性原则。《新中国文学》所评述的作家作品,即使在现在都经得起政治考验。这其中除了上面提到的小说之外,诗歌方面:在现代文学时期特别是三四十年代即已有一定影响的诗人郭沫若、冯至(《韩波砍柴》)、臧克家(《马头琴歌集》《玉门诗抄》)、李季(《杨高转》)、阮章竞(《金色的海螺》《新塞外行》)等;在40年代走向文学、1949年后进行诗歌创作的如贺敬之(《放声歌唱》)、郭小川(《投入火热的斗争》《向困难进军》),1949年后成长起来的诗人如闻捷(《天山牧歌》《复仇的火焰》)、未央、雁翼等,以及以"大跃进民歌"为代表的民间诗歌创作。戏剧方面:话剧《蔡文姬》(郭沫若)、《关汉卿》(田汉)、《龙须沟》(老舍)、《明朗的天》(曹禺),歌剧《洪湖赤卫队》、《刘三姐》等。散文方面如《谁是最可爱的人》(魏巍)等。另一方面,对这10年间凡是遭受到批判的作家作品,《新中国文学》基本采取回避的态度,如:《我们夫妇之间》(萧也牧)、《洼地上的"战役"》(路翎)、《组织部新来的青年人》(王蒙)、《在悬崖上》(邓友梅)、《红豆》(宗璞)、《草木篇》(流沙河)等一批"干预生活"之作(这些作品中大部分后来被收入在1979年出版的《重放的鲜花》①一书中),以及赵树理小说《锻炼锻炼》、郭小川抒情诗《望星空》和《一个和八个》等长篇叙事诗,等等。这种处理方式其实是政治正确性编写观念的另一种体现。

总之,无论从哪个角度,均可看出《新中国文学》与五六十年代集体编写文学史强调的主流文化精神一脉相承。

五、《十年来的新中国文学》与《文学十年》

从文学史编纂是一种历史写作角度看,写作对象的时间距离,即所谓的"历史感"显然很重要。从文学史与文学批评的关系看,文学批评成果要进入文学史写作视野,也需要经过时间的沉淀。而这两点,恰恰是当代文学史写作起步阶段需要面对的难题。因此,作为集体编写的《新中国文学》,还有一点值得关注的是,编写者如何面对并处理这两个问题。

(一)《文学十年历程》与"我们"的立场

为了更好地考察这个问题,我们在这里将引入以邵荃麟的《文学十年历程》为代表的系列文学评论成果。②这些评论成果涉及1949年以来的文

---

① 《重放的鲜花》1979年由上海文艺出版社出版,收入50年代"双百"方针颁布后(1956年至1957年上半年)发表的17位作者创作的20篇作品。这些作家在1957年反右斗争开始受到批判,作品被打成"反党反社会主义的大毒草"。主要作家作品有:刘宾雁《在桥梁工地上》《本报内部消息》《本报内部消息(续篇)》、耿介《爬在旗杆上的人》、邓友梅《在悬崖上》、王蒙《组织部新来的青年人》、陆文夫《小巷深处》、流沙河《草木篇》、刘绍棠《西苑草》、李国文《改选》、宗璞《红豆》、丰村《美丽》等。

② 这些成果包括:邵荃麟的《文学十年历程》,《文艺报》1959年第18期;冯牧、黄昭彦《新时代生活的画卷——略谈十年来长篇小说的丰收》,《文艺报》1959年第19、20期;邹荻帆《"大跃进"的号角,新诗歌的红旗——读〈红旗歌谣〉》,《文艺报》1959年第19、20期;贺宜《为达到少年儿童文学的新高峰而努力》,《文艺报》1959年第19、20期;袁水拍《成长发展中的社会主义的民族新诗歌》,《文艺报》1959年第19、20期;严文井《光明的赞歌——开国十年文学创作选〈散文特写〉序》,《文艺报》1959年第19、20期;卞济远《十年话剧创作的成就令人鼓舞》,《文艺报》1959年第19、20期;陈荒煤《电影文学的迅速发展》,《文艺报》1959年第19、20期。1960年,《文艺报》编辑部以《文学十年》为题,将以上成果结集,由作家出版社出版。

艺运动与斗争、文学思潮，以及小说、诗歌、散文、戏剧和儿童文学等各种文类的创作情况。值得注意的是，执笔这些评论的一些作者，如邵荃麟、冯牧、邹荻帆、贺宜、袁水拍、陈荒煤等，都不是50年代刚走向文坛的文学新人，而是当时文艺界掌握一定实权、有一定影响的部门领导，集文人与官员的双重身份于一身，直接参与了新中国文艺的建设。如：曾在40年代末担任中共香港工委副书记、中共香港文委委员，1949年后担任作家协会副主席、作协党组书记等职的邵荃麟，在四五十年代转折时期的左翼评论界便已有相当影响，并在《大众文艺丛刊》（中共直接领导下的左翼文艺界1948—1949年在香港创办的一个机关刊物）发表了对新中国文艺发展具有重要指导作用的《对当前文艺运动的意见》等文章。又如，参与对10年来长篇小说创作评论的冯牧，是中共在新中国文艺界的"党刊"《文艺报》1959年的副主编。再如，40年代曾以《马凡陀山歌》在诗坛产生过重大影响的袁水拍，在50年代担任了《人民日报》文艺部主任，并兼任《人民文学》《诗刊》杂志编委。至于陈荒煤，1947年即曾在晋冀鲁豫边区文艺工作座谈会上发表《向赵树理方向迈进》的讲演，代表解放区文艺界把赵树理树为成功实践毛泽东《在延安文艺座谈会上的讲话》精神的一面旗帜，50年代则担任了国家文化部电影局局长、文化部副部长、中国文联党组副书记。也正基于以上的特殊背景，这些发表在中华人民共和国成立十周年之际的《文艺报》的系列评论，对共和国10年来中国文学发展及其所取得成绩的评论，鲜明地区别于同时期其他简单地对当前文学现象的"匆匆一瞥"，而体现出一定的高度和自觉的历史意识，代表了当时国家意识形态与时代主流文化的"我们"对新中国文学的倾向性评价。在学术体制同国家利益密切联系在一起、文学事业已纳入国家体制管理的当代中国，若要对10年来的中国文学进行系统的回顾与总结，即便是新中国文学最权威、最高组织机构的中国科学院文学研究所，也不会无视这些系列评论的存在。

（二）两者内容构架的比较

如果我们稍微用心对读，即不难发现：除电影文学外，1959年《文艺报》第18、19、20期有关新中国10年来文学的系列评论，基本上对应于《新中国文学》的内容构架：《文学十年历程》对应于《新中国文学》的第一章"绪言"，其他评论则分别对应于《新中国文学》的第二至第六章的小说、诗歌、话剧①、散文、儿童文学。下面我们再来简单比照一下《文学十年历程》与《新中国文学》第一章：

《新中国文学》"绪言"共六部分，前三部分主要阐述新中国文学（当代文学）的渊源与传统，10年来各阶段的文艺运动与斗争，第四部分侧重阐述社会主义文学的性质、领导权及其对作家创作提出的要求等，第五部分主要从文学的精神与内容、风格与形式、作家队伍以及读者对象等方面阐释新中国社会主义——人民文学的内涵，第六部分阐释与强调指引新中国文学发展的毛泽东文艺思想的形成、内容与特征。"绪言"最后预言在10年成就基础上的社会主义文学，"用无产阶级的社会主义的思想和艺术的标准，将写出更多更美好的我们时代的不朽的诗篇。我国社会主义的巍峨的文学大厦，也将更高地耸立起来"（《十年来的新中国文学》，第28页）。

《文学十年历程》共三部分，其中第三部分主要是对10年文学未来的展望，"向新的高峰前进"。作者写道："我们的社会主义文学现在还年轻，然而它将迅速地变得更加强壮、更加成熟。""我国社会主义文学的前途是无可限量的！"②但文章的重点内容还是前两部分：第一部分在简单回顾新中国社会主义文学的历史传统后，主要介绍10年文学所取得的成就，阐述了社会主义文学在生产与传播、作家队伍建设、作品内容表现、人物形象塑造、语言与风格追求、理论批评与古典遗产研究，以及群众创作运动、多民族文学共同繁荣的景象；第二部分重点介绍10年文学发展的经验：从"资产阶级与无产阶级两条道路的斗争"角度阐述了10年来不同阶段的文艺批判运动，从"人民文学"角度阐释了新中国文学必须走与工农兵相结合道路、政治与艺术标准统一、普及与提高相结合等问题，从促进新中国文艺发展角度阐述了10年来中央政府实施的"双百"方针与推陈出新的文艺政策。

从上面的简单比照，我们可以发现，《文学十年历程》与《新中国文学》"绪言"的内容并无实质性的不同，只是"限于篇幅"，作为评论的前者对

---

① 《十年来的新中国文学》除了介绍话剧，还介绍了新歌剧的创作情况。
② 邵荃麟：《文学十年历程》，《文艺报》1959年第18期。

后者"绪言"的其他内容未作进一步的展开。

没有资料证明《新中国文学》编写组与系列评论之间的关系，但这并不影响我们的推断，即在毫无编写经验可借鉴的情况下，①对于非从事当代文学研究的编者来说，面对这一开始于中华人民共和国成立十周年前夕、后来几度中断的回顾与总结新中国文学发展的编写工作，为确保编写内容的政治性和权威性，对邵荃麟等的系列评论予以消融的可能性②。对于具有明确的历史书写性质的《新中国文学》来说，这种消融其实是一种再正常不过的现象，只不过相对于"个人行为"的"评论"《文学十年历程》③而言，带有历史书写性质的《新中国文学》，更注意内容的客观性与科学性，注重对发展的内在规律性的寻找。

当然，我们在这里讨论这个问题，更重要的目的还在于试图解释我们在前面提出的一个问题，即在缺乏时间距离与历史沉淀的情况下，当代文学史的写作是如何面对与处理文学批评的。显然，早期的当代文学史书写，要截然脱离文学批评是不现实的。或者说，来自主流文化立场的文学批评，在这里实际上暗含、承担了某些文学史写作的功能。这种情况后来在愈演

---

① 这里所说的"编写经验"或许有必要予以简单辨析。1949年以后，最早对新中国文学发展情况进行描述的应该是王瑶的《中国新文学史稿》（下册）附录的《新中国成立以来的文艺运动（一九四九年十月——一九五二年五月）》。不过受当时环境的影响，特别是由新闻出版部总署与《人民日报》共同组织的对《中国新文学史稿》（上册）的座谈会批判性意见的影响，王瑶的"附录"已有意识地从政治性、思想性与史料之间的关系来描述新中国成立以来的文学发展情况。"附录"共包括六部分内容（具体参见本章第一节）。从王瑶的《史稿》到《十年来的新中国文学》，其间国内的政治思想文化领域已发生巨大的变化，并深刻地影响到中国文学史的编写。依"后见之明"，在60年代初，《史稿》对"新中国成立以来的文艺运动"的叙述能否对接上时代潮流还是一个问题。

② 这里还可以提及另一篇"评论"是时任文化部部长的茅盾发表于1959年10月9日《人民日报》的《新中国社会主义文化艺术的辉煌成就》一文。文章谈了四个方面的内容：十年来，文化艺术工作取得了伟大的成就；党的领导和坚持政治挂帅，是一切文化艺术的工作的灵魂；文化艺术工作必须为工农兵服务，为社会主义服务；文化艺术工作的繁荣昌盛是执行党的"百花齐放、百家争鸣"的方针的结果。

③ 其实邵荃麟的《文学十年历程》虽然是个人署名，但由于其特殊身份，其"评论"的权威性已远远超越了"个人"。王庆生在一篇访谈中谈到，50年代高校"老师给学生讲新文学，只讲到1949年为止，新中国成立以后的就很少讲了。后来大家逐渐意识到了这个问题，觉得新中国的文学已经有了10年的历史，有必要对其进行研究。这个时候，邵荃麟写了一篇比较有分量的文章，叫《文学十年历程》，对那10年来的文学成就进行了比较全面的总结。此后，当代文学也就逐渐进入了大学中文系的课堂"。王庆生、杨文军：《中国当代文学史编撰的回顾与展望——王庆生先生访谈录》，《新文学评论》2013年第1期。

愈烈的激进左翼文艺派别那里，表现得更加极端。作为集体编写的《新中国文学》的意义与启示，这应该是其中重要的一点。

第四节　激进文学史观下的文学史撰述

一、文学批评与当代文学史

文学史与文学批评既有共通之处，也存在区别。两者都以文学现象为研究对象，但侧重点不同。文学批评的对象可以是具体的，独立的，比如对作家作品的处理。但文学史则不同。王瑶认为写文学史不同于编"作品选"，在于后者编选的标准可根据读者需要"量身定制"，但写文学史就不同：讲不讲这个作家作品，讲多讲少，"都意味着评价"；"作为历史科学的文学史，就是要讲文学的历史发展过程，讲重要文学现象的上下左右的联系，讲文学发展的规律性"（王瑶：《中国现代文学史论集》，第276页）。王瑶还指出，文学史讲文艺运动和思想斗争，"更要和一定的历史背景和当时的社会思潮相联系，要着重考察它对创作所产生的实际影响"（王瑶：《中国现代文学史论集》，第277页）。

（一）五六十年代文学批评的职能

在当代（特别是五六十年代），文学批评承担着主流意识形态在文艺领域的监管功能。周扬指出："批评是实现对文艺工作的思想领导的重要方法。"[①]这种情况，使得50—70年代，文学史写作与文学批评之间的界线变得模糊，文学批评常常越界，干预甚至强势介入文学史的写作。关于五六十年代的文学批评，20世纪80年代以后，伴随着政治上的拨乱反正和历史反思的不断深入，以及当代文学学科建设的展开，在最近十多年的时间里已逐渐形成了比较稳定的阐释。根据毛泽东《在延安文艺座谈会上的讲话》"政治标准放在第一位，艺术标准放在第二位"的指导思想，周扬在第一次文代会《新的人民的文艺》报告中强调，文艺的批评的主要功能是"对文

[①] 周扬：《新的人民的文艺》，转引洪子诚主编：《中国当代文学史·史料选》（上卷），第161页。

艺界的错误进行批评","必须通过批评来推动文艺工作者相互间的自我批评"①。五六十年代的批评家，几乎有先天性的双重身份，既是文艺界/部门的领导人或者负责人，又是文学批评的专业人士，他们一方面要"为党的文艺思想和文艺政策代言"，另一方面又要"探究文学的发展规律"（杨匡汉、孟繁华：《共和国文学50年》，第483页）。文学批评常处于"两难"之中。洪子诚在考察社会政治体制与这一时期当代文学的关系时即曾经指出，文学批评在这一时期，个性化或者科学化的作品解读和鉴赏活动不是最主要的职能，而"主要成为体现政党意志的，对作家作品、文学主张和活动进行政治'裁决'的手段。它承担了规范的确立、实施的保证"："一方面，它用来支持、赞扬那些符合规范的作家作品；另一方面，则对不同程度地偏离、悖逆倾向的作家作品加以警示、打击"，即毛泽东所谓的"浇花"和"锄草"②。也正是在这样一种格局中，我们看到了这一时期"编者按""读者来信"等文学批评现象，被赋予了特别的内涵。比如，作为文学批评活动重要组成部分的"读者来信"中的"读者"，常常是一个被构造出来的、不被具体分析的概念，"一般不具备实体存在的意义，而往往作为权力批评的一种延伸"。文学批评"不承认文学读者是划分不同群体、形成不同圈子的，不承认不同的社会群体有不同的文化需求"。洪子诚指出这一时期文学批评中的"读者"加入，有时是为了加强"批评的'权威性'"，也就是王尧所说的，"在多数情况下，'读者'和'领导者'的取向是一致的，甚至有些'读者'是'领导者'的化身"③。而这一时期文学批评中另一个重要现象的"编者按"，也别无选择地与当时的文学史观念（即我们后面所说的"影子文学史"）形成"共谋"的关系。程光炜对此有过深刻的分析，认为它"对文学创作的评价和规范，对文学史的自我想象和生成，有着十分重要的影响"："编者按"之"编者"可以说是一个"超级作者"和"文学筹划者"，其选

---

① 周扬：《新的人民的文艺》，转引洪子诚主编：《中国当代文学史·史料选》（上卷），第161页。
② 洪子诚：《中国当代文学史》（修订版），北京：北京大学出版社，2007年，第23—24页。
③ 王尧：《中国当代文学批评的生成、发展与转型》，《文艺理论研究》2010年第5期。

择什么对象以何种姿态进行评论，都是"集体商量、深思熟虑"的结果，他们的文学史观和批评观是不能够用传统的文学史知识与习惯来驾驭和评估的。"一方面，它是对各种移动的、不确定的文学现象，作出的引导、规劝和限制；另一方面，由于当事人（作者）文化处境的差异和对文学的不同认识，它发出的批评'声音'中仍然会出现复调的现象"。因此，"编者按""实际参与筹划了中国当代文学草创时期的格局和具体操作"。程光炜指出"后来几十年对当代文学'发生史'的描述，对重要文学现象和文学理论的甄别和确认，在这一语境中被列入，又在另一时空中被质疑的文学经典，以及关于当代文学的教学和研究，都离不开'编者按'最初划定的范围"①。

（二）文学批评对文学史的改写/重写

对于当代文学60年（1949—2009），学界有"前30年"与"后30年"的说法。从当代文学史写作与文学批评关系情况看，这前、后30年说法的时间划定也颇能够说明一些问题。在80年代中期出版的《中国当代文学思潮史》中，朱寨认为前30年（1949—1979）"在中国新文学史和新文学思潮史上，都具有相对独立的阶段性和独立研究的意义"②。由于1949年后文学活动已全面纳入国家体制管理，同时也由于此后整个国家思想文化界长期处于一种继续革命的状态，因此这一时期有关中国文学史的写作实践很少。而具体到当代文学，则又与其作为一种文学形态还很年轻有关。尽管如此，在毛泽东《新民主主义论》和《在延安文艺座谈会上的讲话》思想基础上建构起来的、具有鲜明民族国家意识和政治意识形态倾向的"新人民文艺"的文学史观念，已不仅成为新文学史写作的思想框架，同时成为当代文学史写作的指导思想。这种文学史观念同时也对这一时期的文学批评产生了巨大影响，致使其强势介入到有关这一时期文学发展的历史叙述中。我们今天对这一时期文学发展状况的认识和了解，除了具体作家作品，主要通过国家权力直接管辖下的文艺机构制定和实施的各种文艺方针与政策，文艺界受命组织开展频繁不断的文学批判运动的相关文字材料，以及一些重

---

① 程光炜：《〈文艺报〉"编者按"简论》，《当代作家评论》2004年第4期。
② 朱寨：《中国当代文学思潮史·引言》，北京：人民文学出版社，1987年。

大文艺事件的档案资料，如周扬《新的人民的文艺》、中共中央《百花齐放，百家争鸣》①、周扬《文艺战线上的一场大辩论》②、邵荃麟《文学十年历程》、茅盾《新中国社会主义文化艺术的辉煌成就》、陈荒煤《关于总结三十年文艺问题》③、周扬1979年在第四次文代会上的报告《继往开来，繁荣社会主义新时期的文艺》④等等，在某种意义上，它们都是主流意识形态的直接体现。而"文革"时期的《评新编历史剧〈海瑞罢官〉》⑤、《林彪同志委托江青同志召开的部队文艺工作座谈会纪要》(以下简称《纪要》)⑥、《京剧革命十年》⑦等，更是被文艺激进派赋予了文学史的功能。当然，对于当代前30年文学状况的认识和了解，也离不开那些被这一时期主流意识形态视为"异端的声音"，如胡风《关于解放以来的文艺实践情况的报告》(即《三十万言书》)、"百花时代"的文学理论⑧、60年代初严家炎关于《创业史》的评论⑨等。值得注意的是，这些评论、档案材料和"异端的声音"，大都成了后来许多文学史家编写当代前30年文学发展历史的第一手参考材料。在文学史写作无法正常开展的情况下，以上这些材料均在一定程度上承担着文学史的功能，文学批评与文学史写作在这一时期可以说是一个问题的两方面，具有"影子文学史"功能的主流文学史观念与文学批评活动达成高度契合。

特别值得一提的是，1964年以后，伴随着激进文学思潮的愈演愈烈，

---

① 1956年5月26日，时任中宣部部长的陆定一在北京怀仁堂有北京知名科学家、文学家和艺术家参加的会议上，代表中共中央宣讲"百花齐放、百家争鸣"的方针政策。报告修改后经毛泽东批示发表在《人民日报》1956年6月13日。

② 原载《文艺报》1958年第5期。

③ 该文是作者1979年参加社科院文学所举办的"如何总结近三十年来文学工作以及编写当代文学发展史"座谈会的发言稿，发表于《文艺研究》1979年第3期。

④ 原载《人民日报》1979年11月20日。

⑤ 原载《文汇报》(上海)1965年11月10日，《北京日报》《人民日报》先后于同年11月29日、30日全文转载，并附有"编者按"。

⑥ 原载《红旗》杂志1967年第9期。

⑦ 原载《红旗》杂志1974年第7期。

⑧ 比较有代表性的如秦兆阳的《现实主义——广阔的道路》(《人民文学》1959年第9期)、钱谷融的《论"文学是人学"》(《文艺月报》1957年第5期)、巴人的《论人情》(《新港》1957年第1期)等。洪子诚《中国当代文学史》(修订版)(北京大学出版社，2007年)第三章"对规范的质疑"部分对这一时期被视为"异端"的文学理论有比较精辟的梳理，可参考。

⑨ 严家炎：《谈〈创业史〉中梁三老汉的形象》，原载《文学评论》1961年第3期。

激进派对文艺界的掌控，当代文学批评也逐渐演变成为"霸权写作、专制写作"①，不仅替代了文学史的地位，同时还根据政治斗争的需要，直接承担了改写/重写文学史的功用。"文学运动和政治运动交织在一起"，文学批评成了政治批判，"而这种批判又往往缺乏马克思主义一贯倡导的实事求是的科学精神"②。至"文革"前夕，以江青、姚文元等为代表的激进文艺派，断言文艺界在新中国成立以来"被一条与毛主席思想相对立的反党反社会主义的黑线专了我们的政"③，认为"从《国际歌》到革命样板戏，这中间一百多年是一个空白"④。他们强调"在文艺批评中，要加强战斗性"，文艺评论要"成为开展文艺斗争的重要方法，也是党领导文艺工作的重要方法"⑤。文艺批评至此完全成为主流意识形态的代言，"开创无产阶级文艺新纪元"。这期间成立的"写作组"⑥，如"初澜"，从批"文艺黑线"始，到鼓吹写"与走资派斗争"终，一直与当时极"左"的主流话语相对接。

二、"无产阶级文艺新纪元"神话

"文革"期间，内地严格意义上的当代文学史写作虽然已经处于搁置状态，但像《林彪同志委托江青同志召开的部队文艺工作座谈会纪要》和《京剧革命十年》等这一类的文章，对当代文学发展的述评，却并不逊于文学史的威力。如果将这两篇文章分别指涉的时间跨度加以接驳，我们会发现它们所评述的1949年到1974年的中国文学，基本上就是一些研究者所说的另一种"具有相对独立的阶段性和独立研究的"中国当代文学。而无论与五六十年代还是80年代以后的当代文学史比较，它们对中国当代文

---

① 古远清：《中国当代文艺理论批评史（1949—1989）》，北京：大众文艺出版社，2005年，第332页。

② 丁景唐、徐辑熙：《中国新文学大系（1949—1976）》第十九集"史料·索引卷1·序"，上海：上海文艺出版社，1997年。本章后面所征引该书内容，如无特别说明，均引自此版本。

③ 《林彪同志委托江青同志召开的部队文艺工作座谈会纪要》。转引丁景唐、徐辑熙：《中国新文学大系（1949—1976）》第十九集，第696页。

④ 转引自王庆生主编：《中国当代文学辞典》，武汉：武汉出版社，1996年，第47页。

⑤ 《林彪同志委托江青同志召开的部队文艺工作座谈会纪要》，转引丁景唐、徐辑熙：《中国新文学大系（1949—1976）》第十九集，第702页。

⑥ 比较有代表性的是清华大学、北京大学两校大批判组和上海市委写作组，以及以"初澜"为笔名的文化部写作班子等。

学发展历史的颠覆式叙述,其中的历史虚无主义的激进姿态,均极为引人注目。

(一)"无产阶级文艺新纪元"的主要特征

顾名思义,《纪要》是林彪委托江青于1966年2月2日到20日在上海邀请部队一些同志召开的有关文艺工作的座谈会的内容纪要,很难说是严格意义上的文学批评。在否定1949年以来的中国文学的同时,《纪要》对正在开创的"无产阶级文艺新纪元"从不同角度进行了规划和描绘。在进一步强调毛泽东的文艺思想的至尊地位的同时,还重点突出了"新纪元"文艺如下几方面的内容(以下所引《纪要》内容不再另注释):

关于文艺领导权。《纪要》在新中国历史上首次强调了解放军在社会主义"文化革命"中的重要作用,把毛泽东延安时期关于"两支文艺队伍"("上海亭子间的队伍和山上的队伍")的思想进行政治上的发挥,对他们正在规划的无产阶级革命文艺作进一步的提纯。《纪要》指出:"没有人民的军队","也就没有人民的一切";强调解放军要"勇敢地、坚定不移地,为贯彻执行文艺为工农兵服务、为社会主义服务的方针而斗争"。

关于文艺队伍建设。《纪要》认为"我们的许多文艺工作者,是受资产阶级的教育培养起来的,在从事革命文艺活动的过程中,有些人又经不起敌人的迫害叛变了,或者经不起资产阶级思想的腐蚀烂掉了","在全国解放后,进了大城市,许多同志没有抵抗住资产阶级思想对我们文艺队伍的侵蚀,因而有的在前进中掉队了"。《纪要》因此强调要"重新组织文艺队伍","培养锻炼出一支真正无产阶级的文艺骨干队伍"。

关于创作题材选择。《纪要》在指出并批评过去有些作品"歪曲历史事实,不表现正确路线,专写错误路线",有些作品"则专搞谈情说爱,低级趣味,说什么'爱'和'死'是永恒主题"的同时,强调社会主义革命和建设题材的重要性,要趁着领导、指挥"三大战役"的同志还健在,把"重大战役"的文艺创作抓搞起来;"许多重要的革命历史题材和现实题材,急需我们有计划、有步骤地组织创作"。

关于人物形象塑造。《纪要》批评有些作品"写了英雄人物,但都是犯纪律的,或者塑造起一个英雄形象却让他死掉,人为地制造一个悲剧的结局",有些作品"不写英雄人物,专写中间人物,实际上是落后人物,丑化工农兵形象;而对敌人的描写,却不是暴露敌人剥削、压迫人民的阶级本质,甚至加以美化"。《纪要》认为这些都是"资产阶级、修正主义的对象,必须坚决反对",与此同时,《纪要》强调要把塑造工农兵的英雄形象作为社会主义文艺的根本任务。

关于文艺的继承创新。《纪要》提出要破除对"所谓三十年代文艺"和"中外古典文学的迷信";认为三十年代文艺也有好的,"那就是以鲁迅为首的战斗的左翼文艺运动",但总体而论,那时的"左翼文艺运动政治上是王明的'左倾'机会主义路线,组织上是关门主义和宗派主义,文艺思想实际上是俄国资产阶级文艺评论家别林斯基、车尔尼雪夫斯基、杜勃罗留波夫以及戏剧方面的斯坦尼斯拉夫斯基的思想,他们是俄国沙皇时代资产阶级民主主义者,他们的思想不是马克思主义,而是资产阶级思想"。《纪要》强调"文化革命"要"有破有立",要"标社会主义之新,立无产阶级之异",大力发展"样板戏"。

关于文学批评工作。《纪要》强调"要提倡革命的战斗的群众性的文艺批评,打破少数所谓'文艺批评家'(即方向错误和软弱无力的那些批评家)对文艺批评的垄断,把文艺批评的武器交给广大工农兵群众去掌握,使专门批评家和群众批评家结合起来","提倡多写通俗的短文,把文艺批评变成匕首和手榴弹,练出二百米内的硬功夫"。《纪要》提出,"文艺评论要成为经常的工作,成为开展文艺斗争的重要方法,也是党领导文艺工作的重要方法。"

此外,《纪要》还强调文艺工作中要"走群众路线";要坚持革命现实主义和革命浪漫主义相结合的创作方法,"不要搞资产阶级的批判现实主义和资产阶级的浪漫主义";要敢于碰像肖洛霍夫这种"修正主义文艺鼻祖"的"大人物",指出他的《静静的顿河》《被开垦的处女地》《一个人的遭遇》"对中国的部分作者和读者影响很大"。

(二)《京剧革命十年》的总结

《京剧革命十年》发表于1974年,距离江青1964年在京剧现代戏观摩演出人员的座谈会上"谈京剧革命"①刚好10年，距离《纪要》宣告近三年来（即1964—）以革命现代京剧即"样板戏"为代表的工农兵文艺"划出了一个完全崭新的时代"，也过去了将近十年，因此说它是对京剧革命10年（1964—1974）的总结是不无道理的。这是"文革"时期文艺激进派组织的一篇与《纪要》遥相呼应的文学评论。

从"形式"上看，《京剧革命十年》至少有三点值得注意。一是京剧/"样板戏"在"文革"时期的合法性。这是被当时主流意识形态大力推广和培育的、为数不多的、合法的文艺形态之一，代表了无产阶级文艺创作的最高水平，因此对京剧"样板戏"的评述，可看作是对当时中国文学的评述。二是文章作者身份的特殊性。文章作者"初澜"并非某个具体的人，而是"文革"期间由江青、张春桥、姚文元等直接控制下的文化部文艺评论写作班子常用的集体笔名，文章的思想内容和主要观点代表的是文艺激进派的"我们"，风云变幻时代的掌权者，具有鲜明的政治倾向性。三是文章发表刊物的权威性。《红旗》杂志是当时林彪、陈伯达控制的被认为具有舆论喉舌之称的"两报一刊"（两报：《人民日报》《解放军报》）之一。

《京剧革命十年》透露的外部信息隐含的意识形态内涵当然值得我们关注，不过其中更值得我们思考的，还是在文学史写作弱化的特殊时期，作为文学评论，文章是如何强势僭位，以"论"代"史"，叙述《纪要》开创的"无产阶级文艺新纪元"的10年历史的？从文学史写作与文学批评关系角度，这叙述又给我们提出了怎样的思考？

从总体上看，《京剧革命十年》对这10年文艺发展历史的叙述，基本上对应于《纪要》关于无产阶级文艺新纪元蓝图的描绘，而且根据这10年政治斗争与文艺界形势的变化，把相关内容表述得更加具有针对性，用"我们"的话说就是更具战斗性。比如对10年前（1964年前）文艺界状况的描述（以下所引《京剧革命十年》的内容不再另注释）：

---

① 江青：《谈京剧革命：一九六四年七月在京剧现代戏观摩演出人员的座谈会上的讲话》，《红旗》杂志1967年第6期。

十年前,刘少奇和周扬一伙推行的修正主义文艺路线专了我们的政。在他们的控制下,整个文艺界充满了厚古薄今、崇洋非中、厚死薄生的恶浊空气。盘踞在文艺舞台上的,不是帝王将相、才子佳人,就是形形色色的牛鬼蛇神,几乎全是封、资、修的那些货色。

从《纪要》"被一条与毛主席思想相对立的反党反社会主义的黑线专了我们的政"的笼统模糊描述,到这里具体化为被"刘少奇和周扬一伙推行的修正主义文艺路线专了我们的政",《京剧革命十年》在表明10年来文艺新纪元取得了"伟大成果"的同时,也足以让人联想到10年间文艺界两条路线斗争的复杂性和残酷性。文章指出,10年来中国文艺已经从根本上改变了当年的状况,"社会主义文艺事业一年比一年繁荣昌盛":

以京剧革命为开端、以革命样板戏为标志的无产阶级文艺革命,经过十年奋斗,取得了伟大胜利。无产阶级培育的革命样板戏,现已有十六七个了。在京剧革命的头几年,第一批八个革命样板戏的诞生,如平地一声春雷,宣告了毛主席《在延安文艺座谈会上的讲话》所指出的革命文艺路线已经在实践中取得了光辉的成果,中国社会主义文艺的新纪元已经到来,千百年来由老爷太太少爷小姐们统治舞台的局面已经结束,工农兵英雄人物在舞台上扬眉吐气、大显身手的时代已经开始。这是中国文艺史上具有伟大意义的变革。

(三)初步的历史叙述及其实质

《京剧革命十年》以"论"代"史",用豪言壮语对仍处于"创业期"的"无产阶级文艺新纪元"10年历史进行了初步的叙述,并重点阐述和总结了如下几个问题:

一是京剧/无产阶级文艺革命的历史必然性和现实合法性。文章指出,这10年的文艺革命,历史地看,是"由社会主义时期存在着阶级、阶级才盾和阶级斗争的现实决定的,是马克思列宁主义和修正主义斗争的必然产物,是党的基本路线指引下无产阶级防止资本主义复辟、巩固无产阶级专政的战略措施"。从现实角度看,文章认为,无产阶级在进入社会主义阶段后,为巩固政权,必须对意识形态领域存在的敌人开展斗争,而"狂热地宣扬孔孟之道"的旧京剧,"是地主阶级在意识形态领域中的顽固堡垒";"无产阶级文艺革命选择京剧作为突破口,本身就是一场批判孔孟之道的重大斗争,就是要拆掉千百年来反动阶级赖以制造人间地狱的精神支柱"。总而言之,文章认为这场无产阶级文艺革命是历史发展的必然,也是巩固政权的现实需要,因而也是合法的。

二是京剧/无产阶级文艺革命取得的成果与积累的经验。文章认为这成果与经验主要体现在:创作出了一批"革命的政治内容和尽可能完美的艺术形式的统一"的样板作品,从而"牢固占领文艺阵地"。"满腔热情、千方百计"地塑造了无产阶级英雄典型,从而实现了对孔孟之道的批判、推动了历史的前进,以及对资产阶级的专政。比较好地坚持了"古为今用、洋为中用""百花齐放,推陈出新"的方针,从而"为无产阶级开辟了批判继承和改造古典艺术形式的革命道路"。在这一问题上,文章特别强调:"革命样板戏中英雄人物的音乐形象和舞蹈形象的产生,都是批判继承和改造了旧京剧艺术中有用成分而进行创新的结果。"此外,文章认为,京剧革命十年,"通过激烈的阶级斗争和艰苦的艺术实践,逐渐形成了一支无产阶级的文艺队伍",他们的政治水平和艺术水平,"都是过去旧的艺术院校所培养的人才不可比拟的"。总之,"京剧革命十年,是战斗的十年,胜利的十年,是值得在无产阶级文艺史上大书特书的十年。"文章对京剧/无产阶级文艺十年的这种表述,与《纪要》对"十七年文学"的否定性叙述,形成鲜明的对比。

三是批判了"妄图否定无产阶级'文化大革命'"的"一小撮人"的"反动思潮"。文章认为这种思潮的观点主要有:"'根本任务'欠妥当"论;"样板戏标准太高,顶了台"论;"要'突破样板戏框框'"论;等等。文章认为,"敌人越是起劲地骂我们,我们越要坚持斗争,进一步普及和发展样板戏","将我们的文艺革命进行到底"。文章坚信:"只要我们沿着《在延安文艺座谈会上的讲话》指引的方向前进,不断总结实践经验,就一定能够从胜利走向新的胜利。未来的十年、二十年，必定是社会主义文艺更加繁荣的年代。"

20世纪90年代以后，洪子诚曾从文学史观角度指出《京剧革命十年》等文章对"中国当代文学史"概念内涵在构建与变异过程中的影响："即把'京剧革命'发生的1965年，作为文学分期的界限，把此后的文学称为真正社会主义性质的'当代文学'（虽然他们不使用这一名称）。他们运用与周扬等的同一评价体系，但更强调'纯粹'，对文学现象实施更多的筛选与'压抑'，运用更强调'断裂'的激进尺度。"①这也可以说是《京剧革命十年》对"文艺新纪元"（1964—1974）初步叙述的实质。

三、激进文艺思潮的历史寻踪

在80年代末"重写文学史"讨论期间，王富仁曾指出："从中国现代文学研究的历史上来看，凡是社会思想和文学思想发生重大变化的时候，便会产生一种'重写文学史'的冲动或要求。"②旷新年后来也在一篇讨论新时期文学史写作与研究的文章中认为，80年代的"重写文学史"运动，最早应该追溯到70年代末对《纪要》以及"文革"时期"左倾"文艺路线的批判与否定③。由此可见，《纪要》和《京剧革命十年》应该是对已有当代文学史叙述比较早进行"重写"的。而在本书的视野中，之所以要选择它们作为讨论的个案，最重要的，是因为这种"重写"和叙述与当时一种新的即当代中国的极"左"社会思想和文学思想关联在一起，它们以对政治权力更迭历史的描述想象方式来替代对1949年以来中国文学发展历史的客观叙述，

---

① 洪子诚、孟繁华主编：《当代文学关键词》，桂林：广西师范大学出版社，2002年，第6页。
② 王富仁：《关于"重写文学史"的几点感想》，《上海文论》1989年第6期。
③ 旷新年：《"重写文学史"的终结》，该文收录于2012年复旦大学出版社出版的《把文学还给文学史》中。从当代文学史编写角度看，70年代末具有"重写"意味的重大文学事件其实并不止于这里提及的"批判与否定"，但随着90年代以后"重返八十年代"及当代文学学科建设深入，一些研究者已注意到在80年代以后的文学史叙述中，对这些事件的处理显得过于浅表，如以第四次文代会为标志的1979年。程光炜认为"'1979'的文学史表述，其实包含着公开和隐藏的两重叙述因素"，我们的文学史家关注更多的是"文艺界的大会师"等诸如此类的"公开叙述"，对"隐藏叙述"，如关于大会报告修改中隐含的"重评"（50年代至70年代文学）矛盾等等，则几乎被"遗忘"。程光炜：《第四次文代会与1979年的多重接受》。程光炜：《文学讲稿："八十年代"作为方法》，北京：北京大学出版社，2009年，第247页。

在一定程度上遮蔽了中国文学发展的真实状况。在当代文学史写作刚刚起步即被中断的激进年代,在文学批评不断演化成为霸权与专制写作,强势介入文学史功能的特定历史时期,《纪要》和《京剧革命十年》这种另类的文学史书写,无论是从文学史写作的角度,还是从学科史建构角度,都值得我们省思和警惕。

(一)"'我们'体"的文学批评

从文学批评的角度看,《纪要》和《京剧革命十年》把滋生于40年代延安整风运动时期的"'我们'体"批评文风别有用心地发挥和推行,对中国文学的发展产生了重要影响。钱理群在《1948:天地玄黄》中敏锐地洞察到了滋生这种在50—70年代愈演愈烈、最后发展成了一种大批判式批评文风的历史温床。

> "我们"不仅是代表着"多数",即所谓"人民"("群众")、"阶级"("政党")的代言人,而且是真理的唯一占有者,解释者,判决者,即所谓真理的代言人。与"我们"相对立的是"他们",二者黑白分明,你死我活,非此即彼,不可调和,绝不相容。"我们"担当的是真理的捍卫者与审判者角色,居高临下:"你们"与"我们"不同,因此"你们"便错,不辩自败。……它(即"'我们'体文风",笔者注)不仅显示着胜利者的强势与权威,而且闪现着理想、道德的光辉,对于正处于孤独、绝望之中的知识分子个体,自有一种吸引力,仿佛只要也加入到"我们"中去,渺小的"自我"就能获得强大与崇高。(钱理群:《1948:天地玄黄》,第28—29页)

从五四时期高扬主体、展露个性的"自我",发展到40年代末"与权力结合在一起的""我们",钱理群指出,这种话语方式演变的背后,隐藏的是文学与政治的结合,象征的是一种新的文学秩序和体制的诞生。钱理群认为,"'我们'体"的文学批评能否使用诸如"人民"和"阶级"这样的概念术语,并不是问题的关键,关键是使用这些概念术语的动机和立场。比如瞿秋白当年的《鲁迅杂感序言》,也是站在"人民"与"阶级"的思考基点上对鲁迅思想的转变进行深刻解剖,并成为后来研究鲁迅杂感甚至鲁迅思想绕不开的一个参照系。钱理群批判与否定的,是缺乏一种悲悯和大爱,把"人民"作为实现自己某种政治目的斗争工具的功利主义情形。换句话说,他对这种"'我们'体"文风的指涉,质疑的主要还是那些左翼机会主义者狭隘的政治功利立场。

(二)"大批判"的思维与文风

与这种"'我们'体"文风相伴而生的,是那种"大批判"思维与文体:"先判定被批判者有罪","然后再四处搜集罪证";"被批判者的一言一行在批判者的眼里,都是'别有用心'"(钱理群:《1948:天地玄黄》,第141页)。作者指出这类大批判式的"文学批评",看似充满"革命义愤",实则极尽"罗织罪名""张冠李戴""掐头去尾""移花接木"甚至"偷梁换柱"之事……钱理群在《1948:天地玄黄》中指出,这种思维方式与文体风格在40年代末对萧军与胡风的批判中即已牛刀初试。那时,我们一些激进的革命批评家即已大胆地尝到了这种批评文风"禁果"带来的快感。

钱理群对"'我们'体"批评文风的分析梳理,让我们看到了50年代以后意识形态化文学批评新机制的确立的背景。历史本身并没有断裂,"断裂"的常常是我们的思维视野。当我们困惑于"'我们'体"文风与"大批判"思维、"大批判"文体肆虐下阴晴不定的50—70年代的中国文坛时,钱理群的《1948:天地玄黄》却让我们看到了潘多拉的盒子其实早在40年代末就已经被打开了。进入50年代以后,"'我们'体"批评文风变相成为一种后来被称之为"庸俗社会学"的文艺批评派别。对于这个批评派别的特征,深受其害的胡风曾有过具体的阐释:"不从实际出发,不是凭着原则的引导去了解实际,而是用原则代替了实际,从固定的观念出发,甚至是从零乱的观念出发,用马克思主义的词句或者政策的词句去审判作品";更进一步看,即如别林斯基所说的,有"历史分析"而无"美学分析",或有"美学分析"而无"历史分析"的"虚伪的批评"[①]。

[①] 胡风:《在中国文联主席团和中国作协主席团联席扩大会议上的发言》,原载《文艺报》1954年第22号。

而历史的残酷性还在于：这种庸俗社会学的"虚伪的批评"，不仅没有得到遏制，反而随着胡风等的被打倒而更加肆意横行，在"文革"期间文学被激进派掌控后登峰造极。《纪要》与《京剧革命十年》即诞生于这样的历史语境中。

> 把塑造无产阶级英雄贬为一种"文艺手段"，塑造污蔑当前文艺创作"吃了'根本任务论'的亏"。这完全是否定工农兵占领文艺舞台，向无产阶级文艺路线进行猖狂的反扑。请问：在旧戏舞台上帝王将相、才子佳人统治了几百年，你们何曾说过"欠妥当"？在过去修正主义文艺路线统治下，舞台上毒草丛生，群魔乱舞，你们为什么不提一句"欠妥当"？如今工农兵英雄形象登上文艺舞台不久，你们就叫嚷"欠妥当"。两相对照，就可看出你们所谓的"妥当"，就是要把已被赶下台的地主资产阶级的代表人物重新捧上来，复辟他们的统治地位。①

这种充斥着质询、审问和不容辩驳的风格，根本不具备磋商的文学批评性质，而类似于政治审讯和判决。当代文学批评的这一难以根治的"后遗症"，半个多世纪来蛰伏潜藏，不时地腐蚀中国文学的肌体，并如幽灵般纠缠着当代文学史的书写。

归拢地说，《纪要》与《京剧革命十年》这种另类的文学史书写，其本质是20世纪中国文学中激进文艺思潮在特定历史时期的具体表现。

"在20世纪中国，所谓文学的'激进思想'，是一个历史性的范畴。它指的是相对于'传统'的文学观念而言。它通常存在于左翼文学内部。在文学创作、文学功能、作家身份、作品阅读等问题上，对于原来的文学'成规'，它常提出一种'叛逆性'的主张，推行激进的措施。这种思潮，其观点有它的一贯性，即呈现某种'体系'的特征。……在当代的50年代中期以后，尤其是60年代，它表现为一个完整的理论和组织形态。它通过开展

---

① 初澜：《京剧革命十年》，原载《红旗》杂志1974年第7期。

对'资产阶级意识形态'的全面批判,通过精心制作的'样板'的文艺作品,来确立命名为'无产阶级文艺'的文学规范体系。"① 洪子诚指出,60年代中期以后这种激进文艺派别确立的文学规范体系,有这样几个鲜明的特征:"政治的直接'美学化'","对文化遗产所表现的'决裂'和彻底批判的姿态",提出"重新组织文艺队伍"的问题,"在表达、修辞方式上"表现出一种"从'写实'向'象征'转移的趋向"②。站在20世纪中国激进文艺思潮高度,无疑有助于我们更深入地把握《纪要》与《京剧革命十年》激进与强势介入的实质。

---

① 洪子诚:《1956:百花时代》,北京:北京大学出版社,2010年,第207—208页。
② 洪子诚:《关于50—70年代的中国文学》,《文学评论》1996年第2期。

第二章

"回归五四"语境中的当代文学史编写
（1979—1989）

第一节 80年代当代文学史编写的知识语境

一、"新启蒙"视域中的文学版图描绘

作为中国当代文学史编写转折的80年代，由于其承上启下的特殊性而一直被关注，尤其是当其与"新启蒙"/"重写文学史"的话题关联在一起的时候。也因此，清理和讨论80年代的当代文学史写作，很难将其从当时的知识语境中剥离出来。

在"80年代"的知识谱系中，当代文学史编写与其说是个可小可大的现象学问题，倒不如说是个能够以"小"见"大"的知识学命题。就这一时期的大文学格局而论，与独领风骚的文学创作与文学评论比较，文学史编写乍看充其量是个不甚起眼的"日常叙事"。其实，恰恰是这一并不起眼的表象，积蓄了新时期"回归五四"与现代化想象的巨大思想文化能量，乃至一代学人逐渐苏醒的精神体悟，并最终通过"重写文学史"的倡导与论争形式浮出地表，成为新时期文学的收官之作，将包括新时期文学在内的整个20世纪中国文学的讨论提升到"史"的"重写"高度。在80年代，当代文学史写作从无所适从的困惑摸索转换到思想理论的深广辨析，在对文学史思想文化资源，文学史观念及其表述方式等的吐故纳新过程中，完成了对自身的清创与修复，为90年代以后新一轮文学史写作高潮的到来和当代文学学科建设的全面开启蕴蓄了强大的势能。

近十多年来，"重返八十年代"和"重写文学史"始终是学界关注与省思的对象。本节主要结合80年代的当代文学史写作实践，重点梳理如下几

个问题：以70年代末的思想解放运动为先声的"新启蒙"运动①与20世纪中国文学版图的重绘；多元共生的新文学话语场态；五六十年代建立起来的当代文学史叙述模式的失效等。肇始于70年代末的思想解放运动，经与80年代中期的"文化热"汇合，形成一股声势浩大的时代潮流，一直持续到80年代末。这次的思想启蒙运动，以"回归五四"作为起点和目标，在90年代以后被描述为"新启蒙"运动。

这一新的思想文化视角，不仅重新审定了20世纪中国知识分子的文化身份，同时也重绘了这百年的中国文学版图，并成为80年代文学史研究与写作多元共生新文学话语场态的一个重要构成。从观念到立场，从内容到形式，一些研究者开始以思想启蒙与民族救亡的"双重变奏"理论框架谈论现代文学"（李泽厚：《我和八十年代》）②。多年以后，对于启蒙与救亡的双重变奏对20世纪中国文学的影响，有研究者曾作过形象的图表

---

① 周扬1979年在中国社科院纪念五四运动六十周年的报告中，把肇始于70年代末的思想解放运动称之为20世纪中国的第三次思想解放运动（第一次是五四运动，第二次是延安整风运动），指出这次思想解放运动的"中心任务"就是要"彻底破除林彪、'四人帮'制造的现代迷信"，摆脱他们的"新蒙昧主义的束缚"。（周扬：《三次伟大的思想解放运动》，《人民日报》1979年5月7日）。但有论者认为，更能够体现80年代"特质"的却是从1983—1984年开始一直持续到80年代后期之间的"高潮性文化段落"，包括：知识界的"历史反思运动""文化热"；文学领域从"反思文学"向"寻根文学"的转移，"现代派"小说、先锋小说和"现代主义诗群大展"及号称"pass北岛"的新生代诗群的出现；以及其他艺术领域内的诸如"第五代电影"、85美术新潮与现代主义建筑风潮等。这次的文化热潮在当时即被认为是对五四新文化运动的继承。与此同时，文化热潮中对西方文化资源的输入，"以16—19世纪欧洲启蒙话语作为基调的'主体论'，则延续了70年代后期80年代前期在马克思主义框架内纳入的人道主义话语，从而形成了一种与阶级论相对的关于'人性'、'主体'的现代性话语形态"。如此种种，都给人感觉五四式启蒙话语在全面"复归"。文化热潮中这一新启蒙话语，后来被人们用来指称新时期——80年代的特质。（贺桂梅：《"新启蒙"知识档案：80年代中国文化研究》，北京：北京大学出版社，2010年，第17页。本章后面所征引该书内容，如无特别说明，均引自此版本。）不过李泽厚并不太赞同80年代中期的"新启蒙"说法。30年后，他在回首80年代的访谈中曾这样说道："……那时中国的问题已不是启蒙的问题，而是要把思想、启蒙进入制度层面、化为制度的问题。"（李泽厚：《回首八十年代（二）》，《南都周刊》2006年试刊号）

② 代表性著述有：李杨《"救亡压倒启蒙"？——对八十年代一种历史元叙事的解构分析》，《书屋》2002年第5期；旷新年《寻找"当代文学"》，《文学评论》2004年第6期；程光炜《重返八十年代的"五四"——我看"中国现代文学研究"并兼谈其"当下性"的问题》，《文艺争鸣》2009年第5期；贺桂梅《"新启蒙"知识档案：80年代中国文化研究》；杨庆祥《"重写"的限度："重写文学史"的想象和实践》，北京：北京大学出版社，2011年；张伟栋《李泽厚与现代文学史的"重写"》，南昌：江西人民出版社，2012年；等等。

描述①：

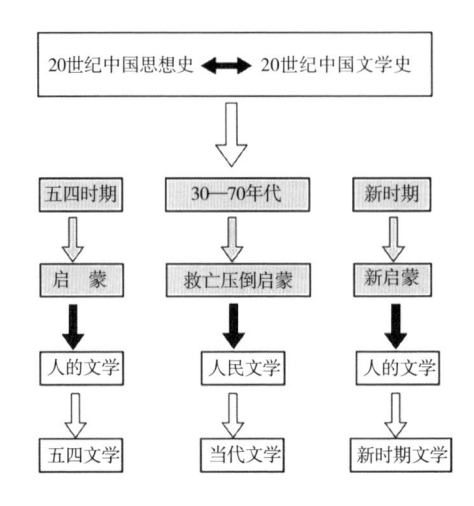

```
         ┌─────────────────────────────────────┐
         │ 20世纪中国思想史 ⟷ 20世纪中国文学史 │
         └─────────────────────────────────────┘
                          ⇩
    ┌─────────┐      ┌─────────┐      ┌─────────┐
    │ 五四时期 │      │ 30—70年代│      │ 新时期   │
    └─────────┘      └─────────┘      └─────────┘
         ⇩                ⇩                ⇩
    ┌─────────┐      ┌──────────┐     ┌─────────┐
    │  启 蒙  │      │救亡压倒启蒙│    │ 新启蒙   │
    └─────────┘      └──────────┘     └─────────┘
         ⇩                ⇩                ⇩
    ┌─────────┐      ┌─────────┐      ┌─────────┐
    │ 人的文学 │      │ 人民文学 │      │ 人的文学 │
    └─────────┘      └─────────┘      └─────────┘
         ⇩                ⇩                ⇩
    ┌─────────┐      ┌─────────┐      ┌─────────┐
    │ 五四文学 │      │ 当代文学 │      │新时期文学│
    └─────────┘      └─────────┘      └─────────┘
```

二、几部海外出版的现当代文学史

在80年代多元共生的新文学话语场态的形成与建构过程中，如果说以"新启蒙"为代表的文化哲学思想在本土知识资源中具有不可替代的地位，那么再次东渐的西学则在一定程度上起到推波助澜的作用。正是这种内外呼应，50—70年代的文学话语形态被推倒重建，为"重写文学史"提供了历史与现实的理据，乃至直接成为"重写文学史"的表现形态。在80年代多元共生的新文学话语场态中，值得关注的另一个问题是以夏志清《中国现代小说史》等若干现当代文学史为代表的"海外之声"。

诚如有学者所言，在80年代，随着西方文化资源的输入，支配新启蒙思潮的话语形态，已不再局限于中国本土语境的五四传统，"更是一种全球性的现代化理论范式"（贺桂梅：《"新启蒙"知识档案：80年代中国文化研究》，第35页）。表现在文学领域，便是海外中国现代文学研究的观念、理论与方法的潜在引介与传播。在80年代，海外中国现代文学研究在质疑声中颠覆50年代以后形成的、以政治社会学为主导的中国文学研究与写作模式的同时，极大地促成了后来"重写文学史"思潮的发起。

---

① 本图表根据旷新年收录于《写在当代文学边上》（上海：上海教育出版社，2005年）中的《寻找"当代文学"》与"赵树理的文学史意义"两章内容整理。

具体地说，中国现代文学研究的这种"海外之声"，主要体现在50—70年代的境外文学史写作领域。这其中影响比较大的主要有：美籍华裔学者夏志清的《中国现代小说史》、移居香港的现代作家司马长风的三卷本《中国新文学史》。对于这两部文学史著作，本书最后一章将另作评述，这里主要从构筑80年代当代文学史写作语境的角度作些综合介绍。需要说明的是，这两部文学史在内地公开出版的时间要晚得多[①]，它们80年代在内地学界的影响，主要是通过学人之间的坊间传阅途径，这也是前面我们为什么说是"潜在引介与传播"的原因。另外，这两部文学史，影响最大的还是夏志清的《中国现代小说史》；但在50—70年代台、港的多部文学史著作中，司马长风的仍是最有影响的。近年来，已有不少研究者从文学史写作与研究角度重析《中国新文学史》(具体可参看本书最后一章)。概括地说，这两部文学史主要有如下两个特征：一是独特的文学史观念与编写立场。这种文学史观在夏志清与司马长风之间的区别，仅在于确立方式的不同：前者主要依托西方价值标准，后者则通过回归民族传统文化。从这种文学史观出发，夏志清认为张爱玲"该是今日中国最优秀最重要的作家"[②]，《金锁记》"是中国从古以来最伟大的中篇小说"([美]夏志清：《中国现代小说史》，第261页)……类似这种判断式的评述在书中可谓比比皆是。与夏志清殊途同归，司马长风对沈从文也给予了很高的评价，认为他在中国文坛犹如"十·九世纪法国的莫泊桑或俄国的契诃夫"[③]。二是考量作家作品价值的文学性与世界性标准。相对于长期浸润在中国传统文化而刻意挖掘现代中国作家的民族传统文化内涵及其诗学意蕴的司马长风，由于受新批评理论及西方价值观念的影响，夏志清显得更关注现代中国作家创作中诸如宗教情怀等的"人类意识"。实际上，无论是"追随"(西方)还是"回归"(传统)，夏志清与司马长风关于作品优劣的评价标准都迥异于内地50—70年代文学史写作

---

① 《中国现代小说史》直至2005年才由复旦大学出版社出版了刘绍铭等译的中文简体字版。而司马长风的《中国新文学史》直至现在仍未有其内地版本。

② [美]夏志清：《中国现代小说史》，刘铭铭等译，上海：复旦大学出版社，2005年，第254页。本章后面所征引该书内容，如无特别说明，均引自此版本。

③ 司马长风：《中国新文学史》(中卷)，香港：香港昭明出版社，1976年，第37页。

建立的政治社会学评价体系。除此以外,在文学史的结构与叙述风格方面,夏志清与司马长风也摒弃了这一时期内地文学史以文学思潮与文艺运动为主导的结构模式和革命化的叙述语言风格,而表现出一种以作家作品为主体的文学史结构与虽写实却不失诗性的叙述风格。

中国现代文学研究的"海外之声"对80年代以后中国文学研究,特别是"重写文学史"的影响,多年后已成为学界的共识。"《中国现代小说史》的基本观点、基本思路都非常完整地体现于80年代中国内地'重写文学史'实践中。可以说无论在理论上,还是在策略上……80年代'重写文学史'的学者都受到了这部著作的影响。"①对李杨的上述观点,旷新年亦曾作过如下的进一步展开②。程光炜也在谈到80年代中国现代文学史研究发生变革的诸多"'发生学'支点和源头"时认为,夏志清和普实克的争议是"最不应该被忽视的一个'知识性资源'",指出当普实克以"东欧马克思主义文学批评"和夏志清分别以"西方新批评与'大传统'"为知识资源重新审视中国现代文学时,他们关于文学作品所作的"审美性"与"社会性"的相对立的解释,必然影响到中国现代文学的研究与探索③。

三、"文学主体性"理论及"纯文学"观念构想

作为80年代"新启蒙"思想在文学领域的回应,文学主体性理论的提出与其说是对"五四"个性主义启蒙语境的回归,还不如说是对李泽厚以《康德哲学与建立主体性论纲》④为代表的主体性哲学思想理论的文学阐释与实践。刘再复在《文学研究应以人为中心》⑤一文中提出应当"构筑一个以人为思维中心的文学理论与文学史的研究系统",认为在文学研究中要把人从"被动的存在物"转换为"主动的存在物","克服只从客体和直观的形式

---

① 李杨:《文学史写中的现代性问题》,太原:山西教育出版社,2006年,第92页。
② 转引旷新年:《把文学还给文学史》,上海:复旦大学出版社,2012年,第24页。
③ 程光炜:《当代文学的"历史化"》,北京:北京大学出版社,2011年,第148—149页。
④ 原载中国社会科学院哲学研究所编《论康德黑格尔哲学》,上海:上海人民出版社,1981年。
⑤ 刘再复:《文学研究应以人为中心》,《文汇报》1985年"文艺百家"第27期,转引江西省文联文艺理论研究室、江西大学科学研究处编(1986,内部学习资料):《关于文学主体性的论争》,第5页。

去了解现实和了解文学的机械决定论"。在稍后的《论文学的主体性》①一文中,刘再复进一步解释:文学主体包括"作为创造主体的作家""作为文学对象主体的人物形象"和"作为接受主体的读者和批评家"三个方面。他认为勃兰兑斯"文学史,就其最深刻的意义来说,是一种心理学,研究人的灵魂,是灵魂的历史"②的观点,是"承认文学是人的精神主体运动的历史"的最好证明;批评家通过批评实践中的"自我实现"以达到"审美理想的实现",这种"实现",是一种"审美再创造",在批评实践中"表现出自己独特的审美理想,审美观念,使自己的评论,也成为一种凝聚着审美个性的'创作'"。据此,刘再复进一步指出,长期以来文艺理论中根深蒂固的"机械反映论",没有解决实现能动反映的"内在机制"和"多向可能性";在注意自然赋予客体固有属性的同时,"忽视了人赋予客体的价值属性",与张扬文学的主体性背道而驰。"文学主体性"理论尽管有其待完善的地方,理论界亦不乏异议与质询,③但刘再复强调"人"在文学中的地位,强调人作为"实践主体"与"精神主体"的意义,既是文学中人道主义的哲学化表述,更是对"文学是人学"思想传统的接续,对80年代文学观念的变革,具有"不可估量的意义","在很短程度上促成了文艺理论研究的重心由客体向主体的转变",并促成了文艺界关于"向内转"的讨论。④这一切,对80年代文学创作与研究,特别是后来"重写文学史"的倡导提供了坚实的理论支撑。

作为80年代"新启蒙"思想在文学领域的回应,文学主体性理论的提出是对五四个性主义启蒙语境的回归,对80年代文学观念的变革,具有"不可估量的意义","在很大程度上促成了文艺理论研究的重心由客体向主体的转变",并促成了文艺界关于"向内转"的讨论⑤。这一切,对80年代文

---

① 刘再复:《论文学的主体性》,连载于《文学评论》1985年第6期和1986年第1期。

② 语出勃兰兑斯《十九世纪文学主潮》第一分册"引言"。转引自刘再复《论文学的主体性》。

③ 有关争议可参考江西省文联文艺理论研究室、江西大学科学研究处编的《关于文学主体性的论争》。

④ 陶东风、和磊著:《当代中国文艺学研究(1949—2009)》,北京:中国社会科学出版社,2011年,第392页。本章后面所征引该书内容,如无特别说明,均引自此版本。

⑤ 陶东风、和磊著:《当代中国文艺学研究(1949—2009)》,北京:中国社会科学出版社,2011年,第392页。本章后面所征引该书内容,如无特别说明,均引自此版本。

学创作与研究,特别是后来"重写文学史"的倡导提供了坚实的理论支撑。

(一)关于新时期文学的"向内转"

受"文学主体性"理论的启发,鲁枢元提出了关于新时期文学"向内转"的观点。他从新时期的"三无小说"(无情节、人物、主题)和更早的"朦胧诗"现象,指出新时期文学观念正在发生的变化,如在"朦胧诗"中,"外在宣扬"已让位于"内向思考","诗歌的重心转向了内在情绪的动态刻画,主题的确定性和思想的单一性让位于内涵的复杂性与情绪的朦胧性";在"三无小说"中,作者们"都在试图转变自己的艺术视角,从人物的内部感觉和体验来看外部世界,并以此构筑起作品的心理学意义的时间和空间"。作者认为,这种变化不仅是对五四文学潮流的"赓续和发展",还隐含着特定历史时期中国社会文化心理方面的动因,如"主体意识的觉醒"①。多年后,鲁枢元在一篇回顾性文章中提到:"'向内转'是对多年来极'左'文艺路线的一次反拨,从而使文学更贴近现代人的精神状态。"②有论者也认为,与西方形式主义比较,鲁枢元提出的"向内转"与语言论转向无关,而在致力高扬人的主观精神,有努力"抵抗庸俗唯物主义"和"抵制技术主义"的意味(陶东风、和磊:《当代中国文艺学研究(1949—2009)》,第401—402页)。

"向内转"理论尽管有争议,如有论者甚至认为鲁枢元"实际上是背弃了现实主义理论,以另一种形态,重复并发展了极"左"的文艺思潮所固有的主观机械论"③,但事实证明,它是80年代文学研究向纵深发展的又一助推器,正如有论者所说,"正是类似'向内转'、'返回文学自身'这般对新时期文学'趋势'的提炼,逐渐构造出'纯文学'谱系"这一80年代"最具意义与价值的文学主潮"④,并成为80年代新文学史话语场态的又一种重要表现形式。在关注人的"内宇宙"(精神世界),关注"人性的文学"而非"政

---

① 鲁枢元:《论新时期文学的"向内转"》,《文艺报》1986年10月16日。
② 鲁枢元:《文学的内向性——我对"新时期文学'向内转'讨论"的反省》,《中州学刊》1995年第5期。
③ 曾镇南:《为什么说"向内转"是贬弃现实主义的文学主张?》,《文艺报》1991年3月23日。
④ 陈思和主编:《中国当代文学60年》(卷四),上海:上海大学出版社,2010年,第93页。

治化的文学"等方面,"向内转"聚焦的问题与刘再复的"文学主体性"精神可谓一脉相承。

(二)80年代的"纯文学"构想

在80年代的新文学话语场态中,与我们前面梳理的几种情形不同,"纯文学"是真正意义上"多元共生"出来的一种话语形态:它一方面受益于"新启蒙"思潮的影响,另一方面受益于来自海外中国现代文学研究所标榜的"文学性"与"审美性"的熏染,以及以"文学主体性"和新时期文学"向内转"为代表的理论思潮对内地50年代以来文学与政治"过从甚密"情形的反省。同时,诚如不少研究者所言,韦勒克《文学理论》的"外部研究"和"内部研究"理论,也为"回到文学自身""把文学史还给文学",建构文学内部的自足性与自律性提供了理论支撑。正因如此,对"纯文学"话语的梳理,已成为我们认识和把握80年代文学史编写,特别是"重写文学史"倡导语境不可或缺的一项工作。

确实,"纯文学"没有一个"具体的物质性躯壳",也很难找到一个关于"纯文学"理念的权威解释,但它却像"魂"一样,"无处不在,支配着成千上百的作家的写作"[1],并影响到我们的文学史写作:"好的作品构成文学史连绵的山峰。文学史上的山峰不是静止的而是不断变动,好作品因而是相对的。研究者的责任之一,就是为不停错动的群山确认一个我们已经到达的高度和可以到达的高度。"[2]

那么,究竟应该如何看待80年代的"纯文学"?对此,李陀关于90年代的"纯文学"反思的问题方式或许能够给我们一些启发。对于"纯文学"在90年代遭遇的困境,李陀认为应该重新思考和反省的,不仅是我们的作家,同时还有我们的批评家:"面对(90年代,笔者)这么复杂的社会现实,这么复杂的新的问题,面对这么多与老百姓的生命息息相关的事情,纯文学却把它们排除在视野之外,没有强有力的回响,没有表现出自己的抗议

---

[1] 李陀、李静:《漫说"纯文学"——李陀访谈录》,《上海文学》,2001年第3期。本章后面征引该文内容,不再注明出处。

[2] 洪子诚:《虚构的力量——中国当代文学纯文学研究·序》,北京:社会科学文献出版社,2005年。

性和批判性，这到底有没有问题？到底是什么问题？"对此，李陀认为"我们的作家和批评家应该联系这样一个大背景重新考虑'纯文学'这种文学观念，我们不能自缚手脚，主动放弃对社会重大问题发言的机会"（李陀、李静：《漫说"纯文学"——李陀访谈录》）。在李陀看来，"纯文学"在语言、叙述等形式方面可以走得很远，但其内容却并不一定要与"人间烟火""饮食男女"一刀两断，它甚至可以是很"现实""入世"的。更重要的还在于，李陀认为，对"纯文学"的理解不应该脱离具体的历史语境。把李陀的这一问题意识反转到80年代的"纯文学"问题上，它至少可以给我们提供这样的启示："纯文学"未必与政治意识形态无关。

实际上，80年代对"文学性"（"纯文学"的重要表征）的强调，是一种"策略"。而这对80年代的"文学中人"来说其实是一个心照不宣的公开秘密。"启蒙"论，"主体性"论，"向内转"论，"内部研究"论，这个"论"那个"论"，"乱花渐欲迷人眼"，其实一言以蔽之，就是要把文学从被政治的"过度绑架"状态中解放出来。与80年代的"文学思潮在对抗某一种政治话语及其附属的写作方式时，往往隐匿了自身携带的意识形态特性，并将其抽象化在'文学性''纯文学''向内转''返回自身'之类的表述中"[①]的情形不同，贯穿整个80年代，以支持"文学的独立性"/"文学性"为目标的"纯文学"构想在不同阶段与意识形态的关系，其表述的倾向性要鲜明得多，具体情况，即如贺桂梅在一篇清理"纯文学"知识谱系与意识形态关系的文章所说，在80年代前期，文学独立性内涵的建构始终处于文学/政治的二元结构中；"文学性"始终以"反政治"或"非政治"性作为其内涵，"文学的内涵由其所抗衡的政治主题的反面而决定"，因而这一时期的种种文学潮流与文学批评，"仍旧处于社会主义现实主义的话语体制当中"，未形成新的自我表述话语方式。直至80年代中期以后，以"诗到语言为止"和"形式革命"为目标的先锋小说和第三代诗歌的出现，"纯文学"的诉求才开始表现出"非政治"的特性：包括以"诗化哲学"批评实践为标志的审美

---

① 陈思和主编：《中国当代文学60年》（卷四），上海：上海大学出版社，2010年，第400页。

知识谱系,以"转向语言"为标志的文学理论谱系,以及以"重写文学史"为标志的现代文学经典谱系。但尽管如此,贺桂梅认为,以上关于"纯文学"的三大知识谱系,其中的意识形态特性并未消除,"而表现在这些认知框架和历史结构所呈现的权力关系",包括文学/政治、浪漫主义或人道主义式的"主体论"及中国/西方的三大历史认知框架。①

作为新文学话语场态构成的"纯文学"观念,深刻地影响着80年代特别是进入90年代以后的当代文学史研究与写作,有研究者认为它与产生于80年代的"文学现代化"观念几乎是支撑后来"重写文学史"的两个中心观念②。但要弄清楚到底是怎样影响和支撑的,关键还在于正确认识和把握具体历史语境中的"纯文学"内涵。

四、当代文学史叙述的内部矛盾

回到80年代的文学史写作语境,还有一个值得我们关注的问题,就是五六十年代建构起来的当代文学史叙述模式、积累的叙述经验正在失效。这从70年代末80年代初编写出版的一些当代文学史著作对新时期文学(1976—1979)的隐蔽、含混处理中可以感受到。

"新时期"第一部延续五六十年代集体编写(统编)模式的中国当代文学史著作,是前面提到的受教育部委托、由北京师范大学等十院校编写的《中国当代文学史初稿》。不过这部当代文学史著作只写到1979年第四次文代会。"新时期"三年(1976—1979),文艺界的情形大致与政治生活中的思想解放运动同步,一方面批判50年代以来特别是"文革"时期的"左倾"文艺思想路线对中国文学发展的危害,重新为文艺"正名"③,另一方面为文艺界的冤假错案平反昭雪,特别是为在历次运动中被打倒的文艺工作者、作家恢复名誉。在文学创作领域,则以"伤痕文学"和"反思文学"为代表,

---

① 贺桂梅:《"纯文学"的知识谱系与意识形态》,《山东社会科学》2007年第2期。
② 参见旷新年《"重写文学史"的终结》一文。该文收录于《写在当代文学边上》一书。
③ 这一时期比较重要的事件有:1977年12月,文艺界以《人民文学》编辑部名义召开在京文学工作者座谈会,这是"文革"后中国作家的第一次会合;1978年5月,中国文联在北京举行第三届全国委员会第三次扩大会议,揭批文艺极"左"路线,研究如何促进创作繁荣;1979年10月30日—11月16日第四次文代会在北京召开,"标志着中国当代文学的发展进入另一个新的历史时期"。

在"倾诉"(伤痕文学)和"控诉"(反思文学)中恢复现实主义传统。对于"经历过一场巨大的社会灾难后重新抬头"的这三年文学,虽然带有"新的特点",但《初稿》编写者与接受者都还勉强能够从社会主义文学角度来看待,即如教材所描述,"新时期的文学,从现实主义传统上说,是建国后十七年社会主义文学的继续和发展"①。但贺桂梅认为,80年代文学的新语境,除了文艺政策的调整,还包括对各种"世界文化资源"的吸纳,"其中最突出的是西方'现代派'文艺和以新资源面貌出现的'五四'启蒙思想"。"一方面,当代文学史教材都把当代文学规定为'社会主义文学',仍旧沿用了50年代后期提出的当代文学概念既定内涵和历史叙述脉络;但另一方面,对于'新时期'文学的肯定,则使得这些文学史必须在强调'新时期'相对于'十七年'和'文革'的……同时,……勉强地把裂隙纵横的文学现象整合于'社会主义时期的文学'这样一个含糊其辞的描述当中"②。因此,面对思想解放运动语境下的"新时期文学","体例僵硬、内容重复的多本当代文学史教材与繁复多样的新时期文学实践之间呈现出明显的裂隙,使人们对80年代的当代文学史写作表现出普遍的不满"(温儒敏等:《中国现当代文学学科概要》,第155页)。已有的文学史写作资源,包括文学观念、价值取向、审美指向乃至叙述方式等,都将难以进行满意的描述。造成这种叙述失效的最根本原因,如上所述,在于我们"忽视了'当代文学'是在当代中国特定历史语境中产生出来的有着自足内涵的概念"(温儒敏等:《中国现当代文学学科概要》,第155页)。这一"有着自足内涵"的"当代文学",我们在第一章前两节有系统的梳理。在这种情况下,只有重新建构一种话语方式才能够解决这一难题。

但把新时期初期中国当代文学史叙述的"无能为力"对接于80年代中期以后由先锋小说和第三代诗歌开始的系列文学创作潮流,其实是一种错觉。从近二十年出版的文学史著作看,我们会发现这种"失效"和"无所

---

① 北京师范大学等十院校编写:《中国当代文学史初稿》(下册),北京:人民文学出版社,1981年,第337页。
② 温儒敏、李宪瑜、贺桂梅、姜涛著:《中国现当代文学学科概要》,北京:北京大学出版社,2005年,第153页。本章后面所征引该书内容,如无特别说明,均引自此版本。

适从"几乎与新时期初期文学史的编写是同步的。这其中最能够说明问题的是对"文革"后期、70年代末以"新诗潮"和"手抄本小说"为代表的"争议"作品的处理。在90年代末出版的比较有代表性的两部当代文学史著作中,编写者通过借助"隐在的文学"/"'地下'文学"(北大版,洪子诚著),或"潜在写作""多层面"(复旦版,陈思和主编)等概念术语来把这些作家作品纳入文学史叙述视野。更值得注意的是,对这些文学事实的叙述,他们都已自然地突破了"社会主义文学"的原有理论资源与叙述框架。如北大版的文学史认为"白洋淀诗群"的诗作在内容方面具有对"现实社会秩序"和"专制、暴力"批判的特征,在艺术追求方面,则"由于心理上和实际生活上的普遍被放逐的感觉",一些诗人更倾向于普希金等俄罗斯诗人的抒情方式[①];认为《公开的情书》《晚霞消失的时候》《波动》等当时流行的"手抄本小说"[②],"都涉及原先确立的信仰的虚幻和崩溃,并为小说人物的'精神叛逆'的合法性辩护",指出面对当时和后来人们的批评和怀疑,这些小说的回答是:"这一代人的'悲剧生活'是不应该被否定、更不是过去的人的经历和思考所能包容和取代的"。这些"命题",中国进入80年代以后社

[①] 洪子诚:《中国当代文学史》,北京:北京大学出版社,1999年,第214页。
[②] 《公开的情书》初稿完成于1972年,1979年经作者靳凡修改后发表于《十月》1981年 第1期;《晚霞消失的时候》初刊于《十月》1981年 第1期;《波动》写于1974年,1976年6月和1979年4月两次修改,先后刊于《今天》(1979)和《长江》(1981)。由于各种原因,这三部小说是否是"手抄本小说",用什么概念、术语来描述(除了"手抄本小说"一说,还有"潜在写作""'地下'文学""隐在的文学""'非主流'文学""异端的文学"等),这些作品的写作、传播与修改、发表情况的争议、辨析与订正情况,直至现在仍处于未完成的考订状态,有关这方面的材料并不少,本书在此不再作展开。值得注意的是,不同文学史家,甚至同一文学史家不同版本的当代文学史对这类文学现象的处理方式并不一样。以洪子诚为例,与1999年的初版本不同,2007年的修订版对这三部小说的处理,至少有两点值得注意:一是考察时期的变化,即不再把它们置放在"50—70年代文学",而调整到"80—90年代文学"的范畴;二是关于这些作品"思想和精神价值"的内容的表述,修订版补充、突出了它们对80年代社会思潮和文学创作涉及的"存在主义"和"'新启蒙'的精英意识"的命题。这种处理显得更完善,但并不能替代初版本体现出来的文学史意识。这正是本书关注的。对新时期初期这一特定历史时期的文学事实,用什么概念术语来描述并不是关键,值得我们关注的是对它们的评述模式。文学史的写作总是在不断完善。对文学史编写历史的研究,应该关注的是这种完善的积渐过程,而不是最后完善的结果。

会思潮和文学创作才"广泛涉及"①。对新时期文学（1976—1979）的这种"后见之明"式处理，对七八十年代之交编写出版的中国当代文学史来说，几乎是不可想象的。这固然可理解为编写者对这些文学事实的"不知情"，但更大的可能，还是已有的文学史叙述模式面对它们时候的"无所适从"。程光炜在一篇"重返八十年代"的文学讲稿中曾指出，在80年代文学史形成的过程中，由于早期主要来自中国作协与中国社科院文学研究所的"主流"批评家掌控着话语权，致使当代"传统"（五六十年代）的文学成规通过稍加改造即"悄悄地进入到'思想解放'的崭新话语谱系中"，并对新时期初期（1976—1979）的文学评判建立起一种似新实旧的成规，如追求与政治生活同步的"大叙述"，止于"揭露"与"呼吁"，不主张过度"暴露"；推崇在历史认知框架中的"具体叙事"，排斥超前越界的"抽象叙事"；看重"人生"故事的讲述，淡化"人性"善恶的追问，等等。这种情形，导致新时期初期"文学史经典"与"文学经典"处于矛盾甚至分离状态，如《班主任》可以作为"文学正典"堂而皇之地进入文学史叙述视域，而《晚霞消失的时候》一类的作品则只能作为"有争议的作品"，"被置放在比较次要的文学选本中"。程光炜认为这些作品"执意超出社会学的禁忌，而将命运与存在、宗教的终极价值作本质性的'深度互动'"，"太超越具体的历史语境了"②。

基于以上的背景，80年代当代文学史编写的变革已成为一种时代的要求。但具体到文学史界，情况似乎要复杂得多。这首先表现为，行进中的文学史编写虽然仍在50年代后期建构起来的叙述模式中延续，但也并不是完全无所作为，即便像比较有代表性的《中国当代文学史初稿》；文学史编写的变革在整个80年代最引人瞩目之处，主要还是表现在观念的变革与理论的倡导上，包括"20世纪中国文学"和"中国新文学整体观"概念的提出，

---

① 洪子诚：《中国当代文学史》（1999），第217页。这些"广泛涉及的命题"，除了作者在后来（2007）修订版中举列了"存在主义"和"'新启蒙'的精英意识"（第262页）等，从这些年"重返八十年代"的成果看，这些"命题"还包括诸如精神信仰与救赎、人性与人道主义、"现代性"思想与"现代派"艺术等。

② 程光炜：《文学成规的建立——以〈班主任〉和〈晚霞消失的时候〉为讨论对象》，《文学讲稿："八十年代"作为方法》，北京：北京大学出版社，2009年。本章后面所征引该书内容，如无特别说明，均引自此版本。

"重写文学史"倡导与论争，等等。其次，则是在80年代仍未形成系统的对一些作家作品和文学现象的重新评价，这其中又集中体现在"重写文学史"论争期间对当代作家作品和文学现象的重评。而更多更具影响的"重写文学史"的成果，则是在进入90年代以后。

因此，在本章接下来的内容中，我们主要还是侧重考察当代文学史编写在80年代这一特殊语境中"新""旧"混杂的矛盾和尴尬状况。

第二节 新时期早期的两部文学史与一部思潮史

一、当代文学史编写工作的重启

1977年，内地高校恢复高考招生制度。1978年，在教育部制订的高校中文专业的现代文学教学大纲中，"当代文学"被确定为一门新开设的课程，由此拉开了高校新一轮当代文学史教材编写的序幕，并在80年代初陆续出版了几部当代文学史著作。这其中，影响比较大的除了上面提到的由北京师范大学等十院校编写的《中国当代文学史初稿》[①]（以下简称《初稿》）和北京大学中文系当代文学教研室张钟、洪子诚、佘树森、赵祖谟、汪景寿等五人编写的《当代文学概观》[②]（以下简称《概观》）之外，还有复旦大学等22院校合编的《中国当代文学史》[③]和华中师范大学中文系编写的《中国当代文学》[④]等。这其中，前两部文学史（《初稿》与《概观》）从启动编写到出版问世时间大致相同（1978—1980），在坚持用社会主义性质的文学来叙述当代文学30年（1949—1979）问题上并不存在歧义，同时在编写的

[①] 《初稿》（上下册）初版分别出版于1980年和1981年。1988年，人民文学出版社推出了修订版的《初稿》。参与《初稿》初版本编写的人员有顾问：陈荒煤；定稿组：郭志刚、董健、曲本陆、陈美兰、邿瑢；编写组：冯刚、曲本陆、刘延年、刘锡庆、刘建勋、孙志强、李泱、吴肇荣、陈娟、陈美兰、屈桂云、邿瑢、胡若定、章子仲、郭志刚、谢中征、董健、魏秀琴。

[②] 《当代文学概观》初版本1980年7月由北京大学出版社出版。1986年出修订版，并改名为《当代中国文学概观》，仍由北京大学出版社出版。为更好地考察当代文学史的编写嬗变历史，本书这里讨论的是初版本。

[③] 简称"22院校合编本"，共3卷，福建人民出版社1980、1982、1985年陆续出版。

[④] 简称"华中师大本"，共3册，王庆生主编，上海文艺出版社1983、1984、1989年陆续出版。

技术处理层面上都把这30年的文学分为三个时期,即"十七年"(1949—1966)、"文革"(1966—1976)和新时期(1976—1979)。在当代文学史编写史上,这是比较早提出的"三分法"观点。这种"三分法"的时期概念为后来大多数的当代文学史编写沿用。但随着时间的推移,后来的文学史基本上都将"新时期"的终结时间延续到1989年。文学史的分期是文学史编写中比较容易引起争议的问题,特别是对于与当代中国社会生活关系错综复杂的当代文学而言。《初稿》与《概观》当时在没有更多可借鉴的编写经验的情况下,提出在后来的当代文学史编写与研究中被普遍认可与接受的"三分法",是对当代文学学科的一大贡献,也从一个侧面体现出了编写者的史家识断。

另外一个值得关注的问题,是对于上一节提到的五六十年代建立起来的文学史叙述模式对"文革"后期争议作品的"失效"与无所适从现象,在两部文学史中也不同程度存在,这也反映了新时期之初重新启动当代文学史编写工作时面临的困境。①

不过虽说这两部文学史都是集体编写,但相对于《初稿》更接近于统编的情形,《概观》的"集体"似乎更多一些"同人"性质,特别是编写过程中来自于上级主管部门的"指示""要求"相对较少,自主的空间显然要大些。②总体上,这两部文学史的发展分期基本上还是"三分法",但相对来说,《概观》似乎稍倾向于"两分法",即将"十七年"(1949—1966)、"文革"(1966—1976)整合为一个时期。因此,《概观》中提出的问题并不能与《初稿》一并而论。鉴于此,下面我们拟从不同角度将两部史著分开

---

① 贺桂梅关于《概观》"最早在文学史中对新时期的一些重要文学现象和作家""做了明确肯定"的情形(《中国现当代文学学科概要》第150页)需要辨析。初版《概观》重视对作家作品筛选与评价的"文学性",对新时期一些重要作家如王蒙、张洁、高晓声的肯定等,都体现出编写者的胆识和眼光。但初版本对以"朦胧诗"为代表的"带有哲理色彩的抒情诗"的介绍与肯定还是笼统、含混的,更有针对性的具体内容的展开应该是1986年的修订版增加的"新时期的诗歌创作(二)"对顾城、舒婷、北岛的介绍。那时的文学语境已发生了很大变化,"朦胧诗"的意义与文学史地位已被初步认可。

② 2018年12月2日,笔者在拜访回广东老家探亲的洪子诚先生时曾请教有关《概观》编写的一些情况。洪先生特别强调《概观》虽然是"合编",但基本上都尽量尊重撰稿人的思想观点,不存在五六十年代以来统编教材中为贯彻落实"上级指示"而由主编进行统稿的问题,至多就是强调一下风格要相对统一。

来评述。①

二、《中国当代文学史初稿》的延续与超越

这里的"延续",是指本书绪论中提到的《初稿》对五六十年代当代文学史编写观念的沿袭。贺桂梅认为《初稿》的这种延续情形与当代文学的特殊性有关。作为文学史观念的当代文学,在四五十年代建构之初,即被认定是无产阶级的革命文学在社会主义时期的开展,当代文学史也因此被预设为要描写社会主义取得的成就、社会主义文艺与资产阶级文艺斗争的情况,并总结历史经验。当时的建构者对当代文学"提出更高的文学规范和发展目标"。当代文学的这一预设,贺桂梅认为实质上是排除了左翼文学之外的一切文学形态和文学理论,并把左翼文学在50年代的历史描述成为意识形态的思想斗争史(贺桂梅:《当代文学的历史叙述与学科发展》。转引自温儒敏等:《中国现当代文学学科概要》,第155页)。也正因此,我们不难看到在《初稿》中,文艺思潮、文艺论争、文艺运动等内容不仅在每一发展时期占有相当的篇幅,同时对作家作品的评价,基本上还是政治社会学的标准。这种情形,说到底,还是当时文学界仍无能力去突破旧有的文学史观念,而只能在固有的文学史观念与构架中翻转的情形有关。当然,这其中也不排除70年代末80年代初乍暖还冷、若明若暗的复杂环境的影响。②

关于《初稿》对五六十年代建构起来的当代文学史编写传统延续的主

---

① 在对这两部文学史著作展开考察之前,还有一点需要提醒注意的是:在20世纪的中国,教科书编写的兴起,一方面与受西学影响而崛起的近现代学术与教育有关,另一方面,又与知识界现代民族国家意识的觉醒、国家权力机构对教育对象的民族想象共同体的历史记忆植入的设计分不开,甚至还可能关涉到如何重建当下国家文化、民族文艺形态等诸如此类的现实关怀问题。因此,一个时代有一个时代的教科书。这其中,对被赋予"经国大业"使命的文学史教科书的书写,更显得举足轻重。在前一章,我们通过《十年来的新中国文学》编写的考察,对此已有了初步的认识和了解。本书在前面提到:与京师大学堂时期、民国时期比较,1949年后文学史教科书编写的指导思想,编写者的文学史观念与立场,文学史内容的选择等,都已发生了根本的变化。而即使在社会主义时期,由于国家在不同时期的政策与文化建设面对的问题的差异,对各时期的文学史编写仍有甄辨的必要。这些,都是我们考察70年代末80年代初的当代文学史编写意义不应忽略的背景与前提。

② 郭志刚在2001年的"重印说明"中谈到《初稿》"重印"时的一些考虑:"一是尽量使一些问题的表述与《关于建国以来党的若干历史问题的决议》等中央文献精神相　致,力求准确、鲜明;二是删去了对个别作家作品的论述,待以后作重大修改时再作通盘的考虑。"《中国当代文学史初稿》,北京:人民文学出版社,2001年。

要表现，如对"当代文学"的社会主义文学性质的坚持，强调当代文学的"人民性"特征，对过去三十年（1949—1979）具体作家作品选择与评价的政治社会学标准，等等，本书在绪论中已有述介。当然，这种侧重于质疑的表述，容易让人产生误会，把延续的积极的一面稀释掉。其实在新时期初期的复杂历史语境中，所谓的"延续"，还应该有如下的意思，即既不能简单化地理解为是对既有文学史观念的翻转或者重复，同时又要警惕"20世纪中国文学"论者那种二元对立的思维方式，从"断裂"的角度去看待这一时期与后来文学史写作的关系。也就是说，在当代文学学科的视野中，从文学史写作史角度看，这种"延续"于《初稿》有其合理与必然的一面，在当代文学史写作观念嬗变过程中不可或缺，具有"摆渡"甚至可以说是超越的意义。这种情形，在90年代以后，随着对80年代以"救亡与启蒙"作为元话语的文学方式的反思，特别是50—70年代文学研究的突破与推进，已愈来愈成为许多研究者的共识。对这个问题的理解可能需要换一种方式。李杨在一篇文章中指出，就"当代文学"而言，"十七年文学"与"文革文学"并没有割裂与"新时期文学"和"五四文学"的关联。李杨认为"新时期文学"中影响最大的两个作家群（即以王蒙、张贤亮等为代表的"五七族"作家群和包括张承志、王安忆、史铁生、阿城以及主要的"朦胧诗人"在内的"知青作家群"），"如果我们相信作家的创作与其知识背景、文化结构、精神资源有关，那么，这两个作家群的精神、知识与文化背景恰恰不是所谓的个人性的'五四文学'，而是'十七年文学'与'文革文学'"，李杨认为"'新时期文学'的主潮无不打上了'十七年文学'与'文革文学'的深深的印"，"正如黄子平分析过的，'伤痕文学'以恩怨相报的伦理圈子来结构故事，对历史的道德化思考，常常以个人品质的优劣来解释历史的灾难，'反思文学'则无一例外地建构政治和道德化的主题，充满着英雄主义和悲剧色彩，出发点是50年代理想主义的价值体系，试图恢复的是'十七年文学'的'革命现实主义传统'"①。

---

① 李杨：《没有"十七年文学"与"文革文学"，何来"新时期文学"？》，《文学评论》2001年第2期。李杨的这一观点在《重返"新时期文学"的意义》（《文艺研究》2005年第1期。本章后面所征引该文内容，不再注明出处。）更加"极端"地表述为："'文革'结束后的相当长的时间里，中国作家最激烈的历史冲动，并不是要回到后来被阐释为历史起点的资本主义的'五四'，而是要回归'好的社会主义'的'十七年'"。

在李杨看来,"十七年文学"是"新时期文学"的"重放的鲜花"(李杨:《重返"新时期文学"的意义》)。前些年,程光炜在对"重返八十年代"的学术梳理过程中,曾组织他的博士研究生研究70年代文学①,一方面在探寻"新时期文学"的源头,另一方面,也可以说是更深层的考量,即在寻找作为文学史的"新时期文学"与50—70年代文学的关系,并与李杨的论述呼应,在"寻找"的方式上沉潜到具体作家作品的"问题意识"解读中。因此,在谈到"为什么要研究七十年代文学"时,程光炜认为对"七十年代文学"的研究应该具备两个视角:一个是"新时期文学",一个是"七十年代视角","它们是在一种新的辩证关系中出现在新的历史视角。没有新时期文学的视角,七十年代小说可能永远都会打上官印窒息在历史的棺木中,那些思想亡灵和工农兵作者大概不会幽灵重现。而没有七十年代这个起点性的视角,也不会出现新时期文学对历史的叛逆,出现历史的觉醒,七十年代小说是通过自己的没意义才换来新时期文学的崭新意义的"②。

回到《初稿》,这种延续的超越,主要表现为在新时期之初的历史语境中,力所能及地突破"左倾"文艺思路的桎梏,在批判与否定五六十年代,特别是"文革"时期激进文艺派的思想观念与立场及由此建构起来的价值体系的同时,借助当时思想解放运动中的历史主义与文艺批评的人道主义思潮,对一些曾经被批判否定的作家作品进行拨乱反正、重建被摧毁的文学秩序。这应该是《初稿》的最大的超越。一些研究者对此给予了充分肯定,认为《初稿》"对作家作品的选择遵循了思想性、艺术性相统一的原则,基本上囊括了建国以来的一线文学名家力作",而这些作家作品也成了文学史编撰者的"笔墨主题","虽然评价会有或多或少的不同,但一、二、三的分档却几乎是固定的"③。

---

① 中国社会科学出版社2014年出版了程光炜主编的《七十年代小说研究》,收集了研究的主要成果,其中代表性的作家作品包括:《机电局长的一天》(蒋子龙)、《沸腾的群山》(李云德)、《长长的谷通河》(何鸣雁)、《公开的情书》(靳凡)、《一双绣花鞋》(况浩文)、《晚霞消失的时候》(礼平)等。
② 程光炜:《为什么要研究七十年代小说》,《文艺争鸣》2011年第18期。
③ 刘巍:《〈中国当代文学史初稿〉的学科化与体制化》,《海南师范大学学报》2011年第2期。本章后面所征引本文内容,不再注明出处。

总体而言，《初稿》的"延续"，并不是对五六十年代当代文学史集体编写/统编记忆的简单重复，这其中既有作为历史的文学史写作的合理性与必然性的一面，更有其发展与超越的一面。这也是当代文学史编写重启之初的特殊性。诚如有些研究者所说："新时期"当代文学史编写重新启动之初，首先必须面对的问题是如何处理同过去的文学史的关系。这种情形，都使得新时期之初的文学史编写"还很难显示出符合文学发展方向的总体思想与审美特质，而更多地带有历史转换时期的过渡色彩"，在"展现出与旧时代的决绝倾向，开始走向新路"的同时，"在它对旧时代的告别中，理性底蕴与审美表现又都存有一些与旧时代旧传统的深在联系"。有研究者认为"该书分专章、专节设计的条理化、学术化色彩，打破过去文学史过分'政治化'的框架"，是对"高校中文学科主导文学史叙述意识的'传统'"的复原（刘巍：《〈中国当代文学史初稿〉的学科化与体制化》）。

三、《当代文学概观》的"'文学'史意识"

虽然着手编写的时间大致相同，但与《初稿》相比较，《概观》却是20世纪80年代初出版最早的一部当代文学史著作。有研究者认为《概观》是同时期出版的史著中"影响最大"的一部（贺桂梅：《当代文学的历史叙述与学科发展》。转引自温儒敏等：《中国现当代文学学科概要》，第150页）。这部当代文学史1986年修订重版时改称为《当代中国文学概观》，2014年第三次修订出版时改称为《中国当代文学概观》，增加了对当代台港澳文学的内容介绍。在试图寻找新的突破方面，与《初稿》及同时期的其他史著比较，这部文学史却表现出一种更为积极、主动的姿态，如在具体展开的过程中将1949年以来的当代文学内容作为一个整体来梳理评述。这种技术层面上的处理看似"以短衡长"，不足为论，远不能算是黄仁宇所说的"将历史的基点推后三五百年才能摄入大历史的轮廓"[①]的"大历史"，但编者追求历史整体感的意识无疑是值得肯定的，那种"大而化之"的历史书写追求，其实也正是黄仁宇所强调的"大历史"观念内核。对于常常被与"当下"（文学）混为一谈的"当代"（文学），《概观》的这种历史整体意识，在同时期

---

① 黄仁宇：《万历十五年》，北京：生活·读书·新知三联书店，1997年，第269页。

的史著中确实给人一种"走在时代前面"的感觉。特别值得一提的是,存在于《初稿》中那种把政治——社会学意义作为评价作家作品高下准则的情形,在《概观》那里已经得到有效的管控。

《概观》已经出版近30年,今天看来仍不显得落伍,究其原因,我们认为《概观》编者以下两方面的先行探索与尝试,在新时期当代文学史编写史上,无疑具有"开风气之先"的意义。

一是对文学思潮文艺运动的处理。在中国当代文学史编写史上,50年代建立起来的文学史结构与叙述模式,文艺思潮占有重要地位。这也是中国当代文学的特殊性。文艺思潮具有统领性。这种情形一直到80年代初与《概观》同时期出版的几部当代文学史著作,都没有多大的改观。这种现象,与"当代文艺思潮是当代中国文学的主要内容,直接或间接地影响甚至决定着当代中国的文艺理论以及文艺创作"(刘巍:《〈中国当代文学史初稿〉的学科化与体制化》)的情形有关。《概观》之所以在当时的文学史编写中引人瞩目,就在于如上面所言,基于对历史整体感的把握,对当代三十多年来纷繁错综的文艺运动和文学思潮化繁为简,而用更多的篇幅来评述作家作品,以此达到让读者去思考当代文艺思潮的效果。《概观》的这种情形,作为参编者之一的洪子诚多年后在谈到"'时间'与当代文学史"话题时曾有类似的表达:该史著之所以没有用"史"的观念而以"概观"称之,除了考虑到当代文学课程的内容,既包括有关当代文学"史"部分,也包括那些还没有进入"史"的范畴的当前发生的文学现象、文学思潮部分。还有一个主要原因,就是该史著"并不想很全面,不想处理当时还看不大清楚的文学运动、斗争,只想就创作作初步、概括性的归纳"[①]。也正因此,与《初稿》等同时期的史著不同,《概观》没有用大量的篇幅去罗列介绍的文学思潮与文学运动,即便一般的当代文学史著关于"十七年"文学思潮的"标配"内容"五大文艺批判运动"(即对电影《武训传》、俞平伯《红楼梦研究》、胡风文艺思想、右派文学和修正主义文艺思潮等的批判),《概观》也未予以

[①] 洪子诚:《问题与方法——中国当代文学史研究讲稿》,北京:生活·读书·新知三联书店,2002年,第48页。

专门介绍。《概观》认为当代文学30年，受"文艺是时代的风雨表"的误导，管理层常常"从文艺界抓阶级斗争的动向"，"用政治运动解决文艺问题，或者把文艺思想斗争变成政治斗争"，以至于"文革"时期"阴谋文艺"泛滥成灾，给当代文学发展带来了极大混乱和不可低估的损失①。《概观》这种简约淡化，不拘于现象描述，重本质探讨的处理方式，实质是对50年代确立起来的把文学史作为思想政治运动史组成部分的观念、"向政治的大角度倾斜"②的文学史书写模式的质疑，有意识地追求清理与把握当代文学思潮文艺运动本质的"大政治"视野。在重启文学史写作的新时期早期，这种探索与尝试，是一种难得的史家胆识。

二是对作家作品的评价。受当时正在酝酿、展开的思想解放运动，以及文艺界拨乱反正的影响，对当代作家作品，《概观》也在努力突破50年代以来建立起来的"政治正确性"的选择和评价机制，比较早地践行后来在"重写文学史"期间倡导的"把文学史还给文学"思想观念，"并最早在文学史中对新时期的一些重要文学现象和作家""做出了明确肯定"（贺桂梅：《当代文学的历史叙述与学科发展》。转引自温儒敏等：《中国现当代文学学科概要》，第150页），体现出编写者的历史前瞻性。这种情况在1986年修订重版的《当代中国文学概观》得到了更加系统、完整的表述。修订版的《概观》（1986）"序言"用了多于初版一倍的篇幅对新时期文学进行肯定性描述，包括：体现在各种文学思潮中的"文学主题的多向性发展"，重视人物灵魂揭示和人物命运描写的"向人学回归"的文学人物形象塑造，"多种美学情趣和多种风格发展的势头"，作家队伍的新包变化，等等。基于以上认证，修订版《概观》（1986）认为，当代文学创作的趋向，"不仅表现在形式，而且也在审美心理上趋向于把审美对象主体化，重视表现审美主体的感知，而不满足于对审美对象的客观描绘"（张钟等：《当代中国文学概观》，第15页）。

---

① 张钟、洪子诚、佘树森、赵祖谟、汪景寿等编著：《当代文学概观》，北京：北京大学出版社，1980年，第10页。本章后面所征引该书内容，如无特别说明，均引自此版本。

② 黄修己：《中国新文学史编纂史》，北京：北京大学出版社，1995年，第155页。本章后面所征引该书内容，如无特别说明，均引自此版本。

第二章 "回归五四"语境中的当代文学史编写（1979—1989）

如果说在80年代中期的文学革命语境中，修订版《概观》(1986)以上的表述不过是"正当其时"，那么初版中对一些作家作品评述所追求的注重其艺术风格变化的"'文学'史意识"（把文学史还给文学）与维度，编写者的"前瞻性"则当是不言自明。以诗歌创作部分的内容介绍为例，《概观》认为在"强调诗歌应该成为战斗的旗帜和号角，成为阶级斗争、政治斗争的武器"（张钟等：《当代文学概观》，第23页）的当代（五六十年代），"从旧中国到新中国"的许多诗人，像郭沫若、臧克家、何其芳等的诗歌创作，在艺术审美方面都难以超越他们曾经的自己。"在当代某些诗人的作品中，我们看不到诗人的具体真实的思想感情活动，看不到对他的有个性的喜怒哀乐的感情状态的抒写，看不到他的人格，他的生活道路的反映。"（张钟等：《当代文学概观》，第28—29页）《概观》指出哪怕像冯至这样曾经被鲁迅称之为"中国最杰出的抒情诗人"，1949年后的创作，由于"过多地舍弃他原先已经形成的风格和他熟悉的生活和表现生活的方式"（张钟等：《当代文学概观》，第31页），而难以承继其早年如何其芳所说的"并不太加修饰，然而感染力量却很强"（何其芳：《诗歌欣赏》。转引自张钟等：《当代文学概观》，第30页）的艺术风格，《北游》（20年代后期）那种对内心世界的"热烈抒发"，《十四行诗》（40年代初）那种"沉稳锐利的思想剖析"。《概观》因此总结出五四以来一些以"直接抒写自己内心世界著称的一些诗人"在当代的普遍境遇，即面对生活的变化，如何与自己原已形成的基础衔接，这些诗人大都迷失了方向，"纷纷转向着重描述客观生活现象"，"对生活忽视了探求思索"（张钟等：《当代文学概观》，第30—31页）。而对1949年后成长起来的诗人，《概观》同样注重从艺术追求角度给予评述。如对郭小川五六十年代在新诗格律化方面的努力，从50年代的"楼梯式"与"四行体"等到60年代的"新辞赋体"和长短句交错等的创作实践，要言不烦。

曾有研究者指出，新时期早期的当代文学史编写，普遍存在对当代文学与现代文学关系不够重视的情形，从文艺思潮、创作方法的流变，到文学主题、艺术形式的源流变迁，等等[①]。因此，《概观》这种努力回到现、当

---

① 王东明、徐学清、梁永安：《评四部中国当代文学史》，《文学评论》1984年第6期。

代文学勾连现场,注重艺术审美风格嬗变规律的文学史叙述尝试,其格局与气象,在同时期的文学史著中给人以比较开阔的印象①。

四、《中国当代文学思潮史》的正本清源

这里将《中国当代文学思潮史》②(以下简称《思潮史》)纳入考察范畴,主要出于如下考量,即这部以"文学思潮"命名的史著,具备一定的"通史"性质,能够拓宽我们关于新时期早期当代文学史编写的考察视野。编者尝试从文学思潮角度对"当代文学"(1949—1979)历史进行梳理,其描述当代文学史的意识形态视角,尽管没有超越当时的政治文化语境,但其编写定位与指导思想,对材料的占有与处理方式,客观理性的叙述风格,对当代文学一些问题的学理评断,等等,在考察当代文学史编写及其与时代语境的关系方面均有一定的代表性,同时对后来的当代文学史编写产生了深远的影响。

这部由中国社科院文学所朱寨主编的《中国当代文学思潮史》,与同时期面世的一批侧重介绍新时期文学思潮著作③不同,是80年代第一部系统

---

① 《概观》的这种情形,其实与编写者的"编外功夫"不无关系。如负责史著诗歌内容撰写的洪子诚,在参编《概观》的同时即在思考五四以来的一些作家,其艺术水准何以在1949年后出现下滑的复杂因素,并出版了《当代中国文学中的艺术问题》(北京大学出版社,1986年)。洪子诚在"后记"强调,该书或"通过对具体作家作品的'解剖',来谈当代文学中有一定普遍意义的问题",或"从文学题材的角度,对它们的发展'轨迹'作些简要的描述:一方面试图理出发展的线索,另一方面对涉及的一些作家的艺术个性进行分析",不一而足。在"回归十七年"以恢复一种文学传统,因对当代中国政治生活的反思进而触及如何评价"十七年文学"的70年代末80年代初,洪子诚便有意识地摆脱"激进地从社会学的角度作政治的批判"(孟繁华:《当代中国文学研究的学术化——洪子诚的意义与启示》)的时尚,"而是寻找从主流意识形态到创作现象的中介,探讨在社会生活发生巨大变化之际,作家应该如何及时地调整自己的创作方向,如何在坚持和发展自己的艺术个性方面,拥有较多的清醒和自觉"(张志忠:《学科建设与研究个性——论洪子诚兼当代文学研究》),体现出一种"史的研究"意识,一种对"相对稳定的历史感和相对严格的学科规范的追求"(杨鼎川:《一种批评话语的成功实践——评洪子诚的两本书》)。(注:以上所引三篇文章均发表在《文艺争鸣》1996年第6期。)洪子诚的"编外功夫",对于我们更好地理解《概观》历史叙述的内涵,具有一定的启发意义。

② 《中国当代文学思潮史》,朱寨主编,人民文学出版社1987年出版。本章后面所征引该书内容,如无特别说明,均引自此版本。

③ 这些著作主要包括:刘达文《中国文学新潮(1976—1987)》,香港:当代文艺出版社,1988年;何西来主编《新时期文学思潮论》,南京:江苏文艺出版社,1985年;宋耀良《十年文学主潮》,上海:上海文艺出版社,1988年;陈剑晖等《新时期文学思潮》,广州:广东高等教育出版社,1989年,等等。

梳理当代文学前30年（1949—1979）文学思潮的著作，也是第一部以"中国当代文学"命名的文学思潮史，因此出版后被认为是"及时填补了学科的空白"①，对后来当代文学思潮史甚至当代文学史的编撰均产生了一定的影响。全书除了引言、结束语，共11章40节，其中"文革""新时期"部分各1章，"十七年"部分9章。

《思潮史》虽然出版于1987年，但据该书"引言"介绍，其着手编写却始于1980年。这一编写时间基本上与新时期早期一批当代文学史同步。这也是本书将其与《初稿》《概观》置放在一起讨论的原因。由于1949年后的文艺运动与政治运动分不开，"文艺思想及理论观点又与政治方针政策密切相连"。为详尽地占有资料，朱寨坦言"编写组同志几乎查遍了所有的书刊杂志"（转引陈墨、应雄：《扭曲、表态的三十年——从〈中国当代文学思潮史〉谈起》）。《思潮史》编写之际，恰是文艺界对"十七年""左"的文艺思潮进行清算的时候，"当时曾有一种相当激烈的情绪"，……（朱寨：《中国当代文学思潮史》，第10页）。②

《思潮史》出版后，对它的评价并不一致，如有观点认为"对于第一部大型的文学思潮史著作，把政治性的问题加以清理评判了以后，才好为从其他角度进行思潮史研究清理出场地"，"赞叹作者们在政治运动史中所花费的苦心和历险精神"③。但也有评论认为"思潮史"与我们前面介绍的《当代文学概观》《中国当代文学史初稿》《中国当代文学史》（二十二院校本）等一样，"基本上是一个原则、一种方针、一条路子，乃至一种笔墨"，是一部"非当代、非文学、非思潮、非史"的"似是而非"的学术著作（陈墨、应雄：《扭曲、表态的三十年——从〈中国当代文学思潮史〉谈起》）。

1987年12月17—18日，《文学评论》编辑部组织召开了"《中国当代文

---

① 陈墨、应雄：《历史与我们——〈中国当代文学思潮史〉对话会侧记》，《文学评论》1988年第4期。本章后面所征引本文内容，不再另注明出处。
② 隐含在《中国当代文学思潮史》这一编写努力背后的更深层寓意，是编者当时的思想矛盾。参考北京大学中文系110周年"中文学人"系列专访的第14篇。
③ 张钟：《当代文学思潮漫议——由〈中国当代文学思潮史〉说开去》，《文学评论》1988年第3期。

学思潮史〉对话会",邀请了在京的当代文学研究方面的专家学者、该书的编著者、该书出版单位人民文学出版社的同志和一些年轻研究人员。除就"当代文学思潮史"的研究等问题提出了一些构想外,主要对该书所取得的突破和存在问题进行研讨。关于该书的突破,概括地说主要有如下一些观点:认为此书"在学科建设上具有尝试性和开创性的意义"(何西来),在"许多第一手材料很难弄清,而且也很难对材料进行真正学者式的分析"的情况下,"思潮史"的"写作难度"可想而知(何孔周),是一部"稳妥之中有所突破的著作"(陈骏涛);有的认为该书体现了文学所的研究风格,"不人云亦云,科学全面地分析问题并发表独到的见解,与文学所作为文学研究的高级机构的学术地位相符合"(洪子诚),"在观点上保持客观公正的史德"(郭志刚);有的认为该书在"政治把握的分寸问题与编著者主观感情的把握分寸"的两难选择中处理得比较好,表现出一种机智(陈晋)。该书主要存在的问题:缺乏统领全书的"绪论";"全书对思潮的纵向考察不够,对诸对立思潮的历史消长描述概括得也不够"(张炯);有的认为该书对被材料的处理"没有提到一个理论高度,有点就事论事"(乔福山);有的对该书着重于历史是非的批判的写法感到不满足,认为编著者过分沉浸于30年,"在新时期党的文艺政策、精神的指导下完成了对三十年文艺是是非非的大评判的任务,同时也留下了一个更为艰巨的任务,即在更广更深的背景下,如从当代文学与现代文学、新时期文学的关系中,从当代文学与中国文化传统的关系中,从中西文化对比,乃至从人的本质特性等背景中去观照这段文学历史"(应雄)。①

《思潮史》出版30多年,已成为当代文学史研究与写作的重要参考文献。从学科史角度看,该书在编写过程中表现出来的一些观念、立场、方法,以及对材料的处理等,对后来的当代文学史编写与学科建设具有借鉴意义。概括地说,主要有如下三方面:

一是从学术研究角度对争议较大的"当代文学"概念所作的学理性处

---

① 本部分有关观点的介绍,均引自《历史与我们——〈中国当代文学思潮史〉对话会侧记》一文。

理。即作为一个特定的历史概念,将"当代"与"当前"区别开来,特指1949年10月中华人民共和国成立到1978年中共十一届三中全会的召开这段时间,认为这段时间"在中国新文学史和新文学思潮史上,都具有相独立的阶段性和独立研究的意义",并指出1942年的延安文艺座谈会,是当代文学思潮的"直接源头"(朱寨:《中国当代文学思潮史》,第3页)。这一阐释一直被当代文学界认可和沿用。

二是客观理性的叙述风格。面对1949年后"无不受到政治形势和政治运动的制约"的当代文学思潮的机智处理和"历险精神"。既不回避政治背景,又注意避免写成"政治斗争史",而"主要展示文学思潮本身的过程,并探究文学思潮本身连贯的脉络","对于以往论争的意见和结论,本着实事求是的精神,排除成见,尊重实践的验证",试图提出一些"自己的判断"。针对当时文艺界清算"十七年""左倾"文艺思潮中,对"十七年"文艺工作的估价出现的"偏激的态度和偏颇的观点",完全或基本否定,导致"这段历史的积极方面被掩盖和误会"的情况,《思潮史》注意"剔抉",并对那些"在当时起过潜移默化的作用","今天需要重新开掘的沃土的东西",一并"予以展示和评断"(朱寨:《中国当代文学思潮史》,第10—11页)。

三是面对受制于各种因素的"当代",《思潮史》在叙述这段历史时,遵循"不要企图去作结论",而努力"客观、全面地占有材料,进行实事求是的分析研究,在此基础上提出一些看法"(朱寨:《中国当代文学思潮史》,第10页)的原则,在叙述风格上尽量客观、稳妥,表现出一种史家笔法。

1997年,时隔10年后,文学所续编了《当代文学新潮》[①]。但由于各种原因,如其时同类的成果已不少,特别是"新潮"处理的"新时期文学",已不如《思潮史》那样具有挑战性和"冒险性"等,因此其影响力远不如《思潮史》。

[①] 《当代文学新潮》由朱寨、张炯主编,北京:人民文学出版社,1997年。

第三节　从《中国当代文学史稿》到《中国当代文学史》

一、一部不断修订的当代文学史

文学史的修订、再版是文学史编写中的一个普遍现象。这种情况在存在诸多不确定性的当代文学史编写史上更是屡见不鲜。当代文学的不断发展，当代不同时期政治、文化、文学语境的差异性，当代史因各种原因不断修订的情形，是当代文学史持续修订的重要背景。本节我们以当代文学史编写与研究"重镇"之一的华中师范大学中文系编写组编写、王庆生主编的《中国当代文学》为个案，梳理当代文学史编写史中与这一现象相关的若干问题。

（一）持续编写/修订情况

在前面有关当代文学史集体编写内容的介绍中，我们曾提及50年代末60年代初的不少文学史著，其实是1958年科学"大跃进"、批判资产阶级知识分子"伪科学"的"拔白旗"风潮中，由高校学生集体编写教材运动的产物。与其他完全由学生编写的文学史稍有不同，署名为"华中师范学院中国语言文学系编著"的《中国当代文学史稿》(以下简称《史稿》)，则是"在学院党委的领导下，结合教学和科学研究，以教师为主，采用师生结合的方法"[1]完成的一部史著，表现出一种高度的思想觉悟。《史稿》全书65万字，最初完成于1958年12月，"1959年由学校印刷厂铅印成册，作为教材使用"[2]，1961年4月完成修改，1962年9月由科学出版社出版。对于50年代这种学术"大跃进"的文学史编写闹剧，黄修己在《中国新文学史编纂史》曾以复旦大学中文系现代文学组学生集体编著的《中国现代文学史》为例，分析总结其深刻的教训，指出这些文学史著作把批评王瑶《中国新文学史稿》之后的"左倾"形态推向"更极端的地步"（黄修己：《中国新文学史编纂史》，

---

[1] 华中师范学院中国语言文学系编著：《中国当代文学史稿·前言》，北京：科学出版社，1962年。本章后面所征引该书内容，如无特别说明，均引自此版本。

[2] 王庆生、杨文军：《中国当代文学史编撰的回顾与展望——王庆生先生访谈录》，《新文学评论》2013年第1期。本章后面所征引文内容，不再注明出处。

第190页）。黄修己这里的批评虽然是基于与50年代已有的现代文学史著作的比较，但同样适合于此时编纂工作刚起步的中国当代文学史，后者甚至因为"前无古人"而更加激进无畏。《史稿》认为，"文学运动是整个国家机器中的一个螺丝钉"，11年来的当代文学的意义，即在于"出色地完成了作为一个'螺丝钉'的任务"（华中师院中文系：《中国当代文学史稿》，第896页）。这表述，显然是列宁《党的组织与党的文学》中关于文艺事业是"革命机器"中的"齿轮和螺丝钉"思想的转述。《史稿》这种带有时代烙印的文学史观念，尤为集中、突出地表现在内容体例设计、文学创作评析和文学史叙述风格等方面。

在80年代编写、出版的当代文学史著作中，值得关注的还有华中师范大学中文系编写、上海文艺出版社出版的三卷本《中国当代文学》（以下简称"新编本"）。该史著的编写缘起于1978年5月国家教育委员会在武汉召开的高校文科教材座谈会。会后受教育部的委托，当时的华中师院于1979年春成立了以中文系中国当代文学教研室为基础的编写组并启动编写，由1958年参与编写《史稿》的王庆生任主编。与前面的《中国当代文学史初稿》和《当代文学概观》不同，该史著编写出版的过程持续了新时期的80年代：第一册初版于1983年，第二册初版于1984年，第三册初版于1989年。这种情形对于考察当代文学史写作与文学变革浪潮此起彼伏的80年代是如何互动地具有参考价值。另一方面，"新编本"主编曾经参与《史稿》编写的特殊身份，也将是我们梳理当代文学史的编写修订难得的历史记忆。有研究者认为在80年代几种当代文学史教材中，"新编本"是"分量最重的一种"，且"一卷比一卷写得好"[①]。

1999年，正值中华人民共和国成立50周年之际，王庆生组织编写组对"新编本"进行修订，"总结中国当代文学50年的成果并向国庆献礼"。修订的"新编本"在体例和内容上作了较大调整：由原来的"四分法"改为"二分法"，上卷介绍"建国初期至'文化大革命'时期的文学"（1949—1976），

---

① 古远清：《努力提高当代文学的研究水平——兼评王庆生主编的〈中国当代文学〉二卷本》，《理论与创作》1993年第3期。转引王庆生、杨文军：《中国当代文学史编撰的回顾与展望》。

下卷介绍"新时期文学",下限延续到90年代末;删去了"新编本"中电影文学、少数民族文学、儿童文学、戏曲文学中的戏曲部分;删除、压缩并调整了文艺概况及某些作家作品的专节;补充了新的文学现象及有关作家的近期成果;等等。①洪子诚认为,"修订本"较之"三卷本""学术水准有长足提高","在材料的丰富、翔实,体例和评述的稳妥上"表现得"相当突出"②。

2003年,王庆生又主编了受教育部委托编写《中国当代文学史》大纲(已于1998年出版)的相应教材"向21世纪课程教材"《中国当代文学史》,并由高等教育出版社出版。与前面几种参与编写、主编的当代文学史不同,《中国当代文学史》不仅书名有变化,以"史"著称,同时在内容上也有较大的调整,全书分为绪言,20世纪50—70年代中期的文学,20世纪70年代中期以来的文学,台湾、香港、澳门地区文学四部分。将台港澳文学纳入史著编写范畴,体现了《中国当代文学史》与时俱进的编写姿态。③2007年,高等教育出版社出版了该史著的修订本。

(二)引申的相关问题

从五六十年代的《史稿》到80年代的"新编本",再到新世纪的《中国当代文学史》,大而言之,作为一部跨世纪的当代文学史,从文学史编写史的角度,其中不断持续的编写、修订,值得我们关注的问题很多。比如,作为具有编写传统和经验的主编和编写组织,在如何解决文学史编写过程中需要面对的"内部"(文学思潮与文学创作等的发展自身)和"外部"(文学史写作环境等)问题方面,80年代以后编写修订的史著提供了怎样的处理方式?存在哪些问题?又比如在冠名方面,为什么只有11年(1949—1960)时间的新中国文学,当年的编写组却冠之以"史",而面对将近四十

---

① 王庆生主编:《中国当代文学》(修订本)(下卷)"后记",武汉:华中师范大学出版社,1999年,第568页。修订本删除的作家主要有刘宾雁的报告文学和北岛的诗等,压缩作家作品的专节主要包括赵树理、郭沫若、茅盾、周立波、老舍等。本章后面所征引该书内容,如无特别说明,均引自此版本。

② 洪子诚:《近年的当代文学史研究》,《郑州大学学报》2001年第2期。

③ 不过王庆生对简单从"讲政治""讲统一战线"角度猜测史著的这种处理的观点并不完全认同,认为"台港澳文学与内地文学同根、同祖、同一血脉、同一文化传统,有这几'同',怎么不该写入文学史呢?"参见王庆生、杨文军的《中国当代文学史编撰的回顾与展望》。

年的"当代文学"(1949—1986),"新编本"却避而不称"史"?将这一疑义切换到80年代有关当代文学宜不宜写"史"的争议①中,这种冠名的变化表达了编写者怎样的历史观与文学史观?又如,对仅有10年的新时期文学(1976—1986),"新编本"何以不惜用40多万字的篇幅进行叙述?这其中反映了编写者对"十七年文学"(1949—1966)和"新时期文学"(1976—1986)怎样的评价取向?再如,如何看待"新编本"第三册关于新时期文学的内容介绍对80年代文学批评资源的转换与征用?应该如何评价这一时期的当代文学史写作与当下文学批评的关系?最后,如何评价"新编本"与《史稿》的关系?"新编本"究竟能够在多大程度上"撇清"与历史(《史稿》)的纠葛?诸如此类的问题,都是我们在考察文学史版本修订时关注比较多的,同时也是本节后面重点评述"新编本"时试图予以梳理的内容。

二、"新编本"的"新时期文学"概念

对"新时期文学"(1976—1986)进行文学史层面的完整叙述,是"新编本"的探索和尝试的内容之一,也是"新编本"对当代文学史编写史写作与研究的一个贡献。按原来重拟的编写大纲,"新编本"第三册的下限时间为1982年,后来采纳了1986年审稿组的建议延伸至1986年10月。这样,"新时期文学"(1976—1986)便成了第三册的主体内容。"新编本"尝试叙述的"新时期文学"时间,即特指这10年。

(一)80年代的"新时期文学"概念

在80年代初的当代文学批评和当代文学史著中,从对政治生活的"新时期"到文学活动的"新时期","新时期文学"已逐渐成为一个被认可、接受和通用的概念,一般是指"'文化大革命'十年动乱之后,特别是党的十一届三中全会以来"的文学②。不过需要提醒的是,这里关于"新时期文

---

① 关于当代文学宜不宜写"史"的争议的相关文章可参考:唐弢的《当代文学不宜写史》(《文汇报》1985年10月19日),晓绪的《当代文学应该写史》(《文汇报》1985年11月12日),施蛰存的《当代事,不成"史"》,《文汇报》1985年12月2日)等。有关评议可参考孟繁华的《当代文学研究述评(1985—1988)》,《绵阳师范学院学报》2013年第4期。本章后面所征引该文内容,不再注明出处。

② 周扬:《继往开来,繁荣社会主义新时期文学》,《文艺报》1979年12月11日合刊,第19—23页。

学"的解释引述的是周扬1979年在第四次文代会上的报告,他显然没有预见到这一概念从时间所指到内涵阐释,会随着时间的推移而不断延伸变得不确定,仅在进入90年代以后的二十多年间即经历了多次的"颠覆、增删、质疑和重述"(程光炜:《文学讲稿:"八十年代"作为方法》,第49页),成了一个必须加以辨析的文学史时期概念①,特别是随着近十多年来思想文化界"重返八十年代"的深入和当代文学学科建构的推进。②

80年代出版的当代文学史著,如前面介绍的《中国当代文学史初稿》和《当代文学概观》,以及80年代中后期的《中国当代文学教程(1949—1987)》(上下册)③等,均有涉及"新时期文学"内容的叙述。与此同时,这一时期出版的一些专题研究著作,如《新时期文学六年》④和《中国当代文学思潮史》《十年文学主潮》⑤《新时期文学十年》⑥等,也从不同角度对"新时期文学"进行了专门评述。但这些著述除了后两种著作有意识地从文学思潮角度比较系统地对新时期文学10年(1976—1986)予以梳理外,其他著述对"新时期文学"所指的时间的理解都不一样,像《中国当代文学史初稿》仅介绍1976—1979年的"新时期文学",《中国当代文学思潮史》也只介绍到1979年第四次文代会的召开,而《新时期文学六年》则集中讨论1976—1982年的文学现象。1986年修订版的《当代文学概观》(《当代中国文学概观》)关于"新时期文学"也仅仅介绍到1985年。这便是为什么说"新编本"是其中比较早试图系统、完整地对1976—1986年的"新时期文学"进行文

---

① 值得一提的是,与"新时期文学"相呼应,90年代初,一些研究者建议将90年代文学命名为"后新时期文学"。相关阐述可参阅刊发在《当代作家评论》1992年第5期和《文艺争鸣》1992年第6期的"后新时期:走出80年代的中国文学"研讨会(1992年秋由北京大学中国语言文学研究所与《作家报》联合举办)文章。

② 目前这方面已积累了不少研究成果,其中洪子诚、孟繁华主编的《当代文学关键词》之"新时期文学"词条(广西师范大学出版社,2002年),程光炜的《文学讲稿:"八十年代"作为方法》之"怎样对'新时期文学'作历史定位"一讲,贺桂梅的《"新启蒙"知识档案——80年代中国文化研究》之"'新时期'意识的由来:一组意识形态框架"一节,等等,都有直接的参考价值。

③ 《中国当代文学教程(1949—1987)》(上下册),郑观年主编,杭州:浙江大学出版社,1989年。

④ 《新时期文学六年》,中国社科院文学所编,北京:中国社会科学出版社,1985年。

⑤ 《十年文学主潮》,宋耀良著,上海:上海文艺出版社,1988年。

⑥ 《新时期文学十年》,吕晴飞主编,北京:学苑出版社,1988年。

学史叙述的代表性史著之一的原因。基于此，在当代文学史编写史层面上，结合本节的具体语境，"新编本"的这一叙述尝试可供讨论的问题至少有两个，一是"新编本"与生俱来的《史稿》"胎记"，二是面对缺乏时间距离的"新时期文学"，"新编本"对文学批评资源的转化利用。对于前一个问题，我们在后面会做进一步讨论。这里重点考察后一个问题。

（二）"新时期文学"（1976—1986）概念的生成（一）

当代文学史写作本质上是当代人/当事人写当代史/当代事。80年代对新时期文学的历史叙述，容易让人联想起60年代初的《十年来的新中国文学》，参编者很可能就是这一段历史的当事人。在80年代，对新时期文学的批评介绍与历史叙述其实是一个问题的两方面，两者之间的界线并非截然分隔。因此，"新编本"新时期文学叙述的历史品质缺失可以想象。从现有资料看，"新编本"的"新时期文学"的概念显然受当时的文学批评启引。这其中征用的最直接资源，应该是1986年文艺界有关"新时期文学十年"研讨会①成果及相关批评文本，而其中如下两个"权威"机构的表述，或许尤为举足轻重：一是1986年9月中国社科院文学研究所在北京举行的"中国新时期文学十年学术研讨会"。会议开幕词认为："新时期文学"是"继'五四'文学革命以后，中国当代文学中的又一次意义深远的文学革命。"②这里对"新时期文学"意义的强调，很容易让人想起许多中国现代文学史

---

① "新编本"只是概括性提到1986年5月到10月"在北京、上海、呼和浩特、哈尔滨、青岛、大连等地分别举行了新时期文学十年研讨会"。（王庆生：《中国当代文学》第二册，第52页。本章后面所征引该书内容，如无特别说明，均引自此版本。）方岩在《批评史如何生产文学史——以"新时期文学十年"会议和期刊专栏为例》一文中则重点梳理出三场 以"新时期文学十年"为话题的全国性的大型文学会议：5月5日至10日，复旦大学举办"新时期文学讨论会"，会议的论文后结集编为《十年文学潮流》（潘旭澜、王锦园主编，复旦大学出版社，1988年出版）；7月9日至16日，中国作协辽宁分会和上海分会在大连市联合举办"新时期文学十年历史经验"讨论会，部分会议论文以"新时期文学十年的历史经验"为总题，发表在当年《当代作家评论》的第5期和第6期上；9月7日至12日，由中国社会科学院文学所在北京主办"中国新时期文学十年"学术讨论会，同年第6期的《文学评论》以"中国新时期文学十年学术讨论会"为总题，刊发了研讨会一组相关的文章，包括许觉民的《开幕词》，朱寨的《闭幕词》，张光年和王蒙的讲话，刘再复发言的内容提要，以及本刊（《文学评论》）记者的《讨论会纪要》。

② 研讨会"开幕词"（许觉民）载于《文学评论》1986年第6期。转引自洪子诚《中国当代文学史》(修订版)，北京：北京大学出版社，2007年，第186页。

关于延安文艺整风运动对五四以来的中国新文学发展划时代意义的表述模式。二是同年11月中国作协第四届理事会第二次全体会议有关"新时期文学"的研讨。张光年在会议开幕词中认为："新时期文学的第一个十年，是我国社会主义文学历史进程中最重要、最关键的十年。"①

有关"新时期文学"研讨会对于后来文学史叙述的影响，近年来有研究者曾作过如下精辟的概括："在'新时期文学十年'这样的会议场合中，来自不同群体、机构、个人的诸多批评文本所呈现的价值判断在共同的关注对象身上产生冲突、沟通与共识。如果我们注意到，这些批评行为都是以历史总结的名义而展开的，那么，这些文本事实上便是以批评的形式完成了历史叙述。因而，这些研讨会的召开最直接的后果在于：一方面，新时期文学其内部语义的复杂性在历史现场被进一步强化并体现出来，同时为此后思路迥异的文学史书写提供了基础资源；另一方面，在这些批评文本的共识中的一部分文学作品、现象、思想在历史现场迅速被经典化，此后文学史叙述的基本共识便在这里产生。但不管怎样，两者都会迅速对此后的文学生产、传播以及文学史教育产生直接影响。"②

（三）"新时期文学"（1976—1986）概念的生成（二）

当然，"新时期文学"历史叙述的建构，特别是一些新时期文学作品、现象等"迅速被经典化"，并对后来"新时期文学"历史叙述达成基本共识产生重要影响的原因，如前所说，并不仅仅来自那些相关的研讨会，同时也来自这一时期新锐、新潮的评论、研究文本，如上海文艺出版社的"文艺探索书系"③、《新时期文艺论文选集》，作家出版社的《当代作家论》(第

---

① 张光年：《努力表现当代中国人民的精神风貌》，《文艺报》1986年11月15日。
② 方岩：《批评史如何生产文学史——以"新时期文学十年"会议和期刊专栏为例》，《文艺争鸣》2019年第6期。本章后面所征引该文内容，不再注明出处。
③ 上海文艺出版社的"文艺探索书系"收集的内容包括创作和理论两部分。理论部分有：刘再复的《性格组合论》、劳承万的《审美中介论》、余秋雨的《艺术创造工程》、鲁枢元的《文艺心理阐释》、花建和于沛的《文艺社会学》、夏中义的《艺术链》、宋耀良的《十年文学主潮》(1988)、朱立元和王文英的《真的感悟》，以及赵园《艰难的选择》、钱理群《心灵的探索》；创作部分有：《探索小说集》《探索诗集》《探索戏剧集》《探索电影集》，以及李晓桦的《蓝色高地》(散文诗)、魏明伦的《苦吟成戏》(戏剧)、残雪的《突围表演》等。

一卷）①，特别是当时发表在《文学评论》《文艺报》《文学报》《当代文艺思潮》《评论选刊》等一些重要文学批评刊物上的文章。②在"新编本"文学史写作过程中，这些批评文本一方面作为"新时期文学"的重要事实与现象被纳入叙述范畴，另一方面又对历史书写的"新时期文学"叙述的建构产生了强大影响。"新编本"对于"新时期文学"文学创作的重大成就、文学批评的发展以及文学理论问题的探讨和论争的宏观叙述，在很大程度上可看作是对这些文学批评文本进行历史化的"二次评论"。而事实上，"新时期文学"历史书写对这10年作家作品的选择与评述，的确很难说与诸如"文艺探索书系"（创作部分）《当代作家论》（第一卷）及文学批评刊物上所关注的作家作品批评文本无关，这一点，我们只要把两者的章节目录设计做作简单对比便可以一目了然。举两个简单的例子：《当代作家论》（第一卷）评论的22个作家，除了马烽，均为"新编本"的评述对象。这显然与这些作家作品对"新时期文学"的"显著贡献"，"同时在艺术实践和生活实践上有着

---

① 《当代作家论》（第一卷），中国作家协会创作研究室编，作家出版社，1986年。该书评论涉及的作家包括：马烽、王蒙、从维熙、孔捷生、邓友梅、古华、叶蔚林、冯骥才、刘心武、陆文夫、李国文、汪曾祺、张一弓、张弦、张洁、张贤亮、周克芹、茹志鹃、高晓声、谌容、蒋子龙、路遥。

② 以权威的《文学评论》为例，据方岩《批评史如何生产文学史——以"新时期文学十年"会议和期刊专栏为例》：1986年，《文学评论》编辑部在筹备"中国新时期十年文学"学术讨论会的同时，从当年第1期开始设置"新时期文学十年研究"专栏至第5期，先后发表18篇有关"新时期文学十年"的研究文章；第6期比较集中地刊发一组"中国新时期文学十年"学术讨论会的相关文章（具体文章见前）。另外根据方岩所翻阅的文学期刊的梳理，在会议论文和专栏文章之外，1986年、1987年明确以"新时期文学十年"为标题或类似标题的批评文本，那些涉及这个问题但是在文章标题中并未体现出来的批评文本其实更多：1986年的此类批评文本有：宋耀良《十年文学一瞥》（《当代文艺探索》第2期），吕进《新时期十年：新诗，发展与徘徊》（《当代文坛》第3期），古远清《进入春天花圃的新诗评论——新时期十年诗评概述》（《诗刊》第6期），南帆《小说的技巧十年——1976—1986年中、短篇小说的一个侧面》（《文艺理论研究》第3期），雷达《波动与蜕变——对十年来青年创作的一点思索》（《青年文学》第9期），陈辽《文学十年：主体意识从甦醒到自觉》（《当代文坛》第6期），林为进《报告文学十年初探》（《当代文坛》第6期），鲍昌：《如何评价十年来的新时期文学》（《文艺报》第45期）；张炯《新时期十年文学的艺术流向》（《天津文学》第12期）。1987年的此类文本有：张韧《文学是反思——"小说十年启示录"之二》（《上海文论》第1期），顾骧《文学人性十年》（《花城》第2期），刘思谦《喧哗与骚动：小说十年思潮概况》（《小说评论》第3期），晓雪《时代的旋律，民族心声——新时期十年的少数民族诗歌》（《诗刊》第10期），谢冕《空间的跨越——诗歌运动十年（1976—1986）》（《文艺理论研究》第5期），宋耀良《十年文学思潮概述》（《福建文学》第10期）。

自己的独特追求和探索"有关,正如冯牧在"序"中所说:该著作篇目选题的开列,"力求能够做到符合文学现状的客观实际"[①]。上海文艺出版社也在"编辑前言"中强调,"文艺探索书系"(创作部分)所选的作家作品,"探索色彩更为浓厚而又确实在某些方面实现了突破和超越"[②]。"书系"(创作部分)选取的作家作品,基本上也是"新编本"的评述对象。可以想象,在缺乏一个相对权威参照的情况下,"新编本"要"站在历史高度上"选取正在行进中的新时期文学如此大数据的作家作品(仅在章节目录中显示的便分别达94人、13部)予以评述,没有这些批评文本的先行遴选与研究,要经得起历史的检验,将是多么的艰难。

可以说,"新编本"关于"新时期文学"文学史概念的建构,从理论层面的阐释到创作现象的评述,都充分表现出对同时期文学批评资源的内化和征用。这也是当代文学史作为历史书写的特殊性,即与当下的文学批评有潜在的关系。作为正在进行时的"新编本"编写,对"新时期文学十年"进行文学史层面的叙述,可谓顺理成章。不过也正由于缺乏对这一特定政治文化语境中所使用概念进行"历史"与"文学"的处理(其实也不可能),最终导致了"新编本"对"新时期文学"一些文学现象叙述的差强人意。而另一方面,同样由于"时间"问题,"新编本"对这10年文学历史的叙述,未能够全面深入地消化、吸收80年代的一些前沿的文学批评与理论成果,而给人"滞后感"[③],正如该史著顾问冯牧在1982年7月的审稿会上谈到对已编内容存在的问题时所说:"没有很好地把史和论有机地结合起来",对作家作品的讨论与相关的"某个时期重要的文学现象的关系"解释不够[④]。当然,

---

① 冯牧:《当代作家论》(第一卷)"序",作家出版社,1986年。
② 上海文艺出版社:《文艺探索书系》"编辑前言"。
③ 这其中最能够说明问题的是文学理论批评领域"'1985'现象"在"新时期文学"叙述中的缺席。有论者用"文学史观的搏斗"来形容这一年(1985)的文学史观念的交锋。可以说,对后来现当代文学史写作产生重要影响的观念理论都在这一年提出,这其中除了前面提到的当代文学宜不宜写史的问题,还包括黄子平、陈平原、钱理群的《论"20世纪中国文学"》(《文学评论》1985年第5期),陈思和的《中国新文学整体观》(《复旦学报》1985年第3期)等。但我们在"新编本"对"新时期文学"的叙述中几乎看不到这些观念理论的影响。
④ 冯牧:《关于中国当代文学教材的编写问题》,转引孟繁华:《当代文学史研究评述(1985—1988)》。

这些"后见之明",对"新编本"来说也许显得有些求全责备。

三、"新编本"的"社会主义新时期文学"叙述

回到具体的历史情境,"新编本"对"新时期文学"的尝试性叙述,从文学史编写史的角度,如下三方面尤为值得关注:

一是坚持用社会主义文学/"新的人民文学"来概括、描述"新时期文学"的性质。"新编本"认为"中国社会主义文艺复兴"(王庆生:《中国当代文学》第三册,第45页)是"新时期文学"的标志,并将"文学是人学"命题的重新确立、"朦胧诗"的争议、西方"现代派"艺术手法的借鉴等"方法热"的兴起、文学创作中人道主义问题的讨论等归拢于社会主义文学观念在新时期变革的范畴;把文学创作中的探索性作品、"寻根文学"、通俗文学的勃兴看作是新时期社会主义文学繁荣的表现;认为内地文学界与港澳台文学界的交流及其对后者的研究与引介,是新时期"文学界爱国统一战线"进一步发展的结果。"新编本"认为:当代文学近四十年的社会主义文学/"新的人民文学"道路,"千回百转,万水归一,文学的河道最终还是通向了人民生活的海洋"(王庆生:《中国当代文学》第三册,第597—598页)。作为一种历史书写,"新编本"这种将复杂的"新时期文学"本质化的文学史观,在文学史写作依然沿袭"集体写史",对历史反思仍处于激情状态的80年代,也许有其合理的一面,应该做具体分析。

二是尝试对"新时期文学"的成就作整体的评价。这种评价,从总体上看,主要从"史"与"论"(作家作品论)两个向度展开。其中"史"的向度重点关注了这十年文学在观念变革与理论建设及批评创新等内容。对一些"关键"和敏感问题,如在新的历史时期怎样正确看待马克思主义、毛泽东文艺思想,怎样处理好"歌颂与暴露"的关系等,"新编本"的评述即使在现在也不见得落后[①]。"新编本"还肯定了"新时期文学"理论批评中除了"社会的、历史的批评方法"之外的新的研究方法,如比较文学方法、心理学方法、结构功能分析方法等,注意到了观念的变革与方法的创新给

[①] 如"新编本"提出要结合新时期的现实,吸取西方文化的营养,"在文艺实践中建立开放的、自我调节的文艺理论体系"。《中国当代文学》(第三册),第68页。

文学批评文体和文风带来的新变化："评论的模式减少了，样式丰富了；刻板的套话减少了，语汇更新了。"（王庆生：《中国当代文学》第三册，第73页）高度评价了如上海文艺出版社推出的"以探索为手段，开拓为目的"（王庆生：《中国当代文学》第三册，第75页）的"文艺探索书系"等理论批评成果。

关于"新时期文学"的创作，据"新编本"统计：仅小说创作，从1980—1986年，问世的长篇小说每年都在一百部以上（1976年前发表最多的1959年才32部），1982年创作的中篇小说达120部，超过"十七年"的总和，而从1978年开始，短篇小说每年的发表量都在万篇以上（王庆生：《中国当代文学》第三册，第54页）①。"新编本"通过章节目录直接辑录评述的"新时期文学"中作家作品分别达94人、13部，如此大数据，在同时期的当代文学史著作中也是少有的。为了凸显"新时期文学"创作的大气象与大格局，除了介绍小说、诗歌、散文与报告文学、戏剧等传统文学史关注的四大文类，"新编本"还将这10年的电影文学、少数民族文学和儿童文学纳入评述范畴。

由数量到质量，从形式到内容，"新编本"还进一步从题材表现、主题提炼、人道主义情怀以及艺术方法的多元化等角度，阐述了"新时期文学"的进展和突破，如从多个层面考察了"新时期文学"重新确立"人"的中心地位，肯定了新时期作家在历史反思中对"人的价值、人的尊严、人的权利"的"首肯和维护"（王庆生：《中国当代文学》第三册，第58页）；从艺术手法的多元化角度阐述了"新时期文学"的"开放体系"：现实主义与现代主义互相取长补短，从传统美学中汲取营养建立"中国特色的民族风格"，等等。"新编本"用了三分之一还多的篇幅评述最能够体现"新时期文学"成就的小说创作（其中通过章节目录显示评述的小说作家达50人），分析了新时期短篇小说的"系列化"和"散文化""诗化"的审美形态，认为汪曾祺、王蒙、张洁、宗璞、何立伟、张承志等的短篇作品，"抒情性或情

---

① 《十年文学主潮》统计的数据是另一种情形：以中篇小说为例，1982年发表的总计745部，而"十七年"时期发表的有500多部，"文革"十年期间发表的有70多部。具体可参阅宋耀良《十年文学主潮》第6—7页。

绪化极强"（王庆生：《中国当代文学》第三册，第101页）；探讨了中篇小说崛起的原因（基于作家的审美思考和读者的审美需求），以及长篇创作与当代生活、当代意识和当代艺术变革之间距离的缩短等现象，认为两届"茅盾文学奖"的九部获奖作品①，大部分都是对当代中国社会生活的快速反映。"新编本"认为，小说家的艺术创新，给新时期小说带来了新的观照、感知与表达方式，结束了当代小说创作的"规范化"时代，当代小说创作进入了"多元互补的风格化时代"（王庆生：《中国当代文学》第三册，第120页）。"新编本"对新时期小说这种探索创新、多元共生创作气象的关注与叙述，同样体现在其他文类的叙述中，如：认为新时期10年的诗歌创作，与"恢复原有艺术传统和多元化稳定发展"的两个阶段相呼应，在修复与沟通诗歌艺术传统的同时，又在努力对传统作"超越性的变革"（王庆生：《中国当代文学》第三册，第315页）；在80年代出版的当代文学史著中，"新编本"是比较早地从文学史高度对以"朦胧诗"为代表的新诗潮创作情况及由此引发的论争进行系统梳理的史著。又如，在新时期散文创作内容的叙述中，"新编本"从历史与现实的双重背景出发，试图对巴金《随想录》作完整的评述，认为《随想录》是"继鲁迅散文之后的又一巅峰"，其价值与意义"必将超越时代与国界"（王庆生：《中国当代文学》第三册，第394页）。此外，"新编本"还初步评述了以高行健为代表的探索戏剧创作和以《黄土地》等为代表的探索电影。

三是对"新时期文学"作品的评论努力突破"社会的、历史的批评方法"。"新编本"认为，"革命现实主义创作方法"仍是新时期"文学创作的主轴"（王庆生：《中国当代文学》第三册，第60页）。但面对不断探索创新的创作实践，"新编本"同时也在努力借鉴运用一些新的批评理论与方法。以小说创作为例，这种努力主要体现在如下两方面：首先在内容章节设计上体现对新时期小说创作思潮与流派风格的关注，如："女性小说"（谌容、张

---

① 两届"茅盾文学奖"的九部获奖作品分别是：第一届：《许茂和他的女儿们》（周克芹）、《东方》（魏巍）、《将军吟》（莫应丰）、《李自成》（第一册）（姚雪垠）、《芙蓉镇》（古华）、《冬天里的春天》（李国文）；第二届：《黄河东流去》（李準）、《沉重的翅膀》（张洁）、《钟鼓楼》（刘心武）。

洁、韦君宜、茹志鹃、宗璞、王安忆、张辛欣、张抗抗、铁凝)、"湖南作家群"(古华、莫应丰、韩少功、叶蔚林)、"西北作家群"(贾平凹、郑义、柯云路)、归来的"探索者"文学(陆文夫、高晓声、方之)、"市井小说"(邓友梅、冯骥才)、复苏的"军事文学"(徐怀中、李存葆、朱苏进)、"知青小说"(张承志、梁晓声、孔捷生、邓刚)、"寻根小说"(阿城、郑万隆、李杭育)以及胶东青年作家群(莫言、张炜、矫健),等等。另一方面则体现在对具体作家作品评述,如:认为王蒙的《布礼》《春之声》等打破时空局限,在新时期"率先突破传统的小说结构模式,大胆借鉴西方'意识流'的表现形式",尝试作品的"心理活动结构"(王庆生:《中国当代文学》第三册,第127页);评价李国文的小说"庄重而不失平易,奇崛而兼得沉稳"(王庆生:《中国当代文学》第三册),第173页);推崇汪曾祺、林斤澜等的创作对"民族化""中国味儿"(王庆生:《中国当代文学》第三册,第226页)的追求;肯定王安忆的《大刘庄》《小鲍庄》等"寻根"小说在"拉丁美洲魔幻现实主义作家马尔克斯的《百年孤独》里寻找到创作灵气"(王庆生:《中国当代文学》第三册,第271页),等等。"新编本"对作家作品的评析,对"新时期文学"文学史叙述既是一种补充,也是一种实践。

"新编本"对"新时期文学"的文学史叙述尽管存在一些历史的局限,但这种探索与尝试,对推进90年代以后"新时期文学"的文学史书写与研究,都具有以史为鉴的意义。

四、"新编本"的《史稿》痕迹

"新编本"的第一册"后记"曾这样写道:鉴于"我国政治经济形势的急剧变化和当代文学的迅速发展",编写组在《史稿》基础上重新拟定了大纲。其实,从65万字的《史稿》到100万字的"新编本",问题的复杂性远不简单是"大纲"的重拟问题。新时期重启的文学史编写,都面临着文学观念、知识资源和叙述方式等的调整与转换等诸多问题。"新编本"以作家作品为主体的内容框架设计,也可理解为是对《当代文学概观》确立的"'文学'史意识"的编写理念的推进。这种调整与转换,在"新编本",同时还表现为对"新时期文学"的文学史叙述尝试。由于80年代的复杂历史语境,以及当代文学史编写的特殊性——这种特殊性主要表现在:文学的体制化管理（尽管有些弱化）；当代人写当代史；文学史写作与文学批评同步，等等，因此为了更深入地考察历史进程中当代文学史编纂得失，有必要对贯穿整个80年代的"新编本"的编写作进一步的辨析。对"新编本"而言，基于主编的特殊身份（当年《史稿》编写的重要参与者）与编写组的特殊性，《史稿》无疑是一些问题讨论展开的潜在对话对象。

  首先值得反思的是这一时期的文学史编写如何消融当代文学史观建构的资源问题。这些资源，除文学自身传统外，如果也包括政治文化、思想文化和外来文化，显然，"新编本"文学史观立论依托的主要还是当代中国的政治文化资源，以及50年代以苏联文化为代表的外国文化资源。这也是50—70年代社会主义文学/"新的人民文学"赖以确立的根基。这种"新的人民文学"在60年代中期以后被激进的文学左派利用，并演化成为政治性的"阴谋文艺"而走向终结。"文革"结束以后，面对"转折"、被想象为"文艺复兴"的"新时期文学"，尽管也有一些人期待恢复"十七年"的主流话语文学，即毛泽东开启的"新的人民文学"，但洪子诚认为，"作为一种新的政治实践的'新的人民文学'"，随着多元共存时代的到来，在新时期"已失去了它的绝对地位"[①]。在这种情况下，"新编本"依然用社会主义文学来收编"朦胧诗""现代派""先锋文学"等文学现象，便显得有些削足适履了。造成"新编本"对50年代初确立起来的当代文学史观念反思乏力的原因，归结起来主要有两个：第一，是对于这一段文学史的叙述缺乏时间距离；第二，更主要的，还是与"新编本"对于曾经影响"新时期文学"进程，以"回归五四"为目标的思想界"新启蒙"资源的犹疑与回避，仍然在文学与政治的二元框架中思考和处理问题的方式有关。"新编本"始终在"实践是检验真理的唯一标准"的政治文化框架内阐述新时期（80年代）的思想解放运动及其对"新时期文学"的影响，勉强地将80年代再次东渐的西学（外来文化）纳入当代中国文化体系，并谨慎地规避以李泽厚及其《中国现代思想史论》为代表的"新启蒙"思想文化资源，回避"五四""启蒙""民主""科学"等关键词蕴含的思维方式，继续使用"革命现实主义""战斗传

[①] 洪子诚：《中国当代文学史》（修订版），北京：北京大学出版社，2007年，第187页。

统""××题材"等流通于50—70年代文学的概念与话语方式。这结果,必然导致对"新时期文学"叙述的矛盾和分裂。这些现象似乎都在表明,直至80年代中期之前,当代文学史的编写仍然在很大程度上受50年代苏联模式的影响,强调文学的阶级性与党性等意识形态属性。"新编本"这种姿态尽管不如《史稿》激烈,但本质上却是相通的。这种情形,或许可以作为当年冯牧关于"新编本"存在问题的注脚:"对社会主义文学的经验教训,也分析和表述得不够完善,还有若干地方不那么实事求是,不那么科学,有些用语过直。"(冯牧:《关于中国当代文学教材的编写问题》,转引孟繁华:《当代文学史研究评述(1985—1988)》)

需要反思的另一个问题,是对文学创作、具体作家作品的处理方式。对"新编本"这一问题的阐释,仍离不开《史稿》。为了展示新中国文学取得的成就,《史稿》几乎像开杂货铺似的介绍了这11年来的大量作家作品。这些作家作品的收集有如下两个明显特征:一是突出"新的人民文学"创作中的"工农兵文学"取向。《史稿》认为,"十一年来社会主义文学事业取得的重大胜利,是党领导的胜利,是马克思列宁主义思想的胜利,是毛泽东文艺思想的胜利,是工农兵方向的胜利"(华中师院中文系:《中国当代文学史稿》,第897页)。《史稿》前两编"创作成就"一章,均设"群众文艺"一节介绍工农兵文学创作情况。如第二编"社会主义改造和社会主义建设初期的文学(1953—1956)""群众文艺"一节,诗歌部分介绍了工人、农民和战士的诗,小说部分介绍了《高玉宝》和《工人文艺创作选集》,散文(特写、传记)部分介绍了《把一切献给党》《志愿军一日》《志愿军英雄传》《难忘的航行》,戏剧、曲艺部分介绍了辽宁省金县兴台村集体创作的《人往高处走》。第三编"整风和'大跃进'以来的文学"(1957年以来),干脆用"社会主义文学创作高潮"(上)一章的篇幅来讲述"新民歌""革命回忆录"和"三史"(工厂史、公社史、部队史)等群众性文学创作成就,并另外开设"主要工农兵作家及其作品"一节专门介绍王老九、刘勇、胡万春、黄声孝等代表性作家。二是对作品的选择体现出"革命""斗争"和"胜利"的内涵。这些标识镶嵌在《史稿》具体章节中的作品,其标题即有强烈的望文生义效果,成为史著中一道奇异独特的风景,如:《我们最伟大的节日》

《和平的最强音》《保卫延安》《置身在社会主义群众运动的高潮里》《革命母亲夏娘娘》《万水千山》《欢笑的金沙江》《红旗飘飘》《星火燎原》《在最黑暗的年月里的战斗》《红色的安源》《风雪之夜》《红色风暴》《降龙伏虎》《老兵新传》《红色的种子》《生死牌》《草原烽火》等等。另外,《史稿》对作家作品的评述基本上遵循固定的模式。以小说为例,大致分为写作/历史背景、社会/教育意义、人物形象分析和艺术特色等环节。对作家作品的评述文字大都冗长繁缛,行文中常有为现实政治服务的画蛇添足之笔,让人感到突兀,如编者在介绍《青春之歌》的历史背景后不忘作如下发挥:"经过长期的革命斗争,才创造出今天的幸福社会,它告诉我们:新社会缔造的不容易。想想过去,看看现在,我们就更加热爱新社会。"(华中师院中文系:《中国当代文学史稿》,第677页)此外,《史稿》对作品的评述还比较注意作家先进世界观对其创作的意义,如认为柳青之所以能够写出《创业史》,"主要是因为他有着无产阶级世界观和毛泽东思想作指导,忠实地遵循着文艺为工农兵服务的方向,在劳动化的道路上取得了显著成绩的结果"(华中师院中文系:《中国当代文学史稿》,第704页)。这样类似的表述在《史稿》几乎随处可见。不过环顾《史稿》,相对于"对胡适反动文艺思想的清算"一类的介绍文字,以上的叙述风格还算是比较温和的:

> 胡适是一个买办资产阶级的反动头子,是美帝国主义的忠实走狗。他的反革命活动是一贯的,还在美国留学的时候,他就反对辛亥革命,后来又赞成袁世凯接受日本的二十一条。"五四"以来,他积极贩卖美国的实用主义哲学,疯狂地反对马克思列宁主义在中国的传播,屡次图谋破坏中国人民的革命运动;国民党统治时期,他积极反共反人民,充当美国的文化买办,为帝国主义效劳。(华中师院中文系:《中国当代文学史稿》,第225—226页)

《史稿》这种无限上纲上线的处理方式与"辱骂式"的叙述风格,今天读来匪夷所思。

在思想解放,拨乱反正的80年代,对"新编本"来说,走出并超越《史稿》，显然不是什么问题，事实上20多年后新组建的编写组也确实做了许多富有成效的努力（主要集中在"十七年"文学部分），比如最大限度地反思文学与政治的关系，在作家作品的选择与评价方面不再固守狭隘的"唯政治"论；对五六十年代的文学创作进行初步的"历史化"处理，"下架"那些经不起时间考验的作品，设专章评述赵树理、柳青、周立波、老舍等在"十七年"时期产生过重要影响的作家及其创作；等等。

尽管如此，"新编本"对《史稿》存在问题的剥离仍难以真正做到瑕疵不留。以《青春之歌》为例，对读两部史著，不难发现《史稿》的一些相关内容及其表述在"新编本"中的"金蝉脱壳"。如关于林道静人物形象的介绍：

《史稿》：

> 她（指林道静，笔者）生长在一个官僚地主家庭里，她的母亲却是一个佃农的女儿。她从一岁起，就失去了亲爱的母亲，受着虐待。生活在这样一个家庭里，她得不到一丝温暖，环境使她养成了"乖僻"、"孤独"、"执拗"、"倔强"的反抗性格。但因她长得漂亮，家里才送她到学校去"镀金"；当她高中毕业那年，她的后母想把她当作一棵"摇钱树"，硬逼她嫁给一个阔老作姨太太。她毅然离开了万恶的封建家庭，去寻找新的生活。（华中师院中文系：《中国当代文学史稿》，第678页）

"新编本"：

> 林道静生长在一个官僚地主家庭里，生母惨死以后，她深受异母虐待，形成了乖僻、孤独、执拗、倔强的反抗性格。当异母想把她当作摇钱树逼嫁给一个官僚作姨太太时，她就毅然离家出走，去寻找新的生活。①

---

① 《中国当代文学》（第二卷），上海：上海文艺出版社，1989年，第90页。本章后面所征引该书内容，如无特别说明，均引自此版本。

再如关于小说的艺术特色——

《史稿》：

> 作者善于通过各种人物对于同一事物的不同反映，展示出他们不同的内心世界。如老佃户魏老三到北京在余永泽家里那个场面，从余永泽和林道静不同的行动和语言上，使他们两人截然不同的内心世界鲜明地展现在读者面前。（华中师院中文系：《中国当代文学史稿》，第684页）

"新编本"：

> 小说在塑造人物时，善于通过不同人物对于同一事物的不同反应，展示他们的不同性格。如老佃户魏老三到北平找到余永泽家里的场面，从余永泽和林道静不同的语言和行动上，生动地表现了他们不同的内心世界。（王庆生：《中国当代文学》第二册，第93—94页）

类似以上情形并不局限于《青春之歌》。从总体上看，"新编本"对作家作品的选择与解析，包括其话语方式，并没有彻底走出《史稿》，特别是对作品的"过度阐释"现象。在1982年7月的审稿会上，作为该史著顾问的冯牧曾概括地谈到"新编本"存在的问题（见前面）。评论家阎纲也认为已编写好的《中国当代文学》"很像一部作家论、作品论，史的特点不显著、不突出，历史感不强"，而作家专论部分"美学分析不够"[①]。冯牧、阎纲审阅意见主要针对的"新编本"的第一、二册（"十七年文学"），其中的大部分内容即是《史稿》叙述的基本内容。将这些存在问题置于《史稿》的脉线上，或许能够让我们有一种"历史感"，并由此多一份"历史的同情与理解"。"新编本"以上存在的问题，在对"新时期文学"的叙述、对新时期作家作

[①] 阎纲：《修改〈中国当代文学〉的意见》，《当代文艺思潮》1983年第1期。转引孟繁华：《当代文学史研究述评（1985—1988）》。

品的处理中，得到了不同程度的缓解；其对新时期10年作家作品的大面积评述，主要还是与这10年文学创作的繁荣有关。当然，只是"缓解"而已，细读仍能够捕捉到《史稿》的些许历史气息，如对作家作品的过度阐释，关于"史"的内容叙述的思维方式与语言风格。

"新编本"认为，一部中国当代文学史应该具有双重的"当代"内涵，即"对中国当代的文学发展进行当代性的反思"（王庆生：《中国当代文学》第三册，第596页）。这种文学史写作理念无疑具有一定的历史前瞻性。"新编本"也为此做了有效的努力。但囿于"时间"，这种"当代性反思"的艰巨性与复杂性，并不那么容易走出悠长的历史思维定式。观念的调整，理论的更新，话语方式的转变，即便是在"新编本"完稿、出版的80年代后期，依然是当代文学史编写亟待解决的问题。

五、当代文学史持续修订的多重因素

一部文学史，从五六十年代到21世纪，由当初参加编写的当事人在不断变化的政治文学语境中，持续主持其不断的重编/修订，试图保持其呼应时代潮流的生命力，这是个奇迹；从中我们可以看到时代、文学风尚、意识形态留下的痕迹，编写者的与时俱进以及由此留下的种种值得深思的问题。这些都是我们梳理70年来当代文学史编写史的珍贵资料。实际上，我们在前面所讨论问题的针对性与有效性，并不局限于"新编本"，而或多或少地存在于70年来不同版本的当代文学史写作之中。而在对这些问题作"回到历史情境中去"的深度梳理过程中，值得关注的另一种声音，无疑是参与编写和修订的当事人。从《史稿》到《中国当代文学史》，这其中，最值得我们关注的，显然是从大学毕业留校即开始投身当代文学史编写的王庆生[①]。作为一个文学史家，从1958年起参与《史稿》的编撰工作，到1979年承担"新编本"三卷本的主编工作，再到1999年主持"新编本"两卷本的修订，其间又接受教育部委托编写《中国当代文学史》大纲和教材的任务，王庆生"与当代文学一路同行，以文学史编撰的方式，见证了当代文学学科从草创到

---

① 据王庆生回忆，当年参加《史稿》编写的，还有陈安湖、周景堂等人。王庆生、杨文军：《中国当代文学史编撰的回顾与展望》。

调整再到深化发展的半个世纪的历程"(王庆生、杨文军:《中国当代文学史编撰的回顾与展望》)。他有关中国当代文学史编撰、修订过程的口述、访谈,无论于当代文学史编写还是当代文学学科建设,都具有不可替代的价值。

(一)重写/修订的复杂性

在一次访谈中,王庆生从自己半个多世纪的经历,谈及当代文学史编写与修订的特殊性与复杂性,这其中既有有关文学史编写的基本问题,如文学史观的建立、史料的搜集整理、叙述风格的确立(所谓"史笔"),文学史家的立场,文学史的体例,作家作品的选择与评价,等等,也有关于当代文学史编写修订中的一些敏感的问题,如当代文学史的编写修订与时代主流话语的关系问题,当代文学的评价问题。颇能说明这一问题的,是访谈中以下有关从"三卷本"(即"新编本")到"两卷本"(即"修订本")再到"高教本"的答问:

> 杨(文军):……昌切对"三卷本"和"两卷本"(即1999年的"修订本",本书作者)的批评比较尖锐。他认为"三卷本"和"两卷本"在不断的续写和改写中,在时限的不断下延中,"一再扩充的内容无情地胀破了当代文学原有的性质,意义因此而破裂,出现了种种相互冲突的表意板块"。所谓"相互冲突的表意板块",他指的是:同一部书,对于同类的现象,却作出了截然不同的评价。比如:"三卷本"在评价杨沫的《青春之歌》时,用的是"阶级论";在评价刘心武的《我爱每一片绿叶》时,用的则是"人性论"。"阶级论"的确比较契合杨沫的立场,"人性论"也比较契合刘心武的立场,编者对这两种相互冲突的立场同样予以认可,那么编者自己的立场在哪里呢?类似的冲突还有:对《创业史》等小说所反映的"农业合作化"予以认可,对《许茂和他的女儿们》等小说所反映的"联产承包责任制"也予以认可,如此等等。昌切先生觉得这是编者采用了"还原法",即回到作品"行世时的现场":"肯定林道静的人生道路选择是'还原',肯定刘心武人道主义的创作取向同样是'还原'。用通俗的话讲,这是见什么人说什

么话，随遇而安。"他觉得史家应该采用"超越法"，即"站在修史者理论认知的水平上，以'超越'原有历史和价值的眼光"来评述作品。您怎么看待他的这一批评？

王（庆生）：从现象上看，"三卷本"确实存在他所说的这种"冲突"。实际上，我们在修订"三卷本"时（1999年）已经意识到了这一问题，可惜来不及对此作根本性的调整。不过，你去看看四年以后（2003年）出版的"高教本"，在这方面已经大为改观了。还是拿《青春之歌》来说吧，我们在"高教本"中的评述尽可能地秉持中性的立场。……（本书作者省略）不知道这种叙述方式能否称得上"超越"？

杨（文军）：昌切先生也承认，"修订本"相对于"三卷本"来说已经具有"超越"的眼光，但不彻底。他认为问题的根源并不在于修史者有没有"超越"的意识，而在于"当代文学"本身的性质是分裂的：前三十年与后三十年是分裂的，八十年代与九十年代也是分裂的。……（笔者省略）他还以洪子诚、陈思和、於可训三家的当代文学史著来说明："无论是谁的'当代文学'，都缓解、化解不了性质胀破、意义破裂所带来的表意冲突。"在他看来，似乎这一问题是无解的。

王（庆生）：我不同意这个看法。按照同样的逻辑，我们也可以说：现代文学、古代文学、外国文学等学科的性质都是"分裂"的，那么现代文学史、古代文学史、外国文学史是不是都不能写了呢？显然，我们不能这样来看问题。必须承认"前三十年文学"与"后三十年文学"是很不一样的文学，林白、陈染与赵树理、马烽是很不一样的作家，但这并不意味着不能把他们放在一本文学史里来谈。只要我们采取一种客观化的、中性化的立场，是可以化解这一"冲突"的。现有的当代文学史著没有完全化解这种"冲突"，并不意味着"冲突"就不能化解。问题的症结究竟在哪里呢？我认为症结就在于"当代文学"研究中仍然存在着禁区，"当代文学"学科仍然受到意识形态的限制，我相信将来禁区打破之后，问题也许可以得到化解。在这之前，对于一些不能说或者无法说透的问题，只能放一放，或者回避，或者绕过去。毕竟我们编当代文学史是在编教材，你看我们编的这几套文学史，封面上都标明了"高等学校文科教材""教育部重点推荐高校中文专业教材""普通高等学校教育'九五'国家级重点教材"等字样，这说明我们的编撰工作是国家教育工程的构成部分。这就决定了我们所编写的文学史教材必须保证政治的正确性和观点的稳妥性。（王庆生、杨文军：《中国当代文学史编撰的回顾与展望》）

对于《史稿》中"群众文艺""工农兵文学"占有突出的位置的现象，王庆生也毫不掩饰其中原因，认为"这是由毛泽东《在延安文艺座谈会上的讲话》精神所决定的"；"当时如果不把工农兵文艺写入文学史，既不符合当时的主流价值观，也不符合实际情况"。对于"新编本"已经"很难找到工农兵作家的踪影"，王庆生认为可以从两个方面来解释：第一，编写组后来对作家作品的评价标准变了。"在编《史稿》的时候，我们受时代的影响，将群众文艺的地位看得很高，这主要用的是政治标准；到了新时期，我们主要用的是历史的、美学的标准，这样一来，很多缺乏历史价值和美学价值的作家作品，自然就被过滤掉了"；第二，在"新编本"中"工农兵作家也并没有消失踪影"，如第二卷中专设了"工人作家的小说"一节介绍胡万春、唐克新、费礼文的创作。对于"这一节虽然在1999年出版的'修订本'中被取消，但在2003年出版的'高教本'中又予以恢复，并增加了对万国儒、陆俊超等几个工人作家的介绍"的情形，王庆生解释这样处理并非"出于政治立场的考虑了，而主要是为了保存历史的真实性"。其实，当代文学70年，从"人民文学"（50—70年代）到"人的文学"（新时期），再到90年代以后"'左翼文学/人民文学'热"，折射出受制于各种原因，当代文学不同时期的"主流价值观"与"实际情况"的复杂性。在这种视野中考察王庆生关于不同时期的编写修订对"工农兵文学"（"人民文学"的内核）的处理方式，也许空间更大。

另外，对于"是哪些因素决定了《史稿》及其同时代的史著必须偏离历史的客观化叙述而采用主观化的大批判语气呢？"的疑问，王庆生解释如下:"还是像我们前面说的那样,是一种时代风气使然。尤其是新中国成立之初的三大批判运动,绝不是单纯的文艺问题,而是政治事件。一旦牵涉到政治问题,就不像对单个作家、作品的评价那么简单了。说实在的,这真不是史家个人的'客观化'努力所能决定的。编者必须直接表明政治立场,而这个立场必须与党所作出的决议保持一致。很多人以为编史可以站在政治之外,但在中国,尤其在那个时代,要站在政治之外是不可能的。"(工庆生、杨文军:《中国当代文学史编撰的回顾与展望》)

当代文学史的编写修订,面临文学之外的多重因素考量。编写者自身的局限与时代的制约等交织在一起,只有置放回具体历史情境中,方能把问题讨论清楚。

第四节 "重写文学史"思潮中的当代文学史叙述实验

一、"重写文学史"势能的积聚

以1988年《上海文论》开设同题专栏为标志,"重写文学史"事件至今已过去整整三十年。近十多年来文学界对"重写文学史"的反思,已成为整个学界"重返八十年代"的一个重要组成部分。因此,尽管我们在这里是从80年代当代文学史编写角度牵引出"重写文学史"的话题,但仍难以避免多维视角的纠缠,正如一研究者对当年"重写文学史"思潮的描述:这是当时一些知识分子在"思想解放"和"新启蒙"的历史语境中,"借助现当代文学学科话语,重建文学史的主体性,参与80年代现代化文学叙事和现代化意识形态建构的社会文化思潮"[①]。

(一)"重写"与"重返"

作为理论形态/"历史事件"[②]的"重写文学史"的可能与有效,已在近

[①] 杨庆祥:《"重写"的限度——"重写文学史"想象和实践》,北京:北京大学出版社,2011年,第8页。本章后面所征引该书内容,如无特别说明,均引自此版本。

[②] 将"重写文学史"理解为一个"历史事件"而非"理论话题",是20年后陈思和在接受访谈时与采访者都认可的新提法。可参看杨庆祥《"重写"的限度》附录三《知识分子精神与"重写文学史"——陈思和访谈录》。

十多年来的赞许、质询与反思,以及具体的文学史写作实践中得到了充分释放。回望80年代文学研究领域,一些当年纠缠不清的问题,在"重写"的观照下已逐渐明晰起来。正是"重写文学史"的倡导和辩论,融化了理论界从思想解放运动到"新启蒙"及"85文化热"系列成果的精、气、神,并将新时期"正在进行时"的文学革命往纵深方向推进。因此,近十多年来对"重写文学史"命题的梳理,的确难以避免与"重返八十年代"的问题交织。尽管如此,在理论层面上如何把握好对"重写"阐释的"度",处理好对"重写"的"期许与限度"等,仍是个问题。譬如:如何阐释80年代知识谱系中的任意角度与"重写"的关系?对此,本章第一节即曾尝试从80年代文学史书写知识语境角度着重梳理了相关的内容。正是这些因素的助推,让"重写文学史"的话题从分散走向集中。因此,孤立地放大其中任何一点来讨论"重写",都可能是一种遮蔽或盲视。"重写文学史",与其说是一种选择,还不如说是一种必然,"它是一个社会文化和思想观念在重大转型时期必然出现的现象"(陶东风、和磊:《当代中国文艺学研究(1949—2009)》,第456页)。又如:怎样解读"重写"的预设目标?如果回到具体的历史情境中去,我们会发现,后来的一些研究把这个目标阐释得几乎无所不能,认为它能够"治愈"现当代文学史研究与写作遗留的各种"疑难杂症"。这其实是一种善意假想。事实上"重写"倡导者最初的目标预设并没有那么高远。"重写"要反思的,"是长期以来支配我们文学史研究的一种流行观点,即那种仅仅以庸俗社会学和狭隘而非广义的政治标准来衡量一切文学现象,并以此来代替或排斥艺术审美评论的史论观";"它决非仅仅是单纯编年式的史的材料罗列,也包含了审美层面上的对文学作品的阐发批评"[①]。

(二)"重写"与80年代文学批评

在这里,"重写"倡导者关于"重写"目标预设的自述,直接呼应了"二十世纪中国文学"论者关于中国文学的"现代化"与"审美化"的诉求;另一方面,更重要的,便是表达了对新时期以来的文学史书写,特别是当

[①] 陈思和、王晓明:《关于"重写文学史"专栏的对话》,《上海文论》1988年第4期。本章后面所征引该文内容,不再注明出处。

代文学史编写滞后于当时"只争朝夕"与"世界接轨"的文学批评情形的不满。作为"重写"倡导前的预热阶段，以文学批评形式出现的"二十世纪中国文学"论说，包括后来拓展为《中国新文学整体观》①的《新文学史研究中的整体观》②，在让"重写"燃成"燎原"之势的过程中，无疑起着举足轻重的作用。从本章前面对几部文学史编写的分析情况看，文学批评与文学史写作，在80年代的"新时期"，两者之间尽管也有交集，但远不像我们想象的那么默契。以80年代初教育部委托北京师范大学等十院校编的《中国当代文学史初稿》为代表的文学史编写潮流，在当时主要还是致力于从政治意识形态层面批判50年代以来不断演化的激进文学思潮与文学史观念，并为当年被打成"毒草"的作品平反昭雪，让它们成为"重放的鲜花"。但这一时期编写的当代文学史，在文学史观念与叙述框架、语言风格（包括一些概念、术语的运用）等问题上，并未完全走出50年代建立起来的社会主义文学的写作模式。这种情形，即便在稍后于《初稿》出版的三卷本《中国当代文学》（华中师大版）中仍然能够感受到50年代（华中师院中文系：《中国当代文学史稿》）的"残留"。而与文学史编写形成鲜明对比，这一时期的文学批评，却在"创作自由，评论自由"（1984）的助推下，面对不断探索，不断超越，一路向前的文学创作，一方面以"回归五四"/"文化热"为代表的思想解放/"新启蒙"运动为思想资源（现代化），另一方面则以夏志清《中国现代小说史》等的海外中国新文学的研究取向为文学理想（审美化），并辅之以各种新潮研究方法，在努力重建批评的主体性，让文学批评回归文学本体，并对当时的文学史写作形成强烈冲击③。客观地说，这一

---

① 陈思和:《中国新文学整体观》，上海：上海文艺出版社，1987年。
② 陈思和:《新文学史研究中的整体观》,《复旦学报》1985年第3期。
③ 在形成这种局面的诸多因素中，这里有必要多提一笔的是活跃在80年代的一批新锐的文学批评队伍。与五六十年代文学批评队伍的单一性比较，80年代的批评阵容可谓海纳百川，学院批评与来自以作家协会为代表的文学界的批评优势互补，引领着一个时代的文学潮流。这其中，恢复高考以后走向文学批评的年轻一代批评家，如黄子平、许子东、陈思和、王晓明、季红真、宋遂良等，受这一时期翻译思潮与西学的影响，他们不再像上一辈批评家，对"主流叙述"的依赖比较强，而容易在历史观与文学观上"转型"，在新时期文学批评繁荣过程中起着举足轻重的作用。"他们对文学性的重视，明显大于对'历史认识'的重视的程度"，将"审美性"假设为认识"新时期文学"的一个基点。程光炜:《文学讲稿："八十年代"作为方法》，第31、32页。

时期的文学史写作对文学批评并非完全拒绝,甚至也在努力汲取滋养,如前面介绍的《中国当代文学》(华中师大版)对"新时期文学"的文学史叙述。但它们之间,更多的时候还是像平行的两条线,在各自的轨道上运行。

总体而言,这一时期的文学史叙述主要是在"启蒙"与"救亡"的历史断裂论等思想文化背景中,重新确立文学的文学史观,通过将"新时期文学"理解为对五四启蒙主义文学的回归,建构出这一时期中国当代文学史编写的基本框架。在这一意义上,文学批评成为文学史观念变革的正能量,助推着"重写文学史"运动。相对于50—70年代的文学批评在一定程度上承担起文学史功能的情况,80年代的文学批评更多地表现为对文学史重写使命的自觉担当,并为90年代以后当代文学写作提供50—70年代文学历史叙述的新视角。从"重写文学史"角度,文学批评,特别是"新潮文学批评",在这一时期的重要贡献,就是推动当代文学史观念、写作模式等的重建[①]。

二、被剥离出历史的"当代"

但在80年代"重新估定一切"的"新启蒙"语境中,"重写文学史"对"当代文学"(1949—1979)却并非"利好"。这"重写",几乎就是推倒重来的"改写"[②]。

(一)尴尬的"当代文学"(1949—1979)

1987年出版的《中国现代文学三十年》,对50年代以来强调左翼革命文学与自由资产阶级文学之间的矛盾和斗争、强化文艺运动的写作模式进行调整,突出了具有思想启蒙特质的"改造民族灵魂"的文学观念与线索,认为它"不但决定着现代文学的基本面貌,而且引发出现代文学的基本矛盾","并由此形成了现代文学在文学题材、主题、创作方法、文学形式、文学风

[①] 杨庆祥在《"重写"的限度——"重写文学史"的想象和实践》一书在《"新潮批评"、"文学圈子"与"重写意识"》一节(第107—120页)集中考察了80年代的"新潮批评话语"对"重写文学史"观念的建构和生成。很多年后王晓明在接受有关当年"重写"的访谈中,也专门谈到了以"杭州会议"(1984)为标识的"新潮文学批评"对"重写"的贡献。参看王晓明、杨庆祥:《历史视野中的"重写文学史"——王晓明答杨庆祥问》,《南方文坛》2009年第3期。本章后面所征引该文内容,不再注明出处。

[②] 此观点转引自刘再复:《从"五四"文化精神谈到强化现代文学研究的学术个性》,《中国现代文学研究丛刊》1989年第2期。

格上的基本特点"①。该著曾被认为是80年代"重写文学史"的代表性著作。其实更能够体现"重写文学史"姿态与属性的，还是当代文学（史）领域，因为这是直接引发"重写"命题之根源；而"重写"的矛头所指，也都直接与"当代"密切关联：一是1949年后建立起来的中国现当代文学史观念，二是在此观念规训下的文学史写作与作家作品研究。其中的作家作品研究，又主要集中在40年代解放区文学和后来以十七年文学（1949—1966）为主体的50—70年代文学。有研究者因此认为，没有"当代文学"的"重写文学史"思潮是不够"完整"的，并不无道理。

前面提到，作为80年代历史重写潮流组成部分的文学史重写，其现实依据最早被追溯到70年代末的思想解放运动。这一依据进入80年代以后被不断筑牢夯实。而富于戏剧性的是，差不多也是在这一时期，以夏志清为代表的海外中国现代文学研究，从文学研究与文学史写作的观念、立场与方法等方面，为"重写"提供一种图景。在这种语境中，以"社会主义性质文学"为根本特征的"当代文学"（1949—1979），成了当时"重写文学史"被质询与批判的对象。"当代文学"不仅因此失去了50年代确立起来的高于、优于现代文学的地位，甚至在"重写"声浪中"突然"失去了存在的合法性，被从文学史视线中剥离出来，以致给人一种错觉。不少研究者当时也许没有意识到，他们这种从一个极端走向另一个极端的重写历史运动，将"当代"社会主义性质的"新的人民文艺"与五四启蒙性质的"人的文学"对立起来，导致"当代文学"的无处安放。②

（二）"重温"两大文学史观念

"重写文学史"提出者之一的王晓明曾明确把1985年在北京万寿寺中国现代文学馆召开的"中国现代文学研究创新座谈会"，以及在会上提出的"20世纪中国文学"视为"重写文学史"的序幕。《论"二十世纪中国文学"》

---

① 钱理群、吴福辉、温儒敏、王超冰著：《中国现代文学三十年》，上海：上海文艺出版社，1987年，第7页。

② 王晓明后来在一次接受关于当年"重写"的访谈中，仍认同这种观点，即"重写"就是要彻底否定"十七年文学"和"文革文学"的"当代文学"，"直接把80年代文学对接到前面30、40年代文学上去"。参考王晓明、杨庆祥：《历史视野中的"重写文学史"——王晓明答杨庆祥问》。本章后面所征引该文内容，不再注明出处。

开宗明义指出:这个概念不是为了简单打通长期以来把20世纪100年的中国文学人为割裂为近代、现代和当代文学的格局,扩大研究的空间,而是强调把这100年的文学作为一个不可分割的整体来研究;"20世纪中国文学"概念的提出,"首先意味着文学史从社会政治史的简单比例中独立出来,意味着把文学自身发生发展的阶段完整性作为研究的主要对象"。文章指出:

> 所谓"二十世纪中国文学",就是由上世纪末本世纪初开始的至今仍在继续的一个文学进程,一个由古代中国文学向现代中国文学转变、过渡并最终完成的过程,一个中国文学走向并汇入"世界文学"总体格局的进程,一个在东西方文化的大撞击、大交流中从文学方面(与政治、道德等诸多方面一道)形成现代民族意识(包括审美意识)的进程,一个通过语言的艺术来折射并表现古老的中华民族及其灵魂在新旧嬗替的大时代中获得新生并崛起的进程。①

文章把"20世纪中国文学"描述成为一个"进程"。这其中暗含着一种不断否定的进化论的历史观,与80年代"回归五四"的"现代化"思潮同声相应。在"走向世界文学"的假设前提下,"20世纪中国文学"提倡者对这100年中国文学的文学目标、创作主题、美感特征、艺术思维方式及文学史研究方法论的问题等进行了概括:

> 走向"世界文学"的中国文学;以"改造民族的灵魂"为总主题的文学;以"悲凉"为基本核心的现代美感特征;由文学语言结构表现出来的艺术思维的现代化进程;最后,由这一概念涉及的文学史研究的方法论问题。(黄子平、陈平原、钱理群:《论"二十世纪中国文学"》)

---

① 黄子平、陈平原、钱理群:《论"二十世纪中国文学"》,《文学评论》1985年第5期。本章后面所征引该文内容,不再注明出处。

从以上引述与概括中不难看出,"20世纪中国文学"明确地以"文化和文学的'现代化'作为基本的价值立场"①。总体而论,"20世纪中国文学"观念的思想理论资源及其分析描述与以前的文学史研究与描述有很大的不同,它开启了人们对20世纪中国文学重新审视的闸门。但它并不是没有问题,这主要体现在对左翼、社会主义文学的态度上。如王瑶即曾指出"20世纪中国文学"论者对"第三世界"(社会主义)国家文学的冷落②。"20世纪中国文学"倡导者对五四以来的中国文学发展向"世界文学"汇入的进程历史的描述,以及这百年中国文学的"现代美感特征"和艺术思维的"现代化"特征的强调等,其中举证的作家作品,除了老舍的《茶馆》,有意识地将"'左翼文学'的'工农兵文学'形态"的社会主义文学性质的当代文学排挤在外。有研究者也指出,把"悲凉"作为"二十世纪中国文学"的美感特征,就难以概括40—70年代左翼文学体现出来的"力度""乐观主义"的文学精神(贺桂梅:《当代文学的历史叙述和学科概要》。转引温儒敏等著《中国现当代文学学科概要》,第159页)。

在稍后于"二十世纪中国文学"论提出的"中国新文学整体观"中,陈思和从"五四"的启蒙主义立场出发,强调文学研究与文学史写作应该回到文学本身,恢复对文学的美学评价,并在此基础上梳理了中国新文学史"前三十年"(1919—1949)和"后三十年"(1949—1979)、现代主义和现实主义、当代意识和文化传统之间的关系。基于启蒙与审美的视角,"整体观"在着重阐释五四启蒙话语及其演变的同时,把通俗文学边缘化。时隔20年后,陈思和在接受有关重返当年"重写"的访谈中,对当时何以发起"重写"讨论的原因仍记忆犹新③。总之,在陈思和的"整体观"中,"重写",就是要赋予这一时期文学"意义",让这30年的文学取得合法的文学史地位,进

---

① 王晓明:《二十世纪中国文学·序》,上海:东方出版中心,1997年。
② 钱理群在后来的《矛盾与困惑中的写作》(《文学评论》1999年第1期)中曾谈及王瑶对"20世纪中国文学"概念的质询:"你们讲二十世纪为什么不讲(或少讲,或只从消极方面讲)马克思主义,共产主义运动,俄国与俄国的影响?"转引温儒敏等著:《中国现当代文学学科概要》,第159页。
③ 陈思和、杨庆祥:《知识分子精神与"重写文学史"》,《当代文坛》2009年第5期。转引杨庆祥:《"重写"的限度:"重写文学史"的想象与实践》。

第二章 "回归五四"语境中的当代文学史编写（1979—1989）

入他们理念中的"二十世纪中国文学"或"中国新文学整体"。为此，陈思和后来提出了诸如"潜在写作""民间"理论形态及"共名"与"无名"等系列的文学史概念、术语，以实现这一"重写"愿景。有关这方面的内容，本书将在后面作进一步的展开。

"20世纪中国文学"和"中国新文学整体观"首先是一种文学史观念，同时也是80年代"回归五四"（启蒙主义）的文化思潮与"现代化"的社会思潮在文学史研究中的具体表现，为后来的"重写文学史"讨论与实践作了一次理论上的"总动员"和愿景规划。对于以上两个文学史概念，旷新年曾经从"重写文学史"角度进行过总结，认为它们实质上是在80年代"现代化"思想的视角下产生的[①]。从中，我们能够充分感受到倡导者正在试图以"五四文学"来统摄"现代文学"和"当代文学"，从而"改变了50年代后期形成的关于新文学演进历史路线的描述"（贺桂梅：《当代文学的历史叙述和学科概要》。转引温儒敏等著《中国现当代文学学科概要》，第158页）以至于曾经被描述为高级于"现代文学"的"当代文学"（1949—1976）因此成为一种无处安放的、"例外的存在"的文学。

三、未完成的当代文学史编写实验

如果把"重写文学史"看作是一次文学史写作试验，那么这一试验注定是不可能一次完成的历史写作工程。1989年第1期《上海文论》发表了一篇关于"重写文学史"论争的阶段性总结文章，介绍了应《上海文论》之邀来参加座谈会的在京专家学者的讨论情况。"有的同志认为，要用综合性的整体构架来消弭一些主观性，以加强'史'的感觉"，也有的同志指出，"重写并不意味着一切推倒重来，不要一般地去搞聚义厅、封神榜，而是要以科学的态度重新审视历史"；"包含个性的文学史总是具有'重写'的意味，即使有些偏颇，也应该允许"[②]。显然，在如何"重写"问题上，要达成共识并不容易。1989年底，第6期《上海文论》以专刊形式发表了最后一批有

[①] 旷新年：《中国现代文学史分期的政治学与文学》，《涪陵师范学院学报》2002年第6期。

[②] 《在京专家学者应本刊之邀济济一堂各抒己见——"重写文学史"引起激烈反响》，《上海文论》1989年1期。

关"重写文学史"的文章,随后即告停刊。同时被叫停的相关刊物栏目还有《文艺报》的"中国作家的历史道路和现状研究"专版、《文学评论》的"行进中的沉思"专栏、《中国现代文学研究丛刊》的"名著重读"专栏等。至此,长达一年多的"重写文学史"论争告一段落。

(一)"重写"的境外延伸

从1991年开始,在海外复刊的《今天》接过"重写文学史"话题,刊发相关文章,1993年第4期还推出《重写文学史专辑》。刘禾后来根据刊发在《今天》上面的回忆性文章整理出版了《持灯的使者》。该书序言关于"游历"对于文学史写作特殊意义的强调,关于"边缘化的文学史写作"观念的提出,体现了进入90年代以后"重写文学史"思考的另一向度[①]。与此同时,香港中文大学的《二十一世纪》也刊发文章,认为"重写文学史"仍"尚未进入具体的批评过程和整体构思过程"[②]。另外,日本的中国现代文学研究刊物《野草》也曾发表过一组"重写文学史"评论[③]。直至近几年,王德威

[①] 刘禾在"序言"中指出,我们的文学史写作常常把它作为"游历"置放在作家论的框架下作为个人经验加以处理,而不能把它作为文学发展的社会条件看待,更没有上升到普遍的理论层面进行讨论。刘禾认为,作为一个动态概念,"游历""有助于我们发现一些通常被正统文学史的框架所遮蔽的现象,比如个人、社会和作品之间究竟是怎样互动的"。她敏锐地看到了《持灯的使者》资料不同于一般文献资料的"不耐读",而具有"自觉写作"品质,认为正是这样一种品质,代表了一种与正统文学史写作不同的,重细节与质感、散漫的"边缘化"文学史写作风格。在刘禾看来,《持灯的使者》的文字材料意义远不在于为文学史写作提供原始文献以补充完善现有的文学史内容,而在于驱使我们重新思考现代文学史一贯的前提和假设。径直地说,这类型的"资料"本身即已具备文学史的叙事功能。"在这里,著名的诗人和普通人之间的界限是模糊的,他们之间的交往是纯粹的,没有掺入文学之外的功利因素。比如徐晓、周郿英、鄂复明、王捷、李南、桂桂、小英(崔德英),这些迄今尚未被'朦胧诗'研究者提起过的名字,一半以上是女性,她们曾经是北京地下文学的志愿者,更重要的是,她们还是支撑《今天》杂志的中坚人物。"刘禾在这里透过文字资料对地下诗歌活动文学史意义的发掘,并不排除她作为一个女性研究者的"性别立场",其结论也未必毫无商榷余地。但恰恰是这种大胆甚至"越轨"的设想和论证,为我们不再将那些几乎已经被"固化"的、纷繁的地下文学(诗歌)文献资料进行正统文学史观念意义上的经验主义处置作了富有启示性的探索尝试。参考刘禾:《持灯的使者》,桂林:广西师范大学出版社,2009年。

[②] 刘再复、林岗:《中国小说的政治式写作——评〈春蚕〉〈太阳照在桑干河上〉》,香港《二十一世纪》1992年6月号。转引黄修己、刘卫国主编:《中国现代文学研究史》下册,广州:广东人民出版社,2008年,第655页。

[③] 转引洪子诚、孟繁华主编:《当代文学关键词》,桂林:广西师范大学出版社,2002年,第209页。

在阐释以其主编的《哈佛新编中国现代文学史》(哈佛大学出版公司，2017)为代表的海外汉学界多种中国现代文学史的相关问题时，仍把"华语语系文学"的观念的提出与"重写文学史"的问题糅合在一起。

（二）作为文学史写作实践的"重写"

"未完成"更重要一方面含义，则是指更能够体现"重写"理念的文学史写作实践，均在进入90年代以后。而在海外甚至更晚迟，直至最近十年。本书后面几章将要考察的90年代以后编写出版的系列代表性当代文学著作，其实均可看作是"重写文学史"的实践性成果，这些史著的编写观念与立场，对作家作品的评述准则，都在不同程度上与作为理论形态的"重写文学史"有着或隐或显的关系。

"未完成"的再一方面含义，是指对"重写"发起的动机与目标预设等一些问题的持久争议。这些争议，综合地看，主要包括如下几方面：一是关于"重写文学史"的提法是否科学，二是关于"重写"的"历史主义"的贯彻落实问题，三是如何看待"重写"对左翼革命文学传统否定的问题，四是如何评价"重写"倡导过程中矫枉过正造成的"审美偏执"问题，五是如何看待90年代后期兴起的重排20世纪文学大师和"百年文学经典"的论争，等等[①]。

在1989年初的座谈会上，王瑶就"重写文学史"提出了自己的观点："过去的文学史，不管是谁写的吧，如果打个比方——我在我的《中国新文学史稿》后记中就这样说过——就好像是唐人选唐诗。后人选的唐诗远远超过了唐朝人，但唐朝人有唐朝人的选法。在唐人的唐诗选本中，有的连杜甫都不选，简直不可思议。但当时确实就是现在那么一种观点，一种看法"；"不要认为我们讨论出的结论就是唯一正确的，我们将写出的这一本就是最好的，大家都要照这个路数来写"[②]。多年后在美国的刘再复也认为：

[①] 有关这些问题的争议情况，可参考陶东风与和磊的《当代中国文艺学研究（1949—2009）》和杨庆祥的《"重写"的限度——"重写文学史"的想象和实践》等著述的相关章节。

[②] 王瑶：《文学史著作应该后来居上》，《上海文论》1989年第1期。

"'重写'不该导致重复以往那种穷尽真理的幻想。"[①]这些观点对"重写"倡导那种思维方式的掣肘,即"重写文学史"不应该是否定式的,而应该是批判继承性或多元共存的。在这一意义上,"重写文学史"的未完成状态,本身或许便是文学史写作的一种常态。

---

① 刘再复:《"重写"历史的神话与现实》,《再解读:大众文艺与意识形态·序》,牛津大学出版社(香港)1993年出版。

第三章

当代文学史编写的学科意识与多元格局（1990—2010）

第一节 启蒙的质疑与文学批评的分化

一、后启蒙时代的思想文化症候

伴随着八九十年代的社会转型，中国思想文化界日渐从同一走向分化，知识分子80年代建造起来的同质化世界已不复存在。以问题意识为导向的历史反思潮流，裹挟着来势凶猛的"全球化"浪潮，在清理80年代记忆的过程中，反映出一个"碎片"式的90年代思想文化场景。市场经济的崛起和大众消费的蓬勃发展，也使得始于80年代的"新启蒙"从此进入了"后启蒙时代"。1997年，汪晖在其《当代中国的思想状况与现代性问题》中指出："在迅速变迁的历史语境中，曾经是中国最具活力的思想资源的启蒙主义日益处于一种暧昧不明的状态，也逐渐丧失批判和诊断当代中国社会问题的能力。"[①] 尽管如此，也"决不表示启蒙运动在中国已经结束，更不表示启蒙主义已经失效；而只表示：如果20世纪80年代是启蒙主义昂起的时代，那么20世纪90年代以来，则是'启蒙主义'在新的语境中遭受新的责疑而多少呈蛰伏之势的时期"[②]，转而质疑与反思80年代"新启蒙"内部产生的矛盾。"启蒙反思"是"后启蒙时代"的重要标志。受此影响，当代文学史研究与编写由此进入了一个复杂的新语境。

[①] 汪晖：《当代中国的思想状况与现代性问题》，《去政治化的政治：短20世纪的终结与90年代》，北京：生活·读书·新知三联书店，2008年，第80页。本章后面所征引该书内容，如无特别说明，均引自此版本。

[②] 高瑞泉：《论后启蒙时代的儒学复兴》，《杭州师范大学学报》2008年第4期。

学界对于80年代与90年代关系的描述，见仁见智。有论者用从同一走向分化，由启蒙走向"启蒙的自我瓦解"来描述。"如果说80年代的主题是启蒙的话，那么90年代的主题就是转为反思启蒙。"①发生在90年代中国思想文化界的一系列论争，加之以其他外部因素的合力作用，最终使得在80年代建构起来的同质化世界彻底分崩离析，"公共空间被重新封建化、割据化"（许纪霖、罗岗等：《启蒙的自我瓦解》，第2页）。90年代中国思想文化界的封建化与割据化情形，大致经历了三个阶段：第一阶段（1990—1992）：《学人》杂志的创办及关于学术规范的讨论②，由此引起知识分子思考辩论是继续推进80年代的新启蒙运动，还是通过反思，"重新建立自己的知识基础"？这一阶段的实质是知识分子对自我身份的重新确认。第二阶段（1992—1997）：由1992年邓小平南方谈话引发的如何看待市场经济，以及由此发生的一系列论战③。"人文精神大讨论"是这一系列论战的轴心，也是80年代建立起来的知识界联盟在90年代分化前的最后一次盛会。第三阶段（1997年以后）：由1997年汪晖在《天涯》发表《当代中国的思想状况与现代性问题》引发的论战④，其间讨论了现代性、自主与民主、社会公正、经济理论及民族主义等一系列问题。"其规模之大、涉及面之广、讨论问题之深刻，为20世纪思想史上所罕见"（许纪霖、罗岗等：《启蒙的自我瓦解》，第14页）。

在"新启蒙"的80年代，"现代性"概念常常与现代化关联在一起，作

---

① 许纪霖、罗岗等著：《启蒙的自我瓦解——1990年代以来中国思想文化界重大论争研究》，长春：吉林出版集团有限公司，2007年，第12页。本章后面所征引该书（简称《启蒙的自我瓦解》）内容，如无特别说明，均引自此版本。

② 有关这方面的资料可参考邓正来主编：《中国学术规范讨论文选》，北京：法律出版社，2004年。

③ 这些论战主要包括：1994年由王晓明等上海知识分子在《读书》发起的人文精神大讨论（有关资料可参考王晓明编：《人文精神寻思录》，上海：文汇出版社，1996年），围绕鲁迅产生的，由张承志、张炜发出"抵抗投降"而引发的道德理想主义论战（有关资料可参考萧夏林编：《忧愤的归途·抵抗投降书系：张承志卷》、《无援的思想·抵抗投降书系：张炜卷》，北京：华艺出版社，1995年），由张颐武、陈晓明所代表的"否定'五四'以来启蒙话语、肯定世俗生活的后现代和后殖民文化思潮以及论战"等。以上论战的总体情况可参考许纪霖、罗岗等著：《启蒙的自我瓦解——1990年代以来中国思想文化界重大论争研究》"总论"。

④ 此次论战的有关资料可参考罗岗、倪文尖编：《九十年代文选》，南宁：广西人民出版社，2000年。

为一种启蒙实践的理论资源,在反思20世纪中国思想文化意义扮演着重要角色。然而,进入90年代以后,随着启蒙的瓦解以及对西方"现代性"理论的进一步清理,"现代性"已由当年的狭义理论资源反转成为一种广义的批判/反思工具,成为对包括"新国学""自由主义""新左派",甚至西方各种"后学"理论如"第三世界"理论、"后殖民"理论等的反思武器,并试图建构出中国自己的"本土性后现代主义"(张颐武)理论体系,以回应、描述和解决当下中国社会与思想文化、文学出现的新现象与新问题:"'躲避'崇高"、文学边缘化、解构经典以及粉墨登场的大众消费文化,等等。至于能否解决,是否有效,则逐渐演化成了一个旷日持久的纷争。

(一)"后启蒙时代"文化/文学研究

思想史当然不等于文学史,但思想问题最终还是会以某种形式反映在文学世界里。事实上,在90年代"启蒙的自我瓦解"过程中,文学就在其中——或以作家/文化人的身份,或以作品/"中间物"的形式——与90年代的思想界交错在一起。如90年代初在围绕"鲁迅风波"引发的道德理想主义论战中,"二王"(王蒙、王朔)"二张"(张炜、张承志)等主要当事人都是文学中人。1990年代中后期的"张爱玲热"与"上海怀旧思潮",虽是文学领域的问题,但诚如有些论者所言,在关于"热"与"思潮"的相关解读中,又让我们看到了"殖民与后殖民理论的批判能量";"后现代、后殖民理论在文学研究领域的深刻介入,文化研究的视野和方法在文学研究领域的展开,开启了文学重新回到当下的生活,打开了文学思想对当代社会文化未来走向发生影响的可能"(许纪霖、罗岗等:《启蒙的自我瓦解》,第109页)。而2000年由话剧《切·格瓦拉》(黄纪苏编剧、张广天导演)上演引发的一系列问题,以及接着《切·格瓦拉》围绕《鲁迅先生》(张广天编导)引起的关于"理想主义""英雄主义""革命"的讨论,这些文学事件,其实都与90年代以来的中国思想文化界问题紧紧地关联在一起。(有关情况可参考:许纪霖、罗岗等:《启蒙的自我瓦解》,第131—137页)类似更多更丰富的内容,如关于"人文精神"的论争,关于自由主义和"新左派"的论战,等等,对许多文学研究者而言其实并不陌生。因此我们既可以把90年代的文学研究看作是特定时期思想论战的延伸,也可以把这一时期的文学研究看作是文学在以其特别的方式介入90年代的思想论战。

（二）从"堂吉诃德"到"哈姆雷特"

更让人们感兴趣和关注的是体现这种研究姿态选择的一些具体个案。比如，启蒙自我瓦解的90年代中国思想文化界究竟怎样影响着这一时期的当代文学研究？在这一问题上，首先深入我们印象的，也许是一些曾经在80年代执着于"迷人的理想"的文学研究者进入90年代以后不那么自信的犹豫不决。比如洪子诚，在谈到90年代思想立场的转变对自己文学研究的影响并在一些著作文章中存在的互异的情形时，他的回答便很能给我们启发：

> 在我看来，反思80年代的"纯文学""重写文学史"的理据，指出其意识形态含义，并不意味着否定其历史功绩，也不是说在今天已完全失效。批评在"纯文学"的想象中过多否定中国现代文学"感时忧国"、积极"回应现实"的"特殊经验"，也不见得应该回到文学"工具论"立场。指出"政治一开始"就在文学里面，也并非说政治（阶级、民族、国家、性别）可以穷尽、代替文学。在"世界（西方）文学"的背景下，重视中国（以及"第三世界"）文学作为"异类的声音"，作为"小文学"的传统的意义，这也同样不是说要完全改变"十七年"和"文革"文学的描述图式。在中国，"左翼"的、"革命"的文学的出现有它的合理性，也曾具有活跃的创新力量。但是我仍然认为，它在当代，经历了在"经典化""制度化"过程中的"自我损害"。我充分理解在90年代重申"左翼文学"的历史意义，但也不打算将"左翼文学"再次理想化，就像五六十年代所做的那样。①

洪子诚曾用"80年代残留物"这一深蕴自我反省意识的术语来描述自

---

① 洪子诚：《回答六个问题》，《南方文坛》2004年第6期。本章后面所征引该文内容，不再注明出处。

己的这种矛盾思想。但在上面的文字里，我们似乎更愿意把它看作是作者90年代启蒙瓦解后的思想投影。看到了80年代文学立场存在的过激的一面，但也不打算把当年的话倒过来说，甚至承认其合理性的成分，这本身固然可看作是一种成熟与进步，但同时更可看作是一种矛盾与困惑。这种情形在其另一篇文章中表现得更具体。在这篇文章中，洪子诚认为，我们不应该把90年代以来"当代文学"研究中对历史的重新审察看作是简单的怀旧，而应该看到这其中"思考现实问题的动机"，看到包含在其中的"对现实社会问题焦虑的出发点"[①]。这其中最具说服力的是在80年代"主张或同情'回到文学自身'的学者"，进入90年代后真诚忧虑人文精神的衰落。洪子诚认为，这情形已远远超出了文学的范畴，而与当年关于"知识分子何为"的"人文精神大讨论"有着更为可能的关联，当然也因此更可信。[②]

这种情况，并不仅仅是作者个人的遭遇。就在这篇文章中，作者提到，即使80年代充满自信、富于理想主义的钱理群，也变得犹豫不决和矛盾重重，"径直说，我没有属于自己的哲学，历史观，也没有自己的文学观，文学史观"，我自己的价值理想就是一片混乱"[③]。这些话由一个义无反顾于自己信念的理想主义者说出来，是比较尖锐的。

作者在文章最后这样总结：

> 这种种矛盾、困惑，如果仅仅限定在"学科"的范围内，那么，它们可能是：在认识到"文学"的边界和特质的历史流动性之后，今天，文学边界的确立是否必要，又是否可能？力求理解

---

① 洪子诚：《我们为何犹豫不决》，《南方文坛》2002年第4期。本章后面所征引该文内容，不再注明出处。

② 有一段时间看了洪子诚先生的一篇文章后，我怀疑自己对他这些文字中的"矛盾与困惑"以及"真诚地忧虑"等思想情绪的评价、处理是否失之于简单和"纯粹'学术化'"了。正如有论者质疑的那样，洪子诚先生甚至从当年的《作家姿态与自我意识》开始的这种"对学术的不信任，以及对做这些事情的意义的怀疑"，除可能"是一种反思与辩证结合起来的方式"，还可能与其"宗教情怀"有关："终极思考的背后可能是信仰也可能是虚无"。这质疑虽也可能是一种大胆猜想，但我想也不妨作为我们处理那些思想情绪时的可资背景。洪子诚：《"一体化"论述及其他——"'我的阅读史'之质疑与批评"》，《文艺争鸣》2009年第6期。

③ 钱理群：《矛盾与困惑中的写作》，《文学评论》1999年第1期。

对象的"内在逻辑",抑制"启蒙主义"的评判和道德裁决,是否会导致为对象所"同化",而失去必要的批判能力?文学研究者在逃避"没有理论""没有方法"的责难中,向着严谨的科学方法倾斜的时候,是否也同时意味着放弃鲜活感,和以文学"直觉"方式感知、发现世界的独特力量?换句话说,我们是否应该完全以思想史和历史的方式去处理文学现象和文本?而我们在寻找"知识"和"方法"的努力中,终于有可能被学术体制所接纳,这时候,自我更新和反思的要求也因此冻结、凝固?(洪子诚:《我们为何犹豫不决》)

看来在90年代,自我瓦解的不仅是思想的启蒙,同时也是关于文学的知识体系,关于文学的理念与研究方法等诸多的问题。在80年代曾经被单一处理的文学图式,在价值体系坍塌后的90年代的思想碎片的闪烁光照下,显露出了其多元丰富的状貌。一方面想坚持与不放弃,另一方面却又面临着调整与重建。"我们"因此犹豫不决,也无法不犹豫不决。

这种犹豫不决的姿态体现在面对具体的文学对象(历史)时,是不再斩钉截铁地执迷于"非此即此"的价值判别,而多了一份"矜持""同情"和"理解"。由此,我们看到了在《1948:天地玄黄》"后记"中钱理群在处理历史与历史写作之间存在的"时间差"时的审慎,既"设身处地"又"毫不回避",而不将历史简单化①。也看到了洪子诚在《中国当代文学史》《问题与方法——中国当代文学史研究讲稿》《当代文学的"一体化"》②等著述中对当代文学(40—70年代)图景描述时的限度意识。

90年代的思想文化场景,无疑是我们考察世纪之交的当代文学史编写状况的重要背景。90年代直至新世纪初的当代文学史编写学科意识的确立与多元格局的形成,均与文学史家们或坚持——固守80年代的立场,或在质疑与反思中汲取90年代的资源密切关联。

---

① 钱理群:《1948:天地玄黄》,济南:山东教育出版社,1998年,第326页。
② 洪子诚:《当代文学的"一体化"》,《中国现代文学研究丛刊》2000年第3期。

二、批评的功能分化与理论纠结

在当代文学批评与当代文学史写作的关系问题上，有研究者认为后者其实是对前者的"再批评"，前者偏重"当下"/"当前"，后者则主要面向"历史"。虽为一家之言，但我们不妨从以下两个方面予以理解：一方面，说明当代文学史写作历史感的缺乏，另一方面，也说明文学批评对于文学史写作的基础和重要。这确实是当代文学批评与文学史写作的客观现实。问题的复杂性还在于，程光炜指出，当代文学批评并不是一成不变的，"因为'当代'不是按照一个模式发展的，每当历史的转折关头，都会有不同的'当代'出现"。以20世纪90年代至21世纪第一个10年出版的当代文学史为例，程光炜认为不同的版本对"当代"的解释其实存在很大差异；而含藏在"当代"这种"多样历史面孔"背后的，是不同时期不一样的文学批评方式。"因此，对文学批评方式转移现象的关注，实际上是研究文学史的一个十分重要的关节点"[①]。

（一）90年代文学批评概览（一）

与共和国早期的五六十年代和"新时期"的80年代相比，90年代的文学批评在批评的功能、批评理论资源及方式方法等方面都发生了较大的变化。在五六十年代，新中国文学批评的权威性，主要来自具有双重身份——既是"官人"（文艺界相关部门的领导），又是"文人"（文艺批评专家）——的文艺工作者，批评的理论资源主要包括两部分，一部分是毛泽东文艺思想，其支撑的经典是《在延安文艺座谈会上的讲话》，另一部分是从苏俄介绍过来的"社会主义现实主义"理论，其支撑的经典是列宁的《党的组织和党的文学》。这一时期文学批评的功能主要是"锄草"和"浇花"。而被追认为是当代文学批评的"黄金时代"的80年代，随着思想解放运动和对建国30年历史（1949—1979）反思的开展，文艺界"创作自由，评论自由"口号的提出，特别是1985年前后"文化热"与"方法热"的兴起，文学批评在借鉴当代西方文学批评成果中完成了对传统批评模式的超越，

[①] 程光炜：《文学讲稿："八十年代"作为方法》，北京：北京大学出版社，2009年，第152—153页。本章后面所征引该书内容，如无特别说明，均引自此版本。

并逐渐实现了批评对文学自身的回归与批评主体的凸显①。80年代领潮的批评家，主要是恢复高考后上大学的知青一代，他们"受翻译思潮和西学的影响较大"，而与当时的主流叙述联系并不密切。不同于同时期大学毕业于五六十年的上一代批评家"把'认识论'作为研究和批评文学的本质性前提"，这批新锐的批评家更倾向于"将'文学性'、'形式探索'即'审美性'假定为认识'新时期文学'的一个基本点"来开展文学批评活动。另外，与上一代批评家乐于做"历史生活的从属者和赞美者"不同，80年代的年轻一代批评家更具"职业批评意识"（程光炜：《文学讲稿："八十年代"作为方法》，第32页），而真正地起到促进文学创作、转变文学观念、推动文学史写作的作用，对当代文学史的研究与写作作出了重要贡献。

  进入90年代以后，80年代高扬的理想与激情有所消退。伴随着市场经济与大众文化滋长起来的消费主义与圈子主义，80年代以作家协会的批评为代表的、曾经与学院批评并重的不同声音，逐渐从中分化出来，并以不同方式滑向大众消费领域，在削弱文学批评家岗位意识的同时，销蚀了文学批评的严肃性，并由此日益疏离文学史的写作。但与此同时，另一个同样值得关注的现象是，随着思想的淡出与学术的凸现，学术研究的科层化，批评家的学者化和批评的专业化却日渐成为一种趋势，并对文学史的研究与写作产生了举足轻重的作用。学院批评则逐渐向文学史研究与写作靠拢，并参与到学科史料的整理与建设、学科史的初步研究工作中来。这或许是90年代以降文学批评的最引人瞩目的一个变化。所谓"学院派批评"，依照法国文学批评家阿尔贝·蒂博代（Albert Thibaudet）的观点，主要是指以大学教授为代表的"职业批评"，他们接受过严格规范的学术训练，视野宽阔，有比较好的学养和扎实的理论以及严谨的思辨力，语言表述注重学理性，写作格式也比较规范。"身份"（批评家）与"风格"（批评）是理解学院派批评的两个关键词，由于学院派批评在学理性、理论性与文本细读能力等方面的优越性，在新世纪前后的一个时期里，当代文学史的研究与写作

---

① 杨匡汉、孟繁华主编：《共和国文学50年》，北京：中国社会科学出版社，1999年，第489页。本章后面所征引该书内容，如无特别说明，均引自此版本。

跟文学批评常常不分彼此，相互交错，不少文学史家同时也是文学批评家。由南京师范大学出版社出版的"二十一世纪中国文学大系"的年度文学批评文集，一直把"文学史写作与研究"作为其中的重要专题之一，这其中收集的一些批评文章，同时也是文学史写作与研究的重要文章，而他们都是重要的文学史家，如王尧的《"重返八十年代"与当代文学史叙述》[①]、程光炜的《当代文学学科的"历史化"》[②]、陈思和的《我们的学科：已经不再年轻，其实还很年轻》[③]、丁帆的《1949：在"十七年文学"的转型节点上》[④]等。90年代以后学院派批评的崛起，是当代文学批评功能分化过程中出现的一个重要现象，它对当代文学史的研究与写作的影响是深层次的，即学院派批评的成果常常直接进入文学史的写作。在某种意义上，进入90年代以后对80年代盛行的在"启蒙与救亡"的二元对立框架中开展文学研究模式的反思，当代文学研究"历史化"命题的提出与深化及其对文学史写作的渗透，若没有学院派批评的支撑，是不能想象的。而也只有学院派批评，这时期有关当代文学的文学史写作与学科建设关系问题的思考，才成为可能。可以说，学院派批评成果的转化，是形成90年代以降直至新世纪初当代文学史写作多元化状貌的一个重要原因，也是构成不同文学史写作观念之间潜在对话的直接驱动力。

有论者曾经用批评的"多样化"和"民间化"来描述90年代的文学批评，并试图从批评观点——"文化批评"的转移、批评方式——"会议批评"的兴起、批评文体——"论说体文体"（杨匡汉、孟繁华：《共和国文学50年》，第506—507页）等角度来描述90年代的文学批评方式转移现象。换个角度看，这描述其实也是90年代文学批评功能分化的一种写照。一方面，文学史写作在消化80年代文学批评成果，重建当代文学史叙述话语方式；另一方面，学院派批评站在当代文学学科建构的历史高度，对新的文学史写作实践提出建设性思考。学院派批评与文学史写作形成一种相得益彰、互

---

① 《江海学刊》2007年第5期。
② 《文艺研究》2008年第4期。
③ 收录于陈思和的《萍水文字》，上海：上海文艺出版社，2011年。
④ 《中国现代文学研究丛刊》2010年第1期。

相促进的关系。这种现象，与当代前30年以批评家代替文学史家，文学批评因政治需要在一定程度上承担文学史写作功能的情形已有本质性的不同。而当代文学作为一门独立学科的建设，也正是在这样一种缺少干扰的环境中完成了早期的基础工作，特别是比较成熟的文学史著作的写作与出版。

（二）90年代文学批评概览（二）

90年代文学批评值得关注的另一个现象，是批评理论呈现纠结的态势。这里的"纠结"，并不简单是模混的意思，同时含有选择的矛盾与批判反思的意味。在五六十年代，无论是以《在延安文艺座谈会上的讲话》为支撑的毛泽东文艺思想，还是以《党的组织和党的文学》为经典的苏俄文艺理论，两者基本上仍属于政治社会学批评范畴。这种情况到了80年代，伴随着"回归五四"的"文艺复兴运动"和年轻一代批评家"职业批评意识"的自觉，具有现代意识的主体性批评成为引领时代的潮流。而90年代的文学批评，面对思想文化的分化，"一方面'国学热'重返传统文化，渴望'返本开新'，另一方面在'全球化'语境下，西方后现代化理论从后现代、后结构、解构主义到后殖民主义等又源源不断地涌入中国当代文化界"①。这种中学——西学理论的纠结，其中暗含的实质性问题，是在"全球化"时代，如何处理好本土/中国与西方/世界的关系。与80年代面对西学的主动姿态不同的是，这个问题在90年代已逐渐转换为批判性省思。尽管如此，这种纠结在理论界始终难以达成共识。其实，作为一种参考借鉴，在90年代的复杂语境中，有其积极的一面。从文学批评理论与文学史写作实践的关系看，一些前卫的文学批评对西方"后学"理论的挪用，尝试将中国文学置于第一世界/第三世界关系中予以阐释，"试图指出'西方文化霸权'的支配性影响与中国本土知识分子的身份焦虑，说明文化/文学的影响背后存在的所谓'不平等权利关系'。这无疑是对于中国学术界80年代占据支配地位的现代化解释模式——把中国与西方文化/文学的问题解释为时间上的'先

---

① 董健、丁帆、王彬彬主编:《中国当代文学史新稿》，北京：人民文学出版社，2005年，第560页。

进'与'落后'问题——的大胆挑战"①。在这一问题上，另一研究者的观点更具启发性："如果80年代西学讨论为某种隐晦的'当代中国文化意识'提供了一个话语空间，那么90年代中国文化批评的题中应有之义就是：通过对西方理论和意识形态话语的细致分析去破除思想氛围的幻想性和神话色彩，从而为当代中国问题的历史性出场及其理论分析提供批判意识和知识准备。"②这或许可以同时作为我们考察90年代后来影响巨大的"再解读"思潮与当代文学史研究和写作问题的另一背景。

当代文学70年，文学批评功能的分化与批评理论的纠结，文学史写作与文学批评关系的若即若离，给我们的启示是多方面的，包括：当代文学与时代政治关系的复杂演绎，当代文学内部关系的自我修复与平衡，当代文学史观念与时俱进的调整，当代文学史叙述方式的探索与完善，当代文学史家与当代文学批评家身份的不断转换，以及当代文学作为一门独立学科建构历史过程中可能遇到的种种问题，等等。"在'重返八十年代'、何谓'纯文学'以及关于'文学性'的讨论中，社会的、历史的批评重新活力，并由此带动了对整个中国当代文学史的重新思考。"③在当代，文学批评与文学史写作这种"不离不弃"的情形，其实也是其区别于其他文学史写作的一个重要标志。

三、当代文学史编写的繁荣及原因

始于50年代末60年代初的中国当代文学史编写实践，进入80年代以后因为高校中文学科课程开设需要，有过一次编撰高潮。据统计，从1980—1989年，中国内地公开出版的当代文学史共38部。进入90年代以后，当代文学史的编写与出版达到了全盛期，并涌现出了迄今为止被公认为最优秀的史著——洪子诚著的《中国当代文学史》，以及争议最大的史著——陈思和主编的《中国当代文学史教程》。据初步统计，从1990—2010年，公开出

---

① 张颐武：《第三世界文化与中国文学》，《文艺争鸣》1990年 第1期。转引陶东风、和磊著：《当代中国文艺学研究（1949—2009）》，北京：中国社会科学出版社，2011年，第581—582页。本章后面所征引该书内容，如无特别说明，均引自此版本。
② 张旭东：《批评的踪迹》，北京：生活·读书·新知三联书店，2003年，第107页。
③ 王尧：《中国当代文学批评的生成、发展与转型》，《文艺理论研究》2010年第5期。

版的当代文学史著作达136部（其中1990—2000年计68部）。这个数字相当于共和国70年（1949—2019年）公开出版的210部当代文学史总数的三分之二。① 当代文学史的编写和出版在20世纪末的90年代呈现出辉煌的景象，并一直延续到21世纪的第一个十年。这种辉煌，标志着进入90年代以后，当代文学史写作正逐渐趋于成熟，而作为学科建设对象的"当代文学"，也由此进入了一个新阶段。文学史的写作与学科建设在90年代形成了一种互相推进的关系。

回望90年代当代文学史编写的"世纪末辉煌"景象，如下几方面的特征尤为引人瞩目：

一是最大可能地实践了80年代"重写文学史"的思想观念。作为特定历史语境中的"重写文学史"，在80年代主要还是侧重于理论建设与辨析，并有选择性地对一些作家作品和文学现象进行重评。但作为文学史写作实践的全面展开，则是在90年代以后，其中最明显的标志，是多种"20世纪中国文学史"著作和一系列整合现当代文学内容的"中国现当代文学史"著作的编写出版，② 这实际上是对80年代"20世纪中国文学"和"中国新文学

---

① 这里的统计数字只指当代文学通史，不包括小说史、散文史等其他当代文学专题史，也不包括内地的区域性和少数民族的当代文学史，以及中国内地以外的各种中国当代文学史。新世纪后内地出版的一些当代文学史及研究著作附录的中国当代文学史出版统计数字，由于依据的标准不同，情况比较复杂。这里介绍几组统计数字：一是孟繁华、程光炜著的《中国当代文学发展史》（北京：人民文学出版社，2004）：60部。统计时段：1960—1999年。其中1990—1999年：32部。二是王春荣、吴玉杰主编的《文学史话语权威的确立与发展——"中国当代文学史"史学研究》（沈阳：辽宁人民出版社，2007）：88部。统计时段：1960—2006年。其中1990—2000年：43部。三是张军的《中国当代文学史叙事研究》（北京：中国社会科学出版社，2012）：58部。统计时段：1953—2009年。其中1990—1999年：36部。四是王万森、刘新锁编的《文学历史的跟踪——1980年以来的中国当代文学史著述史料辑》（北京：人民出版社，2014）：73部。统计时段：1960—2008年10月。其中1990—2000年：31部。五是罗长青的《中国当代文学概念与文学史写作》（北京：科学出版社，2016年）：270部。统计时段：1959—2015年。其中1990—2000年：80部。此外，四川大学孔琦的硕士学位论文《中国当代文学史编纂史论纲》（2012）：115部。统计时段：1960—2010年。其中1990—2000年：39部。

② 据统计，1990—2010年间中国内地出版的"20世纪中国文学史"著作共有7部，"中国现当代文学史"共有23部。本书后面有关于这几部"20世纪中国文学史"著作的专门评述。另外，90年代以后还出现了一些以"20世纪中国文学"（或"百年中国文学"）命名的研究丛书或论文集，比较有代表性的有：王晓明主编的《二十世纪中国文学史论》（4卷）（东方出版中心，1997年），谢冕、孟繁华主编的《百年中国文学总系》（12卷）（山东教育出版社，1998年），严家炎主编的《20世纪中国文学研究丛书》（10卷）（安徽教育出版社，2000年）等。

整体观"文学史观念的直接回应。更难得的,是这批文学史,都在不同程度地转化"重写文学史"的思想资源,并渗透到文学史的观念与写作立场、对作家作品的评价和叙述体例及语言风格等方面。可以说,90年代以后编写的当代文学史,都不同程度地表现出一种"重写"意愿与诉求。

　　二是个人写史对文学史表达空间的拓展。在当代,文艺已被纳入体制管理,成为新中国国家形象塑造的重要组成部分。作为教科书的文学史编写,同时属于国家文化建设的范畴,承担着共同构建国家政治意识形态体系的功能。教科书的编写,从大纲的制定到编写机构的组织,都由国家教育主管部门统一实施。集体编写与指定出版成为当代教科书生产传播的基本运作模式。这种情况一直到80年代都没什么很大的变化,如80年代初由教育部组织编写出版的《中国当代文学史初稿》等,便很能够说明问题[①]。50年代初王瑶的《中国新文学史稿》,看似个人写史,实则必须依循国家教育部制定的编写大纲,"运用新观点,新方法,讲述自五四时代到现在的中国新文学的发展史……"因此留给个人发挥的空间并不大。即使这样,王瑶后来还是受到批判,理由是对作家作品的评价,没有正确处理好阶级性和文学性的关系。由此,严格地说,在当代很长的一个时期里,并不存在真正意义上的"个人写史"。这种情形在90年代发生了根本性的变化。"个人写史"成为这一时期文学史写作中的一道亮丽风景。这"个人",并不简单表现为文学史的署名形式,更主要的还是表现在文学史观念、写作立场、叙述体例以及作家作品评价等方面,逐渐褪去了"集体编写"年代那种体制性的宣传与图解,从而给编写者以相对宽松自由的表达空间,努力"把文学史还给文学"。只要稍加留意便可以发现,90年代影响比较大的当代文学史著作,大都具有"个人写史"的意味,尽管这"个人"有时也还可能是个"多数",是个编写团体,但其中统领、贯穿史著内容的,仍是主编的独立思想精神与价值立场。

[①] 70年代末80年代初由教育部组织/委托编写的中国当代文学史教材,比较有代表性的还有:华中师范大学中文系编写的三卷本《中国当代文学》(上海:上海文艺出版社出版,分别初版于1983、1984、1989年);复旦大学等二十二院校编写的《中国当代文学史》(1—3册)(福州:福建人民出版社,分别初版于1980、1982、1985年)等。

三是实现了不同文学史观念与写作立场的潜在对话，同时在文学史体例与作家作品评价方面进行了有效的探索。80年代"重写文学史"的理论建设与知识更迭，90年代启蒙瓦解以后思想文化界的"诸侯割据"，历史叙述中"个人写史"时尚的高扬，这一切，都为当代文学史写作的"世纪末辉煌"奠定了厚实的基础。文学史家们并不否认这一时期文学史写作的观念与立场中尚未完全消退的"'80年代'胎记"（启蒙主义），也承认当代文学"社会主义文学"性质的历史合法性，但面对复杂当代史中的文学，他们同时又都旗帜鲜明地表明自己的"姿态"与"立场"。北大版《中国当代文学史》直言"审美尺度"是入史作品的首要考虑因素，同时又声明无意于"将创作和文学问题从特定历史情境中抽取出来，按照编写者所信奉的价值尺度（政治的、伦理的、审美的）做出臧否，而是努力将问题'放回'到'历史情境'中去审察"[①]。《中国当代文学史教程》强调该史著是"以文学作品为主型"[②]的。《共和国文学50年》尽管依然坚持"人民文学"的文学史观，但是与时俱进的"人民文学"；同时强调史著的"问题式"研究和书写（杨匡汉、孟繁华：《共和国文学50年·后记》）。《中国当代文学发展史》认为，"文学史事实上就是史家的'历史'"，"是对历史想象的一种形式"[③]。《中国当代文学60年》也提出"以作家为主，力求作品优先，审美优先"[④]。即使备受争议，"再解读"思潮仍然坚持"反现代的现代性"的文学史观念……这一时期的文学史对当代作家作品的评价，更是坚持己见。不同的观念与立场，构成了90年代当代文学史的多元格局，为文学史研究与写作的探讨留下了巨大的空间。

推进90年代当代文学史写作繁荣的因素比较复杂。大致说来，主要有如下几方面：

一是当代文学史编写自身的原因。中国当代文学史编写起步于50年代后期高校青年学生"抢占学术高地"的"拔白旗"时期。这种教材编写的

---

① 洪子诚：《中国当代文学史·前言》，北京：北京大学出版社，1999年。
② 陈思和主编：《中国当代文学史教程·前言》，上海：复旦大学出版社，1999年。
③ 孟繁华、程光炜：《中国当代文学发展史·后记》，北京：人民文学出版社，2004年。
④ 张志忠：《中国当代文学60年·导论》，北京：高等教育出版社，2009年。

群众运动留给历史更多的是教训。在政治上的拨乱反正与思想界的启蒙运动合力推进的80年代，当代文学史的编写虽然开展了一些探索，但由于文学史家的观念理论与叙述模式还没有完全从五六十年代的禁锢中解放出来，因而这一时期出版的文学史大都呈现出一种"亦旧亦新"的夹生现象。从这一意义上说，90年代当代文学史写作的展开，其所要回应的并不限于刚刚过去的80年代，而是整个当代文学写作的历史。

二是则与八九十年代思想文化界的推波助澜有关。简单地说，是八九十年代思想文化界"启蒙与启蒙的自我瓦解"的成果在文学史写作领域的一种融合与表达。八九十年代思想文化界的论争与建设，既表现为前一阶段对50—70年代"左倾"思想的拨乱反正，也表现为80年代中期通过"文化热"和"方法热"对五六十年代"一边倒"苏俄文艺观念理论情形的调整，同时还体现为80年代中后期至90年代初对西方现代化理论和文学理论的借鉴与挪用。这些情况进入90年代以后，通过系列论争形成更为复杂的思想文化场域，并冲击、影响到文学史的写作，导致文学史写作面貌的多元化。

三是与这一时期的高等教育形势与体制有关。近年有研究者从学科设置与高校扩招、评估考核与教材发行及意识形态宣传的影响等方面对此作了系统的梳理。从教材编写角度，如果说1978年教育部制定的高校中文专业现代教学大纲对"当代文学"课程开设的规定，在文化生产体制化、高等教育精英化的80年代，对当代文学史编写的冲击还不是很明显的话，那么进入90年代中期以后，高校的扩招等因素，都极大地刺激和推动了当代文学史的编写出版。有研究者指出，90年代中期以后，当代文学史出版的高潮期，恰恰是我国高校扩招步伐加快的时期：1997—2000年出版当代文学史42种，这几年高考录取比，也从36%（1997）、34%（1998）直线上升至56%（1999）、59%（2000）[①]。这还不包含"茁壮成长"的各类继续教育。

[①] 罗长青：《中国当代文学概念与文学史写作》，北京：科学出版社，2016年，第147页。

不论这些数字是否"纯属巧合",但还是能够说明一些问题①。另外,有研究者认为,体制转型后,由于政府逐渐放开教材出版市场,将以前的"指定教材"改为"审定教材",也在一定程度上"导致了短时间内大批教材的编撰与出版",这实际上是为部分粗制滥造教材的出版提供了便利。总之,高等教育体制的转型,对90年代以后当代文学史的写作产生了直接的刺激作用。②

除以上三个原因外,其他一些因素也不容忽视,如福山的"历史终结"理论、新中国成立50周年、当代文学史编写队伍的成长及近50年编写经验的积累,等等。当代文学史写作的"世纪末辉煌",是一次能量的大释放。从学科层面看,这种释放可能还夹杂着一种当代文学学科建设的焦虑与诉求,其中积聚的问题,没有理由不受关注,不论是充分肯定还是深刻质疑。将这种质疑置放在历史视域中,相关问题的本质也将显现得愈发清晰。依藉近十年来当代文学史写作史料转型的命题,我们才能够清楚地看到90年代文学史写作存在的"盲区",即对历史阐释的过度自信和对某些观念理论的过度依赖。

历史写作应该如何科学地处理好观念理论与材料证据的关系,文学史究竟是观念史还是坚持"有一份材料说一分话",换句话说,到底是坚持"论从史出"还是"以论代史",在20世纪末众声喧哗的文学史写作高潮中,其中的失衡与越界,实际上已为21世纪,特别是最近十年当代文学史写作的再次转型埋下了伏笔。

第二节 《抗争宿命之路》等"再解读"思潮

一、"再解读"思潮及《再解读》

"再解读"是进入90年代以后出现的一种文学研究潮流,因这一研究思

---

① 据《南方周末》"庆祝新中国成立70周年系列报道·教育篇",1999年的高校扩招,普通本专科招生159.68万人,比上一年(1998)增加51.32万人,增长47.4%,是1949年以来高校招生数量最多、增幅最大的一年。贺佳雯、任欢欣:《教育公平之路:从80%文盲起步》,《南方周末》2019年9月26日。

② 此部分内容数据参考罗长青:《中国当代文学的概念与文学史写作》,北京:科学出版社,2016年,第146—150页。

潮的重要发起人唐小兵编的《再解读：大众文艺与意识形态》①（以下简称《再解读》）而得名。近二十年来，学界在谈到这一现象时，几乎都会将其与"重写文学史"相提并论。其实，它们之间有关联，但也有区别。换句话说，尽管大多研究者都认为"再解读"思潮是"重写文学史"的延伸，但稍加辨析便会发现，前者恰恰是对后者的反转，或者至少是对"重写文学史"倡导期间"过激"行为的一种纠正。刘再复当年在"再解读"文集的"序"中用"西西弗斯神话"（the myth of Sisyphus）形容文学史的撰写"永远在路上"："没有人能把文学史这块大石固定在真理的尖峰上"，任何"重写"都不可能"穷尽真理"，都难逃"很快成为化石"的命运②。在文学史书写的历史长河中，"重写"是一种再正常不过的现象。"再解读"思潮既是80年代中后期"重写文学史"活动的延伸，也是对这次"重写"的"重写"。只不过，在特定历史语境中，这"重写"是对前者的一种逆转。

（一）"再解读"的崛起

关于"再解读"思潮崛起的背景，目前研究界的看法不一。程光炜认为，宏观地看，这一思潮可看作是"对八九十年代中国社会转型的直接反应"，同时"与苏联东欧事变、内地学者和留学生赴美后的身份转变、西方后现代主义和文化研究，以及国内文化保守主义思潮的兴起等有着广泛而深入的联系"。而作为一种研究方法，则可看作是西方后现代主义理论在"启蒙论"于90年代中国现当代文学研究中退场后，"最终使'再解读'与'革命文学'幕后的中国语境建立起了一种比较有效但也不是没有问题的'对话关系'"③。贺桂梅则指出，90年代以后以"'再解读'研究"为代表的当代文学史研究转型，既是对80年代文学史研究的"'历史化'清理"，同时也是对与80年代关联在一起的"五四""现代性"等"更大思想文化命题"的省思，认为这一研究路向意在"打碎"或"瓦解"关于40—70年代中国

---

① 《再解读：大众文艺与意识形态》，唐小兵编，牛津大学出版社（香港），1993年。本章后面所征引该书内容，如无特别说明，均引自此版本。

② 刘再复：《"重写"历史的神话与现实》，《再解读：大众文艺与意识形态·序言》。本章后面所征引该文内容，不再注明出处。

③ 程光炜：《"再解读"思潮与历史转型：以唐小兵编〈再解读：大众文艺与意识形态〉等一批著作为话题》，《上海文学》2009年第5期。本章后面所征引该文内容，不再注明出处。

文学的"体制化叙述",揭示其内在的"矛盾和裂缝"①。类似的表述还有不少。以上观点尽管不尽相同,却暗含着一些相通的"关键词",如"80年代文学研究""革命文学"和"西方后现代理论"等。对于这些"关键词",我们后面将会从不同层面作进一步的展开。这里首先从"再解读"的背景与动机角度作些关联性阐释。

可以说,90年代"再解读"思潮的出现,主要还是因为一些研究者不满80年代文学研究与文学史叙述对包括40—70年代文学的排挤与压制有关,这也是李杨在一篇访谈中根据最初海外的"再解读"研究如唐小兵编的《再解读》、黄子平的《革命·历史·小说》②等,结合自己的研究《抗争宿命之路——"社会主义现实主义"(1942—1976)研究》③在近十年后进行再次"确认"的理由④。可以肯定的是,作为《再解读》发起者,尽管有些身居海外,但都怀有强烈的"八十年代情结",其中不少甚至还是"80年代"的亲历者和见证者。这也是为何这些身居海外的学者虽然远离中国内地文学界,但谈及这一文学研究思潮的倡议与发起,甚至命名、研究实践的开展等,都很明确地指向内地80年代的文学研究,特别是"重写文学史"。以"重写文学史"结穴的80年代文学研究,以李泽厚的"启蒙与救亡"为思想理据,在"现代化"与"文学性"的价值取向中,坚持文学与政治对立的二元思维方式,将40—70年代的左翼/革命文学视为20世纪中国文学的"例外",认为这一时期的文学既没有思想价值,也没有文学价值。"再解读"研究者认为,这种"断裂"论无论在观念理论上还是在研究方法上都是值得质疑的。40—70年代文学成为"再解读"对象,跟这一研究思潮的发生语境与"问题意识"密切相关。(曾令存、李杨:《"再解读"与"反现代的现代性"——当代文学学科史访谈录》)

---

① 贺桂梅:《"再解读"——文本分析和历史解构》,《海南师范大学学报》2004年第1期。又,该文后来收入《再解读:大众文艺与意识形态》(修订版),北京:北京大学出版社,2007年。本章后面所征引该文内容,不再注明出处。
② 牛津大学出版社(香港)1996年出版。
③ 时代文艺出版社(北京)1993出版。本章后面所征引该书(简称《抗争宿命之路》)内容,如无特别说明,均引自此版本。
④ 可参看李杨在《"再解读"与"反现代的现代性"——当代文学学科史访谈录》(曾令存、李杨:《中国现代文学研究丛刊》2011年第12期)中的答问。本章后面所征引该文内容,不再注明出处。

(二)"再解读"与文本细读

作为一种比较"先锋"的文学史陈述方法,"再解读"并非一般意义上的文本细读。对此我们在"绪论"中曾集中介绍了唐小兵早期的一些思考。在后来的相关访谈中,唐小兵对于这一思考有更深入的阐释[①]。刘再复也强调"再解读"对"世俗批评视角和世俗批评语言的挑战",肯定海外学人注意把文学现象放回具体历史情景下解读,考察它为了政治需要"不断改制、改装,尽可能展示过程的复杂性"(刘再复:《"重写"历史的神话与现实》)。关于"再解读"对"重写文学史"的反转性书写,多年来一直从事跨语际与互译性研究的刘禾有一个常被引用的观点很能够说明问题:"重写"并不是"仅用一种叙事去取代或是补充另一种叙事","关键在于能不能对这些叙事(包括准备要写的)提出自己的解释和历史的说明"。她强调"再解读"的中国新文学的"民族国家文学"性质与历史语境[②]。另一个"再解读"作者孟悦也坦言对《白毛女》文本演变之所以感兴趣,意在提醒我们应避免对"革命文学"这一复杂历史现象研究的简单化,要努力"去发掘潜伏在文艺为工农兵服务的政治口号之下的不同话语,不同文化传统之间的摩擦、互动,乃至相互渗透的历史"[③]。而作为"再解读"研究思潮的主要倡导者,唐小兵在后来的一次访谈中表达更直接:这一命题的提出就是要把"重写文学史"提出的"把20世纪文化发展的内在逻辑展现出来"付诸实践[④]。这大概便是他在《再解读》初版时所说——"希望《再解读》提供的不仅仅是

[①] 如强调"解读""是对阅读的阅读",目的是为了解构文学史关于一部作品的"强势阅读","要把文化生产机制、强势话语运作过程展现出来,把外围解读和对文本内在张力的阅读连接起来,充分展现出过程的多面性和复杂性",(李凤亮编著:《彼岸的现代性:美国华人批评家访谈录》,桂林:广西师范大学出版社,2011年,第240页。本章后面所征引该书内容,如无特别说明,均引自此版本。)让我们看到"大众文化怎么样在形成社会共识时发挥作用,怎么样在一个所谓开放的社会中去制造不光是文化上的认同,同时还形成政治价值上的一致"。(《彼岸的现代性:美国华人批评家访谈录》,第238页)

[②] 刘禾:《文本、批评与民族国家文学——重读〈生死场〉》,收入《再解读:大众文艺与意识形态》,牛津大学出版社(香港),1993年,第29页。

[③] 孟悦:《〈白毛女〉演变的启示——兼论延安文艺的历史多质性》,收入《再解读:大众文艺与意识形态》,牛津大学出版社(香港),1993年,第89页。

[④] 李凤亮:《多样现代性:20世纪文艺运动的另类阐释——唐小兵教授访谈录》,《彼岸的现代性:美国华人批评家访谈录》,桂林:广西师范大学出版社,2011年,第238页。

书名和若干论文,而且也是一种文本策略,是对中国现当代文化政治、社会历史的一次借喻式解读"①——的言外之意。

二、"后现代"文化理论的挪用

那么,"再解读"思潮又是如何达到"瓦解"目的的呢?

唐小兵曾在《我们怎样想象历史?》中强调"'后现代式'反省"在"再解读"研究中的支撑性意义,指出"再解读"中观念理论与批评方法的不可分割性,文学批评与理论中杂糅了政治理论、历史研究、心理分析、社会学资料等"话语传统和论述方式",以及超越这一切的文化研究理论资源。在2007年6月北京大学中文系为《再解读》再版之际组织的座谈会上,唐小兵从三个方面对"再解读"对象选择、理论支持、表达策略等的补充强调,或可看作是对自己十多年前思想的进一步完善、阐释:一是"西方带有左翼色彩"的理论依据。强调该书是在应用这一理论,"从带有某种批判意识的角度"对"从左翼传统里产生出来的文学、文艺作品进行解读",对已经"体制化了的左翼传统"作"自我剖析"。二是在对作品解读过程中所做的既回到"文本"也回到产生文本的"历史语境"的"批评的批评"工作,对"阅读和接受过程"进行解读,即一部作品当时为什么能够产生影响?或者我们为什么要重新考察似乎"并没有流传下来的作品"?三是"再解读"所做的"初步的文化研究的工作",即考察40—70年代如何通过一些文学、戏剧、电影、绘画等"各种各样的象征活动"进行文化改造,来创造一种"新的大众"和"大众文化"②。唐小兵的这种"别求新声",实际上可以看作是"再解读"作者群体在该命题作为一种问题意识与研究方法方面求同存异的方向性认同,也可看作是对《再解读》研究对以文化研究为核心的现代西方人文主义理论与方法征用的进一步确认。贺桂梅曾归纳出90年代以来"再解读"这一研究路向的三种情形,即同一文本在不同历史时期的"结构文本的方式"和"文类特征"的变化,以辨析不同文化力量的"冲突"或

---

① 唐小兵:《我们怎样想象历史?》,《再解读:大众文艺与意识形态(代导言)》。本章后面所征引该文内容,不再注明出处。

② 唐小兵、黄子平、李杨、贺桂梅:《文化理论与经典重读》,《文艺争鸣》2007年第8期。本章后面所征引该文内容,不再注明出处。

者"磨合"关系;探讨作品的"具体修辞层面"与"深层意识形态功能(或文化逻辑)"之间的关联;努力将文本重新置放回产生的"历史语境",通过呈现文本的"'不可见'因素",并置"在场/缺席",探询文本如何通过压抑"差异"因素来完成"主流意识形态话语的全面覆盖"(贺桂梅:《"再解读"——文本分析和历史解构》)。这种概括与归纳的背后,我们仍能够感受到西方各种后现代文化研究理论与方法的支撑。

(一)"后学"理论的转用

作为一种既关联又超越种种"后学"的理论与方法,文化研究是20世纪西方迅速发展起来的跨学科课题,"其目的是为了分析那些影响各种类型的制度、实践和文学作品的生产、接受和文化意义的环境因素;在这些因素中,文学仅仅是作为文化许多'能指实践活动'的形式之一。文化研究主要关注的是具体说明生产文化现象的所有形式,并赋予它们以社会'意义'、'真理'、人们谈论它们的话语模式,及其相应价值和地位的社会、经济和政治力量以及权力结构的功能"。文化研究的主要目标就是要打破传统批评关于"高雅文学"和"高雅艺术"与那些能够吸引大众消费却被认为是"庸俗"的文艺之间的界限,其研究中的一项任务,就是要"分析和解释文学及其他艺术领域之外的事物和社会实践活动"[①]。"再解读"研究者们对西方20世纪60年代以来的文化研究后种种后现代主义的理论与方法挪用,如女性主义、精神分析、新历史主义、西方马克思主义、"第三世界"理论、后殖民主义、结构主义和解构主义等,这些理论与方法的介入,给曾经被我们熟视无睹的文学现象与事件"文本密码"的重新解读带来了新的启示,同时也拓开了被传统批评与以文本为中心的现代"新批评"遮蔽的空间。此诚如李杨所说:"文化研究力图打破形式主义的文本封闭性,重新回到社会历史,但这种回归,并不是回到原有的社会历史批评,而是吸收了包括后学在内的西方人文科学发展的最新成果,力图将'解构'和'建构'结合起来,讨论'文本'与'历史'之间的关系,以及理论与实践之间的关系。这一方法在后革命时代的中国尤其具有现实性,恰恰避免了'以非历史的

---

① [美]M.H.艾布拉姆斯:《文学艺术词典》,北京:北京大学出版社,2009年,第107—109页。本章后面所征引该书内容,如无特别说明,均引此版本。

态度对待理论'。我们在中国面对的已经不是理论形态的社会主义,而是社会主义的实践及其遗产,在这样的语境中,停留于对社会主义进行理论上或道德上的辩护是远远不够的。"(曾令存、李杨:《"再解读"与"反现代的现代性"——当代文学学科史访谈录》)要言之,我们需要做的,是要进一步证明其历史的合法性与必然性。

从《再解读》收录的文章看,"再解读"研究者借鉴与挪用比较多的西方人文主义理论资源,主要有现代西方马克思主义文学批评、女性主义文学批评。女性主义文学批评常常将性别政治化,在批判男权主义的同时,把男性中心——父权制社会与国家政权混为一谈,在"看"与"被看"的对视框架中凸显女性被压抑与消费的生存境况。在刘禾与《生死场》、戴锦华与《青春之歌》、马军骧与《上海姑娘》等的解读文案中,均可看到研究者对这些理论与方法的借鉴。刘禾化用美国著名马克思主义批评家弗雷德里克·詹姆逊(Fredric Jameson,或译作詹明信、杰姆逊等)关于第三世界文学与民族寓言批评理论(《多国资本主义时代的第三世界文学》),指出"萧红的小说接受史可以看作是民族国家文学生产过程的某种缩影"(唐小兵编:《再解读:大众文艺与意识形态》,第34页)。戴锦华对《青春之歌》(电影版)"空隙与断裂"内容的掘取,同样容易让人想到詹姆逊的《政治无意识:作为社会象征行为的叙事》关于马克思主义批评的观点,即批评家以"喻意"的方式"重写"了文学文本,"'这样的方式使〔文本〕可以被视为……是对于先前历史或意识形态的次文本的重建'——即对文本中未说出部分的重建,因为在被压制的潜意识中认识到,文本的表述方式不仅仅是由当前的意识形态所决定的,而且是由真正'历史'的长期过程所决定的"([美]M.H.艾布拉姆斯:《文学艺术词典》,第305页)。基于此,戴锦华将《青春之歌》视为一个"寓言文本",一部"知识分子的思想改造手册":"它负荷着特定的权威话语:资产阶级、小资产阶级知识分子(女性)只有在共产党的领导下,经历追求、痛苦、改造和考验,投身于党、献身于人民,才有真正的生存与出路(真正的解放)"[①]。

[①] 戴锦华:《〈青春之歌〉:历史视域中的重读》,转引《再解读:大众文艺与意识形态》,北京:北京大学出版社,2007年,第151、152页。

此外,"新历史主义"也是被"再解读"研究者转用得比较多的另一文化研究形态。这种批评不再孤立地研究文本,而关注文本产生的历史文化背景、文本意义和影响力,以及后世批评家的关注和评价。"新历史主义"批评家的观点和实践与从前的学者有着显著不同:"从前的学者或者把社会与知识历史看作'背景',而将文学作品视为是此背景下的独立实体,或者把文学视为某一时期特定世界观的'反映'";"新历史主义"则相反,认为"文学文本'处于'构成某一特定时间、地点的整体文化的制度、社会实践和话语之内,而文学文本与文化相互作用,同时扮演了文化活动力与文化代码的产物与生产者的角色"。该学派的代表人物之一路易斯·蒙特罗斯(Louis Montrose)强调"新历史主义""对文本史实性和史实文本性的交互关注",即"历史不应被视为一套固定、客观的事实,而是如同它与之互相影响的文学一样,是本身需要得到解读式的文本",与此同时,任何文本都被认为是一种"由我们所说的陈述——这种陈述是特定时代历史条件下的'意识形态产物'或'文化观念'的文字——构成"([美]M.H.艾布拉姆斯:《文学艺术词典》,第367~369页)。在"新历史主义"批评理论中,对"再解读"研究影响最大的还是法国的米歇尔·福柯(Michel Foucault)的理论,以及以《知识考古学》为代表的阐释方法。这一点我们在后面将会结合具体研究个案进一步展开。

(二)研究的意识、方法与结论

《再解读》作者群体对40—70年代一些主流作品的解析,与围绕"政治正确性"兜圈子的国内学界有很大的不同,从解析的意识、方法到最终得出的结论。这也是为什么"再解读"研究能够引起那么大的反响并迅速传播开来的原因。唐小兵在北京大学座谈会上谈到自己当年对《暴风骤雨》"语言"与"暴力"的解读,"实际上是用一套新的知识系统或意义语言对文本进行了一种翻译"(唐小兵等:《文化理论与经典重读》),以期将作品构成的复杂性、作品的象征意义、作品"想达到的目的以及达到目的过程中所包含的很多矛盾和张力、出版以后诸多强势话语对它的定位与制约,从多个层面展现出来"(李凤亮:《彼岸的现代性:美国华人批评家访谈录》,第240页)。在前些年的访谈中,唐小兵谈到对《千万不要忘记》的解读,意在"探讨工业现代化带来的生活焦虑",顺便"论及所谓福特生产方式",引入工业化信息（李凤亮：《彼岸的现代性：美国华人批评家访谈录》，第243页）；重读《年青一代》，主要是为了更好地解析中国现代文学（尤其是大众文艺和左翼文学、普罗文学）和文化中的戏剧性（戏剧化、戏剧感），并借此"走出文本、摆脱文字"的"冲动和要求"（唐小兵等：《文化理论与经典重读》）。黄子平也强调这些"再解读"作者群体（当然也包括他自己）其实并不回避诸如"文学审美性"这些80年代的"核心价值"，如孟悦对《白毛女》从歌剧到电影到芭蕾舞剧不同体裁所带来的不同审美效果的解读，"但有一个很重要的意念，就是要把文学审美性也放到一个意识形态的生产机制相关的脉络里去讨论"。李杨认为黄子平的观点揭示的正是"再解读"的文学观念与研究立场和80年代文学研究的关联与超越，即从"文学研究"（80年代）过渡到"文化研究"（90年代），并以此对近年来依然站在80年代"文学审美性"立场重读《创业史》的一篇文章提出自己的思考，认为我们除了关注柳青"写什么"和"写得怎样"，其实"还可以提出其他的问题，比如'为什么这样写'"——而问题的解答显然"不可能在文学内部"，"需要另一种关于'文学'的定义"[①]。其实，万变不离其宗，不论怎样表述，西方后现代人文主义的理论与方法，都是"再解读"研究者重要的资源。

三、从《抗争宿命之路》到《经典再解读》

学界有一种观点，认为"再解读"作为一种观念与方法，其主要的意义在于解构80年代建立起来的关于40—70年代文学的研究与叙述，但要建立一种复杂、完整的历史叙述并不容易。尽管如此，好些"再解读"研究者都在试图借助"再解读"的理论与方法，重新组织对当代文学（40—70年代）的历史叙述，包括早期黄子平的《革命·历史·小说》和后来蔡翔的《革命/叙述：中国社会主义文学——文化想象（1949—1966）》[②]等。下面我们将重点介绍内地比较早涉足"再解读"研究的李杨两部著述《抗争宿命之路——"社会主义现实主义"（1942—1976）研究》（以下简称《抗争宿命之

---

① 黄子平和李杨的有关观点见《文化理论与经典重读》，《文艺争鸣》2007年第8期。
② 北京大学出版社2010年出版。本章后面所征引该书内容，如无特别说明，均引自此版本。有关该书对"十七年文学"重述更详细的介绍，可参看笔者《学科视野中的40—70年代文学研究》（上海：上海文艺出版社，2014年）一书。

路》）与《50—70年代中国文学经典再解读》①在这方面所做的努力与效果。

（一）作为一种理论资源的"现代性"

《抗争宿命之路》起思于80年代末，成书出版于90年代初。作为内地最早的"再解读"著述，该书至少有两方面的意义：一是在40—70年代左翼/革命文学在80年代文学研究语境中被冷落、否定的情况下，作者通过理论与方法的置换，发掘了这一时段文学被遮蔽的价值；二是运用现代民族国家理论，探索将这一时段的文学作为一个整体进行叙述的可能性。该书海外"再解读"研究在内地"深入人心"之前，并没有引起多大的关注。有研究者认为这与该书内容设计的"逻辑略显牵强"有关，但也有论者以为最主要的还是"与当时主流的文学史研究思路有所抵牾"②。《抗争宿命之路》在当代文学（40—70年代）研究中借鉴新历史主义的重要代表人物福柯的"知识考古学"立场与方法，"致力还原历史情境，通过'文本的语境化'与'语境的文本化'使得历史的研究转变为一个时代与另一个时代的平等对话"③。李杨认为，在"现代性"叙事的脉线上，当代文学实际上是五四新文学的一种继续和发展，是20世纪中国文学在特定历史情境下最集中地体现现代民族与国家主体性的一段文学。《抗争宿命之路》指出，当代文学话语的不断转换，从"叙事"到"抒情"再到"象征"，其"形式的意识形态"④本身便是一个深刻的话题。李杨认为40—70年代文学具有相对完整的共同性，即它们实质上是社会主义现实主义文学在不同时期的表现：从《在延安文艺座谈会上的讲话》发表的40年代初期到50年代中期，出现了叙事文学的繁荣，主要表现为长篇小说、长篇叙事诗及一些写实性的话剧作品；

---

① 山东教育出版社2003年出版。本章后面所征引该书内容，如无特别说明，均引自此版本。

② 刘诗宇：《论中国当代文学研究中的"再解读"思潮》，《文艺研究》2019年第6期。本章后面征引本文内容，不再注明出处。

③ 李杨：《当代文学史写作：原则、方法与可能性》，《文学评论》2000年第3期。

④ 李杨认为40—70年代的中国文学，从叙事到抒情到象征的转换，除具有文本形式上的意义外，同时还有更深刻的意义，如1956年"三大改造"完成后文学领域"短暂的人性抬头现象不是偶然的"，"它不是共产党放松了政治管制的结果，而恰恰是因为共产党的政治已运行到了它的抒情时期。既然人民已经找到了本质，叙事的使命也就自然终结了"。李杨：《抗争宿命之路——"社会主义现实主义"（1942—1976）研究》"前言"、第206页。

从50年代中期到60年代中期，叙事文学让位于抒情文学，主要表现为"大跃进"民歌、毛泽东诗词、郭小川、贺敬之的政治抒情诗，三大散文家的散文创作；从60年代中期到"文化大革命"结束，象征文学一统中国文坛，最典型的是"样板戏"。李杨认为"'八个样板戏'主要选用了芭蕾舞与京剧作为基本艺术形式，在这些作品中，每一个人物的出现都象征着一种抽象的本质。公式化、概念化、脸谱化成为这些作品的共同特征"（李杨：《抗争宿命之路——"社会主义现实主义"（1942—1976）研究·前言》）。以上三种文学表现形式，都体现着社会主义现实主义文学的品格。"'社会主义现实主义'不但不是五四新文学的中断，而是五四新文学的逻辑发展。在性质上，'社会主义现实主义'不仅不是农民文艺或封建文艺的延续，而是现代世界文艺的重组成部分。"（《李杨：《抗争宿命之路——"社会主义现实主义"（1942—1976）研究·跋》）社会主义现实主义的基础是马克思主义，而马克思批判"现代性"的政治形式资本主义的武器，是人本主义。人本主义理想的实现不可能在资本主义社会。"现代"或者"现代性"都是西方的产物，非西方社会对"现代性"有一种天生的反抗，这也就是为什么大多数非西方社会国家都选择走社会主义道路，以及社会主义现实主义作为一种文学形式主要出现在非西方国家的原因。但就文艺而言，在反"现代性"这一点上，非西方国家的社会主义现实主义文学与西方现代主义文学又有类似的地方，如它们都存在某种回归传统的倾向，比如在西方现代主义文学中，我们常常可以看到一些非现代的表现手法，如神话、寓言、象征、梦境等。而在社会主义现实主义文学中，我们也容易看到那种民间化与民族化的基本特征。在这种意义上，1958年毛泽东曾经指出新诗在古典和民歌的基础发展的可能性，对此我们不能简单指称为是对民间——传统的"复辟回潮"。毛泽东在这里并不是肤浅地"为民间/古典而民间/古典"。换句话说，他的动机乃是想"旧瓶装新酒"，建设一种"反现代"（西方）文艺思想的"新人民文艺"。在40—70年代，"样板戏"作为社会主义现实主义文学在中国的最后实现的表现形式，即是借用了中国传统京剧的形式。这就是那种所谓典型的"反现代"的"现代"。社会主义国家作为一种现代民族国家形式，正是在反抗资本主义国家过程中诞生的，它的组织形式，以及性质、特征等等，从无到有，都是在对立参照资本主义国家过程中建立起来的。这种建立，是一种叙述。社会主义国家作为一种现代民族国家形式，是通过组织语言叙述出来的，而承担这种叙述功能的，主要是社会主义现实主义文学。这种文学的"现代"意义，正在于它是"反现代"，反西方的。《抗争宿命之路》从这一视角对40—70年代中国文学进行重新整合，并在此基础上肯定40—70年代中国文学与五四以来的新文学的逻辑关系。《抗争宿命之路》对当代文学图景的想象与重构，为我们考察"再解读"对当代文学历史叙述的可能性提供了必要的证据。

（二）从"文本的历史化"到"历史的文本化"

如果说在《抗争宿命之路》，基于对80年代文学研究的现代化立场的质疑与拆解，"现代性"主要还是作为一种理论资源，解析社会主义现实主义（1942—1976）作为民族国家文学的价值与意义，那么近十年以后的《50—70年代中国文学经典再解读》（以下简称《经典再解读》），则已很明确地被作为一个反思性的概念，并"体现对现代性知识与现代社会过程的双重检讨"。具体地说，就是在"现代性"范畴中认识50—70年代中国文学，并不意味着"对这一时期文学的重新'肯定'"，而是要反思包括这一时期文学在内的20世纪中国文学的"现代性"[①]；就是不仅把延安文学、50—70年代中国文学，甚至将全部中国现代文学都看作是文学生产的结果，并在此范畴内破解文学创作与文学生产、政治性文学与个人性文学的对立关系。李杨认为认识不到后现代知识语境中"现代性"是一个知识范畴，"我们根本无法真正'反思'激进主义，'反思'革命"。（李杨：《50—70年代中国文学经典再解读·后记》）从《抗争宿命之路》到《经典再解读》，"现代性"在李杨的"再解读"研究脉络中，存在不断被明晰化、知识化的过程[②]。相比较而言，《经典再解读》对50—70年代文学历史叙述的处理方式还是有些不

[①] 李杨、洪子诚：《当代文学史写作及其相关问题的通信》，《文学评论》2002年第3期。

[②] 这个问题李杨在其2005年出版的《文学史写作中的现代性问题》（陕西人民教育出版社）一书中有比较充分的表达，其中第四讲"左翼文学"的"现代性"尤其对80年代以来文学研究中出现的"现代""现代化""现代性"等相关概念术语的内涵、关联与歧异，以及我们在研究中对这些概念术语运用的不同理解等问题进行了清理和甄别。

同：前者注重"文本的历史化"，思考历史如何制约文本的产生，而后者则比较关注"历史的文本化"，关注文本的话语方式，文学对历史的摹写，文本如何反作用于历史，生产历史。也即是说，《经典再解读》更注重、更自觉地从文学生产机制与意义结构角度解读50—70年代文学。为此，该书选择了这一时期作者认为比较有代表性的八部"经典"，"尝试一种完全从文本进入历史和阅读历史的方式"，选择从"文本进入历史"的"再解读"方式。这其中固然有多方面因素，如作者在"后记"谈到自己对用"文本的历史化"与"一体化"这样的范畴来描述50—70年代中国文学的疑虑：

> 本书选择文本再解读而不是"文学生产"之类的概念进入"50—70年代中国文学"，是因为担心将这一时期的文学活动放置在"生产"这一框架中加以理解，仅仅关注文学制度对文学的组织和规约的过程，可能会忽略文学作品所特有的情感、梦想、迷狂、乌托邦乃至集体无意识的力量，而这些元素并非总可以通过制度的规约加以说明，——甚至在某种意义上，这样的文学会反过来生产和转化为制度实践。因此，选择从"文学自身"进入"历史"，而不是在"历史"或"政治"的环境中讨论"文学"，并不是要从文学的"外部研究"回到以"文学性"为目标、进行形式和结构上的技术分析的"内部研究"，而是一种仿佛是颠倒了"由外及内"的社会历史批评的"由内及外"的方式，——不是研究"历史"中的"文本"，而是研究"文本"中的"历史"，或者说，关注的不是"历史"如何控制和生产"文本"的过程，而是"文本"如何生产"历史"和"意识形态"的过程。（李杨：《50—70年代中国文学经典再解读·后记》）

这里涉及的，不仅是文学史理念，同时还有文学史研究方法的问题，以及对"当代史"的思考和理解。这种表述的确容易让我们想起洪子诚的"一体化"文学观，都在关注这一时期的文学与时代的相互作用。但也不排除这其中暗含的与洪子诚对"一体化"文学看法的分歧：洪子诚注意研究历史中的文本，关注历史如何控制和生产文本的过程；李杨注意研究文本中的历史，关注文本如何生产历史和意识形态的过程。这显然不仅仅说是文学研究中的"外部研究"与"内部研究"的区别问题，正如一篇书评所说的，李杨的这一思路，还包含着"重整历史"，"试图对建国后中国现代性文化进程的梳理重塑"的意向。而且，在《经典再解读》这里，这种所谓的梳理重塑，恰恰建立在对建国后中国现代性文化进程反思的基础上。

> 《林海雪原》从民间话语"生产"革命生活的魅力；《红旗谱》《创业史》"生产"一种新时代农民的意识和形象；《青春之歌》"生产"知识分子的政治解放；《红岩》则为共和国的革命历史"生产"一种宗教般的热情认同；《红灯记》《白毛女》则"生产"文化革命时代的人格镜像；《第二次握手》"生产"充满魅力的现代伦理关系。也就是说，这八部小说都被一种"历史性的力量"所控制，并成为这个力量的表达：为共和国"想象"一种记忆，驱使人们把自身置放到共享这个记忆的共同体中去。①

其实，李杨通过讨论这些作品致力重整的这段"历史碎片"，正是我们看到的构成当代史颇具质感的东西。比如《林海雪原》体现出来的将政治革命的问题转换为道德命题的时代对文学的要求情形，《红旗谱》用阶级斗争替换家族复仇，《创业史》对50年代"中国农村为什么会发生社会主义革命和这次革命是怎样进行的"的回答，《红岩》对"革命不回家"故事的讲述，其中关涉的一些问题，都是我们在讨论、重写当代史必然遭遇的问题。我们无法更改作为事件的历史，但通过各种可能，对"叙述的历史"/"文本的历史"加以甄别，却是我们认识和了解历史真相必须做的基础工作。由此，通过考察50—70年代文学以进入当代史，也许不失为一种有效的可行的尝试。洪子诚在谈到靠近历史本身写作的意义和必要性时曾说过，所

---

① 周志强：《历史的诗学对话——评李杨〈50—70年代中国文学经典再解读〉》，《文艺研究》2004年第6期。

谓"返回现场""靠近历史本身",我们能做的,主要还是"回到"相关的文本;"'靠近历史本身'事实上是'靠近'有关历史的'话语活动'。通过对各种各样的'文本'的细心挖掘、发现、重读、重新编织,去观察'历史'是如何建构的,在建构过程中,哪些因素、哪些讲述得到突出,并被如何编织在一起,又掩盖、隐匿了些什么,由此'揭发'在确立历史的因果关系,建造其'整体性'时的逻辑依据,和运用的工具"(洪子诚:《回答六个问题》)。这也不妨作为我们讨论50—70年代的"当代文学"与"当代史"关系的一个注脚。当然也不妨视之为李杨的《经典再解读》"历史的文本化"的依据。

四、存在争议的文学史叙述方式

在如何评价"再解读"思潮与当代文学史写作与研究的关系问题上,始终存在不同的声音,甚至针锋相对。如董健等编撰的《中国当代文学史新稿》即把这一研究潮流视为"'非历史'倾向"的研究予以批驳,斥责"再解读"研究者试图通过"历史补缺主义"与"历史混合主义",运用"庸俗技术主义"制造所谓的虚假繁荣,让当代文学"丰富""多元"起来[①]。与这种处理方式不同,近年的一篇研究文章则试图对至今仍在行进中的这一研究思潮进行学理性评析,认为"再解读"其实是对文学史的一种生产,"其发展过程相当于20世纪90年代以来'精缩版'的现当代文学研究史"(刘诗宇:《论中国当代文学研究中的"再解读"思潮》)。

作为一种研究思潮,"再解读"在90年代以后持续受到重视,且不断有相关著述问世[②],这一方面足以证明作为理论与方法的文化研究于当代文学研究实践的可能与有效,另一方面,也让我们看到了进入90年代以后在40—70年代文学研究影响下不断拓展与深化的当代文学研究。但它并非完

---

① 董健、丁帆、王彬彬主编:《中国当代文学史新稿·绪论》。北京:人民文学出版社,2005年。

② 以专题研究为例,近十年来出版的比较有代表性的"再解读"著作便有:蔡翔《革命/叙述:中国社会主义文学——文化想象(1949—1966)》,李洁非、杨劼《解读延安》(北京:当代中国出版社,2010年),李凤亮《彼岸的现代性:美国华人批评家访谈录》,姚丹《"革命中国"的通俗表征与主体建构:〈林海雪原〉及其衍生文本考察》(北京大学出版社,2011年),钱振文《〈红岩〉是怎样炼成的——国家文学的生产和消费》(北京:北京大学出版社,2011年)等。

美无缺。作为一种问题意识与方法论,《再解读》因其探索与尝试性,一开始即被一些研究者视为另一种的"重写文学史"实践。但随着时间的推移,"再解读"研究一些"与生俱来"的不足及其逐渐暴露出来的存在问题,不断受到质疑①。这些质疑,尽管一些"再解读"研究者近年来先后在一些访谈、著述中分别作过回答和解释,但仍难以消弭。这些问题归结起来主要有如下三个方面:

一是如何处理好外来理论与本土历史的关系。在这一问题上,《中国当代文学史新稿》的批驳当然有失简单粗暴。但一些研究者的分析并不无启发。从价值取向上看,有研究者认为后现代主义具有两面性,既可作为"怀疑一切原则与中心"的"消解手段与批判武器",但同时"也可能滑向一种嬉皮士式游戏一切的'潇洒'"(陶东风、和磊著:《当代中国文艺学研究(1949—2009)》,第578页)。贺桂梅以《再解读》为例,指出"再解读"研究并没有很好地处理"理论的历史性"(西方)和40—70年代这一段历史(中国)的特殊性这两者间的张力关系,认为尽管"再解读"作者群体各自的思路与立场未必一样,但面对支撑他们研究的理论,"有点像是在处理一个不需要反省的、超越历史的、类似原则或公理那样的东西"。她指出实际上这些理论如福柯、詹姆逊,结构主义或解构主义等面对的对象或者回应的问题,都有其具体历史语境,用这些理论来处理被笼统称之为"大众文艺"的这一时段的中国历史,不顾及此中中国的"特别的逻辑",这种以"非历史的态度对待理论","超历史的态度对待40—70年代的历史"的姿态值得商榷。(唐小兵等:《文化理论与经典重读》)程光炜也对"再解读"研究者对西方后现代主义各种理论的"窄化理解和想象"表达了类似的意思,认为他们"所谓'寓言'、'叙事'、'意识形态性'、'新的权力关系'、'政治

---

① 这种质疑,除本书中下面介绍的一些观点及来自"再解读"研究者自身的反思性文字外,其他研究者的质疑文章,近十年来值得一提的是,仅王彬彬便先后发表了《被高估的与被低估的——"再解读"开场白》(《文艺争鸣》2013年第2期)、《〈再解读——大众文艺与意识形态〉再解读——以黄子平、贺桂梅、戴锦华、孟悦为例》(《扬子江评论》2014年第2期)、《〈再解读——大众文艺与意识形态〉初解读——以唐小兵文章为例》(《文艺研究》2014年第6期)等,从概念、方法等解读对"再解读"研究进行否定。另外郑润良的《"反现代的现代性":新左派文学史观萌发的语境及其问题》(《福建论坛》2010年第4期)等文章主要对"再解读"思潮中的"现代性研究"提出不同看法。

话语'、'民间秩序'等等,大概都是为了将'革命文学''历史化'而服务的",指出这种"窄化"是为"强化'当代中国史'的'在场感'"而"'删掉'后现代主义理论中'与中国无关'的东西"。在这种意义上,程光炜认为"再解读"研究群体对西方现代文化理论的移植与使用,无异于布尔迪约和帕斯隆所谓的"知识再生产";"再解读"作者想象中重构的当代文学史,其实是一种"被生产的文学史"(程光炜:《"再解读"思潮与历史转型:以唐小兵编〈再解读:大众文艺与意识形态〉等一批著作为话题》)。即便在"再解读"作者群体中,在如何融通好西方理论与中国历史之间的张力关系上,一直以来也并非只有一种"正确"的声音。如李陀当年便曾疑问唐小兵的"大众文艺"与"通俗文学",与"工农兵文学"等有何关联与歧异?以"大众文艺"统括40—70年代的文学,对"大众文艺"内涵,特别是有关"大众文艺""先锋性"的阐释是否合适?用后现代主义一些范畴和概念去解读延安文艺是否可行?黄子平、刘禾等对此也深有同感,认为"我们需要反省我们和理论之间的关系"[①]。对此,汪晖的概括或许更为击中要害:中国的后现代主义者在文学领域"所解构的历史对象与启蒙主义曾经作过的历史批判是一样的,都是中国的现代革命及其历史理由;稍有不同的是,他们对启蒙主义的主体性概念加以嘲笑,却从未将中国启蒙主义的主体性概念置于特定的历史语境中加以分析"[②]。

二是以"再解读"为文学史叙述方式的可能性问题。有论者认为,严格意义上说,"再解读"表现更多的是一种研究的理论姿态,而不是一种完整的文学研究方法,更不是一种完整的文学史叙述方式,难以形成一种更复杂、更完整的历史叙述,难以想象一部"'再解读'当代文学史"是怎样的状貌。原因至少有两点,首先是作为一种文学史观念,它并没有建立起完整的理论体系,这点用"再解读"作者的现身说法也许更具说服力。如唐小兵虽然强调该书的写作并不是从"纯粹的个人主义,自由主义的角度,或是学术的角度",但实际上《再解读》中各自研究思路与立场的不尽相同,

---

[①] 李陀、刘禾等的观点可参考北京大学出版社2007年修订出版的《再解读:大众文艺与意识形态》"附录二"。

[②] 汪晖:《去政治化的政治:短20世纪的终结与90年代》,第82页。

"自话自说"情形也是存在的,他以为这是此书的"最大的强点和弱点",即它的叙述是"片断性的","不是完整"的;每篇文章都有不能串通其他文章的"自己的叙述"。李杨的研究虽然从"反现代的现代性"角度尝试重构40—70年代/50—70年代文学的文学史叙述,并努力建立其中的内在逻辑,但仅涉及作家作品个案而未曾触及其他文艺思潮与文艺运动。另一个原因,是在具体的研究实践过程中,鉴于致力于80年代文学研究立场、方法和结论内在逻辑的质疑,瓦解40—70年代文学的"体制化"叙述,"再解读"给人的感觉也必然是解构多于建构,批判多于建树。另外,诚如本书在"绪论"中援引的研究者观点:"再解读"作为一种文学史叙述方式,设想通过"知识化"(西方理论话语)和"历史化"(将讨论文学对象"问题化")以达到"归还给历史"(将"讨论的对象变成一个可以自我解释的'中国文学问题'"),但因其"知识再生产"性质而仅止步于"如何归还给历史"这一更大难题上面。这种"被生产的文学史",结果还是将"如何面对20世纪中国文学"这个80年代以来现当代文学研究中曾经遭遇的老问题再一次摆在我们面前,驱使我们去寻找新的途径与方法。(程光炜:《"再解读"思潮与历史转型:以唐小兵编〈再解读:大众文艺与意识形态〉等一批著作为话题》)

三是"再解读"研究的价值立场问题。有论者指出,作为一种问题意识与研究方法,"再解读"的崛起即暗含着对80年代启蒙主义与审美主义文学研究的质疑与矫正,先在价值立场已在其中,因此无论研究者如何强调"再解读"研究的历史主义,声明"现代性"在"再解读"中的知识性,只具有"反思"的功能而不代表"肯定"或"否定"。这一切,都不过是一厢情愿。这一关于"再解读"研究价值立场的质疑,容易让人联想起洪子诚在谈到自己文学史写作时的矛盾:"我们究竟能在多大程度上搁置评价,包括审美评价?或者说,这种'价值中立'的'读入'历史的方法,能否解决我们的全部问题?"[①]

---

① 见洪子诚与钱理群关于文学史撰写的一次通信。转引洪子诚:《文学与历史叙述》,开封:河南大学出版社,2005年,第210页。

第三节 《中国当代文学史》(北大版)的学科意识

一、史著与若干著述的钩沉

由洪子诚著撰、北京大学出版社1999年出版的《中国当代文学史》，是进入90年代后编写、出版的中国当代文学史著作中影响最大的一部，也可以说是新中国70年来出版发行的中国当代文学史著作中最具代表性的一部。史著从1996年开始撰写，至1999年春天完稿。1999年出版后，2007年曾进行过一次修订。到目前为止，该书还在国外翻译出版多种文字的版本，如英文（荷兰布里尔，2007）、日文（日本东方书店，2013）、俄文（莫斯科东方图书出版社，2016）、哈萨克文和吉尔吉斯文（吉尔吉斯东方文学与艺术出版社，2017）、越南文（河内国家大学出版社，2020）、阿拉伯文（开罗希克迈特文化产业集团与蒂法福出版社、伊赫提拉夫出版社，2017），韩文、意大利文、西班牙文等的翻译、出版也正在进行中。《中国当代文学史》问世之初，即受到学界关注[①]，当年与洪子诚一起编撰《当代文学概观》的赵祖谟认为该史著的出版，是"当代文学史研究道路上的一个里程碑"，标志着"当代文学终于有了一部堪称'史书'的著作了"，中国社会科学院文学所的李兆忠也认为"这是第一部有独立学术品位的当代文学史著作"[②]。

《中国当代文学史》可以说是洪子诚对自己几十年来从事当代文学史教学、研究与写作的一次总结。[③]围绕史著的问世，目前已有不少的研究成果，

[①] 1999年9月10日，北京大学中文系和北京大学出版社在北京大学中文系举行该史著的研讨会，在京的现代当代文学研究界诸多学者，如谢冕、严家炎、钱理群、赵园、蓝棣之、陈平原、温儒敏、孟繁华、程光炜、曹文轩、李杨、李兆忠、高秀芹等参加。与会者在指出该史著存在的一些问题的同时，对史著的出版给予了高度评价。有关研讨会纪要已收入洪子诚的《文学与历史叙述》，开封：河南大学出版社，2005年。

[②] 赵祖谟：《洪子诚文学史研究的格局及其形成》，《南方文坛》2010年第3期。

[③] 洪子诚在一次讲演中谈到史著"虽然编写了两年多时间，其实是有很长时间的积累"。他回忆自己从1961年大学毕业留校任教后，三十多年来对"当代文学"的兴趣、教学、研究及参编相关教材的经验等对《中国当代文学史》编撰的影响。作者虽谦称这难免有"后设叙事"的嫌疑，但对我们了解史著的诞生仍具有重要参考价值。洪子诚：《〈中国当代文学史〉编写的回顾》，《杭州师范大学学报》2019年第4期。本章后面所征引论文内容，不再另注明出处。

洪子诚在一些访谈与讲演中也曾从不同角度有所涉及。

为更好地了解史著的编写与出版，这里不妨对史著问世前作者的相关著述进行一次历史还原：

《当代文学概观》，与张钟诚、佘树森、赵祖谟、汪景寿等合著，北京大学出版社1980年出版，1986年修订再版，改名为《当代中国文学概观》；

《当代中国文学的艺术问题》，北京大学出版社1986年出版；

《作家姿态与自我意识》，陕西人民教育出版社1991年出版；

《中国当代新诗史》，与刘登翰合著，人民文学出版社1993年出版；

《关于50—70年代的中国文学》，《文学评论》1996年第2期；

《批评的"立场"断想》，《学术思想评论》1997年第2辑，辽宁大学出版社1997年出版；

《中国当代文学概说》，香港青文书屋1997年出版；

《1956：百花时代》，山东教育出版社1998年出版；

《"当代文学"的概念》，《文学评论》1998年第12期；

《中国当代文学史》，北京大学出版社1999年出版。

还原这样一份清单，主要还是想为史著的诞生勾连出贯穿其中的一些线索。对这些著述的逐一评述不可能，也没必要。我们能够做的，是带着问题，选取其中几个看似"断裂"节点作些知识考据，看看史著与这些看似"断裂"节点背后的承续。

选取的第一个节点，是《当代文学概观》的编撰。这一节点的选择，并非简单基于对文学史编写经验积累的考虑。甚至两部著作在作家作品的选择、评价及历史叙述方式上的差别，都不是最重要的考虑。最重要的是，诚如洪子诚说：史著出版前，"已经有这么多文学史，为什么还要再写一本？"而这其中最根本的原因，就是90年代的语境改变了文学史家对历史的看法。这也是洪子诚在史著的初版"后记"中"夫子自道"的注脚：从《概观》到史著，"这十多年中，社会生活和文学界，也发生了众多当初难以逆料的事情。回过头去读《概观》，不难发现许多缺陷，许多需要修正补充之处"，包括文学观念和叙述方式，对材料处理的时间下限，等等。颇能够说明这一点的是，程光炜认为洪子诚在史著中关于80年代文学的叙述，即已

177

先在地拒绝了《概观》"建立在新启蒙体验方式基础上的文学话语形态",对"新时期文学"采取毫无保留的肯定性评价。面对八九十年代文学的复杂状貌,史著"以空间上的现代性来代替时间上的现代性","既承认历史叙述本身的某种连续性,同时更承认在这一过程中存在着差异、歧义、分裂、多种可能性等诸多现象",即"同一种文学现象中仍然存在着诸多不同侧面和复杂的效果"。这也是缘何史著的"上篇"(50—70年代的文学)的叙述采用"时间"上的现代性,"下篇"(80—90年代的文学)采用"空间"上的现代性,程光炜认为这实在是"90年代关于'主流'的文学史叙述的无奈之举"(程光炜:《文学讲稿:"八十年代"作为方法》,第70页,71页,72页)。从《概观》到史著,我们不难感受到洪子诚有别于同时期其他文学史家面对新时期文学历史叙述的"90年代立场"。在这一意义上,《概观》或可作为我们了解史著对八九十年代文学进行历史叙述的前知识。

在效果与上面相向而行的是,对50—70年代文学的叙述,该史著也并没有把"时间"上的现代性绝对化。由此,我们选取了《当代中国文学的艺术问题》作为第二个考据节点。该书"'艺术问题'的凸显,表明他并不简单地将前30年的文学视为'政治'的产物,也没有将新时期的文学标准绝对化,而力求在反思文学评价标准的基础上,深入当代中国的历史情境中展开学术研究,既对前30年的文学史做出重新评价,也对正在展开的新时期文学做出历史化的反思"[①]。贺桂梅的这一判断,可以在2008年洪子诚将《当代中国文学的艺术问题》作为自己"学术作品集"再版之际的"自序"中得到佐证。"自序"这样谈到该书的写作动机,即是想将一些评论界关注的文学现象,"放在文学史的层面给予梳理、考察","将重要文学问题与对具体作家的分析相结合"[②]。就此而论,一些研究者认为洪子诚在《中国当代文学史》中对"文革文学"叙述的"文学本体""学术本体"的转型,用历史主义的态度与立场对这一时期的文学进行叙述,标志着新时期以来"文革

[①] 贺桂梅:《洪子诚学术作品精选·编者序》,北京:北京大学出版社,2020年。本章后面所征引该文内容,不再另注明出处。

[②] 洪子诚:《洪子诚学术作品集·当代中国文学的艺术问题》"自序",北京:北京大学出版社,2010年。

文学"叙述与研究的转折,并非毫无根据①。《中国当代文学史》出版后,有论者用"一个人的文学史"来描述洪子诚的文学史写作与研究,强调其"文学史研究立场和态度的连贯性",并指出这种连贯性,"不仅具有道德上的价值,而更具有范式上的意义"②。这种表述其实是在提醒我们应该历史地看待《中国当代文学史》的学术与历史品格。

选取的第三个节点,是东京大学教养部"外教"经历。1991年10月至1993年9月,洪子诚在日本东京大学教养部给高年级学生讲授"中国当代文学"专题课,后来在此专题讲稿基础上修改、整理成《中国当代文学概说》。这部"讲稿",是《中国当代文学史》的雏形。后者的篇幅虽然增加了近三倍,但其中的核心构架与思想观点,都基本已在《概说》中形成。洪子诚自己后来也这样谈道:"还是这本不足14万字的小书稍有可取之处。"③在《中国当代文学史》问世20年的时间里,许多研究者在评说史著、考察洪子诚90年代文学史观念与知识"转型"的过程中,都把"东京大学教养部——《中国当代文学概说》"看作是可以从不同角度与层面去掘取的资源。如陈平原在史著出版的研讨会上便认为:《概说》虽然薄,但"寸铁杀人";而史著的"观点"反而因为进一步的展开或"为了学生的阅读","做了一些妥协"④。近年一篇研究文章指出:洪子诚此间担任"外国人教师"的经历,为他文学史观念的转型提供了特殊的"契机、条件","新的表述机制",也为后来史著提供了"基础框架、核心观点和方法论"⑤。以上的研究勾连值得关注。2013年,《中国当代文学史》

---

① 刘景荣:《"文革文学"研究综述》,文章来源:http://www.eduww.com/thinker/thread-41957-1-1.html。

② 姚丹:《"一个人的文学史"——洪子诚学术研究的范式意义》,《南方文坛》2010年第3期。

③ 洪子诚:《当代文学概说·序言》,南宁:广西教育出版社,2000年。本章后面所征引该书内容,如无特别说明,均引自此版本。

④ 贺桂梅整理:《〈中国当代文学史〉研讨会纪要》,转引洪子诚.《文学与历史叙述》,开封:河南大学出版社,2005年,第350页。

⑤ 李建立:《"外国人的教师"的学术反思——洪子诚文学史观念转型的一个节点》,《中国现代文学研究丛刊》2019年第2期。这一表述可追溯到2010年洪子诚一次访谈中有关"日本工作经验"对自己后来在一些文章撰写即文学史编写"在观点和方法上作了准备"的自述。见贺桂梅:《穿越当代的文学史写作——洪子诚教授访谈录》,《文艺研究》2010年第6期。本章后面所征引该文内容,不再另注明出处。

日文版出版，洪子诚在"序"中再次谈及20年前的东京"外教"经历对自己研究的影响："应该感谢东京的那两年，让我对'当代文学'这个与我的生活、情感胶着、难以分离的对象，在这段时间里取得冷静关照、检讨的必要距离。"①是否可以这么说，"东京'外教'"事实上已成为我们考察洪子诚及其文学史研究与写作话题中的一个"结"。进而可以提出的问题是：在启蒙瓦解的90年代，这"外教"经历究竟对洪子诚的精神心理产生了怎样的影响，并内化成他对"当代文学"历史的思考、观照与叙述资源的？这个问题，到目前为止尽管有研究者已做了一些探赜索隐，但仍有进行更深入、学理开掘的空间。

  最后选取的一个节点，是两篇当代文学史的研究文章。恰切地说，应该是三篇，即除了《关于50—70年代的中国文学》与《"当代文学"的概念》，还应该加上《当代文学的"一体化"》②。简而言之，这几篇文章实际上是洪子诚对当代文学建立的传统与资源，当代文学史的观念与写作立场，当代文学的发展环境，以及50—70年代文学总体评价的理论考察与归纳概括，是他后来编撰《中国当代文学史》的思想理论纲领。《关于50—70年代的中国文学》"主要讨论这个时段的文学规范如何生成、规范建构者的分歧和冲突以及这一规范确立过程的历史变化，是一种宏观性的历史勾勒与分析"，是洪子诚"第一次就1950—1970年代文学提出他富于学术创见的文学史描述"（贺桂梅：《洪子诚学术作品精选·编者序》）。稍后的《"当代文学"的概念》一文，"则对'当代文学'这一概念如何'构造'出来，其内容在当时如何描述和界定，做了一种谱系学式的概念清理"，这也是洪子诚首次明确以'当代文学'这个范畴取代一般性的'1950—70年代中国文学'，强调要采取'概念清理的方法'，即通过对概念的生成、演变过程的清理而呈现文学史实践的内在历史逻辑"（贺桂梅：《洪子诚学术作品精选·编者序》）。《当代文学的"一体化"》一文虽然成文、发表于《中国当代文学史》出版之后的2000年，但其思想观点既是前两文的拓展与深化，也是对已出

---

  ① 洪子诚：《中国当代文学史》（日文版）"自序"，东京：日本东方书店，2013年。转引洪子诚：《〈中国当代文学史〉编写的回顾》。
  ② 该文发表于《中国现代文学研究丛刊》2000年第3期。本章后面所征引本文内容，不再另注明出处。

版的史著内容构架设计的后续说明，特别是检讨了自己在运用这一文学史观的困惑，回应对评论界有关质疑，即以"一体化"这个基本范畴"对当代文学的总体特征加以描述"的可能与限度。①在2007年修订后的史著内容构架与叙述中，我们可以明显地感受到作者对自己"一体化"文学史观的反思。

2019年，《中国当代文学史》出版20周年。在这一年春天的一次讲演中，洪子诚谦称这是一本"超期服役"（洪子诚：《〈中国当代文学史〉编写的回顾》）的文学史。但即便到现在，史著仍未显得"过气"，其影响力至今仍"高烧不退"。这其中，显然与编者贯穿史著、直接影响到当代文学版图重绘的"一体化"文学史观念有关。当然，同时也与史著对纠缠当代文学学科建设一些问题所开展的探索、那种自觉的学科意识分不开。"当代文学"能否和如何写"史"？当代人如何写当代史？"当代文学史"历史品格获取的可能性在哪里？当代文学史能否构建一种关于"当代"文学现象、作家作品的有效评价机制？当代文学的历史叙述如何走出文学批评的风格？诸如此类的问题，也是洪子诚在编撰这部文学史过程中在思考并试图作出回答的问题。②这回答虽然尚有一些异议，但毕竟让当代文学的治史者看到了希望

---

① 这其中集中回应的主要是李杨在与洪子诚有关史著用"一体化"来描述80年代文学过程中的存在问题。具体可参考洪子诚、李杨：《当代文学史写作及相关问题的通信》，《文学评论》2002年第3期。本章后面所征引该文内容，不再另注明出处。

② 对于这个问题，这里提供两个材料：一是在2012年的一次访谈中，洪子诚谈到这部文学史的设计，主要还是为了面对、回应当代文学史的一些重要问题，"从方法论上，当代文学史的'历史感'比较欠缺，许多问题只在批评的层面处理；概念、叙述方法，大多是讨论它们的对错、正误、合理不合理，不大追问概念和叙述方法的由来，产生的语境、含义和变异。另外，'制度性'的问题没有得到关注。或者说，大家比较注意的是权力的控制、干预，包括暴力干预的方面，复杂的文学体制和生产方式，还没有比较深入、系统清理。再就是，文学转折的问题，也就是'当代文学'的发生的研究，也还没有得到重视。"（洪子诚、季亚娅：《文学史写作：方法、立场、前景——洪子诚先生访谈录》，《新文学评论》2012年第3期。本章后面所征引该文内容，不再另注明出处。）二是贺桂梅《洪子诚学术作品精选·编者序》关于这一问题的一段话：《中国当代文学史》"完全打破了50—80年代现当代文学史教材的叙述体例，形成了一种将文学体制、作家作品、文学现象与评价体制等统一在一起的新体例。基本思路采取的是'概念清理'的方法，即继续采纳了50—60年代形成的一些叙述概念（比如'当代文学''题材''真实'等），但不是把这些概念作为叙述的出发点，而是把概念、范畴的形成过程同样作为文学史叙述的构成部分。将文学体制的形成、文学规范的塑造和作家评价、经典化过程都纳入文学史叙述，因而呈现出一种动态展开的文学史图景，并形成了当代文学'一体化'构建及其分解这样一条连贯的历史叙述线索。这就将当代文学作家作品的描述史，转变为当代文学规范的生成、建构、冲突及其自我瓦解的反思性探讨，文学史写作因此具有了'史述'的实质性涵义"。

和可能。

通过对一些"断裂"节点进行文学史向度的考据,努力靠近《中国当代文学史》的写作后台,其实是对即将要展开考察的史著系列问题的"预热",也是对史著的一种"前理解"。

二、文学史观念的制度层面演绎

从学科自觉角度,洪著《中国当代文学史》开展的系列思考与探索,最为引人关注的是其从制度层面对当代文学史观念所作的反思性历史演绎。

(一)观念阐释

在当代文学研究领域,洪子诚是比较早系统地从制度、体制角度来审思当代文学历史的。从20世纪80年代起,洪子诚即开始自觉地避开从现象评论角度进入当代文学现场,而有意识地通过对法国实证主义文学社会学研究学者罗贝尔·埃斯卡皮理论的成功化入,建构起一种新的当代文学史考察机制[①]。1991年至1993年,在东京大学讲学期间,洪子诚即曾系统考察当代的文学制度与当代文学的关系,相关内容后来整理在《中国当代文学概说》中,在这里我们可以看到作者关于当代的文学制度最初的思考与表述:

> 出于政治上的原因,或出于道德、宗教、社会秩序等原因,国家、社会组织往往通过各种方式,对文学的写作、出版、流通、阅读加以调节、控制。这种调节、控制,存在于不同社会性质的所有国家之中。
>
> 对于中国当代文学来说,这种调节、控制又有其特殊性……
>
> (洪子诚:《当代文学概说》,第73—74页)

作为一个文学史家,洪子诚对当代文学制度特性考察的实质,是其对长期以来文学史叙述模式的有意识突破,但在这里我们更愿意把这种突破看作是他对自己固有文学史理念、文学研究知识构架以及研究方法的调整。

---

① 关于这方面的内容,洪子诚2014年在中国台湾讲学期间撰写的《当代的文学制度》一文中有比较系统的阐述。该文后来发表在《中国现代文学研究丛刊》2015年第2期。本章后面所征引该文内容,不再另注明出处。

这也是洪子诚当代文学研究中一直在追求和努力的。以《中国当代文学概说》为基础,在对当代文学制度与文学发展关系思考相对成熟的90年代中期,洪子诚曾对当代文学的"一体化"形态进行了系统阐释:这种文学的"一体化"至少包括三个方面的意思:一是指文学的"演化过程"或"一种文学时期特征的生成方式"。洪子诚认为当代文学的"一体化"进程,其实从五四时期即已开始:"'五四'时期并非文学百花的实现,而是走向'一体化'的起点";40年代是"一体化"进程的关键;进入50年代后,文学'一体化'目标得以实现";80年代以后,随着市场经济的冲击,文学的日渐边缘化,当代文学的"一体化"形态逐渐被削弱,甚至走向解体。二是指这时期文学的生产方式和组织方式,"包括文学机构,文学团体,文学报刊,文学写作、出版、传播、阅读,文学的评价等环节的性质和特征",均表现出一种高度集中和组织化的情形。三是指"有关这一时期的文学形态,涉及作品的题材、主题、艺术风格,文学各文类在艺术方法上的趋同化的倾向"(洪子诚:《当代文学的"一体化"》)。在其后的《中国当代文学史》中,我们可以明显感受到洪子诚关于当代文学发展历史叙述对"一体化"理论的落实。当然,对这一理论的进一步充实、完善与发挥,还是在后来的《问题与方法:中国当代文学史研究讲稿》一书中。[①]这是后话。

(二)编写实践

基于以上关于当代的文学制度与文学发展关系的思考,在《中国当代文学史》"前言"中,洪子诚对史著将要展开叙述的"当代文学"进行了这样的描述:"'当代文学'这一文学时间,是'五四'以后的新的文学'一体化'趋向的全面实现,到这种'一体化'的解体的文学时期。中国的'左翼文学'('革命文学'),经由40年代解放区文学的'改造',它的文学形态和相应的文学规范(文学发展方向、路线,文学创作、出版、阅读的规则等),在50至70年代,凭借其时代的影响力,也凭借政治权力控制的力量,成为唯一可以合法存在的形态和规范。只有到了80年代,这一文学格局才发生了改变。"为此,史著上篇"主要叙述特定的文学规范如何取得绝

[①] 本章后面所征引该书(简称《问题与方法》)内容,如无特别说明,均引自2002年版本。

对支配地位,以及这一文学形态的基本特征",下篇"则揭示在变化了的历史语境中,这种规范及其支配地位的逐渐削弱、涣散,文学格局出现的分化、重组的过程"①。《中国当代文学史》出版后,评论界大都认为史著对当代的"一体化"文学形态阐释得比较出色部分,主要集中在史著"上篇",而这其中,第二章("文学环境与文学规范")、第六章("小说的题材和形态")、第十三章("走向'文革文学'")及第十四章("重新塑造'经典'")等,尤为能够体现作者的独特思考。这里不妨看看史著对如下几个颇具代表性问题的阐述。一是关于当代文学的组织机构。史著认为在五六十年代,作为当代作家管理机构的中国作家协会,在协调、保障作家创作、交流与权益的同时,"更重要的作用则是对作家的文学活动进行政治的、艺术领导、控制,保证文学规范的实施",几乎就是"垄断性行业公会与政治权力机关的'混合体'"。史著认为,作协的这种"权威性",一方面与其领导层拥有当时中国最著名的作家与文学理论家有关,而另一方面,"则是国家、执政党权力阶层所赋予"。"在五六十年代,中国文联、作协对作家作品和文学问题,常以'决议'的方式,做出政治裁决性质的结论。"(洪子诚:《中国当代文学史》修订版,第22页)二是关于当代的文学生产与传播。史著指出,为保证"一体化"文学形态的实现,"读者""读者来信"的"被构造"也是五六十年代文学批评常用的手段(洪子诚:《中国当代文学史》修订版,第25页)。三是作家的存在方式与创作选择。史著指出,当代作家的经济收入主要是他们作为新中国的国家"干部"的固定薪金,实际的"自由撰稿人"已经不存在(洪子诚:《中国当代文学史》修订版,第30页)。五六十年代作家的社会政治地位比现代文学时期有了明显提升。但作家的这种政治与经济地位并不稳定,"如果对于文学方向和路线表现出离异、悖逆,甚至提出挑战,其社会地位和物质待遇也可以一落千丈"(洪子诚:《中国当代文学史》修订版,第31页)。基于社会政治的需要,在创作上,这一时期,作家的题材选择被严格分类和赋予等级。"在小说题材中,工农兵的生活、形象,

---

① 洪子诚:《中国当代文学史》(修订版)"前言",北京:北京大学出版社,2007年。本章后面有关《中国当代文学史》内容的征引,如无特别说明,均引自2007年的"修订版"。

优于知识分子或'非劳动人民'的生活、形象;'重大'性质的斗争(政治斗争、'中心工作'),优于'家务事、儿女情'的'私人'生活;现实的、当前迫切的政治任务,优于逝去的历史陈迹;由中共领导的革命运动,优于'历史'的其他事件和活动;而对于行动、斗争的表现,也优于'个人'的情感和内在心理的刻画。"(洪子诚:《中国当代文学史》修订版,第75—76页)基于这种情形,在五六十年代,革命历史题材与农村题材成为小说创作比较集中的两大领域。史著进一步指出,当代小说创作中这种题材的分类与等级现象,直接影响到作品的叙述观点、情节安排、语言方式、人物设计等,"制约了小说的总体风格"(洪子诚:《中国当代文学史》修订版,第77页)。史著以上的考察梳理,与以前的文学史著作简单地从概念出发描述文学与政治的关系不同,让我们从更深入的层面上了解到国家对文学的调节与控制。

在后面的内容中("重新塑造'经典'""走向'文革文学'"等),史著对当代的"一体化"进程作了进一步的展开,指出"文革"初期的《部队文艺工作座谈会纪要》所要表达的,实际上"一体化"文学一直在追求的、"主张经过不断选择、决裂"以实现"理想形态"的"激进文化思潮"(洪子诚:《中国当代文学史》修订版,第161页);与此同时,为加强"阶级、政治集团"的权威地位,组织"写作小组"即"写作班子"成为"文革"时期最流行的文学批评方法。而由于国家政治权力的保证,这时期"京剧革命"和"样板戏"的权威地位变得不可动摇,"它的存在,加强了推动这一'革命'的激进派的地位,意味着这一派别对文艺'经典'的创造权和阐释权的绝对垄断"(洪子诚:《中国当代文学史》修订版,第171页)。在文学激进派这里,"一体化"的文学形态被推到了极端。

依照作者的理念,史著"下篇"侧重考察了"一体化"文学形态"逐渐削弱、涣散"的过程。"文革"期间,"一体化"的文学形态在文学激进派那里由于对"精神净化"和"禁欲式的道德信仰和行为规范"(洪子诚:《中国当代文学史》修订版,第177页)的过度追求,而最终难逃解体的宿命。但作为一种文学形态,国家权力始终没有放弃对它的追求,只是由于历史已经掀开了新的一页,各种力量的共同作用,使"一体化"的文学世界"逐渐削弱、涣散"。这些情况，史著在"文学'新时期'的想象"一章（第十六章）之"体制的修复与重建""文学规范制度的调整"及"90年代文学状况"一章（第二十五章）等章节中均有所展开。史著认为，在八九十年代，尽管文艺主管部门做了大量的努力，如"新时期"之初对文学机构"专业性"与"权威性"的修复，对文学奖励制度的建立的重视，以体现国家的"文化领导权"（洪子诚：《中国当代文学史》修订版，第191页）等，但是，一方面，由于"新启蒙"运动，文学界在思想文化界的"发掘"与"输入"热潮中对叛离"文革"模式和五六十年代社会主义现实主义话语资源的寻求，并终于在创作与批评中得到"释放"（洪子诚：《中国当代文学史》修订版，第200页）；以及大众文化的兴起，特别是90年代"市场经济在国家体制上合法性确立"（洪子诚：《中国当代文学史》修订版，第327页）；另一方面，由于国家对文艺管理体制的改革，如由政府提供稳定生活保障的"专业作家"人数的减少、文学刊物与出版社实行自负盈亏的体制改革的推行（洪子诚：《中国当代文学史》修订版，第328页）等等，以及90年代的"全球化"浪潮，——由于以上种种可预见与不可预见的原因，"文学界权力版图的变化"及"相异的文学规划和文学形态的存在"，50—70年代确立起来的"新的人民文学"已逐渐失去其"绝对地位"，"'一体化'的文学格局开始解体"，——虽然由于制度等方面的原因，这"'解体'的过程会延续相当长的时间"（洪子诚：《中国当代文学史》修订版，第187页）；文学在"日常生活"写作、"个人化"写作中开始逐渐"失却轰动效应"（洪子诚：《中国当代文学史》修订版，第203页）；"文学的整体格局，不同文学形态的关系，文学生产、流通、评价方式，以及作家的存在方式等，也都出现明显的变化"（洪子诚：《中国当代文学史》修订版，第327—328页）。

（三）质疑与回应

洪子诚从文学社会学角度考察与描述当代文学，超越了长期以来以政治意识形态为起点、比较褊狭的当代文学史叙述模式，让我们看到了一种在文学外部力量作用下生成的当代文学图景。但是《中国当代文学史》出版以后，不少研究者在给予肯定的同时，逐渐对这种"一体化"的文学观进行质疑。有论者曾经梳理了《中国当代文学史》问世后学界关于"一体化"

文学史观的不同看法①。下面所介绍的一些观点，基本上已含纳在了其中。如李杨认为被洪子诚《中国当代文学史》描述为"多元"的"80年代以来的文学"，实际上是另一种"一体化"文学。李杨认为在福柯"一切都是权力关系"的知识考古/谱系学方法视阈中，50—70年代文学与80年代文学的关系并非如洪子诚《中国当代文学史》所说的是"一体"与"多元"的关系，而是一种"一体化"与另一种"一体化"的关系，但由于《中国当代文学史》没有很好地意识到这一点，因此在史著"下篇"，"一旦'政治'这一'他者'不存在了，或不足以重要起到'他者'的作用"，其"叙述反而处于一种失重状态"(洪子诚、李杨：《当代文学史写作及相关问题的通信》)。另一研究者则指出洪子诚的这种文学史观，虽然对作为"一体化"对立面的"当代文本、概念内部的矛盾与悖论"予以了"充分的叙述"，但对其"'不可思议'的能量未加深入疏导，并上升为'文学'与'历史'更为复杂也更为有趣的显在'对话'结构"；认为洪子诚的这种文学史叙述，"带有历史决定论的阴影，似乎当代文学史，虽然复杂，充满矛盾，但终究还是一种因果分明的存在，社会——历史——政治具有化约一切的力量"。作者进一步指出，也许正因此，在叙述"一体化"的生成与演变时，洪子诚可以"环环相扣，严丝密缝"，而对其"解体"的讲述，"却相对涣散，多少给人以平铺直叙的感觉"②。在相关的质疑声音中，旷新年的另类理解显然特别能够"颠覆"我们的既定思想：

值得警惕的是，"新时期文学"或者说"伤痕文学"对于"当

---

① 学界关于"一体化"文学史观的不同观点主要有：从文学与民族国家的关系角度，认为"一体化"不仅是当代文学，也是五四文学的特征；"一体化"从建构到解体的过程，除了暗含了一体/多元的价值判断，所谓的"解体"，其实也是另一种"一体"的价值权力的体现；"一体化"是个过程，不是结果；50—70年代文学不是"一体"而是"多元"的；洪著文学史的"一体化"叙事是对毛泽东时代及其实施的文化战略"妖魔化"，编者并没有真正理解毛泽东时代文化的政治体制及其合理性；洪著文学史对"一体化"进程的"历史化"不够，将"一体化"的动力抽象地看成是"自我纯粹化的冲动"，等等。参考：洪子诚、季亚娅：《文学史写作：方法、立场、前景——洪子诚先生访谈录》。

② 王光明：《文学史：切入具体的历史形态——以洪子诚的研究为例》，《广东社会科学》2002年第4期。

代文学"传统的颠覆却恰恰与资本主义全球一体化的过程是同一的。而中国"当代文学"的"一体化"或者说中国"当代文学"内部的同一性是针对资本主义的大语境而形成的。它的中心恰恰是在其外部。它作为一种反主流的文学与无际涯的资本主义环境构成了巨大的张力。在所谓"回归主流文明"的过程中,"伤痕文学"恰恰最终取消了对立和差异性。"当代文学"的"反西方"的过程是一个构造现代民族国家内部的同一性和一个抵抗"他性"建构"新中国"的"自我同一性"的过程,也就是寻找和确立现代民族国家的主体性的过程。①

当然,在90年代,就观念与方法而言,对"一体化"文学形态的针对性质疑,或者说是"解构","再解读"研究是最有代表性的。另外,前面提到的以陈思和为代表的对当代文学(1949—1976)的异质的挖掘,虽然在文学史立场与文学评判价值取向上有论者指出实质上与洪子诚其实"殊途同归"②,但也为我们检讨"一体化"的当代文学形态提供了一个对立统一的参照系。

其实,作为"一体化"文学观念理论的提出者,基于对80年代文学研究立场的反思,以及日益自觉的当代文学学科意识,洪子诚一直没停止过对它的批判性完善③。因此,在用"一体化"来概括描述"当代文学"的同时,洪子诚也没有将它"凝固化,纯粹化",把它看作是"静态"的,而注意"度"的把握,认为如果通过制度研究将文学创作与阅读等解释为一个"可视的""量化的",像实验室的实验那样"可分解的物质化过程",导致文学

---

① 旷新年:《写在当代文学边上》,上海:上海教育出版社,2005年,第172—173页。
② 旷新年指出:"尽管陈思和和洪子诚的两部文学史都强调以'审美性'和'文学性'作为评价的标准,但是,实际上他们所编写的文学史并没有真正贯彻文学性和审美性的叙述原则。他们对文学史的理解并不是真正从'审美性'和'文学性'出发的。"旷新年:《写在当代文学边上》,上海教育出版社,2005年,第181—182页。
③ 洪子诚对于学界关于"一体化"文学史观念争议的回应,主要集中在如下几篇文章:《当代文学的"一体化"》,《中国现代文学研究丛刊》2000年第3期;《当代文学史写作及其相关问题的通信》(洪子诚、李杨),《文学评论》2002年第3期;《当代文学史中的"非主流"文学》,《南开学报》2005年第4期;《当代的文学制度问题》等。

"精神性的削弱"与"神圣性的坍塌",这种"制度拜物教"式的情形,是值得警惕的(洪子诚:《当代的文学制度问题》)。洪子诚自己便曾坦言包含在"一体化"观念中的"强烈的价值取向",强调自己在使用这一概念过程中的两个"参照框架":"关于文学的多样性,'多元共生'的想象","对'文革'后内地文学状况的认识"(洪子诚:《问题与方法——中国当代文学史研究讲稿》,第188页)。换一个角度,可以这么说:洪子诚的"一体化"文学观,恰恰是建立在对"文学的多样性""'多元共生'想象"的基础上。也正因此,洪子诚同时又提醒我们,在用"一体化"概念术语来概括描述当代文学时,不应把它"凝固化,纯粹化",不要把它看作是"静态"的(洪子诚:《问题与方法——中国当代文学史研究讲稿》,第188页)。中国当代文学,特别是经过40年代后期调整后的50—70年代中国文学,也并非"铁板一块",其发展的事实远比我们想象的要复杂得多。这在《中国当代文学史》章节的设计上亦可看出,如"矛盾和冲突"(第三章),"隐失的诗人和诗派"(第四章),"在主流之外"(第十章),"分裂的文学世界"(第十五章)等。关于这种"复杂",大致而言,史著认为主要体现在如下几方面:一是对"一体化"时期的"'文学规范'的争持"。洪子诚认为这种"争持"在50年代至少有过两次,第一次是1954年胡风"三十万言书"的冲击,第二次是1956—1957年期间秦兆阳等在理论上对文学"真实性"问题的质疑与讨论。当然,以上这些争持和探索,在思想上和政治上高度集中化、组织化的时代,最终是不可能达到预期效果的,甚至要付出惨重的代价。二是周扬文艺观点的"后退"。洪子诚认为在"一体化"的某个时期,周扬的"后退"其实是为了中国文学的发展与进步。从1957年反右斗争之后,随着"全民文艺时代"的到来,看到文学创作中现实主义精神的日益失落,周扬有所担忧,其"左倾"的文艺观点开始"后退",具体表现在两方面:通过批判胡风的文艺思想来重提文学的"真实性"问题,重新审视1958年后的"浪漫主义",提出"现实主义深化"的思想,有限度地承认作家"在题材、人物、风格、方法上的'自主性'";用"最广大的人民群众"来替代"工农兵"概念,以"模糊阶级性的规定"。同时还推动、支持一系列活动,如多次召开纠正"左倾"文艺的会议,发表《题材问题》专论,撰写《为最广大人民群众服务》的社论,主持制定"文艺八条"等。应该说这些努力对当时文学的发展还是起到一定的积极作用。这一时期"一体化"文学形态的复杂性表现的第三方面,是所谓"激进文学思潮"的失控。洪子诚认为这主要表现在1963年以后的十多年里。号称"无产阶级文艺"的江青他们把文艺内部的复杂关系直接简化为"政治=文艺",文艺与政治的界限已经模糊:小说《刘志丹》、京剧《海瑞罢官》被理解为既是文学文本,也是政治文本。这一时期创作的小说、电影、戏剧,本身就是政治行为。失控的"激进文学思潮"实质是对已经建构起来的文学体制的冲击和破坏,甚至推倒,试图建构一种"真正正确"的文学体制。

"一体化"文学观的提出,为我们考察当代文学提供了一个相对行之有效的立场与方法。洪子诚这种也许可称之为"文学社会学"和"文学政治学"的"外部研究",在呼吁"把文学史还给文学"而不能很好地解决我们面对这一段文学时的困惑的情况下,确实为我们拓展了一个宽阔的考察空间。这比我们在后面将要谈到的对这一时期文学时从"人的文学"角度简单地予以质疑,压缩,删除的处理方式,显然更为稳妥。事实上,由洪子诚开始的以《中国当代文学概说》《中国当代文学史》为代表的系列著述中对当代文学史观念在制度层面所展开的探讨,已直接影响到后来的当代文学史叙述。90年代后期以来出版的中国当代文学史著作中,有不少都谈到了1949年后建立的文学制度对当代文学走向的影响。[①]

三、"新的历史叙述"空间的拓展

有研究者认为《中国当代文学史》表现出一种"对叙述行为的自觉","不仅讲文学作品的历史,也讲这种历史如何被叙述"(贺桂梅:《穿越当代的文学史写作》)。这种说法不无道理。在《中国当代文学概说》(香港青文书屋,1997)的内地版"序言"中,洪子诚曾经专门谈到文学史写作"探

---

① 这其中比较有代表性的文学史著作有:杨匡汉、孟繁华主编:《共和国文学50年》,北京:中国社会科学出版社,1999年;孟繁华、程光炜著:《中国当代文学发展史》,北京:人民文学出版社,2004年;吴福辉著:《中国现代文学发展史(插图本)》,北京:北京大学出版社,2010年,等等。

索新的历史叙述"的"尝试"的问题①。我们这里的"新的历史叙述"的探索，可作如下两个层面的理解，一是对作家作品等文学现象的多维度评价，二是与此相关的叙述立场与风格。关于这两个问题，洪子诚在《中国当代文学史》"前言"中即有交代。如对当代文学现象与作家作品的选择，史著首先考虑"审美"的因素，也就是对作品的"独特体验"和表达上的"独创性"的衡量，但"又不是一贯、绝对地坚持这种尺度"；"某些重要的文学现象，'生成'于当代的艺术形态、理论模式，由于曾经产生的广泛影响，或在文学的沿革过程中留下重要痕迹，也会得到相应的关注"。基于此，对于50—70年代的文学，编者并没有像一些文学史那样大量压缩，而试图提出"一些新的观察点"。在相关的叙述立场与风格方面，编者强调史著的着重点不是对相关作家作品、文学运动、理论批评等进行评判，即"不是将作品和文学问题从特定的历史情境中抽取出来，按照编写者所信奉的价值尺度（政治的、伦理的、审美的）做出臧否，而是首先设法将问题'放回'到'历史情境'中去审察"，"一方面，会更注意对某一作品，某一体裁、样式，某一概念的形态特征的描述，包括这些特征的历史演化的情形；另一方面，则会关注推动这些文学形态产生、演化的情境和条件，并提供显现这些情境和条件的材料，以增加'靠近''历史'的可能性"（洪子诚：《中国当代文学史》修订版"前言"）。

（一）文学现象评价的多维视角

可以说，对文学现象评价的多维度视角，是史著对"新的历史叙述"空间拓展中最为吸引人的一个亮点。洪子诚曾提及自己在编写过程中对一些问题的思考："一些重要的作家作品，不是没有涉及，而是想换一种处理的方法，特别是在前三十年这个部分，比如写作方式，主题学，评价史，文类的当代变迁等等。"（洪子诚、季亚娅：《文学史写作：方法、立场、前景——洪子诚先生访谈录》）也许正因如此，有研究者认为，在洪子诚的文

---

① 洪子诚在《当代文学概说》"序言"谈道："我们所要质疑的'当代文学'的叙述（文学史）和'当代文学'的发生、建构其实是'同步'的，且几乎可以看作是同一件事情。在'当代文学史编纂'直接成为'当代文学现象'的情况下，探索新的历史叙述，原是离不开对这种参与'建构'的叙述的'清理'的。"

学史著中,"没有了'经典'的不证自明堂皇位置,也不存在'排排坐,吃果果'的'排座次'现象。赵树理从'评价'的起落变化中走来;《创业史》在文学批评的争议中'亮相';对《青春之歌》,关注的其'讨论'与'修改';对《红岩》,则强调其'写作'方式的特别……某种意义上说,这似乎是对'文学史权力'的弃绝。与那些'颠倒乾坤''还历史本相',或欲'重建经典秩序'的文学史宏愿相比,洪先生的文学史研究更显谦逊、节制,或许也因此而更具严肃性"①。从效果上看,《中国当代文学史》的这种处理方式,其实也能够更好地处理当代文学的复杂性。洪子诚并不否认文学史对"经典"确立的参与,但面对缺乏历史感的"当代",他没有过多地"讨论'经典'的定义和讨论哪些文本应成为'经典'",而是将当代文学"经典"的重评作为一种文学现象,"关注'经典'评定的'不稳定性'",它的变动和"这种变动所表现的文学变迁"。概言之,洪子诚的努力,是"从去评判哪些作品能成为'经典'(有价值的作品),转移到去解释这些作品当时为何能被确立为'经典'"(贺桂梅:《穿越当代的文学史写作》)。这也是他在近年有关史著编写反思的文章中谈到的:"如果要对重要的现象、问题'还原',就需要多少抑制评价的冲动,而主要考虑如何在尽可能占有材料的基础上,回到历史情境中去,提出一种尽可能合理的解释。"(洪子诚:《〈中国当代文学史〉编写的回顾》)

这里我们不妨选取史著中两个比较有代表性的章节来看看:一是关于赵树理在五六十年代的创作及其评价(第七章第二、三节)。这也是许多研究者谈论比较多的一个话题。与《中国当代文学史教程》对《"锻炼锻炼"》的情绪化重读和阐释②不同,洪著文学史对赵树理五六十年代创作中出现的"迟缓""拘谨""严密""慎重"(五十年代),以及"铺摊琐碎""刻而不深"

---

① 孙民乐:《重塑文学史的知识性格——洪子诚文学史研究的意义》,《文艺争鸣》2010年第5期。
② 陈思和在《教程》中关于《"锻炼锻炼"》的评述,不乏诸如"小腿疼等人究竟犯了什么罪?"(小说)"这样写干部整治社员,公平吗?"之类的情绪性表达。见《中国当代文学史教程》,上海:复旦大学出版社,1999年,第47页。

(六十年代)等现象①给予了"同情之理解",同时也更关注赵树理从40至90年代半个多世纪文学史研究与叙述中的命运,即所谓的"评价史"。在这里,文学史的叙述被切换为"评价史"的展开,让不同时期的文学史观念与文学研究立场形成一种潜在的对话关系,从40年代的战时文艺观到五六十年代的社会主义现实主义文艺观,从80年代的启蒙主义文艺观和90年代"重返八十年代"的反思现代性文艺观,以此揭示赵树理命运沉浮的历史必然。史著的这种切换,为我们思考"赵树理现象"拓开了一个巨大的空间。再一个是关于"文革"时期文艺激进派对"经典"的重构(第十四章)。如何叙述"文革文学",始终是当代文学史编写的一个难题。与许多文学史著不同,洪著文学史从"'经典'评定的'不稳定性'"的角度体现这一时段文学的变迁。史著认为"革命样板戏"之所以能够成为文艺激进派开创的"无产阶级文艺新纪元"的标志与"经典",主要还是与它们的"政治的直接'美学化'"特征有关。但激进派的重构"经典"之路并非一帆风顺。由于创作的"个人性"与作品接受方式的差异,特别是激进派对"政治伦理观念的'纯粹性'"的苛求,导致"样板"作品的创造在诗歌、小说中的试验并不顺利、理想,这直接反映在对金敬迈及其《欧阳海之歌》的否定和后来对浩然的"重新发现"(实质是对无产阶级文艺"经典"的重新确立)事件上面。史著指出,到了"文革"后期,由于激进派的乌托邦想象与实际操作之间诸多不可调和的原因,如对以"工农作者"为主体的创作队伍水平与思想精神的缺乏信心,对所创作作品"审美"与"娱乐"元素的拒绝,以及排斥"物质"与"欲望"的"精神净化""禁欲式的道德信仰和行为规范",等等,文艺激进派的无产阶级文艺"经典"重构试验不断陷入困境,并最终走向"自我'颠覆'"的宿命。史著的逻辑拆解,开创了当代文学史对于"文革文学"的另一种叙述方式。除此以外,史著对柳青《创业史》的介绍(第七章第四节),也没有把"全部注意力放在它表现'党的农村道路,政策'的对错上",不以"革命"或"启蒙""阶级论"或"人道主义"

---

① 孙犁:《谈赵树理》,《天津日报》1979年1月4日。转引洪子诚:《中国当代文学史》(修订本),2007年,第87页。

作为唯一或最主要的评价标尺，在政治观念和阶级观念的层面上进行对立性质的评价，而努力在社会主义现实主义（或曰"革命文学"）的名目下"还原"作品的历史复杂性。（洪子诚、季亚娅：《文学史写作：方法、立场、前景》）这种处理方式，与同时期或前后编写出版的文学史都不一样，贯彻了编者强调、注重当代文学的审美性，但又注意对培育这种审美性的历史情境的把握，既关注文学的历史，也注意历史的文学的理念，体现编者对当代作家作品评价的多维视角。这其实也是对长期以来被固化了的"大一统"的当代文学史叙述传统的突破。

（二）"价值中立"的立场／"知识学"的叙述

《中国当代文学史》对"新的历史叙述空间"拓展的另一努力，是后来被描述为"价值中立"的立场与"知识学"的叙述风格，即"尝试不以不可避免和必要的价值判断作为研究的支点"（洪子诚：《批评的"立场"断想》），也是洪子诚在与钱理群的通信中所谈到的，"竭力'搁置'评价，把'价值'问题暂且放在一边，而花力气考察当代文学某些概念、事实、运动、争论、文本、艺术方法产生的背景、历史依据、渊源、和变异"①。这种"价值中立"立场与"知识学"方法，在洪子诚，更多的是对韦伯以及福柯新历史主义话语研究成果的"创造性转化"，重话语讲述的"背景，历史依据，渊源和变异"的客观叙述。在马克斯·韦伯那里，价值中立"不是取消价值关系，而是要求研究者在科学研究中严格划清确定经验事实与实践评价判断的界限"②。洪子诚认为在文学史的写作中，学者们其实"并不缺乏立场、论断的表达；'犹疑不定'虽然不怎么好，但太多的'刀枪不入'的结论和宣告，也不见得就是好事"。他认为"有力量、有根据的价值判断"，"需要建立在对它的内部逻辑深入认识的基础上"（贺桂梅：《穿越当代的文学史写作》）这些"后设叙事"，从另一个角度看，其实是对当代人写当代史的限度的反思，也是自己文学史写作引以为警惕的。

90年代，"当代文学的'历史化'"被作为当代文学学科建设的一个命

---

① 转引钱理群：《读洪子诚〈当代文学史〉后》，《文学评论》2001年第1期。
② ［美］M.韦伯：《科学论文集》，图宾根，1968年，第500页。转引侯钧生：《"价值关联"与"价值中立"——评M.韦伯社会学的价值思想》，《社会学研究》1995年第3期。

题备受关注。洪子诚对这一问题的思考与实践,与许多研究者不同之处在于,他自觉地将此融入文学史叙述模式的探索之中。从这种意义上说,《中国当代文学史》对材料的处理中既可看作是他对文学史与文学批评关系的智慧处理,更可看作是其探索一种新的文学历史叙述的表现。这其实是我们解读洪子诚文学史著作"注释"与"引号"的注脚。"注释"与"引号"在这里一方面可作这样的解读,即将自己的评价与取向隐含在对曾经的评论、研究观点和材料的筛选取舍乃至排列中,避免作出主观性的评述,也为读者留下思考的空间。①但另一方面,更重要的是,作者试图将当代文学从"文学批评"提升到"学术研究"所作的学理性处理。如果结合90年代当代文学研究的"历史化"情形,那么,"注释"与"引号"还可理解为作者文学史写作实践中努力"回到历史情境中去"的探索与尝试。史著"基本上是一种陈述性的语言,较少展开阐释和说明。我有意把背景材料、说明性文字放在注释里,试图保持正文的流畅。所以注释才有那么多",但另一方面,其实,"书里注释不仅仅是注明引文出处,还承担了其他功能,比如提供背景知识,提供研究的扩展性线索,也参与对问题讨论,如提供对这个问题的不同看法……包括的范围太大,任务太繁重"(洪子诚:《〈中国当代文学史〉编写的回顾》)。

又如那种节制、内敛、不事张扬的文学史叙述风格。史著尽量少用判断句,而代之以陈述句式,力求避免激情式的表达,追求一种客观、冷静的展现。这种常被认为是不温不火的语言风格,恰恰是一个文学史家应该具备的一种品格。这种节制、内敛的叙述风格,也体现在史著对作家作品的评述上。《中国当代文学史》出版后,不少研究者和读者对史著作家作品评述"很多背景性情况被省略"(洪子诚:《〈中国当代文学史〉编写的回顾》)、"惜字如金"和"引经据典"的处理方式有不同的看法,感觉"不过

---

① 洪子诚在近年出版的《材料与注释》"自序"中说,"最初的想法是,尝试以材料编排为主要方式的文学史叙述的可能性,尽可能让材料本身说话,围绕某一时间、问题,提取不同人,和同一人在不同实践、情境下的叙述,计它们形成参照、对话的关系,以展现'历史'的多面性和复杂性。"这种设想的最初实践,其实应该是《中国当代文学史》的编写。《材料与注释》,北京:北京大学出版社,2016年。

瘾",同时对那些引注也有一种"理解的困难"。而在编者,这样做,一方面是"试图保持正文的流畅",而另一方面,则是在探询一种新的历史叙述。"在这样的文学史叙述中,研究者的主体位置不再是'讲故事',而是通过材料的编排、以'搬演'的方式呈现出事件的基本轮廓和不同侧面,不同材料提供的'众声喧哗'也不再被统一到一个声部的叙事中。这看似是洪先生作为文学史研究者的'后撤',实则为其作为研究主体寻找到了一种更为从容自如而又具有极大包容性的叙述位置。首先是他从诸多材料中整理出事件的基本轮廓,其次是对关于事件不同环节的各种材料的编排,最后是作为说明者对事件的介绍和评价,这三个层面的结合,使他居于历史事件观察的制高点。"(贺桂梅:《洪子诚学术作品精选·编者序》)

(三)"价值中立"与"乾嘉学派"及其他

有些研究者把《中国当代文学史》的这种历史叙述的立场与方法和中国传统学术中的"乾嘉学派"相提并论。从对材料与"考据"的重视角度论,这一说法并非毫无道理。但认真辨析,又会发现其实两者间还是有着质的不同。对于自己文学史写作方法上的这种选择与尝试,洪子诚后来曾从不同的侧面作过阐释。在一篇清理"近年"当代文学史研究的文章中,洪子诚借介绍孙歌对日本政治思想专家丸山真男的学术研究观点,来描述称为"内部研究"的一种文学史研究立场和方法。"丸山真男高度评价野间宏,说从他那里找到一种带有普遍意义的工作方式,就是通过对对象从内部的把握来达到否定的目的。"洪子诚认为这种又可称为"历史批评"或"历史主义"的研究方法,"深入对象中理解对象的内在逻辑,因而可能较具备瓦解对象内在逻辑的功能"[1]。关于这种方法的思考与运用在后来的《问题与方法》一书中有更充分的展开,该书的第二讲"立场与方法"基本上是属于这方面的内容。在"概念和叙述的'清理'"与"'内部研究'"论题下,洪子诚除对上面谈的问题结合"当代文学"的具体实践进行补充外,还从理论上对自己研究过程中的立场与方法予以检讨。比如洪子诚提到所谓"历史批评"

---

[1] 洪子诚:《近年的当代文学史研究》,《郑州大学学报》2001年第2期。本章后面所征引该文内容,不再另注明出处。

的方法,用特雷西在《诠释学、宗教、希望》中的话说,就是"那些被作为事实陈述的事情是如何成为事实的",即是说"那些过去似乎是如此自然的历史和社会风俗,现在却被理解为不是自然的表达而是史的表达"①。而在具体的研究中,如《"当代文学"的概念》,即是"通过这种'清理',能够使过去那些表面看起来很严密,统一的叙述露出裂痕,能够在整体板块里头,看起来很平滑、被词语所抹平的'板块'里头,发现错动和裂缝,然后来揭露其中的矛盾性和差异。这种方法是在原先已有的叙述的结论上发现问题,或者说,把既有的叙述'终点'作为出发的'起点'"(洪子诚:《问题与方法——中国当代文学史研究讲稿》,第89页)。"把既有的叙述'终点'作为出发的'起点'",作为一种文学史研究的视角,是对"传统"的一种挑战。它让我们在熟视无睹的结论中看到被遮蔽的"意外",矫正我们的文学史研究与写作在立场和方法上存在的偏差。

"体制化"文学观念的确立与"价值中立"——"知识学"历史叙述的尝试实践,是洪子诚对自己80年代以来研究趋于成熟之时对"当代文学"观念形态的一种本质化描述,同时也蕴含着他对作为学术史与学科史的"当代文学"的深刻反省。在受80年代启蒙"余绪"的影响,90年代初"当代文学"研究仍纷纷致力于构建宏大的"历史叙事"之时,洪子诚选择追求的是"反省"中的"创造","回过头来看看原来的叙述究竟存在什么问题":"我所接受的那种文学史观念,那种评述方式,有关'当代文学'的那些概念从何而来?它们有什么样的'意识形态含义'?它们在'当代文学'的建构过程中起过怎样的作用?我们现在对它们质疑的依据是什么?如此等等。"洪子诚认为"这一研究思路的确立,不但基于一般'学术史'方法上的考虑,最主要的还是由于这样的事实:我们所要质疑的'当代文学'的叙述(文学史)和'当代文学'的发生、建构其实是'同步'的,且几乎可以看作是同一件事情。在'当代文学史编纂'直接成为'当代文学现象'的情况下,探索新的历史叙述尝试,原是离不开对这种参与'建构'的叙

---

① [美]特雷西著,冯川译:《诠释学、宗教、希望——多元性与含混性》,汉语基督教义化研究所出版,第65页。转引洪子诚《问题与方法——中国当代文学史研究讲稿》,第89页。

述的'清理'的（洪子诚：《当代文学概说·序言》）。正由于以上这样的背景，当这些观念与"方法"（含价值取向的）最终形成一个相对恒定的学科话语体系时，便对"当代文学"的研究与写作产生建设性的影响。

但这并不等于说已经完美无缺了。在洪子诚的"当代文学"研究中，值得关注或者说仍需澄析的问题有两个：一是在进行具体的叙述、研究之时，是否可能由于过于关注"体制化"文学的运行、操作情形，而导致关于"当代文学""文学的"与"审美的"的因素的探掘的相对"弱化"呢？如上面提及的有些文章对《中国当代文学史》对作品文本的分析略嫌单薄。再便是如何评析"价值中立"——"知识学"立场的研究方法的问题的疑问，尽管洪子诚曾作过回应。这实质是隐含两个问题的一个问题，即文学史研究中要不要价值判断？"价值中立"本身是否包含价值判断？要回答这两个问题，首先必须弄清楚洪子诚提出"价值中立"的知识学立场的背景及其在这一问题上的态度。在《批评的"立场"断想》中，在对从80年代到90年代知识界所坚信的"启蒙""理性"立场从"稳定"到"惶惑与恐慌"的裂变的震撼回顾中，洪子诚清醒地看到了历史并非过去所理解的那样，有单一的主题。基于此，洪子诚提出"批评'立场'"的重建，重要的途径之一，便是"通过对历史的回溯，对'经典文本'的'重读'以及对'自我'的反思来实现"，把对"历史"进行清醒冷静的梳理作为重建批评立场的第一步。还是在清理"近年"当代文学史研究的那篇文章中，洪子诚先生在谈到"过去的""新问题"即"当代人"如何面对、处理"'时间'距离过近"的"当代史"时，指出："对于亲历的'当代人'而言，历史撰述还有另一层责任。这就是，在公正，但也是可怕的'时间'的'洗涤旧迹'的难以阻挡的运动中，使一些事情不致过快被冲刷掉，抵抗'时间'造成的深刻隔膜。"而要做到这一点，洪子诚认为"尊重历史"便应不再是一个空泛的口号，"指点江山，激扬文学"的激情失控便应为当代人在处理时间距离过近的"当代史"时所警惕。"历史叙述"的重构只有以历史事实为依据，以科学精神为导引，方能避免误入歧途。"当代文学"之所以不断地被肯定/否定，"当代文学史"的描述之所以难以"成熟"，原因之一，便在于我们常常在并不真正明了事实与过程真相的情况下，从当下的需要出发，作出主观的判断,结果导致"后人"(包括'当代人'在内的)对"并非有单一的主题"的历史的片面认识与理解。

因此,作为一种理想与目标,"价值中立"的提出,并不排除其作为一种"策略"的可能性,即意欲矫正我们长期以来"当代文学"研究中出现偏差的企图,提醒我们面对这处于复杂多样的具体历史语境的"十七年文学",要冷静、客观、公正,努力通过对"事实"与"事实叙述"的清理来表明我们的态度,而不是要消除我们的"态度"与"立场",放弃自己对历史的责任。对此,在提出、重申这一研究方法与立场时,洪子诚都是清醒的。比如在《近年的当代文学史研究》中,在介绍文学史研究方法之"内部研究"之后,他又这样表达自己对这种方法使用可能产生的后果的担忧:"所谓的'内部'研究,既可能获得拆解对象内部逻辑的批判力量,但也可能被对象所同化。相对应的两种叙述'后果'是,或者醉心于把自己的影像投入到对象中去,或者又容易抱一种冷漠的、犬儒主义的令人嫌恶的态度。"他坦陈"这两种方式,两种研究取向,成为今天当代文学史工作上的'两难'"。而这"两难",他认为,"也是我们'两难'现实处境的一定程度的反映,没有别的办法,只能积极面对它"(洪子诚:《近年的当代文学史研究》)。即便是1997年第一次提出尝试"价值中立"的"知识学方法"以重建批评立场时,洪子诚仍认为学术工作中的"历史责任"和"人文关怀"应是"重建"的"起点",尽管他同时也强调不应把这种作为"起点"的"道德立场""转化为批评研究的理论框架"(洪子诚:《批评的"立场"断想》)。

在与李杨关于《当代文学史写作及其相关问题的通信》中,洪子诚谈道:"我在《文学史》中讲到的对价值判断的搁置与抑制,并不是说历史叙述可以完全离开价值尺度,而是针对那种'将创作和文学问题从特定的历史情境中抽出来,按照编写者所信奉的价值尺度做出臧否'的方式";在谈到为什么对80年代以后文学的描述中这种"价值中立"的"知识学方法"没有坚持下来时,洪子诚说:"出现这种情况的原因是,对于启蒙主义的'信仰'和它在现实中的意义,我并不愿轻易放弃;即使在启蒙理性从为问题提供解答,到转化为问题本身的90年代,也是如此"(洪子诚、李杨:《当代文学史写作及相关问题的通信》)。在洪子诚,"价值中立"仍是一种价值取向。但这种取向是建立在"新历史主义"之上的一种理想价值。因此,担心洪子诚在对"当代文学"历史叙述这种"价值中立"的"知识学方法"会滑退到"乾嘉式的治学",是不必的,不论是从他作为一个学术工作者所坦陈的那深刻的"矛盾与困惑"精神构成看,还是从他对韦伯及福柯新历史主义研究理念的"创造性转化"看。正如在福柯,无论是《性史》还是《癫狂与文明》,在对"知识"的"考古"叙述中,我们仍可感受到他对西方"文明进步"的深刻质疑与批判。

四、个人写史的"期许与限度"

如本书前面所说的那样,始于近代的中国文学史编写,基本上是一种个人行为,能够最大限度地体现编写者的历史观与文学史观。这种情况到1949年后,随着"党的文学"观念的不断巩固,同时基于教科书的编写对现代中国文化形象塑造的重要使命的承担,文学史的编写逐渐纳入国家体制的管控范畴。在这一意义上,50年代初王瑶遵循毛泽东的《新民主主义论》和《在延安文艺座谈会上的讲话》的指导思想,按照当时(1950年)教育部颁发的《高等学校文法两学院各系课程草案》"运用新观点,新方法,讲述自五四时代到现在的中国新文学的发展史"的要求撰写的《中国新文学史稿》,便成为这一时期最初也是最后的一部"一个人的文学史"[①]。此后,尽管不少文学史仍署名个人主编,但已很少严格意义上的"一个人的文学史"了。严格意义上的个人写史,远不啻形式上的署名(个人)这么简单,其中最重要的还是编写者那种对历史的"真知灼见",渗透在文学史观念、作家作品选择与评价,乃至语言叙述风格等中的独立不倚的思想和精神。"在中国20世纪的历史语境里,'个人'一直是与'探索'、'个性'、'新锐'、'进步'、'发展'这些此联系在一起的","它标明了在一段历史沉闷之后,思想、文化和文学的一种突破的态势"(程光炜:《文学讲稿:"八十年代"作为方法》,第54页)。

---

① 不过也有研究者据此认为王瑶的《史稿》仍很难说是严格意义上的"个人著史",这其中的"制式"痕迹仍显而易见,从文学史观念的确立到编写大纲的拟订、作家作品的选择与评价标准等。

（一）个人写史时代的开启

《中国当代文学史》出版后，有关文学史的个人写作话题再度引起人们的兴趣和关注。日本学者岩佐昌暲认为该史著"开了单著文学史之先"①。对于何以自己独立撰写，洪子诚在史著"初版后记"中也曾有过交代，即从80年代到90年代，在当年的《当代文学概观》的编写同人中，已难以维持"新时期"开始时建立起来的"一致性"，至少自己是这样。这种"一致性"，简单地说，就是体现在《概观》中那种以80年代的文学知识与立场去评述当代文学的共识。对此在后来的相关文章中洪子诚有进一步的阐述，如在史著出版后的2002年与李杨有关当代文学史写作相关问题的通信中，便有这样的表述："90年代以来，我们越来越确定地感受到对当代史、当代文学史在描述、评价上的分裂。"而在谁最有资格、哪一种叙述最有可能接近历史"真实"的问题上，洪子诚首先想到的是作为历史的"亲历者"或者说是"当事人"。但鉴于"'当代人'/'当事人'写'当代史'"的局限性：个人撰史，固然能够彰显编写者的某些观点和对一些问题的处理方式，但"受制于个人的精力、学识、趣味的限制"，"偏颇"与"遗漏"将不可避免②，他同时又提醒："作为'亲历者'在意识到自己的经验的重要性的同时，也要时刻警醒自己的经验、情感和认知的局限"（洪子诚、李杨:《当代文学史写作及相关问题的通信》），要"警惕的是那种'自恋式'的态度，对个人经验不加反省的滥用，以及将个人经验、记忆简单转化为道德判断的倾向"。在洪子诚看来，"个人经验"的价值并不存在于其本身，"而是在与另外的经验、叙述的比较、碰撞中才能呈现"；对于当代史的研究与写作而言，"它的重要性是有助于建立必需的历史观察、叙述的'张力'"（洪子诚:《回答六个问题》）。也许正是这种清醒的内省精神，使得《中国当代文学史》最大限度地达到了个人写史所能够抵达的高度，并由此开启了文学史个人写作的时代。

当代文学史的编写，从五六十年代山东大学中文系（《中国当代文学

---

① ［日］岩佐昌暲:《洪子诚著〈中国当代文学史〉日文版译后记》，《中国现代文学研究丛刊》2014年第4期。

② 洪子诚:《中国当代文学史》"后记"，北京：北京大学出版社，1999年。

史》)和华中师院中文(《中国当代文学史稿》),连同中国科学院文学所的《十年来的新中国文学》,均属集体编写的产物。这种编写模式一直延续到80年代。前面介绍的几部文学史著作,特别是北京师范大学等十院校编写的《中国当代文学史初稿》和华中师范大学中文系编写的《中国当代文学》,便是这一时期影响较大的集体编写成果。但深入历史肌理,从"20世纪中国文学"与"中国新文学整体观"命题的提出,到"重写文学史"问题的讨论,我们又可以感受到,就在这"理想、激情和希望"、张扬个性的年代,文学史的个人写作期待的潜流已开始涌动。进入90年代以后,一种迥异于80年代的、更客观冷静的"历史对话"可能性的寻找终于渐渐浮出水面。90年代以后出版的许多当代文学史著作,其中一些尽管仍不乏编写组织或机构,但其文学史观念与编写立场,对文学现象的评判准则,甚至文学史的叙述风格,大都由主编设定,整体上表现出一种鲜明的个性色彩,基本上属于个人编写的范畴。洪子诚的《中国当代文学史》和陈思和主编的《中国当代文学史教程》,还有进入新世纪后陆续出版的《中国当代文学发展史》(孟繁华、程光炜)和《中国当代文学史新稿》(董健、丁帆、王彬彬)等,都具有一定的代表性。

(二)对历史的质询与问题意识

对于90年代这种文学史个人写作潮流,程光炜认为除了与文学史家的知识结构的更新、时代变化及基于对"重写文学史"的考虑等"叙述策略"原因有关外,同时也是"回应中国90年代'文化保守'学术思潮的一个结果"(程光炜:《文学讲稿:"八十年代"作为方法》,第57页)。他指出这些个体化的文学史叙述都有一个共同特点,就是努力"摆脱大历史叙事的约束,尝试以个人方式进入历史叙述,试图通过对话来探讨文学研究的新的可能性",或"在方法论上放弃单一化价值取向",通过文学社会学、福柯新历史主义理论等历史还原法的引入,"从诸多力量的矛盾张力中寻找和解释'主流'形成的多重因素",或"转向'以文学作品为主型'的文学史写作"(程光炜:《文学讲稿:"八十年代"作为方法》,第55页),或"回避单一化的历史框架,倾向于在外来影响、市场经济的多层视角中看待作家的'分化和组合'"(程光炜:《文学讲稿:"八十年代"作为方法》,第56页)。但仔细辨析，不难发现同是个人写史，从当代文学学科建构角度来看，它们留给我们的思考还是有差别的。与陈思和主编的《中国当代文学史教程》比较，《中国当代文学史》至少在如下两方面表现出其独特地方。

一是史著并没有停留在"重写文学史"的倡导阶段，而是有意识地吸收了90年代的思想文化成果，表现一种自觉的历史意识，并对80年代进行批判性反思。就此而言，《中国当代文学史》虽然在一些问题上仍被认为没有超越启蒙主义的价值立场，但总体来看，在90年代以后的文学史"重写"成果中，它因对"80年代"的最大限度超越而具有不可替代的位置。对此，本书在"绪论"讨论当代文学"历史化"问题时有比较充分的阐述，在此不再另行展开。

不同于《中国当代文学史教程》的另一个方面，是洪子诚的问题意识及其价值。当代人如何写当代史？如何回到历史情境中去认识理解"当代文学"？如何看待当代中国的政治生活、文化文学等制度对"当代文学"的影响，以及价值中立的限度与知识学立场的可能性？等等。这些问题显然已超出了其个人与具体的文学史写作，而具有学科史甚至思想史的意义。程光炜曾在一篇讨论洪子诚《中国当代文学史》的文章中这样谈到不少"当代文学"的治学者长期以来在研究中难以回避的一种"矛盾与困惑"："我们一方面试图把文学史的写作变成一种冷却抒情的'叙述'，并在这一过程中尽量取客观与超然的学术态度，同时又发现，当我们自己也变成叙述对象的时候，绝对的'冷静'和'客观'事实上是无法做到的。由此看来，并不是'当代人'不能写'当代文学史'，而是当代人'如何'写曾经'亲历过'的文学史。它更为深刻地意味着，我们如何在这过程中'重建'当代人的历史观和世界观。"[①]而恰恰是在"如何在这过程中'重建'当代人"的价值观与历史观的问题上，作为个人写作的文学史，《中国当代文学史》进行了一次富于启发性的写作实践。用程光炜的话说就是：(史著的)"个人叙述打破了'当代文学'与国家叙述之间的密切关联，建立了当代文学与90年代文化语境的另一种新的历史联系，通过对诸多主要文学现象分解式的分析

---

① 程光炜：《更复杂地回到当代文学历史中去》，《文学评论》2000年第1期。

方法,对'主流'和'非主流'的形态和复杂现象作了重新的区分、讨论、认定和编制"(程光炜:《文学讲稿:"八十年代"作为方法》,第58页)。

第四节 《中国当代文学史教程》的"民间"视角

一、观念体系的构建与编写设想

由陈思和主编、复旦大学出版社1999年出版的《中国当代文学史教程》(以下简称《教程》),是90年代当代文学史编写与出版高潮中的另一重要收获。史著从开始策划到1999年夏完稿,持续了两年,先后参与编写的人员有王光东、李平、宋炳辉、刘志荣、宋明辉、何清等。《教程》凝聚了陈思和"多年的文学史研究心得"[①],其中的文学史观念与立场、历史叙述方式,对作家作品的选择及其评价标准等,也与他在倡导"重写文学史"期间的思想立场与价值取向最为接近。

《教程》可供讨论的问题很多。如何评价《教程》编写的"主观偏好"对当代文学史写作与研究的影响?史著的编写是如何实践主编的观念构想的?《教程》对当代被"遗忘"的文学世界的寻找可靠吗?如何评价编者对作家作品中"民间"形态价值意义的发掘?为什么说史著对当代文学史空间的开启,其实是另一种形式的遮蔽?等等。诸如此类的问题,尽管评论界已有不少讨论与存疑,但基于《教程》对重新审视作为文学史的"当代文学"影响的考虑,在这里仍有必要加以梳理。

90年代以后出版的文学史著作,虽然实际编写的时间并不一定很长,但在文学史的观念与理论形态上,大都经过长时间的酝酿和完善,已相对成熟。同时,不少编写者亦已有一定的编写实践,这些情况都在一定程度上助推了90年代当代文学史写作"黄金时代"的到来。陈思和从80年代初受李泽厚《中国现代思想史论》启发,并在1985年5月中国现代文学馆"中国现代文学研究创新座谈会"上提出"中国新文学整体观"思想,到80年代末"重

[①] 陈思和主编:《中国当代文学史教程》"代后记",上海:复旦大学出版社,1999年。本章后面所征引《教程》的内容,如无特别说明,均引自此版本。

写文学史"期间对当代文学史"重写"的理论倡导,先后出版、发表了一系列关于文学史研究与写作的著述,逐渐建构起自己的"中国新文学整体观"①和有关当代文学史写作与研究的立场,并最终融化在《教程》中。

在一篇关于编写中国20世纪文学史的文章中,陈思和提到自己酝酿中的中国20世纪文学史,其核心将是对知识分子精神历程的关注②。这种思想,在另一篇讨论当代文学史的对话中有类似的表述。③这种"20世纪中国文学"的整体观,从一个侧面体现了陈思和精神深处中国传统知识分子厚重的文化忧患情结与终极关怀意识。

(一)"给谁看""写什么""怎么写"

《教程》作为对20世纪中国文学"断代史"的研究与写作实践,围绕着"给谁看""写什么"和"怎么写",比较系统地体现了陈思和80年代以来有关文学史教学、写作与研究的思考。

首先,从受众角度,陈思和提出了"怎样的文学史才是理想的文学史?"的问题。对于这个问题,陈思和结合自己的经验与观察,认为传统的文学史编写与教学,常常混淆所面对的三个不同层面的对象④,对作品、文学史知识、知识分子的思想精神追求的内容纠缠不清。为此,陈思和提出了理想中的文学史编写的三种形态。第一种,以作品介绍为主。主要接受对象是大学本科学生,或者是对文学史几乎没有认识的读者。陈思和认为这种形态的文学史,只要求阅读对象"多读好作品",增强其对当代文学的感性

---

① 陈思和关于"中国新文学整体观"的表述,最早见于其1985年发表在《复旦学报》第3期的《新文学研究中的整体观》。1987年,陈思和将相关的7篇文章结集为《中国新文学整体观》,由上海文艺出版社出版。2010年,陈思和结合2005年底自己在香港浸会大学中文系举办第二届"明贤讲席——近现代中国文学的学科视野"的报告会内容,进一步丰富完善了有关"整体观"的内容,由山东教育出版社出版了《新文学整体观续篇》。

② 陈思和:《关于编写中国二十世纪文学史的几个问题》,《天津社会科学》1996年第1期。

③ 陈思和、张新颖:《关于中国当代文学史的几个问题》,《当代作家评论》1999年第6期。

④ 陈思和认为中国20世纪文学教学至少有三种教学对象:全日制高校中文专业的大专生、非中文专业的本科生和成人教育的中文专业学生(包括其中的本科生);全日制高校中文专业的本科生;全日制高校中国现代文学专业的研究生(包括硕士生和博士生)。参看《中国当代文学史教程》"前言"。

认识。回到"重写文学史"论争的80年代，这种以作品为主型的文学史形态，至少有两点值得注意，即既可看作是对夏志清《中国现代小说史》写作模式的发扬，同时也可看作是当年"文学回到自身"和"把文学史还给文学"系列文学改革思想在文学史写作中的落实。第二种，是"需要进行文学史知识训练，从阅读作品的感性程度上升到文学史的理性掌握，并隐隐约约地感受到某种人文传统的承传意义"。这一形态的对文学历史主要针对第二种教学对象。第三种，则是"精神层面的学术探讨，使其在高层次上获得思想的大解放和人格的大提升"，主要对象是全日制高校中国现代文学专业的研究生。这一形态的文学史，是研究性的文学史，关注的是知识分子的思想精神与灵魂嬗变的历史。对教学对象的视线转移，颇能够体现其作为一个人文知识分子以人为本的情怀。纵观1949年后的文学史编写历史，应该说陈思和是比较关注"给谁看"和"写什么"的一个文学史家。这种理想文学史编写形态的构想，不论其具体的写作效果如何，都值得我们关注。

顺便值得一提的是，陈思和关于"理想的文学史"编写的三个层面的阐述，也可看作是美国学者戴维·珀金斯（David Perkins）在《文学史可能吗？》[①]一书中关于文学史撰写的六种目中的其中三种，即"回忆过去的文学，包括那些现在不再被关注的文学"，"通过筛选作家、作品和把他们构建成一种有内在关联的作家和作品的方式，来构建那个已经逝去的过去"，"为没有机会看到作品的读者，讲述作品内容或引述作品的某些片段"[②]。这里引介珀金斯的观点"呼应"陈思和，也许能够拓宽我们关于"'当代文学史'的可能性"命题思考的空间。

其次，是"怎么写"的问题。陈思和在《教程》"前言"中认为，传统的文学史编写"一直笼罩在西方学术模式和前苏联的学术模式之中，缺少由文学作品为主体构成的感性文学史的方法"。为此，《教程》"前言"旗帜鲜明地宣称这是一部"以文学作品为主型"的文学史，目的是"为'重写文学史'所期待的文学史的多元局面""探讨并积累有关经验与教训"。《教

[①] 美国约翰·霍普金斯大学出版社1992年出版。
[②] 转引乔国强：《叙说的文学史》，北京：北京大学出版社，2017年，第45、46页。

程》从三个方面阐述了该史著编写追求的特点：第一，作为一部"以文学作品为主型的文学史教材"，《教程》"着重于对文学史上重要创作现象的介绍和作品艺术内涵的阐发"，并使学习者能够因此"隐约了解一些文学史背景"；第二，《教程》将致力"打破以往文学史一元化的整合视角"，不再"一般性地突出创作思潮和文学体裁"，而"以共时性的文学创作为轴心，构筑新的文学创作整体观"，以"改变原有的文学史面貌"；第三，"通过对文学作品多义性的诠释"达到文学史观念的"内在统一性"，即通过编写者的分辨和解读能力，"剥离"时代共名下那些宣传国家意志作品文本中的"政治宣传因素"，"发扬其含有民间生命力的艺术因素"，拓宽文学作品的阐释空间。这一点，完全可以说是陈思和对自己在"重写文学史"期间倡导文学史应该"从从属于整个革命史传统教育的状态下摆脱出来，成为一门独立的，审美的文学史学科"[①]观点的呼应。

为了实现以上编写目标，让读者能更好地理解史著的叙述语言，《教程》还引入了包括"多层面""潜在写作""民间文化形态""民间隐形结构""民间的理想主义""共名与无名"等概念与术语。这些概念、术语我们后面将结合具体内容的分析予以辨析。

可以说，《教程》是一部有相对完整的思想与理论体系的文学史著作，同时也是一部具有探索性的尝试之作。

二、寻找被"遗忘"的文学世界

当代中国社会主义运动的复杂性和关于"当代史"叙述的不确定性，决定了作为社会主义运动组成部分的当代文学的历史叙述充满变数。旷新年所谓的"寻找'当代文学'"，表达的正是对当代文学历史叙述这种不确定性的怀疑，以及对"真实"的当代文学历史"寻找"的愿景与困惑[②]。而

[①] 陈思和：《关于"重写文学史"》，《笔走龙蛇》，济南：山东画报出版社，1997年，第109页。

[②] 旷新年在《寻找"当代文学"》一文（《文学评论》2004年第2期）中追溯了50年代以来作为历史的"当代文学"不断被重新建构的现象，指出其根源主要还在于"'当代文学'和政治意识形态有着特殊的亲密关系"。因此，"'重写文学史'的兴起和'当代文学'的崩溃并不单纯是文学领域里的一场风暴，而是一场深刻的历史地震，是一种历史的兴起和另一种历史的没落"，正如詹姆逊在《政治无意识》中所说的，"阐释并不是一种孤立的行为，而是发生在荷马的战场上，那里无数阐释选择或公开或隐蔽地相互冲突"。

《教程》出版后为人们关注的原因之一，正是对被"遗忘"的当代文学世界的致力寻找。

（一）当代文学的"潜在写作"

为了尽可能还原历史，陈思和在《教程》编写过程中创设了一个非常重要的文学史概念：潜在写作。这其实也是陈思和进入90年代以后讨论50—70年代中国文学时使用得最多的一个概念。大致说来，它仍属于陈思和文学史观中的"民间"知识谱系。对于"潜在写作"的含义，陈思和有一个不断修正完善的过程。在早年的一篇文章中，陈思和解释，所谓的"潜在写作"，即是指"那些写出来后没有及时发表的作品，如果从作家创作的角度来定义，也就是指作家不是为了公开发表而进行的写作活动"[①]。而在《教程》"前言"中，陈思和进一步指出，作为一种文学现象，"潜在写作"指在中国当代某一特定历史时期（具体主要指1949—1976年），"有许多被剥夺了正常写作权力的作家"，"依然保持着对文学的挚爱和创作的热情，他们写了许多在当时客观环境下不能公开发表的文学作品"（陈思和：《中国当代文学史教程·前言》）。在《教程》出版后几年主编的"潜在写作文丛"前言中，陈思和再一次对以上定义作了"必要的补充"："就作品而言，潜在写作虽然当时没有发表，但在若干年以后是已经发表了的，如果是始终没有发表的东西，那就无法进入文学史的研究视野；就作家而言，是以创作的时候即不考虑发表，或明知无法发表仍然写作的为限，如有些作品本来是为了发表而创作，只是因为客观环境的变故而没有发表的（如"文革"的爆发迫使许多进行中的写作不得不中断），这也不属于潜在写作的范围。"[②]

陈思和强调，引入"潜在写作"这个概念，是"为了说明当代文学的复杂性"。他认为"潜在写作"与公开发表的文学作品与后者一起构成了"时代文学的整体，使当代文学史的传统观念得以改变"。《教程》还提到"潜在写作"的两种情形，一是作家们的"自觉创作"，另一是非自觉的写作如日记、书信、读书笔记等（陈思和：《中国当代文学史教程·前言》）。为进一

[①] 陈思和：《试论当代文学史的"潜在写作"》，《文学评论》1999年第6期。
[②] 陈思和主编：《潜在写作文丛·总序》，武汉：武汉出版社，2006年。

步支撑"潜在写作"的理论阐释,史著出版若干年后,陈思和还专门组织人力搜集整理并出版了一套"潜在写作文丛"①。

但真正对1949—1976年中国当代文学中的"潜在写作"现象进行深入系统研究的,还是陈思和的博士刘志荣的《潜在写作1949—1976》②。该书虽然对存在于中国当代文学1949—1976年的"潜在写作"现象的思考的表述,在整体构架上并没有超越陈思和的预设,但搜集整理的材料更为丰富翔实,并对一些比较有争议和可能引起争议的材料作了力所能及的辨析。与《教程》比较,该书讨论涉及的对象也更为广泛,同时对"潜在写作"作家文本分析与理论阐释等方面作了更扎实的工作。具体说来,《潜在写作1949—1976》一书主要谈了如下几个问题:一是"潜在写作"出现的原因。在这一点上,刘志荣认为公共空间的萎缩是最主要的原因。这里的"公共空间",当然是指写作的自由空间。"公共空间"萎缩的主要原因是1949年以后,文学事业已开始纳入体制管理的范畴,国家政治权力的控制已经日益深入到文化领域,知识分子自由表达自己思想感情的可能性愈来愈小,文学写作个体化也因此日益困难。到"文化大革命",知识分子已经集体失语。二是关于"潜在写作"的作家类型。刘志荣提到主要有四种情况:第一类作家是1949年前后,"在中国当代文学的新方向确立的过程中,被称为'反动作家''自由主义作家'"的,如沈从文、无名氏、陈寅恪、钱锺书等。第二类是1955年因"胡风集团"而被排除出文坛的"七月派作家",像胡风、张中晓、彭柏山、牛汉、曾卓、绿原、彭郊燕等。第三类是1957年反右派及在此前后的反右运动中被排除的作家,这其中又可分为三类:被排除年限比较长的大右派,左翼文学运动的中坚,如丁玲、冯雪峰、艾青等;比较年轻的右派,如公刘、流沙河等;40年代的"《中国新诗》派"诗人,特别是穆旦、唐祈等。第四类主要指"文革"时期的"地下文学活动"。"文化大革命"

---

① 《潜在写作文丛》共10卷,具体包括:《被放逐的诗神》(食指等)、《无梦楼全集》(张中晓)、《〈无名氏〉精粹》(无名氏)、《花的恐怖》(无名氏)、《暗夜的举火者》(哑默)、《垂柳巷文辑》(阿垅)、《春泥里的白色花》(绿原)、《野史无文》(彭燕郊)、《青春的绝响》(綦华俊)、《怀春室诗文》(胡风)等。

② 复旦大学出版社,2007年。

爆发后,"地下写作"与"地下沙龙"几乎成为"潜在写作"的代称,这期间最有影响的是灰娃、黄翔、食指,以及多多等"白洋淀诗歌群落"诗人,北岛、舒婷的诗歌创作,张扬的小说创作等。三是"潜在写作"的品格与文学史意义。刘志荣认为,"从体制中的公开写作转入私人空间中的潜在写作,表面上看是一个写作形式的问题,实际上却带来了许多质的变化",那些在50—70年代公开文学中很难看到的对个体心灵、情感、命运等进行思考体验的东西,在身处边缘"潜在写作"的作家作品中得到了充分的表现。这里,刘志荣关于当代文学(1949—1976)"潜在写作"作了最大限度的开掘与拓展。尽管如此,陈思和有关"潜在写作"现象研究及《教程》的叙述,依然是刘著拓展与延伸的基础。我们在这里用比较大的篇幅介绍刘著,其实也可看作是对《教程》关于当代文学"潜在写作"现象的另一种嵌入式读解。

不仅如此,关于"潜在写作"的意义,刘志荣也在陈思和原生思想的基础上,展开了更为深入的阐释。刘志荣从"精神资源与写作的整体风格"角度进行了三个方面的描述:一是认为"潜在写作"延续了前一个时代的主流思路的写作,二是指出写作者从对生活的真实感受出发,他们不一定自觉偏离主流,但因表达了个人感受而捕捉到了个人生存境遇的特殊性而具有了意义,三是指出一些作家本身就具备了超越主流规范的精神资源,他们的艺术感受、表现方式与想象等自成一体。借一个论者的说法,刘志荣认为,"潜在写作"的作家"找回了作者作为人文知识分子最重要的传统,这是扭转当代中国作家与诗人多年来写作的'政治迷失'、重建'人文写作'的关键所在和真正的开端";"潜在写作"的意义已经远远超出文学史的范畴,而涉及一个重要的问题,即文学史与集体记忆的问题。这种"集体记忆",是一个社会、一个民族关于"过去的""历史的"知识;对"潜在写作"的研究,也使得我们必须面对这样一些问题:"文学写作、发表方式与现实权力的关系,历史叙述与权力的关系,现代中国知识分子的精神与传统的延续,文学史发展的断裂与延续,一种为内心的写作在20世纪中国是否存在、如何存在,乃至什么样的文学是真正有价值的文学……"而这一切,将从根本上"导致我们对现代中国文学的传统与现代中国知识分子的精神传统的认识的改变"①。这些阐述，同样可以看作是对《教程》关于"潜在写作"文学史意义与思想价值的点化。

但作为一种探索，《教程》关于当代文学"潜在写作"现象的叙述，并非毫无疑义。以《教程》对"文革文学"的讨论为例。陈思和认为"文革文学"研究之所以可能的一个重要设定前提，是因为存在于这一时期的"潜在写作"具备了文学资格。但其实问题远比我们想象的要复杂。在当代，"文学资格"的认定本身就是颇受争议的复杂问题。而实际上，在问题论争的背后，涉及的是另一个更大的问题，即在"文革文学"研究中应该如何"历史地"处理好相关史料，比如作品的写作时间与发表时间的关系？②对这一问题的不同处理方式，显然直接影响到文学史叙述中对这些内容的不同态度。以"文革"时期的"地下诗歌"情况为例，由于当时的诗歌活动和作品的"真实性"在长期的研究中一直都是一个存疑问题，而且大多数诗歌作品都发表在80年代以后，因此有些研究者如洪子诚和刘登翰将这些诗歌的讨论放在80年代③。

三、重审文学的"民间"形态

"民间"是陈思和文学史观念理论体系的一块基石。在通过"潜在写作"寻找被"遗忘"的当代文学世界的同时，陈思和还借助"民间"的知识谱系发掘当代文学的"民间"价值。

（一）"民间"的理论形态与文学历史

在陈思和的"民间"知识谱系中，"民间文化形态"是一种特殊的文化空间。"④从"民间"角度考察与书写当代文学史，其实是陈思和中国新文学整体观的重要组成⑤。在"整体观"关于中国新文学发展的"三段论"中，

---

① 刘志荣:《潜在写作1949—1976·导论》，上海：复旦大学出版社，2007年。

② 比较有代表性的文章有：李润霞:《"潜在写作"研究中的史资料问题》，《中国现代文学研究丛刊》2001年第3期；洪子诚:《文学作品的年代》，《中华读书报》2000年1月12日。

③ 具体可参看洪子诚和刘登翰合著的《中国当代新诗史》，人民文学出版社1993年出版。

④ 陈思和:《中国新文学整体观》，上海：上海文艺出版社，2001年，第112页。本章后面所征引该书的内容，如无特别说明，均引自此版本。

⑤ 除"民间"视角外，陈思和的新文学整体观还涉及中国现当代文学的启蒙传统，战争文化心理，现实主义和现代主义，忏悔意识等话题。参考陈思和《中国新文学整体观》。

陈思和认为50年代以后的内地文学,其直接源头是始于1942年的抗日民主根据地文艺。而作为一种文化形态,"民间"(包括《教程》前言中涉及的"民间文化形态""民间隐形结构""民间理想主义""民间审美立场"等)贯穿于整个20世纪中国文学。对此,陈思和在《中国新文学发展的民间文化形态》①中进行了比较全面的梳理。但由于历史原因,陈思和认为,从五四到抗战爆发,"民间"作为一种话语姿态,一直都为"知识分子新文化传统"所压抑,没有成为"主流话语"。直到抗战爆发,民族矛盾取代阶级矛盾上升为主要矛盾,社会格局发生了根本性变化,"民间"游离于"主流"之外的状况才得到改变。这一观点在其《民间的沉浮:从抗战到"文革"文学史的一个解释》一文中得到了更进一步的表达②。陈思和认为,从抗战到"文革",民间文化与国家政治意识形态及知识分子新文化传统的冲突大致经历了三个阶段,并在文学中直接体现出来。第一阶段:延安时代对旧秧歌剧和旧戏曲的改造;第二阶段:赵树理道路的悲剧;第三阶段:"文革"时代的"样板戏"和民间文化回归大地。陈思和指出,由于20世纪中国社会的特殊性,由于我们文学研究立场和价值取向的偏颇,对20世纪中国文学"民间"内涵的关注和挖掘一直都处于被遮蔽状态。基于以上情况,他强调我们要重视从抗战到"文革"文学的"民间形态",从"民间"角度考察40—70年代中国文学(这也是他认为我们一直以来研究比较薄弱的一个时段——中国当代文学时期)。陈思和认为民间文化"'隐形结构'的存在是当代文学文本生产中的一个重要特点",指出50年代的作家对民间文化形态"怀有潜在的同情心",因此他们在利用"被国家政治改造与渗透"的民间形式来表现政治意识形态的同时,"也吸收了民间的内容",并在改造和利用中将向来不登大雅之堂的民间文化形态纳入知识分子创造的文本,"成为内含在文本

---

① 收录于《中国新文学整体观》。
② 陈思和在文中认为,从抗战到"文革"的中国文学,是民间文化形态表现最为充分的时候。延安文艺整风运动更是标志性的开始。陈思和提出20世纪中国的学术文化"三分天下"的观点:国家权力支持的政治意识形态,知识分子为主体的外来文化形态和保存于中国民间社会的民间文化形态。民间社会与国家政治意识形态和知识分子新文化传统形成鼎足而立的局面,是在抗战爆发以后。参看陈思和:《民间的沉浮:从抗战到"文革"文学史的一个解释》,《上海文学》1994年第1期。

中的'隐形结构',支配了一个时代的审美味趣"。为此,陈思和在《教程》中还举列了当代文学中很有代表性的一些例证,像梁三老汉(《创业史》)、亭面糊(《山乡巨变》)、"小腿疼"(《"锻炼锻炼"》)、赖大嫂(《赖大嫂》)等这些活灵活现的、"属于民间社会传统中自然存在的人物";杨子荣舌战小炉匠(《林海雪原》)、朱老巩大闹柳树林(《红旗谱》)等充满民间色彩的情节;《沙家浜》中以阿庆嫂为轴心的"一女三男"的喜剧情节模式、《红灯记》中"赴宴斗鸠山"的"道魔斗法"等暗含着的民间隐形结构,等等。陈思和站在"民间"的立场上,从当时的主流文学现象中发现、挖掘异质成分。

综上所述,尽管陈思和关于民间文化的思考与表达,潜在的其实是知识分子的精英启蒙主义立场,①但他对当代文学所作的"民间"考察,确实在一定程度上让我们看到了以国家政治意识形态或知识分子新文化传统话语进行叙述而被遮蔽的另一种文学图景,一种被他认为潜藏着活力、充满着"民间"气息的文学历史。

(二)作为文学史的一种立场与方法

与全面站在新文学历史高度考察、梳理从抗战到"文革"中国文学的民间文化形态的相关文章不同,在《教程》中,我们可以明显地感受到"民间"作为一种观念、立场与方法,在陈思和那里,已经演化成为一种自觉的文学史写作实践。同时,为了拓宽和深化对当代文学"民间"内涵的考察和挖掘,陈思和还引入了包括"多层面""潜在写作""民间的理想主义""共名与无名"等在内的关键词。

除了把上面分析的一些文学现象纳入文学史叙述视野并作进一步展开外,《教程》区别于其他当代文学史著作的显著之处,便是对当代文学中一

---

① 昌切在"中国当代文学史史学观念笔谈"之《学术立场还是启蒙立场》(《文学评论》2001年第2期)一文中对陈思和在《中国当代文学史教程》体现的"鲜明的启蒙主义立场"有过深入的论述。如他认为陈思和在《中国当代文学史教程》中"有意开发被显在文学压抑的潜在文学的意义,在国家意识形态文学中揭示和高估其民间隐形结构,为无名文学寻找合法存在的依据,所体现的也正是以维护精神自由为内核的启蒙立场"。文章认为,在"持学术立场还是启蒙立场"问题上,陈思和"偏重思想启蒙,经常把完整的作品分割成互不相容、互相抵触的两个部分,分而论之,抬一面压一面;也经常故意压低一统文坛的显在文学的调子,抬高受压抑的,以及当时基本或完全没有发挥社会作用的潜在文学的声音"。

些国家政治意识形态认可的、也是长期以来主流文学史叙述坚持的作品"拒绝"解读,包括《青春之歌》《创业史》《红岩》,郭小川与贺敬之的政治抒情诗等,而致力于一些作家作品的"打捞",如赵树理的《"锻炼锻炼"》与郭小川的《望星空》,"文革"时期的"地下文学",较早的如张中晓和他的《无梦楼随笔》,绿原、牛汉、曾卓等因受"胡风事件"株连的"七月"派诗人的创作,70年代初丰子恺的《缘缘堂续笔》,活跃于60年代末70年代初的"地下诗社"(包括食指、白洋淀诗歌群体),以《第二次握手》为代表的在民间社会流传的手抄小说,"中国新诗派"代表诗人穆旦晚年的诗歌创作等,以及在我们以往的文学史中不怎么关注的、被《教程》认为富于"民间精神"的多民族文学,如《阿诗玛》《划手周鹿之歌》《正红旗下》,等等。对于这些长期以来被我们的主流文学史叙述有意识或无意识"遗忘"的作家作品,《教程》站在"民间"立场上,或从"潜在写作"角度,重新估定它们的艺术价值和文学史意义。

与80年代一些当代文学史著作从"当代""政治正确论"角度臧否五六十年代农村题材文学创作不同,《教程》在尝试搁置政治社会学这一被有些研究者视为一元论的当代文学批评准则,认为民间文化形态的因素往往成为决定这些作品是否有艺术价值的关键(陈思和:《中国当代文学史教程》,第36页),并指出"在公开发表的创作相当贫乏的时代里",这些"潜在写作实际上标志了一个时代的真正的文学水平"(陈思和:《中国当代文学史教程·前言》)。对50年代末60年代初戏剧领域的历史题材创作(包括郭沫若、田汉的历史剧,吴晗等的新编历史剧,以及昆剧《十五贯》等),《教程》认为作家在其中寄托自己情怀的同时,最重要的价值,还是通过剧中传统的"清官戏""鬼戏"等千百年来流传中国民间社会的"民间文化形态"保存下来,并"显示出其顽强的生命力与广阔的包容性"(陈思和:《中国当代文学史教程》,第109页)。认为像《嘎达梅林》(蒙古族)、《尕豆妹与马五哥》(回族)等这些少数民族民间叙事诗,"常常出现一些正统文学难以容纳的因素,保留了无法被意识形态化约的原生态的民间经验",如没有将民间道德伦理与政治意识形态简单对立(陈思和:《中国当代文学史教程》,第125—126页)。在这一点上,《教程》认为它完全不同于"汉族当代文学的主流对民间文学的态度",并进而指证"大跃进""新民歌"运动,其运作过程与基本精神,实际上是"主流意识形态对民间形式的粗暴入侵"(陈思和:《中国当代文学史教程》,第127页)。

可以说,《教程》是一部由一个具有启蒙思想立场的知识分子主编的一部凸显"民间"姿态、对"民间"怀抱同情和理解,并体现知识分子独立思考精神的当代文学史。另一方面,也很能够体现这一时期的当代文学史研究与编纂如何努力吸收90年代以来的研究成果,并努力寻找和发现当代文学的异质成分。

四、打开的与遮蔽的"当代"

80年代建构起来的文学史话语模式,其更多、更成熟实践成果的出现,还是在90年代,而这其中陈思和主编的《教程》最有代表性。

结合"重写文学史"的理论倡导,特别是陈思和本人的文学史观来看《教程》,有几个问题是值得我们关注的:一是文学的、审美的评价机制。《教程》的这种情形其实是80年代"重写文学史"期间对文学/审美的标准与社会/政治之间关系的处理方式的具体实践,即将这两者处理成为对立的关系。但就效果而言,值得讨论。正如有些研究者(如李杨)所说的那样,从常识上讲,这是不能够理解和接受的,这样的文学史是有缺陷的。二是感性、形象文学史话语方式。这种言说风格的背后,潜藏的是注重写作者对历史的个体体验与感受。这与80年代"重写文学史"推崇的主体性有着内在的关联。与许多文学史著作比较,《教程》的可读性比较强,主观情绪色彩比较浓厚,有时甚至散发出一种抒情的意味。三是启蒙主义立场。表现在两方面:对底层文学的关怀,如少数民族文学(民间史诗等);批判性与人道主义价值取向,最典型的是对赵树理及其《锻炼锻炼》的重新解读,与以前的文学史完全不一样,把话倒过来说,比如对"小腿疼""吃不饱"的同情,对杨小四、王聚海这些农村干部的批判,而不再笼统地"照着说",认同作者对农村干部形象的漫画、扭曲,批判了农民阶层的劣根性,等等。不过,这些思想感情,都是自上而下的,是精英知识分子对民间大众式的。

(一) 相关争议与质疑

然而这部对"民间"充满"同情"和"理解"的文学史,从其诞生之日起便引来争议或者说是质疑。综合地看,这些争议与质疑,主要表现在如下几方面:

一是有关"民间"的阐释与界定。正如不少论者所说的那样,究竟应该如何科学、客观地阐释"民间"内涵?它的边界又该怎样设定?因为可以看出的是,陈思和文学史观念中的"民间"和我们通常所说的"民间文学"中的"民间"虽可能有一些关系,但显然并不是同一回事[①]。更重要的是,既然"民间"因素贯穿于整个20世纪中国文学发展[②],那么以"民间的沉浮"来描述40—70年代中国文学有何特殊意义?或者说将这一时期文学中含藏有"民间"元素的文学现象纳入"异端"/"非主流"视野来考察是否必要?

二是关于编纂者文学史观念中的"民间"姿态。正如前面有些论者所言,陈思和的"民间",其实是一个具有启蒙思想的知识分子的"民间",一个"文化精英"居高临下的、自上而下的"民间"。有论者认为,这种审视姿态与立场,具有甚至可能比"压制"、否定"民间"的力量更严格、更严厉的"选择性"与"批判性"。基于这样一种隐蔽的文化立场与文学史观念,慎重看待与甄别编纂者对当代文学的"民间"所怀抱的"过度"同情、理解乃至理想化情形的认识和评价,很有必要。换句话说,这种"民间"的文化立场与文学史观,很有可能渐变为另一种"异端"。事实上前面提到的《教程》对包括《青春之歌》《创业史》等在内的一些国家政治意识形态认可

[①] 关于"民间"的内涵与界定,除了上面提及的总体界说,陈思和在《中国新文学整体观》《中国当代文学史教程·前言》等相关著述中有比较详细的阐释。主要谈了三点,一是它产生于"国家权力控制相对薄弱的领域","保存了相对自由活泼的形式,能够比较真实地表达出民间社会生活的面貌和下层人民的情绪世界;虽然在政治权力面前民间总是以弱势的形态出现,并且在一定限度内被迫纳入权力,并与之相互渗透"。二是"自由自在"的"审美风格"。这"自由自在",道德说教无法规范,政治条律无法约束,"甚至连文明、进步、美这样一些抽象概念也无法涵盖"。三是"藏污纳垢","民主性的精华与封建性的糟粕交杂在一起"。除此以外,陈思和指出,作家的写作立场、价值取向、审美风格、文化素养都包括在其中。

[②] 在《中国新文学整体观》"中国新文学发展中的民间文化形态"一章中,陈思和除谈到从抗战到"文革"文学发展中的"民间的沉浮"情况外,还谈到"文革"后文学中"民间的还原"情况以及中国新文学中"现代都市文化与民间形态"的关系。

的一些作品的拒绝,对另一些通常在文学史写作中被疏离,甚至趋于否定的作品的过分偏爱与拔高,这种偏移文学史写作常规的情形,即已很能够说明问题,也已有一些研究者提出了质疑[①]。

三是有些论者认为,即便可从"民间的沉浮"角度描述40—70年代中国文学,但是否可以为了证明"民间"的包容性而可以用它无限地涵纳国家政治意识形态与知识分子新文化传统之外的文学现象与事实?或者如有些研究者说的那样,"为诠释自己预设的理念,而在选材上'避重就轻'",即"以'民间'替代'经典'、以'边缘'冲击'主流'、以'隐形'否定'显形'、以'无名'替代'共名'"。该论者认为这种做法,"不论有多少具体考虑,都不符合那时代的文学现实和阅读接受现实"[②]。另外,有些论者还指出,文学的"民间性"和"民族性"可能有些联系,但并不是同一概念,如同"民间意识"与"民族意识"。将两者混合起来谈极有可能遮蔽我们对一些文学现象的认识与深入把握。比如对老舍的《正红旗下》,从满族旗人文化的层面去进行解读,较之于从文化形态及审美立场等意义上的"民间"角度进入作品内容,可能更能把握其深层意蕴,特别是隐藏于老舍内心深处的民族文化情结。被称为"远东戏剧奇迹"、五六十年代戏剧经典的《茶馆》的情形更是这样。对这部作品,长期以来我们的文学史教科书一直都存在不同程度的误读,没能够将作者隐藏在其中的那种文化心理的深层结构线索解析出来。究其原因,很重要的一点,便是我们一直把该剧作中的民族文化因素轻易地当作文学的"民间"因素进行处理。造成这种情形当然有一定的原因。正如《中国当代文学史教程》所提到的,《茶馆》确实很容易让

---

① 如李杨认为"虽然文学作品的发行量与社会影响力不是衡量一部'杰作'的标志,但对包括在50年当代文学史上发行量最大的长篇小说《红岩》在内的许多曾经引起广泛社会反响、参与塑造数代中国人灵魂的作品的熟视无睹,这样的文学史很难说具有真正'完整的'文学史意义,我们完全可以将其理解为另一种叙述形式的'空白论'。如果这种'盲视'并不是文学史的写作者的主观选择,那么就一定是写作者采用的文学史方法存在问题"。(李杨:《当代文学史写作:原则、方法与可能性》,《文学评论》2000年第3期。)另外我们在前面提到的旷新年《"重写文学史"的终结》一文也表达了这样的意思,即认为陈思和的《教程》对"当代文学经典"的规避和"潜在写作"的开掘,"实际上造成了一场文学史的'政变',否定了传统的文学史叙述而重新构造了一个新的文学史",形成了一种"以边缘为中心"的新的文学史写作策略。

② 王春荣:《文学史编写的"创新"与"规范"》,《艺术广角》2001年第1期。

人想到"旧时代的民间生活浮世绘"情景,联想到作者对"《死水微澜》式民间叙事模式"的发挥(陈思和:《中国当代文学史教程》,第83页)。这些都不过是浮出水面的冰山一角;支撑着作品这些"民间"话题的,还是沉藏在现象后面的满族旗人文化内涵①。看不到这一点,就难以深入地解读作品,不能解析清楚当年焦菊隐为什么要把三个老人撒纸钱祭奠自己这仅占剧作文本篇幅不到十分之一的内容,排演成几乎占整个演出近六分之一时间的"戏",特别是不能弄清楚隐含在这其中的"文化的悲凉"意味,理解不了老舍当年何以强调演员"《茶馆》要演出文化来"的话外音②。显然,对《茶馆》,即便是老舍自己更看重的,也不是那些浮光掠影的"民间"戏剧性片断,而是长期以来积郁在他内心的"遗民文化"情结。贬议与排斥"遗民文化",其实是狭隘的,是另一种"文化歧视"。90年代以来陈徒手的《人有病,天知否:1949年后中国文坛纪实》和程光炜的《文化的转轨:"鲁郭茅巴老曹"在中国1949—1976》,以及老舍研究专家关纪新有关研究老舍的资料③等,都从不同角度谈到老舍的满族文化情结问题。看不到这些,那么无论如何"民间"化,对《茶馆》意义的理解都可能是"深刻的片面"④。除此以外,许多论者对陈思和为拓宽和深化对当代文学"民间"内涵的挖掘、寻找、丰富当代文学的异质成分而引入"潜在写作"的观念与方法,提出了更为尖锐的质疑⑤。

对"民间"及与此相关联的"潜在写作"等概念的引入,拓展了文学

---

① 有关情况可参考陈徒手《老舍:花开花落有几回》一文,收入《人有病,天知否:1949年后中国文坛纪实》,北京:人民文学出版社,2000年。本章后面所征引该文内容,不再注明出处。

② 参看陈徒手《老舍:花开花落有几回》一文。

③ 如关纪新发表在《社会科学战线》1984年第4期的《老舍创作个性中的满族素质》、特别是2008年辽宁民族出版社出版的《老舍与满族文化》。

④ 有关对《茶馆》文化内涵的解读,可参考笔者的《〈茶馆〉文本的深层结构的再解读》一文,《中国现代文学研究丛刊》2009年第5期。

⑤ 如李杨《当代文学史写作:原则、方法与可能性》一文认为,"按照作者的理解,恰恰是'潜在写作'与'民间意识'这两种文学方式在主流文学以外,保存和传播了文学的薪火,保留了被主流文学'中断'了的中国新文学的'两个传统'——'潜在写作'保留了'五四文学'的传统,'民间意识'则保留了'民间文学'的传统。显然,不管是否形成了自觉意识,作者在这里预置了一个潜在的模式,即'非文学'——主流文学与'真文学'——潜在·民间写作的对立模式。这种对文学史的认知方式无疑仍是一种典型的'二元对立'的方式。"

史的考察与研究空间，特别是通过精英知识分子价值立场包装的"民间"理论形态，以及进入"当代"文学史多层面的"潜在写作"概念，"打捞"了一批长期以来被国家权力意识形态排挤、"搁置"在抽屉里或手抄流传于民间的作家作品。这些对我们重新考察中国当代文学史都具有一定启发意义。而另一方面，不容置疑，作为一部争议比较大的文学史著作，《教程》的确有不少问题值得我们讨论，这除刚才提及的之外，如作为90年代末"重写"的文学史著作，其文学史观念的内核基本上仍停留在80年代，也是一个问题。不过，从探索与实践的角度论，"包含个性的文学史总是具有'重写'的意味，即使有些偏颇，也应该允许"[①]。

第五节 《中国当代文学史新稿》的启蒙立场

一、编写的缘起与背景

在90年代的当代文学史编写成果中，洪子诚的《中国当代文学史》与陈思和的《教程》，以各自对当代文学史书写的反思和"新的历史叙述"的探索，对50年代建构起来的当代文学史写作模式产生巨大的冲击而广为人们关注。这两部文学史出版后，虽也不乏质疑与争议，但编者的探索与"未完成的问题"，至今仍影响着当代文学史的研究与写作。这种情形，主要还是与当代文学的学科状况有关，即如洪子诚所言，与趋于"成熟"的现代文学学科比较，当代文学的历史书写及其研究一直充满着诸多不确定性因素，因此，追求"规范"与"稳定"，在"不确定"中寻找"确定"，一直是当代文学研究者们的努力方向。洪子诚认为，这情形，恰恰也是当代文学学科的"新鲜感与挑战性"的表现（洪子诚：《问题与方法》，第15页）。不过，由于"当代"的正在进行时性质，注定了这"寻找"永远"在路上"。从这一意义说，这两部"未完成"的文学史，其"开放的姿态"[②]给我们提出的

[①] 《在京专家学者应本刊之邀济济一堂各抒己见——"重写文学史"引起激烈反响》，《上海文论》1989年1期。

[②] 洪子诚《中国当代文学史》的严谨与内敛，是仅就其叙述风格而言，贯穿其中的"问题意识"，体现的还是史著的"开放姿态"。

问题均值得我们关注。有研究者认为这两部史著显示了"当代文学史的学术水准"①。

稍晚由南京大学董健、丁帆、王彬彬主编的《中国当代文学史新稿》②（以下简称《新稿》），是90年代以后当代文学史编写中另一部值得注意的史著。《新稿》主编之一的董健，是1980年十院校集体写作的《中国当代文学史初稿》定稿组成员之一。董健认为《初稿》虽然1988年曾经修订过，但总体上已经不能适应时代发展的需要了；原有编写班子也不可能"再一次集体写作了"，"恰遇原十所院校之一的南京大学成立现代文学研究中心"，遂借中心的教师和博士生力量，"再起炉灶，重编此书"③。可见，虽是"重编"，但已是"再起炉灶"；还是"集体编写"，但也已"新人换旧人"，而且队伍越来越大，有30人参与了《新稿》的编写。更重要的是，"重编"的背景、主编的思想、编写的原则、对作家作品的评判标准等均发生了较大的变化。这些相关的"情况说明"，在2003年由《新稿》主编三人合撰的《我们应该怎样重写中国当代文学史》④一文（以下简称《重写》）中已有所表达。该文也是《新稿》"绪论"的雏形。下面我们将综合《新稿》与《重写》展开一些问题的阐释与评述。

（一）强烈的介入意识

与90年代其他文学史著比较，首先值得关注的是《新稿》对当下的当代文学史写作与研究表现出来的强烈介入意识。《重写》直言"触发"编写的"激情"，首先是源于"对目前文学史价值观念混乱的不满"，并强调这"混乱"集中表现在对"十七年文学"和"文革文学"的价值定位上：一方面，在当代文学的教学和科研中，这两个时期的极"左"思潮还没有得到真正学理上的清算，许多院校"还在沿用着二十多年前的旧教材"；另一方面，

---

① 许子东：《四部当代文学史》，收录于王万森、刘新锁编：《文学历史的跟踪——1980年以来的中国当代文学史著述史料集》，北京：人民出版社，2014年，第269页。
② 初版本由人民文学出版社2005年出版。第二版由北京师范大学出版社2011年出版。
③ 董健、丁帆、王彬彬主编：《中国当代文学史新稿·绪论》，北京：人民文学出版社，2005年，第1页。本章后面所征引该书的内容，如无特别说明，均引自此版本。
④ 董健、丁帆、王彬彬：《我们应该怎样重写中国当代文学史》，《江苏行政学院学报》2003年第1期。本章后面征引该文内容，不再另注明出处。

是"更新一代的学者和一些当代文学史的治史者们却又以令人惊愕的姿态,从'新左派'和'后现代'的视角来礼赞'文革文学'和'十七年文学'的'红色经典'"(董健等:《我们应该怎样重写中国当代文学史》)。为此,《新稿》试图通过"重写""正本清源","思考一些被许多历史阴影遮蔽"的问题,"让人文意识真正进入文学史教材"(董健等:《中国当代文学史新稿·绪论》)。

为了说明问题,《新稿》在"绪论"中将在《重写》中谈到的这些"混乱的文学史价值观念"进行归纳概括为"'非历史'倾向",包括"历史补缺主义"和"历史混合主义",以及与此相关联的"庸俗技术主义"方法。

所谓"历史补缺主义",简单地说就是"制造虚假繁荣",具体表现为两种情况:"一种情况是'好心地'、一厢情愿地要使历史'丰富'起来、'多元'起来。既不想承认那些在极左路线下被吹得很'红'的作品的文学价值,又不甘心面对被历史之筛筛过之后的文学史的空白、贫乏与单调,便想尽办法,另辟蹊径,多方为历史'补缺';还有一种情况是有意掩盖和美化历史上的缺陷,从而为这种缺陷在当今的延续找到'合理性'。"(董健等:《中国当代文学史新稿·绪论》)为此,《新稿》"绪论"特别批判性地提到了近20年来被冠以"红色经典"而重新被有些研究者大加赞扬的"特定历史时期文学艺术反现代、非人化、贫困化和一元化变异"的"革命样板戏"。编者不仅否定"红色经典"的提法,还指出产生这种"错误观点"的两大历史渊源,即20世纪初俄国的"无产阶级文化派"和1966年的《林彪同志委托江青同志召开的部队文艺工作座谈会纪要》(董健等:《中国当代文学史新稿·绪论》)。

所谓"历史混合主义",在《新稿》看来,即是把历史"搅成一锅粥","切断历史的'链条'",打乱其各个环节的逻辑顺序,指出这些研究理论与方法的提倡者们"在批判现代性的时候恰恰扮演着盲目反现代化的角色","与中国一切反对现代意识的倾向(如烙有封建专制主义文化传统烙印的复古主义、民族主义及"左倾"狂热等)建立了统一战线。他们很少对中国一个世纪以来思想文化的现代化历程进行真正学理意义上的批判性梳理,结果只能是对西方后现代主义理论的拙劣'效颦',以致把中国一些前现代、反现代的东西,当成了后现代的'宝贝',从而把历史搅成了不分是非、善恶、进退、积极与消极、开放与封闭的'混合主义'的一锅粥。……在这样的混乱中，现代性的价值判断被颠倒或倾斜了。在这方面，最典型的例证是说'文革'文学有现代性的文化内涵，甚至说'文革'中独霸文坛的'革命样板戏'具有浓厚的后现代主义艺术的元素"。《新稿》进而指出："'样板戏'是蒙昧的政治狂热的产物，是在文化专制主义语境下形成的怪胎，是对五四精神的彻底'决裂'，基本上是一种非人化的艺术，其中毫无现代意识可言。说它是前现代、反现代的艺术是符合事实的，说它是属于后现代主义，就把历史之河的清水给搅浑了。"（董健等：《中国当代文学史新稿·绪论》）《新稿》还批判了这种研究立场中"没有'十七年文学'，没有'文革文学'，哪里来的'新时期文学'"，将"十七年文学""文革文学"和"新时期文学""混为一谈"的提法，同时认为用"政治道德化"来评判巴金的《随想录》，"完全无视文学作品在不同具体历史时期的文学内涵"。

《新稿》认为与上述两种"非历史"研究相关的"庸俗技术主义"，即是"撇开文学的思想文化内涵，撇开人的精神状态，只盯住一些纯技术层面上的雕虫小技"，为"历史补缺主义"和"历史混合主义""提供了具体依据"，指出这种"技术主义"在分析作品时脱离具体历史语境，"净谈一些毫无生命感、社会感和历史感的纯技术问题"，"'早春朝阳'和'晚秋残日'同样都是放光的；毒瘤的红色和鲜花的红色也同样都是鲜艳的"，并批判了一些研究者极力拔高浩然《艳阳天》审美价值的现象（董健等：《中国当代文学史新稿·绪论》）。

与此同时，《新稿》还质疑了北大版《中国当代文学史》的"一体化"文学史观和陈思和《中国当代文学史教程》的"民间"话语体系。《新稿》编者并不认同洪子诚的"一体化"的当代文学史观表述，即"'当代文学'这一文学时间，是'五四'以后的新文学'一体化'趋向的全面实现，到这种'一体化'的解体的文学时期"，而认为"历史事实显然不是完全这样的，既不能说30年代'左翼文学'实现了'一体化'，更不能笼统地说'五四'新文学实现了'一体化'，只能说内地当代文学是此前三个'板块'（即国统区文学、沦陷区文学和解放区文学，笔者）之一的以延安文学的'解放区文学''一体化'趋向的全面实现，到这种'一体化'解体的一个文学时段"

(董健等:《中国当代文学史新稿·绪论》)。在《新稿》看来,陈思和《中国当代文学史教程》的"民间"是"纯技术性的形式主义工具",它"无形消解了许多文本的丰富的历史内涵与政治文化内涵,这种'民间'文化立场显然是从巴赫金对拉伯雷的分析中得到启迪,但这些文学史论者却舍弃了巴氏话语中的哲学文化批判的历史内容"(董健等:《我们应该怎样重写中国当代文学史》)。

此外,《新稿》主张"慎用"新时期以来流行,却"被时间证明不够科学"的一些概念术语、词条,如"伤痕文学""反思文学""改革文学"等,要澄清"潜在写作"之类概念,并提出"在当时非法处境中创作出来的作品",而在"私下偷偷写作"但没有进入"读者社会"的"地下文学",只能够作为研究资料的史料而不能作为"作品"进入文学史叙述(董健等:《我们应该怎样重写中国当代文学史》)等等。

总之,在《新稿》看来,以上种种情形,都是当代文学史编写与研究中"价值混乱"的表现,有必要通过"重写""一部好的文学史",以免"误人子弟"。

(二)另一种"80年代"立场

90年代当代文学史的写作和探索,主要体现为对80年代新启蒙观念与方式的质疑和调整,即思考启蒙历史观和标举"文学性"过程中存在的问题,以及如何处理"十七年",处理"社会主义文学"经验。概而言之,是在质疑80年代偏于整体否定的那种状况。但不同文学史论著的思路、理念和具体方案不同。如洪子诚主要通过对当代文学体制的考察及尽量"搁置评价""回到历史情境中去"的方式,还原当代文学的嬗变历史,陈思和的文学史主要是引入"民间""潜在写作"等观念、理论,李杨等的"再解读"思潮,则主要是提出另类现代性来探索被80年代新启蒙判为"非法"的"人民文艺"的合法性。《新稿》将以上的探索、质疑与调整统斥为"'非历史'倾向"予以问责否定。其实,《新稿》在启蒙的前提下,倒是比较认同一种"非历史"的,具有普适性的文学观念和评价标准的。也就是说,在《新稿》那里,以五四启蒙理念为基点的文学观,被确立为文学标准。这种文学史观念与立场的一贯性,同样贯彻在丁帆(与王世诚合著)的《十七年文学:

"人"与"自我"的失落》①中,尤其在构架和叙述方式上,即很大程度清除有关文学与历史关联的部分,而按照这一标准选择认可的作家和文本进行评议。

二、问题预设与分期法则

《重写》认为作为一部教材,应该注重严谨性、稳定性和规范性"三性",坚持既要有"历史感",但又"不为客观历史所束缚"的编写指导思想。针对"目前文学史价值观念混乱"的状况,《新稿》编者设想在重写的文学史中给出以下"难题"的"明确答案":"如何从学理和教科书的角度来建构其理论框架和体例规范;如何在重新发掘与整合文本资料时实现历史叙事的还原与创新;如何用新的且较为恒定的审美意识去解决当代文学史50年中对文学作品分析的错位性诠释,等等。"(董健等:《我们应该怎样重写中国当代文学史》)根据这一编写的思想观念,《新稿》认为20世纪50年代末关于"中国当代文学"的"时段性""政治性""地域性"的论述,有必要重新予以辨析,如认为应该摒弃党派和政治的视角,从文化、语言和民族等角度,突破"社会主义文学"的狭隘思路,在把曾经被排斥的台港澳文学纳入"中国当代文学"考察视野的同时,将整个中国当代文学置于世界文学的格局中加以考察。《新稿》指出,要获取中国当代文学史编写的历史感,就应该将其视为从19世纪末开始、至今尚未结束的中国文学现代化进程中的一个"短暂而特殊的阶段",应当把"人、社会和文学的现代化"作为把握中国当代文学根本特征和历史定位的价值判断标准,并将其"渗透到作家、作品、文学思潮的具体评价当中"(董健等:《中国当代文学史新稿·绪论》)。

基于此,《重写》认为内地的"中国当代文学","恰恰是五四启蒙精神与五四新文学传统从消解到复归、文学现代化进程从阻断到续接的一个文学史的时段,文学在这里走了一条'之'字形的路,这个'复归'是有个过程的","中国内地50年来的文学史的基本状况是:文学从1949年以后开

---

① 丁帆、王世诚著:《十七年文学:"人"与"自我"的失落》,开封:河南大学出版社,1999年。

始衰落；到 1979 年以后才开始反弹；经过 80 年代的飙升，到了 90 年代以后尽管复旧之风不绝如缕，但终究是进入了一个全球化的文化语境，现在，在文化层面和文学层面，我们将开始进入与世界文化和文学真正对话的格局，中国文学可以说基本上融入了世界文学发展历史进程的长河之中，初步构成与世界文化和文学'对等'的对话的关系"（董健等：《我们应该怎样重写中国当代文学史》）。《重写》的这一理路，基本上是 80 年代以"20 世纪中国文学"论为代表的启蒙论述模式的沿袭与伸展。

在对当代文学发展历史作出以上判断后，《重写》确立了一种明显区别于其他文学史的分期法则："将人们思想的发展脉络作为一个判断文学史发展的阶梯"，"在分期上既不硬套政治文件的结论，也不忽视政治变迁对文学的制约"（董健等：《我们应该怎样重写中国当代文学史》），并最终在《新稿》编写实践中以与重大政治事件结合在一起的 1962 年、1971 年、1978 年和 1989 年这五个年份为重要事件节点（1962 年中共八届十中全会提出"千万不要忘记阶级斗争"，1971 年"林彪事件"，1978 年中共十一届三中全会），将当代文学史分为五个阶段：1949—1962 年，1962—1971 年，1971—1978 年，1978—1989 年，1989—2000 年。有研究者认为《新稿》的这种"五分法"，"抛弃了以社会政治转型为本位的政治优先原则"，"对于文学发展的延续与转折进行更加贴近文学本身的动态描述，巧妙地揭示了制约文学发展的内外因素的复杂关系"[①]。有论者甚至评价更高，认为这种分期法让人"非常清晰地看到了一条当代中国人从'迷惘'到'封冻'、从'蛰伏沉思'到'苏醒呐喊'、从'放眼世界'到'反观自身'的完整的'精神演进链'"[②]。但也有论者认为《新稿》这种"以内地政治、经济与文化的转折与突变对文学的影响为依据"的五分法，对港澳台文学是"失效"的，给人"削足适履"之虞[③]。

[①] 黄发有：《评〈中国当代文学史新稿〉》，《文艺争鸣》2006 年第 3 期。
[②] 黄云霞：《当代文学史著述的全新尝试——评南大版〈中国当代文学史新稿〉》，《温州师范学院学报》2006 年第 6 期。
[③] 吴义勤：《文学史的"正途"——读〈中国当代文学史新稿〉兼谈文学史写作的相关问题》，《南方文坛》2006 年第 6 期。

当代文学史是当代人甚至是当事人写当代史。因此，如何将分期划段与历史的连贯性、整体感结合起来，避免对亲历历史叙述的缠绕，是当代文学编写必须考虑的一个问题。这大概也是许多当代文学史著作沿用"十七年文学"和"文革文学"来描述1949—1979这30年文学的原因。程光炜在一次有关当代文学70年（1949—2019）分期的访谈中指出，"十七年文学"现象"与新中国成立初期欣欣向荣的经济建设、阶级斗争剧烈化、苏联当代文学影响和《讲话》精神都有关系"，同时也离不开三次文代会对文学创作蓝图的规划及在此基础上形成的"社会主义现实主义"创作方法。这一时期作家的鲜明特点，如"从战争中走来""比较接地气"，"深受《讲话》精神的影响"，等等，在百年中国文学史上可以说"前无古人，后面也不一定有来者"，它"造就了一代充满了浪漫主义和理想主义精神的作家群体和文学现象"。程光炜认为这个特定的"历史框架"对理解这一时期的文学很重要[①]。

在启蒙已成为反思对象的90年代，《新稿》对80年代启蒙资源采取了特殊的处理方式，并在此基础上展开文学史的重写实践，由此引申出的新问题，同样值得我们关注。

三、"之"字形的当代文学发展史观

在批判和否定以上"非历史"倾向的同时，《新稿》站在80年代"新启蒙"立场，认为"当代文学"的这一时段，"是'五四'启蒙精神与'五四'新文学传统从消解到复归、文学现代化进程从阻断到续接的一个文学时段"。《新稿》这一似曾相识的文学史观念表述及其思想理据，也是本书上一章一开始便讨论的：用"启蒙"与"回归启蒙"来描述五四与新时期的思想文化潮流，以"人的文学"和"'人的文学'的失落"来描述五四/新时期文学和40—70年代文学。而《新稿》将当代文学纳入从19世纪末开始的中国文学现代化进程的表述，也可追溯到80年代中期"20世纪中国文学"论者的视角。

依托这一观念与立场，《新稿》试图重新叙述当代文学半个世纪的文艺

---

① 程光炜、魏华莹：《当代文学七十年的分期、研究和史料建设》，《文艺报》2019年6月24日。来源：http://www.chinawriter.com.cn/n1/2019/0624/c405057-31175761.html。

思潮与文学创作。"1949年第一次文代会召开时,延着历史的'惯性',也在刚刚战胜国民党的'兴奋'中,大会很'顺理成章'地把《讲话》定为今后文学(即当代文学)的根本指导方针。当时的国际环境是以苏联为首的'社会主义阵营'与以美国为首的'资本主义阵营'的尖锐对立与斗争,这也更加促使了文学价值取向向着工具化即政治化的转移。内地从讲'工农兵方向'、'阶级斗争',一直发展到'文革'时期的'无产阶级在上层建筑包括文化领域实行全面专政'……"(董健等:《中国当代文学史新稿·绪论》)。《新稿》认为,第一次文代会标志着中国共产党在文学领域,"终于发展为'国家'层面上的全面领导";会议的"'团结的局面'虽然很'宽广',但也有突出的排异性",如在文学体制内部,"老解放区"(以延安为中心)与"新解放区"(即原国统区)的作家之间有"相当明显的等级关系",等等。(董健等:《中国当代文学史新稿》,第22—26页)《新稿》的这种"新启蒙"视角重释,不妨看作是对五四新文学传统在当代面临被压抑与改造命运重新展开叙述的铺垫。

从启蒙主义的立场与视角,《新稿》认为1962年后,随着"千万不要忘记阶级斗争"口号的提出,毛泽东"两个批示"的下达,特别是《林彪同志委托江青同志召开的部队文艺工作座谈会纪要》的出笼,将鲁迅抽象为"体现毛泽东正确路线的代表"、服务于"文革"意识形态(董健等:《中国当代文学史新稿》,第235页),"原本有限的知识分子话语丧失了生存空间"(董健等:《中国当代文学史新稿》,第229页)等激进政治文化的推进,当代文学逐渐陷入万马齐喑的局面。在将50—70年代的当代文学发展历史处理成不断下滑的态势这一点上,《新稿》基本上是对80年代启蒙主义的文学史观的演绎。①

顺延着这种启蒙思路,《新稿》自然地将新时期文学叙述为五四思想启蒙与新文学传统的接续与延展,并努力勾勒出其中的曲折和演进。编者认

---

① 《新稿》的这种处理方式,还可参考赵祖武的《一个不容回避的历史事实——关于"五四"新文学和当代文学估价问题》(《新文学论丛》1980年第3期)。赵认为无论是成就还是影响,"后30年(1949—1979)"都不如"前30年(1919—1949)","后30年"的文学发展基本上就是一个不断衰退、下降的过程。

为，与政治领域的控制/放松直接相关，新时期文学在第一个10年（1979—1989）呈现出"阵歇性波动"特点，1985年之前的"高度政治化的'思想解放'"和1985年以后的"泛文化性文化热"。进入90年代以后，伴随着80年代建构起来的知识分子精神共同体的瓦解，以及以"新国学""后现代主义""自由主义""新左派"，和以"全球化"理论、"第三世界批评"为表现形式的现代性反思理论的出现，中国文学逐渐形成多元并存的局面，"出现了与80年代之间较大的文化精神跨度"（董健等：《中国当代文学史新稿》，第567页）：一方面，从"伤痕文学"到"先锋文学"，80年代文学逐渐"集结到乐观的'现代性'价值旗帜下"，文学的精英角色与审美功能随着"新写实文学"的出现而被改变，另一方面，城市、商业与市场勃兴和发展，则有力地助推着追逐利益的通俗大众文学的繁荣。而"直露""放纵""缺少蕴藉"（董健等：《中国当代文学史新稿》，第574页）的网络文学，更是后来居上，并通过"纸面媒体的亮相"，不断引起关注。在《新稿》的叙述视域中，"后新时期"（1989—）的中国文学，逐渐融入"全球化"的浪潮。

基于这种文学思潮叙述思路，《新稿》以"文革"结束为分界线，把当代文学创作的历史，描述成"探谷回升"的走势。对设想五四启蒙精神与新文学传统被"消解"、文学现代化进程被"阻断"的50—70年代文学，《新稿》的评价并不高。如在内容的章节设计上，这一时期独立评述的作家作品只有杨沫的《青春之歌》、田汉的《关汉卿》及老舍的《茶馆》，而把《创业史》《三里湾》《山乡巨变》整合在一节的篇幅中介绍。这种"压缩"暗含的其实是对柳青及其《创业史》文学史价值的搁置。编者认为由于五六十年代政治文化环境的局限及作家史诗意识的贫弱，《创业史》等一批长篇小说对"史诗式"写作的追求，只能依靠篇幅来支撑，"徒有其表"（董健等：《中国当代文学史新稿》，第118页）。史著还指出50年代的散文本质上是对五四散文文体精神的偏离，"个体性情的抒发让位于时代共性或者时代精神的谱写"（董健等：《中国当代文学史新稿》，第154页），报告文学、通讯报道、游记传记等纪实性文体成为主流，歌颂性题材被凸显；认为从1962年至1971年，除了与政治权力纠结的"样板戏"，"其他体裁的创作均呈现出迅速衰落的态势"，小说在此期间更是"被冷落到最低点"（董健等：《中国当代文学史新稿》,第237页)。而与此形成鲜明对照的是,《新稿》对80年代文学个性与人性寻找努力的充分肯定,肯定这一时期在"回到'人',回到'人性'"及艺术表现形式方面(特别是叙事艺术)所作的探索与试验,认为80年代文学在"试图找回个性的同时也试图找回久已失落的人性"(董健等:《中国当代文学史新稿》,第430页),并落实在对现实主义的回归与流变、现代主义的萌发与兴盛、想象的文化寻根与失落等三大创作潮流的梳理之中。

90年代以后编写出版的中国当代文学史著作,显然与80年代的思想解放运动及"重写文学史"的理论倡导有着复杂的关系。但诚如本章第一节的梳析,经过80年代末的一场社会运动,90年代的思想文化界已发生了巨大分化,并影响到文学研究与文学史写作。八九十年代的思想文化与文学研究潮流,已成为我们考察90年代以后编写出版的文学史的一个重要背景。仔细对读这一时期"重写"的文学史,可以发现基于不同的理解与吸收,这些史著中文学史家的思想立场与文学史观念却存在明显的分歧,也因此呈现出不同的文学史版图。文学史"重写"的期待视野是一种超越,但也可能是一种重复的固执。这种情况,从始于90年代初的"再解读",到北大版的《中国当代文学史》,复旦版的《中国当代文学史教程》,再到南大版的《新稿》,呈现的正是这种"文学史(重写)的多重面孔"。有研究者认为《新稿》这种文学史表述,虽带有90年代的"面孔",也仍能够让人看出它与《中国当代文学思潮史》《新时期文学六年》《当代中国文学概观》等的"高度雷同";其"整个文学叙述和判断,很难说得上是什么'新稿'";除了通篇使用的那种"'历史肯定主义'的思想资源和话语风格","基本看不到它是在一种什么历史语境和道理上,能够使之重新获得历史的活力和言说能量"(程光炜:《文学讲稿:"八十年代"作为方法》,第15页)。

四、作家作品评析的突破与局限

《新稿》尽管对消解与阻断五四启蒙精神和新文学传统的50—70年代文学总体评价并不高,但还是在努力寻找隐藏一些作家作品的"异端声音"。比如,《新稿》认为在50年代的诗坛,同是"颂歌"创作,但与在延安成长起来诗人的"热烈奔放"比较,从国统区投奔延安的诗人如何其芳等,在诗风上总摆脱不了"苦难的阴影"与"知识分子的思考者视角"。在对新时代政治的归属方面,"九叶"诗人和"七月派"诗人,由于"被解放"的处境等因素,"在进入新时代最初的喜悦过后,涌上他们心头的,是巨大的无所适从感以及对自身命运的茫然"(董健等:《中国当代文学史新稿》,第55页)。编者认为这些都在一定程度上预示了他们的命运。《新稿》指出50年代两大"政治抒情诗人"之一的郭小川,其诗作有时也会从另一种角度(董健等:《中国当代文学史新稿》,第65页)思考与体验世界和人生,如《望星空》:在伟大的宇宙的空间/人生不过是流星般的闪光/在无限的时间的河流里/人生仅仅是微小又微小的波浪。《新稿》高度评价萧也牧的《我们夫妇之间》(1950),认为这是当代文学最早触及城市的小说,指出当时对它的批判,不仅预示着"城市"和"城市文学"的消失,同时也暗示了50年代主流文化的"'正确的方向'是以农村改造城市",以致后来的城市由此"不再具有城市的功能、品格"。《新稿》认为这是内地当代文学"反现代性的特征之一"(董健等:《中国当代文学史新稿》,第88页)。《新稿》还有意识地介绍了50年代戏剧创作中的"第四种剧本"①(如《同甘共苦》《洞箫横吹》《布谷鸟又叫了》等)对"左倾教条主义"的突破,大胆地描写"人"的要求,同时也尖锐地指出"文革"前夕(1965)的《欧阳海之歌》虽然艺术粗糙,却因迎合了当时"个人崇拜的政治要求",被当作是一部"活生生的政治教材"(董健等:《中国当代文学史新稿》,第254页)。此外,《新稿》指出,为实施"无产阶级新文艺"的激进文化构想,塑造"无产阶级英雄人物"(即"工农兵的英雄形象")成为1963年至1978年间文学创作的首要任务。不同于其他当代文学史著作的处理方式,《新稿》将"文革"时期的"手抄本"小说分为"启蒙主义""娱乐猎奇""性生理性心理探秘"等三种类型,并不惜用大量的篇幅进行评介,以另一种方式试图还原50—70年代文学复杂的"历史本相"。

与此形成鲜明对照的是,对于接续五四新文学传统新时期文学,《新稿》则试图勾勒出其中曲折复杂的渐变过程与表现形态,关注"伤痕文学""反

---

① 所谓的"第四种剧本",是指不同于当时常见的以阶级斗争为主线、表现工农兵的剧本,它对"人们内部矛盾"的暴露,更贴近于实在的日常生活,也更能够展示社会生活中真实的矛盾形态。参阅董健等:《中国当代文学史新稿》,第194页。

思文学"在回归"为人服务"与文学本体过程中的艰难和缓慢,突出知青小说和女性小说在表现"人"的价值复归潮流中的意义,肯定汪曾祺小说对"凡俗生活"的"诗意"发现(董健等:《中国当代文学史新稿》,第445页)。《新稿》没有否定90年代诗歌"个人化写作"合理的一面,肯定昌耀把诗歌当成"传记"来写的探索(董健等:《中国当代文学史新稿》,第582页),同时指出王朔小说在表现"大院文化"与塑造"大院子弟"方面所作的贡献。

(一)价值评判标准的矛盾与分离

但《新稿》在还原作品"历史本相"过程中存在一些问题。从整体效果看,由于对现代化/现代性内涵理解的歧义,《新稿》提出的"人、社会和文学的现代化"的价值评价标准,在阐释过程中常常出现观念构想与实际运用的矛盾与分离的情况,对当代文学的"历史本相"构成了另一种形式的遮蔽。如《新稿》一方面强调用"现代化"的价值标准来评判当代文学发展的历史,另一方面却又纠缠于"政治正确性"的思维惯性。以五六十年代农村题材的小说为例,《新稿》的阐释至少有两个问题值得讨论。一是质疑甚至否定这一时期的代表性作品如《三里湾》《创业史》《山乡巨变》等,认为当时农村合作化运动由于政治实用主义与"左倾"教条主义的失误,决定了这些作品"在表现生活和揭示生活规律上不可弥补的失误和肤浅"(董健等:《中国当代文学史新稿》,第148页)。而由"政治正确性"准则进而质疑扎根生活深处、献身文学事业的"柳青精神",也是值得商榷的:这恰恰是其所批判的"历史混合主义"的表现。二是对五六十年代农村题材小说与现代文学史上的乡土小说的比较。这两者间存在本质性的区别是显然的。但笼统地以前者否定后者,却是不够历史主义的。如认为在赵树理五六十年代的农村题材小说《"锻炼锻炼"》等中,作为乡土小说中的"风景画"已基本消失,"在他笔下出现的只是地形地貌及其他种种实物的描写,难得出现的几处农村景致也不过是满目的稻麦菜蔬,遍地的牛羊牲畜,乡土生活在赵树理的本文中既不见孙犁式的文人诗意情怀,亦无柳青、浩然式的高亢的乌托邦画卷,他所表现的是实实在在的、土里土气的农村本色"(董健等:《中国当代文学史新稿》,第102页)。《新稿》由此认定赵树理此类作品没有表现出"特定地域的文化传统、价值观念、伦理习俗与自然风光",以及其中隐含的"文化意味",并不完全无道理。但若由此质疑包括赵树理作品在内的这一时期的农村题材小说,"只能根据当前政治和政策的需要去写农村的阶级斗争、社会主义改造运动等重大政治事件","只有强烈的政治意味"(董健等:《中国当代文学史新稿》,第80页),则失之简单粗暴,也不符合作品所反映时代实际情况。在现代文学史上,赵树理的小说如《小二黑结婚》《李家庄变迁》等,并不是以五四新文学传统意义上的"乡土小说"风格产生影响,而是以关注社会敏感问题的"问题小说"及其为大众喜闻乐见的民间艺术表现风格奠定其文学史地位的。将其五六十年代的创作捆绑在新文学史上的"乡土小说"范畴进行讨论,恰恰是不够历史主义的表现。在另一些当代文学史著看来,在五六十年代,正是这些作品,成就了当代文学史上第一波农村叙事的高峰。《"锻炼锻炼"》甚至被陈思和的《中国当代文学史教程》认为不失真实地揭示了当时农村的"历史本相"①而给予了充分肯定。另外,在谈到五六十年代的戏剧与电影创作时,《新稿》认为政治宣传的要求和艺术本体内在规律"矛盾双方的消长决定着戏剧、电影创作生态的优劣"(董健等:《中国当代文学史新稿》,第180页)。

《新稿》这种观念的构想与具体应用的矛盾分离情况,还表现在一方面强调用"人、社会和文学的现代化"的标准评价作家作品,但另一方面,其运用的理论资源乃至表述风格,恰恰是其所批判驳斥的"'非历史'倾向"的研究。如认为峻青《黎明的河边》,"个体肉身的缺席正是那个时代文学的普遍现象,即便像峻青这样写到英雄的死,个体肉身也是被蔑视的","真正的个人身体感觉在这里是沉默的,死亡之于个体生命的意味不具有叙事的合法性,唯一合法的是个体生命的灭亡对于革命事业的意义"(董健等:《中国当代文学史新稿》,第105页)。编者这里运用的理论资源与修辞方式,很容易使人联想起其所批判的:运用后现代主义理论"把历史'搅成一锅粥'"。《新稿》从"人的文学"立场出发,批判的这种"非历史"研究倾向

---

① 具体可参阅陈思和主编的《中国当代文学史教程》(上海:复旦大学出版社,1999年)"民间立场的曲折表达:《锻炼锻炼》"一节内容。注:《教程》对赵树理这篇小说标题的书写没有加上双引号,是不规范的。

中的西方后现代主义理论，否定90年代"人民文学"与"反现代的现代性文学"的研究者对五六十年代革命历史题材一类作品价值的发现，而在运用类似理论与修辞方式对这类作家作品进行分析时，却鲜明地标识这正是自己所坚持的"文学的现代化""人的文学"的现代性立场。这种纠缠不清的情形，也许可以作这样的辩解，即"现代性"是一个见仁见智的理论问题。但也可以理解为是《新稿》文学史观念的预设与面对具体文学现象之间的分裂。就文学史观念与价值立场而言，《新稿》其实并没有超越80年代质疑的文学史编写观念与立场，甚至如前所言是一种"退行"，其所追求的"创新"和"理性批判精神"，主要还是一种理论上的设想①。

此外，《新稿》虽然试图从文化、语言、民族等角度将台港澳文学与内地文学一并纳入考察的视野，但从叙述效果看，除了对第一时期（1949—1962）的情形，特别是有关作家的分流与新文学格局的形成的介绍相对理想，与同时期的内地文学有一种整体感之外，其他部分的评述都不见得理想：内容失之单薄，浮于表象、形式，与内地文学的内在肌理关联也不够紧凑；以内地文学的"五分法"对台港澳文学进行评述，也不符合台港澳文学的历史演化过程。同时，由于《新稿》在一些内容的处理上缺乏一个严谨、科学的标准和体例，容易混淆读者视线，误导读者对一些作家作品"历史本相"的理解，有论者认为该史著在"论述上显得繁杂，非常精辟的见解与相对平泛的评介，交相出现"②，这种情形在史著中同时还表现为对一些作家作品评述篇幅设计的"失控"，如与对《三里湾》《创业史》《山乡巨变》（第142—148页）的评述形成鲜明对比，史著用相当于前述两倍的篇幅评介浩然及其《艳阳天》等作品（第248—253页，298页，305—309页），以相当于前述三倍的篇幅介绍"文革"时期的"手抄本"小说（第321—343页），其中用与前述相当的篇幅评介张宝瑞的《一只绣花鞋》（第337—343页）。这种处理方式，不能不直接影响到读者对当代文学"经典"的理解与当代

---

① 有关《新稿》在"现代性"理论阐释与文学史叙述方面存在的问题，可参考黄卫星与李彬的文章：《现代性与当代文学史叙事——〈中国当代文学史新稿〉》，《解放军艺术学院学报》2012年第1期。

② 傅书华：《新意迭现的〈中国当代文学史新稿〉》，《博览群书》2006年第8期。

文学价值的整体评估。诸如此类的"草率",或者说是硬伤,都在一定程度上影响了《新稿》所倡导教材编写应该遵循的"三性"(严谨性、稳定性和规范性),误导读者对当代文学"历史本相"的认识和理解。

第六节　当代文学史编写多元格局的形成

一、三部《20世纪中国文学》中的"当代"

进入90年代以后,作为文学史观念形态的"二十世纪中国文学"逐渐付诸写作实践,先后出版了多种史著,如孔范今主编的《二十世纪中国文学史》(下面简称"山东版")①、黄修己主编的《20世纪中国文学史》(下面简称"中大版")②、唐金海、周斌主编的《20世纪中国文学通史》③,以及由严家炎主编的《二十世纪中国文学史》(下面简称"高教版")④等。若宽泛一点,那么这一时期将中国现代当代文学界限打通的一些史著,也可看作是广义的"二十世纪中国文学史",如朱栋霖、丁帆、朱晓进主编的《中国现代文学史(1917—1997)》⑤、杨仆主编的《中国现当代文学史》⑥,雷达、赵学勇、程金城主编的《中国现当代文学通史》⑦等。另外,进入90年代以后还出现了一批以"二十世纪中国文学"为对象的研究丛书,如谢冕、李杨主编的《20世纪中国文学丛书》(10卷)⑧,谢冕、孟繁华主编的《百年中国文学总系》(12卷)⑨,严家炎主编的《20世纪中国文学研究丛书》(10卷)⑩,王晓明主编

---

　①　上、下册,山东文艺出版社1997年出版。

　②　黄修己主编,1998年和1999年分别以"广东省高校'九五'重点教材"和"教育部推荐中国语言文学类专业主要课程教材"名义由中山大学出版社出版,2004年则以"新一版""面向21世纪课程教材"在中山大学出版社出版,编写人员和内容设计都跟原来有很大不同,不过与初版本比较,40年代至70年代文学部分占篇幅比例变化不是很大。

　③　东方出版中心2003年出版。

　④　上、中、下册,高等教育出版社2010年出版。

　⑤　上、下册,高等教育出版社1999年出版。

　⑥　上、下册,人民教育出版社2005年出版。

　⑦　上、下册,甘肃人民出版社2007年出版。

　⑧　时代文艺出版社1993年出版。

　⑨　山东教育出版社1998年出版。

　⑩　安徽教育出版社1999年至2004年出版。

的《二十世纪中国文学史论》(三卷)[①]和《批评空间的开创·二十世纪中国文学研究》[②]等。这些研究丛书对20世纪中国文学中的一些问题进行专题研究,但其中也不乏探索性的构想,如《百年中国文学总系》,受《万历十五年》和《十九世纪文学主潮》的启发,选取从1898—1998年的12个年份,有意识地"通过一个人物、一个事件、一个时段的透视,来把握一个时代的整体精神,从而区别于传统的历史著作"[③]。

为了更好地了解"二十世纪中国文学"从概念理论到写作实践的理路,这里重点考察山东版、中大版和高教版等几部史著,并将考察的时段集中在1949—1979年部分的当代文学,理由是,这30年的当代文学,曾被当年的"二十世纪中国文学"倡导者剔除预设的阐释框架,同时也是80年代末"重写文学史"论争中受质疑、争议比较多的一段文学,而在上面提及的三部史著中,几乎是同时出版的前两部(山东版、中大版)史著与距隔十多年后编写的高教版史著,对这一时段的当代文学的历史叙述形成了鲜明的比照。

(一)《二十世纪中国文学史》(孔范今主编,1997年)与《20世纪中国文学史》(黄修已主编,1998年)

90年代以后,在反思80年代"二十世纪中国文学"与"重写文学史"这两大文学事件时,一个坚持"人民文学"立场的论者曾这样说过颇有针对性的一段话:

> 上世纪90年代以来,"20世纪中国文学"已经成为一套不言自明的常识,"重写文学史"已经成为中国现代文学研究的一种"方法"。"重写文学史"已经固化为缺乏自我反思能力的新教条,沦为新的僵化思维。"重写文学史"逐渐生成了"纯文学"的意识形态和体制……"重写文学史"是以对"文化大革命""鲁迅走在金光

---

① 东方出版中心1997年出版。
② 东方出版中心1998年出版。
③ 谢冕、孟繁华:《百年中国文学总系·总序二》,济南:山东教育出版社,1998年。

大道上"和"历史空白论"的"左"倾文艺路线的否定和批判始,但"重写文学史"的结果却是同样形成了新的"空白论"。"重写文学史"的"洞见"最终变成了文学史的"盲视"。更有甚者,"重写文学史"以批判"文艺黑线专政论"始,却以认同"文艺黑线专政论"终,不仅将"文革文学",而且甚至将"十七年文学"视为文学史的空白。1949年至1978年间的"中国当代文学"被视为从根本上失去了文学史的合法性,甚至于形成了文学研究的禁区。①

以上一段话当然可看作是论者坚持左翼——革命——人民文学立场的理据。不过更有价值的还是其中对发生在80年代新启蒙语境下两大文学事件的批判性反思。在新启蒙意绪阑珊的90年代,20世纪中国文学史的写作实践对1949年至1978/1979年间的当代文学进行压缩甚至删除的情形,的确很难摆脱与"80年代"的关系,并因此具有某种"历史合法性"。对此,一些研究者特别提及由孔范今主编的《二十世纪中国文学史》。该史著对内地包括"十七年文学"在内的40—70年代文学基本上采取一种压缩、淡化的态度,如"十七年文学"只占全书的十分之一,目录中只列出了周立波、柳青、贺敬之、郭小川四位作家和《红旗谱》《上海的早晨》两部作品。取而代之的是对同时期台湾文学的大篇幅介绍。这确实很能够说明问题。在稍后黄修己主编的《20世纪中国文学史》中,对内地这30年文学的"压缩"与"淡化",情况不见得比山东版的更具历史的同情,其中内容篇幅所占的比例不必说,目录所列出的作家作品,甚至还不如前者,只有《关汉卿》和《茶馆》;取而代之介绍的内容,也不见得比前者丰富:史著在简单述介这两部作品后,紧接着即跳转到了对新时期"思想解放浪潮中的文学创作"内容的叙述。至于"文革文学",则基本被搁置、消解。根据福柯的理论,"目录""标题""篇幅"这些外在的"形式"在特定语境中也可以具有"意识形态"意义。体现在这几部文学史中的这些"形式",让我们比较直观地

---

① 旷新年:《写在当代文学边上》,上海:上海教育出版社,2005年,第180—181页。

看到了90年代以来因40—70年代文学研究冲击而在"重写文学史"中压缩后的单一的当代文学图景。

当然,这种章节的安排设计对"压缩"与"删除"来说主要还是一种"形式",最能说明问题的,还是这两部史著对这一时期文学事实与现象偏重于政治社会学的潜在评价立场,对其审美性的忽略。这从其叙述评价过程中广泛使用的一些概念术语便可感受到,如"解放前""新社会""重大主题""思想改造""人民内部矛盾""路线斗争""农业合作化""大跃进""革命历史小说","正面人物""工农兵形象""三突出","政治抒情诗""社会主义现实主义""革命现实主义与革命浪漫主义",等等。尽管这些概念术语有不少被有些学者认为是构成当代文学学科的"关键词"[①],不过在我们这样一种考察视域中,它们都在一定程度上强化了对作为"'文学'史"的当代文学的质疑、压缩、删除意味。这些概念术语对当代文学审美性的淡化,发散着80年代启蒙与审美主义文学研究郁积下来的、一直没有得到冷却的躁气。

(二)《二十世纪中国文学史》(严家炎主编,2010年)

山东版与中大版这种淡化当代文学(1949—1979年)审美性的情况,在时隔十多年后的高教版《二十世纪中国文学史》中已有所缓解。该史著强调"现代性"是20世纪中国文学的"重要脉络"和"根本标志"[②]。但不同于当年"二十世纪中国文学"的倡导者,编者并没有将1949—1979年的当代文学剔除出"现代性"的视线,并指出50至70年代,文艺已纳入体制管理范畴。鉴于"诗学与政治学的紧张"[严家炎·《二十世纪中国文学史》(下),第23页],文艺政策始终处于不断变化与调整之中,因而这一时期中国文学的"现代性"具有明显的"不确定性"[严家炎:《二十世纪中国文

---

① 如"社会主义现实主义""思想改造""正面人物""革命历史小说""政治抒情诗""三突出"等。可参考洪子诚、孟繁华主编:《当代文学关键词》,桂林:广西师范大学出版社,2002年。

② 严家炎主编:《二十世纪中国文学史》"引论",北京:高等教育出版社,2010年。本章后面所征引该书内容,如无特别说明,均引自此版本。

学史》(下),第19—20页]①。文学艺术在坚持自身规律的同时,如何处理好与新的民族国家形式建设实践之间的关系,是这一时期文学"现代性"的两难。这或许可看作是诞生于五四、更迭于启蒙与救亡中的中国新文学的"现代性"在1949—1979年的"当代特征"。也正因如此,有论者认为这部既是"教科书"也是"研究性的专著"式史著(严家炎:《二十世纪中国文学史》(下),"后记"),在已有的二十世纪中国文学史著中,从体例、框架上都完成了对"以往研究的超越",尤其是比较好地将"二十世纪中国文学"这一观念形态的"现代性"与跟"世界的文学"相互交流的思想"一气贯通"②在这百年中国文学中。

比较而言,高教版《二十世纪中国文学史》对这30年的当代文学的介绍,在"压缩清理了某些与文学自身关系不甚密切的思想斗争的内容"的同时,对这一时期文学史的一些"难点"(特别是"文革"时期文学),也没有"简单回避"③,不仅在内容篇幅上有所增加,同时在章节设计上也有所体现,如增加了对林庚在50年代自由体诗创作情况的分析;对从革命历史题材到以农村变革为代表的现实题材,从主流政治抒情诗到"时代主调下的多元化努力"等的文学现象,史著也试图作出些新的阐释。对"文革"时期的文学,通过引入"潜在写作"观念,介绍了穆旦、"七月派"诗人的诗歌创作,以及"文革"后期以"地下沙龙"与"地下诗社"为代表的创作活动,指出这些潜在写作"逐渐摆脱主流意识形态话语的制约而回到自己的现实生活体验、想象与思考之中","显示出人性与艺术的觉醒"[严家炎:《二十世纪中国文学史》(下),第129页]。

---

① 评论界对史著的这个问题存在不同的意见。有研究者认为史著对《讲话》至"文革"的文学"缺乏反思的力度和深度",并对史著将这一时段的文学提升至"现代性"的层面来描述的处理方法产生质疑,认为理据并不充分。但也有研究者对此持完全相反的看法,认为史著从《讲话》"战时功利主义的文学观"出发,对"开国以后的历次运动,是怎么发动的,谁是'推手';'文革'是怎么发动的,谁应该负实际责任等等。能说的也都基本上说清楚了",并认为这是"重大的突破"。参见朱德发《创新性与本体性——论严本〈二十世纪中国文学史〉》、范伯群《每一代人都应该用自己的观点编写一部文学史——评严家炎主编的〈二十世纪中国文学史〉》,《中国现代文学研究丛刊》2011年第9期。

② 张恩和:《一部真正意义上的"文学史"》,《中国现代文学研究丛刊》2011年第9期。

③ 严家炎:《让文学史真正成为文献自身的历史》,《中国现代文学研究丛刊》2011年第9期。

高教版《二十世纪中国文学史》问世于新世纪文学史写作日趋沉缓的最近十年，20世纪80年代"重写文学史"的倡导及其在90年代以后的文学史写作实践的得与失，其时均已日渐"尘埃落定"。参与史著编写的阵容，从主编到编写组成员，都是对各自负责撰写部分有相当的研究积淀和丰富的文学史编写经验的学者，如"当代"部分的陈思和、程光炜、孟繁华、王光明等。对于未参编的颇具实力与影响的文学史家，如洪子诚等，史著也能够注意最大限度地吸取他们的文学史研究与写作精髓[①]。也正因此，史著对当代文学1949—1979年的叙述，明显地表现出对其他已问世的同类文学史的突破与超越，虽然也有学者认为史著既缺乏"严密的逻辑框架"，也没有"统一的思想线索"，总体布局上显得有些"松散、重复、游离"[②]。

以上三部《20世纪中国文学》的主编都是现代文学研究领域的学者、文学史家。他们对当代文学（1949—1979）的处理方式虽然不尽相同，但基本上都是一种五四新文学视角，同时也表现出现代文学学科优势的"压迫感"与"挤逼感"。与现代文学比较，他们对"当代文学"的评价持有一种不言自明的等级差序。这种情况，当然也还可看作是80年代的"二十世纪中国文学"观念理论的文学史编写效应，比如建立在"启蒙与救亡"二元思维之上的"断裂"文学观，追随世界潮流的文化文学现代化立场，审美主义的作家作品评价向度，等等。

二、《中国当代文学发展史》的"新元素"

在近十多年来出版的当代文学史著作中，比较值得关注的，还有由孟繁华、程光炜撰著的《中国当代文学发展史》[③]（以下简称《发展史》）。这部当代文学史著作在吸收80年代以来的中国现当代文学史研究与写作成果，试图建立一种新的文学史观念与立场，以及文学评价体系、文学史叙述模式与风格等方面，都进行了探索与尝试，并表现出一些文学史写作与研究

[①] 如史著对洪子诚《中国当代文学史》、50—70年代文学中国文学专题研究"政治的直接美学化"等观点的参考引鉴等。

[②] 朱德发：《创新性与本体性——论严本〈二十世纪中国文学史〉》，《中国现代文学研究丛刊》2011年第9期。

[③] 孟繁华、程光炜著：《中国当代文学发展史》，北京：人民文学出版社，2004年。本章后面所征引该书内容，如无特别说明，均引自此版本。

的"新元素"。

《发展史》的这种"新元素",首先体现在"现代性"文学史观念的建构上。编者不同意将当代文学的"不确定性"完全归结于意识形态性质的"'一体化'的统治",认为在当代文学发生的年代,即"已经遭遇了现代性问题"(孟繁华、程光炜:《中国当代文学发展史》,第4页)。相对而言,《发展史》对当代50—70年代这一时期文学"诗学与政治学的紧张"的现代性问题的阐述,要早于严家炎主编的《二十世纪中国文学史》,也更深入具体。如编者认为当代文学的历史叙述常以重大政治事件为标志,隐含的是政治与文学的等级/主从关系,也"难以客观地揭示当代文学发展过程中的真正问题",这种现象的实质,是当代文学还没有从文学与政治的"紧张焦虑的状态中解脱出来"(孟繁华、程光炜:《中国当代文学发展史》,第6页)。史著指出,"当代文学的'合法性'的建立",其实质就是要确立以《讲话》为代表的毛泽东文艺思想在当代中国文学中的统领地位。第一次"文代会"在标志着当代文学"史前史"的结束,从此"空前地统一到一个有执政党和国家掌管的组织和思想路线之中"(孟繁华、程光炜:《中国当代文学发展史》,第25页)的同时,又让人们感受到这一切都是由中国革命与社会发展的历史决定的。"诗学与政治学的紧张"在当代文学的诞生之日起,就是一种"常态":第一次"文代会"的几个报告,都是"结合《讲话》的精神和延安文艺经验来阐发今后全国文艺工作的方针和任务";作为解放区文艺的代表,周扬的报告"充满了无可怀疑的自信",而茅盾虽然也认为国统区文艺"还是有其显著成绩的",但还是深刻地检讨了"人道主义""个人趣味""小资产阶级的思想观点""欧美中产阶级的文艺传统"与"新的人民文艺"及《讲话》精神的"格格不入"与"不相符";左翼作家和来自延安的作家确立了"主导地位",而像巴金、曹禺、沈从文、朱光潜等"进步作家"则从此"边缘化","大都没有实际权力"(孟繁华、程光炜:《中国当代文学发展史》,第21—25页)。编者认为,当代文学"合法性"地位的确立,"诗学与政治学"之间的"紧张焦虑状态",实际上是"现代性"问题的折射。

《发展史》的"新元素",同时也体现在借重韦勒克"内部研究"与"外部研究"的理论,对于作为"外部资源"的俄苏文学对中国当代文学影响的清理介绍。史著认为,"在当代中国文学发展过程中,不仅我们使用的概念、关注的焦点,甚至面临的问题与苏联几乎都是相同的。高涨的理想主义热情与残酷的政治压抑相伴相生"(孟繁华、程光炜:《中国当代文学发展史》,第27页)。俄苏文艺中关于文艺领导权的归属规定、文艺意识形态功能的定位、作家组织与管理的设计等等,都很适时地顺应了新中国文学早期面临的诸多亟待解决的现实问题。尤其是被写入《苏联作家协会章程》(1934年)的"社会主义现实主义"理论,几乎成了中国当代文学的"骨架",在50年代以后逐渐被新中国文艺界"制度化",而马林科夫1952年在联共十九大报告中对这一理论的进一步具体阐释,特别是"社会主义文艺学范畴中的几个关键性概念",如正面形象、新人物、典型、本质、党性等等,也因此成了当代中国文艺界"几十年诠释、讨论的基本概念的一部分"(孟繁华、程光炜:《中国当代文学发展史》,第37—38页)。但值得关注的另一方面问题是,《发展史》指出,与欧洲传统及19世纪以来俄罗斯丰富的文学和文学理论已成为苏联民族精神的组成部分不同,"我们在接受苏联文学的时代(主要是50—70年代,笔者),更注重的是理论的实用性与意识形态的意义,而不包括俄罗斯文化精神在内的全部苏联文学"。史著认为这固然与我们的民族传统和民族主体性的制约有关,但也不否认其中所隐含的"追随中的疏离危机",即"当民族主体性和意识形态要求与追随的对象发生分歧时,疏离甚至反目就会成为新的选择对象"。这也是中国当代文学的现实:"经历了对苏联文学的接受、对抗、选择的全过程"(孟繁华、程光炜:《中国当代文学发展史》,第27页)。史著对俄苏文学与中国当代文学关系的历史梳理,为人们重新认识和了解这一时期中国文学的复杂性提供了一个"他者"的"外围"观察视角。

《发展史》再一个值得注意的探索是,对90年代以后"大众文学"现象的提出与评述。史著这里的"大众",并不是40—70年代具有某种历史主体性的"人民""群众""工农兵",而是对90年代以降新出现的"城市""民间""新市民"的指称。史著在指出90年代"大众文学"兴起的复杂背景,如市场经济的冲击、人文精神的失落等的同时,认为作为"工业社会大众文化的直接产物",大众文学具有鲜明的都市性与现代性特征,它"不热衷于判断、价值取舍和观念的估定，不对审美形态作等级性的、排斥性的选择"，而习惯于多元的文学格局与交杂的创作环境，同时与传媒、出版等文化产业市场更加密切，因而是"50年代以来中国最为自由、自足，同时也是最为市场化的一种文学形态"（孟繁华、程光炜：《中国当代文学发展史》，第231页），而"流行性"文学读物发展与精英文学的"泛大众化"，则是这种文学现象的主要表现形态。编者认为90年代这一趋于娱乐功能与消遣性质的大众文学的兴起，是对"纯文学"与"非文学"界限的"不攻自破"，标志着当代文学的发展进入了比较"平面"的历史时期（孟繁华、程光炜：《中国当代文学发展史》，第231页）。基于以上的文学观念，史著将王朔的《顽主》与陈忠实的《白鹿原》置放在一起予以评述，根据是：这两部作品都与市场关系密切，属于畅销书；对现实与历史的处理，都采用了"非历史主义"的叙事方式，一个是"玩"，一个是"虚拟"；都与"后现代主义"文化有某种精神渊源（孟繁华、程光炜：《中国当代文学发展史》，第235页）。编者认为《白鹿原》对"史诗"品格的追求，并不是站在"先验"的立场上，也不像一般作家那样囿于特定阶段表层的人生世相，而是在"本真历史""家族恩怨""性意识冲动"等复杂因素组合的平台上去"观察历史演变，洞悉人生无常"，让读者在"非历史化"的叙事中直接参与文本的建构过程。编者认为尽管小说"好评如潮"，但也指出，诚如有些批评所言：小说写性是为了"好读"，是出于对"读者市场"的考虑（孟繁华、程光炜：《中国当代文学发展史》，第237页）。

除上面讨论的几点外，在如何将编写观念与价值取向落实到对作家作品的评价上，《发展史》也开展了一些让人耳目一新的探索尝试。有研究者统计，《发展史》目录章节中显现作品书名有24部，"这些有'争议性'作品，虽然在文化主题上找不到共同的话语，但是试图在建构一种'整体性'视野，这和编写者所设定的'不确定性'思路是暗合的"[①]。《发展史》对《我们夫妇之间》《洼地上的"战役"》《保卫延安》等"文学的现代性实验"的

---

① 郑立峰：《中国当代文学编写与教学问题——从孟繁华、程光炜编写的〈中国当代文学发展史〉说起》，《名作欣赏》2017年第14期。

阐释，关于"样板戏"美学的考察，对世纪末"红色经典"再风行现象的透视，都充分地彰显了文学史编写的探索活力，同时也在不经意中践行了韦勒克关于文学史写作的思想，就是要描述出一部艺术作品在历史进程中不断被"解释、批评和鉴赏的过程"①。

《发展史》"求变""求新"的意识，在有力地冲击一段时间里构建起来的相对稳定的当代文学史叙述秩序的同时，让我们又一次感受到了关于"当代史"叙述，由于受制复杂因素而变得"不确定"的情形，以及历史书写的张力与困境。当然，作为一种行进中的探索与尝试，《发展史》不可避免地存在"点到为止"的局限。如有论者认为《发展史》80年代以后有关"评奖制度"的分析，"将史家视野从作家作品投向文学活动"，"触及了文学与文学管理体制和'主旋律'的微妙关系问题"。对于"'改刊'风潮"，尽管"文学史的研究还远远不够"，如对"改刊"以外的"停刊"现象讨论的缺席。但是在将"期刊研究"引入史家视野、体现"对文学史整体感的追求"，却值得关注②。

三、《中国当代文学主潮》的观念与视角

《中国当代文学主潮》③（以下简称《主潮》）是陈晓明根据"教学讲稿"与研究项目"现代性与当代文学主潮"衍生的一部文学史著，从2003年初断断续续写到2008年夏。明确地将当代文学不同时期考察、讨论的主要文学创作等现象归拢、上升至文学潮流的高度，是《主潮》区别于其他文学史编写视角，同时也暗含了史著的理论性与研究性。与大多数当代文学史只叙述到20世纪90年代初不同，《主潮》的叙述"下限直到21世纪最近几年"，以"无愧于'当代'"（陈晓明：《中国当代文学主潮·后记》）。从史著"绪论"及正文内容关于90年代以来代表性的几部当代文学史的评点、引述看，与《中国当代文学史新稿》一样，《主潮》其实也是对90年代以来当代文学

---

① ［美］韦勒克、沃伦著，刘象愚等译：《文学理论》，北京：生活·读书·新知三联书店，1984年，第293页。
② 樊星：《追求整体的当代文学史——读孟繁华、程光炜〈中国当代文学发展史〉的随想》，《当代作家评论》2005年第3期。
③ 《中国当代文学主潮》，陈晓明著，北京：北京大学出版社，2009年。本章后面所引该书内容，如无特别说明，均引自此版本。

史编写的回应。不过回应的背景立场与前者偏重于质疑、否定的情形略有不同，《主潮》虽然也有质疑，但也肯定这几部文学史对当代文学史编写所作的探索。史著的出版在当代文学史界引起了一定的反响，有论者认为《主潮》提供了一种"新的观念、视角和范式"，是1999年后当代文学史研究写作的重要收获①。还有一些论者对《主潮》的"现代性"与"历史化"、《主潮》与当代文学史的写作经验等问题进行了讨论②。

下面我们从文学史的叙述框架与作品解读两个方面看看《主潮》编写的理论体系。

（一）"现代性"与"历史化"的叙述框架

"现代性的历史观""激进现代性"与"历史化"等理论与问题方式，使《主潮》关于当代文学社会主义现实主义性质的认识与理解，在文学史分期文学史叙述的观念与方法等方面都不同于其他同类史著。从雅斯贝斯的"现代性的历史观"理论出发，《主潮》重释了社会主义现实主义文学性质的当代文学的历史内涵，认为从"历史整体性的建构"，特定框架内的历史解释，整体性历史观中的"进化论与目的论"等角度重新进入当代文学史，可以观测到当代文学的另一种图景。陈晓明强调《主潮》"所追求的文学史的观念与方法，可能就是在现代性与后现代性综合基础上建构起来的当代文学史叙事——既给予中国当代文学史以一个完整的、有序的、合乎逻辑的总体趋势，又试图去揭示这个历史过程中被认为缝合起来的文学现象的关联谱系"（陈晓明：《中国当代文学主潮》，第15页）。这种"现代性"，"是指启蒙时代以来，'新的'世界体系生成的时代，在一种持续进步、合目的性、不可逆转地发展的时间观念影响下的历史进程和价值取向"（陈晓明：《中国当代文学主潮》，第18页）。而具体到《主潮》，这种"现代性"同时还是中国本土的。陈晓明指出，"我把中国当代文学放在世界现代性的历史进程

---

① 孟繁华：《"现代性"与中国当代文学历史叙述——评陈晓明的〈中国当代文学主潮〉》，《海南师范大学学报》2010年第2期。
② 比较有代表性的文章有王春林的《"激进现代性"的"历史化"进程——评陈晓明〈中国当代文学主潮〉》（《当代作家评论》，2010年第4期）、李德南的《中国当代文学史写作的经验积累与可能性——以陈晓明的〈中国当代文学主潮〉为例》（《文艺争鸣》2012年第2期）等。

中来理解,它是中国的'激进现代性'的一个组成部分。它无疑意味着一种新的不同于西方资产阶级现代性的文化的开创,它开启了另一种现代性,那是中国本土的激进革命的现代性"。他坦言《主潮》有一条内在的文学史叙述理论线索,"就是中国现代性的历史进程,从激进革命的现代性叙事,到这种激进性的消退,再到现代性的转型"[①]。而《主潮》追求的"历史化",与我们前面讨论的作为当代文学研究观念与方法的"历史化"有本质的区别,即"历史化"在这里主要是指文学创作的内容与追求,或者说它既是方法,更是内容。"历史化"概念在这里至少则包含着两层含义:其一,文学在"被给予一种历史性"的同时"生成一种自身的历史性并再现出客观现实的历史性","'历史化'的文学艺术也可以反过来'历史化'现实"。其二,"就其具体文本而言,文学艺术对其所表现的社会现实具有明确的历史发展观念意识;文学叙事所表现的历史具有完整性。借助叙述的时间发展标记,这种完整性重建了一种历史,它可以与现实构成一种互动关系。"(陈晓明:《中国当代文学主潮》,第20页)具体到作家创作,"历史化"就是要求作家"按照特定的历史要求再现式地叙述一种被规定的、已然发生的历史,从而使作品所要反映的生活具有客观的真理性";对于作品文本而言,"历史化也就是将历史文本化和寓言化,历史与文本完全融合在一起"(陈晓明:《中国当代文学主潮》,第116页)。

《主潮》认为当代文学那种"不断激进化的历史进程",是文学史叙述的基础。基于现代性与"历史化"的观念与立场,《主潮》明确地把1942年作为当代文学的起点,理由是"1949年这个时间标识显然只是一个具有政治意义的象征事件,不能反映出文学本质的内在转折"(陈晓明:《中国当代文学主潮》,第4页),而把1942年的延安文艺座谈会作为起点标志,"社会主义革命文学的书写将会显得更加完整,其来龙去脉也会更加清晰"(陈晓明:《中国当代文学主潮》,第5页),由此"可以抓住贯穿中国当代文学史始终的那种精神实质,以及由此而展开的内在历史变异"(陈晓明:《中

[①] 术术、陈晓明:《云谲波诡的60年文学——关于陈晓明新著〈中国当代文学主潮〉的访谈》,转引孟繁华:《"现代性"与中国当代文学历史叙述——评陈晓明的〈中国当代文学主潮〉》。

国当代文学主潮》,第6页)。以此为叙述起点,《主潮》将当代文学史划分为四个时期:1942—1956年(社会主义现实主义的起源与基础建构阶段);1957—1976年(社会主义现实主义文学不断激进化阶段);1977—1989年(即"新时期"文学阶段,社会主义现实主义修复与重建阶段);1990年—21世纪初(社会主义现实主义文学由一体化转向多元格局时期)。而从"现代性"角度,《主潮》认为以1992年为界,将1942—1992年视为一个完整的时期,"这50年的当代文学都处于社会主义现实主义的审美领导权统治下,进行的是现代性激进化的文学建构";1992年后的中国文学,在多元格局形成的同时,"进入了现代性解体和后现代性建构的时期"(陈晓明:《中国当代文学主潮》,第6页)。而从"激进现代性观念推动下的'历史化'角度",《主潮》还描绘了一幅当代文学史的"'历史化'地形图":"全面'历史化'"时期(1942年以后,或1949年以后的"十七年文学");"超级'历史化'"时期("文革"时期);"'再历史化'时期"("文革"后的新时期);"去历史化"时期(90年代以后)(陈晓明:《中国当代文学主潮》,第22页)。

(二)概念辨析与作品重释

依靠"既能看清现当代文学总体性的流变,又能够有效地解释文学创作依然不能抹去的内在的关联"(陈晓明:《中国当代文学主潮》,第17页)的"激进现代性"与"历史化"的理论体系,《主潮》重释了当代文学创作主潮,特别是我们所熟悉的在50—70年代被称之为"革命历史题材""农村题材"的创作。总体而言,陈晓明认为当代文学创作前30年(1949—1979)重新演绎的,是40年代延安解放区一批具有"革命的现代性"的作品,如《白毛女》《暴风骤雨》《太阳照在桑干河上》等奠定的思想。这些作品把五四以来启蒙文学"奉行的人道主义的爱","转化为阶级斗争的恨"(陈晓明:《中国当代文学主潮》,第43页)。如"三红"(《红旗谱》《红日》《红岩》)、《青春之歌》、《保卫延安》,讲述的是当代文学建构的"历史化"运动:"文学重新讲述(建构)了革命历史,同时也构建了文学的历史化";革命文学与革命历史融合在一起,形成了当代文学的"中国的现代性的历史化叙述"(陈晓明:《中国当代文学主潮》,第117页)。与"五四"以来的"以反现代性或反思性的现代性"为确立根基的"乡土文学"概念不同,《主潮》指出"农村题材"实质是1949年后"中国社会主义革命文学的概念","是对与计划经济体制相关的文学题材进行的划分",是"中国社会主义政治文化的产物,也是中国社会现实的写照"。这种以工农兵为主导的文学,是《在延安文艺座谈会上的讲话》强调的"工农兵文学"的必然结果。农村题材的创作把农村生活上升到"革命叙事"的范畴,把阶级斗争和路线斗争作为自己的"核心灵魂"(陈晓明:《中国当代文学主潮》,第93—94页)。《主潮》认为包括《创业史》《山乡巨变》等在内的作品,均是"中国现代性政治激进化在文学上的表现","现实主义的典范之作,也是'历史化'的理想之作"(陈晓明:《中国当代文学主潮》,第112页)。

与相关概念的辨析关联,是对作家作品的重释。这种重释,让我们看到了当代文学的另一种图景。如《主潮》指出王蒙笔下的赵慧文这个"孤独的女人",会让我们想起丁玲、蒋光慈、柔石笔下的知识女性;对茹志鹃在"大跃进"高潮时期发表《百合花》这种"绝望而美丽的故事"进行了新的解读①。从"激进现代性"角度,陈晓明认为"大跃进"新民歌运动,固然表明文学艺术不可能逃脱的政治化命运,但"也表达了社会主义时代对创建自身文化新形式的渴望"(陈晓明:《中国当代文学主潮》,第195页)。在与"后新时期"文学的对比中,陈晓明指出新时期文学反思"文革"的强烈政治认同感与五六十年代文学的一脉相承(《中国当代文学主潮》,第241页)。顺着这一思路,对张贤亮知识分子思想改造的《唯物论者的启示录》系列中篇,《主潮》也提出来与众不同的看法,认为在人性人道主义以及主体性思想理论的背景上,《男人的一半是女人》女性中心叙事的转型(黄香久:"是我让你变成真正的男人的……"),对人性话题的凸显,标志着80年代文学反思"文革"的终结,"思想解放运动已经告一段落"(陈晓明:《中国当代文学主潮》,第252页)。还有,在《主潮》看来,"寻根"文学口号的提出与创作实践,是当代文学在追踪现代主义过程中"重新历史化"的反映,即"回到本民族的文化传统中也依然可以具有现代性"(陈晓明:《中国

---

① 《主潮》认为茹志鹃对"大跃进"那种战争年代的动员组织形式有所疑虑。"战争中牺牲的都是无辜的生命,即使有美好留存下来,也会让人更觉悲哀。"(第156页)把《中国当代文学主潮》对茹志鹃的这种"冷门"解读置放回特定的历史语境,很难说是过度阐释。

当代文学主潮》,第323页),而跟随而来的"先锋派"的创新动力与意愿,则是现代主义的延续……(陈晓明:《中国当代文学主潮》,第338页)

此外,不同于其他当代文学史,《主潮》试图对90年代中期以来的中国文学进行系统完整的阐述。与20世纪后半时期在世界范围内普遍表现出一种"文学作为民族国家想象建构的需求功能的弱化"趋势比较,陈晓明认为中国文学这种现代化功能的"弱化"则要到90年代中期以后,并以碎片式的多元分化局面呈现。当代文学由此进入"去历史化"/"后历史化"(陈晓明:《中国当代文学主潮》,第521—522页)的"后文学"时代,个人化写作、网络写作成为文学主潮。21世纪初,当代文学的乡土叙事逐渐走向"终结":传统乡土文学的经典性叙事已经终结;作为一种文学形态,也已"脱离了社会主义农村文学的概念";在美学追求上则已有解构乡土美学的意向……(陈晓明:《中国当代文学主潮》,第583页)。

在"当代"研究领域,陈晓明是比较偏重理论的学者,尤其是对后现代文化理论。这种理论性与学术性,使得《主潮》的叙述风格常常表现出一种强烈的"自话自说"的学术研究品格。90年代以后的当代文学史编写,"启蒙""革命""社会主义现实主义""现代性""历史化"等都是许多文学史关注并消融在文学史叙述中的关键词。《主潮》当然也不例外,但其过人之处,是不故步自封,以丰富的理论和缜密的阐述,融人之长却不失根本,为当代文学史编写提供了一种"新的观念、视角和范式"。

第四章

当代文学史编写与史料整理研究（2010—2019）

第一节 当代文学史编写的新状态

一、近十年来的当代文学史编写

进入20世纪90年代后，基于如前所述的复杂思想文化/文学背景，同时受具有仪式感的"共和国50年"重大事件的助推，当代文学史编写迎来了"世纪末辉煌"的景象。这一波"辉煌"直到新世纪的最初10年仍意犹未尽。据统计，从2001—2010年，先后出版的当代文学史著述达66种，基本上与1990—2000年的持平。此后，当代文学史的编写与出版开始缓慢。据粗略统计，从2011—2019年，公开出版的当代文学史著作不超过30种。其实，这十年，国家高等教育依然保持强劲的扩招势头；政府依然把"高水平"教材的编写与出版纳入高校教师科研水平与能力评价的范畴，甚至作为评价"高水平大学"建设的权重指标之一。另外，文化市场虽然在体制的干预下有所调整，但总体上仍相对宽松，教材的出版仍无太多设限。但即便如此，内地当代文学史甚至是整个"古今中外"文学史的编写均显得有些疲软。尤其值得注意的是，在当代文学史编写领域，作为国家政治生活中颇具象征意义的"共和国70年"的"2019"，已没有像历史上的"1959""1999"那样预期催生出一批既能够体现主流文化趋向，又能够有一定探索与创新追求的文学史著作来"献礼"——如果不考虑张炯主编的《中国当代文学史》[①]的话。

[①] 张炯主编：《中国当代文学史》（上中下册），南京：江苏凤凰文艺出版社，2018年。作者的身份归属虽是中国社会科学院文学研究所，但并未明言这套文学史著作的"共和国成立七十周年""献礼"性质。

近十年出版的当代文学史著,比较有表性的,除了前面提到的由严家炎主编的《二十世纪中国文学史》,值得关注的是张炯主编的《中国当代文学史》。与大多数从时间分期角度对当代文学历史进行叙述的情形不同,该史著最显著的叙述特点,是像当年北大版的《当代中国文学概观》那样,依从文体分类的角度。史著的另一个颇具意味的特点是,其虽然在"共和国70年"的前夕推出,但编者的历史叙述的时间下限却戛然终止于2000年,而未将被称之为"新世纪文学"的"当代文学"纳入历史叙述的范畴。另外,由张健主编的《中国当代文学编年史》(1—10卷)[①],也是近十年来值得关注的一部类似于"年鉴学派"性质的史著。不过相比之下,该史著已明显地具有了一定的史料性质。

这一时期出版文学史著,大部分是进行简单修订后重版。这种情况包括两个方面,一是将文学史内容的叙述时间下限延长,如朱栋霖等主编的《中国现当代文学史(1915—2016)》(上、下)[②]等[③],另一种情况,是在延长的同时,拓展、充实,这其中比较有代表性的是北京大学中文系张钟等的《中国当代文学概观》(第三版)[④],增加了对当代台港澳文学内容的介绍。当代文学史的修订再版包含着编者的多重因素考量,但近十年来,这种情况也已相对淡化,凸显的主要是"市场"。

相对于内地近十年来当代文学史编写速度放缓的情形,倒是海外,特别是北美汉学界,以王德威主编的《哈佛新编中国现代文学史》(2017)为代表,掀起了一股包括当代文学史在内的"重写"20世纪中国文学史的成果,并在内地的文学史界产生了一定的影响。关于这方面的内容我们将在下一章展开评述。值得注意的另一方面情形是,与中国内地10年来当代文学史编写放缓的新状态形成鲜明比照,国内学界有关当代文学史料的整理与甄释却呈现出方兴未艾的景象。当代文学史编写这种错综失衡的情形,

---

① 山东文艺出版社2012年出版。
② 朱栋霖、吴义勤、朱晓进主编,北京大学出版社2018年出版。
③ 类似比较有代表性的还有:赵树勤主编的《中国当代文学史:1949—2012》,湖南师范大学出版社2012年出版;曹万生主编的《中国现当代文学(1898—2015)》(上、下)(第3版),中国人民大学出版社2016年出版。
④ 参与修订版(第三版)《中国当代文学概观》的人员包括张钟、洪子诚、佘树森、赵祖谟、汪景寿、计璧瑞,北京大学出版社2014年出版。

无疑给我们提出了一些值得思考的问题，如该如何看待与解释当代文学史编写的放缓与文学史料整理的繁荣之间的关系？能否说后者其实是在以"迂回""下沉"的形式替代前者的"放缓""滞留"？如果可以的话，那么"放缓"就不应该是近十年来当代文学史编写的全部，甚至因此还可能牵涉到一个更大的问题，即无论是"迂回"抑或"放缓"，均已关涉到中国当代文学学科的建设与发展这一结穴点。而要回答将诸如此类的问题，显然有必要简单回溯清理近十年来的当代文学史料整理研究状况。

总之，近十年来的这种新状态，暴露出当代文学史编写和当代文学学科近三十年来出现的一些问题，或许可以用"转型"来描述。而就文学史编写来说，"转型"在这里，主要是指原来的那种文学史似乎已经难以为继，再编写也不会有新花样。近些年来，质疑原先的文学史写作的呼声很高，也怀疑文学史的可能性。有些研究者，特别是更年轻的学人，开始尝试新的、更能触及现实历史和文学问题的"文学史书写"，如问题史、断代史、材料编纂与注释等。这些情况，从另一个角度，也可看作是对"历史化"问题的继续推进，特别是对当代文学材料整理与注释的重视。这种情况，反映出当代文学史研究的推进，但其实也是一种陷入困窘的焦虑的表现。这是当代文学学科正在面临的境况。

二、面对史料的整理与甄释

不少研究者都注意到了当代文学史料的特殊性，即它除了传统文学史料所指的如目录学、版本学、考据学、校勘学、辑佚学等之外，还涉及注释学、文体学、图书情报学、信息管理学等涵纳古今、融会传统与现代的一种"全信息"[①]。自1978年起，中国社科院与苏州大学、复旦大学等高等院校共同编拟当代文学研究大型资料丛书，对当代文学的研究与编纂阐释了重大影响。[②]

[①] 吴秀明主编：《中国当代文学史料问题研究》，北京：中国社会科学出版社，2016年，第2页。本章后面所征引该书内容，如无特别说明，均引自此版本。

[②] 张炯在《论发展中的我国当代文学学科》(《中国当代文学研究》2023年第3期) 中对丛书有如下描述：该丛书分作家研究专集与作品体裁研究专集两类，前者收集作家生平传记 (包括自述)、作品出版年表以及有关作品的评论，已出版88卷，所选均为比较有定评的作家。后者已出版《长篇小说研究专集》(山东人民出版社出版，共4卷)。尚有《诗歌研究专集》等二十种已编就，因经费不足，未能出版。此套丛书最初由复旦大学唐金海、杭州大学何寅泰、苏州大学卜仲康等老师发起，联合三十三所高校老师分头编辑，后申请纳为中国社科院项目，加入张炯、蒋守谦为常务编委、何火任为编委，历时十多年与具体编辑文本的高校教师共同努力而先后出版。其后，王尧、吴义勤等继续推进此项工作，又出版了若干卷。

关于当代文学史料的编排分类，吴秀明在对相关成果梳理的基础上，举列了三种比较有代表性的情形：一是谢冕、洪子诚主编的《中国当代文学史料选（1948—1975）》①，基于对当代文学"一体化"的思考与判断，较早地将史料按"国家领导人讲话与报告""重要报刊社论与编者按""会议纪要""作家发言"与"选集自序""文学评论"等进行分类编排；二是谢泳在《拓展中国当代文学史料的几个方向》中提出的"国家机关连续出版物""文件与会议简报""内部言论汇编""校报校刊""高校学生期刊""旧诗人诗集"的分类思考②；三是吴秀明自己基于对当代文学史料纷纭复杂的认识与理解，在《中国当代文学史料问题研究》(2016)及其配套史料丛书中，将其分为"公共性史料""私人性史料""民间与'地下'文学史料""通俗文学史料""文学评奖"等11种类型③。

当代文学史研究与写作近十年来的史料意识，实际上是对当代文学"历史化"命题的拓展深化。20世纪末洪子诚中国当代文学史著作的出版，被认为是中国当代文学编写与研究"从史料再出发"的当然标志。但作为一种观念，或者说是理论问题，有论者认为近十年来有关当代文学的史料建设与研究的话题，至少可以追溯到1990年代初《当代文学参考资料与信息》刊发的一组文章④。进入21世纪后，在洪子诚、钱文亮的访谈《当代文学史研究中的史料问题》⑤、张志忠《强化史料意识，穿越史料迷宫——关于中国当代文学史料问题的几点思考》⑥、吴秀明《史料学：当代文学研究面临的一次重要"战略转移"》⑦等助推下，逐渐演化成为当代文学史界的"公共

---

① 北京大学出版社1995年出版。
② 谢泳：《拓展中国当代文学史料的几个方向》，《文艺争鸣》2016年第8期。
③ 吴秀明：《近十年来当代文学史料研究的总体图景》，《文艺争鸣》2019年第2期。
④ 这组刊发在《当代文学研究资料与信息》1991年第2期的文章，指的是由当时北京大学中文系的博士、青年教师与访问学者"面对历史的挑战：当代中国文学史料学研究笔谈"，包括：韩毓海《文学的"重构"与"解构"——建设"当代中国文学史料学"的意义》、马相武《传记工程：当代文学研究的基本建设》、张玞、孟繁华《当代文学的历史叙述与史学的建立》、张颐武《当代中国文学史料学：起点与机遇》等。转引吴秀明主编：《中国当代文学史料问题研究》，第12页。
⑤ 《文艺争鸣》2003年第1期。
⑥ 《中国现代文学研究丛刊》2010年第2期。
⑦ 《中国现代文学研究丛刊》2012年第2期。

事件"①。据《中国当代文学史料问题研究》统计,仅2010—2013年,被国家社科基金立项的有关当代文学史料方面的项目就达14项,2015年国家社科基金课题指南还首次将《六、七十年代文学资料整理与研究》列入其中(吴秀明:《中国当代文学史料问题研究》,第5页)。最近几年涌现了洪子诚的《材料与注释》②、吴秀明主编的《中国当代文学史料问题研究》,以及程光炜主编《八十年代文学史料研究》③等一些代表性的成果。在《近十年来当代文学史料研究的总体图景》一文中,吴秀明从"现状与问题史料""体制性史料""民间性史料""事件与思潮史料""作家与作品史料""台港澳与海外史料"等互有关联的六种史料类型角度,统计分析了《文学评论》等九家主流文学研究和批评刊物④在2007—2017年间所发表的1373篇当代文学史料研究文章。

当然,在近十多年来的当代文学史料整理中,值得关注的代表性成果,还应该包括一批大型史料的整理出版,如(按出版时间的先后):王尧、林建法主编的《中国当代文学批评大系(1949—2009)》(6卷)⑤,孔范今主编的《中国新时期文学研究资料汇编》(18种)⑥,吴俊总主编的《中国当代文学批评史料编年》(12卷)⑦,程光炜的《中国当代文学史资料丛书》(全16册)⑧,等等。

尽管史料问题近十年才成为追捧的热点,但这并不能够说明当代文学对史料的轻慢。诚如洪子诚所言:"在五六十年代,在开始建构'当代文学'及其历史的时候,对'史料'还是重视的。"⑨这里且不说他提到的记忆中的如50年代末山东师院编纂的史料丛书(内部出版,包括当代作家评论目录,

---

① 《当代作家评论》2016年第6期开设了由程光炜主持的《重返80年代:史料发掘》栏目,刊发了一组相关文章。同年9月,《学术月刊》(第9期)发表了吴秀明的《一场迟到了的"学术再发动"——当代文学史料研究的意义、特点与问题》。近年来不少期刊,如《新文学史料》《文艺争鸣》《当代作家评论》均开设了有关当代文学史料建设、整理与研究的栏目。

② 北京大学出版社2016年出版。

③ 中国社会科学出版社2019年出版。

④ 另外8家刊物:《文艺研究》《中国现代文学研究丛刊》《文艺争鸣》《当代作家评论》《南方文坛》《小说评论》《当代文坛》《扬子江评论》。

⑤ 苏州大学出版社2012年出版。

⑥ 山东文艺出版社2006年出版。

⑦ 华东师范大学出版社2017—2018年出版。

⑧ 百花文艺出版社2018年出版。

⑨ 参阅本书"代序"。

以及若干被认为重要的作家的资料专集），文研所资料室从五六十年代开始对作家作品的研究资料的专门收集编纂，还有包括北大中文系资料室的剪报专集等，仅其中的一个侧面，也最能够说明问题的，是1949年后对文艺论争、文艺思潮、文艺运动等资料的整理编纂，这一点，从洪子诚《材料与注释》中有关他们当年为编写《文艺战线两条路线斗争大事记（1949—1966）》到中国作协档案室里取出的一些"内部资料"目录[①]，即可见一斑。从50年代初对电影《武训传》的批判开始，到《为保卫社会主义文艺战线而斗争》（上、下）[②]、文艺报编辑部编《再批判》[③]、人民出版社编《文化战线上的一个大革命》[④]、作家出版社编辑部编《胡风文艺思想批判论文汇集（1—6）》《胡风集团反革命"作品"批判》[⑤]、吉林人民出版社编《深入批判修正主义文艺观》[⑥]、辽宁大学中文系编《修正主义文艺路线代表性观点批判》[⑦]、杭州大学文艺理论室编《"四人帮"反动文艺思想批判》[⑧]等，到80年代复旦大学中文系资料室编《新时期文学论争资料（1976—1985）》（上、下）[⑨]，有关当代文学思潮与论争方面的史料，便可以列出一份很长的目录。所有这些，显然都应该纳入"当代文学史编纂"考察的议题。当代文学与现实的紧密关系，尤其是与政治的关系，是文学史编写绕不过去的一个问题。

有研究者认为史料整理本身便具有"文学史研究"和"历史叙事的性质"[⑩]。因而把当代文学史料的整理与甄释作为文学史编写的另一种形式，未尝不可。也有研究者认为"不宜公开"的档案文献（特别是20世纪50—70年代），对当代文人的生存状态、刊物运作机制、稿费制度等当代文学组织/制度研究，以及"以真实事件和历史人物为原型的文学作品"的研究（即所谓

[①] 具体可参考本章第三节有关《材料与注释》部分内容。
[②] 新文艺出版社1957年出版。
[③] 作家出版社1958年出版。
[④] 人民出版社1964年出版。
[⑤] 作家出版社1955年出版。
[⑥] 吉林人民出版社1972年出版。
[⑦] 北京人民出版社1976年出版。
[⑧] 浙江人民出版社1978年出版。
[⑨] 复旦大学出版社1988年出版。
[⑩] 洪子诚、王贺：《当代文学史料的整理、研究及其问题——北京大学洪子诚教授访谈》，《新文学史料》2019年第2期。本章后面征引该文内容，不再注明出处。

的"中国当代文学本事研究"),不仅具有史料价值,还具有方法论意义①。这其实也可看作是对《中国当代文学史料问题研究》相关思考的推进。针对长期以来当代文学史编写中存在的"以论代史""理论先行",导致一些文学史"华而不实"的情形,一些研究者认为"史料问题成了制约文学史编写的一个'瓶颈'"(吴秀明:《中国当代文学史料问题研究》,第449页)。吴秀明认为复旦版的《中国当代文学史教程》之所以会引起争议,固然与其过度迷信作为观念理论的"重写文学史"编写风格有关,主要还是与史著在文学史料方面存在的一些问题与不足分不开,这其中对入史作品把握的标准是一方面,即对一些"经典作品"的"漏选"和一些"不宜入史"作品的"偏爱",更重要的还是在具体叙述过程中有关文学史料的阐释问题,包括对一些史料阐释的"以偏概全",对一些人物与史实评判"过于绝对",对作品解析的"过于主观",等等。

从这一意义上说,近十年来当代文学史料整理的"下沉",正是当代文学史编写"缓行"的必然,后者是在通过前者的"下沉"方式继续推进。如果上升到学科的层面,那么无论是"缓行"抑或"下沉",均已与中国当代文学学科的建设与发展密切关联。

三、告别"当代"的学科诉求

洪子诚认为"史料工作在视野、理论、素养、方法上的要求,一点也不比做理论和文学史研究的低",近十年来"当代文学"取得的成果,将有助于推动当代文学研究的深化与提升,但是,"由于'当代文学'与现实问题、与当代人思想情感和生活方式紧密关联,希望这种史料重视的趋向,不会是当代文学批评、研究上思想力、批判力孱弱导致的后果"(洪子诚、王贺:《当代文学史料的整理、研究及其问题》)。近十年来有关当代文学史料的整理与研究,并非毫无问题,这其中,缺乏对原始材料认真阅读,仅是粗糙地把一些"曝光度"较高的文章编在一起②等,仅是存在问题的一个方面,更主要的,是如何避免"为史料而史料",如何将史料的整理研究上升到当代文学史编写与学科建设的高度,"用思想穿透史料",体现史料工作

---

① 张均:《档案文献与中国当代文学研究》,《现代中文学刊》2016年第5期。
② 张均:《当代文学研究史学化趋势之我见》,《文艺争鸣》2019年第9期。

中的"问题意识"。对此，洪子诚的一篇有关史料的访谈具有启迪：

> 在北京有一些学者，带领小团队做史料做得很细。他们从50年代开始做起，读很多的材料，包括每年的《中国青年》都拿来读，从中发现问题，确实表现了对史料的重视。但是也有一些人对史料的重视就完全没有一种思想动力，可能也搞不清楚要从史料里去发现什么，变成一种史料的堆砌。对史料的重视也可能表现了我们的思想薄弱或者思想迟钝。我不同意孤立地谈对史料的重视，我觉得对史料的重视是应该的，但还是应有思想的穿透力，就是你要回答什么问题，要解决当代的哪些问题，这是很重要的。说实话，史料是没有限制的，是一个无底洞，做得非常细没有意义。包括作家的年谱，不是每个作家都值得做年谱，具体有什么价值都很难说。所以，我认为应该在有思想穿透力的基础上来重视史料的问题。①

在史料整理与研究"高烧不退"的情况下，这种"限度意识"与"危机意识"还是有警醒作用的，这将有助于史料工作更精准地助推当代文学学科建设与发展。

从学科建构的角度而言，当代文学史编写的"缓"与史料整理和研究的"沉"这种看似矛盾的情形，至少隐含了两方面的启示：一是喻示了作为学科的当代文学的正在走向成熟，意识到作为一个学科的建设与发展，"必须建立在当代文学史料的系统性研究和整体性建设的学术基础之上"②。二是告诉我们作为当代史组成部分的当代文学史，反映"历史真相"的艰难与复杂。

所谓"一时代之学术"，在陈寅恪看来，"必须有其新材料与新问题"，即"取用此材料，以研求问题"③。以此观照近十年来当代文学史研究与编写史料转型，或许能让我们更好地把握其中的种种论说。比如在看似"旧事

---

① 洪子诚、辛博文：《用思想穿透史料——洪子诚教授访谈录》，《长江文艺评论》2020年第1期。
② 吴俊：《新世纪文学批评：从史料学转向谈起》，《小说评论》2019年第4期。
③ 陈寅恪：《陈垣〈敦煌劫余录〉序》，《金明馆丛稿二编》，上海：上海古籍出版社，1980年，第236页。转引旷新年：《由史料热谈治史方法》，《文艺争鸣》2019年第3期。

重提"的"当代文学应暂缓写史"①观点背后,含藏的其实是孕育于近十年来当代文学史料整理与研究过程中的一种思考,即应沉潜于时间深处,用事实与材料去支撑,而不是简单地用某种"主义"观念理论去演绎当代文学的历史叙述,以改变既有的当代文学史面貌与格局,赋予其一种历史品格。有研究者认为,将当代文学史料问题提出来,与进一步提升发展文学史编写和学科建设"全局性考虑"有关。(吴秀明:《中国当代文学史料问题研究》,第5页)随着史料的整理与甄释的不断步入"深水区"以及由此展现的另一种"当代"图景,给"当代"文学一个学科意义上的"说法"已是个不容回避的问题。这"说法",也就是作为学科意义上的当代文学史编写应当告别在无限延展的"当代"的潜在诉求。

第二节 《中国当代文学史写真》的"折返"

一、"从史料再出发"的编写理念

尽管当代文学史写作的史料整理转型在最近十年已成为一个不争的事实,但作为一种尝试与探索,则要早得多。若将观察的时间轴往前推移,那么我们完全可以把20世纪末北大版的洪著《中国当代文学史》看作是一个标志性转折。后置在最近十年的视野中,我们不难发现这部文学史在当时之所以被认为"当代文学终于有了一部堪称'史书'的著作了",而且至今虽仍"超期服役",但人们对其却依然"热度不减",其中最根本的原因,即在于编写者通过史料的介入与转型,让缺乏距离的"当代"文学史最大限度地获得了历史的品格②。这一开创性编写思路对后来的影响显然是深远

---

① 张均在《当代文学应暂缓写史》(《当代文坛》2019年第1期)一文中指出,随着当代文学史料整理爬梳的深入等原因,无论是作为时间的"当代文学"("当代"包不包括"目前这个时代"?),还是观念的"当代文学"(是"启蒙文学"还是"人民文学"?),或者"经典"的"当代文学",都再次成为制约当代文学史编写的因素,只有处理好这些问题,"当代文学史"才能编写好。

② 对于这种历史品格,贺桂梅近年有更为精辟的评述,认为洪子诚在史著中"将文学体制的形成、文学规范的塑造和作家评价、经典化过程都纳入文学史叙述,呈现出的是一种动态展开的文学史图景,并形成了当代文学'一体化'构建及其分解这样一条连贯的历史叙述线索。这就将当代文学作家作品的描述史,转变为当代文学规范的生成、建构、冲突及其自我瓦解的反思性探讨,文学史写作因此具有了'史述'的实质性涵义"(贺桂梅:《洪子诚学术作品精选·编者序》,北京:北京大学出版社,2020年)。

的。在接下来的一个时期里,一方面是对这一问题的理论层面思考与探索的推进,另一方面则是编写领域的进一步探索与实践,在这方面,比较值得关注的有早期由吴秀明主编的三卷本《中国当代文学史写真》[①]。

把进入21世纪初的《中国当代文学史写真》(以下简称《写真》)切换到近十年来文学史写作史料转型的平面上进行考察,要圈点出其中的"不完美"并不难。但从学术梳理角度,恰恰是这些"不完美",为我们复盘了当代文学史写作从"阐释(型)"到"描述(型)",从"以论代史"到"论从史出"转型的切换过程。因此,《写真》的得与失都是我们认识了解相关问题的重要个案。

关于史著的编写缘起。简单地说,便是基于对当代文学学科规范与文学史编写"话语霸权"现象的反思。《写真》认为由于当代文学与当代中国社会发展同步和作为时间的"当代"的无限延展,致使当代文学史的写作"缺少应有的学科规范",同时指出现有的当代文学史写作,基本上属于"阐释型","以论代史",失去了文学史应该具备的"客观和公允",还容易使学生受编者"'话语霸权'的牵引","先入为主、消极被动地接受","步入编者圈围的思维定域"(吴秀明:《中国当代文学史写真·前言》)。基于以上判断,主编者强调《写真》将努力淡化写作的个人主观色彩,"强化突出编写的文献性、原创性和客观性",把更多的篇幅留给"原始文献的辑录和介绍","多描述、少判断"(吴秀明:《中国当代文学史写真·前言》)。由对当代文学"史"的"时间焦虑"引申出来的另一个值得关注的问题,是《写真》对当代文学史编写方法与体例的探索,即史著的具体内容由五大板块构成:作家作品介绍、评论文章选萃、作家自述、编者评点、参考文献与思考题,其中"原创评论"和"作家自述"为史著的主体。关于编者的评点,《写真》强调力求"少而精","尽量用中性语言描述",而隐含在对"众多观点和史料的选择和编撰上"(吴秀明:《中国当代文学史写真·前言》)。从整体上看,第一、四、五板块属传统文学史编写中的"常规动作",创意的设计主

[①] 吴秀明主编:《中国当代文学史写真》(三卷本),杭州:浙江大学出版社,2002年。本章后面所征引该书内容,如无特别说明,均引自此版本。

要在第二、三部分。以往的文学史,更多的是以编写者的身份来复述《写真》所说的主体内容("原创评论"和"作家自述"),因此容易"以论代史"过度阐释。《写真》试图通过"原始文献的辑录和介绍","论从史出",这不失为一种有效的尝试。至于强调"尽量用中性语言描述",虽然在本书关于北大版《中国当代文学史》"价值中立"的写作姿态的讨论中并不陌生,但《写真》旗帜鲜明地作为文学史写作的努力方向予以强调,却还是第一次。

二、文学史叙述中的"文学史"

当然,《写真》更值得我们关注的,还是在具体编写过程中对文献资料的处理。这其中最显著的一点,便是致力文献资料征引覆盖面的最大化,以充分体现史著的"写真"追求。这种"最大化",除了指所引文献资料的时间跨度(1949—2001),尤其突出地表现在征引文献的数量与种类方面。在数量方面,以上册为例,据初步统计,"原创"的"文章评论选萃"的征引文献次数共计640次(其中的"作家自述"部分132次),这其中还不包括史著"概述""作家作品介绍"和"编者评点"部分所征引的文献资料;征引的文献种类达452种(其中文章336篇、著作116部),涉及的研究个人311人(其中同时是史著介绍对象的作家47人)、研究组织15个。

这里想谈重点的,是《写真》对已有当代文学史对作家作品评论的征引。这一方面是因为在《写真》征引的著作中,不同时期的文学史著作占了一定的比例,另一方面,则是因为文学史的评价,在"文献资料"中有着不可替代的地位。文学史叙述是对文学评论的一种提升。不同时期文学史家对作家作品的评述,是当代文学"历史化"进程中非常重要的一个环节。《写真》的征引,无疑能够起到强化史著客观与"原创"的效果。

为了更好地进行考察,下面分别将《写真》三册所征引的文学史著述情况予以初步的统计,以供参考①。

---

① 表中统计的文学史种类,主要指"评论文章选萃"所涉及的,并根据其出版的时间先后顺序进行排序。另外,"下册"统计的所征引文学史不包括其中的台港澳文学部分。

《中国当代文学史写真》征引文学史版本情况

序号	被引文学史版本	《中国当代文学史写真》征引的页码/被征引文学史的页码		
		上册（1949—1978年文学）	中册（1978—1989年文学）	下册（1989—2000年文学）
1	中国当代文学史稿2①（华中师范学院中文系主编 科学出版社1962年9月）	44／523—524 169／86—87		
2	中国当代文学史2（二十二院校编写组主编 福建人民出版社1980年5月）	31／285—287 91／322		
3	当代文学概观6（张钟等著 北京大学出版社1980年7月）	29／29 96／79 207／170—171 239／87 325／456—457		
4	中国当代文学史初稿（上）2（十院校编写组主编 人民文学出版社1980年12月）	89—90／433 89—91／433② 142／406③ 144／410④ 154／399⑤ 297／309—310 298／309 304／312		
5	中国当代文学史初稿（上）2（十院校编写组主编 人民文学出版社1981年7月）	71／410—411 75／418—419		
6	中国当代文学史初稿（下）1（十院校编写组主编 人民文学出版社1980年12月）⑥	209／232⑦		

---

① 表中被征引文学史版本后面的数字为被征引次数。
② 被征引的页码有误，应该是438—439页。
③ 《中国当代文学史初稿》（上册）406页主要介绍有关"大跃进"民歌方面的内容，而不是《写真》征引的有关秦牧散文方面的内容。
④ 《中国当代文学史初稿》（上册）410页主要介绍有关郭小川诗歌方面的内容，而不是《写真》征引的有关秦牧散文方面的内容。
⑤ 《中国当代文学史初稿》（上册）399页主要介绍有关云南撒尼族民歌《阿诗玛》方面的内容，而不是《写真》征引的有关刘白羽散文创作方面的内容。
⑥ 十院校编写组编写的《中国当代文学史初稿》（下册）的初版时间是1981年7月。
⑦ 被征引的页码有误，应该是第365—366。

续表

序号	被引文学史版本	《中国当代文学史写真》征引的页码/被征引文学史的页码		
		上册（1949—1978年文学）	中册（1978—1989年文学）	下册（1989—2000年文学）
7	中国当代文学史3①	297/155 311/160—161 339/168—169		
8	中国当代文学（第2卷）1（王庆生主编 上海文艺出版社1984年11月	441/437—440		
9	中国当代文学史（第3册）1（二十二院校编写组主编 福建人民出版社1985年9月）		608/230—231	
10	当代文学概观1②	232/无页码③		
11	中国当代文学史（第1卷）2（二十二院校编写组主编 福建人民出版社1987年4月）	360/350 368/342—343		
12	中国当代文学3（李复威④主编 作家出版社1990年11月）	131/303 140/326 152/333		
13	中华当代文学新编5（曹延华、胡国强主编 西南师范大学出版社1993年5月）	39/314 44/321	722/221 744/244—245	
14	中国现当代文学1（王嘉良、金汉等主编 杭州大学出版社1995年12月）		847/620—622	
15	新中国文学史略2（刘锡庆主编 北京师范大学出版社1996年8月）	145/240 157/246		
16	20世纪中国文学发展史（下）2（苏光文、胡国强主编 西南师范大学出版社1996年8月）		571/314 607/324—325	
17	新编中国当代文学发展史4（金汉等主编 杭州大学1997年5月）	38/78 123/144 129/111 368/306—307		

---

① 被征引的应该是二十二院校本的第2册。另外《写真》第297、369页对原文的引用个别地方有错。

② 《写真》征引的《当代文学概观》1986年后出版的修订版已更名为《当代中国文学概观》。下同。

③ 表中的"无页码"均指《中国当代文学史写真》未标明引用文学史版本的页码。

④ 主编署名顺序应该是周红兴、李复威、严革。

续表

序号	被引文学史版本	《中国当代文学史写真》征引的页码/被征引文学史的页码		
		上册(1949—1978年文学)	中册(1978—1989年文学)	下册(1989—2000年文学)
18	20世纪中国文学史(下)12(孔范今主编 山东文艺出版社1997年9月)	25/1078 81/1087—1088 172/899 223/102[①] 226/1025 241/1026 279/1030 281/866—877 300/1052—1053	573/1345—1347 729/1289—1290	1050/1465
19	中国当代文学概论4(于可训主编 武汉大学出版社1998年6月)	133/114 143/118	673/201—202 742/239—240	
20	中国当代文学史10(陈其光主编 暨南大学出版社1998年8月)	32/203—204 192/160—161 197/155—156 198/155—156	548/503 624/434—436 637/437—439 653/451 659—660/424 721/445	
21	20世纪中国文学史(下卷)3(黄修己主编 中山大学出版社1998年8月)	77/47 95/42—43 156/87 299/88		
22	当代文学概观2(张钟等著 北京大学出版社1998年10月)	142/100	649/503	
23	中国当代文学史25(洪子诚著 北京大学出版社1999年8月)	94/74—75 95/76 123/158 134/155 143/156 226/109—110 227/109—110 234/65—66 241/119 253/201 322/122 336/110—111 342/111 374/173—175	583/373 670/142—143 774/338	884/312 891/314 910/378 916/375 926/379 1032/360 1040/345

① 被征引的页码有误,应该是1021页。

续表

序号	被引文学史版本	《中国当代文学史写真》征引的页码/被征引文学史的页码		
		上册（1949—1978年文学）	中册（1978—1989年文学）	下册（1989—2000年文学）
24	中国现代文学史（1917—1997）（下册）2（朱栋霖、丁帆、朱晓进主编 高等教育出版社1999年8月）	82 / 41—42	627 / 无页码	
25	中国当代文学史教程29（陈思和主编 复旦大学出版社1999年9月）	73 / 103—104 184 / 86 184 / 86—88 227 / 64 235 / 65—66 245 / 81—82 336 / 79 340 / 78 343 / 79 361 / 121—122 396 / 168 423 / 114—117 446 / 83	489 / 260 518 / 201—202 572 / 195、198 671 / 99—100 695 / 248 701 / 248 719 / 238 740 / 239—240 753 / 317—319 768 / 295—297 821 / 235—236 831—832 / 275—276 833 / 267	897 / 355 1041 / 366 1051 / 333
26	中国当代文学（上卷）5（王庆生主编 华中师范大学出版社1999年9月）	123 / 358 263 / 无页码 264 / 无页码 265 / 111	696 / 无页码	
27	惊鸿一瞥——文学中国：1949—1979 2（杨匡汉主编 陕西人民出版社1999年9月）	301 / 34 319 / 46—47		
28	中国文学历程（当代卷）1（萧向东等主编 国际文化出版公司1999年10月）		580 / 380、381	
29	新中国文学史1（张炯主编 海峡文艺出版社1999年12月）	296 / 156—157	743 / 547—549	
30	新中国文学史五十年2（张炯主编 山东教育出版社1999年12月）		785 / 342 789 / 343	
31	新编中国当代文学发展史2（金汉等主编 浙江大学出版社2000年6月）		795 / 290 797 / 291	

总体来看,《写真》全三册所征引的文学史版达31种，征引次数达154次。这些文学史著述涉及的时间跨度从1962—2000年，其中90年代出版了19种，在1999年出版的就有8种。征引的史著中不少是有一定影响的。当然也难免有遗珠之憾，如没有将20世纪60年代初的《十年来的新中国文学》纳入参考视域。这是从表中反映出来的第一个值得关注的问题。

第二个值得关注的问题是,《写真》对文学史评述的征引主要集中在前两册（1949—1989）年的文学。从以短衡长的角度看，也许在《写真》的编者看来，对于这40年当代文学历史的评述，一些沉淀了文学评论与研究思想观点的文学史，已具备了一定的征引"信任资质"。以上册1949—1978年（也就是评论界常说的"当代文学前三十年"），编者征引的当代文学史版本（包括两种"20世纪中国文学史"）达25种，征引次数达93次。这种情形与《写真》对1989—2000年部分文学情况的介绍形成明显对比：编者关于这一时期文学历史叙述征引的文学史版本仅3种，计11次。这或许与编者对这一时期文学在文学史叙述过程中存在诸多不确定性的考量有关，而因此转向对更多的评论类文章的征引，以最大限度地体现这一时期文学历史评价由"当下"（评论）向历史（文学史）过渡的进程。《写真》的这种处理设计，实际上是为日后这一时期文学历史进入文学史叙述进行了初步的历史化工作。当代文学史写作与文学批评之间复杂的内在关联，在这里得到进一步的彰显。

值得探究的再一个问题，是《写真》通过对征引的这些文学史的评述，以体现编者对不同作家作品文学史意义审视的"识"与"断"。这并不简单是见仁见智的问题，同时还与这个问题比较复杂、编者掌握的文学史版本等因素有关。

三、史料选编中的问题意识

韦勒克认为，"在文学史中，简直就没有完全属于中性'事实'的材料。材料的取舍，更显示对价值的判断"①。除对文学史评述的关注外，《写真》文

---

① ［美］韦勒克、沃伦著，刘象愚等译：《文学理论》，北京：生活·读书·新知三联书店，1984年，第32页。

献史料处理的另一个特点,是隐含在文献资料征引中的问题装置。这种问题意识,依然是与主编"论从史出","多描述、少判断"的编写理念分不开。有些评述,如对于贺敬之政治抒情诗得与失评述所选的谢冕写于1960年的评论《本质化了的抒情主体与无裂痕的"个体—群体"的矛盾关系》,即使在今天看来仍不失其深刻。谢冕在肯定诗人创作的同时,也指出"诗中的'我',不但比较多,而且有时用到不恰当程度",认为这反而会降低诗的"思想格调"(转引吴秀明:《中国当代文学史写真》上册,第94页)。在"巴金的散文"一节中,《写真》通过评论资料的征引来评介《怀念萧珊》与《小狗包弟》,肯定《随想录》"痛定思痛的自我忏悔"及"讲真话"的精神品格,以及巴金"抓开自己的胸膛,拿出自己的心来"的写作姿态。编者将《随想录》"痛定思痛的自我忏悔"的评介思想装置在王蒙、汪曾祺、陈思和的评述"选萃"中,不乏识见:

……使我印象特别深刻的,是他(指巴金)不仅仅揭了疮疤,而且,我们看到了一种精神,一种公民的责任感、道德感,如果我们都有了这种责任感,国家的希望就在这上边。我也不认为巴老的这些文章仅仅是揭疮疤的,他是一种最诚恳的呼号、吁请、请求,就是我们都用一种负责任的态度对待我们自己,我们国家。(王蒙:《最诚恳的呼号》,《文艺报》1986年9月27日)(吴秀明:《中国当代文学史写真》下册,第571页)

他谈"文革",有一点是非常可贵的:在党中央还没有正式提出必须彻底否定"文化大革命"时,他就否定了。谈"文革",他也把自己放进去了,而不是"择"了出来。对自己的解剖是无情的,甚至是残酷的,他用了"卑鄙""可耻"这样的字眼。这种解剖是不容易的。"文革"中,我们很多人都像被一种什么蜂蜇了一下的青虫,昏昏沉沉地度过了。我读巴金的作品,感到他是从一种痛苦中超越了出来。(汪曾祺:《责任应该由我们担起》,《文艺报1986年9月27日》)(吴秀明:《中国当代文学史写真》下册,第571—572页)

《随想录》的独特与深入之处,是其中对"文革"的反省从一开始就与巴金向内心追问的"忏悔意识"结合在一起,而不是像很多"文革"的受害者那样,简单地把一切责任推给了"四人帮",……巴金的反省包容了对历史和未来的更大的忧虑。……当巴金以割裂的勇气揭示出这一切潜隐在个人和民族灾难之下的深在内容时,他其实也完成了对自己和整个知识分子群体背叛五四精神的批判。而《随想录》真正给人以力量和鼓舞的所在,便是他由作为知识分子的忏悔而重新提出了知识分子有关坚守的良知和责任,重新倡导了对五四精神的回归。……(陈思和主编:《中国当代文学史教程》,复旦大学出版社1999年9月版,第195、198页;吴秀明:《中国当代文学史写真》下册,第572页。)

以上作为对《写真》的"选萃"的选萃,有力地支撑了编者对巴金及其《随想录》"痛定思痛的自我忏悔"的思想观点。

作为当代文学史写作史料转型起步阶段的《写真》,从文学史的编写观念到文献史料的收集处理,以及写作体例等方面,都进行了一些探索。但其中存在的遗憾,也值得关注。一是史著的总体风格是否达到了当初的编写预设。这显然是一个值得讨论的问题。由于是集体编写,总体水平与风格显得参差不齐。二是所征引文献资料的权威性问题。编者、选家眼中的"权威",有时未必被读者更不用说同行认可。这其中原因比较复杂,不仅关涉到编者所站的角度所持的标准,同时也与编者多大程度上了解和占有资料,以及对资料价值鉴识的眼力有关。三是如何对所选文学史料进行剪裁。《写真》在这方面显然同样存在着值得商榷的地方,这其中一方面是指对所征引文学史料的"摘要"是否精准,另一方面则是指如何把握征引篇幅的"度"。

近40年前,为配合当代文学史教学,由山东大学等21院校合作编写一套《中国当代文学参阅作品选》。该选本从1980年酝酿、1983年出版第一分册,到1991年出版第12分册,历时10年,计收录1949—1986年间历次文艺运动受批判,或在正常文艺批评范围内有争议的作品近300篇(部),每一篇目包括原作、说明、索引三部分，其中"说明"部分"着重介绍有关背景，摘编主要论点，力求客观叙述，言必有据，以期反映历史的本来面貌"①。这套"选本"已经过去了近40年，今天看来仍未显得"过气"，其中表现出来的"识"与"断"，对材料的处理等经验，无疑值得我们思考。

当然，问题也有另一方面。王瑶先生当年在反思自己的《中国新文学史稿》的不足时提到的"唐人选唐诗"现象，并不纯粹是出于谦逊，也不完全是一种推卸，这其中也暗含着"一个时代有一个时代的文学"的宿命。在这种意义上，对《写真》这类带有尝试与探索性的文学史写作求全责备或许并无多大意义。

第三节 《材料与注释》的"延伸"与"终结"

这里的"延伸"与"终结"，首先是洪子诚文学史研究与编写意义上的，诚如有些研究者所说，《材料与注释》②是作者当代文学史研究（包括"写作"，笔者）的"'完成'之作""总结之作"③。当然，从"当代文学"的（时间）长度、"当代文学应暂缓写史"等角度，这"延伸"与"终结"，也可以，甚至应该是指向整个当代文学史编写。

一、"后当代"的文学史编写研究

《材料与注释》是洪子诚继《中国当代文学史》（1999）、《问题与方法》（2002）、《我的阅读史》（2011）等之后推出的一部关于当代文学史研究与写作的著作。它不是传统制式上（或者说是传统意义上）的文学史，但有些论者仍将其纳入文学史写作的范畴，这也是我们将它作为近十年来当代文学史写作的个案进行评述的一个考虑。不过在这里，主要还是基于当代文学学科建设的角度。

---

① 二十一院校编：《中国当代文学参阅作品选》"前言"，福州：海峡文艺出版社1983年至1991年出版。

② 洪子诚：《材料与注释》，北京：北京大学出版社，2016年。本章后面所征引该书内容，如无特别说明，均引自此版本。

③ 何吉贤：《"材料"如何说话？——也谈洪子诚〈材料与注释〉》，《文艺争鸣》2017年第3期。本章后面所征引该文内容，不再另注明出处。

《材料与注释》由"材料与注释"与"当代文学史答问"两部分构成，前者主要是对20世纪50—70年代的六篇重要文学文献（包括讲话、社论与检讨等）加以注释，后者则是以答问形式阐述有关中国当代文学学科的一些思考。"尽管该书处理的六篇文学文献各自独立，但在写作时，也有三点核心的问题意识贯彻全书：一是关注1950年至1970年文学生产的组织方式，二是考察中国作家协会在这一时期的文学组织发挥的核心作用，三是追踪'周扬集团'的崛起及其文艺政策的展开，同时研究其在与更为激进的文艺—政治集团的较量中败下阵来的过程与原因。"[①]

有研究者认为，《材料与注释》再一次"从不同方面拓展了当代文学研究新的领域，并提出了值得重视和进一步展开的研究方向"[②]；"《材料与注释》在相当程度上还是可以看作是洪子诚关于当代文学史研究的总结之作，体现了作者长期致力于当代文学史研究的核心观点，涉及了当代文学史研究中诸如材料的选择和阐释，文学、思想和政治、历史的关系，历史叙述背后的道德和价值等诸多重大问题"（何吉贤：《"材料"如何说话？——也谈洪子诚〈材料与注释〉》）。该书出版后，上海师范大学"光启读书会"（2016年9月）、北京大学人文社会科学研究院（2017年3月）先后组织了交流研讨，主要围绕如下问题展开：《材料与注释》的研究方法与学术意义、当代文学史料的处理与叙述、当代文学的历史语境与还原、当代文学前30年的历史复杂性、周扬集团的历史位置及其评价、中国当代文学史研究的视野与方法，以及洪子诚的学术思想等。相关内容与观点可参考研讨会综述[③]。这里，我们主要围绕文学史写作的"史料转型"主题，择取若干角度做些考察。

---

① 参考洪子诚在北京大学人文社会科学研究院"文研读书"活动上的发言：http://www.ihss.pku.edu.cn/templates/yugao/index.aspx？nodeid=134&page=contentpage&contentid=1951。

② 贺桂梅：《洪子诚学术作品精选·编者序》，北京：北京大学出版社，2020年。本章后面所征引该文内容，不再另注明出处。

③ 相关综述文章分别见钱文亮：《当代文学的"材料与注释"——"光启读书会评"〈材料与注释〉》，《现代中文学刊》2017年第2期。

二、重返当代史的困难与尝试

诚如有论者所言,洪子诚是当代文学界最早关注史料建设的研究者。在《材料与注释》之前,他即已与谢冕一起编选了与当代文学史研究与教学的《中国当代文学史料选(1948—1975)》。进入新世纪后,又主编了配合《中国当代文学史》教学的"史料选(1945—1999)"[①]等。但与一般的资料整理编选不同,"他从来都不是在一般收集整理的意义上重视'史料学'问题,而强调的是在尽可能全面地掌握原始史料的基础上,重视呈现材料本身的复杂内涵、强调研究者对材料的甄别能力,以及研究者经由材料而形成对文学史叙述的限度的反思"(贺桂梅:《洪子诚学术作品精选·编者序》)。按洪子诚的说法,《材料与注释》六篇材料之间,虽然尝试建构一种"结构性关系",但由于基本上集中在五六十年代,因此"无意中还是显现了某些关注点",如中国作协在"当代文学"的制度性因素中的中心地位,"十七年文学"中文学生产的具体运作方式。《1957年作协党组扩大会议》《1962年大连会议》《1962年纪念"讲话"社论》,则分别通过一次重要的冲突与批判运动、一次文学思潮的检讨和写作规划以及文学路线的调整修订,"显现国家与执政党对文学的控制"及"制订实施规划",文学领域层级权力结构形态以及权力阶层中文化官员/作家的双重身份角色及其相互之间的纠缠制约和由此产生的冲突[②]。

钱理群在谈及《材料与注释》与1949年以后的中国现当代文学研究与学科的特征时说:"我们的现当代文学史研究这门学科,就是适应这样的共和国革命文化(激进文化)的一体化需要而产生的,上述革命文化(激进文化)的思想、精神、思维、语言在学科发展中打下深深烙印,起着支配性作用,是必然的;更何况我们这些研究者也都是这样的革命文化熏陶、养育出来的。由此而形成了一整套在现当代文学史研究中始终占据主导地位

---

① 洪子诚主编:《中国当代文学史史料选》(上、下卷),武汉:长江文艺出版社,2002年。

② 洪子诚:《〈材料与注释·自序〉的几点补充》,《文艺争鸣》2017年第3期。本章后面所征引该文观点,不再另注明出处。

的研究观念与模式。"①钱理群所谈的这种特殊性与复杂性,无疑增加了我们重返文学历史现场的艰难。

也正因此,对当代史的处理,洪子诚始终怀着一种敬畏和审慎:"对于历史问题,包括文学史问题,有时候,我们会更倾向于采取一种'辩难'的、'对决'的评判方式来处理,即在所确定的理论框架(人道主义、主体性、启蒙主义等)之下,从'外部'进行审查,做出判断。这种方法无疑具有更大的诱惑力,尤其在解放我们对当前问题的关切,和对未来想象的焦虑的功能上,在释放'经由讲述而呈现眼前'的'历史'的'刺痛人心'的压力上。"②但问题其实要复杂得多。在《1966年林默涵的检讨书》的按语中,他写道:"对'文革'以及当代多个以暴力方式开展的政治/文艺运动中产生的大量检讨书、认罪书,在今天重读,最重要的一点是不能离开产生这些文字的环境,孤立来讨论写作者的思想、人格、心理。林默涵的这份被迫撰写的材料,在今天可供参照的史实、资料价值虽有,但不是最重要的。它的意义,也许在另外的方面。在政治高层发动的'群众专政'中写下的这些文字,我们也许能依稀读出被批判者在被迫自承'罪责'的情况下仍有所坚持,它也能清晰见识在扭曲的时代撰写者心理、语言相应发生怎样的扭曲,也为我们了解特定时期产生互相揭发、告密的文化有怎样的土壤,以及被批判者如何为遭到的'惩罚'而寻找'错误'。这些情景,经历者在当年见怪不怪,习以为常;今天'重温',却可能会感受到那种'喜剧的可怕'。"(洪子诚:《材料与注释》,第153页)这种面对复杂历史中的人和事的审慎,在梳理当年参与编写《1967年〈文艺战线两条路线斗争大事记〉》一文中也有类似的思考:"在看冯雪峰、邵荃麟、张光年的检讨、交代材料的时候,我多少看到他们在逆境中可能保持的自尊,尽可能叙述事实真相的态度。他们也批判自己,但更多的是讨论事实本身;既没有将责任推给他人,也没有将难堪的骂名加在自己头上讨得宽恕。"(洪子诚:《材料

---

① 钱理群:《历史书写的化约问题与恢复复杂性、丰富性的可能性——读洪子诚先生〈材料与注释〉》,《文艺争鸣》2017年第3期。

② 洪子诚:《我的阅读史》,北京:北京大学出版社,2011年,第107页。本章后面所征引该书内容,如无特别说明,均引自此版本。

与注释》,第201页)不将历史道德化,不以善恶对错、"政治正确性"诸如此类的简单的二元评价机制臧否历史中的人和事。这种姿态,一方面体现了洪子诚在重返当代历史复杂性过程中的审慎,另一方面,也让我们看到了一个文学研究者对20世纪中国左翼文艺(家)的"同情之理解",乃至"敬佩与深思":"回避当代史的许多复杂情况,过滤掉那些血泪,过滤掉左翼文学道路发生的残酷",既"令人尴尬",更不是一种"清醒的态度。"①"我的印象里,我涉及的许多左翼、革命家,不论是信仰、思想情感,还是人格,生活道路,文化修养,都有相当的丰富、复杂性:他们面对时代所做的勇敢选择,他们的无可奈何的退却,他们推动时代的雄心,他们的可敬可叹,可恨可爱……他们中一些杰出者,确实不像现在的我们;我们(当然不是所有的人)孱弱,单薄,属于马尔库塞说的那种'单向度的人'。"②

洪子诚坦言该书"尝试以材料编排为主要方式的文学史叙述的可能性,尽可能让材料本身说话,围绕某一时间、问题,提取不同人,和同一个人在不同时间、情境下的叙述,让它们形成参照、对话的关系,以展现'历史'的多面性和复杂性。"(洪子诚:《材料与注释·自序》)有研究者认为,"在当代文学与现代文学相承续的问题上,重要的也许并不是人员的重现、人事的纠葛,甚至也不是问题的一再重复"。(何吉贤:《"材料"如何说话?——也谈洪子诚〈材料与注释〉》)并认同洪子诚对这一现象的解释:"当代的政治、文化斗争,现实问题往往是历史问题的延续,而历史又成为现实斗争正当性的证据。不论批判胡风,批判丁玲、冯雪峰,批判右派,还是批判'四条汉子'。批判'四人帮',性质虽说有异,在这一点上沿用的是相同的逻辑",(洪子诚:《材料与注释》,第138页)认为"在现象的描述上,这一发现具有相当的准确性,但问题在于,为什么有的历史问题会一再成为'问题'?这些'问题'后面连带着什么样的'问题'?当事人的甄别和澄清只是出于人事关系和个人利益的考虑吗?争论、冲突、解释、澄清,再解释、再澄清的背后,有什么真的'理论'问题吗?也许这些才是我

---

① 洪子诚、季亚娅:《文学史写作:方法、立场、前景》,《新文学评论》2012年第3期。本章后面所征引该文观点,不再另注明出处。

② 洪子诚、李云雷:《关于当代文学的问答》,《文艺报》2013年8月12日。

们进入历史中真正重要的通道,而与这些问题有关的'材料',有的并没有被发现,有的已经在那儿了,但并没有被'激活'。"(何吉贤:《"材料"如何说话?——也谈洪子诚〈材料与注释〉》)重返当代文学史的困难即此可见一斑。《材料与注释》还是一如既往在"重返"的路上艰难跋涉。这正是著述的意义与价值所在,知其不可为而为之。

三、"材料"的权重与诠释的向度

贺桂梅认为《材料与注释》"是一种探索材料、文学史叙述、研究者的位置这三者关系的全新的研究方法"。(贺桂梅:《洪子诚学术作品精选·编者序》)一向仅被定为学术研究依据与基础的"材料",在洪子诚那里反转成为"文学史研究的'主角'"。这种情况,洪子诚后来在"自序"的补充中有进一步的阐释,认为如果要作为"'正规'文学史的补充",那么,选材的依据或者说标准,便要考虑所选材料能否折射"当代文学"的重要现象和问题,材料自身的"'体积'(性质、篇幅)和'密度'(可阐释性)"。(洪子诚:《〈材料与注释·自序〉的几点补充》)这里,"材料与注释",首先是"材料"。当代文学史的写作与研究可供参考的材料其实并不少。洪子诚该著述的耐人寻味处,是通过对"材料"的"注释"形成一个自足的文本世界,两者相得益彰。也正因此,"材料"的"注释"都不是毫无边界,都有各自的"权重"或"向度"。

(一)"材料"选择的权重

究竟怎样的材料方才具有"注释"的价值?根据《1967年〈文艺战线两条路线斗争大事记〉》一文透露的信息,我们知道,作者的部分材料来源于1967年初春自己参与编写《文艺战线两条路线斗争大事记》时"从作协档案室里取出的一些内部资料",包括:"为批判王实味、丁玲、艾青、罗烽,中国作协党组1957年8月7日翻印的统一出版社1942年出版的小册子《关于'野百合花'及其他——延安新文字狱真象》;1957年9月中国作协编印的《对丁陈反党集团的批判——中国作家协会党组扩大会议上的部分发言》;中国作协1961年8月《关于当前文学艺术工作的意见(修正草案)》,也就是所谓'文艺十条';1962年8月'大连会议'的全部发言记录;冯雪峰的《有关1957年周扬为'国防文学'翻案和〈鲁迅全集〉中一条注释的材料》(1966年8月8日);中宣部文艺处和出版处'文革'初期批判林默涵之后,林默涵1966年7月15日写的检讨材料《我的罪行》;造反派收缴、查抄的几位作协领导人(邵荃麟、严文井、张光年等)的笔记本;邵荃麟1966年8月19日写的《关于为30年代王明文艺路线翻案的材料》;张光年1966年12月9日提交的交代材料《我和周扬的关系》;中国作协革命造反团1967年4月8日编印的《周扬反革命修正主义集团篡改和反对毛主席〈在延安文艺座谈会上的讲话〉材料选编》;中国作家协会联合斗批筹备小组1967年6月编印的《反革命修正主义分子邵荃麟三反罪行材料》《反革命修正主义分子刘白羽三反罪行材料》;等等。"(洪子诚:《材料与注释》,第200页)由于这些材料稀缺,以至于当时作者和其他参编者就意识到,"事情也不是那么简单,也可能另一时间存在不同阐释,所以我们才会商议,分头将作协提供的部分内部材料,用复写纸抄录每人一份保存(我自己保存的部分,现在有的已经丢失)"。(洪子诚:《材料与注释》,第201页)有研究者认为,从文本的"社会发生学角度",像检讨书、批判材料、交代材料这类50—70年代颇为流行并更深地搜入那个时代的深层结构文体——史料,在当代文学史研究中被"大规模使用情况十分罕见",以致能够凸显其他类型文学史叙述无法呈现的信息①,也有研究者认为,在当代历史大多数档案未解密的情况下,这些材料对我们"进入当代历史的深部"非常有价值。(何吉贤:《"材料"如何说话?——也谈洪子诚〈材料与注释〉》)不过从文学史研究与写作的角度,如果都是"未解密"的"内部资料"的话,显然不现实,由此建立的模式也不可行。但随着解密的范围越来越大,相信这种观念与方法的意义将会被凸显出来。正因此,梳理《材料与注释》的来龙去脉显得极有必要。

从对洪子诚学术道路的清理情况看,《材料与注释》对这类材料的关注,最早可追溯到作者《中国当代文学史》完成之后,甚至几乎可能就在编写该史著的同时。在这一意义上,一些论者把该书视为洪子诚的"后当代文

---

① 孙民乐:《文学史的"救赎"——读洪子诚先生〈材料与注释〉》,《文艺争鸣》2017年第3期。

学史"研究与写作的产物,并不无道理。在2000年初为《郭小川全集》①首发式撰写的《历史承担的意义》一文中,洪子诚即敏锐地察觉到了"全集"对郭小川书信、日记、工作笔记、思想鉴定、会议记录、检查交代等这些具有"个人机密"性质材料的收集,对我们认识了解这一时期的作家与文学的历史处境及文学生产方式性质的价值。从90年代初开始,在洪子诚的呼吁下,不少研究者陆续关注当代的文学制度对文学发展的影响,而洪子诚自己主编的《中国当代文学史》便是该研究领域的代表性成果。尽管如此,由于受当代学术观念和现实政治——学术体制的限制及处理获取的困难,洪子诚仍谦虚地认为这方面文学史的写作的研究并未取得实质性的成果。在当代,"一部作品好坏的判定如何做出?由谁做出?遇到争论,谁有权'最终'的裁定?对有'问题'的作品采取何种方式处理?这个处理会循怎样的程序?"洪子诚认为,《郭小川全集》收集的这些材料,不仅能够帮助我们思考"凡此种种"问题,"也多少能够窥见环绕作家的社会压力是如何被创造出来"并"怎样转化为驱动当事人不断进行'自我反省'、'自我控制'的内部压力"的,而这,正是研究当代文学生产机制的关键所在。(洪子诚:《我的阅读史》,第30页)将当代普遍流行却被视为"个人秘密"的特殊文体的工作笔记、思想鉴定、会议记录、检查交代等材料引入文学史研究与写作领域,可以说是洪子诚继在《中国当代文学史》编写过程中成功地运用"公共领域"(公开)材料,以最大限度重返历史语境之后尝试开辟的一个新的空间。这也是他近十多年来对当代文学史研究与写作的又一大贡献。

(二)"材料"诠释的向度

那么,"'材料'如何说话"?换句话说,如何"注释"材料?对此,不少研究者发表了具有启发的看法。不过关注一下洪子诚本人在这一问题上的最初想法,也许更为重要。在《1957年中国作协党组扩大会议》开头的导读文字中,作者这样提到:"材料处理和注释的重点在两个方面,一是人、

---

① 《郭小川全集》(12卷)由杜惠、郭小林、郭玲梅、郭晓惠编,广西大学出版社2000年出版。

事的背景因素,另一是对同一事件,不同人、不同时间的相似或相异的叙述。让不同声音建立起互否,或互证的关系,以增进我们对历史情境的了解。"(洪子诚:《材料与注释》,第21页)运用其他材料注释"材料",让"材料"互相之间形成对话关系,以袒露历史的真实情境。在《1962年纪念"讲话"社论》的导读文字中提到,在50年代以后,几乎每年5月,都会通过各种形式纪念《讲话》的发表,不过很多时候,这些纪念形式,包括社论等,是基于惯例,具有更多的"仪式意味",(洪子诚:《材料与注释》,第105页)无多新意;但有时候,社论对《讲话》的阐释也包含着对文艺思想与政策调整的重要信息,"在阐释时所要强调的方面,会在看来周全稳妥的文字中透露出来。当年的写作者为了这种表达而字斟句酌,在遣词造句上煞费苦心,避免因表达上的失当深陷困境,而读者也训练出了机敏的眼睛、嗅觉,来捕捉到哪怕是细微语气的变化","在那一套看来大同小异的显得陈旧的'编码'中"捕捉到"细微但重要的差异"。作者由此感慨:"在这一切都成为'历史'的今天,最后受苦的是当代文学、当代文化的研习者——也要继续努力训练眼睛、耳朵的灵敏度,他们没有办法规避这个'吃二遍苦,受二茬罪'的命运"。(洪子诚:《材料与注释》,第150—151页)这里,"诠释"并不能够"随心适性"地想当然,而要有经过"努力训练"的、专业的问题意识。

在一次关于当代文学史料的整理与研究的访谈中,洪子诚指出,"似乎不存在严格意义上的'独立、纯粹的文学史料整理研究'","它与文学典律,与对文学历史的理解,以及与现实的问题意识有密切关系";"什么样的史料搜集、整理有意义,有价值,采用什么样的方法处理合适,这取决于研究者的不同史观、史识,以及艺术上的判断力","选择、判断和采用相应方法本身,就不是'纯粹'的史料问题"。(洪子诚、王贺:《当代文学史料的整理、研究及其问题》)在洪子诚看来,"材料"与"注释",实质上是一个问题的两个方面,根本不可能截然分开;"材料"的搜集、整理中已含藏着"注释"的空间(即洪子诚所说的"史料工作与文学史研究一样,也带有阐释性"),对"材料""注释"的向度,在搜集与整理过程中即已暗含着初步的"预设"。

四、"微弱叙事"的文体与风格

作为"'亚'文学史叙述"①的《材料与注释》,洪子诚坦言在写作立场上更倾向于"隐蔽和节制",以"抵御当代僵硬的'写本质'和'典型化'","写作的过度观念化"和历史研究过程中的"过度主观化"。基于"当代人"写"当代史",基于"感知人与事的重叠,经验、情感与'历史'的纠缠失去'旁观者'的视角"的警惕,洪子诚选择了"微弱叙事"的文体与风格。(洪子诚:《〈材料与注释·自序〉的几点补充》)何吉贤认为洪子诚是当代文学史著述名家中有"自觉文体意识"的一位,从"讲稿体"的《问题与方法》到"随笔体"的《我的阅读史》,再到"材料体"的《材料与注释》,体现了洪子诚对自己学术呈现形式的"不满"和不断实验。他认为《材料与注释》"当然是在作者已有问题框架下的延展之作,但由于文体和叙述风格的不同,本书又有其鲜明的特点,尤其是在行文中加入了作为'历史在场者'的作者个人的经历,使得历史的叙述既保有了作者以往超然、客观、克制甚至犹疑的叙述态度,更具有较多的感性的充润,以及作者主体的存在感——在作者的学术写作中,这是一种并不多见的现象"。(何吉贤:《"材料"如何说话?——也谈洪子诚〈材料与注释〉》)而有论者则认为,《材料与注释》一书正文本(原始材料)、副(对材料的注释)文本的结构,"使它开始于'隐去'叙述者的原始材料直陈,而完结于立场鲜明的价值主体对材料的编织。这种叙述的姿态,令该书某些章节的论述带上洪子诚语言中一般少见的凌厉与尖锐"②。

作为在洪子诚文学史研究与写作学术道路上具有的总结性质的"材料与注释",这种"微弱叙事"文体与风格的选择,其中原因确实比较复杂。这其中,既可将其视为作者"回到历史情境中"的叙事追求的延续,也可看作是作者对自己"价值中立"历史叙事伦理立场的坚持。当然,也可看作

---

① 这是洪子诚在著述《材料与注释》过程中思考和提出来的一个概念,即"选择各个时期的若干材料——文章,讲话,事件,某一期的刊物,某一作品……作出注释,来从另一侧面显现文学的过程,作为'正规'文学史的补充"。见《材料与注释·自序》的几点补充》。
② 杨联芬、邢洋:《真相与良知——由洪子诚〈材料与注释〉引发的思考》,《文艺争鸣》2017年第3期。

是作者对"当代人"("当事人")如何进入—书写"当代史"所秉持的警觉。"虽说在过了许多年之后,现在的评述者已拥有了'时间上'的优势,但我们不见得就一定有情感上的、品格上的、精神高度上的优势。历史过程、包括人的心灵状况,并不一定呈现为发展进步的形态。"① 从"百花时代"到《中国当代文学史》,再到"材料与注释",在"怎样回到'过去'"的问题上,随着对历史中的人与事的深入了解,洪子诚再一次审慎地表达了自己面对"过去"的"当代史"叙述时何以"犹豫不决"的另一深层背景,即面对历史的"遗忘机制"和由"自我暗示"引发的"删削与改写"的复杂情形。"在当事人接受了某种被界定的经验的情况下,他们会不自觉地将这种经验(情绪、观点)重塑、取代当时的情绪、观点。因此,'彻底否定'那段历史的时候,会想象当年的自己的反叛姿态;当那段历史被发现有着理想风采的另一时候,又会转而放大当年的幸福感。"(洪子诚:《材料与注释》,第208页)

这种"微弱叙事"的文体与风格,在作为历史研究的"方法论"意义之外,更具价值的恐怕还是嵌入其中的"历史在场者"的精神品格。如《巴金的精神遗产》中的表述:

> 在八九十年代,一再提醒人们正视历史、反思历史的,当然绝非巴金一人。但是,巴金却是始终坚持不懈者。而且,更让人敬重的是,这种"正视",是从历史的"反思者"自身开始。这一点却不是许多人都能做到的。他坚持认为,"审判"历史,必须从自我审判作为起点。巴金在"文革"中原本是个"受害者",他可以如大量的回忆文字那样,略去当时的思想感情细节,而突出他的受难的情景,博得人们的同情,痛苦、受难也会转化为一种荣耀,一种缘饰冠冕的光辉。但是他没有这样做。他自觉对"历史"负有"债务",要在有生之年偿清这些"欠债"。这就是人们所说的那种近乎"残酷"的自责、自剖。这些文字,这种立场、举动,就是要弄清楚"我是谁"。如果在"我"的身份、立场、品格都是

---

① 洪子诚:《1956:百花时代》,济南:山东教育出版社,1998年,第3—4页。

疑问的情况下,"我"又如何能有力量对历史进行裁决?因此,有关巴金的"自审""忏悔",不能仅看作是有关个人的道德自我完善,看作是性情修养的问题。这些命题具有普遍的意义,涉及的是个人与历史责任之间的关系,是历史反思、历史承担的前提这一问题。(洪子诚:《我的阅读史》,第24页)

第五章

海外中国当代文学史编写一瞥
（1949—2019）

第一节　几个与编写相关的问题

一、文学史编写的"问题导向"

本章拟对70年来海外中国当代文学史的编写状况进行梳理，尝试在内地与海外之间建立一种潜在的对话关系，建构起一个"世界中"的中国当代文学史编写的考量向度，为更有效地把握内地的编写拓开一扇域外视窗。

在现代国家民族层面的汉语语境中，"海外"原是指中国内地（包括内地、香港特别行政区和澳门特别行政区）与中国台湾地区之外的国家和地区。本章之所以把20世纪70年代香港司马长风和林曼叔的中国现当代文学史编写纳入海外/西方的讨论视域，主要有如下两个原因：一是基于对这一时期香港政治文化的殖民性考量，二是基于他们文学史观念、编写立场、文学现象评判标准的"海外/西方认同"存在一定程度的同质化倾向。

海外中国现代文学史的编写肇始于20世纪五六十年代。基于"文学史"在西方文学理论中的边缘化境遇以及文学史与国家民族意识形态之间的游离关系，海外中国文学史的编写一直处于低落状态，迄今为止，比较有代表性的中国现当代文学史也寥寥无几。不过值得关注的是，这为数不多的文学史著作虽然特色各具，但它们之间仍有一些规律性的内在关联，即这些文学史家们编写的"问题导向"，特别是编写动机与立场的政治偏见，存在共通的情形。下面我们不妨列举几个代表性的编写案例看看。

首先是夏志清（1921—2013）。我们知道夏志清在耶鲁大学博士阶段（1948—1952）主攻的是西洋文学。关于《中国现代小说史》的编写，夏志清曾在该书中译本序（1978）中直言不讳是自己当年（1952）参与耶鲁大学饶大卫（David N. Rowe）组织编写《中国手册》（China：An Area Manual，王德威翻译为《中国：地区导览》）的产物。《中国手册》是朝鲜战争期间由美国政府资助、组织撰写，专供美国军官阅看的"中国读本"。夏志清主要负责其中《文学》《思想》《中共大众传播》三章，而《文学》部分的篇幅三分之二都是现代文学。在阅读新文学资料期间，夏志清"诧异"于在当时"中国现代文学史竟没有一部像样的书"①，遂有意于此一编撰工作，并得到洛克菲勒基金的支持。因工作、生活辗转，特别是参考资料的匮乏，编写工作断断续续，直至1961年才大功告成，并由耶鲁大学出版社出版。出乎夏志清意料的是，该书甫一出版，便在北美学界引起极大反响。由于编写背景、所持编写立场的时代烙印，因此尽管在多年之后，王德威在该书的英文版第三版"导言"中对夏志清的编写工作予以言之成理的高度评价，但从效果上看仍未能够彻底扭转内地学界长期以来视该书为"冷战政治文化的产品"的成见②。

其次是司马长风（1920—1980）。在关于《中国新文学史》的编写缘起中，司马长风坦言自己的本行是"政治思想史"，1954年才回转文学兴趣，至1967年，"尽弃前学，开始钻研中国现代史，旁及现代文学"。1974年，司马长风到浸会学院代徐訏讲授中国现代文学，并于同年3月开始动笔撰写《中国新文学史》。谈及《中国新文学史》的编写，司马长风强调意在通过"回归民族传统"，以回击夏志清《中国现代小说史》文学史观

---

① ［美］夏志清：《〈中国现代小说史〉中译本序》，收录于《中国现代小说史》，刘铭铭等译，复旦大学出版社2005年出版。其实此时王瑶编写的《中国新文学史稿》上册已于1951年9月由开明书店出版，下册也于1953年8月由新文艺出版社出版。是故夏志清"竟没有一部像样的书"的说法并不客观。

② 王德威认为该书"代表了五十年代一位年轻的、专治西学的中国学者，如何因为战乱羁留海外，转而关注自己的文学传统，并思考文学、历史与国家之间的关系"，"也述说了一名浸润在西方理论——包括当时最前卫的'大传统'、'新批评'等理论——的批评家，如何亟思将一己之学，验证于一极不同的文脉上"，"更象征了世变之下，一个知识分子所作的现实决定：既然离家去国，他在异乡反而成为自己国家文化的代言人，并为母国文化添加了一层世界向度"；认为该书的写成，"见证了离散及漂流（diaspora）的年代里，知识分子与作家的共同命运；离散的残暴不可避免地改变了文学以及文学批评的经验"。王德威：《重读夏志清教授〈中国现代小说史〉》，收录于《中国现代小说史》，复旦大学出版社2005年版。

念与文学评价理论资源"言必称西方"的情形①。但另一方面，从其编写立场与对新文学内容的评述看，依然是想借此表达不同于内地的左翼/革命文学史立场。司马长风所谓"痛感五十年来政治对文学的横暴干涉"，立志编写一部"打碎一切政治枷锁，干干净净以文学为基点写的新文学史"②，即此之谓也。

再次是林曼叔（1941—2019）等的《中国当代文学史稿（1949—1965内地部分）》③。该史著几乎与司马长风《中国新文学史》同时问世。据法国巴黎狄德罗第七大学教授、东亚文明研究所研究员徐爽考订，史著编写的缘起，也与编者应邀为20世纪六七十年代的法国了解所谓"真实的并不是'乌托邦'的中国"提供通鉴有关④。

以上三个案例，在有关海外中国现当代文学史编写的"问题导向"中无疑是比较有代表性的。在此后几十年里，海外现代中国文学史编写的这种"问题导向"，虽然程度不同，但已日渐积淀成为一种不言自明的传统。颇能证明这一点的，便是近年王德威对于最近十年北美学界编写现代中国文学史热潮兴起缘由的阐释，即认为"这是'中国崛起'使然"，"现代中国

---

① 针对夏志清批评《中国新文学史》"不据西洋文学批评"，司马长风回应"我写的是《中国新文学史》，而不是外国文学在中国的殖民史、外国文学买办史"。司马长风：《答复夏志清的批判》，《中国新文学史》（上卷），香港：香港昭明出版社，1978年，第288页。

② 司马长风：《中国新文学史》（中卷）"跋"，香港：香港昭明出版社，1978年。

③ 《中国当代文学史稿（1949—1965内地部分）》由林曼叔、海枫、程海合撰，林曼叔是主要执笔者。该书1978年由巴黎第七大学东亚出版中心初版（实际情况比较复杂，可参阅本章第三节），2014年由香港文学评论出版社再版。

④ 徐爽考订的完整表述如下："据林曼叔先生解释，二十世纪六十到七十年代的法国掀起一股'中国热'（China watch），对中国问题的研究极为热心，当时的法国学界在1968年法国'五月风暴'前形成了法国式的毛（泽东）主义浪潮，颂扬中国，并把中国看成'革命的乌托邦'，翻译了许多浩然的作品。同一时期（1967至1978年），法国学者魏延年（Rene Vienet）在巴黎第七大学组建东亚研究中心，同华裔汉学家陈庆浩合作出版'东亚丛书'，发表有关中国问题的论著和翻译，旨在把真实的并不是'乌托邦'的中国展现给世界。就是在这个背景下陈庆浩联系到香港的林曼叔，提出编辑中国当代文学大系。林曼叔提议先编《中国当代作家小传》和《中国当代文学史稿》，这两部书终于出版，文学大系却未能出版。"徐爽：《当代中国文学史在法国的书写——从林曼叔的〈中国当代文学史稿〉看构建文学史的思路与方法》，香港《文学评论》2013年10月号（总第28期）。转引林曼叔《中国当代文学史稿（1949—1965内地部分）》，香港：香港文学评论出版社，2014年，第385页。本章后面所征引该文内容，不再注明出处。

突然成了我们必须重新认识的对象"①。

陈国球认为，无论在中国还是西方，文学史的出现都与现代国家建立的目标关联在一起，"到了反思文学史的阶段，有的文学史刻意解构'大叙事'，但这反过来恰恰说明了'国家'与'民族'在文学史书写时的'在场'"②。在中国，伴随现代国家民族意识诞生的文学史写作不过100来年的历史，但不论世事如何变迁，文学史，特别是中国现代文学史书写的意识形态性质始终没有改变。有意思的是，将这一考量的标尺切换到海外中国现当代文学史编写的历史脉线上，我们不难发现，不同时期的海外文学史家，对何以编写现代中国文学史命题的回答，其"问题导向"的本质均无大变异，都是基于另一种罩着偏见的意识形态动机与立场③，他们在各种动力驱使下试图通过文学史的编写认识了解"现代中国"。这种规律性现象，无疑是我们在考察海外中国现当代文学史编写过程中值得关注的问题。

当然，从文学史写作自身角度看，问题可能会更复杂些。这与海外文学史家"华裔学者"的双重身份密切相关。

二、"华裔学者"的双重身份

在本章拟评述的海外文学史家中，除了顾彬④，其他几个如夏志清、司马长风、林曼叔和王德威等，他们或他们的父辈原乡都是中国内地⑤，后由于种种历史原因移居/旅居台、港/海外。学术界的"华裔学者""海外中国学者"说法，与其说是对他们空间地缘身份的指称，不如说是对他们中国/海外双重学术文化身份的描述。在人文学领域，这一双重身份，对他们文

---

① [美]王德威、李浴洋：《何为文学史？文学史何为？——王德威教授谈〈哈佛新编中国现代文学史〉》，《现代中文学刊》2019年第3期。本章后面所征引该文（简称《何为文学史？文学史何为？》）内容，不再另注明出处。

② 转引[美]王德威、李浴洋：《何为文学史？文学史何为？——王德威教授谈〈哈佛新编中国现代文学史〉》。

③ 内地的一些文学史家如严家炎、洪子诚曾一语道破这种意识形态动机与立场的实质。具体可参看本章第二节的相关评述。

④ 与许多海外汉学家比较，顾彬与中国内地的关系还是要密切。具体可参见本章第四节的相关介绍。

⑤ 这些华裔学者/海外中国学者的原籍如下：夏志清（包括其兄夏济安）：原籍江苏吴县；司马长风：原籍辽宁沈阳，出生于哈尔滨；林曼叔：原籍广东海丰；王德威：父母原籍中国东北。另外，本章后面要涉及的李欧梵，原籍是河南太康。

学史研究与编写的影响，当然是我们应该关注的。

不同于"生在辽河、长在松花江，学在汉江"（司马长风：《绿窗随笔》），1949年"南下流徙到偏远的殖民地"香港的司马长风，或因生活原因旅居笼罩在西方殖民文化中香港的林曼叔，夏志清当年是负笈美国进而定居美国的（在这一点上本书并不完全认同王德威"因为战乱羁留海外"的说法）。1948年考取北大文科留美奖学金赴美深造毕业后，在以后半个多世纪的人生里，夏志清基本在美国工作、生活，用英文研究与写作，其思想文化立场与价值观念，特别是文学研究理论体系等都是典型的中西混化，并在特定历史时期表现出一种西化的激进姿态。在他的研究中，对中国现代文学中"感时忧国"传统的关注与英美新批评的理论与方法的运用可以完美地统扭在一起。至于"外省人第二代"的王德威，一方面，其文化与学术的熏陶与训练可能比夏志清更新潮更"全球化"，但另一方面，他虽然只赶上台湾大学传统（由傅斯年执掌台大、夏济安主编《文学杂志》时期创建起来的大学文化与学术研究传统）的"末班车"（王德威是1972年进入台大的），以及与夏志清在学术上的师承关系，特别是近十多年来与中国港澳台地区在学术上的频繁交集，使其"华裔学者"身份显得更加暧昧。

20世纪80年代以后，对中国内地的现当代文学史研究与编写活动冲击与影响最大的海外研究成果，主要还是以从夏氏兄弟（夏济安、夏志清）开始，经由李欧梵，延续到王德威的美国中国现当代文学研究。程光炜曾撰文试图对此作系统梳理①，其中提及台湾学者梅家玲的研究对我们了解这一学术传承的重要参考价值。梅家玲认为，20世纪五六十年代夏济安在台湾大学主编的《文学杂志》，在赓续30年代朱光潜《文学杂志》传统的同时，"高度重视西方文学作品及理论翻译"，"为台湾建树了一个与过去迥然有别的新传统"，台湾大学也由此在特定的历史时空里，在"教育空间"与"文

---

① 具体可参阅《当代文学的"历史化"》第七章（《〈中国现代小说史〉与80年代的现代文学研究》）和第十章《从夏氏兄弟到李欧梵、王德威》。程光炜：《当代文学的"历史化"》，北京：北京大学出版社，2011年。本章后面征引该书内容，如无特别说明，均引自此版本。

学场域"方面"取代了过去的北京大学……"①。对梅家玲的这一研究,程光炜从"被生产的文学史"着眼,结合20世纪两岸(包括香港)及海外中国现代文学史研究与编写互相"挪借"的曲折历程,从"点"到"面"进行了更加系统的历史爬梳,指出1949年后,由于历史原因,从内地南渡台湾的一批学人,通过参与组建等途径充实了今天包括台大、师大、清华、东吴等在内的台湾的大学,并致力抵御国民党政府的严重干扰与渗透,最终使得内地五四时代那种将"学术研究"置于"文化政治"之上,坚持学术自由和独立的"学院传统"得以延续,且延伸成为后来美国华裔学者"中国现代文学研究的重要资源之一"(程光炜:《当代文学的"历史化"》,第184页)。由此,程光炜进而试图在此背景下描摹出中国现代文学史的研究与写作自40年代末后长达半个多世纪的"漂移过程",以及寓含其中的相关问题:"先经夏氏兄弟之手挪借到台湾和美国,80年代后,经由夏志清的《中国现代小说史》和李欧梵、王德威的众多著作从美国挪借到它的文化故乡中国内地。这些挪借根源于社会、政治、文化的变迁和人们对中国历史的不同读解,其中贯穿着'纯文学'、'左翼文学'、'感时忧世'、'晚清'和'五四'等等知识概念的不同演绎,由此还可窥见中国现代文学史在20世纪后50年间所走过的曲折艰难的历史进程。然而,这种不断的挪借与迁移,根本原因不来自文学史内部变革的要求,它很大程度上暗寓着'左翼文化'在中国内地的兴起、取得正统地位和逐步衰落的历史命运。"(程光炜:《当代文学的"历史化"》,第199—200页)程光炜认为,以夏志清、司马长风为代表,"以左翼文学为批判对象、以非左翼文学为中心的文学史",实际上可看作是对1949年后(直至80年代中期)中国内地以左翼文学为中心的文学史(中国现当代文学史)的质疑与否定,而在"某种程度上,李欧梵、王德威的文学史研究,可以说是经港台版改编的海外汉学意义上的中国现代文学史研究"(程光炜:《当代文学的"历史化"》,第200页)。这一"漂移"曲线图,对我们历史地把握1949年后"海外"中国现当代文学史研究与编写中的"华裔学者"的双重身份内涵,无疑有一

---

① 梅家玲:《夏济安、〈文学杂志〉与台湾大学》,《当代作家评论》2007年第2期。

定的启示意义。

王德威认为，海外的中国移民，年深月久，除了学得新的语言资源，始终未曾放弃"中文的词汇、声音，还有语言蕴含的文化传承"[①]。"华裔学者"这种精神文化的双重身份，既是海外文学史家关注、投身中国现当代文学史研究与编写的隐在情结，诚如陈国球在评述司马长风的"文学史"时所言，在香港这样一个"游离无根"、没有历史追寻渴望的殖民地，20世纪六七十年代出现的寥寥的几部文学史，完全可看作是"南移的知识分子对中国文化根源的回溯"[②]。另一方面，"华裔学者"的双重身份，同时也是导致他们的研究与编写出现矛盾和裂缝的深层原因。循着这一线索，我们可以更深入地理解有关他们文学史研究与编写的论争，如陈国球认为《中国新文学史》是司马长风的"文化回忆录"："在这本多面向的书写当中，既有学术目标的追求，却又像回忆录般疏漏满篇；既有青春恋歌的怀想，也有民族主义的承担；既有文学至上的'非政治'论述，也有取舍分明的政治取向。"（陈国球：《文学史叙述形态与文化政治》，第205页）也能够理解半个多世纪来有关夏志清《中国现代小说史》的纷争，以及王德威在英文版第三版"导言"中对夏志清偏爱有加的评价。

三、文学史叙述模式的"修复"

这是海外中国当代文学史编写中另一个值得关注的共性问题，也是由前两部分内容引带出来的一个问题。这里的"修复"所指，包含了两个层面：一是指对"学院传统"的继承，二是指对文学/审美性文学史研究/叙述传统的接续。这其中，"学院传统"的继承主要集中在以夏志清、李欧梵（尽管本书未专门涉及）、王德威为代表的美籍华裔学者群体。"修复"的潜在对象，是1949年后中国内地的左翼文学史叙述模式，简单地说就是要推倒1949年后中国内地主导的以左翼文学为中心的文学史叙述模式，以及对作家作品评价的"政治正确性"标准。"修复"的本质，套用80年代"重写

[①] 李凤亮：《彼岸的现代性：美国华人批评家访谈录》，桂林：广西师范大学出版社，2011年，第40页。

[②] 陈国球：《文学史叙述形态与文化政治》，北京：北京大学出版社，2004年，第204页。本章后面征引该书内容，如无特别说明，均引自此版本。

文学史"期间的说法,就是要"把文学史还给文学","使之从从属于整个革命史传统教育的状态下摆脱出来,成为一门独立的,审美的文学史学科"①。这种"修复"落实到具体的文学史编写中,突出地表现在两方面:淡化文艺运动、文艺思潮、文艺论争,以作家作品的评述结串文学发展历史②;试图走出作家作品评价的政治意识形态窠臼,重申文学/审美性评价标准,并强调作家作品的"世界性"。

当然,具体到海外不同时期编写的中国现当代文学史,这种重申与强调的展开形态还是不尽相同。如夏志清的《中国现代小说史》强调"优美作品之发现和评审",认为中国现代作家"感时忧世"传统失之狭隘,同时对"原罪"或"阐释罪恶"的其他宗教学说"不感兴趣,无意认识"③。而与夏志清的"言必称西方"相对立,司马长风的《中国新文学史》强调对民族传统的回归。陈国球用"唯情"来描述司马长风文学史的情形(陈国球:《文学史叙述形态与文化政治》,第245页),对其"以文学为基点""即兴以言志"的叙述模式予以客观公正的评价。由此而论,他套用司马长风评价《边城》的观点("书中什么也没有,只有一缕剪不断的乡愁")概括《中国新文学史》的叙述风格,并非毫无根据。较之于夏志清与司马长风,林曼叔和顾彬的文学史叙述模式,或试图通过构建"现实主义的文学史观",或提出现代政治学与"习惯性标准"④的评判标准,以对以左翼文学为中心的

---

① 陈思和:《关于"重写文学史"》,《笔走龙蛇》,济南:山东画报出版社,1997年,第109页。

② 将文学史"瘦身"为作家作品的品鉴评述历史,其实是早期中外文学史观念的内核。陈平原认为尽管中国现代学科意义上的"文学史"是西方的舶来品,但并不能掩蔽中国古代"诗文评""文苑传"特别是"文章流别论"观念中的文学史意识与元素。(陈平原:《文学史的形成与建构》,南宁:广西教育出版社,1999年。)而韦勒克也指出,"在文艺复兴和17世纪,文学史指的是任何一个作品和作家的类别"。(韦勒克:《文学史的六种类型》。转引乔国强:《叙说的文学史》,北京:北京大学出版社,2017年。)不过以作家作品结串文学史的情形,在海外中国现当代文学史书写中也并非绝对,这其中表现得最突出的是林曼叔等的《中国当代文学史稿(1949—1965内地部分)》,其结构模式实际上并没有超越同时期内地的文学史,对1949—1965年("十七年文学")的文艺运动等基本上"照单全收"。

③ [美]夏志清:《〈中国现代小说史〉中译本序》,1978年。转引刘铭铭等译《中国现代小说史》,上海:复旦大学出版社,2005年。

④ 有关顾彬文学史评述的"现代政治学"与"习惯性标准"的内涵及其衍用情况,可参看本章第四节的相关内容。

文学史叙述模式进行"修复"。

但在海外中国现当代文学史70年的编写史中,对中国内地固有叙述模式冲击最大的,还是王德威主编的《哈佛新编中国现代文学史》(2017)。该史著的冲击已不是简单的"修复",而是彻底的"颠覆"。同时,其"颠覆"的问题,亦已绕开(或许用"跨越"更合适)了内地与海外长期对峙的意识形态纷争,乃至文学性与审美性的问题,而切换到更深广的历史文化层面,即如王德威自己所说的,"不刻意敷衍民族国家叙事线索,反而强调清末到当代种种跨国族、文化、政治和语言的交流网路";"企图跨越时间和地理的界限,将眼光放在华语语系内外的文学,呈现比'共和国'或'民国'更宽广复杂的'中国'文学",意在反思包括目前文学史的书写、阅读、教学的局限与可能在内的、作为人文学科建制的现代中国"文学史"[①]。《哈佛新编中国现代文学》尝试全球化背景下,对"文学史"的命题作一次超越时空地缘与政治文化的全方位清理,其提出的问题和留给我们的思考,远比"挪借"复杂。有关方面的内容,本章后面有进一步的展开,在此不再赘言。

关于海外中国现当代文学史编写于中国内地的意义与局限,总体而论,程光炜认为,"这种经历了两三代人学人的'文学史挪借',确实穿越了两岸战云密布的历史空间,绕过了意识形态的重大争议,以'学院方式'在不断协商文学史书写的问题和方案,无疑把两岸……文学的断裂在隐蔽的层面上做了深沉大气的连接",但另一方面,这种"修复","并没有与当代史的复杂性形成有效对话,并进行更为深广和富有启发性的揭示"(程光炜:《当代文学的"历史化"》,第202页)。这无疑是我们需要警惕的。以一种意识形态立场抗衡另一种意识形态立场,自信由此编写的文学史能够"修复"两岸的左翼文学史叙述模式,其实是一种想象与幻觉。实际上,1949年后内地左翼文学史的书写模式的实践,既与中国"文以载道"的经世致用传统有关,更是中国现代国家民族在对刚刚过去的历史书写过程中

[①] [美]王德威:《导论:"世界中"的中国文学》,《哈佛新编中国现代文学史》,中国台湾:麦田出版,2021年。

的一种必然的文学书写与表达。看不到这一点，海外中国现当代文学史的"修复"，将无法与内地的当代史展开有效对话，更不可能有深广和富有启示性的揭示。

第二节　从夏志清到司马长风

一、"冷战时期"的《中国现代小说史》

夏志清《中国现代小说史》（以下简称《小说史》）成书于1952—1961年期间。该书的写作、出版和传播，开启了20世纪海外中国现当代文学史写作的序幕。在《小说史》的初版、英文原版（1961年由耶鲁大学出版）及中译本（1979年由香港友联出版社和台湾传记文学出版社同时出版）序中，夏志清都谈到了该书的写作背景与动机等情况。如前所述，此书的最早缘起，应是夏志清在耶鲁大学作为博士候选人期间参与该校政治系饶大卫教授的一个政府资助项目《中国手册》的编写。在写完"手册"中有关中国思想、文学等篇章后，夏志清开始着手撰写一部有关中国现代文学的专著。至1955年离开耶鲁时，夏志清已完成《小说史》的大部分内容。

夏志清写作《小说史》时期，受国际政治形势影响的思想文化也正处于"冷战时期"（1947—1991），这同时也是内地中国现代文学史和当代文学史观念、写作立场和叙述模式建构形成的时期。这种背景使得《小说史》变得复杂起来，作者从中提出的许多问题也因此获得了"意义"。比如夏志清认为，"一部文学史，如果要写得有价值，得有其独到之处，不能因政治或者宗教的立场而有任何偏差"[1]。但由于受西方冷战思维的影响，与同时期内地以毛泽东《新民主主义论》和《在延安文艺座谈会上的讲话》作为思想纲领的政治化写作模式形成鲜明比照的是，《小说史》一开始即旗帜鲜明

---

[1] ［美］夏志清：《中国现代小说史》，刘铭铭等译，上海：复旦大学出版社，2005年，第317页。本章后面所征引该书内容，如无特别说明，均引自此版本。

地建立起一种"去政治化"①的文学史写作观念。《小说史》可以说是对这一观念的写作实践。举一个简单的例子:《小说史》对现代作家作品的取舍,表现出与王瑶《中国新文学史稿》等同时期的现代文学史完全不同的姿态。夏志清在书中用"左派作家"和"独立作家"两个概念来概括《小说史》所涉及的作家。不少研究者都注意到,书中占篇幅最大的是"独立作家"张爱玲(约2万字)和钱锺书(约1.6万字),而关于"左派作家"鲁迅和解放区及战后的中国文学,《小说史》分别所占的篇幅总和甚至还比不上钱锺书。作者对同时期内地新文学史家如王瑶等所忌讳的"独立作家"的情有独钟,从此可见一斑。

《小说史》这种取向后来被放大到对整个现代小说的评价上。夏氏通过对现代小说30年的考察,认为第一时期最优秀的作家并非共产党员;第二时期的左派作家茅盾和张天翼,虽然"高居其他作家之上",但他们的最佳作品,"却隐藏着个人深厚的情感与写实的底子"。并且用极端的例子说明抗战时期"最优秀的作家"和"最有价值的作品",既不出于"共产党区",也不出于"国民党区",而出现在"身在沦陷区上海"的女作家张爱玲及其作品。另外,从整个现代小说创作情况看,夏志清认为,"较优秀的现代中国小说,无论是属于讽刺性还是人道主义的,都显露出作者对时下的风俗习惯与伦理道德,有足够的或充分的认识",而与政治无关。而他们在创作上的失败,夏志清认为倒是与此息息相关。换句话说,左翼作家的创作实绩,与他们激进的世界观和人生观并没有什么必然的联系。他甚至以鲁迅、张天翼等左派作家的极端例子证明。比如他认为鲁迅的《肥皂》和《离婚》,作为描写士大夫和农民的优秀小说,"对复杂的风俗习惯与道德伦理的探讨,深入得令人看了觉得恐怖",同时他指出抗战时期无产阶级和浪漫革命小说之所以写得粗糙,"无疑是作者无视于风俗习惯使然"([美]夏志清:《中国现代小说史》,第321页)。

---

① 以夏志清为代表的海外中国现当代文学的研究与文学史写作中"去政治化"文学史观的政治内涵,通常是指文学史家对历史叙述与评价的一种政治意识形态姿态与立场,但也不排除所讨论作家的政治身份,作品的背景、思想内容或倾向,以及文学现象的政治意识形态性质等因素。

对于《小说史》这种对立于大陆政权的文学史观念，当年捷克斯洛伐克东方学学者普实克（1906—1980）即曾针锋相对地指出，《小说史》的这种"不平衡感"（指对"左派作家"和"独立作家"的评价），一方面表明夏志清"不能以应有的客观态度来处理自己的研究对象"，另一方面也可见他"评价和划分作家的首要标准是政治性的，而非艺术性的"，"他对作品的所体现的政治立场的兴趣并不亚于其艺术价值"。普实克认为由于夏氏"不是努力克服个人偏见，而是利用科研成果纵容作家的褊狭"，导致作者"不仅没有对他们（即左翼作家，笔者）的爱国情怀做出公正的评价，反而还试图加以抹煞"。可见夏志清的文学史观，其实不过是以一种政治标准代替另一种政治标准。简单地说，就是"满足外在的政治标准"，以西方价值标准代替"左翼中国"①。

　　当然，正如上一节所言，《小说史》这种"非左翼文学中心"文学史的情形，不排除其中隐含的更复杂的历史、文化、政治原因。基于这样一种背景，内地有些研究者认为我们很难把《小说史》作为一部"纯粹"的"学术著作"来阅读。"这种阅读、接受和再评价的过程，实际已经变成了把冷战、意识形态对立、文学性紧张、文学社会学阐释等复杂因素带入到了《小说史》从它写作到传播一直充满争议的过程中。"（程光炜：《当代文学的"历史化"》，第149页）

　　而无论如何，一个不争的事实是，夏志清和他的《小说史》给80年代以后中国现当代文学的研究与文学史写作带来了一场革命，并对后来海外中国当代文学史的写作产生了深远影响。

二、司马长风的"回归民族传统"

　　在考察20世纪50年代以后内地外围的中国现当代文学史写作中，值得注意的另一部新文学史著作，是70年代由香港文学史家司马长风著撰的三

---

① ［捷克］普实克：《中国现代文学史的根本问题——评夏志清的〈中国现代小说史〉》。《中国现代文学史的根本问题——评夏志清的〈中国现代小说史〉》，《通报》（T'oung Pao）（荷兰莱登，1961年）。转引《抒情与史诗：现代中国文学论集》，［捷克］亚罗斯拉夫. 普实克著，李欧梵编，郭建玲译，上海：上海三联书店，2010年。

卷本《中国新文学史》①。在20世纪80年代，这部文学史著作的影响虽然比不上《小说史》，但作者不同于夏氏的文学史观念与评述模式，却同样值得我们关注。

（一）对夏志清的质疑与反驳

与夏志清在西方价值标准认同中建构自己的文学史观不同，司马长风的文学史观念表现出回归民族传统的强烈意愿。"我痛感五十年来政治对文学的横暴干涉，以及先驱作家们盲目模仿欧美文学所致积习难返的附庸意识。"（司马长风：《中国新文学史·跋》中卷，第324页）把司马长风这里所说的"痛感"看作是他与夏志清文学史观念的最根本分歧，也未尝不可。司马长风并不否认外国文学对中国新文学的影响，但认为这种影响"并不能宰制、决定中国新文学史尤其不能单以西方文学知识来衡断中国新文学史"。（司马长风：《答夏志清的批评》，《中国新文学史·附录二》上卷）这种文学史观念，既可看作是对夏志清言必称"西方"的文学史观的质疑与否定，更可看作是一个身处殖民社会、受中国传统文化熏陶的知识分子对民族传统的认同与皈依，这也是他对自己建构这部新文学史著作时的另一个信念的一种诠释："以纯中国人的心灵"来写新文学史②。因此，当年面对夏志清的批评其文学史著作不提西方文学批评时，司马长风如此回应道："……我写的是《中国新文学史》，而不是外国在中国的殖民史，外国文学的买办史"，"我所以特别标举上述的信念，一因鉴于六十年来的新文学，受外国文学的恶性影响太深巨了……至于时下的作家，各奉一派外国文学理论来审判中国文艺，这种买办意识，已成为第二天性！我为此感到羞耻，所以要发愤

---

① 有关司马长风《中国新文学史》正式刊印的版次（港版）情况介绍如下：上卷：1975年1月初版，1976年6月再版，1980年4月三版（1979年12月三版序）；中卷：1976年3月初版，1978年11月再版（1978年11月再版说明），1982年8月三版，1987年10月四版；下卷：1978年12月初版，1983年2月再版，1987年10月三版。上卷、中卷均于1976年3月由香港昭明出版社初版，下卷1978年12月由香港昭明出版社初版。转引陈国球《文学史书写形态与文化政治》，第248页。本章后面所征引史著各卷内容的版次，如无特别说明，均引自如下版本：上卷：香港昭明出版社1980年4月版；中卷：香港昭明出版社1978年11月版；下卷：香港昭明出版社1978年12月版。

② 司马长风曾这样谈到自己写这部《中国新文学史》的"自信"："第一，这是打碎一切政治枷锁，干干净净以文学为基点写的新文学史，第二，这是以纯中国人的心灵所写的新文学史。"《中国新文学史·跋》中卷。

写一部纯粹的中国人的中国文学史"。(司马长风:《答夏志清的批评》,《中国新文学史·附录二》上卷)司马长风这里说的"各奉一派外国文学理论来审判中国文艺",当然很容易让我们想到夏志清和他的《小说史》。对于"各奉一派外国文学理论来审判中国文艺"的情形,司马长风还进一步表述:"关于外国文学的影响,今天我们再不能盲从五四时代先驱们的狂放;反之,早一个做深长的反省了。我们看不起卅年代左翼作家,向苏俄的文艺路线一边倒,也自然不能同意向西方文学'一边倒'。"他认为"文学不同于科学与民主,不能丧失民族性,不能成为外国文学的附庸,不管是苏俄文学、日本文学还是西洋文学",并以当时获诺贝尔文学奖的日本作家川端康成为例,说明"文学作品必须有民族性,才能在世界文坛上存在竞耀"(司马长风:《答夏志清的批评》,《中国新文学史·附录二》上卷)。撇开冷战时期的西方与殖民语境,司马长风这种回归民族传统的新文学史观念,对我们认识和评价这一时期的海外中国新文学史的写作与研究,应该说有其不可替代的意义,同时对后来的中国当代文学史研究与写作也并不能说毫无启示。

(二)与夏志清的"殊途同归"

香港学者陈国球先生曾套用司马长风的"一缕剪不断的乡愁"来描述《中国新文学史》的民族文化内涵,并对其在书中所坚持的民族文化本位意识表示"同情和理解":"司马长风这样一个成长于北方官话区的文化人,当南下流徙到偏远的殖民地时,面对一个高位阶用英文、日用应对用粤语的语言环境,当然有种身处异域的疏离感。"(陈国球:《文学史叙述形态与文化政治》,第214页)

司马长风文学史观中的民族传统元素,近年已受到一些研究者的进一步关注①。但尽管如此,在"去政治化"这一点上,司马长风与夏志清并无本质的不同。如前所述,在《中国新文学史》(上卷)1976年的"再版序"中,司马长风开宗明义说自己的本行是研究政治思想的,1968年开始研究中国

---

① 可参考胡希东《民族·国家与文学地理:1950—1980中国当代文学史叙述形态》第七章"民族文化认同与新文学史叙述"一节,北京:人民出版社,2013年。

现代史，1973年才转移兴趣于新文学史①。从研究内地政治思想转移到对中国新文学史感兴趣，在这一点上司马长风与夏志清有相似的一面。如果我们把这种相似性切换到文学史的写作姿态与立场上，会发现在坚持与内地对峙的意识形态立场方面，《中国新文学史》与《小说史》其实"不谋而合"。也正因此，与夏志清一样，司马长风的文学史写作其实也是在以一种政治标准代替另一种政治标准。比如对于新文学史的分期，司马长风便反对王瑶"以政治尺度来划分文学史"，认为王瑶把1919年作为新文学的开始，是"受制于毛泽东的《新民主主义论》"，同意毛泽东提出的无产阶级1919年五四运动以后登上政治舞台前"中国不应该有新文学"的论断。司马长风认为，"无产阶级登上政治舞台是政治之履，一九一七年以一月新文学开始，一九一八年一月新文学诞生，这是文学之趾。王瑶的办法是削文学之趾，以适政治之履"（司马长风：《中国新文学史·导言》上卷）。鉴于此，司马长风把1949年以前的新文学划分为五个时期：文学革命期（1915—1918）、诞生期（1918—1920）、成长期（1921—1928）、收获期（1929—1937）、凋零期（1938—1949）。这种分期，在一定程度上体现了司马长风遵循文学自身发展规律的一面，但若进一步了解其相关解释，却会发现问题似乎要复杂得多。司马长风说之所以"煞费思量"用"凋零期"来概括新文学的第五发展时期，除了考虑到战争对这一时期作家、文学事业的冲击外，还有政治方面的原因：一是抗战初期（1937—1940）"惑于'文章入伍'口号"，许多作家把抗日宣传与文学创作"混为一谈"，使文学创作一度陷入"窒息状态"，二是从抗战后期（1941年后）到1949年，大部分作家被卷入政治斗争，使本来就艰难的文学创作，"再缠上一团乱麻"，变得"奄奄一息"（司马长风：《中国新文学史》下卷，第3页）。这里，司马长风关于新文学发展"凋零期"的阐释，鲜明地表现出一种反内地主流意识形态立场。而与《小说史》比较，《中国新文学史》尤为值得关注的一点，是司马长风甚至不提毛泽东《在延安文艺座谈会上的讲话》对五四以来中国新文学发展的重要

---

① 司马长风：《中国新文学史》（上卷）"再版序"，香港：香港昭明出版社，1976年3月初版。

影响。这种通过"无声的搁置"的方式来表达与内地对立的政治立场,可谓与夏志清同出一辙。这种"去政治化"的处理方式,借用司马长风自己的话说,恰恰是另一种"削文学之趾,以适政治之履"。

如果要说司马长风的"去政治化"与夏志清的还有什么不同,那就是"政治"在他观念中不仅具有与主流意识形态对立的意味,同时还指向"文以载道"的传统,"急功近利"的文学观念等。在《导言》中,司马长风认为从反文以载道传统开始的中国新文学,转了几个圈子后,大多数作家又"都莫名其妙地成为载道派的孝子贤孙了"。

"这是打碎一切政治枷锁,干干净净以文学为基点写的新文学史。"这是司马长风在编写这部新文学史著作时谈到的其中一个信念。但在客观效果上能否"干干净净",却是另一回事。陈国球曾系统地引介了不少研究者对司马长风《中国文学史》"文学非政治化"思想的质疑(参阅陈国球:《文学史叙述形态与文化政治》,第213—215页)。当然,对于这种"'政治化'地阅读司马长风"的"简约化"现象,是否就是"学术的'公平'",陈国球也质疑(陈国球:《文学史叙述形态与文化政治》,第235页)。而在本章第一节中,我们也介绍了程光炜在这一问题上的深度剖析。这些,都是本书以为有必要提醒注意的。

其实,早在20世纪80年代,面对夏志清、司马长风他们那种似是而非的文学史观念,严家炎即曾深刻指出:"夏志清、司马长风他们口头上只讲艺术,好像对左、中、右各类作家作品都很公平,一视同仁。其实,他们的小说史、文学史里很讲政治标准。"[①]20年后,洪子诚在其《问题与方法——中国当代文学史研究讲稿》一书中谈到20世纪50至70年代香港的现代文学史写作时有着"更文学史家"性质的祛蔽表述。洪子诚认为,任何一部文学史的写作,背后总有一些写作者"要超越、批评或纠正的文学史影子存在",因此"所谓'非政治'的态度,实际上是对当时主流政治的一种抗衡,是一种政治立场"。洪子诚由此指出,司马长风文学史的政治立场

---

① 严家炎:《现代文学的评价标准问题——中国现代文学研究笔谈二》,《求真集》,北京:北京大学出版社,1983年,第26、27页。本章后面所征引该书内容,如无特别说明,均引自此版本。

与意识,"一点也不比他所反对的王瑶的文学史弱"①。

三、对文学思潮与文艺论争的淡化

从文学史写作角度看,《小说史》与《中国新文学史》的内容结构方式都从根本上改变了同时期在内地流行的"重思潮与论争,轻作家与作品"的结构模式。

王德威在《小说史》英文版第三版的导言《重读夏志清教授〈中国现代小说史〉》(1999)对《小说史》的结构和文脉作了"不厌其烦"的介绍,"因为这关系到全书的批评视野及方法学"。而在本书看来,这种结构和文脉,也能够让我们看到不同于内地80年代以前的文学史的另一种构架与思路。《小说史》凡十九章,除了第一章("文学革命")、第十三章("抗战期间及胜利后的中国文学")和第十九章("结论"),其余十六章均专门评述现代小说,其中单列一章介绍的作家有:鲁迅、茅盾、老舍、沈从文、张天翼、巴金、吴组缃、张爱玲、钱锺书、师陀等10个作家,第三章、第四章分别介绍文学研究会和创造社主要作家,第十一章和第十八章介绍第一、二阶段的共产主义小说,第十四章介绍"资深作家":茅盾、老舍、沈从文、巴金。其他章节讨论的作家还有:叶绍钧、冰心、凌淑华、落花生、郁达夫、蒋光慈、丁玲、萧军、赵树理等。张英进曾称《小说史》是一部"以作者为中心的文学史"(转引张英进:《历史整体性的消失与重构——中西方文学史的编纂与现当代中国文学》)。《小说史》这种结构方式,与内地50年代以来"着重在各阶段的文艺思想斗争和其发展状况"的文学史叙述模式有很大的不同,是对五六十年代文学史结构——叙述模式的解构,同时对八九十年代"重写文学史"产生了重要影响(在这一意义上,很难说90年代末陈思和主编的以作家作品为主型的《中国当代文学史教程》一点不受《小说史》的启发),即使在后来顾彬的《二十世纪中国文学史·1949年后中国文学》中,我们也能够感受到。

关于《中国新文学史》的体例,司马长风声称"迥异于过去一切文学

---

① 洪子诚:《问题与方法——中国当代文学史研究讲稿》(增订版),北京:生活·读书·新知三联书店,2015年,第40页。

史"。具体表现在如下几方面:(1)每一篇必先概述当时文坛的动态,使读者对作家的活动,文学界的情况有一个综合印象;(2)述评的文学作品,除诗歌、散文、小说、戏剧之外,还有文学批评;(3)述评各类作品及作家,避免史料长篇式的流水账笔法,而选择代表性作家的代表性作品作深入的品鉴;(4)每一章之后尽量搜集有关资料列表或附录,以补正文说明的不足(司马长风:《中国新文学史·跋》中卷)。与《小说史》相比,作为文学史通史的《中国新文学史》的内容要显得丰富得多:其中有关文学思潮(包括文学批评、论争)及文坛概况的内容,虽然也占了一定的篇幅,但作者认为这恰恰是其开创的两个新领域(司马长风:《答夏志清的批评》,《中国新文学史·附录二》上卷)。对于作为"一般文学史著的内容"的作家作品的介绍,司马长风则可谓能详则详。据他在答夏志清批评一文中的介绍,《中国新文学史》仅上、中两卷,即介绍了小说26家(其中重同的仅巴金、沈从文、废名、林徽因、萧军、叶紫和茅盾)、诗歌24家、散文26家、戏剧10家。又比如关于三十年代独立作家和左派作家,特别是前者,作者开列了当时比附在以刊物为中心的"八个集团"的主要作家名单。司马长风认为与左派作家比较,独立作家在政治斗争上虽不占什么优势,但在文学成就上却远超过左派作家(司马长风:《中国新文学史》中卷,第21页)。按照他的说法,在以上作家作品介绍的过程中,"严格审察流行的俗说成见,扬弃了批判了多人认为的名作家和名作品,新文学初期如周作人的新诗《小河》,冰心的新诗《超人》;钩沉了若干被淹没的代表性作家和优秀作品,小说家如李劼人、陈铨;戏剧家如李健吾,作品如巴金在抗战时期写的《憩园》《寒夜》和《第四病室》,我称它为人间三部曲,实是战时小说的杰作;也发掘了若干乏人提及,具有代表性的作家,小说作家如穆时英、罗淑,散文如萧乾、吴伯箫,诗人如孙毓棠,批评家如李长之、李广田"(司马长风:《答夏志清的批评》,《中国新文学史》附录二·上卷)。在以作家作品为重心的文学史结构方式方面,司马长风的新文学史著还有一点值得注意的,是如他所说,"每一章之后尽量搜集有关资料列表或附录,以补正文说明的不足"的内容。作为一部文学史著作,这一工作对其努力还原新文学发展的历史状貌具有不可忽视的意义。以下卷为例,第二十六章"长篇小说写实潮"

专题介绍的作家有15个，后面"附录"部分辑录了"战时战后小说作家作品"127人312部，第二十七章"散文的圆熟与飘零"专题介绍的散文作家有11个，后面"附录"部分辑录的"战时战后散文作家作品"有108人237部，第二十八章"诗歌的歧途和彷徨"专题介绍的诗人有17个，后面"附录"部分辑录的"战时战后诗人诗集"有112人251部，第二十九章"战时战后的戏剧"专题介绍的剧作家有12个，后面"附录"部分辑录的"战时战后戏剧作家作品"有112人205部。这些数据对我们感受"战时战后"中国文学发展起到了重要作用。

在夏志清与司马长风的时代，内地对作为理论形态的文学史研究还不像80年代以后方兴未艾，"把文学还给文学史"，文学史到底是文学的历史（"文学"史）还是历史的文学（文学"史"），诸如这些观念形态对他们来说，其实还是相对陌生的。他们有自己文学史写作的宗旨与立场，但作为文学史家，他们的表现与贡献更多的还是在写作实践方面，并为后来内地的"文学史热"提供了丰富的研究价值，这其中也表现在他们文学史（小说史）的内容结构模式设计上面。自然地，也影响着后来海外中国当代文学史的写作。

四、"世界向度"与"文学性"

王德威在《小说史》英文本第三版导言中指出，《小说史》的结构和文脉"受到四五十年代欧美两大批评重镇——利维斯（F.R.Leavis）的理论及新批评（New Criticism）学派——的影响，已是老生常谈的事实"①。程光炜认为王德威关于夏志清《小说史》的所谓"世界向度"，主要还是具有世界性的知识和视阈，而夏志清时代的新批评学派的利维斯的理论即是其中颇具代表性的一个方面。《小说史》的这种"世界向度"，首先是一种比较文学性质的文学史叙述视野。"凭我十多年来的兴趣和训练，我只能算是个西洋文学研究者。二十世纪西洋小说大师——普卢斯德、托玛斯曼、乔伊斯、福克纳等——我都已每人读过一些，再读五四时期的小说，实在觉得他们大半

---

① ［美］王德威：《重读夏志清教授〈中国现代小说史〉》，《当代作家评论》2005年第4期。本章后面征引该文内容，不再注明出处。

写得太浅露了。"（［美］夏志清：《〈中国现代小说史〉中译本序》。转引《中国现代小说史》，2005）夏志清在评述中国现代作家时常常引入西方作家做比较，如由沈从文的田园视角引申出与华兹华斯、福克纳、叶芝的比较，从鲁迅的讽刺联想到贺拉斯、本·琼森、赫胥黎的技巧；老舍《二马》中的马氏父子与乔伊斯《尤利西斯》中布鲁姆、戴德拉斯相互映照，张爱玲作品与陀思妥耶夫斯基的比较，等等。不过许多读者对此并不以为然。王德威在"导言"中提出自己的看法，认为作者这样做"恰好像要用来弥补中国作家的不足"，"他自不同西方的国家文学大量征引作者、作品、文类，招来'散漫无章'或'不够科学'之讥，却至少显示其人的博学多闻。与其说夏对西方文学情有独钟，倒不如说他更向往一种世故精致的文学大同世界。假如夏当年有机会读到川端康成或加西亚·马尔克斯（Gabriel Garcia Marquez）的作品，我相信他会乐于扩展他的文学地图，以一样的热情拥抱这些作家"。王德威认为在现代评著中，很少如夏志清那样"孜孜矻矻地涉猎千百优劣作品后才下笔为评"（［美］王德威：《重读夏志清教授〈中国现代小说史〉》）。

《小说史》的这种"世界向度"，还可理解为一些研究者提及的文学的宗教态度。"中国现代小说在心理方面描写的贫乏，可就宗教背景来加以分析。儒家的知识分子都是理想主义者，但自古以来，他们同一种敬天的原始宗教，或是同释道二门搭上一些关系；即是后世的理学家，处世接物都流露出一种宗教感，并非完全信赖理性。现代中国人已摒弃了传统的宗教信仰，成了西方实证主义的信徒，因此心灵渐趋理性化、粗俗化了。"他认为与西方文学比较，"现代中国文学之肤浅，归根究底来说，实由于对原罪之说或者阐释罪恶的其他宗教论说，不感兴趣，无意认识"。（［美］夏志清：《中国现代小说史》，第322页）夏志清认为一个作家的创作，一部伟大的作品，"不仅要探索社会问题，而且要探索政治和形而上的问题；不仅要关心社会公正，而且要关心人的终极命运的公正"[①]。在《现代中国文学的感时忧

[①] ［美］夏志清：《论对中国现代文学的"科学"研究——答普实克教授》。转引《中国现代小说史》，第328页。

国精神》中，夏志清认为中国现代作家完全有必要、也应该把"感时忧国精神"提升到"关心人的终极命运"的宗教高度。但他们并没有。夏志清由此进一步指出，现代中国作家如不能够摆脱"国家寓言"的紧箍咒，无视世界文学的成就，诸如"关心人的终极命运"等等，那么这种"感时忧国"的精神很可能滑向狭隘的爱国主义。

> 现代的中国作家，不像陀思妥耶夫斯基、康拉德、托尔斯泰和托马斯·曼那样，热切去探索现代文明的病源，但他们非常感怀中国的问题，无情地刻画国内的黑暗和腐败。表面看来，他们同样注意人的精神面貌。但英、法、美、德和部分苏联作家，拟为现代世界的病态；而中国的作家，则视中国的困境为独特的现象，不能和他国相提并论。他们与现代西方作家当然也有同一的感慨，不是失望的叹息，便是厌恶的流露；但中国作家的展望，从不逾越中国的范畴，故此，他们对祖国存着一线希望，以为西方国家或苏联的思想、制度，也许能挽救日渐式微的中国。假使他们能独具慧眼，以无比的勇气，把中国的困塞喻为现代人的病态，则他们的作品，或许能在现代文学的主流中占一席之位。但他们不敢这样做，因为这样做会把他们改善中国民生、重建人的尊严的希望完全打破了。这种"姑息"的心理，慢慢变质，流为一种狭窄的爱国主义。（[美]夏志清：《中国现代小说史》，第359页）

夏氏在《论对中国现代文学的"科学"研究——答普实克教授》曾经如此回应说："我所用的批评标准，全以作品的文学价值为准则"[①]。"文学性"和"道德感情"是夏志清评述中国现代小说的两个关键词。这"文学性"，在夏志清那里，一方面表现为对五六十年代内地文学研究与文学史写作政

[①] [美]夏志清：《中国现代小说史》，刘铭铭等译，台北：传记文学出版社，1991年，第497页。

治化模式的排斥否定，另一方面则表现为对当时海外盛行的欧美新批评学派理论的实践。而其中的"道德感情"，又与其强调的西方文化的宗教态度有着内在的关联。

"文学性"与文本细读

同样，司马长风也强调文学史写作的"文学性"，并借此来反对同时期内地文学史写作的政治化模式。但由于种种原因，特别是其回归民族本位的文学史观念，使司马长风在对新文学作家作品的评述过程中表现出与夏志清完全认同西方美学标准截然相反的取向。或者说，"文学性"在司马长风的新文学史著作里，主要还是表现为作者在评述过程中对作家作品于民族文化诗性内涵追求的挖掘。正因此，司马长风虽然也肯定郭沫若早期诗歌"富于想象"和"反抗的热情"的特点，但否定其"大喊大叫"的风格，并认为其"许多诗酷似口号的集合体"（司马长风：《中国新文学史》上卷，第101页），缺乏诗美。

撇开政治因素，关于"文学性"，司马长风和夏志清都重视作品文本细读。不过进行细读的理论背景、细读方法，以及关注的向度等方面，他们之间似乎难得有共通之处。与夏志清依托新批评理论与方法不同，司马长风的文本细读主要还是基于其民族文化记忆，而他对作品语言诗性的强调，在夏志清那里表现得并不强烈。司马长风认为，"诗是文学的结局，也是品鉴文学的具体尺度。一部散文、戏剧或小说的价值如何，要品嗜她含有多少诗情，以及所含诗情的浓淡和纯驳"[①]。大概也正因为如此，夏志清认为司马长风的新文学史著作"文字'可读性'颇高"（转引司马长风：《答夏志清的批评》，《中国新文学史·附录二》上卷）。

为了更好地了解司马长风的文本细读，我们这里不妨来看看他关于沈从文及其《边城》的析读。与夏志清一样，司马长风对沈从文和《边城》评价也很高，认为他在中国文坛犹如"十九世纪法国的莫泊桑或俄国的契诃夫"，是"三十年代文坛的巨星"（司马长风：《中国新文学史》中卷，第

---

① 司马长风：《中国新文学史》（中卷），香港：香港昭明出版社，1976年3月初版，第37页。

37页）。但与夏志清在世界文学视阈中分析、确认其价值不同，司马长风基本上是从民族记忆、诗情诗性的角度进行评述和分析。司马长风认为《边城》"不仅是沈从文的代表作，也是三十年代文坛的代表作"。它是一部小说，也是一部"最长的诗"，全书二十一节，每一节都是一首诗，连接起来成为一首长诗，"这是古今中外最别致的一部小说，是小说中飘逸不群的仙女"（司马长风：《中国新文学史》中卷，第38页）。司马长风这样介绍的小说情节：

> 《边城》的情节非常简单，描写一山水如画的古渡头，有一孤处的人家，里面住着摆渡的老船夫和小孙女。老船夫年逾古稀，小孙女情窦初开。茶峒城里码头大哥顺顺，有两个儿子，都那么雄健、那么俊，看了翠翠都倾了心。翠翠先见过二老暗中动了情，大老托人说媒，老船夫满心欢喜，可是翠翠不应承；大老精神恍惚下船去，跌在激流里送了命。顺顺全家怪了老船夫，误会他颠三倒四，二老也暂时收起那份情。老船夫不顾一切找上门去向顺顺和二老解释，都遭受了冷淡。二老又下船走了。老船夫大病一场却在风雨之夜归天了，遗下孤苦伶仃的小翠翠。故事到这里便结束了。二老的吉凶未卜，翠翠的福祸不知，可是山依然那么青，水依然那么绿，小城依然那么熙熙攘攘。（司马长风：《中国新文学史》中卷，第38页）

像《中国新文学史》这种带有些"诗情"的语言表述，在《小说史》是难见的。后者的语言风格更趋理性与判断，而不似前者偏重感性与描述。

司马长风还从五方面归纳了《边城》的表现技巧：一是写人物每用烘托手法，并以写二老为例；二是擅长写景，称赞作者"是写景的圣手"，指出他朴素的文字，三言两语就能够把读者引进一个天地里去；三是认为小说颇多暗示笔法，创造出"此时无声胜有声"的审美效果，引导读者"不时闭上眼睛玩味，像嗅一朵鲜花似的"。作者举例小说写又一个赛龙舟的端午节到来时，从第一个赛龙舟的端午节见了二老后心里便一直在"偷偷地想"

的翠翠的心情:"远处鼓角已经起来了,她知道绘有朱红长线的龙船这时节已经下河了。细雨还依然落个不止,溪面一片烟。"司马长风评述:"翠翠心中急想进城去看龙舟,再遇见二老;听到鼓声,她心中正有千言万语,可是作者只告诉我们:'溪面一片烟。'"(司马长风:《中国新文学史》中卷,第39页)显然,《小说史》的作品细读是不太可能类似这样的评述风格的;四是小说中的对话,司马长风认为"真正是人民的语言",能让读者"嗅出泥味和土香";五是小说的结尾别出心裁,"既不随俗唱大团圆,也不矫情地写成哀而伤的大悲剧"(司马长风:《中国新文学史》中卷,第39页)。这在前面转引作者关于小说情节的介绍中即可感受一斑。司马长风对《边城》艺术价值的分析,完全从民族文化文学传统出发。这种民族本位的文学史叙述模式,其意义也许只有在与夏志清《小说史》的对读语境中才能够显现出来。

在《中国新文学史》中,类似的情形,我们还可以列举很多。比如作者认为老舍40年代创作的《四世同堂》,不再局限于描写"五四"以来被许多作家书写的个人与家族的冲突,而致力表现家族与国家的冲突,这在题材的开拓方面颇有代表性。对流注于小说的"无限乡愁",作者给予了很高的评价。他认为书中对小文和小霞旗人夫妇的描写,"字里行间,流露着无限甜美的怜惜,这夫妇形体和心地,都像古城秋天的蓝空一样美,老舍把他俩都送到日本军人的屠刀下殉国,也表现了无涯的乡愁。可以说是双料的乡愁,古城的乡愁,旗人的乡愁,因为他正是北京土生土长的旗人后裔"(司马长风:《中国新文学史》下卷,第83页)。又如,司马长风认为萧红的《呼兰河传》内容不说,仅其把小城作为小说的主轴,即是一种独创;认为冯至的《十四行诗》,"每一首、每一行都晶光四射","那不是积年累月诗作的辑合,而是在诗的创作长期中断之后,由于突然的感兴,遂如枯泉复活一般,一口气流泻出来"(司马长风:《中国新文学史》下卷,第189页)……

在80年代以后的中国现当代文学研究与文学史写作中,夏志清的《中国现代小说史》和司马长风的《中国新文学史》都曾产生过重要影响,特别是夏志清,几乎类似于一门显学。不过学界长期以来关注比较多的主要还是他们在内地的影响,至于他们在海外的情形,则较少涉及;关注的侧重点，也主要集中在中国现代文学领域，于中国当代文学，多为稍带提及。这种现象，既与海外对文学史的写作并不像内地那么热衷、发达有关[①]，也与在内地，中国当代文学作为一个独立学科的建设起步比较迟的情形分不开。另外，与夏志清比较，司马长风的被关注度显得相对弱些，这与其文学史写作过程中暴露出来的史料筛选运用的纰漏、欠严谨的学术素养等有关（具体可参看陈国球《文学史叙述形态与文化政治》相关章节）。随着中国当代文学学科建设的不断深入，以及当代文学研究海外视角的不断切换，有必要从海外中国当代文学史写作资源构成的角度重新爬梳夏志清与司马长风文学史写作中的相关问题，清理纠缠于它们之间的一些问题，并尝试在两者之间建构起一种对话关系，以便能够对后来如林曼叔、顾彬、王德威等海外中国现当代文学史的写作的评价，建筑起一种历史意识"限度意识"，同时能够更历史地把握当代文学学科建设的一些问题，如上一节提到的"漂移"与"挪借"现象等。

第三节　林曼叔等《中国当代文学史稿》

一、写作、出版与相关评论

就在司马长风《中国新文学史》下卷出版的那一年（1978），林曼叔等著的《中国当代文学史稿（1949—1965 内地部分）》（以下简称《史稿》）问世了。据林曼叔回忆，司马长风当时还在香港《明报》撰文评论了这部当代文学史著作。

按照林曼叔的说法，内地最早评价《史稿》的学者是古远清[②]。这里指的大概是《香港当代文学批评史》（1997）：

[①] 有研究者统计：在内地，从1951年至2007年出版了119部中国现代文学史，而英文的中国现代文学史却只有夏志清的一部，而且它仅限于讨论1961年以前的现代小说。张泉：《现有中国文学史的评估问题：从"1600余部中国文学史"谈起》，《文艺评论》2008年第3期。

[②] 但根据洪子诚先生提供的信息，内地最早介绍评价这部史稿的，是1979年（哪一期已经记不清楚了）中国社会科学院文学所内部刊物《文学研究参考》上的一篇文章。文章比较详细介绍了《史稿》的章节和基本内容，也有一些基本评价。洪子诚先生提供的相关信息还可以从林曼叔在该书"再版前言"（2014）中的一些回忆中得到印证。

《中国当代文学史稿（1949—1965内地部分）》是目前海外出版的唯一一部内地当代文学史。该书由林曼叔、海枫、程海合著。林曼叔为主要执笔者。林曼叔是道地的香港文学评论家。此书写于香港，印于香港，用"巴黎第七大学东亚出版中心"的名义是因为该出版中心提供了出版经费。因而我们认定它是香港学者的著作，而非法国华裔学者所写。①

应该说古远清的介绍是比较客观、实事求是的。

《史稿》是"海外"第一部中国当代文学史著作，也是1950年后以"中国当代文学史"冠名并公开出版的第三部中国当代文学史著作（前两部分别是山东大学中文系和华中师院中国语言文学系编写的）。2014年，香港文学评论出版社有限公司再版了该书。据林曼叔回忆，编写此书之时（20世纪70年代初），正值内地"文化大革命""如火如荼"，根本不可能从内地获得任何资料，作者只能通过香港大学、中大图书馆及一些研究所等收集有关材料。同时，也还看不到对这个时期中国文学的历史书写（其实当时已成书、出版的该方面的书也寥寥无几），"一切都在摸索中探讨中"②。基于此，肯定《史稿》所做工作具有筚路蓝缕之功，大致还是可以的。该书出版40多年，根据林曼叔介绍，除了早期在内地一些研究机构和高校引起过关注③，争议与反响都远不及夏志清《中国现代小说史》和司马长风《中国新文学史》强烈，即便在中国当代文学史研究与写作领域。因此到目前为

---

① 古远清：《香港当代文学批评史》，武汉：湖北教育出版社，1997年，第176页。
② 林曼叔、海枫、程海：《中国当代文学史稿（1949—1965内地部分）》"再版前言"，香港文学评论出版社有限公司，2014年。本章后面所征引该书内容，如无特别说明，均出自此版本。
③ 据林曼叔在"再版前言"介绍，70年代末80年代初，由陈荒煤主编、由全国有关科研单位和高校分别承担编写的《中国现代文学史资料汇编》及由二十多所高校协作编辑的《中国当代文学研究资料》，诸如老舍、赵树理、周立波、张天翼、孙犁、李准等都摘录了本书的章节，还有一些论文也引用了书中的论述。另外，他还提到80年代初，"那时内地关于当代文学的资料极为缺乏，不少现当代文学研究者把拙著影印，作为参考教材。因为那时影印费昂贵，广州暨南大学有见及此，由外文出版社将拙著翻印出版"。

止，有关该著的评述文章并不多①。这其中原因比较复杂，但有一点可能跟下面的情形有关，即该书虽冠名为"中国当代文学史"，但只叙述了我们通常说的"十七年文学"（1949—1966）的历史②，属中国当代文学史的断代史，难以从整体上反映中国当代文学发展历史风貌。以此来展开讨论当代文学史的问题，显得有些"捉襟见肘"。20世纪八九十年代以后，伴随着中国当代文学学科建设的推进，"中国当代文学"作为一个学科概念，试图赋予其严格学科含义的解释有两种，一是将其时间界限确定在1949—1978年，认为这段时间"在中国新文学史和新文学思潮史上，都具有相对独立的阶段性"（朱寨：《中国当代文学思潮史》，人民文学出版社，1987）；另一种是把50年代以后的中国文学称为"当代文学"，认为这是一个"'左翼文学'的'工农兵文学'形态，在50年代'建立起绝对支配地位'，到80年代'这一地位受到挑战而削弱的文学时期'"（洪子诚：《中国当代文学概说》，广西教育出版社，2000）。以上两种有关"中国当代文学"学科概念的解释，仅从时间界定上，林曼叔等的《史稿》都对接不上。以短论长，自然难免挂一漏万。另外，也与如前提及的《史稿》在结构模式上并没有超越同时期内地现当代文学史的"文艺思潮（文学运动）+作家作品"情形有关。至于其他方面的原因，我们在后面再作进一步探究。

尽管如此，在当时内地有关中国当代文学的历史书写处于草创时期，"海外"则几乎"无史可鉴"的情况下，林曼叔等的摸索与探讨，无论得与失，都对我们认识了解这一时期海外中国当代文学史的写作具有不可替代的意义。同时也对我们后来反观内地的当代文学史写作具有一定的比照作

---

① 根据林曼叔提供的材料，关于该书的评论，除了古远清的《香港当代文学批评史》，另外主要有张军的《林曼叔等人编撰的当代文学史的历史意义》(《山花》2012年第4期)、徐爽的《当代中国文学史在法国的书写——从林曼叔的〈中国当代文学史稿〉看构建文学史的思路与方法》(香港《文学评论》第28期，2013年10月出版)。

② 关于《史稿》之所以只写到1965年，作者在该书的初版"后记"中曾作过解释：即是因为"文化大革命"爆发后，"中国文学已完全被断送在这场残酷的暴风雨里"，"实在没什么值得写下去的"。今天回过头来看，这种解释只能代表著者当时对中国文学发展的认识和预判。"文革"时期中国文学的复杂性（其中自然包含著者所说的"被断送"的一面），虽然看法不同，但在今天的当代文学研究界，已是一种共识，即这一时期的中国文学并非"实在没什么值得写的"。这其中最有代表性的是陈思和在《中国当代文学史教程》(复旦大学出版社1999年出版)中"潜在写作"文学史观念的提出与实践。

用。这也是该书已有几篇评论文章所关注的话题。如古远清认为《史稿》在重视对文艺思潮和文艺运动的论述的同时，还"注意对极'左'思潮的批判"，并最早为"毒草"作品翻案；对作家作品的评价也比较公允。张军注意到了《史稿》两方面的意义：一是该著对文学自足标准的坚持，包括对现实主义原则、作家创作思想内容与艺术形式的和谐一致、作家创作天赋与才华的重视等。二是注意文学史情节的提炼与结撰，努力在繁杂的当代文艺思想斗争事象中提炼"情节性"，避免对这些思潮、运动的介绍流于"编年史"的层面。徐爽则从构建文学史的思路与方法角度指出该史著的价值：一是著者的"多重文化背景促成了《史稿》独特的文学立场和观察视角，使其既不同于内地建国后的传统文学史观，也区别于法国本土对当代中国文学史的法文书写"；二是"《史稿》介绍和分析文学体裁和文学经典的发生发展，关照中国传统文学的承续，并展现不同的作家如何各自在个体创作和政治规范中寻求文学的空间。政治在《史稿》中成为文学史的一个具体因素而非抽象的一统化概念或标签"，文学由此成为书中"真正意义上的主线"。当然，由于考察的视域、立场与角度的不同，以上一些问题并非毫无进一步讨论的空间。

下面我们将从三个角度考察《史稿》于中国当代文学史写作的意义与问题。

二、现实主义文学史观的构建与实践

作为酝酿、写作于20世纪50—70年代的海外中国现代、当代文学历史著作，无论是夏志清还是司马长风或者林曼叔，他们对有些问题的处置都有共通之处，比如都不满意这一时期内地盛行的政治化文学史写作模式，都希望和强调自己的写作是在"把文学还给文学史"。这一点林曼叔在初版"后记"与"再版前言"中也有与夏志清和司马长风类似的表达，如他认为多年来，研究界（海外？内地？）对于这一时期的文学创作，"只是简单地从政治偏见出发"，"肯定的时候过于肯定，否定的时候过于否定"，"缺乏文学批评的真正意义（林曼叔等：《中国当代文学史稿（1949—1965内地部分）·再版后记》），因此"希望写出一部具有真正意义的文学史稿，排除政治上的偏见来审视我们的作家和作品。在论述上无论是对文艺思想的论争，还是对作家作品的评价，都力求客观，以期再现这个时期的文学实在的风貌"。(林曼叔等:《中国当代文学史稿（1949—1965内地部分）·再版后记》)而相比之下，由于林曼叔所要书写的这一段中国内地的文学（1949—1965），比夏志清和司马长风所面对的中国新文学更加政治化和制度化（体制化），用他的话说是政治对文艺"压迫空前强大"，文艺家反抗压迫"空前剧烈"的一个时期：

> 1949年以后，中国新文学的传统，现实主义文学的传统，在政治势力的压迫下进入一个极端艰难的时期。统治阶级强使文学服从其政治利益，制造种种清规戒律，给文学创作带来很多的束缚，造成了教条主义对文学的严重破坏。[林曼叔等:《中国当代文学史稿（1949—1965内地部分）·再版后记》]

因此，我们可以想象，林曼叔要实现这种文学史理想的难度要大得多。基于这样一种背景，林曼叔等在批判内地政治化文学史观念与写作《史稿》过程中，征用了不同于夏志清和司马长风理论资源：修正主义文艺思想[①]——现实主义文学理论。林曼叔认为，"修正主义与教条主义的斗争，或者说现实主义与反现实主义的斗争"，是"贯串这一时期文学历史的一根红线"[林曼叔等:《中国当代文学史稿（1949—1965内地部分）·再版后记》]。《史稿》以此为全书立论基础，把1949—1965年的中国文学分为三个发展阶段：毛泽东文艺思想的贯彻与胡风揭开反对教条主义文艺理论的序幕（1949—1955）、反对教条主义文艺理论的第一次高潮（1956—1957）、反对教条主义文艺理论的第二次高潮（1958—1965）。这里先不论把既与当下（五六十年代中国的政治生活）同时还与历史（中国新文学历史）有着复杂关系的"十七年文学"纳入到这种相对单一的文学史分期观念中是否"万无一失"，值得关注的是著者在这里所体现出来的探讨和摸索精神，特别是

---

① "修正主义"在林曼叔等的《史稿》中并不是一个政治概念，而是一个具有文学性质的用语，专门用来指称这一时期反对、抗衡各种教条主义文艺思想的理论、观点和主张等。

《史稿》在如下两方面所作的努力。

一是有意识围绕"现实主义与反现实主义的斗争"这根"红线",对1949—1965年文学界整风运动与文艺理论斗争所作的方向性梳理,包括胡风以《对文艺问题的意见》为代表的文艺思想、冯雪峰有关现实主义的文艺思想、秦兆阳的"现实主义广阔道路论"、陈涌对文艺上庸俗社会学的批判、邵荃麟的"写中间人物论"和"现实主义深化论"、李何林的"唯真实论"、周谷城的"时代精神汇合论"等等,并将这一时期中国文学有关现实主义的思考与讨论串结成一个具有内在关联的有机整体。与此同时,《史稿》对当时主流意识形态倡导和推行的"社会主义现实主义""革命现实主义与革命浪漫主义相结合"的创作方法进行了倾向性的质疑、批判和否定,认为是反现实主义的①。另外,对文艺界开展的"整风运动",如对电影《武训传》的批判、对俞平伯《红楼梦》研究的批判、对胡适文艺思想的批判、对《文艺报》及"丁陈反党集团"的批判等等,也有意识地结穴于"修正主义与教条主义的斗争"。《史稿》通过这种自成一体的梳理,以体现自己独立不倚的文学立场。

二是以现实主义为评判标准,对这一时期文学创作所做的一些独到评判。《史稿》为赵树理《三里湾》王金生形象塑造的概念化情形进行辩解,认为这种情况并不能简单归咎于作者的创作力问题,而与"生活本身是否能够孕育某些批评家所期望出现的理想人物的条件"有关[林曼叔等:《中国当代文学史稿(1949—1965内地部分)》,第101页];同时,《史稿》对周立波《山乡巨变》亭面糊形象塑造的矛盾创作心理进行了深度挖掘,指出周立波虽然明白亭面糊矛盾而复杂的性格具有一定的普遍性,但又很清楚不能把他作为最突出的形象来塑造去反映这个时代的风貌,并按人物性格发展的逻辑去发展它,"这就大大使其作品的现实性和历史性蒙受了不可弥补

---

① 林曼叔等认为从苏俄引介过来的"社会主义现实主义创作方法""所强调的只是政治上的目的,在创作中落实他们的政治意图。而抹煞了文学创作反映严峻生活现实的真实这个严峻任务,根本上违反了现实主义的创作原则"。[《中国当代文学史稿(1949—1965内地部分)》,第25页]同时认为"两结合"的创作方法,"用'革命'的名义阉割了严峻的现实生活,用所谓'革命浪漫主义'以剥夺现实主义对待现实生活的诚实态度,要使文艺创作随着他们的狂热政治而'浪漫'起来"。[《中国当代文学史稿(1949—1965内地部分)》"绪论"]

的损害"［林曼叔等:《中国当代文学史稿（1949—1965内地部分）》,第111页］。《史稿》还从艺术修养不同的角度独到地比较分析了周立波和赵树理的不同创作风格,例如在语言上,"赵树理虽是写来干净利落,但有时未免令你读来感到单调而欠韵味",而周立波的语言虽不似赵树理那样"纯净","但你可以从他作品里发现那诗意洋溢的语言,令你兴奋而读下去"［林曼叔等:《中国当代文学史稿（1949—1965内地部分）》,第106页］。对于《创业史》,《史稿》肯定柳青创作上的修养,作品精心细密的构思和人物创造的功夫,但也不掩饰整个作品的情节安排缺乏节奏感和生动性,"难免使读者感到沉闷不已"（林曼叔等:《中国当代文学史稿（1949—1965内地部分）》,第121页）。在关注代表性作家作品的同时,《史稿》还对一些向来不大被关注的创作现象予以出人意表的评判,如对康濯的《水滴石穿》评价极高,认为这是当时"中国内地文学性创作里面唯一的一部悲剧作品"［林曼叔等:《中国当代文学史稿（1949—1965内地部分）》,第117页］;指出方纪《来访者》的"好处"并不在于对一个悲剧爱情故事的讲述,而在于真实地写出了一对青年人的"堕落","在政治上的低沉",但他们又是"道道地地的善良的人"［林曼叔等:《中国当代文学史稿（1949—1965内地部分）》,第216页］。另外,从现实主义原则出发,《史稿》对曾经一度走红的浩然和金敬迈评价很低,认为在对生活的认识上,浩然"是一个相当保守的教条主义者",指出在庸俗社会学者的鼓吹下,《艳阳天》的反现实主义倾向比《金光大道》更加严重［林曼叔等:《中国当代文学史稿（1949—1965内地部分）》,第128页］,而《欧阳海之歌》则可以说是文艺在政治支配下走向极端狭窄道路的典型例子。这些都体现了《史稿》的识见。而对以《布谷鸟又叫了》《同甘共苦》《洞箫横吹》等"写人为本"的"第四种剧本"创作现象①的关注,也体现了《史稿》对当时纷繁的话剧创作的清醒辨析。从现实主义原则出发,

---

① "第四种剧本"是黎弘1957年提出来的一个概念:剧作家"完全不按阶级配方来划分先进与落后,也不按照党团员、群众来贴上各种思想标签;……作者在这儿并没有首先考虑身份,他考虑的是生活,是生活本身的独特形态。作者表现风格上的独特性,他发现了生活中独特形态,尊重生活本身的规律,他让思想服从生活,而不是让思想代替生活"。《南京日报》1957年6月11日。转引《中国当代文学史稿（1949—1965内地部分）》,第295页。

《史稿》还对郭沫若、田汉、曹禺、吴晗等的历史剧创作予以了高度评价，认为这些历史剧无疑是"当代文学中最值得保留的最宝贵的一部分"［林曼叔等：《中国当代文学史稿（1949—1965内地部分）》，第309页］，《关汉卿》《谢瑶环》是"当代文学中伟大的现实主义剧作"，田汉是"当代文学中伟大的现实主义剧作家"［林曼叔等：《中国当代文学史稿（1949—1965内地部分）》，第315页］，等等。

三、当代作家的机制梳理与类别意识

《史稿》对后来中国当代文学研究与写作启发更大的一点是，有关当代作家管理机制的梳理。林曼叔等认为1949年以后，文艺创作与活动更多地受制于政治，包括党性文学政策的推行和对作家的组织、作品出版的管制等，如"报纸和杂志都是官方办的，出版的书籍也得由官方审查"［林曼叔等：《中国当代文学史稿（1949—1965内地部分）》，第28页］。《史稿》指出，由于文艺作品兼有宣传的目的，阅读受到鼓励，读书风气盛行，读者对象范围扩大，"不仅有知识分子和青年学生，而且有工人、农民和士兵"，文艺杂志和文艺书籍的发行量因此大大增加［林曼叔等：《中国当代文学史稿（1949—1965内地部分）》，第29页］。《史稿》在书中将这一认知方式作有效延展的，是关于这一时期作家的组织与管理的梳理。这种梳理，在某种意义上可看作是后来关于当代文学制度的先行探讨。

与同时期关于这一时期创作队伍介绍的视角不同，对1949年第一次文代会以后成立的中国文学工作者协会（1953年更名为中国作家协会），《史稿》从文艺创作与活动在"政治的支配下进行着"的角度进行了与内地主流意识形态完全对立的倾向性解读。《史稿》认为"只有党组才具有实际的绝对的权力，向作家具体贯彻和执行毛泽东的文艺路线和党的文艺方针"［林曼叔等：《中国当代文学史稿（1949—1965内地部分）》，第27页］。通过对《中国作家协会章程》关于作协任务的介绍，《史稿》进一步坐实了作协组织的政治性质。《史稿》认为在当代非常时期，作协的经常性工作，就是"组织作家的政治学习，进行思想改造，分配政治任务，动员下乡下厂，审查作品的发表和出版等等"［林曼叔等：《中国当代文学史稿》(1949—1965内地部分)，第27页］。

《史稿》对这一时期作家组织与管理评述过程中涉及的另一个值得关注的现象，是作家协会有关青年作家培养的问题。林曼叔等指出当时由丁玲主持的中央文学研究所（后改为文学讲习所），即是一个培养青年作家的机构。1955年，作协还特别组成青年作家工作委员会，发动老作家带徒弟，指导青年作家创作。1956年，中国作协与共青团中央召开第一届青年文学工作者代表大会，有480名工农兵青年作家参会。

洪子诚认为，60年代在欧洲召开的有关中国内地文学会议，最关注的是"控制"问题。这其中自然包括对作家的控制。但是这在内地当时还没有得到研究层面的重视。就此而言，《史稿》关于中国作家协会组织对作家管理以及有关青年作家培养的问题的关注，虽然是初步，同时也是有一定意识形态成见的，但若从对当时西方对内地中国文学关注的思路延续角度论，《史稿》的"海外视野"却是有意义的，这对考察当代文学在方式方法上具有启发性。这种关注向度使得《史稿》对这一时期文学创作的叙述富于层次感，显得错落有致，同时也开启了我们了解这一时期当代文学的复杂性的多维视角。比如，《史稿》指出在第一发展阶段（1949—1955），由于"老作家"面对新环境，不知道"从何落笔"，由此大多数作品都出自延安成长起来的作者，像康濯、马烽、西戎等；在谈到工业介绍和工人生活小说的创作时，介绍了胡万春、费礼文和唐克新等的作品。特别是对这一时期的诗歌创作，《史稿》指出在五四时期或者三十年代就已有成就的诗人，除了郭沫若、艾青等，大多数诗人的情绪都"极为低沉"，"其他一些相当有才华的诗人都已销声匿迹"［林曼叔等：《中国当代文学史稿（1949—1965内地部分）》，第218页］，"在当代诗坛，只有延安时期成长起来的一些诗人如李季、阮章竞、贺敬之、郭小川等和新出现的青年诗人如闻捷、公刘、邵燕祥、雁翼、严阵、李瑛、张永枚等以他们对诗歌创作的爱好和写作的热情写下了数不清的长长短短的诗作，填满了全国各地大小刊物的篇幅"［林曼叔等：《中国当代文学史稿（1949—1965内地部分）》，第219页］。

在90年代以后，随着对当代文学体制的研究展开，已经得到更全面深入，当然也更客观、学理的探讨。这里所说的"客观、学理"，主要是指后来的研究不仅是政治文化学、狭隘的意识形态层面，同时还是学术层面的，因而得出的结论自然更具科学性和说服力，更能让人历史地看清楚作家协会作为文学制度对这一时期文学发展的两面性，即它同时也还有"激活""兼容"的性质①。

四、矛盾与裂缝及其他

但《史稿》毕竟是国际冷战时期的产物，在当代文学史研究与写作不断得到拓展与深化的今天，其中《史稿》暴露出来的历史局限同样值得我们检讨。特别是，这部书出版在1978年，"文革"后的文学反思已经在进行，虽然"深度"还值得讨论，但也很难说《史稿》没有吸取内地文学/思想反思的成果。包括胡风事件、1957年的反右，以及对一些作家作品的评价问题。实际上，上海文艺出版社的《重放的鲜花》就出版在1979年。《史稿》并未显示更多的"超前性"，作为一部文学史著作，不能不说是一种遗憾。又如，《史稿》用"修正主义"和"教条主义"这两个有些模糊、游离的概念（特别是"修正主义"）来概括、描述当代这一时期（1949—1965）相互对立的文艺思想斗争，显然显得有些褊狭，特别是在对这些概念的由来未作说明的情况下②；脱离具体历史情境彻底否定毛泽东文艺思想中包含的合理、必然的成分，把它完全看作"是从统治阶级立场来说明文艺的一些问题"，是"典型的统治阶级的文艺观"，甚至将这一时期"现实主义与反现实主义的斗争"基本上归拢于与毛泽东文艺思想的冲突与斗争，在避免政治偏见的同时表现出一种泛政治化倾向。"现实主义和反现实主义"是50年

---

① 有关这方面内容的梳理可参考笔者发表在《海南师范大学学报》2015年第12期的《近二十年来当代文学制度研究》一文。

② 这里不妨转引洪子诚《材料与注释》关于当代"修正主义"由来的清理。洪子诚指出：60年代初开始的反对修正主义，对象是当年的苏联。文艺方面，《文艺报》1960年第1期的社论，和林默涵《更高地举起毛泽东文艺思想的旗帜！》的文章，被看成是"动员令"（朱寨主编：《中国当代文学思潮》，人民文学出版社，1987年，第418页）。随后周扬1960年在全国第三次文代会上的报告《我国社会主义文学艺术的道路》（《文艺报》第8期），钱俊瑞《坚持文学的党性原则，彻底批判现代修正主义》，都显著提出反对修正主义问题。被列为"修正主义"文艺思潮的，有资产阶级人道主义、人性论，和"写真实""创作自由"等主张。对国内文艺修正主义的批判，具体对象有：李和林《十年来文学理论批评上的一个小问题》，巴人（王任叔）、钱谷融、徐懋庸、蒋孔阳的有关人道主义、人性的文章、观点，徐怀中的电影文学剧本《无情的情人》，刘真的小说《英雄的乐章》等。洪子诚：《材料与注释》，北京：北京大学出版社，2016年，第110页。

代常用的描述文学史的概念，应该是从苏联传入，但持各种文学立场的使用者赋予不同含义。社会主义现实主义者把它看作是革命与颓废等的分野，文学革新派解释为是揭露矛盾与粉饰现实的区别。对古代文学，当年也是用这一方法，冯雪峰、李长之等还写过文章。《史稿》在使用这一概念过程中应作适当辨析，也有必要。相比之下，顾彬在《二十世纪中国文学史》中所做的现代性意义上的分析，更加符合当时中国的实际，也更具国际视野[①]。另外，《史稿》对毛泽东这一时期发表的诗词的评价，同样给人感觉是一种带有政治偏见性的贬抑。而顾彬的分析或许更能够让人信服[②]。

当然，就《史稿》而言，更值得我们反思的，是存在于作为理论形态与具体写作实践之间的文学史观念与立场的矛盾，因为这种矛盾并非《史稿》独有，而在20世纪50—70年代的海外中国新文学史研究与写作中具有相当的普遍性。具体到《史稿》，主要集中表现在如下两方面。

一是文学史的结构模式。如前所言，《史稿》并没有超越同时期内地的文学史结构模式。如果仔细分析其体例、章节，时期划分等等，都难以说它与60年代内地出版的当代文学史（包括中国科学院文学所编著的《十年来的新中国文学》（1963）有什么本质性的区别。如果算上内地机关刊物对各个时期文学情况的总体评述文章，这种情形就更明显（如1959年建国10年《文艺报》《文学评论》上的整体描述文章，第三次文代会上的报告等）。当然，《史稿》作者与内地作者的立场是不同的，但体例很难说创新。《史稿》共17章，关于文艺论争与文艺思潮部分的内容即占了5章，在章节设计上占全书的近三分之一，在具体内容篇幅上则为四分之一。对文艺界整风运动与文艺理论斗争的关注与强调，恰恰是五六十年代内地主流文化对新中国文学史研究与写作提出的明确要求，即强调文学史家要以《新民主主义论》为主导，叙述出无产阶级政党在新文艺发展中的领导地位。这一从王瑶《中国新文学史稿》开始的政治化文学史叙述模式，直接影响到后来新

[①] 可参考［德］顾彬著、范劲等译，华东师范大学出版社2008年出版的《二十世纪中国文学史》第256页关于这一时期文艺批判运动的总括分析。

[②] 可参考［德］顾彬著、范劲等译，华东师范大学出版社2008年出版的《二十世纪中国文学史》第282—284页对毛泽东《水调歌头·游泳》（1956）的分析。

文学史著作和60年代初几部中国当代文学史的诞生，并已沉积成为半个多世纪来内地中国当代文学史写作一个难以化解的历史结节。不论是一种巧合还是刻意，《史稿》"重视文艺运动和文艺思潮的论述"（古远清）是客观的事实。这种"重视"在当代（1949—1965）的特殊语境中，完全可看作是著者对这一时期政治意识形态的隐蔽表态。林曼叔等虽然一再强调排除"政治上的偏见"，力求客观论述，但面对"政治对文艺创作压迫空前强大"的这一时期的中国文学，在关于"现实主义与反现实主义的斗争"叙述的背后，读者还是可以感受到著者的另一种意识形态立场。掩藏在《史稿》"现实主义与反现实主义"争辩背后的，其实是著者关于当代文艺与当代政治关系另一种性质的潜在对话。

在这一问题上，更值得我们思考的是：到底什么原因导致内地与海外这一时期的中国当代文学史写作结构模式的殊途同归？关于这一问题的解释，也许多少还与30年后另一部海外汉学家的20世纪中国文学史在书写1949年后中国文学历史时提出的一个观点有关，即作为一部文学史，"对文艺运动的关注很容易使叙述偏离文学发展本身"[①]。

二是由于《史稿》过于信奉自己预设的文学史观念与写作立场，以至于对这一时期一些文学事象的叙述与分析缺乏一种历史感和国际视野。比如胡风事件，实际上并不简单是当事人与毛泽东文艺思想之间对立与冲突的问题，胡风对新中国的诞生、毛泽东作为新中国缔造者的伟人形象的敬仰，在其1949年创作的大型史诗《时间开始了》中已有激情的表达[②]；1954年7月，胡风向中央提呈"三十万言书"（即《对文艺问题的意见》），主要还是指出周扬、林默涵、何其芳等长期以来在文艺界推行的宗派主义和教条主义等对中国文艺的损害，胡风甚至希望中央政府、毛泽东看到"意见书"后能对自己被排挤和压制的艰难境遇有所改变。胡风与周扬他们之间

[①] ［德］顾彬著：《二十世纪中国文学史》，范劲等译，上海：华东师范大学出版社，2008年，第315页。

[②] 这里不妨节选《时间开始了》第一乐章《欢乐颂》开头：时间开始了——/毛泽东/他站到了主席台正中间/他站在地球面上/中国地形正前面/他/屹立着像一尊塑像……转引《胡风全集》第一卷，湖北人民出版社1999年出版。

的矛盾，是30年代以来纠结于左翼阵营内部的矛盾冲突与爆发的结果。又如关于1956年"百花时代"的叙述，《史稿》主要立足于国内特别是文艺界反教条主义和宗派主义的背景，对当时以苏联文学的"解冻"及其他东欧事变等为代表的境外形势和影响基本上忽略不提，可以说是一种严重的历史偏差，也缺乏一种大视野。再如，60年代初包括历史剧创作的繁荣在内的文艺界的"小阳春"景象，不提1961年6月周恩来在中宣部在北京新侨饭店召开的全国文艺工作座谈会（即后来所说的"新侨会议"）上的《在文艺工作座谈会和故事片创作会议上的讲话》，和1962年3月周恩来、陈毅在文化部、中国剧协在广州召开话剧、歌剧、儿童剧创作座谈会（即后来所说的"广州会议"）上报告对当时文艺政策调整的积极意义，仅归之于邵荃麟1962年8月在大连农村题材短篇小说创作座谈会上关于"写中间人物论"和"现实主义深化论"等理论的提倡，是不符合历史真实的。其实，当代文学这一时期与政治的关系，常常并不是那么简单的互不兼容的关系，两者之间也有相互妥协的一面。有时问题甚至可能更为复杂①。另外，《史稿》第九章把"描绘历史风云的小说"创作兴起的原因简单归结为作家们对现实"政治教条约束"的摆脱，也有些失之偏颇，因为像《一代风流》《青春之歌》《红旗谱》《林海雪原》等现代革命历史题材小说，从酝酿、构思，到创作、修改、出版，都经历了一个漫长的过程，而并非短短几年时间里速就的结果。有些作品甚至1949年之前就已开始酝酿，如梁斌的《红旗谱》，根据作者介绍，全书从1943年开始构思；欧阳山的《一代风流》虽是1957年才开始动笔，但其构思的时间却很长，早在1942年，作者就计划创作一部反映"中国革命来龙去脉"的长篇小说②。

以非历史的态度来处理历史的问题，结果是把复杂历史简单化。这种现象当然并非《史稿》仅有，而是在这一时期的海外中国现当代文学研究与

---

① 顾彬认为在1949年后的中国，"仅仅把作家视为党的牺牲品是不对的。这种非黑即白的观点并不能解释一个事实，即作家就是互相批判、把斗争上升到国家权力层次的始作俑者"。[德] 顾彬著：《二十世纪中国文学史》，范劲等译，上海：华东师范大学出版社，2008年，第263页。

② 欧阳山：《谈〈三家巷〉》，《羊城晚报》1959年12月5日。转引王庆生主编：《中国当代文学》（第二卷），上海：上海文艺出版社，1984年，第130页。

写作中的普遍现象。这也是《史稿》给我们提出的另一个值得思考的问题。

以上我们从两方面简单清理了《史稿》的文学史观念与立场在理论形态与写作实践之间出现的矛盾和裂缝。需要说明的是，这种清理，特别是其中的历史局限，对于一部写于资料搜寻艰难的四十年多前的文学史著作，若仅关涉与"主义"（政治意识形态）和"观念"（文学史写作）无关的史料瑕疵，那么这里所做的"补缺拾遗"，其中想表达的主要还是一种遗憾，而不是简单的是非评判。

并非"多余的话"

事实上，完全的"去政治化"是不现实，也是不可能的，特别是对诞生在高度组织化、制度化时代的中国当代文学。一个最简单的例子是，面对这一时期的文学，即使在文学史的话语方式上，要真正走出政治话语模式也不容易。《史稿》在叙述过程中大量使用的"斗争""战斗""压迫""统治阶级""破坏""摧残""铲除""专横""统战""控制""衙门""思想改造"等术语，本身即是政治化、阶级化的用语。如何处理叙述文学与政治的关系，是从内地的王瑶到海外的夏志清、司马长风、林曼叔这些文学史家们在构建文学史话语体系过程中无法回避的一个根本问题。对这两者关系的处理，是他们文学史观的重要组成部分，也决定着他们的文学史写作立场。与王瑶一代内地文学史家坚持中国新文学史是中国新民主主义革命历史的重要组成部分、中国当代文学是社会主义革命的一部分的文学史观念与立场截然相反，以夏志清、司马长风、林曼叔等为代表的海外中国现当代文学史家，均拒绝把新文学史和当代文学史等同于现代中国革命史和社会主义革命史，成为政治意识形态的产物，而强调文学史的文学性和文学的独立性，并试图通过一些理论的引入（如欧美新批评学派）与命题的提出（如回归民族文化传统），理论资源的征用（如现实主义原则）来构建自己的文学史观，展开文学史写作，评述具体作家作品。他们的努力在一定程度上开启了被同时期内地意识形态化文学史观遮蔽的另一个文学世界。但从另一个角度看，这种开启的同时也是另一种形式的"遮蔽"，具体表现为对主流意识形态作家或者贴近、演绎主流意识形态作品的排斥与拒绝。因此在客观效果上，海外中国新文学史家的这种文学史观念与立场，在具体实践过程中到底能够把在他们看来是问题的问题解决到什么程度，值得存疑。换句话说，作为观念形态与写作实践的文学史立场，能否真正做到"知行合一"，实现他们的预设，仍是一个问题。而且，是否这种文学史观与写作立场才是正确有效的，也一直受到质疑。若从20世纪60年代普实克与夏志清的论战开始算起，到近十多年来有关"再解读"研究的争议，中国现代、当代文学的研究与叙述，到底能够在多大程度上"去政治化"？正如前面所言，很多时候，他们其实是在用一种（政治）标准代替另一种（政治）标准。用严家炎的话说，他们其实"很讲政治标准"（严家炎：《求真集》，第27页）。

这种限度意识，对我们认识与把握《史稿》并非毫无意义。

第四节　顾彬《二十世纪中国文学史》

一、海外汉学家的文化身份与文学史立场

讨论海外中国当代文学史写作，"海外汉学"／"海外汉学家"，以及由此引申出来的多重文化背景、西方价值观念等是不可回避的问题。不过在前面的介绍中，除了夏志清，对于司马长风和林曼叔，我们并没有特别展开这个问题。这里牵涉到如何理解"海外汉学家"内涵的问题。在质疑与批评，甚至否定内地主流意识形态方面，不少海外汉学家的态度与立场并无明显的不同，区别只在于程度的轻重和表达的隐显。但对海外汉学家来说，更具标识性的，还是其文化背景与价值判断，以及研究中国问题征用的理论资源、使用的方法等。夏志清、司马长风和林曼叔都出生于中国本土并接受中国文化的熏陶教育。虽然与后面两者不同，夏志清1948年考取北大文科留美奖学金赴美深造后，在以后半个多世纪的人生里，基本在美国工作、生活，用英文研究与写作，其思想政治立场、文化价值观念，特别是文学研究理论体系等都存在很大程度的"去中国化"，但其学术研究中的"学院传统"，仍能够让我们联想起"五四"。相比之下，司马长风和林曼叔显得更为特殊些。冷战时期的香港，除西方殖民文化外，对港人价值观念与人生态度及日常生活影响比较大的，除了对内地若即若离的政治立场，中国文化中的大众——市民文化具有不可忽略的重要地位。林曼叔虽

然有过短暂的法国留学教育经历，但从本质上看，仍不足以构成其"海外汉学家"的身份，"是道地的香港文学评论家"（古远清）。因此用"海外汉学家"来描述夏志清、司马长风和林曼叔的文化身份，显得并不充分。对于他们，我们用得更多的是"华裔学者"或者"海外中国学者"一类的概念。

但顾彬的情况显然与上面三位文学史家不同，是个典型的"海外汉学家"。而作为一个汉学家，顾彬与"中国"的关系颇为复杂，主要表现在如下三方面：一是顾彬对中国文学的研究起步比较早。若从1967年接触李白开始算起，顾彬从事中国文学研究已近半个世纪。1974年、1975年，顾彬借到中国和日本学习之机，开始接触中国现代文学作家作品。二是作为一个德国汉学家，顾彬又大部分时间都在中国。特别是最近十多年来，顾彬在中国非常活跃，包括受聘到许多高校讲学、参加相关的文学活动，在中国内地文艺刊物发表研究文章，等等。三是顾彬早年求学生涯中对宗教神学的研究，也使得他的精神思想资源有别于其他海外汉学家。在《二十世纪中国文学史》中文版"前言"中，顾彬曾坦言他在尝试借文学这一模型去写一部"20世纪思想史"。若论文学的宗教表达，1949年以后的中国文学显然要弱于"五四新文学"。然而在将宗教作为考量中国文学的思想深度与"世界性"的一个筹码方面，顾彬却比上面三个文学史家中最热衷于文学创作的"宗教含量"的夏志清还要执着，以至于给人一种当代文学研究的"泛宗教神学"错觉。这种情形不能说与顾彬宗教神学的研习背景毫无关系。如何评价这一现象，我们在后面还会作进一步的讨论。

因此，若论海外汉学家中国当代文学史写作的多重文化背景，顾彬作为个案无疑更具有代表性。与其他文学史家比较，顾彬似乎并不习惯系统地阐述自己的文学史观念与立场，而更喜欢将自己这种复杂多重的文化身份和文学史立场化解在具体的文学史书写过程中。不过尽管如此，我们还可以从一些断断续续的表述中梳理出顾彬未必成体系的文学观念。比如顾彬说他和他的前辈们在文学史书写方面最大的不同是"方法与选择"。他认为文学史写作不是简单的"报道"，而是"分析"："我们的研究对象是什么，为什么它会以现在的形态存在，以及如何在中国文学史内外区分类似的其他对象?"①在文学史写作意识形态立场上,顾彬也丝毫不掩饰自己的政治偏见,但同时又坦言自己对20世纪作家作品的"偏好与拒绝"都仅代表他个人。"如果它们更像是偏见而非判断的话,肯定也要归咎于中国在20世纪所处的那种复杂的政治形势。"在此前提下,顾彬强调他本人评价中国文学的依据主要是"语言驾驭力、形式塑造力和个体精神的穿透力"这三种"习惯性标准"([德]顾彬:《二十世纪中国文学史·前言》)。

"国家、个人和地域"

在《二十世纪中国文学史》中,顾彬用"国家、个人和地域"三个关键词来描述1949年后的中国文学(即中国当代文学)。这三个关键词所指认的中国当代文学史内涵,既是空间的,也是时间的,还是历史主体的。顾彬指出,由于国民党退往台湾、东西方冷战等政治原因,导致1949年后中国文学的分化和国际化,同时,对1949—1979年中国内地文学评价的一变再变,都使得曾经被文学史家们视为边缘的台港澳文学没有理由再受到忽视。因此,讨论1949年后的中国文学,我们不应该再局限于内地本土。顾彬的"中国当代文学史"叙述,首先"从边缘看中国文学:台湾、香港和澳门"开始,并重点介绍了台湾五六十年代的"乡土文学""怀乡文学"(顾彬用"机场文学")"现代主义文学"及其代表性的作家作品,如赖和、白先勇、林海音、陈映真、洛夫、郑愁予、余光中、王文兴等。这种"从边缘看中国文学"的文学视角,旨在扩展人们考察中国内地文学的"边缘"视域,更为我们评价"一变再变"的1949—1979年中国内地文学提供另一个背景。对于1949年后的中国内地文学,顾彬以1979年为界分为两个阶段进行考察:在第一阶段(1949—1979),顾彬重点分析"对个人的声音越来越形成压迫"的"公众意见"②;在"随着开放政策而展开"的第二阶段(1979—),则"详尽地挖掘"逐渐取代"公众意见"的地位并在世纪末成为"主导声音"的"个人声音"([德]顾彬:《二十世纪中国文学史》,第263页)。这

---

① [德]顾彬著:《二十世纪中国文学史·前言》,范劲等译,上海:华东师范大学出版社,2008年。本章后面所征引该书内容,如无特别说明,均引自此版本。

② 顾彬并没有对"公众意见"内涵进行阐释。但从其文学史语境看,"公众"背后的主体应该是国家、政府,"公众意见"则是代表国家(政府)意志的主流意识形态的声音。

第二阶段又以1989年为界线，分为"人道主义的文学"和"商业化的世纪末文学"。

这里，顾彬关于中国当代文学的分期，本质上还是一种政治化的标准，即以当代中国社会的重大政治事件作为文学史分期的依据。但与始于内地20世纪50年代那种狭隘的政治化文学史分期观念不同，"时间"在顾彬这里更重要的所指，却是现代思想文化与艺术审美层面上的，甚至还是现代政治学意义上的。这也是顾彬分析和评价中国当代文学史的起点与平台。比如顾彬认为1949—1979年这一时期，中国的文艺美学和西方大众文化的诉求差不多（"后者要求取消精英和大众之间的差别"）。因此顾彬认为在20世纪七八十年代，像德国那样从社会学的角度研究中国文学，把这一时期中国文学作为了解中国社会结构的素材的研究是有问题的。他认为必须从"现代性"的高度来看1949年后的中国文学，因为1949年建立的中华人民共和国，一开始就是一个现代国家，只是这个"现代"有别于不仅利于国家、更得益于个体独立人格的获得的西方的"现代"。顾彬指出，1949年后的中国需要一种具有"整体感"的"集约性（totalitaristisch）的现代"，以建设一种新的整体秩序，而不是一个包含着国家与个体的成分的"暧昧含混（ambivalent）的现代"。个体的解放必须让位于民族国家，"'现代'本身的含混内涵让位于清晰的思想观念"。顾彬认为在1949年后的中国文学中，"文本"和"作者"这一对概念必须统一起来，以前作家与社会之间的紧张关系已不再存在。"如今，作品内容就是世界观，世界观就是要和国家政治路线保持高度一致，政治路线的改变才能导致对世界观评价的改变——或者过时或者超前。这种观念的结果是，再没有冷静的叙述者，再没有不可靠的叙述者，没有人尝试不同的视角，再也不存在阴暗的心灵——如果有，那就站在了敌人一边"。（[德]顾彬：《二十世纪中国文学史》，第254页）在这种视角下，顾彬认为社会主义现实主义发展成为革命现实主义和革命浪漫主义理论，中国的现代性也由政治领域扩展为一种"美学上的宗教"；革命现实主义和革命浪漫主义这些概念的组合看似未免有些古怪，"但是号称可以用来克服现实主义和浪漫主义中相抵牾的负面成分，永不停息的叛逆者可以借以发挥革命想象力，在一个不断推翻自己的社会秩序中把革命趋势推向前进"([德]顾彬:《二十世纪中国文学史》,第282页)。顾彬认为这一时期的作品构成了自有的美学体系,它既有助于"认识毛主义的内在性质"([德]顾彬:《二十世纪中国文学史》,第255页),也能够帮助我们更好地理解1979年以后的中国文学。

基于这样一种文学立场,顾彬对1949年后中国文艺界不断发动的批判运动试图给予"更深层次的理解"。顾彬认为,由于反对的力量过于强大,儒家学说在1949年后并没有上升为国家意识形态,"同时,似乎也没有其他的意识形态或者宗教可以胜任,唯有共产主义在长时间内提供了某种平台。尽管共产主义宣称是纯粹的世俗性质,却只有在超越性的基础上才可能解决主权和道统性的问题,因此必须对传统学说——其中也包括基督教学说——进行世俗化改造"([德]顾彬:《二十世纪中国文学史》,第256页)。顾彬的这种理解,虽然看起来有些过度宗教化,但他试图从宗教哲学、政治学的层面理解文艺批判运动本质,这比简单、狭隘地从政治意识形态角度进行解释,仍不失为一家之言。

二、当代文学"经典"的序列及其认证

在关于1949年后中国文学的文学史的结构方式和文学创作的评价标准方面,顾彬都与内地和台、港的文学史家有很大的不同。这可能与他海外汉学家的文化身份、文学观念与立场有关。比如大多数的中国当代文学史都比较重视文艺运动和文艺思潮,包括前面刚介绍过的林曼叔等的《中国当代文学史稿(1949—1965内地部分)》。但在顾彬的文学史叙述中,如果不是因为与"文学史的转折点或者某些人的生平"有关,一般都很少提及,顾彬认为"对文艺运动的关注很容易使叙述偏离文学发展本身"。换言之,顾彬的文学史更关注文学创作。而对构成文学史主体的作家作品的评判标准,顾彬也与其他的当代文学史家不同。比如尽管"还没有看到其他的可能性",但顾彬还是比较警惕把1949—1979年这一时期的中国文学作为了解中国社会结构的素材,"把文学贬低或者抬高为社会学材料"([德]顾彬:《二十世纪中国文学史》,第255页)。在《二十世纪中国文学史》中文版"前言"中,顾彬强调自己评价中国文学的依据("习惯性标准")主要有三点:语言驾驭力、形式塑造力和个体精神的穿透力。在这种评价机制中,当代文学的

"经典"——在这里也许用"代表性作家作品"的概念更合适——在其文学史叙述中被进行了重新认证与诠释。暂且不论这种"经典"认证与诠释是否权威、具有说服力，值得我们关注的是顾彬的这种文学史观念与写作立场直接导致当代文学版图的重绘，以及这一重绘的当代文学图景透露给我们的信息与思考。考虑到对1979年以后中国文学评价的时间距离还不够充分等因素，我们在这里不妨以1949—1979年为考察的时间区段，看看顾彬是怎样通过对这一时期作家作品的认证与诠释分解自己的当代文学史观的。

"战争美学"的文学品质

与其他当代文学史著作不同，大概是受20世纪80年代以来当代文学的"战争意识"的研究成果的启发[①]，顾彬《二十世纪中国文学史》用"文学的军事化"来形容1949—1979年的中国文学状态，同时用"需要体现国家意志，需要塑造'普通人'代表党和人民的声音"的"战争美学"来概括这一时期的中国文学品质，并阐释了这种美学的核心观点。[②] 其实这种概括和表述并不能完全自圆其说。如认为这一时期"文艺的方案来源于军队，而军队敌我两军对垒争夺'新'社会的根本思维影响了政治以及文化"（[德]顾彬：《二十世纪中国文学史》，第263页），这种情况显然不是事实的全部。不过就其文学史叙述而言，更有意义的还是对展示这一时期文学风貌有关作家作品的选择与诠释。这对我们考察海外中国当代文学史写作有重要意义。

根据时间的推移，同时结合作品表现的主题，顾彬选取了1949—1979年间不同时期的创作情况进行考评：叙事文学（土地改革、战争、历史题材）、百花齐放时期文学、历史剧和民族性文学、"文化大革命"时期文学。其中在文学史正文中重点分析的作家作品和主要提到的作家或作品统计如下（以在文学史中出现的先后为序）：

叙事文学：土地改革小说——重点分析的作家作品：赵树理《三里湾》

---

① 这其中最有代表性的是陈思和的《当代文学观念中的战争文化心理》，该文曾收入陈思和《鸡鸣风雨》，学林出版社，1994年出版。
② 顾彬解释这种"战争文学"的美学核心观点有四点：（1）文学和战争的任务一致；（2）必须进行史无前例的革命；（3）文学水平的标准是战士即人民群众（大众文化）；（4）文艺工作者之所以来自大众是基于战争经验（业余艺术家）。[德]顾彬著：《二十世纪中国文学史》，范劲等译，第263页。

（1955）、《"锻炼锻炼"》（1958），周立波《山乡巨变》（1957），张爱玲《秧歌》（1954）；同时提到作家：李准《不准走那条路》（1953）、柳青、王汶石；战争小说——重点分析的作家作品：茹志鹃《百合花》（1958）；同时提到作家作品：路翎《洼地上的"战役"》（1954）；历史主题作品——宗璞《红豆》（1957）、老舍《茶馆》（1957）。

"百花"时期文学：重点分析的作家作品：王蒙《组织部新来的青年人》（1956）、《青春万岁》（1956），刘宾雁《本报内部消息》（1956），毛泽东旧体诗词（《水调歌头·游泳》，1956），李准《李双双小传》（小说，1959；电影，1962）；同时提到作家作品：刘宾雁《在桥梁工地上》（1956）。

历史剧：吴晗《海瑞罢官》（1961），郭沫若《蔡文姬》（1959）、《曹操》（1959），曹禺《胆剑篇》（1961），田汉《关汉卿》（1960）。

民族性（文学）：《阿诗玛》（1954）、老舍《正红旗下》（1961—1962）。

"文革"时期文学：杨朔《西江月》（1963），浩然《艳阳天》（1964—1966）、《金光大道》（1972—），丰子恺《缘缘堂随笔》（1971—1973），郭路生《相信未来》（1968）、《这是四点零八分的北京》（1968），北岛《波动》（1974）、《回答》（1973）、《宣告》（1980）；同时提到作家作品：邓拓杂文、傅雷家书、贺敬之、刘白羽、革命样板戏、张抗抗、贾平凹、蒋子龙、多多。

为了更全面了解顾彬对这一时期文学创作的取舍，我们再将其在文学史正文注释中提到的其他作家或作品按先后出现顺序简单统计如下：梅志《在高墙内：胡风和"文化人革命"》，《沈从文全集》（北岳文艺出版社2002年出版，18–26卷），胡风《时间开始了》（1949），柳青《创业史》（1960），草明《原动力》（1949），王汶石《风雪之夜》（1956）、《春节前后》（1956），老舍《龙须沟》（1950），袁静、孔厥《新英雄儿女传》（1949），曲波《林海雪原》（1957）、《智取威武山》（京剧，1971），吴强《红日》（1957），罗广斌、杨益言《红岩》（1962），杨沫《青春之歌》（1958）、《重放的鲜花》（1979），秦兆阳《农村散记》（1957），姚雪垠《李自成》（1963），邓拓《燕山夜话》（1963），邓拓、廖沫沙、吴晗《三家村札记》（1961—1964），孔捷生。

从上面的整理中，我们大致可以看出，就这一时期（1949—1979）的中国文学创作而言，顾彬涉及的面其实还是很有限度的。对于这种情况，也许我们只能从他评价中国文学的三个"习惯性标准"（语言驾驭力、形象塑造力和个体精神的穿透力）来理解。顾彬认为"1949年后大多数作家的语言贫乏格外引人注意"（［德］顾彬：《二十世纪中国文学史》，第26页）。但从我们接下来将要展开的关于作者对这些作家作品内涵诠释、评价的情况看，似乎又并不完全如此，也就是说顾彬并非简单地从作家主体与文学本体角度来解读这些作家作品，其政治意识形态的取向还是主要的。我们由此可以疑问，这些作家作品能够真正代表这一时期的中国文学吗？如果不能，那么作为一个文学史家，顾彬对这些作家作品的把握与理解是值得商榷的。或者说他通过这些"经典"的认证重绘的当代文学版图是有些残缺、失衡的。这种残缺与失衡，作为关于这一时期中国文学的文学史叙述，在如下两方面可能更值得我们关注：一是对这一时期当代文学创作的文类的处理。首先是作为这一时期文学重要组成部分的诗歌。在1949年后的文学史叙述中，顾彬除了重点提及毛泽东旧体诗词和"文革"时期食指、北岛的诗歌以外，其他诗人诗作基本忽略不计，像郭小川甚至连名字都不提，贺敬之也仅是在评述食指早期诗作的价值体系时通过注释简单引介其《放声歌唱》。"从边缘看中国文学"，将对象置放于百年的历史视域，50—70年代内地主流文学诗歌创作的乏善可陈是一个不争的事实。但这并不能够作为将内地这一时期的诗歌创作进行简约化处理的理由。这样的文学史叙述的可靠性是值得怀疑的。其次是小说。如果并非简单地从作家主体与文学本体角度来表现这一时期的中国文学史，如果想借助文学更深入地理解当代中国社会的变化，50年代中国农村土地革命的内涵，就没有理由撂下《创业史》。类似情形还有关于60年代初的短篇历史小说创作。除了文类处理的问题，再就是文学史叙述的权重问题。直接地说，作为一部叙述百年中国文学发展的文学史著作，用近7个页码（第300—305页、309—310页）的篇幅来讨论一个1949年后中国文学的诗人及其创作，显然是失度的。这与其说文学史可以有自己的权力，倒不如说文学史写作应该如何更好地遏制"权力"，"搁置评价"，以一种福柯式的知识学立场和方法来面对历史。文学史写作与文学评论的根本区别在于，面对繁芜的文学现象，文学史家更应有一种历史的识见，尤其是面对时间距离太靠近的"当代"文学。"放纵"自己的"正见"，有时可能恰恰是对历史的"偏见"。

王瑶曾经谈到写文学史与编"作品选读"不一样，后者可根据某一种标准或者某类读者的需要，因此没有入选的不见得就不好。但文学史不同，讲与不讲一个作家（作品），"无论繁略都意味着评价"；文学史认为这个作家是杰出的、伟大的，"都有和其他作家的联系比较问题"，这与文学批评就某个作家作品进行分析是不同的①。

当然，面对当代文学史的书写，情况可能要更为复杂一些，这正如顾彬自己所说："当代不允许特别的距离存在，因此一个最终评价常常难以做出。"（[德]顾彬：《二十世纪中国文学史》，第325页）因此，顾彬对当代文学"经典"的重新"认证"是否能够成立，仍是一个问题。

三、现代政治学与"习惯性标准"的作品诠释

与当代文学"经典"认证相关的另一个问题是关于"经典"的诠释。在海外中国现当代文学史写作已走过半个世纪的新世纪初，顾彬的文学史写作有继承，也有超越。比如与夏志清一样，顾彬也比较注意在世界文学的视野中考量中国当代文学，注重中国文学在西方文学格局中的位置。特别是对新时期文学的评述，从"伤痕——废墟文学"②的比较到高行健、莫言对西方现代戏剧与小说的模仿与借鉴，我们几乎随处都可以感受到顾彬在评析中国新时期文学过程中的西方文学维度。又如关于作家作品解析的宗教视角。这点上顾彬虽不比夏志清特别强调，但对一些文学现象的分析常给人"耳目一新"之感。以浩然和他的作品现象为例。对浩然"文革"时期图解阶级斗争和路线斗争的《金光大道》中的人物只要引用毛泽东的话，字体即换成粗体字的做法，顾彬认为也许是借鉴了《圣经》，因为经书中耶稣和保罗的重要话语也是通过改变字体以示突出。另外顾彬还认为浩然小

---

① 王瑶：《关于现代文学研究的随想》，收录于《中国现代文学史论集》，北京：北京大学出版社，1998年，第276、277页。

② "废墟文学"是顾彬为评价新时期"伤痕文学"从相关研究资料中援引的一个概念。这个概念由德国伯尔的《废墟文学自白》提出。参考[德]顾彬著：《二十世纪中国文学史》，范劲等译，第285页。

说标题中的"道"和"光"也具有某些《圣经》的色彩,"符合认知过程的叙述结构"和"'寻找'的叙述技巧"([德]顾彬:《二十世纪中国文学史》,第295页)。在类似宗教狂热的"文革"语境中,顾彬的宗教角度阐释或许有点过度,但不能说一点启迪都没有。而对这种狂热的"文革"文学的缘起,顾彬也不乏宗教视角:"神学和哲学认为,听和说构成了世界的基础,虽说这种看法在中国只是有限成立,但我们仍旧可以想象,如果作家不再是人民的喉舌,将必然造成灾难性的局面。如果一个国家、一个政府、一个党派只想从臣民口中听到自己的声音,那它就是通过以自己的观点代替所有人的观点重复自身。人们在别人身上看到的不是别人,而是自我塑造的自身形象。于是,他者成为自身的延伸。"([德]顾彬:《二十世纪中国文学史》,第285页)

（一）文学评价的"习惯性标准"

不过在作家作品评析的政治化这一点上,顾彬虽然有所"警惕",但终究还是"力不从心",难以走出海外20世纪中国文学研究界普遍存在的通过中国文学来研究中国问题的政治社会学思维怪圈。顾彬与夏志清、司马长风和林曼叔的区别,如前所述,主要表现在两方面:一是其提出评价中国当代文学的三个"习惯性标准"（语言运用、形式塑造、作家独立思想）,二是具有宗教神学性质的现代政治学价值体系。下面我们据此来看看与其他海外中国当代文学史写作者比较,顾彬对当代文学作家作品评析的"共识"与"异见"。

先看看"共识"。有意思的是,在海外中国现当代文学研究与写作中,海外学者这些"共识"往往容易招来内地同行的质疑与批评。这其实与想象中后者的"党性原则"与立场并没有什么关系,最根本的原因还是这些海外学者并没有真正读入"现代的中国",常常怀抱着太多有意识或无意识的政治偏见,或者是纯主观揣测的研究立场。顾彬在这一点上似乎也宿命难逃。比如顾彬指出与现代文学比较,当代文学关于"土改"题材的创作思路已经发生了变化,"小说不再以作家亲自进行的社会调查为基础,而是党的路线"([德]顾彬:《二十世纪中国文学史》,第267页),并举李准的《不能走那条路》为例;认为50年代的战争小说常以传播"没有战争就没有新中国的成立"为己任（[德]顾彬：《二十世纪中国文学史》，第270页）；历史小说的任务是"按照党的观点叙述现代历史"，是"世界观又是教育材料"，讲述"革命是如何在党的领导下发生的？"是历史小说的主题（[德]顾彬：《二十世纪中国文学史》，第272页），将历史剧《海瑞罢官》与彭德怀卸职进行"无缝对读"（[德]顾彬：《二十世纪中国文学史》，第287页）；认为"伤痕文学"是一种"说客文学"，"一方面为自己说话，另一方面为党说话，企图借此既表达自己的政治观点，又不受特别的政治压力"（[德]顾彬：《二十世纪中国文学史》，第311页），等等。不过相比较于其他海外文学史家，顾彬的情况还是要复杂一些，即对所选择作品的分析并不都是强词夺理和牵强附会。这也许与其政治学理论的现代性思想和解读方法，以及对作家"个体精神的穿透力"的关注有关。比如顾彬认为虽然《山乡巨变》中的村长"完全是图解党的概念，但是作者多处成功描绘了人、乡村和风光。在这些描写中，传统的叙述代替了意识形态"。顾彬指出周立波"花了250页的篇幅，描写湖南一个落后乡村的农民哄抢自己的财产，躲避上交合作社，只花了15页的篇幅大致描写了一下合作化运动获得成功"，以证明"当时的政策并不受人欢迎"（[德]顾彬：《二十世纪中国文学史》，第267页）。他肯定《锻炼锻炼》，认为赵树理也没像其他作家那样，"以土改的政治文件为范本展开阶级斗争情节，而是通过生动的人物形象描写矛盾"，指出小说"介于坚持党性和直言批评之间"（[德]顾彬：《二十世纪中国文学史》，第268页）。"如果颠覆性地阅读小说，赵树理或者小说叙述者就是在批评丁部为了出成绩而利用广大群众、欺骗部分群众。"（[德]顾彬：《二十世纪中国文学史》，第268页）因此，小说的价值除了"自然流畅的语言"，"就只有体现在揭示问题方面"（[德]顾彬：《二十世纪中国文学史》，第269页）。顾彬盛赞张爱玲的《秧歌》是此类题材（土改）中"唯一值得严肃对待的作品"，可以成为"传世之作"（[德]顾彬：《二十世纪中国文学史》，第269页）。顾彬指出小说深刻的意义还在于，作者对于谭金根一家三口在朝鲜战争（即土地改革和合作社）期间以饥饿为中心的人间戏剧描写结局的"戏剧性反转"：与1949年以前同类题材（农民因饥饿反抗）的创作比较，同是"大团圆"式的喜剧结局，后者包藏的却是悲剧。"秧歌"的功能在这里已经发生了转换，具有强烈的反讽意味："过去的事情将要改变，过去的东西将被视为垃圾。"（[德]顾彬：《二十世纪中国文学史》，第270页）

类似这种另类但不失启发性的诠释在书中还不少。比如顾彬认为《李双双小传》其实是丁玲《三八节有感》所讨论主题的继续：男女分工、妇女解放、男权主义问题等等。但由此延伸认为小说符合毛泽东"打倒权威"（包括在两性关系上）的观点也许是一种过度阐释，差强人意，以及认为小说寻找的"中国本色"性质的"民间"（"既指小说的行动主体，也指其中的思想观念"），是李准与毛泽东的"共同之处"："两人都满足了时代提出的理论要求，即以中国传统和民间文化为基础进行文艺创作。"（[德]顾彬：《二十世纪中国文学史》，第285页）又如，顾彬以食指《相信未来》为例，认为其诗歌在写作风格上虽然受贺敬之的影响，但又与贺敬之有本质的不同：在食指诗中，对政治体制的歌颂已被在那个时代很容易成为牺牲品、无人支持的"爱"、对生命的爱所替代，诗中所表达的对未来的"疑虑"——"昨天才被暖化的雪水／而今已结成新的冰凌"，这种价值体系不仅不同于贺敬之的，也不同于"文革"流行的。另外，食指的诗在形式上虽然也受贺敬之影响，但注意通过重复和变换手法化解贺敬之抒情诗中的"空洞的激情"（[德]顾彬：《二十世纪中国文学史》，第297页）。他认为舒婷早期诗歌的特别之处在于那种不仅以女人为受难者的关于人的苦难意识，与北岛对年轻一代"略有保留的支持"不同，舒婷对自己这一代寄予很大希望；但顾彬指出，舒婷的诗并没有严格体现朦胧诗的特征："她的怀疑并不彻底，她的反抗也不危及体制，她的现代性容易理解，她揭露社会现实的需求并不激烈，她通过对个人的关怀来体现自我和人民之间命运与共的同一关系。"（[德]顾彬：《二十世纪中国文学史》，第313页）

（二）对作品形式与语言的关注

顾彬的当代文学作品解读虽然没有摆脱海外中国现当代文学史家的政治化立场，但其以现代民族国家理论的现代性意识，使他的作品解读视界高出于其他文学史家。这种理论意识与其关于作品语言运用、形式塑造和作家个体精神穿透力的评价标准结合，构成了《二十世纪中国文学史》关于1949年后中国文学史书写的活力与张力。从效果上看，顾彬对当代文学

"经典"的认证与诠释，形式与内容并没有截然分开，在关注作品内容与当代中国社会生活的内在深层关系的同时，顾彬并没有放弃对这些作品形式的考量，即便是对周立波、赵树理、李准、茹志鹃、老舍、食指、舒婷、王蒙、高晓声等这些与主流意识形态贴近的作家。而像张爱玲、北岛、杨炼、高行健、莫言等，顾彬关注的程度似乎更高，要求更高，也更注意挖掘其价值。他肯定《秧歌》语言简洁，"近乎报告体，仿佛不含任何观点"，但表达作者好恶的"象征性的场景以叙述者的口吻一再出现"（［德］顾彬：《二十世纪中国文学史》，第269页）；认为《百合花》的写作技巧要高于《红豆》；赞赏老舍《正红旗下》"细腻的反语，以及由细微处触摸历史大动脉的手笔"，认为正是这些构成了老舍的"高超叙述技巧"（［德］顾彬：《二十世纪中国文学史》，第290页）；认同北岛小说与诗歌的创作就是要"突破语言的牢笼"，打破"毛体"，特别是诗歌创作并列手法（蒙太奇）的运用；肯定翟永明《女人》诗歌语言的问题意识；推崇杨炼对诗歌语言的改造，感觉"就好像开创了一派诗风"（［德］顾彬：《二十世纪中国文学史》，第333页）。关于高行健、韩少功、阿城、莫言这些介于"寻根"与"先锋"之间的作家，顾彬在关注他们创作内容的同时，似乎更看重他们的语言表达与形式创新，包括对西方文学大师叙述技巧的借鉴与转化。

也是在从语言运用到作家个体精神穿透力的考量标准中，顾彬看到了中国当代文学的"当下"与"不容乐观"的未来，指出在"将文学标准和商业成绩成功地结合在一起"方面，王朔远比余秋雨《文化苦旅》要"好得多"。顾彬认为即便是在商业时代，王朔仍然是一个政治性作家；在叙述技巧方面王朔并非无可取之处，但这些都不足以改变王朔是当代"严肃文学的掘墓人"。在顾彬看来，在王朔那里已"失去了对于奠基性前辈的尊敬，不管是在政治还是文化领域。紧随其后的是'恶心'的胜利进军。自此而后，'下半身'主宰了中国文学舞台，市场就是其同谋"（［德］顾彬：《二十世纪中国文学史》，第365—366页）。

但是，顾彬认为，看似"不容乐观"的中国文学，希望还是存在，"在那些强调对于语言的责任感并朝此方向去行动的少数诗人那里"（［德］顾彬：《二十世纪中国文学史》，第366页）。在这里，语言再次显现在顾彬对中国当代文学的希望与寄托中。

四、充满质疑与不确定性的文学史叙述

文学史的系统性与知识性特点对文学史编纂者的语言应用其实是一种潜在的制约。文学史家应该有自己的独立品格，如文学史观念、对作家作品的理解等，但文学史与文学批评不同，文学史语言更趋近于客观与理性，避免过度主观情绪化。文学史的内容展开应该是一种陈述，史家的疑问完全可以通过思想的过滤隐藏在冷静的陈述之中。但恰恰在这方面，作为一种叙述风格与叙述模式，顾彬当代文学史的语言运用引人关注。在这里，陈述依然是一种基本的叙述风格，尽管书中也不乏一般文学史那种少有的斩钉截铁性的表述，这从其大量使用的感叹号中即可感受到。就文学史语言而论，顾彬的当代文学史书写更引人关注和感兴趣的，还有隐含着叙述者困惑的疑问句，以及叙述过程中对"或者""也许""抑或""如果""姑且"等模糊、假设性词语及相关句式的使用。对于这种充满质疑和不确定性的文学史叙述，我们当然可以从研究的一般常识和规律出发给予解释，因为没有质疑和批判，就不可能有超越和创新。我们还可以从叙述者自身的思想者角色意识予以解释。顾彬在"前言"中就曾表达过"借文学这个模型去写一部20世纪思想史"。但作为文学史，作为一种文学史叙述模式，如何评价顾彬这种没有经过内化（思想的过滤）的叙述？[①] 问题的解答，也许只有回到具体的"当代"与"文学"的语境中来。而如下两方面的原因尤为值得我们注意：一是政治因素。这既表现为对当代中国政治对文学的影响产生的隐晦难以把握，同时也表现为随着时间的流逝，当年对相关作家作品等文学现象的意识形态解读在今天是否仍然有效。二是时间因素。即"当代"的时间距离问题。用我们前面引用的顾彬话来说就是："当代不允许特别的距离存在，因此一个最终评价常常难以做出。"这种"顾彬式的'犹豫

[①] 顾彬文学史叙述的这种质疑和不确定性，与洪子诚《我们为何犹豫不决？》(《南方文坛》2002年第4期）谈到的当代文学史研究与写作中的深层次问题有相似之处，但又并不完全相同。洪子诚这里谈到的"犹豫不决"，并不简单局限于当代文学的评价方式、价值判断等学科的范围，同时还涉知识分子的思想立场和对当下社会现实等问题的回应。另外，在洪子诚的《中国当代文学史》冷静、理性的叙述语言中，我们依然可以感受到其强烈的问题意识。

不决'",即在当代文学史写作过程中对一些问题的多义性与不确定性把握的矛盾与困惑,使得顾彬的文学史叙述在客观效果上,具有一种紧张感与陌生化效果,也使得文学史在叙述与阅读之间形成一种潜在的对话关系。

下面我们不妨从顾彬对1949年后中国文学的叙述中节录出比较有代表性的若干片段:

片段一:关于茹志鹃的《百合花》。作者在对小说情节与人物性格进行分析后提出:作为描写"死亡与爱情"的作品,"这里究竟谁爱上了谁?""新媳妇为什么要看上通讯员呢?""或者这个故事讲的是第一人称叙述者'我'的爱情,一切都在她的掌控之中?"([德]顾彬:《二十世纪中国文学史》,第272页)

片段二:关于北岛的《回答》。顾彬指出:"读者读完这首诗首先提出的问题自然是,诗中究竟谁问谁答?更重要的问题是,问的究竟是什么?是第二段中通过两个问句要求开放之后的更大开放吗?我们暂时只能得出以下判断:诗中发言者是以"文革"中所有受害者的身份进行回答,最后甚至是在对全人类喊话。"([德]顾彬:《二十世纪中国文学史》,第303页)

片段三:在介绍"人道主义的文学(1979—1989)"的时候,顾彬疑问:在1979年后的中国文学中,"'人'这个容易引起政治敏感的字为什么会获得如此的重要性呢?"([德]顾彬:《二十世纪中国文学史》,第307页)

片段四:关于北岛的《宣告》。与把《回答》的写作时间向后改动不同,北岛把写于1980年的《宣告》的时间往前推移到"文革"期间。按照顾彬的说法,这首诗读起来像是遇罗克遇难前的宣告。顾彬的问题是,诗人为什么要在写作日期修改上面"做文章"呢?顾彬试图根据自己掌握的有限资料予以探究,但仍不敢确定结论是否有效。在顾彬看来,这些推测并不能作为"解读北岛的可靠资源"。([德]顾彬:《二十世纪中国文学史》,第305页)

片段五:在谈到王安忆80年代中期的"三恋"(《荒山之恋》《小城之恋》《锦绣谷之恋》)与女性文学的问题时,顾彬指出因为王安忆"始终不厌其烦地从自传角度解读自己的作品",使得对她的作品进行正确评价变得很艰难。"有些评论甚至指名道姓地列举某人是王安忆作品中的某情人原型。"顾彬不能理解的是:"难道大家真的想知道这些吗?"对于不少人说张贤亮是《锦绣谷之恋》中的情人原型的情况,顾彬认为这种说法反倒令人生疑:像张贤亮这样对女性怀有荒唐想象的男作家难道真有令人刮目相看的一面?([德]顾彬:《二十世纪中国文学史》,第322页)

片段六:在评述新时期"改革文学"代表作家高晓声和他的《李顺大造屋》时,顾彬指出小说叙事者暧昧的态度把读者引入一个两难的窘境。"带着这几句非政治的结语,主人公告别了读者。那么叙述者呢?了解了主人公所有事情的他,是站在主人公这边,还是站在带来了伟大承诺的改革者这边?"在经过一番辨析后,作者指出:"在这两种观点之间作一个最后裁决,也许是不可能,也不必要,因为说和写有时需要模棱两可,以便能够表达一种不同意见。"([德]顾彬:《二十世纪中国文学史》,第328页)

片段七:在"展望:20世纪末中国文学的商业化"中,顾彬提问:"越当我们接近20世纪的末尾,这个问题就变得越紧迫:什么是中国作家的作品中所特有的,什么不是;什么是要紧的,什么又不是。"([德]顾彬:《二十世纪中国文学史》,第351页)

因此,说顾彬的文学史是一部"问题文学史"未尝不可。这个"问题",当然不仅是指其文学史自身存在的问题①,同时还是指作为一种言说方式的文学史叙述模式。

第五节　王德威《哈佛新编中国现代文学史》

一、"重写"的海外回响

虽然本书前面将世纪之交纳入"重写文学史"考察的海外"再解读"作为近七十年来中国当代文学史编写的研究对象,但本节即将要展开梳理的"重写"对象,主要还是具体的文学史写作实践。当然,这一编写群体核心学者不少仍是在北美的华裔学者。

---

① 前些年有学者干脆说顾彬的《二十世纪中国文学史》是一部"只有复制性而没有艺术感觉的文学史书"。(见刘再复《驳顾彬》,《华文文学》2013年第5期)这话当然有些偏激,但顾彬在写作过程中对内地流行的一些文学史著作的"借鉴"值得关注。

据乔国强介绍，80年代国内的"重写文学史"论争也曾波及海外文学研究界（不仅仅是我们常说的海外汉学圈），如美国普林斯顿大学的麦克·卡顿（Michael Cadden）便曾撰拟《重写文学史》一文，提出重写美国文学史的问题。不过卡顿的出发点与目的都与当时内地学者不同，前者主要还是希望通过"重写"改变因商业化而不能进入美国文学史的戏剧的窘境，这完全不同于内地学者强调通过"重写"改变以往文学史的写作模式，包括对作家作品的评价标准以及文学史的叙述风格等有关文学史学科的纵深度和范畴的情形。卡顿的"重写"并未真正讨论文学史写作的内涵和方法[①]。

晚清以降，文学史的写作与研究尽管已在中国逐渐形成传统并建立起制式，但在西方关于"文学"的知识结构与研究中，却并非"主流范式"（王德威）。美国学者莫里斯·毕晓普（Morris Bishop）在《文学与文学史》（1952）一书中认为文学史只能满足人的一部分"好奇"（转引乔国强：《叙说的文学史》，第5页）。按照戴维·珀金斯（David Perkins，美国）《文学史可能吗？》（1992）的观点，关于文学史的概念和例证在亚里士多德著作中即已出现，但直至18、19世纪，有关文学史的写作与研究才趋于成熟，并形成多种理念与模式。韦勒克的《文学史的六种类型》（1947）归纳了文艺复兴以来的六种类型的文学史：作为书的历史；作为知识历史；作为民族文明历史；作为社会学方法；作为历史相对论；作为文学内部发展历史。韦勒克指出，在文艺复兴时期和17世纪，文学史指的是任何一种作家和作品的类别。与中国内地文学史的编写相比，西方文学界更热衷于文学作品的选编，即我们通常说的"文选"，如韦勒克便曾指出第一本由英国人威廉·凯夫（William Cava）编写的《教会文学史手稿》，收录的基本上是宗教作家及其作品。作为从30年代开始建构文学史学的学者，韦勒克文学史研究思想理论体系几乎可以说是集西方文学史史学研究范式理论之大全，而且他还身体力行编写文学史。但有意思的是，正是这样一个文学史大家，却在中国内地"文学革命"与"重写文学史"呼声日益高涨的80年代，发表了《文

[①] 乔国强：《叙说的文学史》，北京：北京大学出版社，2017年，第34—35页。本章后面所征引该书内容，如无特别说明，均引自此版本。

学史的没落》(1982),表现出对这一学科研究与实践的困惑与反思。此文在当时对西方文学界文学史写作与研究产生了巨大的冲击,同时也对80年代以后中国内地的文学史写作与研究产生了深远影响。如果把韦勒克这篇文章上升到"文学史学事件"的高度,那么从实际情况看,这冲击与影响其实并非完全消极,这一点我们在后面再讨论。但若从字面上去理解"没落",那么很容易让我们联想到"文学史"在西方的命运确实不那么美妙。

了解了文学史在西方的历史命运,方能够明白为什么国内80年代以后的"重写文学史"在西方回响零落,也可以理解美国麦克·卡顿重写美国文学史的目标预设了。在北美,王德威说自1961年夏志清《中国现代小说史》出版后至2010年,还没有真正意义上的第二部"中国现代文学史"问世([美]王德威、李浴洋:《何为文学史?文学史何为?》)。而在海外,以北美为例,对国内"重写文学史"的回应与助推,主要还是来自华裔文学研究学术圈。最能够说明问题的,是如王德威所说,仅2016年至2017年,便先后问世了四种中国现代文学史①。不过王德威认为前面三种在性质上分别属于"指南""手册",是"专题式"的,淡化了"时间"在文学史叙述中的意义,都不能算是严格意义上的"文学史",特别是《牛津中国现代文学手册》,很像一部"专题论文集"。对于一向被"边缘化"的"中国文学史"编写近十年间何以"热"起来,王德威解释其中一个重要原因,是基于"中国崛起","西方"有必要借助文学史的编写重新认识"现代中国"。而陈国球则认为,主要还是为了回应韦勒克的问题,即文学史书写"有什么意义"和"有什么可能性"。

在《哈佛新编中国现代文学史》的前言中,王德威把海外这些年的中国现代文学史编写看作是一种"重写",或者说是对80年代内地"重写文学史"的回应。果真如此,那么这里至少有两个问题值得我们思考:一是就文学史写作实践而言,这一延后内地"重写"实践十多年的"时间差",究竟意味着什么。因为这延滞的十多年,恰恰是内地当代文学史写作进入史

---

① 这其中除了王德威主编的《哈佛新编中国现代文学史》,另外三种分别是张英进主编的《中国现代文学指南》、罗鹏(Carlos Rojas)与白安卓(Andrea Bachner)主编的《牛津中国现代文学手册》和邓腾克(Kirk Denton)主编的《哥伦比亚中国现代文学指南》。

料整理与研究的时期。二是如何看待《哈佛新编中国现代文学史》提出的文学史知识谱系及其可能对我们的文学史写作产生的影响。

二、"何为文学史"的追问

在近十多年来海外"重写文学史"实践中,由王德威主编的《哈佛新编中国现代文学史》(以下简称《新编》)是值得关注的一部。《新编》是哈佛"新编文学史"系列①的其中一部,编写从2008年动议,2012年编写,2017年由哈佛大学出版社出版英文版。中文繁体字版2021年1月由张治、季剑青等翻译,台湾麦田出版社出版。此前,经得王德威和中文版出版方授权,国内已有刊物发表了其中部分章节的中文翻译版本②。

(一)《新编》的总体风格

在《新编》之前,王德威已有不少关于"中国文学史"方面著述,如《想象中国的方法:历史·小说·叙事》《被压抑的现代性:晚清小说新论》《一九四九:伤痕书写与国家文学》等。有些研究者认为王德威是真正能够与夏志清、李欧梵一起对国内的中国现代文学研究构成挑战的美国华人学者。在谈及当年何以接受《新编》的编写时,王德威说首先想到的,是想借此机会承担起再度"整理""彰显"自夏志清《中国现代小说史》之后半个世纪来海外学者关于中国现代文学的"发现与认识"的"学术史意义"([美]王德威、李浴洋:《何为文学史?文学史何为?》),同时也希望借此反思作为人文学科的建制的现代中国的"文学史",包括其"书写、阅读、

---

① 始于20世纪80年代由哈佛大学出版社设计、出版的"新编文学史"系列,先后出版了《新编法国文学史》(1989)、《新编德国文学史》(2004)和《新编美国文学史》(2010)三种,《哈佛新编中国现代文学史》是此系列之第四种。

② 《当代文坛》2019年第6期刊登了其中描述6个时间节点的6篇:《晚期古典诗歌中的彻悟与忏心》(1820)([美]宇文所安(Stephen Owen)撰,张治译)、《甲胄,危险的补品……》(1899)([美]白安卓(Andrea Bachner)撰,张治译)、《从摩罗到诺贝尔》(1908)([美]王德威撰,唐海东译)、《巨大的不实之名:"五四文学"》(1919年)([荷]贺麦晓(Michel Hockx)撰,李浴洋译)、《大地寻根:战争与和平、美丽与腐朽》(1934)([美]金介甫(Jeffrey C. Kinkley)撰,张屏瑾译)、《公共母题中的私人生活》(1962)(王安忆)。另外,《现代中国文化与文学》2020年第1期刊登了《新编》中王德威自己撰拟的述评钟理和及其创作的《寻找原乡人》。

教学的局限与可能"①等等。

  《新编》的总体风格与哈佛的"新编文学史"系列基本上保持一致，借助编年史的体式，既宏观地"呈现国家或文明传统里的文学流变"，又微观地"审神特定时刻里的文学现象"②。但与内地传统的文学史建制比较，其写作方式与内容编排方式有论者认为几乎可用"离经叛道"③来形容。王德威在"中文版序"中强调该史著在贯穿中西资源的同时，"更应调合古今和雅俗传统"，并从"体例""方法""语境"三个方面予初步的阐释，如指出史著在"尊重重大叙事的历史观和权威性"的同时，"更关注'文学'遭遇历史时，所彰显或遮蔽、想象或记录的独特能量"（[美]王德威主编:《哈佛新编中国现代文学史》上册，第19页），等等。《新编》的编写者并非主编一人或一个编写组，而由155位学者作家组成，王德威说他们"来自中国内地、台湾、香港、日本、新加坡、马来西亚、澳门、美国、加拿大、英国、德国、荷兰、瑞典等地"，其中学者绝大多数来自欧美特别是美国大学的东亚系④。《新编》虽然也采用"编年体"，但与内地文学史的"纲举目张"情形不同，《新编》由184篇相对独立的文章组成⑤，时间跨度起于1635年，终于2066年，"各篇文章对文类、题材、媒介的处理更是五花八门，从晚清画报到当代网上游戏，从革命启蒙到鸳鸯蝴蝶，从伟人讲话到狱中书简，从红色经典到离散叙事，不一而足"；"每篇文字都从特定时间、文本、器物、事件展开，然后'自行其是'。夹议夹叙者有之，现身说法者有之，甚至虚构情景者亦有之。"（[美]王德威主编:《哈佛新编中国现代文学史》上册，第24—25页）借助这184篇文章，王德威"希望文学史所论的话题各有态

---

① [美]王德威:《导论:"世界中"的中国文学》，《哈佛新编中国现代文学史》，台湾:麦田出版，2021年，第24页。本章后面所征引该书内容，如无特别说明，均引自此版本。
② [美]王德威:《哈佛新编中国现代文学史》"中文版序"。《哈佛新编中国现代文学史》上册，第19页。
③ 陈思和:《读王德威〈"世界中"的中国文学〉》，《南方文坛》2017年第5期。本章后面所征引该文内容，不再另注明出处。
④ 王德威在与李浴洋的访谈中谈到北美学界有四分之三的中国现代文学研究同行参与了《文学史》的编写。
⑤ 由于各种原因，《新编》的英文版、中文繁体字版、中文简体字版（尚未出版）参与撰写的学者、作家人数和全书的总篇数（因删减、增补）不尽相同，其中英文版（2017）的数字分别是143位、161篇，中文繁体字版的数字分别是155位、184篇。

度、风格和层次,甚至论述者本人和文字也各有态度、风格和层次;文学和历史互为文本,构成多声复部的体系";"每篇文章的目的都是为了揭示该事件的历史意义,通过文学话语或经验来表达该事件的特定情境,当代的(无)关联性,或长远的意义"([美]王德威主编:《哈佛新编中国现代文学史》上册,第34页)。

尽管如此,王德威承认《新编》仍是一部"不完整"的文学史,"疏漏似乎一目了然",特别是当代文学部分,只提及莫言、王安忆等几个作家,"诸多和大历史有关的标志性议题与人物、作品"均付之阙如①。

(二)对"文学"概念的重新诠释

《新编》再一个值得关注的问题,是对"文学"概念亦古亦今、亦中亦西的重新诠释,赋予其"世界"与"现代性"意义。谈到"文学"与"现代""世界"的关系,王德威在《导论》中强调:"在这漫长的现代流程里,文学的概念、实践、传播和评判也经历前所未有的变化。十九世纪末以来,进口印刷技术、创新行销策略、识字率的普及、读者群的扩大,媒体和翻译形式的多样化,以及职业作家的出现,都推动了文学创作和消费的迅速发展。随着这些变化,中国文学——作为一种审美形式、学术科目、文化建制,甚至国族想象——成为我们现在所理解的'文学'。'文学'定义的变化,以及由此投射的重重历史波动,的确是中国现代性最明显的表征之一。"([美]王德威主编:《哈佛新编中国现代文学史》上册,第26—27页)基于此,《新编》除了传统文类,还最大限度地涉及"文"在广义人文领域的呈现,包括书信(如《傅雷家书》)、随笔日记(如《狂人日记》)、政论演讲(如《如孙中山、毛泽东的演讲》)、教科书(如《文心雕龙》)、民间戏剧与传统戏曲(如黄梅戏《天仙配》)、少数民族歌谣(如东干族歌谣》)、现代电影(如费穆《孔夫子》)、流行歌曲(如邓丽君),以及连环画(如"三

---

① 王德威这里指的是新时期文学部分。在一次接受《南方周末》的采访中,王德威谈及1949年至1979年,《新编》涉及的作家有路翎、胡风、浩然、杨沫,作品有《关汉卿》《茶馆》《红灯记》,大型歌舞剧《东方红》等。[美]王德威、朱又可:《"原来中国文学是这样有意思!"——王德威谈哈佛版〈哈佛新编中国现代文学史〉》,《南方周末》2017年8月24日。本章后面所征引该文内容,不再另注明出处。

毛")、漫画（如日本漫画）、音乐歌舞剧等，末尾部分还触及网络漫画和文学（如韩寒）。《新编》对"文学"内涵与外延的重释实践及其效果预设，还可参见前面的论述。在这一问题上再有一点值得注意的是《新编》对文史、诗史互证思想传统的发挥。《导论》强调"本书最关心的是如何将中国传统'文'和'史'——或狭义的'诗史'——的对话关系重新呈现"，"从而让文学、历史的关联性彰显出来。"（[美]王德威主编：《哈佛新编中国现代文学史》上册，第34页）王德威认为，"文"与"史"（或"诗"与"史"）两者之间是"互相包孕、彼此生成于'穿流交错'"的。（[美]王德威、李浴洋：《何为文学史？文学史何为？》）这个问题即已隐含在上面《导论》内容的引述中，即文类变化中映现出来的"现代中国"历史进程。在"访谈"中王德威再次申明《新编》不同于哈佛其他三部"新编文学史"所采用的"专题式"，而坚持用"编年体"（陈国球认为用"'编年体''纪事本末体'"更准确），即是为了更好地处理"文"与"史"的互动问题。王德威坦言：就文学观与历史观而论，钱锺书的"管锥学"与沈从文《中国古代服饰研究》中对"历史"的态度与方法，后者对前者"史蕴诗心"的实践，是《新编》背后"最主要的理论资源"。总之，《新编》力图通过对中国文学的论述与实践，记录、评价不断变化的"中国经验"，并"叩问影响中国（后）现代性的历史性因素"（[美]王德威主编：《哈佛新编中国现代文学史》上册，第34页）。最后是强调"文学史"书写风格的"文学性"与审美性，或者说是"可读性"。《新编》把"好读""好看"作为编写的目标追求，反对传统的文学史编写的"学术腔调"与"材料堆砌"。2019年，在内地的一次讲演中，王德威说《新编》是一部"文学的文学史"，"其呈现是偏向个人主观的抒情散文式描写"。王德威认为沈从文所说的"伟大的历史必先是伟大的'文学'史"，并不仅仅指向内容，同时还指向形式。他举例，1935年这一年份，《新编》收集了4篇文章，分别讨论了阮玲玉自杀、瞿秋白被害、《三毛流浪记》与定县农民实验戏剧，"事件"非常密集。"为什么这两个年份的'事件'如此密集？我想这就是一种情景交融的呈现。历史叙述在很多时候需要节奏，有时舒缓，有时急促，有时留白，有时又是浓墨重彩，而这正是文学史书写的'文学性'所在。"（[美]王德威、李浴洋：《何为文学史？文学史何为？》）

三、"世界中"的现代中国文学

《新编》第二个值得关注的问题，是对中国现代文学与"世界"的关系进行了全新的诠释，并由此进一步挖掘中国现代文学的"现代"内涵。瓦尔特·F.维特（Walter F. Veit）的《全球化与文学史，或对比较文学史的再思考：全球性》（2008）指出，文学作品作为人类交流的一种习俗，不应该再有国家和语言的限制，这也是文学史写作必须面对的。围绕"全球文学"这个问题，维特提出了"世界文学"（world literature）和"宇宙文学"（universal literature）的术语（乔国强：《叙说的文学史》，第50页、51页）。王德威在《访谈》中提到了哈佛学者大卫·达姆罗什（David Damrosch）（代表作有《世界文学理论读本》等）近些年来对"世界文学"的倡导与传播。以上这些无非告诉我们：文学、文学史研究与写作的全球性与世界意识，在新世纪已过去20年的今天，已不再是个陌生的话题。在内地，早在80年代的"20世纪中国文学"倡导者那里，"世界文学"便成为中国现代文学研究的重要参照系，他们把一个世纪的中国文学描述成为"走向并汇入'世界文学'总体格局的进程"。而海外的中国文学研究界则更早，如夏志清及其《中国现代小说史》，"世界向度"一开始就是其写作的一种基本立场与姿态。但在"访谈"中，王德威强调《新编》所说的"世界文学"并不是达姆罗什他们所说的"缺少一种时间上的纵深"的"望文生义"的"世界文学"，强调作为《新编》的一个重要关键词"世界中"，是一个动词（worlding）。"海德格尔将名词'世界'动词化，提醒我们世界不是一成不变地在那里，而是一种变化的状态，一种被召唤、揭示的存在的方式（being-in-the-world）。'世界中'是世界的一个复杂的、涌现的过程，持续更新现实、感知和观念，借此来实现'开放'的状态。"（［美］王德威、李浴洋：《何为文学史？文学史何为？》）《新编》的创意，在于通过对海德格尔"世界中"的语境化解读，将中国现代文学置于世界与全球的互动视阈中，展现其动态的演变过程。王德威认为，尽管海德格尔对"世界"的定义、其哲学思想与中国传统文学的本体论或伦理观都有很多差异，但"世界中"一词在这里仍然能够让我们更好地观察"中国如何遭遇世界"和"世界（如何）带入中国"（海德格尔）。"《哈佛新编中国现代文学史》企图讨论如下问题：在现代中国的语境里，现代性是如何表现的？现代性是一个外来的概念和经验，因而仅仅是跨文化和翻译交汇的产物，还是本土因应内里外来刺激而生的自我更新的能量？西方现代性的定义往往与'原创'，'时新'，'反传统'、'突破'这些概念挂钩，但在中国语境里，这样的定义可否因应'脱胎换骨'、'托古改制'等固有观念，而发展出不同的诠释维度？最后，我们也必须思考中国现代经验在何种程度上，促进或改变了全球现代性的传播？"（［美］王德威主编：《哈佛新编中国现代文学史》上册，第28页）基于以上思考，《新编》第一篇《现代中国"文学"的多重缘起》认为，晚明杨廷筠《代疑续篇》接受意大利耶稣会教士艾儒略（Giulio Aleni）"什么是'文学'"的思想影响，以汉语中的"文学"诠释艾儒略的"Literature"（"文艺之学"），其"文学"观念"已带有近世文学定义的色彩"（［美］王德威主编：《哈佛新编中国现代文学史》上册，第41页），"体现了古今中西的'文学'观念相互交汇的'关键时刻'"（［美］王德威、李浴洋：《何为文学史？文学史何为？》），具有"审美的层面"（［美］王德威、朱又可：《原来中国文学是这样有意思！》），是中国文学"萌生'现代性'的开端，[①]并将刊刻杨文的1635年视为近现代中国文学缘起比较早的一个时间。而《新编》把韩松的《火星照耀美国》（又名《2066年之西行漫记》）作为的最后一篇，是因为这可能既是中国文学"现代性"的"下一个节点"，这也可能是"中国/世界现代化的节点"（余来明：《我们应该怎样写文学史——王德威主编〈新编中国现代文学史〉的文学史之思》）。《新编》这一"头"一"尾"，对现代中国文学与世界关系作了形象的演绎。

"世界中"的"华语语系文学"

为了更深入地体现"世界中"的中国文学，《导论》还专门从"时空的'互缘共构'""文化的'穿流交错'""'文'与媒介的衍生"及"文学与地理版图想象"等角度对《新编》内容予以梳理阐述。所谓"时空的'互缘共构'"，即一方面按编年顺序介绍现代中国文学的人物、作品等，另一方

---

① 余来明：《我们应该怎样写文学史——王德威主编〈新编中国现代文学史〉的文学史之思》，《写作》2018年第7期。本章后面所征引该文内容，不再注明出处。

面也介绍一些未必重要的时间、作家作品作为"大叙事"的参照([美]王德威主编:《哈佛新编中国现代文学史》上册,第40页)。用陈国球的话说,《新编》中每一篇并不是孤立固定在某一历史时刻,其内容在大多数情况下要"溢"出这一年份的时间界限,彼此间存在许多"联系性和连续性"(参看[美]王德威、李浴洋:《何为文学史?文学史何为?》)。"文化的'穿流交错'",则强调现代中国文学是"全球现代性论述和实践的一部分",如"旅行"不仅是作为主体的"人"在时空中的迁徙移动,还是"概念、情感和技术的传递嬗变","记录了这个现代性不同寻常的轨迹"([美]王德威主编:《哈佛新编中国现代文学史》上册,第43—44页);"翻译"作为一种跨文化媒介,对现代中国与世界文明的交错互动起着关键作用。而"'文'与媒介的衍生"则在于"批判性地探讨'文'——作为一种图像式、一个语言标记、一套感性系统、一种文本展示——日新又新的现代性,并为当代方兴未艾的媒体研究论述,提供独特的中国面向"([美]王德威主编:《哈佛新编中国现代文学史》上册,第47页)。

四大角度中需要多说几句的是"文学与地理版图想象"。王德威强调正是在这"想象"中,《新编》"跨越时间和地理的界限",呈现了一种比"共和国文学"或"民国文学"更为宽广复杂的现代"'中国'文学"图景,即所谓的"华语语系文学"。"华语语系文学原泛指内地以外,台湾、港澳'大中华'地区,南洋马来西亚、新加坡等国的华人社群,以及更广义的世界各地华裔或华语使用者的言说、书写总和"([美]王德威主编:《哈佛新编中国现代文学史》上册,第49页)。王德威指出,"当我们讨论现代中国文学史的时候,我们必须明白'中国'一词至少包含如下含义:作为一个由生存经验构成的历史进程,一个文化和知识的传承,一个政治实体,以及一个'想象的共同体'。"([美]王德威主编:《哈佛新编中国现代文学史》上册,第39页)就此而论,"华语语系文学"概念的提出,并不排除是为了更好地阐述现代中国文学中的"中国"内涵。作为文学史书写的一次理论尝试,王德威解释《新编》"华语语系文学力图从语言出发,探讨华语写作与中国主流话语合纵连横的庞杂体系",现代中国文学应该包括"华语世界里的中国文学"和"中国文学里的华语世界","前者将中国纳入全球华语语境脉络,观察各个区域、社群、国家,从'主体'到'主权'你来我往的互动消长。后者强调观照中国以内,汉语以及其他语言所构成的多音复义的共同体。两者都凸显'中国'与(作为动词进行式的)'世界中'的连动性,并建议与其将中国'排除在外',不如寻思'包括在外'的微妙辩证"([美]王德威主编:《哈佛新编中国现代文学史》上册,第50页)。王德威并不否认作为一个研究概念,"华语语系文学"的提出是受了后殖民主义理论的影响[①],但与内地的文学史不同,在《新编》的具体编写实践中,他还是强调"华语语系"的地图空间"不必与现存以国家地理为基础的'中国'相抵牾","不刻意敷衍民族国家叙事线索,反而强调清末到当代种种跨国族、文化、政治和语言的交流网路"。基于这一编写观念,《新编》收编的文章中,有一半以上都触及"域外经验","从翻译到旅行,从留学到流亡","力求增益它的丰富性和'世界性'",体现"中国"与"世界"的不停地换位与对话关系([美]王德威主编:《哈佛新编中国现代文学史》上册,第26页)。这或许可作为《新编》集合美欧、亚洲及中国内地、台港143位不同身份作者参与编写的一个注脚。

四、现代文学史再出发的可能性

我们在这里讨论有关文学史的"没落"与"新生"话题,尤其是前者,主要还是指向海外(西方)文学研究语境,但同时也指向内地的文学史编写现状。讨论的实质,或许可表述为"现代文学史再出发的可能性"。

《文学史的没落》一文即出自韦勒克之手。从20世纪末到21世纪初,由于中国作为现代国家的建立、崛起与中华民族的复兴等原因,中国内地的文学史写作一直都受重视,"很坚挺"。最近30年,随着高校扩招及其他国家体制机制的改革,情况更是如此。当然并不是说内地的文学史写作就没有"危机"。特别是这几十年,伴随着中西方文化文学在"全球化"过程中的深度交融,内地的文学史写作传统不断受到冲击、挑战与质疑,文学史家们也在努力"突围"。追求文学史书写的"新生"已成为近三四十年来

[①] 关于这个问题,还可参考王德威发表于《扬子江评论》2014年第1期的《"根"的政治,"势"的文学——话语论述与中国文学》一文。

不断高涨的呼声，80年代后期的"重写文学史"倡导，其实是中国内地文学史界焦虑情绪的一次井喷式释放。与此同时，海外中国文学研究界，特别是华裔学术圈，则从西方文学研究语境回应中国内地的"重写"，通过对中国文学史的书写/重写①，试图从被描述为"没落"的西方文学史写作困境中闯出一条"新生"之路。在这一意义上，"新生"在这里不仅是"中国的"，也是"世界的"/"西方的"。而《新编》也因此具有了双重的意义，讨论其"没落"与"新生"，在指向海外/西方文学史写作现状的同时，也涵盖了中国内地，表达了文学史家对现代文学史"再出发"的可能性的寻找。

回过头来，其实韦勒克在对文学史"没落"前景的"判决"中，暗含的是西方文学界一直以来对文学史的怀疑与"不看好"，认为"文学史'低于'文学"。这与很多中国内地文学研究者视文学史为"毕生使命"与"精神志业"的情形显然有很大差异。韦勒克20世纪40年代在《文学理论》中提出的"文学史几乎是不可能的"的思想，实际上代表的是西方文学界一种普遍的声音。其后莫里斯·毕晓普的《文学与文学史》（1951）、罗伯特·E.斯皮勒（Robert E. Spiller）的《文学史过时了吗？》（1963）、姚斯（Hans Robetr Jause）的《挑战文学理论的文学史》（1970）、韦勒克的《文学史的没落》（1982）、戴维·珀金斯（David Perkins）《文学史可能吗？》（1992）等，丽塔·朔贝尔（Rita Schober）的《文学的历史性是文学史的难题》（1997），直至王德威在《新编》"导论"中对文学史关于海外文学史编写历史与现状的梳理，文学史的"困境"与"终结"的情绪与论调长期纠缠着英美文学界。朔贝尔认为，"文学史的编写只有同时将物质生产和文学生产之间相互影响，文学交往系统和辅助文学交往系统的相互影响以及文学活动的总体特性都表现出来，它才能历史地阐明文学的自身历史性，并使'历史性'成为自身

---

① 这其中除了本书涉及的中国现代文学史书写，也有对横贯古今几千年的中国文学历史的编写，其中最具代表性有两部：[美]梅维恒（Victor H.Mair）主编，马小悟、张治、刘文楠译的《哥伦比亚中国文学史》（上下卷），新星出版社2016年出版，介绍从先秦20世纪八九十年代的中国文学；[美]孙康宜（Kang-i Sun Chang）、宇文所安（Stephen Owen）主编，刘倩等译的《剑桥中国文学史》（上下册），北京：生活·读书·新知三联书店，2013年，介绍从殷商晚期的甲骨文、青铜器铭文到1949年中华人民共和国成立前夕的中国文学发展情况。（其中下卷"导言"中保留了孙康宜对1949—2008年间的文学史编撰情况。）

的历史"①。在朔贝尔看来，文学史虽然并不被看好，但丝毫不影响文学史编写的难度。文学史的编写在英美文学界也一直处于低迷状态，而且为数不多的"文学史"，也基本上是"作品选"或"专题文集"。了解了这些，就不难理解当年麦克·卡顿提出重写美国文学史，仅是希望通过"重写"改变因商业化被排挤在美国文学史之外的戏剧的命运了。"总的来看，文学史在世界的地位很低。除非课堂使用，没有人愿意出版有关文学史方面的书。我们都想写文学史，但几乎没有人愿意看，更没有人愿意买。"（［美］莫里斯·毕晓普：《文学与文学史》，转引乔国强：《叙说的文学史》，第4页）

尽管如此，仍有一些研究者认为，文学史是文学大本营派出的一个"前哨"，假如文学史这个"古老的堡垒"沦陷了，文学"大本营"将受到严重威胁（［美］莫里斯·毕晓普：《文学与文学史》，转引乔国强：《叙说的文学史》，第5页）。以此审视《新编》在西方文学语境——其实同时也可以说是中国内地的文学史编写历史语境，对其"新生"的理解也许会更深入些。这里，文学史的从属地位虽不能改变，但也无理由漠视其存在。一方面是"没落"的抱怨，另一方面是"拯救"的呼吁。探求与变革因此成为文学史的"新生"之路。落实到《新编》，是对"文学史"作为观念与实践的发展脉络的设计，并通过以下4篇重要文章结撰起来：《"文"与"中国第一部文学史"》（1905）、王瑶《中国新文学史稿》（1951）、普实克与夏志清的论争（1962—1963）及"重写文学史"（1988）。王德威直言《新编》是一次"方法实验"，对"何为文学史""文学史何为"的"创造性思考"，而以上4篇文章在阐释的同时，也在表达对文学史"新生"的思考与探求。陈国球认为，以韦勒克《文学史的没落》的发表和哈佛"新编文学史"系列的出版为标志，西方的文学史史学被推向了一个新的阶段，意在回应韦勒克的问题，即文学史书写"有什么意义"和"有什么可能性"。他认为在文学史编写层面，《新编》的最大贡献就是找到一个让"文学"与"世界"，而不是只能与现代国家与民族发生关系的方式。陈国球认为，无论中西方，文学史

---

① ［德］朔贝尔：《文学的历史性是文学史的难题》，转引《作品、文学史与读者》，［德］瑙曼等著，范大灿编，北京：文化艺术出版社，1997年，第213页。

的写作一直都和现代国家建立目标关联在一起,这在后来反思文学史阶段对"大叙事"模式的刻意解构中得到反证。但《新编》一开始即有意识要走出这一模式(转引[美]王德威、李浴洋:《何为文学史?文学史何为?》)。这也是王德威在《导论》中说的:在无意改变"以国家为定位"、作为"民族传统与国家主权想象的微妙延伸"的文学史论述框架前提下,《新编》尝试通过对"现代"中国文学的时期划分等努力,"一探现代中国文学发展的来龙去脉"。陈思和认为《新编》这种由161个片段性文字结串成书的"'文学性'叙述文体"(王德威),是文学史叙述方法的"自我解放",更是一次"大胆的尝试"(陈思和:《读王德威〈"世界中"的中国文学〉》)。丁帆则认为王德威《新编》这种"漫长的现代"(1635—2066)的历史观及以点辐射面的编写实践,多少受黄仁宇的《万历十五年》思维和方法的影响。① 当年谢冕、孟繁华主编《百年中国文学总系》,也是"以《万历十五年》为方法"。不过在海外中国文学史写作中,《新编》大概是率先、自觉的,这能不能说也是以《新编》为代表的海外中国当代文学史写作"新生"的一个象征呢?

《新编》是否从一个侧面折射了穿行在亦中亦西学术话语世界中的王德威,面对"文学史"的矛盾与困惑,并试图进行调解?一方面是文学史的生产大国,另一方面却认为文学史是根本不可能,至少是"无关要紧"。《新编》这种在两种文学史制式中都显得有些另类的写作风格,或许是在尝试"撮合"这两种文学史族类。当然,能否因此孕育出一种"文学史的'宁馨儿'",仍有待于时间的检验。

韦勒克在《文学理论》中对"重建"式的文学史写作提出批评的同时指出:"想象性的历史重建,与实际形成过去的观点,是截然不同的事",这结果是将文学史"降为一系列零乱的、终于不可理解的残篇断简了"②。作为近年海外"重写中国文学史"风潮的一次尝试,与中国内地的"重写"实践比较,《新编》虽然有些姗姗来迟,其"文学史重建"式的"重写"也难

---

① 丁帆:《"世界中"的中国现当代文学史编写观念——王德威〈"世界中"的中国文学〉读札》,《南方文坛》2017年第5期。
② [美]韦勒克、沃伦著,刘象愚等译:《文学理论》,北京:生活·读书·新知三联书店,1984年,第36页。

免引起争议，但无论如何，《新编》依然是最近十年海外"重写中国文学史"中最具代表性的一部文学史。从1904年林传甲的《中国文学史》以降至2017年，《新编》的出版"为已经相当稳固的'文学史'观念与秩序提供了一种反思、新创，甚至再生的重要契机"，"2017"或将由此成为"中国文学史"建构过程中的一个"关键时刻"（［美］王德威、李浴洋：《何为文学史？文学史何为？》）。

余论

渐行渐远的"当代"与"文学史"

　　韦勒克曾对文学史的时期观念作过深入辨析，认为我们不能简单地套用社会学或政治学的标准，"如果这样划分的结果和政治、社会、艺术以及理智的历史学家们的划分结果正好一致的话，是不会有人反对的。但是，我们的出发点必须是作为文学的文学史发展。这样，分期就只是一个文学一般发展中的细分的小段而已。它的历史只能参照一个不断变化的价值系统而写成，而这一个价值系统必须从历史本身中抽象出来。因此，一个时期就是一个由文学的规范、标准和惯例的体系所支配的时间的横断面，这些规范、标准和惯例的被采用、传播、变化、综合以及消失是能够加以探索的"[①]。可见，文学史的分期对于文学史的研究与编写来说的确是"一捆矛盾"。通例而论，中国文学史的编写分期屈从于政治社会学标准的时候居多。换句话说，如果我们一定要还原"20世纪中国文学"的近代、现代和当代三个时期的文学时段的话，学界显然仍较多地将"1949"作为"当代文学"的起点。但现在的问题是，即便如此，这"当代文学"是否可以一直延伸下去？如果回答是肯定的，"当代"便等同于了"当下"，这对作为学科对象的"当代文学"应该有相对恒定的时间边界便形成了冲击。这个"两难"，导致了如何给"当代文学"一个"时间"的说法，一直成为学界存疑和争论不休的问题。有研究者提出将现代文学更名为"20世纪上半期文学"，将当代文学称为"20世纪后半期文学"。也有研究者认为，"1979年至今的文学"，"与我们同时代的文学"，可以成为"中国

[①] [美]韦勒克、沃伦著，刘象愚等译：《文学理论》，北京：生活·读书·新知三联书店，1984年，第306页。

当代文学"①。诸如此类的观点，在有关何谓"当代"文学疑义中并不是孤立的现象。就此而论，"当代文学史"的"危机"，显然并不仅仅来自对"文学是什么"等传统文学体制的挑战，同时也来自对诸如"'当代'是什么"的"形式"（时间）问题的理解。这个问题甚至成了首要问题。

洪子诚在2007年出版的修订本《中国当代文学史》中，将附录的纪事年表延伸到2000年。他后来在一次访谈中解释说这其中的原因比较复杂，而其中1998—2000年，不少现当代作家先后去世，由此引发出他对有关"新文学的'终结'"的感慨，应该是一个重要原因。正因此，有论者认为《材料与注释》在相当程度上可以看作是洪子诚当代文学史研究的"完成""总结"之作，从这一意义说并非毫无道理。如果可以微言大义，那么，这里"终结""总结"的，其实并不是作为不应该纳入"史"的编写视野的"当下"与文学批评层面上的"当代文学"，而是作为学科层面上的"当代文学"，已走过半个世纪的"当代文学"。

而在这里，更重要的，显然是作为文学史编写对象的"当代文学"的终结。最近十多年来当代文学史编写的"史料转型"，实质上是作为一个走向成熟的学科最基础，同时也是不可或缺的一个环节。也正是在这史料的整理与甄释中，基于"当代文学"的"时间"愈来愈长，几乎处于顺其自然的状态，以至与作为学科对象的"当代文学"形成一种紧张的关系。作为学科意义上的"当代文学史"，许多文学史家面对在时间层面上无限延伸的"当代"，已通过各种方式表示出一种"拒绝"的姿态，认为"当代"不应该是一个扁平的时间刻度。这或者也可以说是隐藏在近十年来当代文学"史料化"现象背后的一个重要信息。

其实，渐行渐远的不仅是"当代"，同时还有"文学史"。这里的"文学史"，并不简单是中国古代"文章流别论"或西方"文选""作品选"意义上的，而主要还是指1949年后在特定历史语境中确立的"当代文学史"观念。对此，本书在第一章讨论王瑶的《中国新文学史稿》与"当代文学"的

---

① 高旭东：《近代、现代与当代文学的历史分期须重新划定》，《文艺研究》2012年第8期。

诞生时，即曾通过洪子诚的《"当代文学"的概念》一文，进行过充分考察。"当代文学"是一个"'左翼文学'的'工农兵文学'形态，在50年代'建立起绝对支配地位'，到80年代'这一地位受到挑战而削弱的文学时期'。"① 洪子诚对"当代文学"的定义，或者可以看作是对《中国当代文学思潮史》相关定义的发展。而无论是哪一种情形，所谓的"当代文学"，实质上都是与特定历史时期当代中国的文学生产的体制关联在一起的特殊文学形态。可以说，这种"当代文学史"观念，对后来的当代文学史编写产生了深远的影响。只有以此作为问题考察与讨论的起点，我们才能够理解有些文学史家的"作为整体的'当代文学史'日后还会继续存在吗？"的疑虑，因为如陈思和所认为的，文学史的书写一般被认为是"一部分知识分子书写历史、阐释历史、参与历史的'权力'的一种确认"②。在文学已经没有决定性、支配性的思想主线的时代，对于这种多元的、碎片化的文学书写，要如何归拢于文学史的论述中，这个问题已愈来愈引起一些文学史家的关注。陈晓明在《中国当代文学主潮》开篇即写道："很显然，我们只能怀着一种责任感，去书写'当代文学史'。历史并不是因为久远才使我们的理解具有特权，当代人对当代史的理解同样具有重要的意义，那种亲历性和真切的记忆，是事过境迁所不具有的优势，可以为即将消失的历史留下更为鲜活的形象。我们现在书写的'当代文学史'，或许是文学史的'最后的记忆'。"③ 如果说陈晓明的这种表述还显得笼统抽象，那么贺桂梅的表达显然要直截了当得多："在我们这个社会分化加剧、知识立场的分化也趋于激进的时代，也许将更多地出现的，会是某一种文学史：左派的文学史，纯文学的文学史，或新媒介的文学史。"④ 果真如此，可以肯定：这样编写出来的"当代'文学史'"，与我们观念中的"当代文学史"，已经渐行渐远了。

---

① 洪子诚：《"当代文学"的概念》，《文学评论》1998年第6期。本章后面所征引该文内容，不再注明出处。

② 转引杨庆祥：《"重写"的限度："重写文学史"的想象和实践》，北京：北京大学出版社，2011年，第154页。

③ 陈晓明：《中国当代文学主潮》（第二版），北京：北京大学出版社，2013年，第2页。

④ 贺桂梅：《文学性与当代性——洪子诚的当代文学史研究》，《文艺争鸣》2010年第5期。

对"当代文学"概念的知识学考释,从一方面看,足以让我们意识到这"边界"与"规制"对新世纪"新文学"描述的失效,也从另一个角度为时间意义上的"当代"定格提供充分依据。对于这种渐行渐远的"当代""文学史"的反思,李杨在有关当代文学史的"危机与边界"一文中,甚至越过1949年,回溯到30年代,认为我们所理解的"当代文学史"观念,就"文学史体制"而言,"遵循的是出版于1930年代中期的《中国新文学大系(1917—1927)》所开创和奠定的现代'文学史观'"。"这一文学史观从诞生之日起就失去了概括和描述'新文学'的能力,始终无法与当代中国文艺建立起有效的关联"。造成这种情况的因素很多,其中之一,便是"新人民文学"观念中的"当代文学",乃至是30年代中期的"文学史体制"观,都对"媒介"对文学的冲击始料未及,特别是对从90年代以后兴起的影视艺术、科幻小说、网络写作、非虚构写作等现象进入"当代文学史"编写视野有一种潜在的排斥。在"当代",特别是20世纪90年代以后,"媒介变迁给'文学'的影响远远超过了我们念兹在兹的'政治'"①。

源于18、19世纪西方的"文学史",经日本明治维新传入中国,不过100多年的时间。然而,站在黄仁宇300—500年"大历史"的研究基点上,"为着'展开更大历史段的文学研究',从一种新的文学史理念出发,建构新的体系,更换概念,改变分期方法",不仅很有必要,同时也是一种趋势。由此,"新文学""现代文学""当代文学"这些概念及其标示的分期方法,或许均将会很快成为"历史的陈迹"(洪子诚:《"当代文学"的概念》)。

---

① 李杨:《边界与危机:"当代文学史"漫议》,《中国现代文学研究丛刊》2020年第5期。

附录

中国当代文学史出版情况（1949—2019）[①]

（内地部分）

中国新文学史稿·新中国成立以来的文艺运动（1949年10月—1952年5月）王瑶著，新文艺出版社1953年出版。

中国当代文学史1949—1959（上册）山东大学中文系中国当代文学史编著，山东人民出版社1960年出版。

中国当代文学史稿　华中师院中国语言文学系编著，科学出版社1962年出版。

十年来的新中国文学　中国科学院文学研究所《十年来的新中国文学》编写组编，作家出版社1963年出版。

中国现代文学史·当代文学部分纲要（初稿）　北京大学中文系1955级学生集体编撰（未公开出版）。

文艺思想战线三十年　辽宁大学中文系文艺理论教研室编（1973年）（未公开出版）。

当代文学概观　张钟、洪子诚、佘树森、赵祖谟、汪景寿编著，北京大学出版社1980年出版。

中国当代文学史纲要　公仲等编，上饶师专1980年（未公开出版）。

中国当代文学史初稿　郭志刚、董健、曲木陆、陈美兰等主编，人民

[①] 本书辑录的主要是当代文学通史版本，不包括小说史、散文史等其他当代文学专题史方面的。也不包括内地区域性、少数民族方面的，以及中国内地以外出版的各种中国当代文学史。但不排除在内地出版的中文版本，如顾彬的《二十世纪中国文学史》等。另外，同一种文学史，在不同时间或出版社出版，如非修订版，亦不考虑。

文学出版社1980年出版。

中国当代文学史（上中下册）复旦大学等二十二院校合编，福建人民出版社1980年、1982年、1985年出版。

中国当代文学初稿（上下册）东北师范大学中文系中国当代文学教研室编，东北师范大学出版社1981年出版。

中国当代文学　杭州大学中文系函授部编，杭州出版社1983年出版。

中国当代文学　北京师范学院中文系现代文学教研室编，北京师范学院出版社1983年出版。

中国当代文学讲稿　张炯、郏镕主编，中央广播电视大学1983年出版。

中国当代文学（1—3）王庆生主编，上海文艺出版社1983年、1984年、1989年出版。

中国当代文学史　蔡宗隽等编，吉林省五院校合编，吉林人民出版社1984年出版。

新时期文学六年（1976.10—1982.9）中国社会科学院文学研究所当代文学研究室编，中国社会科学出版社1985年出版。

中国当代文学简史　汪华藻、陈远征、曹毓生主编，湖南人民出版社1985年出版。

中国当代文学　汪泽树主编，贵州人民出版社1985年出版。

中国当代文学史新编　公仲主编，江西教育出版社1985年出版。

中国当代文学史　陆士清、唐金海编，海峡文艺出版社1985年出版。

当代中国文学概观　张钟、洪子诚、佘树森、赵祖谟、汪景寿编著，北京大学出版社1986年出版。

中国当代文学　北京自修大学教材，北京广播学院出版社1986年出版。

中国当代文学　邱岚主编，辽宁教育出版社1986年出版。

中国当代文学史简编　谭宪昭等主编，广东高等教育出版社1986年出版。

中国当代文学简史　刘文田、刘思谦、岳耀钦主编，河南大学出版社1986年出版。

中国当代文学简明教程　罗谦怡、王锐等主编，吉林大学出版社1986

年出版。

中国文学（四）（当代部分） 洪子诚、李平编，北京大学出版社1986年出版。

新时期文学 周鉴铭主编，云南教育出版社1986年出版。

中国当代文学 吴之元，天津教育出版社1987年出版。

中国当代文学史略 邱岚主编，高等教育出版社1988年出版。

中国当代文学 张钟等著，北京大学出版社1988年出版。

当代文学新编 张暹明主编，辽宁大学出版社1988年出版。

中国当代文学史初稿（修订本）郭志刚、董健、曲本陆、陈美兰等主编，人民文学出版社1988年出版。

新中国文学发展史 李丛中主编，云南教育出版社1988年出版。

新时期文学十年 吕晴飞主编，学苑出版社1988年出版。

中国当代文学简编 张广益、张暹明、蒋镇等主编，吉林教育出版社1989年出版。

简明中国当代文学 周红兴、李复威、严革主编，作家出版社1989年出版。

中国当代文学教程（1949—1986）（上下册）李友益、刘汉民、熊忠武主编，长江文艺出版社1989年出版。

中国当代文学教程（1949—1987）（上下册）郑观年主编，浙江大学出版社1989年出版。

中国当代文学扫描 陈涛主编，四川文艺出版社1989年出版。

中国当代文学史略 李达三主编，浙江大学出版社1989年出版。

中国当代文学史简编 吉林师范学院等七院校合编，吉林教育出版社1989年出版。

中国当代文学史稿（上下册）高文升、单占生、刘明馨主编，河南人民出版社1989年出版。

中国现当代文学 李计谋主编，东北师范大学出版社1990年出版。

中国当代文学发展史 林湮、金汉、邓星雨等主编，江苏教育出版社1990年出版。

中国当代文学史　江西大学中文系编，百花洲文艺出版社1990年出版。

中国当代文学论稿　田怡主编，内蒙古人民出版社1990年出版。

中国当代文学史　吴国风主编，山东大学出版社1990年出版。

中国当代文学　戴克强、廉文澂主编，陕西人民教育出版社1990年出版。

中国当代文学　雷敢、齐振平主编，陕西师范大学出版社1990年出版。

新中国文学史（试用本）舒其惠、汪华藻等主编，湖南文艺出版社1990年出版。

中国当代文学史　舒其惠、汪华藻等主编，湖南师大出版社1990年出版。

中国当代文学教程　王惠云、苏庆昌、崔志远主编，花山文艺出版社1990年出版。

中国当代文学概观　陈慧忠、高文池主编，上海外语教育出版社1990年出版。

当代文学四十年　山东省中国当代文学研究会编，山东大学出版社1991年出版。

当代中国文学史　刘文田、周相海、郭文静主编，河北大学出版社1991年出版。

中国当代文学史简编（上下册）沈敏特主编，安徽教育出版社1991、1992年出版。

中国当代文学概论　高文池、陈慧忠主编，上海教育出版社1991年出版。

中国当代文学　李旦初主编，北京师范大学出版社1992年出版。

新中国文学　唐敏、姚承宪主编，陕西人民教育出版社1992年出版。

中国当代文学史　陈其光、赵仕聪、邝邦洪编著，广东高等教育出版社1992年出版。

中国当代文学史纲　鲁原、刘敏言主编，中国文联出版公司1993年出版。

中国当代文学　屈桂云主编，东北师范大学出版社1992年出版。

二十世纪中国文学史　齐福生、谢洪杰主编，杭州师范大学出版社1992年出版。

新编中国当代文学发展史　金汉、冯云青、李新宇主编，杭州大学出版社1993年出版。

中华当代文学新编　曹延华、胡国强主编，西南师范大学出版社1993年出版。

当代中国文学　姚代亮主编，广西师范大学出版社1993年出版。

新中国文学发展史（修订本）李丛中主编，云南教育出版社1993年出版。

中国现当代文学教程　叶雪芬主编，湖南师范大学出版社1994年出版。

新编中国当代文学　陈衡、唐景华主编，天津人民出版社1994年出版。

中国当代文学史论　冯中一、朱本轩主编，中国海洋大学出版社1994年出版。

中国现当代文学　党秀臣主编，高等教育出版社1994年出版。

中国现当代文学　曹金林主编，苏州大学出版社1994年出版。

中国当代文学史论　王万森主编，中国海洋大学出版社1994年出版。

中国当代文学发展综史（上下册）赵俊贤主编，文化艺术出版社1994年出版。

中国现当代文学　王嘉良、金汉主编，浙江大学出版社1995年出版。

中国当代文学　阎其男主编，中国文联出版社1995年出版。

中国当代文学　刘景荣主编，河南大学出版社1995年出版。

当代中国文学史纲　何寅泰主编，杭州大学出版社1996年出版。

中国现当代文学（上下册）王自立主编，高等教育出版社1996年出版。

新中国文学史略　刘锡庆主编，北京师范大学出版社1994年出版。

中国当代文学史　特·赛音巴雅尔主编，内蒙古文化出版社1996年出版。

中国当代文学实用教程　周成平主编，成都科技大学出版社1996年出版。

中国当代文学　封孝伦主编，广西师范大学出版社1997年出版。

新编当代中国文学　张景超主编，黑龙江教育出版社1997年出版。

中国文学通史·当代卷　张炯、邓绍基、樊骏主编，华艺出版社1997年出版。

二十世纪中国文学史（上下册）孔范今主编，山东文艺出版社1997年出版。

中国现当代文学　叶向东主编，云南大学出版社1997年出版。

中国现当代文学简明教材　程凯华主编，湖南师范大学出版社1998年出版。

中国当代文学（修订本）胡俊海主编，天津教育出版社1998年出版。

中国当代文学　王蕾主编，中国人事出版社1998年出版。

二十世纪中国文学史（上下册）黄修己主编，中山大学出版社1998年出版。

中国当代文学史　陈其光编，暨南大学出版社1998年出版。

中国当代文学概论　於可训主编，武汉大学出版社1998年出版。

中国当代文学史　田中阳、赵树勤主编，湖南师范大学出版社1998年出版。

中国当代文学　胡俊海主编，中国戏剧出版社1999年出版。

中国当代文学史　洪子诚著，北京大学出版社1999年出版。

中国当代文学史教程　陈思和主编，复旦大学出版社1999年出版。

共和国文学50年　杨匡汉、孟繁华主编，中国社会科学出版社1999年出版。

惊鸿一瞥：文学中国（1949—1999）杨匡汉主编，陕西人民教育出版社1999年出版。

中国文学历程·当代卷　肖向东、刘钊、范尊娟主编，国际文化出版公司1999年出版。

当代文学50年　张树骅、陈玉林主编，山东文艺出版社1999年出版。

中国当代文学　王居瑞主编，东北师范大学出版社1999年出版。

中国当代文学（修订本）（上下册）王庆生主编，华中师范大学出版社1999年出版。

新中国文学史（上下册）张炯主编，海峡文艺出版社1999年出版。

新中国文学五十年　张炯主编，山东教育出版社1999年出版。

中国现代文学史（1917—1997）(上下册）朱栋霖、丁帆、朱晓进主编，高等教育出版社1999年出版。

中国现当代文学卷（上下）王晓琴主编，首都师范大学出版社1999年出版。

中国当代文学概说　洪子诚著，广西教育出版社2000年出版。

中国当代文学史——在世界文学视野中　郑万鹏编著，北京语言文化大学出版社2000年出版。

中国现当代文学　丁帆主编，南京大学出版社2000年出版。

当代中国文学　黄伟宗主编，广东旅游出版社2001年出版。

中国当代文学　陈思和、李平主编，中央广播电视大学出版社2001年出版。

中国当代文学简史　王科、张英伟主编，东方出版中心2001年出版。

中国现当代文学概观　林凌主编，海风出版社2001年出版。

中国当代文学50年　王万森、吴义勤、房福贤主编，中国海洋大学出版社2001年出版。

中国当代义学史　金秉活主编，延边大学出版社2001年出版。

新时期文学概说（1978—2000），陈思和主编，广西师范大学出版社2001年出版。

中国当代文学发展史　金汉总主编，上海文艺出版社2002年出版。

中国当代文学史写真（上中下册）吴秀明主编，浙江大学出版社2002年出版。

中国当代文学史　王庆生主编，高等教育出版社2003年出版。

中国当代文学史（上下册）特·赛音巴雅尔主编，民族出版社2003年出版。

中国现当代文学　刘勇主编，中国人民大学出版社2003年出版。

20世纪中国文学通史　唐金海、周斌主编，东方出版中心（上海）2003年出版。

20世纪中国文学史纲　黄悦、宋长宏编著，北京语言文化大学出版社2003年出版。

中国当代文学史　黄兵明主编，北京银冠电子出版有限公司2003年出版。

中国当代文学史写真（简明读本）　吴秀明主编，浙江大学出版社2003年出版。

中国当代文学史　姚代亮主编，广西师范大学出版社2004年出版。

中国现当代文学史　刘勇主编，中国广播电视出版社2004年出版。

中国当代文学史　李赣、熊家良、蒋淑娴主编，科学出版社2004年出版。

中国现当代文学史　王嘉良、颜敏著，上海教育出版社2004年出版。

中国当代文学发展史　孟繁华、程光炜著，人民文学出版社2004年出版。

中国当代文学概论　於可训主编，武汉大学出版社2004年出版。

当代中国文学50年　吴秀明主编，浙江文艺出版社2004年出版。

中国现当代文学史（上下册）杨朴主编，人民教育出版社2005年出版。

中国当代文学　陈世安、何冬梅主编，河海大学出版社2005年出版。

中国当代文学　杨匡汉主编，辽宁教育出版社2005年出版。

中国当代文学史新稿　董健、丁帆、王彬彬著，人民文学出版社2005年出版。

中国当代文学　陈世安、何冬梅主编，河海大学出版社2005年出版。

中国当代文学实用教程　周成平主编，南京师范大学出版社2006年出版。

中国当代文学史　李穆南等主编，中国环境科学出版社2006年出版。

中国文学编年史·当代卷　於可训、李遇春主编，湖南人民出版社2006年出版。

中国现当代文学通史　雷达主编，甘肃人民出版社2006年出版。

中国现当代文学简史　杨剑龙主编，华东师范大学出版社2006年出版。

中国现当代文学　黄万华主编，山东文艺出版社2006年出版。

中国当代文学　郑春风主编，东北师范大学出版社2006年出版。

中国当代文学（第三版）王居瑞主编，东北师范大学出版社2006年出版。

中国当代文学史教程（第二版）陈思和主编，复旦大学出版社2006年出版。

新时期文学，王万森著，高等教育出版社2006年出版。

中国当代文学史教学读本　张新颖主编，广西师范大学出版社2006年出版。

中国当代文学史　李穆南、郄智毅、刘金玲主编，中国环境科学出版社，学苑音像出版社2006年出版。

中国当代文学史（修订本）洪子诚著，北京大学出版社2007年出版。

中国现当代文学通史（上下册）雷达、赵学勇、程金城主编，甘肃人民出版社2007年出版。

中国现当代文学史　陈国恩主编，华中科技大学电子音像出版社2007年出版。

中国现代汉语文学史（上下册）曹万生主编，中国人民大学出版社2007年出版。

当代中国文学：悲壮辉煌的历史脚步　石兴泽著，齐鲁书社2007年出版。

中国当代文学史教程（第2版）陈思和主编，复旦大学出版社2008年出版。

中国当代义学史（1949—1999）郑万鹏编著，华夏出版社2008年出版。

二十世纪中国文学史　[德]顾彬著，范劲等译，华东师范大学出版社2008年出版。

图文本·中国文学史话·第十卷·现当代文学　龚宏、王桂荣编，吉林文史出版社2008年出版。

新中国文学史（上、下）张健主编，北京师范大学出版社2008年出版。

中国新时期文学史（1978—2008）陶东风、和磊主编，中国社会科学出版社2008年出版。

中国当代文学60年　张志忠主编，高等教育出版社2009年出版。

当代中国文学六十年　吴秀明主编，浙江文艺出版社2009年出版。

共和国文学60年　杨匡汉主编，人民文学出版社2009年出版。

中国当代文学主潮　陈晓明著，北京大学出版社2009年出版。

现当代文学　龚宏主编，吉林文史出版社2009年出版。

中国当代文学通论　孟繁华主编，辽宁人民出版社2009年出版。

中国现当代文学史（修订版）颜敏、王嘉良著，上海教育出版社2009年出版。

共和国文学60年（四卷）张炯主编，广东教育出版社2009年出版。

中国当代文学发展史（第二版）孟繁华、程光炜著，中国人民大学出版社2009年出版。

中国当代文学史（第二版）王庆生、王又平主编，高等教育出版社2010年出版。

二十世纪中国文学史（上中下册）严家炎主编，高等教育出版社2010年出版。

中国现当代文学　李明军主编　陕西师范大学出版总社有限公司2010年出版。

中国现当代文学　李怡主编　重庆大学出版社2010年出版。

中国当代文学60年（1949—2009）（4卷）陈思和主编，上海大学出版社2010年出版。

中国当代文学　樊星主编，北京大学出版社2010年出版。

中国当代文学史纲　傅书华、徐慧琴主编，北京师范大学出版社2010年出版。

中国当代文学史新稿（第二版）董健、丁帆、王彬彬著，北京师范大学出版社2011年出版。

中国现代文学史1917—2010（精编版）朱栋霖主编，北京大学出版社2011年出版。

中国现当代文学　李继凯主编　高等教育出版社2011年出版。

中国现当代文学　胡永生主编　江苏人民出版社2011年出版。

中国现当代文学史（上下册）陈国恩主编，武汉大学出版社2011年出版。

中国现当代文学　张景华主编　北京师范大学出版社2012年出版。

中国当代文学史：1949—2012　赵树勤主编，湖南师范大学出版社2012年出版。

中国当代文学编年史（1—10卷）张健主编，山东文艺出版社2012年出版。

中国现当代文学史（上下册）樊星主编，武汉大学出版社2012年出版。

中国现当代文学史论　王达敏著　安徽文艺出版社2013年出版。

中国现当代文学新编　王万森、吴义勤、房福贤主编，高等教育出版社2012年出版。

中国现当代文学讲稿　丁帆主编，南京大学出版社2013年出版。

中国现当代文学史　高玉主编，浙江大学出版社2013年出版。

二十世纪中国文学编年（上下册）卓如、鲁湘元主编，河北教育出版社2013年出版。

中国文学通史·当代文学（第十、十一、十二卷）张炯主编，江苏文艺出版社2013年出版。

中国当代文学史　余芳主编，中国工商出版社2013年出版。

中国现当代文学史简明教程　席扬主编，北京师范大学出版社2013年出版。

中国当代文学概观（第三版）张钟、洪子诚、佘树森、赵祖谟、汪景寿、计璧瑞编著，北京大学出版社2014年出版。

中国当代文学史论　李宗刚主编，山东人民出版社2014年出版。

中国当代文学史　朱慰琳主编，重庆大学出版社2014年出版。

中国现代文学史综合教程（上下册）(第二版)傅书华主编，北京师范大学出版社2014年出版。

中国现代文学史（1917—2013）朱栋霖等主编，高等教育出版社2014年出版。

中国现当代文学　王小曼主编，北京大学出版社2015年出版。

中国现当代文学（1898—2015）（上下册）（第3版）曹万生主编，中国人民大学出版社2016年出版。

中国当代文学史写真（全本）吴秀明主编，北京大学出版社2017年出版。

中国当代文学史（上中下册）张炯主编，江苏凤凰文艺出版社2018年出版。

中国现代文学史 1915—2016（上下册）朱栋霖、吴义勤、朱晓进主编，北京大学出版社2018年出版。

参考文献

A

艾晓明：中国左翼文学思潮探源　北京大学出版社2007年出版

C

崔西璐：中国当代文学研究概论　天津教育出版社1990年出版

陈平原：文学史的形成与建构　广西教育出版社1999年出版

陈思和：中国新文学整体观　上海文艺出版社2001年出版

陈国球：文学史书写形态与文化政治　北京大学出版社2004年出版

程光炜：当代文学的"历史化"　北京大学出版社2011年出版

陈伯海：文学史与文学史学　北京大学出版社2012年出版

程光炜主编：中国当代文学史资料丛书（全16册）　百花文艺出版社2018年出版

D

［德］瑙曼等著，范大灿编：作品、文学史与读者　文化艺术出版社1997年出版

丁景唐主编：中国新文学大系（1949—1979）（19、20卷）　上海文艺出版社1997年出版

戴燕：文学史的权利　北京大学出版社2002年出版

F

［法］福柯著，谢强、马月译：知识考古学　生活·读书·新知三联书店1998年出版

H

黄修己：中国新文学史编纂史　北京大学出版社1995年出版

黄子平：革命·历史·小说　（香港）牛津大学出版社1996年出版

黄仁宇：万历十五年　生活·读书·新知三联书店1997年出版

洪子诚：问题与方法——中国当代文学史研究讲稿　生活·读书·新知三联书店2002年出版

黄修己、刘卫国：中国现代文学研究史（上下册）　广东人民出版社2008年出版

洪子诚：当代文学的概念　北京大学出版社2010年出版

贺桂梅："新启蒙"知识档案：80年代中国文化研究　北京大学出版社2010年出版

胡希东：民族·国家与文学史地理：1950—1980中国当代文学史叙述形态　人民出版社2013年出版

洪子诚：材料与注释，北京大学出版社2016年出版

K

孔范今、雷达、吴义勤、施战军主编：中国新时期文学研究资料汇编（24册）　山东文艺出版社2006年出版

L

李泽厚：中国现代思想史论　东方出版社1987年出版

李杨：抗争宿命之路——"社会主义现实主义"（1942~1976）研究　时代文艺出版社1993年出版

李杨：50—70年代中国文学经典再解读　山东教育出版社2003年出版

梁启超：中国近三百年学术史　中国社会科学出版社2008年出版

鲁迅：中国小说史略　岳麓书社2010年出版

林曼叔、海枫、程海：中国当代文学史稿（1949—1965内地部分）　香港文学评论出版社有限公司2014年出版

罗长青：中国当代文学概念与文学史写作　科学出版社2016年出版

M

［美］韦勒克、沃伦著，刘象愚等译：文学理论　生活·读书·新知三联书店1984年出版

［美］佛雷德里克·詹姆逊著，王逢振、陈永国译：政治无意识　中国社会科学出版社1998年出版

［美］夏志清著，刘铭铭等译：中国现代小说史　复旦大学出版社2005年出版

孟繁华：中国当代文艺学学术史　人民文学出版社2018年出版

［美］王德威：哈佛新编中国现代文学史　麦田出版（台湾）2021年出版

Q

钱理群：返观与重构——文学史写作与研究　上海教育出版社2000年出版

乔国强：叙说的文学史　北京大学出版社2017年出版

S

司马长风：中国新文学史（上中下册）　香港昭明出版社1978年出版

T

唐小兵：再解读：大众文艺与意识形态（修订版）　北京大学出版社2007年出版

W

王瑶：中国新文学史稿（上下册）　上海文艺出版社1982年出版

王晓明编：批评空间的开创——二十世纪中国文学史研究　东方出版中心1998年出版

王瑶：中国现代文学史论集　北京大学出版社1998年出版

温儒敏、李宪瑜、贺桂梅、姜涛：中国现当代文学学科概要　北京大学出版社2005年出版

王春荣、吴玉杰：文学史话语权威的确立与发展——"中国当代文学史"史学研究　辽宁人民出版社2007年出版

吴秀明主编："十七年"文学历史评价与人文阐释　浙江大学出版社2007年出版

汪晖：去政治的政治化——短20世纪的终结与90年代　生活·读书·新知三联书店2008年出版

王尧、林建法主编：中国当代文学批评大系（1949—2009）（1—6卷）　苏州大学出版社2012年出版

吴秀明：中国当代文学史料问题研究　中国社会科学出版社2016年出版

吴俊总主编：中国当代文学批评史料编年（12卷）　华东师范大学出版社2017—2018年出版

X

许纪霖、罗岗等著：启蒙的自我瓦解　吉林出版集团有限公司2007年出版

Y

杨庆祥："重写"的限度："重写文学史"的想象和实践　北京大学出版社2011年出版

杨义主编，江腊生执笔：中国当代文学研究1949—2009　中国社会科学出版社2011年出版

Z

中华全国文学艺术工作者代表大会宣传处编：中华全国文学艺术工作者大会纪念文集　新华书店1950年出版

中国社科院文学所、复旦大学等编纂：中国当代文学研究资料丛书（共200余种），福建人民出版社等1981年后陆续出版

朱寨：中国当代文学思潮史　人民文学出版社1987年出版

中央文献研究室：毛泽东文艺论集　中央文献出版社2002年出版

张军：中国当代文学史叙述研究　中国社会科学出版社2012年出版

张福贵等：文学史的命名与文学史观的反思　北京大学出版社2014年出版

后　记

在早些年的《学科视野中的40—70年代文学研究》一书中，我曾从学科学术史角度，选取一批90年代以来比较有代表性的40—70年代中国文学研究成果，并依它们基本内容、特征、运用方法、对研究的推进、提出问题和解决的程度等等，选择某一或某些方面加以述评，考察这些成果对中国当代文学史编写的影响。那时，申报并获得立项的中国当代文学史编写史课题已有好些年了。《学科视野中的40—70年代文学研究》实际上是"编写史""打前站"的结果，原是为了廓清"编写史"撰写过程中可能碰到的种种疑难。因此，翻开这部"编写史"，明眼人不难看出其中一些观点和内容携带的前者的依稀印记。当然，"编写史"后来更完善构架与写作思路的形成，还受益于洪子诚、程光炜、李杨等先生的指导，以及以黄修己先生《中国新文学史编纂史》为代表的研究成果的启迪。这些，都是在"编写史"面世之际，我首先要感谢并致敬的。

至书稿交付出版社，"编写史"的写作前后至少延续了10年乃至更长的时间。在与洪子诚先生的通信及书稿绪论中，我曾简单谈及该书撰写的一些构想，并尝试将更多的思考融化到全书的章节设计与具体内容的展开中。但作为"第一本当代文学史的'编写史'方面的书"，其中存在的问题，远不啻于洪子诚先生所指出的。后来虽然花了半年多进行整改，但于理想的"编写史"，仍有相当的差距。在此，敬请各位方家批评指正。

作为当代史的一部分，中国当代文学史编写史关涉的问题很多。运用科学发展的世界观和方法论，将马克思主义文艺理论与文化研究、批判理论等结合以开展研究，是书稿立项之初的定位与预设。不过，如何从学术史与学科史角度，历史、辩证地梳理共和国70年不同时期曾经对当代文学史编写产生过重大影响的各种时代潮流，仍是个有待探索的复杂命题。这部"编写史"其实更像是一个文学史研习者的尝试之作，需要各位读者的耐心批评与匡正。

　　20多年前，我怀揣着"到一流大学跟从一流学者"的梦想，从粤东北山城千里迢迢来到古都北京，在洪子诚先生的指导下研习文学史。先生那种简约深邃与严谨内省的学术精神，我"虽不能至，然心向往之"。作为中国当代文学学科领域首屈一指的学者，平素对"索序者"有"超强'免疫力'"（古远清语）的先生，这次同意将与我有关书稿的通信作为该书的代序，是对我多年来研习当代文学史最好的鼓励。通信中关于"编写史"撰述的遗憾与期待，于我既是一种鞭策，也是日后前行的方向。当然，不狭隘地说，在治学的观念与方法意义上，作为一个文学史家，先生这期许中的"编写史"撰写，相信对于许多的读者，都会是一种启悟，而不再拘于一人一书。

　　2022年岁末，中国台湾万卷楼图书股份有限公司推出了书稿的繁体字版，国内北京、上海的相关公众号先后予以推送并引起了读者的关注。感谢北京出版社，特别是本书的责编董拯民先生为书稿简体字版出版付出的辛劳！

曾令存

2023年7月23日　梅州